國家古籍整理出版專項資助項目

廖燕全集校注

上

廖　燕　著
蔡升奕　校注

人民文學出版社

圖書在版編目（CIP）數據

廖燕全集校注：全2册/蔡升奕校注. —北京：人民文學出版社，2018
（明清别集叢刊）
ISBN 978-7-02-014674-1

Ⅰ. ①廖… Ⅱ. ①蔡… Ⅲ. ①廖燕（1644—1705）—全集 Ⅳ. ①I214.92

中國版本圖書館 CIP 數據核字(2018)第 246732 號

責任編輯 葛雲波
裝幀設計 黃雲香
責任印製 任 禕

出版發行 人民文學出版社
社 址 北京市朝内大街 166 號
郵政編碼 100705
網 址 http://www.rw-cn.com

印 刷 三河市西華印務有限公司
經 銷 全國新華書店等

字 數 1060 千字
開 本 880 毫米×1230 毫米 1/32
印 張 44.375 插頁 2
印 數 1—2000
版 次 2018 年 12 月北京第 1 版
印 次 2018 年 12 月第 1 次印刷

書 號 978-7-02-014674-1
定 價 180.00 圓(全兩册)

前言

廖燕（一六四四—一七〇五），初名燕生，字人也，初號夢醒，晚號柴舟，曲江（今廣東省韶關市）人。清初文學家、啟蒙思想家。在清初有成就的文學家中，廖燕可以説是被認識得很不充分的一個，他的詩文集《二十七松堂集》至今研究得很不透徹。廖燕一生經歷的順治、康熙二朝，正是清初階級矛盾、民族矛盾空前激烈的歷史時期。由於滿族入主中原，因此征服與復國、統一與割據的鬥爭持續不斷。在思想領域，伴隨著天崩地裂的社會動蕩以及隨之而來的經世、救世呼聲，人們深刻地認識到陽明心學以及程朱理學的弊端，不同程度地對其進行批判和修正。宋明理學經歷了程朱理學、陸王心學兩個發展階段。程朱理學把儒家倫理觀念提高到天理的地位，確立了『明天理，滅人慾』的社會準則，而陸王心學以『致良知』爲説，把『吾心之良知』和『天理』合而爲一。心學的『良知』沒有一個確定的是非標準，這一方面起到了衝破朱學束縛，解放思想的積極作用。後來的泰州學派就是這樣，『掀翻天地』，『非名教之所能羈絡』（黄宗羲《明儒學案·泰州學案一》）。另一方面則爲虛無主義思想和空疏學風的泛濫打開了閘門。王學末流更是走向極端，他們不講經世，不讀群書，只是空言心性，鼓吹只要從『心悟』入手，便可解決一切問題。在心學泛濫、空談盛行之時，明王朝的統治日益陷入空前的危機當中。明清易代，人們開始反思明朝滅亡的教訓，對包括王學在內的空疏學風予以深刻的揭露和猛烈的抨擊，興起了一股講求經世致用的實學之風。這主要表現在以下幾個方面：

一，反專制，倡民主。對封建專制，特別是專制君權的反思和批判，以及倡導民主平等的思想主張是清初實學的應有之義。黄宗羲説：『今也以君爲主，天下爲客，凡天下之無地而得安寧者，爲君也。』『爲天下之大害者，君而已矣。』這種對封建君主專制的歷史反思，對其弊端的深刻批判，無疑是大膽的。他還説：『緣夫天下之大，非一人之所能治，而分治之以群工。故我之出而仕，爲天下也，非爲君也；爲萬民，非爲一姓也。』（黄宗羲《明夷待訪録·原臣》）

二，倡導民族思想是清初實學所具有的鮮明時代特色。滿清政府入主中原，對深受夷夏觀念影響的漢族知識分子來説，無疑是天崩地裂的災難。顧炎武説：『易姓改號，謂之亡國；仁義充塞，而至於率獸食人，人將相食，謂之亡天下。』（《日知録·正始》）黄宗羲説：『中國之於夷狄，内外之辨也。以中國治中國，以夷狄治夷狄，猶人不可雜之於獸，獸不可雜之於人也。』（《留書·史》）這些言論雖有失偏頗，卻體現了鮮明的民族情感、高揚的民族意識、高尚的民族氣節。

三，肯定人慾和私利的合理性。明末清初，資本主義萌芽初步成長，在劇烈的社會變動中，宋明理學將『天理』與『人慾』絶對地對立起來的『明天理，去人慾』的説教，受到普遍的質疑和挑戰。陳確指出：『人慾不必過爲遏絶，人慾正當處，即天理也……學者只時從人慾中體驗天理，則人慾即天理矣，不必將天理、人慾判然分作兩件也。』（《近言集》）王夫之説：『故終不離人而别有天，終不離慾而别有理也。』（《讀四書大全説》）都明確肯定人慾以及私利的合理性。

四，主張崇實黜虚，提倡經世致用，是清初實學的核心内容。顔元指出：『救弊之道，在實學，不在空言。』（《存學編·性理評》）陸世儀説：『今人所當學者，正不止六藝，如天文、地理、河渠、兵法之類，皆切於用世，不可不講。俗儒不知内聖外王之學，徒高談性命，無補於世，此當世所以來迂拙之誚也。』（《思辨録輯要·大學類》）

五，回歸古學，復興經學。在儒家學術思想領域，宋明理學受到否定之後，出現了一股回歸古代經學的潮流。顧炎武指出：『古之所謂理學，經學也，非數十年不能通也……今之所謂理學，禪學也，不取之五經而但資之語録，校諸帖括之文而尤易也。又曰：《論語》，聖人之語録也。舍聖人之語録，而從事於後儒，此之謂不知本矣。』（《亭林文集·與施愚山書》）李塨説：『古之學一，今之學棼。古之學實，今之學虚。古之學有用，今之學無用。』（馮辰等《李恕谷先生年譜》卷三，三十一歲條）因此，顧炎武主張『鄙俗學而求六經，舍春華而食秋實』（《亭林文集·答周籀書》）。

清初的文人學者，有些人堅持不爲清廷服務，被稱爲『明遺民』，以顧炎武、黄宗羲、王夫之等爲代表。清初遺民中文學成就較高的有顧炎武、吴嘉紀、屈大均、陳恭尹、錢澄之、王夫之、黄宗羲等人。他們的詩文俱有强烈的愛國精神。還有些人以明臣仕清，以錢謙益、吴偉業和龔鼎孳等爲代表。他們雖一度仕清，但也在詩文裏抒發家國之痛，甚至是對失節的懺悔。稍後的詩文作者，雖無强烈的民族思想和家國之悲，但也關心時世，注重崇實致用。

這就是廖燕一生活動的社會環境。若以康熙十五年（一六七六）的從軍和康熙三十五年（一六九六）的出嶺爲界，廖燕一生可以分爲三個時期，前期主要是讀書，中期、後期主要是教館。中期『欲以奇計取功名』（朱蕖《二十七松堂集》序），後期因出嶺的失敗，『即絶意仕進，歸而益肆力於古文』（曾璟《廖燕傳》）。與當時政局由動蕩而安定大致同步。三個時期在詩文内容和風格上有明顯差異。

廖燕祖籍豫章樟樹鎮（清屬江西臨江府清江縣，今爲江西省樟樹市），明洪武元年，先世移居廣東曲江縣，遂爲曲江人。年十九，補曲江縣弟子員。當時的廣東，商品經濟發達，思想自由，空氣活潑，是自晚明以來要求個性從理學的束縛中解放出來的社會思潮的溫牀。廣東也是清初明遺民重要的聚集地之一，他們對王學末流空疏學風的危害有切膚之痛，因而實學風氣在廣東的影響非常大。天然和尚是明末清初廣東佛門中的領袖人物。他同情并庇護抗清人士，在他門下聚集了一批有相當影響的明遺民，如澹歸和尚、屈大均。廖燕結交的廣東前輩，有劉啟鑰、天然和尚、澹歸和尚等，同輩有黄遙、陳金閶、陳恭尹等。在廣東這樣適宜的空氣和土壤裏，廖燕的才情得到沾溉的同時，其自由自在的個性與日俱增；講求『讀無字書』，重視社會實踐的行事方式，漸漸形成；濃濃的故國之思，亦長留心田。

廖燕生性自由奔放，被稱爲『古之狂者』（曾璟《廖燕傳》）。補邑弟子員後，並沒有像一般人一樣興高采烈，他説道：『常言士生當世，澤及生民曰功，死而不朽曰名。世人不悟，專事科第，陋矣。』認爲科舉不是功名，真正的功名是『澤及生民』，『死而不朽』。康熙七年二十五歲時，他果斷地放棄制舉業而專攻詩古文詞。爲此，撰《作詩古文詞説》一文説明他選擇的原因：『嘗以謂天下之樂莫如讀書，而讀書之至樂又莫如作文，盡天下古今之書皆予所當讀者，盡天下古今之文皆予所當作者，寧必八股云乎哉！予因棄八股而從事於詩古文詞。』『人壽幾何，忽焉坐老。與其習不能必售之時文，何如從吾所好之爲愈也，予故棄彼而取此也。』另外，廖燕《習八股非讀書説》和《明太祖論》等兩文，直指八股爲統治者愚民的工具，其害烈於焚書。其文犀利，繼承了晚明李贄以來的批判思想。當然，『從事於詩古文詞』，還是自謙的説法，他的雄心遠比這要大。正如曾璟《廖燕傳》所説，是『澤及生民』，『死而不朽』，詩古文詞只是手段而已。康熙三十八年，學使按詔，已是五十六歲的廖燕更是賦詩一首辭去諸生。

廖燕時時以才高自負，又以不被理解而痛苦：『但天下之物，若柴若舟，咸爲世之所必需，而至此俱不驗，豈柴舟之過耶？亦不識柴舟者之過耳。然天下無不識柴、不識舟之人，或柴大如舟，舟大如山，世無大力量人，又安能用之。燕將負柴於市，藏舟於壑，以俟時日。』（《與鄭思宣》）『燕性不偶俗，於文尤甚。雖嘗好爲古文詞，然皆不爲俗喜。世皆爭攻制義，取榮顯，以相誇耀，其不爲喜也固宜。』（《答謝小謝書》）這是懷才不遇者的哀鳴，道出了反科舉、反程朱理學者的厄運。

康熙十年，天然和尚受江西廬山歸宗寺之請赴廬山，廖燕作《送天然和尚還廬山》詩。這是他早期與明遺民交往的一個例子。

康熙十五年，三藩之亂蔓延至廣東。廖燕在這一年有過一次短暫的從軍。對這次從軍，其詩文著墨不多，對於其所從之軍，人們一直存在模糊甚至錯誤的認識。其實，要弄清廖燕從軍的性質，只需將其行止路線與清軍和叛軍的行止路線相對照，就會一目了然。廖燕《從軍帖自跋》稱：『歲丙辰九月，予從軍寓橫浦寶界寺，無事學書，几壁皆黑。』此處顯示的時間爲康熙十五年丙辰九月，橫浦指今江西大餘縣一帶。廖燕又有七絶《丙辰除夕（二首）》之一：『客返匆匆又歲遷，生平回首總堪憐。』之二：『終歲圖謀還不就，那爭殘臘半宵時。』可見到康熙十五年年底，廖燕又悄然從軍中離去而歸家，正式結束了軍旅生活。

那麼當時清軍和叛軍的行止路線是怎樣的呢？同治《南安府志》記載：『吴三桂反……丙辰，粤藩亦從逆，舒、莽（分别指清將覺羅·舒恕、莽吉兔）等以三月十六自粵退駐南安城外……四月二十日，山寇余賢、何興復自仁化、樂昌擁眾數萬由刀背埲分道來……郡守張顯仁、參將宣成功棄城奔南康，居民四散。賊帥進據空城……秋，粵僞將軍嚴自明乃僞將軍郭義等率兵逐余賢、何興所立各官，另設城守府廳官……是年冬，自明等出兵南康縣之古鎮鋪，屢戰不利，奔回郡城。』從這段記述可知，自康熙十五年丙辰秋至是年底，大餘爲來自廣東的反清將領嚴自明、郭義等部駐守，此時的清軍已經退至大餘北面的南康一線。對照廖燕從軍的行止路線，我們發現與反清軍隊的行止路線完全吻合。至此，廖燕從軍的性質就很清楚了，他所從之軍爲反清軍隊，屬反清將領嚴自明、郭義等所率領的軍隊。三藩之亂時眾多的明遺民參加了以吳三桂爲首的三藩軍隊，他們把反清復明的最後希望寄托在吳三桂身上。廖燕參加反清軍隊，可見他是具有濃濃的故國之思，具有鮮明的反清民族思想的，稱之爲明遺民亦未嘗不可。

當然，現實與理想是有距離的。首先，以吳三桂爲首的三藩之亂并非爲了復明。其次，反清軍隊目光短淺，唯利是圖。殘酷的現實無情地粉碎了他的夢想。廖燕歸家後所作的七絕《丙辰除夕（二首）》、七律《丁巳就塾水竹軒喜與黄少涯絳帳隔鄰賦詩相慰兼以解嘲寄陳昆圃》流露了他的落寞心情。廖燕回到韶關後，又一個異常沉重的打擊在等待著他。光緒《曲江縣志》記載：『（康熙）十六年五月初二日蟒將軍等率師復韶州，民皆安堵。七月初七日，滇賊將馬寶、胡國柱、張星耀等率賊黨復圍城，蟒將軍、穆將軍等悉力捍禦。府城内外百姓避賊山谷者遭瘟疫死亡甚多。西河靖村、白土等處房屋拆毀大半，死亡尤甚。至九月江寧將軍額楚率師救援，大戰於蓮花嶺下，殺賊幾盡。是夜，賊遁去，百姓始得復業。』康熙十六年爲丁巳年，廖燕將韶關發生的這次兵災稱爲丁巳之變。此年廖燕的妻子和兩個女兒相繼病死，他自己也身染重疴，幾至喪命。大廟坊的家宅也淪爲廢墟。在著名的五古《橫溪行》中，他寫到：『名義既不立，得土亦隨傾。豈無後蘇意，聚斂灰民情。』『豺狼滿道路，奔走還多驚。官軍豈盜賊，恣掠莫敢攖。』《丁巳感事》詩寫到：『天地忽欲晦，妖魅敢出爭……行復自相害，轉眼已土崩。』表達了他對反清軍隊目光短淺、唯利是圖、貪圖財貨的失望，對叛軍和清軍都進行了入木三分的鞭撻。《故園》詩中寫到：『一身半死餘，扶筇觀故址。乍入已無辨，良久乃可指……殺戮及蒼生，亦不恕書史……成敗原在天，此豈值其圮。』可見廖燕康熙十五年從軍是他人生的一個重要轉折點，加深了他對社會的認識，使其詩文題材更爲廣闊，他更加關注社會現實。廖燕從軍前後，是其詩文創作的一個高峯期。

康熙十五年三藩之亂期間，廣東順德陳村李氏六女，因戰亂爲豪横乘機所逼而赴水死，廖燕後來作《弔六烈女》詩及《自書弔六烈女詩後》、《烈女不當獨稱貞辯》二文以贊其剛烈。『寇氛當日遍關津，六女捐軀勝古人。一夕影沉池水碧，千秋淚染臂羅新。蛾眉烈性留天地，夜雨荒墳泣鬼神。』（《弔六烈女》）這些詩文對三藩之亂給人民帶來的的苦難進行了深刻的批判。

康熙十六年丁巳之變後的廖燕只餘一身，由於家宅毁於戰亂，康熙十八年起的很多年裏，僦居府城東隅，『茅屋數椽，簷低於眉，稍昂首過之，則破其額。一巷深入，兩牆夾身，而臂不得轉，所見無非小者』（《小品自序》）。『中多菜圃，予嘗觀其役，澆灌之暇，則以書爲課』（《灌園帖自跋》）。廖燕有《種菜八首》以記其種菜之事。在這期間，廖燕考慮了生計問題。康熙十九年十二月，他遊廣州，困而歸。

因思學醫事，認爲學醫不惟自濟，兼能濟人。康熙二十年，廖燕改燕生單名燕，以志從事於醫。但從後來的發展來看，從醫之事還是無果而終。

康熙十六年十一月間，廖燕喜晤澹歸和尚，作《過訪劉漢臣兼喜晤澹歸和尚》詩。澹歸和尚爲明遺民，在未識廖燕前，澹歸和尚曾稱『韶有山水而無人』（《書韶州府名勝志後》）；『及後來韶，投詩及刺，讀之驚喜，徒步訪燕於寓所，大加延譽』（《哭澹歸和尚文》）。對廖燕的文學評價相當高。康熙十九年，澹歸和尚卒，『友某持師絶筆示燕，不禁淚涕交横，仰天大哭……然師死而斯文喪矣，天下茫茫，誰與定燕文與傳燕文者耶？此燕之所以仰天痛絶也』（同上）。廖燕對澹歸和尚的敬重由此可見一斑。

康熙十六年，明遺民李長祥寄居廣東仁化之河頭砦，不久病死於此，貧不能歸葬。李長祥，字研齋，四川達州人，曾參加南明福王政權和魯王監國政權。三藩之亂時，勸吴三桂『改大明名號以收拾人心，立懷宗後裔以鼓舞忠義』（孫旭《平吳錄》），但未被採納，失望辭去，後寄居廣東。康熙二十一年，兩廣總督吴興祚到任後，廖燕上書吴興祚請求資助李長祥靈柩歸金陵。李長祥妻及二子寄寓廣州，廖燕也托陳恭尹予以關照。廖燕與李長祥妻姚仲淑及其子李高公均有詩文往來，作有《海棠居詩集序》、《與李高公》及《秋海棠代内贈李夫人》等詩文。可見廖燕對明遺民的敬重，正如張拱極對《海棠居詩集序》所作點評所説：『不獨表其詩，并表其節。』

廖燕與陳恭尹似乎交往不深，只見《與陳元孝》一文。陳恭尹，與屈大均、梁佩蘭並稱『嶺南三家』。他對廖燕的評價相當高。如陳恭尹對《羅桂庵詩集序》的點評：『人真妙人，文真妙文。』對《書邑志學校後代》的點評：『雖欲不推爲古文中第一手，不可。』

康熙十九年，廖燕《二十七松堂文初集》刻成，黄遙爲之作序。這是廖燕作品的第一次結集。康熙二十年，廖燕『偶搜破簏中舊稿，得文九十三首，類多短幅雜著……目爲小品，附《二十七松堂集》刻之』（《小品自序》）。康熙二十一年，小品刻成。

同年，談志由邳州學政遷曲江知縣。莅任數月，即拂衣歸。談志，字定齋，江南武進人。愛民好士，工書法，尤精詩賦古文詞。談志一見廖燕詩文，大加賞譽，以爲有古作者之意。廖燕作有《令粤詩刻序》、《送邑侯談定齋先生歸毘陵序》、《送邑侯談定齋先生還毗陵二首》及《稱邑侯爲先生説》等詩文。談志對廖燕詩文多有點評。如評《湯武論》：『湯、武是篡弒，固無論。妙在即以篡弒解順天應人，奇甚確甚。非具二十分膽識，誰敢如此下筆。可破千古腐儒之見。』又如對《擬韓休上玄宗皇帝諫蹴踘書》的點評：『蒼勁樸直，文氣絶類西漢。然下筆犀利處，仍是柴舟本色。』

康熙二十三年，魏禮一行來韶拜訪廖燕。廖燕得以喜讀魏禮全文，作《魏和公先生同嗣君昭士甥盧孝則過訪兼示佳集賦謝志喜》詩以記之。《與魏和公先生書》亦作於此時。魏禮，字和公，號季子。江西寧都人。與兄魏祥及魏禧合稱『寧都三魏』。『寧都三魏』又與彭士望、丘維屏等人，稱『易堂九子』。魏禮性慷慨，工詩文。棄諸生遠遊，足跡幾遍天下。著有《魏季子文集》。魏禮對廖燕詩文多有點評。如魏禮對《性論一》的點評：『此能駁倒繁言，獨尊孔子，其眼光識力直透過孟氏以下論性諸賢脊背，真有功聖門文字，有功後學文字。』點出廖燕在學術思想領域回歸經學的實學特徵。又如對《明太祖論》的點評：『此論有五奇，治天下可愚不可智，一奇也。以制義取士與焚書無異，二奇也。詩書能愚天下，三奇也。非詩書能教人智，實人之智可爲詩書，四奇也。心中之詩書更簡捷易用，五奇也。

絶世奇談，發前人所未發。柴舟議論佳者甚多，當推此篇爲第一。』又如評《與某翰林書》：『以天地論文與作文必法天地，自是柴舟奇談。』點出廖燕主張『讀無字書』的特點。

康熙二十四年，蕭絅若客居韶州仁化縣，偶於會龍館壁見廖燕詩，因喜定交。廖燕爲蕭絅若《冶山堂文集》作序，并準備隨同北游。但計劃因故未能實現。蕭絅若對廖燕詩文點評甚多。如評《上吳制府乞移李研齋柩歸金陵書》：『以未謀面之人，而代爲上書，固奇。以未謀面之人，而即以書上之，更奇。非以友朋爲性命與目空一世者，曷克爲此？文氣更古質可法。』又如評《讀貨殖傳》：『忽羨忽鄙，忽歎忽憤，備極調侃。讀史公書，便似史公筆墨。柴舟天分穎異如此，胡可易及。』

康熙二十九年，江西廬陵朱蕖（字藕男）至韶，廖燕一見懽甚。朱蕖爲廖燕《二十七松堂集》作序，稱其『卓立人表，豪氣不除，有不可一世之概。大抵其詩與文之淩厲激宕如其人，其不平之氣固然』。朱蕖對廖燕詩文亦有點評。

康熙三十年，廖燕至廣州，遇包諶野而爲忘年交。包諶野屬序於廖燕，因作《春秋卮言序》。包諶野對廖燕詩文亦有點評。如評《續師說二》：『世人以博極群書爲有妨於舉業，今柴兄則以人欲精舉業決不可不博極群書。高文卓識，真堪推倒一世之智勇，開拓萬古之心胸。凡父兄子弟，各宜置一通座右。』

廖燕與毛際可的交往不知在何時。廖燕詩文中僅《答客問五則》之五中提及毛際可。毛際可，字會侯，號鶴舫，晚號松皋老人。浙江遂安（今屬浙江杭州市淳安縣）人。順治十五年進士，歷城固、祥符等縣知縣。所至有善政。工詩詞古文。著有《安序堂文鈔》、《浣雪詞鈔》、《松皋詩選》等。毛際可對廖燕詩文點評甚多。如評《性論二》：『前篇論質不是性，此篇論情不是性，俱發前賢所未發。中間提出「復性」二字，使人有下手處，方不是鶻突學問。』評《范雪村詩集序》：『作五經以配五嶽五湖，作《四書》以配四瀆四海，豈非千古奇談。柴舟議論多發前賢所未發，此尤爲未經人道語。自非奇膽奇識，安能道得隻字。』都很中肯。

康熙三十三年對廖燕來說是有着複雜意義的一年。這一年，韶民大饑。廖燕三子、四子并殤。家中早租無收，一家絕望。廖燕已年過半百，打擊之大可以想見。『百歲今過半，傷心事轉違。兩行兒女淚，偏濕老年衣。』（《有慟》）同年，廖燕《二十七松堂集》刻成。此書乃周鼎代爲刻佈。『拙稿刻工將竣，皆仗高誼，方能成就至此。當今友誼不可復問，贈貧士以金，已屬罕見，況代貧士刻佈詩文，比贈金更踰百倍……燕生平有三願：刻稿一，遠遊一，營別墅一，今已了却一願，餘徐圖之。』（《與周象九》）廖燕與周鼎的交往始於廣州。周鼎，字象九，江都人。曾參加平定清初三藩之亂的戰爭。以功授鎮安別駕，隨陞羅平知州，未幾以親老辭歸。後長期寄寓英德。康熙三十二年，廖燕與周鼎往遊英德潮水巖、碧落洞，留下了《遊潮水巖記》、《記續碧落洞詩始末》、《遊碧落洞記》、《碧落洞》及《題碧落洞煉丹古跡》等一批詩文。康熙三十四年，周鼎五十歲生日，廖燕作《周象九五十壽序》以賀。時周鼎正爲廖燕治理行裝，作嶺外名勝遊。周鼎對廖燕詩文也有點評。如評《遊碧落洞記》：『山水與性情相深，方能卽事成文，曲折盡致。柴舟胸中丘壑，筆底煙霞，無怪其然。』

康熙三十五年，陳廷策解任入京進覲，約廖燕一同前往，這是廖燕最後一次北上以奇計取功名的遠遊。這次遠遊是其人生的又一個轉折點。陳廷策，字毅庵，號景白。正黃旗人，廕監。康熙二十八年任韶州知府，康熙三十二年代理廣州知府。陳廷策十分欣賞廖燕的才識，廖燕也視陳廷策爲知己。廖燕此次出行是由廣東南雄入江西走贛江。到南昌後，二人分路，最後至蘇州，寓蘇州四個月。在蘇州期間，廖燕因水土不服而病疥、破腹，但還是游覽了虎丘山等處。廖燕訪金聖歎故居而莫知其處，因作《弔金聖歎先生》詩，并作《金聖歎先生傳》。訪原江蘇巡撫湯斌祠，廖燕有感於湯斌善政，作《湯中丞毀五通淫祠記》。在蘇州還得見汪琬文集。經過杭州時，游覽了孤山、鄂王墳諸處。時好友劉漢臣、蕭絅若、朱蕖均已去世，舟過南京，作《舟過白下哭劉漢臣》及《舟過白下哭蕭絅若》。舟過廬陵，作《舟過廬陵哭朱藕男》。後聽聞陳廷策卒於北京，『即絶意仕進，歸而益肆力於古文』（曾璟《廖燕傳》）。經過此次遠行，廖燕放棄了之前一直追求的『以奇計取功名』的想法，從此專心於詩古文詞。康熙三十八年，學使按韶，廖燕更是賦詩一首辭去諸生。『四十年前事既非，那堪還著舊藍衣。年來著述心徒在，老去功名願已違……須知富貴非吾分，願抱琴書伴釣磯。』（《辭諸生詩》）廖燕一生的際遇說明，反八股、反理學是得不到官方認可的，是注定没有出路的。這次遠行，詩文頗豐，是廖燕創作的又一個高峯期。

康熙三十七年春，在友人的幫助下，廖燕新居落成，按舊日西郭堂名仍稱爲二十七松堂，實是由廖燕出質祖屋改建。新二十七松堂得孫清之助最多。孫清，字廉西，又字天一，江南休寧（今安徽休寧縣）人。少習舉子業，後棄去遠遊。三藩之亂時，任岳州水師守備，以功授福建提標游擊。後又以收復臺灣的戰功授黄巖城守參將，以裁缺改補漢鳳營參將。康熙三十年，陞授韶州協鎮副將。孫清生平謙抑謹密，好讀書結客。『一日單騎訪燕，見所居淺狹，即爲代贖舊業，復謀助日用薪水。』（《韶協鎮孫公傳》)『詢是吾宗出質廬，贖來恰好爲書屋。語未脱口快捐囊，還倩同儕助新築……栽松猶記當年綠，題額還鐫舊日名。』(《贖屋行謝孫都尉廉西查副戎維勳暨義助諸公》)此外得查之愷、周鼎等的幫助亦多。至此，廖燕生平三願的最後一願『營別墅』也實現了。

這一年，廖燕初讀王源文集，『以爲當今古文第一手』(《與門鶴書》)。王源(一六四八—一七一○)，字昆繩，一字或庵，直隸大興(今北京市)人。康熙三十二年舉人。初從魏禧學古文。晚年師事顔元，爲顔李學派的重要人物。著有《平書》、《居業堂文集》等。廖燕接觸主張實學的顔李學派著作僅見於此。同年，廖燕在高州得見萬言。萬言，字貞一，號管村，浙江鄞縣(今浙江寧波市)人。副貢生。少時與諸父萬斯大、萬斯同師事黄宗羲，有精博之名。著有《尚書説》、《明史舉要》。與修《明史》，獨成《崇禎長編》。尤工古文。有《管村集》。廖燕與黄宗羲弟子的交往僅此一見。

同年，張拱極就任廣東翁源知縣。張拱極，字泰亭，陝西醴泉人。康熙三十年進士。重士愛民，鋤奸禁暴。公餘輒進試諸生，優如奬勵。張拱極對廖燕詩文極爲讚賞，稱『佳集篇篇奇闢，皆發古人所未發，讀之不忍釋手，奇人異書，一時兼得，何喜如之』(張拱極《來書(附)》)。現《二十七松堂集》中多處有張拱極的點評。如評《春秋巵言序》：『至云天地實作六經，此開闢未有之談，非奇膽包天，安能作此等文字？』評《復翁源張泰亭明府書》：『不促不蔓，古文化境。又評：膽大如斗，心細如髮。其文氣豪邁處，直可謂目無秦漢，何有於唐宋八大家哉？讀書種子，聖歎而後，安得不推柴舟獨步。』

康熙四十一年，吏部侍郎吴涵奉命臨粤，有以廖燕詩文集進者，吴涵『歎爲嶺南獨秀者』(《吴少宰與臧公祖書(附)》)，又稱：『如柴舟所作，語語從赤心流出，嶔崎磊落，不特目中無儕輩在，亦并無古人在。雖議論未必盡歸中道，然到底是自作主張人，不是隨行逐隊人，傳之千古，推爲作者，定屬此種文字。』（吴涵《吴少宰與翁源縣張泰亭明府書》）

康熙四十四年，廖燕卒。是年，大興王源至廣東，作《廖柴舟墓志銘》，稱廖燕詩文『卓犖奇偉，矯矯絶依傍，發前人所未發。序事宗龍門，詩新警雄逸，字字性靈。而其人品學術，性情神態，磊落浩然之氣，畢露於行間』。『近日作者惟寧都魏叔子先生，言經濟卽可見諸用，言道德卽期所能行，而章法一準乎古。處士之論雖間有高明之過，然實可繼魏先生以不朽』。

廖燕的啟蒙思想具有反理學、修正心學、崇尚實學的特徵。在程朱理學崩塌，陽明心學廣爲人所詬病的時候，應以什麽樣的理論爲指導，是擺在廖燕面前必須解決的問題。作爲儒生，他自然而然地選擇了復歸以孔子爲歸的古代經學：『予亦知學孔子之學而已，他何敢哉！』（《性相近辯略附》）又説：『講學必講聖賢之所以然，世之講學類皆竊宋儒之唾餘而掩有之，則是講程朱之學，非講孔子之學矣，燕則何敢……今欲揭日月於中天，使聖人之學復明於世，捨孔子其誰與歸？』（《自題四書私談》）可見廖燕的啟蒙思想和明末李贄『不以孔子之是非爲是非』相比，其批判性要弱很多。

廖燕在哲學思想方面具有鮮明的反理學特徵。廖燕《性論一》、《性論二》、《性相近辯略》、《鬼神非二氣之靈辯一》和《鬼神非二氣之靈辯二》等篇，都是專門針對程朱理學的。具體來説，廖燕對程朱理學的批判主要表現在以下幾個方面。

一，對朱子理是世界本源説的批評。朱熹説：『天地之間，有理有氣。理也者，形而上之道也，生物之本也；氣也者，形而下之器也，生物之具也。是以人物之生，必稟此理，然後有性；必稟此氣，然後有形。』（《答黃道夫書》）認爲理是世界的本源，屬於客觀唯心主義。廖燕卻認爲：『盈天地間皆陰陽，盈天地間皆陰陽二氣之所鼓盪。故人得二氣以生而爲賢愚貴賤，鬼神得二氣以隱而爲屈伸往來。』（《鬼神非二氣之靈辯二》）『天地萬物皆二氣之所爲。』（同上）認爲世界的本源是氣，而氣是物質的，屬於朴素唯物主義的本體論。二，對朱子『以理解性』的批評。朱熹說：『論天地之性，則專指理言；論氣質之性，則以理與氣雜之而言之。』（《朱子語類》卷四）朱熹認爲天理是善的，性也是善的。廖燕並不認同朱子的觀點，他說：『天地，一性海也；萬物，一性具也。天地萬物皆見役於性而莫知其然。』（《性論一》）『性爲渾淪之稱，原解說不得的，所以三教聖人皆不作注解……善惡未分是性，善惡既分是情。』（《性善辯略附》）『性不可以善言也，爲其涉於情也。蓋善惡者，情之顯焉者也。』（《性論二》）『自孟子認情作性，而程朱復以理解性，於是天下後世只知有宋儒之學，而不復知有孔子之學矣。』（《性相近辯略附》）廖燕的這種見解顯然比朱子高明。三，對朱子知行觀的批評。廖燕認爲『以意、心、身、家、國、天下爲物，卽以誠、正、修、齊、治、平爲格，豈有他術哉？亦惟使天下之物不致與吾稍有隔礙而已矣。故格者，感也，感通之謂也。人誠能於人情物理相爲感通，則天下何物非我，何我非物。』（《格物辯》）通過『格物』卽感通萬物，從而消除與萬物的隔礙而達到知。就像『孫吳因善行兵而著兵書，非因多著兵書而始善行兵』（《易簡方論序》）。認爲先行後知，行重於知。從而糾正朱熹『知先行後』、王守仁『卽知卽行』命題之非。廖燕主張讀『無字書』，『無字書者，天地萬物是也。古人嘗取之不盡而尚留於天地間，日在目前而人不知讀。燕獨知之，讀之終身不厭』（《答謝小謝書》）。讀『無字書』正是廖燕先行後知、行重於知的知行觀的體現。

廖燕的哲學思想基本上歸屬於心學，但具有修正心學的特徵。『予嘗言後世道學惟王陽明先生頗得其傳，蓋以其所講之學與聖門不至十分牴牾者也。』（《致良知辯附》）『天下只我一人，餘俱我之現相也。譬若夢然，人物雜陳，我若無夢，人物何在。』（《山居雜談》）又說：『我生天地始生，我死天地亦死。我未生以前不見有天地，雖謂之至此始生可也。我既死以後亦不見有天地，雖謂之至此亦死可也。非但然也，亦且有我而後有天地，無我而亦無天地也，天地附我以見也。』（《三才說》）王守仁也説過：比如深山中的花，『你未看到此花時，此花與汝同歸於寂，你來看此花時，則花顏色一時明白起來，便知此花不在你的心外』（《傳習錄》）。可見廖燕這種『天地附我以見』的看法和王守仁的『心外無物』、『心外無理』如出一轍。但眾所周知，心學發展到明末清初，盡管有衝破理學束縛，解放思想的積極性的一面，但也有極大的副作用，這主要表現爲導致虛無主義思想和空疏學風的氾濫，甚至許多有識之士將明亡的原因歸結爲王學末流。廖燕作爲心學陣營的一員，針對王學末流的流弊也進行了深刻的檢討和修正。廖燕《致良知辯附》就是爲社會上對王學的批評進行辯護的。社會上批評王學流於禪，有如釋氏之無爲。廖燕反駁說道：『若云先生之獨致良知，遺卻格物，未免流入於禪，則當如釋氏之無爲矣。何先生計擒宸濠時，算無遺策，功蓋天下，自北宋以來，以道學而建莫大之功者，先生一人而已。格物尚有大於是者耶？』進一步解釋說：『「致」卽「明」也，「良知」卽「明德」也，「致良知」三字卽「明明德」之別名耳，豈有明明德之人而不格物者耶？』並認爲『「致良知」三字，原已包有格物工夫在內』（《致良知辯附》）。廖燕的這些解釋無疑是對王學末流流於禪的一種修正。針對社會上對王學末流『空談心性』的批評，廖燕提出了復性的主張。强調道德修養和道德實踐的重要性。『姚江之弊，始也掃聞見以明心耳，究且任心而廢學，於是乎詩書禮樂輕而士鮮實悟；始也掃善惡以空念耳，究且任空而廢行，於是乎名節忠義輕而士鮮實修。』（高攀龍《高子遺書・崇文會語序》）有鑒於此，廖燕說道：『予嘗言心性二字，如豪奴、悍婢、蠻妻、拗子、猛將、權臣，最難降伏。所以釋氏要明心見性，道家要修心煉性，吾儒亦要存心養性，蓋難之之辭也。若言性本來是善，而不爲之堤防節制，任意順流做去，鮮不爲其所賊也哉！』（《性善辯略附》）因而，『聖賢之著書立說，亦何爲哉？亦欲人盡力以復性而已。使天下之人皆復其性，則雖不言性可矣，況善惡耶？而性可知矣』（《性論二》）。這種復性的主張顯然是對王學末流『空談心性』的修正。

廖燕哲學思想同時具有鮮明的實學特徵。所謂實學就是講求經世致用，求實求真。在清初的實學思潮中，廖燕衝破束縛，解放思想，以深刻的理論思考，犀利的現實批判，求真務實的精神，建設性地提出了自己的許多見解。其內容主要包括以下幾個方面。

一，反八股。廖燕說：『擾天下者，皆具智勇兇傑卓越之材，使其有才而不得展，則必潰裂四出，小者爲盜，大者謀逆，自古已然矣。惟聖人知其然，而惟以術愚之，使天下皆安於吾術，雖極智勇兇傑之輩，皆潛消默奪而不知其所以然，而後天下相安於無事。故吾以爲明太祖以制義取士，與秦焚書之術無異，特明巧而秦拙耳，其欲愚天下之心則一也。』（《明太祖論》）『秦時使人無書可讀，明與我朝使人有書而不肯讀，愚天下之法，莫妙於是。』所以『專攻八股，算不得讀書……傳王季重見八股，但云阿彌陀佛。予見八股亦云「苦海茫茫，回頭是岸」』（《山居雜談》）。

二，倡教育。反八股是破，倡教育是立。廖燕强調要重視教師的作用：『師配天、地、君、親而爲言，則居其位者，其責任不綦重乎哉？師莫重乎道，其次必識高而學博，三者備，始可泛應而不窮。』（《續師說一》）廖燕還强調家庭對教育的作用：『天下英傑秀異之士，生之者造物，成之者君師，而兼生成之責者，尤在於父兄。父生之而父兄兼成之，故曰故人樂有賢父兄。父兄何賢？亦賢於知所以教子弟而已。』（《續師說二》）那麼，父兄應該怎樣教育子弟呢？廖燕提出：『其法莫善於擇賢師而不禁子弟之博覽。賢師得，則議論名通，必不囿於章句之末，而有以發聖賢經史之底藴，使子弟日聞所未聞。博極群書則可識天下古今之得失，與夫嘉謀偉論，因而觸類旁通，有以開導其聰明，而文遂不可勝用。』（同上）『教弟子之法，舉業固要緊，然亦不必禁其讀别書。凡古今載籍，俱可任其涉獵博覽，久之見解日積，心胸自明，則天下何事不可爲，況科名乎？奈何僅以八股填塞心胸，使其不得開展。得售固毋論，儻萬一不售，則終身爲一拘腐學究而已。』（《山居雜談》）

三，反愚昧。廖燕對鬼神、算命、堪輿等封建迷信，持懷疑和批判的態度。由於歷史的局限，他對鬼神的認識並不深刻，對鬼神是否存在是有疑問的。廖燕認爲如果鬼神真的存在，那也是物質的，並不神奇。又因爲鬼神隱而難知，因此主張對鬼神要敬而遠之：『燕思鬼神之説，屢見於經傳，雖孔子亦嘗言之，豈有有其名而無其實者耶？』（《揚子江遇風暴記》）廖燕又説：『天地萬物皆二氣之所爲，則鬼神不過爲二氣中之一物耳……鬼神得陰分多，故隱而難知。』（《鬼神非二氣之靈辯二》）廖燕又作《焚家祀神像説一》、《焚家祀神像説二》，主張將家祀神像等盡焚之。燒香拜佛，適得其反。關於用年月日時以算命，廖燕説：『若論年月日時，同者儘多，而富貴、貧賤、壽夭懸絶，何也？……乃愚人必求前知，何也？然亦何能知前耶？』（《山居雜談》）這是對算命這種迷信的批判。至於堪輿之妄，廖燕說：『富貴功名與子孫壽考之數者，其權皆操之造物，雖聖人不得而主之。而堪輿家輒以此愚人，真可怪也。其說非特不驗，且多得禍……予曰：父母骸骨，豈汝求功名富貴之物乎？其心已可誅也。禍且不免，何福之有！』廖燕進一步指出：『父母愛子之心無所不至。生時不能使子孫富貴，死後枯骨忽然能之，欺三歲小兒哉！或曰地靈使然。將地靈使骸骨，骸骨使子孫耶？然使枯骨有靈，地縱不吉，父母必不肯以禍貽子孫。如其無靈，則地雖吉亦無能爲也，又安用求地爲哉？其說之荒謬矛盾，曷足一噱。』（《山居雜談六十五則》）廖燕還舉了許多的例子予以說明堪輿之妄。

四，求真知。反八股、反愚昧，其歸宿都是爲了求真知。《續師說一》、《續師說二》就是專門談論博極群書以長見識的。廖燕還主張讀『無字書』，强調社會實踐對開闊視野，增長見識的作用。『無字書者，天地萬物是也。』『燕昔者亦嘗有學矣，於古人書無所不讀，然皆古人之糟粕，無所從入。退而返之於心而有疑焉，意者其別有學乎？然後取無字書而讀之。』（《答謝小謝書》）廖燕又說：『古人著書，每欲流覽名山巨川與夫通邑大都風俗人物之變，以壯其膽識，似遠遊與著書有不可分視爲二途者……遠遊不必著書，而著書不可不遠遊。』（《范雪村詩集序》）這都是說的社會實踐對開闊視野所起的作用。

五，反禁慾。程朱理學及佛教都有禁慾思想，程朱理學的『明天理，滅人欲』（《朱子語類》卷十二），佛教主張的禁慾清修，廖燕都堅決反對。他說：『若依釋教，使天下人盡絕嗜欲，不數年而人類盡滅矣。其教之怪僻荒謬不必言，獨其立教之意，皆欲反吾儒之所爲。不特五倫在所謝絕，併世人所豔稱之功名富貴，皆爲其所棄之物。』（《山居雜談》）廖燕非常反對對人個性的壓抑：『從來著書人類皆自抒憤懣，方將是其所非、非其所是以爲快，況以燕之疏慵放誕，而下筆立論尚肯效學究家區區詮釋字義而已耶？必不然矣。何不進之於莊周、嵇阮間也。』（《與黄少涯》）

六，求自由。反禁慾是爲了求自由，求得個性的張揚：『堯，狂者也。舜，簡者也。堯不狂，則不能讓天下。舜不簡，則不能無爲而治……此皆斐然成章，爲天地間所不可少之人物。若不狂不簡，則爲天地間之廢物而已矣，烏乎人！』（《狂簡説》）狂簡説是對程朱理學『明天理，滅人欲』的批判。

廖燕在文學上主張『性情説』，强調真實地表現作者個性化的思想情感。其『性情』説是對李贄『童心説』、袁宏道『性靈説』等的繼承和發展。廖燕説：『文固無論，詩尤爲性情之物。故古詩三百篇多出於不識字人之口，然又非識字人所能措一詞，則其故亦可思已。』（《題籟鳴集》）『蓋詩爲性情之物，人人可曉。』（《山居雜談六十五則》）凡天地山川萬物皆性情之所化。『性情散而爲萬物，萬物復聚而爲性情，故一撚髭搦管，即能隨物賦形，無不盡態極妍活現紙上。』（《李謙三十九秋詩題詞》）『性情真而文自至，又何多求乎哉！』（《答謝小謝書》）廖燕反對晚明以李攀龍、王世貞爲代表的後七子『文必秦漢，詩必盛唐』的復古擬古主張：『詩道性情，彼此移易不得，方謂之真詩，如晉之陶靖節、唐之杜工部是已。若明王元美、李于鱗輩，則集天下韻語，偶以王、李出名耳，而遂謂之詩，可乎？』（《山居雜談》）

廖燕的散文兼各家之長而自成一家。曾璟論到：『其雄恣則龍門，其超突則昌黎，幽峭類子厚，跌宕實一東坡。』『蓋惟不肯倚人，故能兼各長而自成一家。』（《廖燕傳》）廖燕在兼取各家之長的基礎上，形成了自己犀利的風格。談志説：『下筆犀利處，仍是柴舟本色。』（《擬韓休上玄宗皇帝諫蹴踘書》點評）鄒瀟峯在對《焚家祀神像說二》的點評裏談到廖燕散文的風格：『數語耳，說得醒快乃爾，如匕首中人立死。昌黎《原道》、歐陽《本論》，無此透闢。』廖燕散文是對晚明小品文的繼承和發展。

廖燕詩歌，自抒性靈，不拘一格。澹歸和尚稱『其詩蒼秀骨重而神不寒』（《偏行堂集・廖夢麒詩序》）。王源稱廖燕『詩新警雄逸，字字性靈』（《廖柴舟墓志銘》）。廖燕還擅長傳奇，作有傳奇三種：《醉畫圖》、《訴琵琶》和《鏡花亭》。三種傳奇都是以作者本人入戲，自抒憤懣。

廖燕的文學成就，在其生前就已爲有識者所認識。澹歸和尚稱：『廖生手筆嶺表雄，摩青欲峙雙芙蓉。』（《答贈廖夢麒文學》）當時廖燕方三十多歲。廖燕晚年時，吏部侍郎吳涵一見廖燕詩文，『歎爲嶺南獨秀』他們都一致認爲廖燕詩文代表了嶺南文學的最高成就。廖燕卒後，王源作《廖處士墓志銘》，稱廖燕詩文實可繼魏禧以不朽。同治元年（日本文久二年，一八六二），廖燕文集在日本刊刻，鹽谷世弘將廖燕與侯方域、魏禧併列，稱『明季之文，朝宗爲先驅，冰叔爲中堅，而柴舟爲大殿』（鹽谷世弘《刻二十七松堂集序》）。光緒十年，日本近藤元粹編《明清八大家文讀本》，將廖燕列爲明清八大家之一。

國內學術界對廖燕及其作品的研究尚有待深入，目前尚缺少一個便利研究的好的校注本。《二十七松堂集》現有屠友祥校注的《二十七松堂文集》及林子雄點校的《廖燕全集》。前者是一個簡體普及本，只收錄了文十六卷，未包括詩歌在內；注解極簡略。後者收錄廖燕所有作品，無注。該書有三個附錄，其中《附錄三》爲廖燕全集所涉人物資料彙編，但無具體資料來源，大大降低了其資料價值。

有鑒於此，本校注意在爲學術界提供一個收錄完整，校刊精細，注釋詳明，可讀性强的廖燕全集點校注釋本。《二十七松堂集》現有中國國家圖書館及上海復旦大學圖書館藏乾隆三年（一七三八）刻本、廣東省中山圖書館藏康熙三十三年（一六九四）刻本、日本柏悅堂文久二年（一八六二）刻本、廣東省中山圖書館藏清抄本（約抄於清末民初）、民國戊辰（一九二八）韶州風度路利民印務局鉛印本及同年韶州風度中路寶元印務局商務印書館重印本等。本校注以中國國家圖書館藏乾隆三年（一七三八）刻本爲底本，以其他版本參校。期望在前人基础上，更上一層樓，爭取做到信而有據。在注釋人名、地名方面，特别是一些小人物、小地名，廣泛徵引相關史書，尤其是地方志及與廖燕交往的同時代人的著作，理清人物背景、人物關係，明確各種地名在今天的具體位置。這項工作，可以填補《二十七松堂集》在人名、地名研究方面的空白和不足。對《二十七松堂集》內的典故、生僻詞、生僻義及引文出處等，本校注皆一一詳徵博引，作出準確恰當的解釋，方便更多的讀者閱讀。

卷末附錄除了《廖燕年譜新編》外，還包括舊序、墓志銘、傳記等多種。其中有的事件表述不準確，或明顯有誤，則作適當注釋。

凡例

一、本書收録所能見到的所有廖燕作品。包括文三百八十篇（含所附他人作品三篇），詩五百四十五首（含所附他人詩作三首），傳奇三種。

二、本書以中國國家圖書館藏乾隆三年（一七三八）刻本爲底本。此本最爲完整，所缺之詩、文、傳奇，由他本補入，置於相應的卷內，並作説明。

三、本書以下列諸本爲校本：

（一）廣東省中山圖書館藏康熙三十三年十八卷刻本（簡稱康熙本）；

（二）上海復旦大學圖書館藏乾隆三年二十二卷本（簡稱乾隆本）；

（三）日本柏悦堂文久二年（一八六二）刻十六卷本（簡稱文久本）；

（四）廣東省中山圖書館藏清抄本（約抄於清末民初，簡稱清抄本）；

（五）民國戊辰（一九二八）韶州風度路利民印務局刊印十卷本（簡稱利民本）；

（六）民國戊辰（一九二八）韶州風度中路寶元印務局商務印書館重印十卷本（簡稱寶元本）。

四、凡底本不誤，他本有誤者，不出校。凡避諱字，一律改回，不出校。

五、凡底本明顯訛誤，據他本改正，並在校語中予以説明。

六、本書注釋項主要注釋人名、地名、典故、生僻詞、生僻義及引文出處等。第一次出現詳注，以後出現則一般從略。

七、書後附録年譜、序、墓誌銘、傳記。廖燕集涉及人物較多，爲讀者查閲方便，特編《廖燕集涉及明末清初主要人物小傳》於後。

目錄

卷三

序

卷四

序

卷五

題詞

卷六

疏　引

卷七

記

卷八

文

卷九

書

卷十

尺牘

卷十一

說

卷十二

書後

卷十三

跋

卷十四

傳

卷十五

志銘　墓表

卷十六

雜著

卷十八

詩七言古

卷十九

詩五言律

卷二十

詩七言律

卷二十一

詩五言絶句

附錄

序〔一〕

高綱

古稱不朽者有三〔二〕，功德尚矣，言亦不易。有成一家之言，而或不足傳，或不能傳。言之立也，厥惟難哉。余自曹司〔三〕出守以來，所至訪求文獻，而愜心者蓋少，江山文藻，徒令悵望。千秋南國，雄風猶然不競，其他抑又可知矣。丁巳〔四〕秋，蒞任韶州，得廖柴舟所著《二十七松堂集》於其家簿書填委中，披覽殘編，爲之狂喜。好友沈樗莊〔五〕方卧病，倚枕讀之，亦躍然以起也。文章有神，固如是乎？

然吾因之有感矣，以柴舟之文，瑰奇雄偉，馳逐昌黎、眉山間，宜其不脛而走，不翼而飛，乃蠹簡塵封，誰爲拂拭？則夫懷才抱道之士，其湮没不傳者甚多也。然而遺文未墜，晦久而明，余雖不敢訂其文以附於相知，竊願傳其文以比於尚友〔六〕。是則顯晦有時，凡文之可傳者，其必傳於後，斷可信耳。獨念當柴舟之世，非無名公鉅卿知其爲人與文，卒之牢落不偶〔七〕，未獲一展其藴負，宜其有不平之鳴也，此柴舟之恨也。然而其文具在，百世而下，讀其文者，猶能想見其爲人。其文傳，其人生平亦無人不傳，柴舟復何恨乎？

樗莊曰：是可敘柴舟之集也。文筆峯高，鍾靈有在人間，彩鳳來聽簫韶。亟表彰之，俾得流布寰區〔八〕，勿使《二十七松堂集》淪於蠻煙瘴雨中與草木同腐也。庶幾哉！星之南斗，光且被於水之江漢乎！余曰然，遂援筆書之。乾隆三年歲在戊午秋七月高密高綱〔九〕撰。

【注釋】

〔一〕此序雖署名高綱，實爲沈維材代筆。清沈維材《見亭集敘代》：『余既序柴舟《二十七松堂集》，復有以弁言勤請者，則黄少涯之後人晉清也。』（見《樗莊文稿·序跋》）

〔二〕『古稱』句：《左傳·襄公二十四年》：『太上有立德，其次有立功，其次有立言，雖久不廢，此之謂不朽。』

〔三〕曹司：官署。諸曹郎中職司所在。唐白居易《喜張十八博士除水部員外郎》詩：『無復篇章傳道路，空留風月在曹司。』

〔四〕丁巳：乾隆二年（一七三七）。

〔五〕沈樗莊：沈維材，字楚望，號樗莊。浙江海寧（今浙江省海寧市）人。主要活動年代爲雍正、乾隆間。庠生。工詩文。歷遊河南、山東、湖北、湖南、廣東等地。著有《晴川秋別詩》、《嫁衣集》、《四六枝談》、《樗莊文稿》、《樗莊尺牘》、《樗莊詩稿》等。見民國許傅霈等原纂，朱錫恩等續纂《海寧州志稿》卷三十三、清錢汝驥《樗莊文稿》序。

〔六〕尚友：上與古人爲友。《孟子·萬章下》：『以友天下之善士爲未足，又尚論古之人；頌其詩，讀其書，不知其人，可乎？是以論其世也，是尚友也。』

〔七〕牢落：孤寂，無聊。晉陸機《文賦》：『心牢落而無偶，意徘徊而不能揥。』不偶：不遇，不合。引申爲命運不好。宋蘇軾《京師哭任遵聖》詩：『哀哉命不偶，每以才得謗。』

〔八〕寰區：天下，人世間。《後漢書·逸民傳序》：『彼雖硜硜有類沽名者，然而蟬蛻囂埃之中，自致寰區之外，異夫飾智巧以逐浮利者乎！』

〔九〕高綱：　字蕫田，奉天遼陽（今遼寧省遼陽市）人，隸籍漢軍鑲黄旗。因先世遷自高密（屬山東），故亦稱高密人。監生，乾隆二年任韶州府知府。任職期間，刊印廖燕《二十七松堂集》、澹歸《徧行堂集》。見清阮元修《廣東通志》卷四十七、清林述訓等修《韶州府志》卷五、清王先謙撰《東華續錄·乾隆八二》、《清史稿》卷五百四、清查岐昌《槜莊文稿》序、李放《八旗畫錄》前編卷中。

序

朱蕖

歲庚午〔一〕冬，予自珠江還客韶，聞此地有廖子柴舟，天下士也，因急訪之。一見卽驚其爲人，及得讀《二十七松堂集》，而更有異焉。

古今畸人偉士，莫不以詩文傳，蓋其人類多不得志于時，致其氣之牢騷鬱勃〔二〕而無可告語，遂每藉詩與文一瀉其不平之氣，而氣遂爲之平。故詩與文莫不以氣爲主，惟有道以深之。而其詩與文遂爲子史之副本，盛世之羽儀〔三〕，豈偶然哉？予觀柴舟之爲人，卓立人表，豪氣不除，有不可一世之概。大抵其詩與文之淩厲激宕如其人，其不平之氣固然。然柴舟數十年至此，亦大異矣。

昌黎云：物不得其平則鳴。然既已鳴之，則其氣爲已平。大江之源，始於岷山，延及洞庭、彭蠡諸大湖。予嘗溯九江，抵天河，探積石、禹門之奇。禹門旁兩山約束，水勢嚴促緊逼，水之氣不得其平，故湍激馳驟，卽蛟龍無以殺其勢。及其險阻既遠，波濤不興，則可泛艖航而浴日月也。柴舟之詩與文，何以異是。不平則鳴，已鳴則無不平。數十年來，柴舟所歷窮通常變榮辱，與夫辛苦流離憂虞險阨患難之故，無不備嘗，不平之氣激而爲詩文，而詩與文卽有以平其不平之氣，蓋深於道也久矣。故予以爲柴舟之詩文，爲聖賢所欲言，而非僅畸人偉士之詩與文也。則子史之副本與盛世之羽儀，皆其自爲之，豈世之是非毀譽所得而高下也哉。柴舟性磊落，高奇自負，議論多發前人所未發，所交遊皆當世名流。少習舉子業，未幾棄去，欲以奇計取功名。某年欲上皇帝書，方出嶺，以瘧作而返。食貧著書垂二十年，至今不少衰。所著甚多，此集外，有别集、别記並諸選本共若干卷。著述尚方興未艾，其他異事，亦有不可勝記者。予獨喜其懷有用之才，雖不得稍展其志，然曾不以貧賤富貴動其心，而又能著書立言，以相深於道。其氣已無不平，爲獨異而可傳也。

嗟乎，予彈鋏鼓瑟，落拓天涯，與柴舟之遇，曾不少異。然窮且益堅，予二人又焉知不爲雷爲霆以伸其浩然之氣於古今天地之間也耶？廬陵同學弟朱蘽拜撰。

【注釋】

〔一〕庚午：康熙二十九年（一六九〇）。

〔二〕鬱勃：鬱結壅塞。《周禮·春官·典同》『弇聲鬱』漢鄭玄注：『弇則聲鬱勃不出也。』

〔三〕羽儀：《易·漸》：『鴻漸于陸，其羽可用爲儀。』孔穎達疏：『處高而能不以位自累，則其羽可用爲物之儀表，可貴可法也。』後因以『羽儀』比喻居高位而有才德，被人尊重或堪爲楷模。《漢書·敘傳上》：『皇十紀而鴻漸兮，有羽儀於上京。』顔師古注引張晏曰：『成帝時，班況女爲倢伃，父子並在京師爲朝臣也。』

自序

筆代舌，墨代淚，字代語言，而箋紙代影照，如我立前而與之言，而文著焉。則書者，以我告我之謂也。且吾將誰告，濛濛者皆是矣，嗥嗥者皆是矣。雖孔子猶不能告之七十二國，況下此者乎？退而自告之六經、之孔子而後可焉，則千古著書之標也。故舌可筆矣，淚可墨矣，語言可字矣，而影照可箋紙矣。而我不書乎，而書不我乎？以我告我，宜聽之而信且傳也。曲江廖燕自識。

廖燕全集校注卷一

論

性論一

天地，一性海也；萬物，一性具也。天地萬物皆見役於性而莫知其然，此豈可以言詮〔一〕哉？故善言性者，皆虚其説以待人之自悟而不肯明指之。亦曰物各有性，其道變化而無窮，而吾説不足以盡之。使不盡而盡之，天下後世之人將指吾説以爲口實〔二〕，則吾説不足以明性，反足以晦性，豈聖人所敢出哉？孔子、子思〔三〕是已。

自孟氏性善之説〔四〕出，而荀卿、揚雄、韓愈之徒善惡不同之説〔五〕紛紛而起矣。嗚呼，性若是其不同乎？雖牛羊犬馬皆同此性，而所以不同者，則牛羊犬馬之質異之也。天雨水一而已，而落地則有甘鹹之異者，以甘鹹之質亂之也。虎生而噬人，龍興雲雨以利萬物。使龍有知，必曰：『吾不幸不爲虎而不能噬人。』虎亦曰：『吾不幸不爲龍而不能興雲雨。』則善惡豈龍虎之性哉？龍虎之質則然也。

且彼四子嘗舉人以實之矣。曰堯舜〔六〕，曰桀紂〔七〕，曰堯之於丹朱〔八〕，鯀〔九〕之於禹，雜舉以爲善惡，與上中下三品之説〔一〇〕之驗，似足以盡性之變矣，不知此皆質之説也，非性之本也。有堯舜之質自善，有桀紂之質自惡，是質善非性善，質惡非性惡也。使有復其説者曰：后稷生而岐岐然，嶷嶷然，其後爲興王之祖〔一一〕。叔魚之生也，其母視之，知其必以賄死〔一二〕。使叔魚幸生而岐岐、嶷嶷，將何以定之哉？商臣蠭目而豺聲，令尹子上知其必弑父〔一三〕。文王生有聖瑞，太王知其必興宗〔一四〕。使文王不幸生而蠭目豺聲，又將何以定之哉？使以爲性惡乎？而文王非爲惡之人。以爲性善乎？而蠭豺非爲善之質。將以何者爲據耶？將言人有性，物獨無性乎？性有善惡，無善惡而性獨不在乎？故知人之質可以定善惡，而質之善惡不可以定性也。

然則性云何？曰：孔子、子思之言是已，終亦不言而已矣。微獨孔子、子思，卽釋氏〔一五〕、老、莊之徒亦未嘗明言之。雖然，四子亦言質而已，若性之本，則亦未之言也。豈知之而不言乎？非也。

魏和公〔一六〕先生曰：性字原下一注脚不得，一下注脚，便是别物，非性了。善惡二字，如何説得性，況質之善惡，又紛紛不同乎？千百年來，被耳食〔一七〕人埋在故紙堆中，幾不知性爲何物。此能駁倒繁言，獨尊孔子，其眼光識力直透過孟氏以下論性諸賢脊背，真有功聖門文字，有功後學文字。

【注釋】

〔一〕言詮：用言語解說。《陳書・傅縡傳》：『言爲心使，心受言詮。』

〔二〕口實：借口。《左傳・襄公二十二年》：『若不恤其患，而以爲口實，其無乃不堪任命，而翦爲仇讎。』杜預注：『口實，但有其言而已。』

〔三〕子思：孔伋（前四八三—前四〇二），字子思，戰國初期魯國陬邑人。孔子之孫。相傳受業於曾子。作有《中庸》。是儒家的主要代表人物之一。見《史記・孔子世家》、《孟子・告子下》。孔子、子思關於『性』的論述不多。《論語・陽貨》：『子曰：性相近也，習相遠也。』子思《中庸》：『天命之謂性，率性之謂道，修道之謂教。』又『唯天下至誠，爲能盡其性；能盡其性，則能盡人之性；能盡人之性，則能盡物之性；能盡物之性，則可以贊天地之化育；可以贊天地之化育，則可以與天地參矣。』

〔四〕孟子性善之說：《孟子・滕文公上》：『孟子道性善，言必稱堯舜。』《孟子・告子上》：『人性之善也，猶水之就下也。人無有不善，水無有不下。今夫水，搏而躍之，可使過顙；激而行之，可使在山。是豈水之性哉？其勢則然也。人之可使爲不善，其性亦猶是也。』

〔五〕荀卿、揚雄、韓愈之徒善惡不同之說：《荀子・性惡》：『人之性惡，其善者僞也。今人之性，生而有好利焉，順是，故爭奪生而辭讓亡焉；生而有疾惡焉，順是，故殘賊生而忠仁亡焉；生而有耳目之欲，有好聲色焉，順是，故淫亂生而禮義文理亡焉。然則從人之性，順人之情，必出於爭奪，合於犯分亂理而歸於暴。故必將有師法之化，禮義之道，然後出於辭讓，合於文理，而歸於治。用此觀之，然則人之性惡明矣，其善者僞也。』揚雄《法言・修身》：『人之性也善惡混，修其善則爲善人，修其惡則爲惡人。』韓愈《原性》：『性也者，與生俱生也……性之品有上中下三，上焉者，善焉而已矣。中焉者，可導而上下也。下焉者，惡焉而已矣。其所以爲性者五：曰仁，曰禮，曰信，曰義，曰智。上焉者之於五也，主於一而行於四。中焉者之於五也，一不少有焉，則少反焉，其於四也混。下焉者之於五也，反於一而悖於四。」

〔六〕堯舜：唐堯和虞舜的合稱。遠古部落聯盟的首領。古史傳說中的聖明君主。《易・繫辭下》：『神農氏没，黄帝堯舜氏作，通其變，使民不倦。』

〔七〕桀紂：合稱夏桀和商紂。相傳都是暴君。《孟子・離婁上》：『桀紂之失天下也，失其民也。』

〔八〕丹朱：堯的兒子。《史記・五帝本紀》：『堯知子丹朱之不肖，不足授天下，於是乃權授舜。』

〔九〕鯀：夏禹的父親。《史記・夏本紀》：『禹之父曰鯀。』

〔一〇〕上中下三品之說：唐韓愈《原性》：『性之品有上中下三，上焉者，善焉而已矣；中焉者，可導而上下也；下焉者，惡焉而已矣。』

〔一一〕后稷：周的始祖，名棄，長於種植。《史記・三代世表》：『文王之先爲后稷，……堯知其賢才，立以爲大農，姓之曰姬氏。』《詩・大雅・生民》：『載生載育，時維后稷……誕實匍匐，克岐克嶷。』岐岐、嶷嶷：均聰穎早慧貌。

〔一二〕『叔魚』三句：《國語・晉語八》：『叔魚生，其母視之，曰：「是虎目而豕喙，鳶肩而牛腹，谿壑可盈，是不可饜也，必以賄死。」遂不視。』又《國語・晉語九》：『士景伯如楚，叔魚爲贊理。邢侯與雍子爭田，雍子納其女於叔魚以求直。及斷獄之日，叔魚抑邢侯，邢侯殺叔魚與雍子於朝。』

〔一三〕商臣：即楚穆王（？—前六一四），春秋時楚國國君。前六二六年得知其父楚成王欲改立王子職爲太子，以宫甲包圍王宫，逼成王上弔而死，自立爲楚君。《左傳・文公元年》：『初，楚子將以商臣爲大子，訪諸令尹子上。子上曰：「蜂目而豺聲，忍人也，不可立也。」弗聽。』

〔一四〕『文王』二句：《史記·周本紀》：『古公有長子曰太伯，次曰虞仲。太姜生少子季歷，季歷娶太任，皆賢婦人，生昌，有聖瑞。古公曰：「我世當有興者，其在昌乎？」』

〔一五〕釋氏：釋迦的略稱，指釋迦牟尼（約前五六三—前四八三）。佛教創始人。姓喬答摩，名悉達多。『釋迦牟尼』是佛教徒對他的尊稱，意卽釋迦族的聖人。南朝梁沈約《究竟慈悲論》：『釋氏之教，義本慈悲。』

〔一六〕魏和公：魏禮（一六二八—一六九三），字和公，號季子。江西寧都人。受業於兄魏禧。與兄魏祥及魏禧齊名，世稱『寧都三魏』。『寧都三魏』又與彭士望、丘維屏等人，稱『易堂九子』。魏禮性慷慨，工詩文，鬱鬱不得志，乃棄諸生遠遊，足跡幾遍天下。著有《魏季子文集》十六卷。見《清史稿》卷四百八十四。

〔一七〕耳食：指不進行實際考察，徒信傳聞。語出《史記·六國年表序》：『學者牽於所聞，見秦在帝位日淺，不察其終始，因舉而笑之，不敢道，此與以耳食無異。』司馬貞索隱：『言俗學淺識，舉而笑秦，此猶耳食不能知味也。』

性善辯略附

予嘗謂性非無善惡，但不可以善惡名之，蓋善惡爲情，性發而爲情。譬如農人種穀成秧，則謂之秧矣，猶謂秧爲穀，可乎？故謂性能生善生惡則可，謂善惡爲性則不可。或曰性之體一善而已，善卽無惡，無惡則善，善豈有對耶？予曰：不然。道統肇自唐虞〔一〕，《虞書》稱『人心惟危，道心惟微』〔二〕。『人心』者何？惡是也。『道心』者何？善是也。二者皆根於性，斯非善惡對舉之明驗也哉？

子曰：『性相近也〔三〕。』相近云者，言善惡相去不遠也。子思子曰：『率性之謂道，修道之謂教。〔四〕』道之爲言修者，言欲人去不善以歸於善也。故自古聖人教人爲善去惡，皆作兢兢業業警戒勉力之詞。《詩》曰：『如臨深淵，如履薄冰。』〔五〕《書》曰：『顧諟天之明命。』〔六〕《易》曰：『君子終日乾乾，夕惕若厲。』〔七〕《禮記》曰：『毋不敬，儼若思。』〔八〕與夫《魯論》言克己復禮〔九〕，《大學》言正心誠意〔一〇〕，《中庸》言戒慎、恐懼、慎獨〔一一〕，如此之類，不一而足，豈非以爲惡易而爲善難也耶？若云性有善而無惡，則人人皆爲聖人君子而無小人矣，何小人舉目皆是，而聖人君子千百年不一見也？孔子曰：『善人吾不得而見之矣』[一二]。『善人不得見,則終日所見者果何如人也哉?又云:『得見有恒者，斯可矣。』『斯可』云者，蓋不得見而深願望見之詞，所以下文即接『亡而爲有，虚而爲盈，約而爲泰』三句，言天下俱是此種人，尚何有恒之有。有恒且不得見，況善人乎？由是言之，性，善耶？惡耶？

按，性字，從生從心，心即有善有惡，心字形體，無一點一畫是端正的，則人心之善惡可知。心爲性之所生，則善惡爲性之所生可知。今謂善爲性之所有，而惡非性之所有，可乎？況性可言善，則孔子當已言之，孔子不言，亦如不答南宫适之問〔一三〕之意耳。南宫适曰：『羿善射，奡盪舟，俱不得其死。然禹、稷躬稼而有天下。』夫子不答，恐不報應〔一四〕之多於報應也。夫子不言性善，恐不善之多於善也。嗚呼，此孔子所以稱千古大聖人也歟！又云：性爲渾淪〔一五〕之稱，原解說不得的，所以三教〔一六〕聖人皆不作注解。孟子獨闢〔一七〕衆說而以善解之，豈知已落『情』字一邊耶？又云：善惡未分是性，善惡既分是情。性情二字，原明劃如此，何須更尋別解。又云：心、性、情三字，須知心還心，性還性，情還情。孟子云乃若其情，則可以爲善〔一八〕，是以情爲性矣。後世又有以心之所安爲性〔一九〕者，是又以心爲性矣。非但不識性，並將心與情而失之，可乎？

或問何以分別？曰心卽心肝之心。爲有形之物，若性情二字，則有名而無形。今性字從心從生，言生心之謂性。情字從性從月，月音肉，卽古肉字。言天命之性，一著血肉之軀，而情卽生焉。情豈性之謂哉！是心、性、情三字，判然不同如此，又安可混之以誣〔二〇〕性也耶？又云：予嘗言心性二字，如豪奴、悍婢、蠻妻、拗子、猛將、權臣，最難降伏，所以釋氏要明心見性〔二一〕，道家要修心煉性〔二二〕，吾儒亦要存心養性〔二三〕，蓋難之之辭也。若言性本來是善，而不爲之堤防節制，任意順流做去，鮮不爲其所賊也哉！

【注釋】

〔一〕道統：儒家所稱的傳道系統。元謝端《加封孔子父母制》：『原道統則堯授舜，傳之周文王。』唐虞：指堯與舜的時代，古人以爲太平盛世。《釋名·釋天》：『唐虞曰載，載生物也。』

〔二〕『人心』二句：見《尚書·虞書·大禹謨》：『人心惟危，道心惟微；惟精惟一，允執厥中。』

〔三〕性相近也：見《論語·陽貨》：『子曰：「性相近也，習相遠也。」』

〔四〕『率性』二句：見《中庸》：『天命之謂性，率性之謂道，修道之謂教。』

〔五〕『如臨』二句：見《詩·小雅·小旻》：『戰戰兢兢，如臨深淵，如履薄冰。』

〔六〕顧諟天之明命：見《尚書·虞書·太甲》：『先王顧諟天之明命，以承上下神祇。』

〔七〕『君子』二句：見《易·乾》：『君子終日乾乾，夕惕若厲，無咎。』

〔八〕『毋不敬』二句：見《禮記·曲禮上》：『毋不敬，儼若思，安定辭。』

〔九〕《魯論》：即《魯論語》：《論語》的漢代傳本之一，相傳爲魯人所傳。唐陸德明《〈經典釋文〉序錄》：『漢興，傳者則有三家，《魯論語》者，魯人所傳，即今所行篇次是也。』按，《魯論》爲後世《論語》所本，故後世稱《論語》爲《魯論》。克己復禮：見《論語·顏淵》：『顏淵問仁。子曰：「克己復禮爲仁。」』

〔一〇〕正心誠意：見《大學》：『欲修其身者，先正其心。欲正其心者，先誠其意。』

〔一一〕戒慎、恐懼、慎獨：見《中庸》：『是故君子戒慎乎其所不睹，恐懼乎其所不聞。莫見乎隱，莫顯乎微，故君子慎其獨也。』

〔一二〕『善人』句：見《論語·述而》：『子曰：「善人吾不得而見之矣；得見有恆者，斯可矣。亡而爲有，虛而爲盈，約而爲泰，難乎有恆矣。」』

〔一三〕不答南宮适之問：見《論語·憲問》：『南宮适問於孔子曰：「羿善射，奡盪舟，俱不得其死。然禹稷躬稼，而有天下。」夫子不答，南宮适出。子曰：「君子哉若人！尚德哉若人！」』

〔一四〕報應：回應。宋司馬光《撫納西人詔意》：『鄜邊臣奏陳，云彼君臣失職，及移文詰問，曾無報應。』

〔一五〕渾淪：亦作『渾侖』。囫圇，整個兒。《朱子語類》卷三三：『程説似渾淪一箇屋子，某説如屋下分間架爾。」

〔一六〕三教：儒、道、佛合稱『三教』。《周書・韋敻傳》：『武帝又以佛道儒三教不同，詔敻辨其優劣。』

〔一七〕闢：駁斥。宋沈作喆《寓簡》卷六：『予見士大夫無賢愚，其言皆如此，心竊怪之而不敢闢也。』

〔一八〕『孟子云』二句：見《孟子・告子上》：『孟子曰：乃若其情，則可以爲善矣，乃所謂善也。若夫爲不善，非才之罪也。』乃若，至於。

〔一九〕以心之所安爲性：《景德傳燈錄》卷三：『光（神光）曰：「我心未寧，乞師與安。」師（菩提達磨）曰：「將心來與汝安。」曰：「覓心了不可得。」師曰：「我與汝安心竟。」』

〔二〇〕誣：假冒。《管子・揆度》：『自言能爲司馬，不能爲司馬者，殺其身以釁其鼓；自言能治田土，不能治田土者，殺其身以釁其社；自言能爲官，不能爲官者，劓以爲門父。故無敢姦能誣祿至於君者矣。』

〔二一〕明心見性：佛教語。謂摒棄世俗一切雜念，徹悟因雜念而迷失了的本性（卽佛性）。《明史・儒林傳》：『釋氏之明心見性與吾儒之盡心知性相似而實不同。』

〔二二〕修心煉性：修煉心性。元方回撰《桐江續集》卷二十九《松鶴詞》：『又曰「養雛成大鶴，種子作高松」，言修心鍊性之人可以長生久視，能與松若鶴俱壽也。』

〔二三〕存心養性：保存本心，養育正性。儒家思孟學派認爲，人性本善，保持並培養這種本性，卽可事天。《孟子・盡心上》：『存其心，養其性，所以事天也。』趙岐注：『能存其心，養育其正性，可謂仁人。天道好生，仁人亦好生，天道無親，惟仁是與。行與天合，故曰「所以事天」。』宋張載《西銘》：『存心養性，君子之所以事天也。』後來宋代理學家朱熹等提倡『明天理，去人欲』的修養方法，卽本於此。

性論二

性不可以善言也，爲其涉於情也。蓋善惡者，情之顯焉者也。情可言善，獨不可言惡乎？甚矣！立説之不可使有或偏也！我偏之於此，而彼遂偏之於彼。非彼偏也，我留偏於彼也。荀子曰性惡，豈自荀子始哉？孟子一偏之説留之也。孟子之言曰：『乃若其情，則可以爲善矣。』荀子亦可曰：『乃若其情，則可以爲惡矣。』以善視情與以惡視情，無以異也，以善惡視情與以善惡視性又無以異也，而必謂此是而彼非，又豈可哉！

子思言性，與孔子同也。孔子曰：『性相近也。』不言善惡而善惡在也，無善惡又何以言相近耶？子思曰：『天命之謂性，率性之謂道，修道之謂教。』亦不言善惡而善惡在也，無善惡又何以言修耶？嗚呼！言性者亦若是而可矣，後雖有言者亦無復有加於斯矣。而孟子始異其説，以爲性不可見而情可見，遂舉情以實之。不知情雖不離乎性，而特不可以情代性。言善者以情代性之謂也，適足以啟天下後世之疑而已矣。惟聖人知其然，故略於言性，而詳言復性〔一〕。言性只示其端，言復性必徵其力。端不易知，即智者而猶疑。力有可憑，雖愚人亦易盡也。其道維何？亦示之以復性之功而已。

故孝可盡也，天下之人因而盡其孝；弟可盡也，天下之人因而盡其弟；以至忠信可盡也，天下之人因而盡其忠與信。則我雖不言性，而孝弟忠信之性已復矣。迨性復而性之理可不言而喻矣。如是，而此曰我性如是矣，彼亦曰我性如是矣。此曰我性必如是矣，彼亦曰我性必如是矣。性之先，無善惡可分。而性之後，亦無善惡可分，又安有善惡可言哉？故吾一言復性，而性之上下本末無不俱舉也。此亦甚全之說也。

嗚呼，聖賢之著書立說，亦何爲哉？亦欲人盡力以復性而已。使天下之人皆復其性，則雖不言性可矣，況善惡耶？而性可知矣。

善惡畢竟是情不是性，若說是性，譬如人睡熟時，善念亦不生，惡念亦不生，此處便說無性，可乎？邑侯談定齋〔二〕先生見此論，謂予曰：『性畢竟是善，譬如强盜小人，亦有良心發現時。』予曰：『「良心發現」四字，只此便是情了，與性何干？』先生首肯。自記。

毛會侯〔三〕先生曰：前篇論質不是性，此篇論情不是性，俱發前賢所未發。中間提出『復性』二字，使人有下手處，方不是鶻突〔四〕學問。

【注釋】

〔一〕復性：回復本性。唐李翱《復性書》：『妄情滅息，本性清明，周流六虛，所以謂之能復其性也。』

〔二〕邑侯：縣令。宋王玄《弔耒陽杜墓》詩：『邑侯新布政，一爲剪紫荊。』談定齋：談志，字定齋。江南武進（今江蘇省常州市武進區）人。康熙十九年由邳州學政遷曲江知縣，愛民好士，工書法，尤精詩賦古文詞。退食之餘，唯事揮毫。澹宦情，蒞任數月，即拂衣歸，有陶淵明之風。臨行士民有攀車流涕者。著有《今粵詩集》。見清張希京修、歐樾華等纂《曲江縣志》卷十三。談志歸前，廖燕作有《送邑侯談定齋先生歸毘陵序》（卷四）、《送邑侯談定齋先生還毗陵二首》（卷十九）。

〔三〕毛會侯：毛際可（一六三三—一七〇八），字會侯，號鶴舫，晚號松皋老人。浙江遂安（今屬浙江省杭州市淳安縣）人。順治十五年進士，授彰德府推官，歷城固、祥符等地知縣，興水利，禁横暴，所至有善政。工詩詞古文，以詩文名家。著有《安序堂文鈔》、《浣雪詞鈔》（一名《映竹軒詞》）、《松皋詩選》等。見清國史館原編及周駿富輯《清史列傳》卷七十、清錢儀吉纂《碑傳集》卷九十五《康熙朝守令中之中》。

〔四〕鶻突：模糊，混沌。唐孟郊《邊城吟》：『何處鶻突夢，歸思寄仰眠。』

性相近辯略附

孔子曰：『性相近也，習相遠也。』豈非爲萬古論性者之所當宗法〔一〕者耶？自孟子認情作性，而程朱〔二〕復以理解性，於是天下後世只知有宋儒之學〔三〕，而不復知有孔子之學矣。可勝歎哉！

子思子曰：『天命之謂性。』言性何謂？天命之謂也。以天命二字解性，何等直捷了當。而朱子〔四〕另注云：性卽理也〔五〕。理有是非，蓋道理之謂。今性既作理字解，下句道字又作何解，豈可云天命之謂理、率理之謂理耶？

尤可異者，張横渠〔六〕言『形而後有氣質之性，善反之，則天地之性存焉』〔七〕，判氣質、天地而爲二物。朱子祖之以注此章，爲兼氣質而言。又果何謂哉？不知氣輕清上浮而爲天，質重濁下墜而爲地，天地既爲氣質之所結成，則氣質卽天地可知。氣質之性，卽天地之性又可知。若必强言氣質非天地，則天地必非氣質之所結成而後可，不但不知氣質，亦幾不知天地爲何物矣。又烏可訓乎哉？横渠既於氣質之外别求天地，而程朱亦於天命之外别求性解，頭上安頭，遂致因差果錯，豈非孟子一言流弊之過耶？

予爲此懼，因著《性論》二篇，以明性字之義。予亦知學孔子之學而已，他何敢哉，他何敢哉！

又云：從來三教相傳，莫不以『心性』二字爲第一件絕大事，豈有孔子爲千古大聖人，尚有言之不全而必待後人補說之耶？孔子言性相近一語，已爲包天包地而言。程子不知，言此爲氣質之性，非性之本。若性既有本，孔子當卽言之。孔子不言，則必别有其故可知。故子貢言：夫子之言性與天道，不可得而聞也〔八〕。今程子以理爲解，不知理爲道理之稱，乃率性以後之事。以率性以後之事爲性之本，吾不知之矣。

【注釋】

〔一〕宗法：效法。宋胡仔《苕溪漁隱叢話前集・杜少陵四》：『老杜於詩學，世以謂前無古人，後無來者；然觀其詩，大率宗法《文選》。摭其華髓，旁羅曲探，咀嚼爲我語。』

〔二〕程朱：宋代理學家程顥、程頤兄弟和朱熹的合稱。因他們三人提倡性理之學，成一學派，故後人以『程朱』代指這一學派。宋周敦頤編《周元公集·祭文》：『心學是究，波衍程朱。』

〔三〕宋儒之學：指宋代開始出現的理學。以義理爲主，亦稱理學、宋學。《宋史》爲周敦頤、程頤、朱熹等人特立道學傳，故又稱道學。該學說以『理』爲天地萬物的本源，以三綱五常爲核心，雖標榜孔孟之道，但亦參以佛、道之說。其代表人物有周敦頤、程頤、程顥、朱熹、陸九淵等。參閱清黃宗羲《宋元學案》、《明儒學案》。

〔四〕朱子：對朱熹的尊稱。宋周敦頤編《周元公集·祭文》：『朱子曰：「此所謂無極而太極也。」』

〔五〕性卽理也：《中庸》：『天命之謂性，率性之謂道，修道之謂教。』朱熹集注：『命，猶令也。性，卽理也。天以陰陽五行化生萬物，氣以成形，而理亦賦焉，猶命令也。於是人物之生，因各得其所賦之理，以爲健順五常之德，所謂性也。』

〔六〕張橫渠：張載（一〇二〇——一〇七七），字子厚，鳳翔府郿縣（今陝西眉縣）橫渠鎮人，所以人稱橫渠先生。北宋哲學家。因講學關中，故其學派被稱爲『關學』。其著作編入《張子全書》中。

〔七〕『形而』三句：見宋張載《張子正蒙·誠明》：『形而後有氣質之性，善反之，則天地之性存焉，故氣質之性，君子有弗性者焉。』

〔八〕『夫子』二句：見《論語·公冶長》：『子貢曰：「夫子之文章，可得而聞也。夫子之言性與天道，不可得而聞也。」』子貢，端木賜（前五二〇——？），字子貢，春秋衛國人。孔子弟子，善辭令。經商曹、魯間，家累千金。歷仕魯、衛，出使各諸侯國，分庭抗禮。曾爲魯遊說齊、吳、晉、越等國，促使吳伐齊救魯。卒於齊。《史記·仲尼弟子列傳》有傳。

湯武〔一〕論

世無通識特達之士，則千古之是非隱而不彰。予每怪儒者之論湯武也，明明而放〔二〕其君而奪之位，猶曰非篡，必以何者而後謂之篡乎？明明斬其君之首而懸之太白之旗，猶曰非弑，必以何者而後謂之弑乎？甚矣，儒者之爲湯武諱也。

雖然，通識特達之士，敢於論湯武，必不敢於背孔子。孔子之言曰：『湯武順乎天而應乎人。』儒者每引以爲解，是亦未明孔子之言也。抑知孔子之言順天，言其篡順天、弑順天。言應人，亦言其篡應人、弑應人已耳。不然，天欲其爲君，而終守臣節，則不得爲君。不得爲君而何以爲順天？人願其爲君，而不敢放伐，則不能爲君。不能爲君而何以爲應人？故欲順天應人，則不得不出於篡弑，惟篡弑而後可以順天應人也。則孔子之言是相因之言，而非相諱之言也。況《春秋》，孔子之書也，傳稱趙穿攻靈公於桃園而弑之。《春秋》不曰『趙穿弑其君』，而曰『趙盾弑其君』，誅其心也。盾雖無弑君之迹，然其實有弑君之心，而又焉得逃其罪？況躬行篡弑而反代爲諱之，豈孔子之意乎？又何以責後世之爲司馬炎、劉裕〔三〕之輩也耶？

且人不能有功而無過，功過別而後是非明，是非明而後人品正。若人硜硜〔四〕欲自居於無過之地，則其心有不可忍言者多矣。湯武之過明，而後湯武之功定。彼司馬炎、劉裕之不得其正者，其篡弒固非，而其爲君又豈可與湯武同日而語也哉？湯武之功，湯武之過成之也。有湯武之爲君，雖篡弒，勿論也。有司馬炎、劉裕之爲君，雖揖讓〔五〕，勿貴也。

談定齋先生曰：湯、武是篡弒，固無論。妙在卽以篡弒解順天應人，奇甚確甚。非具二十分膽識，誰敢如此下筆？可破千古腐儒之見。

【注釋】

〔一〕湯武：商湯與周武王的合稱。《易·革·彖傳》：『天地革而四時成，湯武革命，順乎天而應乎人。』

〔二〕放：驅逐，流放。《說文·放部》：『放，逐也。』《楚辭·悲回風》：『見伯夷之放跡。』

〔三〕司馬炎：卽晉武帝（二三六—二九〇），晉朝的開國皇帝。字安世。河內溫縣（今河南溫縣西）人。曹魏末年，祖司馬懿、伯司馬師、父司馬昭相繼控制朝政。魏咸熙二年（二六五），司馬炎爲相國、晉王。同年十二月代魏稱帝，建立晉朝。劉裕：卽宋武帝（三六三—四二二），南朝宋的建立者。字德輿，小名寄奴。祖籍彭城（今江蘇徐州），後遷居京口（今江蘇鎮江）。出身於破落士族。義熙十四年，劉裕派人縊死晉安帝。元熙二年（四二〇）六月，稱帝，國號宋。

〔四〕硜硜：形容淺陋固執。《論語·子路》：『言必信，行必果，硜硜然小人哉！』

〔五〕揖讓：禪讓，讓位於賢。《韓非子·八說》：『古者人寡而相親，物多而輕利易讓，故有揖讓而傳天下者。』

高宗殺岳武穆〔一〕論

岳武穆冤死一案，獄成而首從不分，千古獨坐〔二〕秦檜，非定論也。或曰：然則檜無罪乎？曰：烏得無罪，然亦有說。晉史載趙穿親攻靈公於桃園，趙盾亡，不討賊。孔子作《春秋》，不曰趙穿，而曰趙盾弒其君夷皋。魏史載成濟親抽戈刺魏主曹髦於南闕下，司馬昭隨殺成濟以滅口。朱熹作《綱目》〔三〕，不曰成濟，而曰司馬昭殺其主曹髦，罪首惡也。秦檜固有罪，不過與穿、濟等耳，今遽坐以首惡之誅，而主謀之高宗，反從寬宥之例，不特非萬世之公論，亦何以服檜之心也耶？

高宗當日以爲若復中原則淵聖〔四〕必復辟，將置己於何地？計無所出，如是不得不以建議請和者爲策之最善，而屢戰屢捷，欲直抵黄龍與諸君痛飲者，方深中其忌而不殺之不已也。觀檜答何鑄之言曰：『此上意也。』其意可知矣。其後檜以『莫須有』三字煅煉〔五〕成獄，斯即『此上意』三字之轉語〔六〕也。不然，『莫須有』三字直兒戲耳，安敢遽戮天子之大臣，其敢爲之而不復顧者，非高宗使之而誰使之？然則檜，一高宗之劊子手耳，又何足責也哉？假使當時無檜，武穆亦未免於禍，蓋欲殺武穆者，高宗之隱衷。君欲殺臣，天下豈少一劊子手耶？惜當日在廷諸臣不能解高宗之惑，而徒爭武穆之無罪，即韓世忠已不能無遺議。予尤恨武穆不能行『將在軍，君命有所不受』之權，而自墜千古一時之大功，爲可歎也。故定此案之罪，高宗爲首，檜次之。《綱目》宜去『秦檜』二字，改書『某月殺其故少保樞密副使武昌公岳飛』。

嗚呼，若高宗者，豈非千古之罪人也耶！其欲殺武穆者，實不欲還徽宗與淵聖也。其不欲還徽宗與淵聖者，實欲金人殺之而己得安其身於帝位也。然則雖謂高宗殺武穆，即弒父弒君，可。

高宗喜張浚〔七〕，喜其屢敗；惡武穆，惡其屢勝。是非顛倒錯亂至此，亦千古異聞。自記。

魏和公先生曰：貪戀帝位，遂致蔑棄〔八〕君父，確是高宗當日殺武穆隱衷。今被快筆拈出，何減照膽秦銅〔九〕。

【注釋】

〔一〕高宗：指宋高宗趙構（一一〇七—一一八七），字德基。徽宗第九子，欽宗弟。岳武穆：即岳飛（一一〇三—一一四二），字鵬舉。相州湯陰人。孝宗時，追謚武穆。北宋滅亡後，宋高宗逃至南京即帝位，任用秦檜等，竭力壓制岳飛等將領的抗金要求。紹興十年（一一四〇）各路宋軍在對金戰爭中節節取勝時，宋高宗下令各路宋軍班師，斷送了抗金鬥爭的大好形勢。紹興十一年，解除岳飛、韓世忠等大將的兵權。不久，他與秦檜製造岳飛父子謀反冤案，以『莫須有』的罪名加以殺害，遂同金朝簽定了屈辱投降的紹興和議，向金稱臣納貢，以換取金承認自己在淮河、大散關以南地區的統治權。

〔二〕坐：定罪。《晏子春秋·雜下十》：『王曰：「何坐？」曰：「坐盜。」』

〔三〕《綱目》：指《資治通鑒綱目》。南宋朱熹及其門人趙師淵等撰。共五十九卷。内容基本取材於《資治通鑒》，記事起迄亦同《資治通鑒》。書中大字爲提要，即『綱』，模仿《春秋》，以明『書法』；小字以敍事，即『目』，模仿《左傳》，記評史事。另有凡例一百餘條，述褒貶之旨。

〔四〕淵聖：指宋欽宗趙桓（一一〇〇—一一六一）。宋徽宗長子。宣和七年，金兵入侵時即位。靖康二年，金兵攻陷汴京，與宋徽宗及后妃等被俘北去。北宋亡。建炎元年，宋高宗趙構即位，後遥尊被金兵俘去的欽宗爲孝慈淵聖皇帝。

〔五〕煅煉：以逼供等手段，入人於罪。宋李新《跨鼇集・書》：『何苦分外按數毛脉、吹求疵垢、煅煉束縛，致人於不免耶？』

〔六〕轉語：原爲佛教禪宗用語，指使人恍然大悟的機鋒話語。引申爲解釋的話。宋費衮《梁谿漫志・二儒爲僧》：『聞隣寺長老有道，價往請一轉語，忽爾覺悟，身心泰然。』

〔七〕張浚（一〇九七—一一六四）：字德遠。漢州綿竹（今屬四川）人。南宋大臣。建炎四年，張浚無視宿將曲端的正確意見，集結陝西五路軍隊，與金軍在富平（今屬陝西）會戰。結果大敗。隆興元年（一一六三）主持北伐。宋軍連克靈璧（今屬安徽）、虹縣（今安徽泗縣）、宿州（今安徽宿州），旋即潰敗。浚因此罷官，不久即死，謚忠獻。

〔八〕蔑棄：蔑視拋棄。《國語・周語下》：『上不象天，而下不儀地，中不和民，而方不順時，不共神祇，而蔑棄五則。』

〔九〕照膽秦銅：相傳秦咸陽宮中有大方鏡，能照見五臟病患。女子有邪心者，以此鏡照之，可見膽張心動。見《西京雜記》卷三。後因以爲典，極言明鏡可鑒。秦銅，秦鏡的代稱。

明太祖〔一〕論

天下可智不可愚，而治天下可愚不可智。使天下皆智而無愚，而天下不勝其亂矣。蓋智者動之物而擾事之具也。昔人云『天下本無事，庸人擾之耳〔二〕』。夫庸人烏能擾天下哉？擾天下者，皆具智勇兇傑卓越之材，使其有才而不得展，則必潰裂四出，小者爲盜，大者謀逆，自古已然矣。惟聖人知其然，而惟以術愚之，使天下皆安於吾術，雖極智勇兇傑之輩，皆潛消默奪而不知其所以然，而後天下相安於無事。故吾以爲明太祖以制義取士〔三〕，與秦焚書之術無異，特明巧而秦拙耳，其欲愚天下之心則一也。

秦始皇以狙詐〔四〕得天下，欲傳之萬世，以爲亂天下者皆智謀之士，而欲愚之而不得其術。以爲可以發其智謀者無如書，於是焚之以絕其源。其術未嘗不善也，而不知所以用其術，不數年而天下已亡。天下皆咎其術之不善，不知非術之過也，且彼烏知詩書之愚天下更甚也哉！詩書者，爲聰明才辯之所自出，而亦爲耗其聰明才辯之具。況吾有爵祿以持其後，後有所圖而前有所耗，人日腐其心以趨吾法，不知爲法所愚。天下之人無不盡愚於法之中，而吾可高拱而無爲矣，尚安事焚之而殺之也哉！明太祖是也。

自漢唐宋歷代以來，皆以文取士，而有善有不善，得其法者惟明爲然。明制，士惟習《四子書》〔五〕，兼通一經，試以八股，號爲制義。中式者錄之。士以爲爵禄所在，日夜竭精敝神以攻其業。自《四書》、一經外，咸束高閣，雖圖史滿前，皆不暇目，以爲妨吾之所爲。於是天下之書不焚而自焚矣。非焚也，人不復讀，與焚無異也。焚書者，欲天下之愚而人卒不愚，又得惡名。此不焚而人自不暇讀，他日爵禄已得，雖稍有涉獵之者，然皆志得意滿，無復他及。不然，其不遇者，亦已頽然就老矣，尚欲何爲哉？

故書不可焚，亦不必焚。彼漢高、楚項〔六〕所讀何書？而行兵舉事，俱可爲萬世法。詩書豈教人智者哉！亦人之智可爲詩書耳。使人無所耗其聰明，雖無一字可讀，而人心之詩書原自不泯。且人之情，圖史滿前，則目飽而心足。而無書可讀，則日事其智巧，故其爲計更深，而心中之詩書更簡捷而易用也。秦之事可鑒已，故曰明巧而秦拙也。

孔子曰：『民可使由之，不可使知之〔七〕。』夫治天下者，一人而已，其餘皆臣與民，而聽治於一人者也。使天下皆安心而聽治於一人，而天下固已極治矣，尚安事使其知之而得以議吾之政令也哉？故雖以明之制，百世不易可也。

魏和公先生曰：此論有五奇，治天下可愚不可智，一奇也；以制義取士與焚書無異，二奇也；詩書能愚天下，三奇也；非詩書能教人智，實人之智可爲詩書，四奇也；心中之詩書更簡捷易用，五奇也。絕世奇談，發前人所未發。柴舟議論佳者甚多，當推此篇爲第一。

【注釋】

〔一〕明太祖：朱元璋（一三二八——一三九八），明王朝的開國皇帝。濠州（今安徽鳳陽縣東）人。

〔二〕『天下』二句：見宋陸游《心太平庵》詩：『天下本無事，庸人擾之耳。胸中故湛然，忿欲定誰使。』

〔三〕制義：又作『制藝』，即八股文。明清科舉考試制度所規定的文體。每篇由破題、承題、起講、入手、起股、中股、後股、束股八部分組成。後四部分是正式議論，中股是全篇重心，在這四段中，都有兩股排比對偶文字，合共八股，故又名八股文。文章題目摘自《四書》，所論内容必須根據朱熹《四書集注》，不許自由發揮。始於明太祖朱元璋。《明史》卷七十：『（明代）科目者，沿唐、宋之舊而稍變其試士之法，專取四子書及《易》、《書》、《詩》、《春秋》、《禮記》五經命題試士，蓋太祖與劉基所定。其文略仿宋經義，然代古人語氣爲之。體用排偶，謂之八股，通謂之制藝。三年大比，以諸生試之。』

〔四〕狙詐：乘機使詐。《漢書·諸侯王表序》：『秦據勢勝之地，騁狙詐之兵，蠶食山東，壹切取勝。』顔師古注引應劭曰：『狙，伺也。因間伺隙出兵也。』

〔五〕四子書：指《論語》、《大學》、《中庸》、《孟子》四部儒家的經典。此四書是孔子、曾子、子思、孟子的言行錄，故合稱『四子書』。清邵懿辰《儀宋堂後記》：『明太祖既一海内，與其佐劉基，以「四子書」章義試士。行之五百年不改，以至於今。』

〔六〕漢高：指漢高祖劉邦（前二五六——前一九五），字季。沛縣（今屬江蘇）人。西漢王朝的建立者。楚項：指項羽（前二三二——前二〇二），名籍，字羽。秦下相（今江蘇宿遷西南）人。秦亡後稱西楚霸王，實行分封制，封六國貴族爲王。後與劉邦爭天下，進行了四年的楚漢戰爭，前二〇二年兵敗，在垓下（今安徽靈璧南）烏江邊自殺。

〔七〕『民可』二句：見《論語・泰伯》。

傅說〔一〕論

《尚書》稱武丁思復興殷，恭默思道，夢帝賚予良弼，乃審厥象，俾以形旁求於天下。說築傅巖之野，惟肖，爰立作相。〔二〕而或者疑之，謂能夢者未必能畫，能畫者未必能夢，事之有無未可知。予曰：不特此也，縱使武丁當時寐而能夢，寤而復能圖之以形以旁求於天下，天下之人豈無面貌相同者？使誤以貌同而舉之，不幸或非其人，亦畀以相位乎？抑將棄而不用乎？武丁不若是之愚也。況舉錯〔三〕爲朝廷大典，以舜之玄德陞聞〔四〕，堯猶歷試諸艱，典職數十年，功用既興，然後授之以政。武丁乃憑一夕恍惚之夢，而遂輕以重任畀之，幾與兒戲無異，亦將何以爲訓耶？

然則武丁何以出此？曰：此武丁久知傅說之賢而故神其事，以爲轉移中興之舉者也。田單〔五〕守即墨，乃令城中人食必祭其先祖於庭，飛鳥翔舞下食，單因宣言曰：神來下教我。又曰：當有神人爲我師。因詭取一卒而師事之。齊人信以爲然，莫不勇氣百倍，遂破燕軍。天下豈真有神爲人之師者耶？抑將假此以愚人也？然而功因之而成矣，又何嫌乎？武丁去湯之時，歷君一十有八，歷年四百一十有一，其時湯之遺風善政，必有頹而不舉者。使不有以振興之，則不能變亂而爲治。況說身居微賤，武丁雖知其賢，然一旦舉之在位，不特驚人耳目，亦且必有從而阻撓之者。於是不得已託之以夢，復託之以形。其形之審厥惟肖者，安知非武丁與傅說覿面〔六〕而圖之者也？其以形旁求而即得者，又安知非武丁親授意於所使之人而先爲之默示其處者也？而當時之人亦遂深信而不疑，豈非其圖謀之秘密，有莫可得而窺之者耶？傳稱殷俗尚鬼，夢亦鬼神之類也。因風俗之好尚，而行轉移之微權，殷道亦遂因之而中興。是道也，固武丁恭默深思而得之者也，又豈偶然也哉！至今數千百年，猶以爲真有是夢而思之慕之，不惟能愚當時，且可以愚天下後世，道尚有神如是者乎？

嗚呼！田單以神而破燕，武丁以夢而興殷，道之不可不思也如此。此聖賢英傑之所爲，所以爲千古莫及也歟！雖然，傅說云者，言其說多傅會而爲烏有之事者也。武丁固已明言之，而人特未之思耳。然則聖人亦何嘗有意愚天下也哉。

曾遂五〔七〕曰：夢賚一案，昔人以夢愚人，而今人亦遂以夢自愚。得此辯析，千古大夢頓醒矣。其說傅會，即在傅說二字看出。妙合天然，安得不絕倒吾普天下才子。

【注釋】

〔一〕傅說：商王武丁的大臣。因在傅巖從事版築，被武丁起用，故以傅爲姓。《史記·殷本紀》：『帝武丁即位，思復興殷，而未得其佐。三年不言，政事決定於冢宰，以觀國風。武丁夜夢得聖人，名曰說。以夢所見視群臣百吏，皆非也。於是乃使百工營求之野，得說於傅巖中。是時說爲胥靡，築於傅巖。見於武丁，武丁曰是也。得而與之語，果聖人，舉以爲相，殷國大治。』

〔二〕『《尚書》』八句：見《尚書·商書·說命》：『高宗武丁，恭默思道，夢帝賚予良弼，其代予言，乃審厥象，俾以形旁求於天下。說築傅巖之野，惟肖，爰立作相。』武丁，商代國王名。後世稱爲高宗。盤庚弟小乙之子。相傳少時生活在民間，即位後，重用傅說、甘盤爲大臣，力求鞏固統治。恭默，莊敬而沉靜寡言。賚，賞賜，賜予。

〔三〕舉錯：亦作『舉措』。擢用和廢棄。《漢書·薛宣傳》：『執憲轂下，不吐剛茹柔，舉錯時當。』

〔四〕玄德：指潛蓄而不著於外的德性。陞聞：上聞。《書·舜典》：『玄德陞聞，乃命以位。』

〔五〕田單：戰國後期齊國名將。初爲齊都小吏。燕軍破齊，他率族人退至即墨（今山東平度東南），被推爲將，擊敗燕軍，收復國土。

〔六〕覿面：見面。《明史·詹爾選傳》：『宜召九卿科道，覿面敷陳，罄其底藴，果有他長，然後授官。』

〔七〕曾遂五：曾先慎，字君有，號遂五，清初江西寧都人。師事易堂九子之一的丘維屏。嘗寓贛州，士大夫過郡者爭禮之。與榷使宋犖爲莫逆交。著有《丘學鈔》、《治學鈔》、《遂五堂集》。見清魏瀛等修、鍾音鴻等纂《贛州府志》卷五十五。

召忽管仲〔一〕論

桓公殺公子糾，召忽死之，人臣之正也。管仲不能死，又相之，人臣之大逆也。子路、子貢責之〔二〕，誠是矣。乃孔子則置忽而譽仲，何耶？忠不見稱，不忠不見斥，反從而譽之，何以爲法於天下後世也？豈孔子有過舉〔三〕歟，抑有說也？

廖子〔四〕曰：孔子之言是也，諸儒解之者非也。程子〔五〕以爲糾弟而桓兄，仲輔之爭爲不義，可自勉以圖後功。若然，則糾弟桓兄，弟不宜與兄爭，仲當諍〔六〕之於其先。若仲不知而妄爲之，爲不智；知而不諍，爲不忠，是二者均無一可者也。乃仲當日徒以鹵莽舉事，而誤糾於其始，及糾已死，復不能以身殉之，而負糾於其終，其罪已不可勝言，況又有臣主之義耶？若許圖後功以蓋前愆，則凡反面事讐者，皆可藉口功業，以掩其不忠之罪也，何可訓也？朱子則言管仲有功而無罪。嗚呼！人臣誤其主，至于亡身，又不能死以謝其誤主之罪，且反面而事其主之讐人，猶曰無罪，則天下無復有罪之人矣，又何以責天下後世爲人臣而不忠者耶？然則管仲果不忠乎？曰：仲之不忠也甚矣，豈一匡九合之功所能解也耶？若忽者，雖與日月爭光，可也。

然則孔子何以置忽而譽仲？曰：召忽之忠，與管仲之不忠，人皆知之。若仲之功，人或未之知也，故曰君子表微〔七〕。此《春秋》之旨也。

魏昭士〔八〕曰：若使管仲功可掩罪，則後人皆可藉口，且置召忽於何地？此論獨得尼山〔九〕當日立言之意，使二人是非判然若黑白之分，有關名教〔一〇〕不小，當與聖經〔一一〕並垂不朽。此等書，數千年來始被柴舟看出，使天下善讀書人聞之，安得不心折〔一二〕。

【注釋】

〔一〕召忽管仲：召忽和管仲都曾是公子糾的輔佐者。《左傳》莊公八年和九年載，在齊國公子小白（即齊桓公）與公子糾爭奪君位的鬥爭中，公子小白被立爲君，公子糾被殺，召忽自殺以殉公子糾，管仲則做了公子小白的宰相。

〔二〕子路、子貢責之：見《論語·憲問》：『子路曰：「桓公殺公子糾，召忽死之，管仲不死。」曰：「未仁乎？」子曰：「桓公九合諸侯，不以兵車，管仲之力也。如其仁，如其仁。」』又：『子貢曰：「管仲非仁者歟？桓公殺公子糾，不能死，又相之。」子曰：「管仲相桓公，霸諸侯，一匡天下，民到於今受其賜。微管仲，吾其被髮左衽矣。豈若匹夫匹婦之爲諒也，自經於溝瀆而莫之知也。」』

〔三〕過舉：錯誤的行爲。《史記·劉敬叔孫通列傳》：『叔孫生曰：「人主無過舉。今已作，百姓皆知之。今壞此，則示有過舉。」』司馬貞索隱：『謂舉動有過也。』

〔四〕廖子：廖燕自稱。

〔五〕程子：對宋代理學家程顥、程頤的尊稱。宋朱熹編《二程遺書·師説》：『程子曰：「古之學者易，今之學者難。」』

〔六〕諍：强諫，直言規勸。《廣雅·釋詁四》：『諍，諫也。』

〔七〕表微：表明細微的事。《禮記·檀弓下》：『君子表微。』鄭玄注：『表，猶明也。』孔穎達疏：『若失禮微細，唯君子乃能表明之。』

〔八〕魏昭士：魏世傚（一六五五—？），字耕廡、忍軒，號昭士。江西寧都人。魏禮長子。以多病不應試，專心著述。遍遊燕、楚、吳、越間。善文辭，與從兄世傑、弟世儼齊名，時號『小三魏』。《清史稿》卷四百八十四有傳。

〔九〕尼山：山名，也稱尼丘。在山東曲阜市東南，連泗水、鄒城界。相傳孔子父叔梁紇、母顔氏女禱於此而生孔子。故孔子名丘，字仲尼。《史記·孔子世家》：『紇與顔氏女野合而生孔子，禱於尼丘得孔子。』因以指孔子。

〔一〇〕名教：指以正名定分爲中心的封建禮教。《世説新語·德行》：『王平子胡毋彦國諸人，皆以任放爲達，或有裸體者。樂廣笑曰：「名教中自有樂地，何爲乃爾也。」』

〔一一〕聖經：舊指儒家經典。宋朱鑑《文公易説·讀易》：『大抵聖經惟《論》、《孟》文詞平易而切於日用，讀之疑少而益多。』

〔一二〕心折：佩服。清王士禛《古夫于亭雜録》卷四：『吾在都數十載，閲人多矣，所心折者惟有阮亭耳。』

如其仁辯略附

嘗疑孔子未嘗輕以仁許人，今獨許管仲，何居〔一〕？即聖門高弟如顔淵〔二〕，只稱其三月不違仁〔三〕，亦不輕許之三月之後，況下此者乎？子曰：『管仲之器小哉。』〔四〕蓋譏之也。又言管仲不儉，不知禮。未聞器小之人而能爲仁者也，亦未聞仁者之人而不儉不知禮也。孔子既譏之如彼，而又許之如此，豈不自相矛盾耶？況以不仁疑其人，必先有人稱其爲仁，茲仲當時未聞有仁者之稱，子路、子貢何遽以未仁非仁爲問？既責其不死子糾之難與反面事讐，則明以不忠之人罪仲矣，而尚疑其未仁非仁，抑何擬人不於其倫之甚也！朱子注『如其仁』二句〔五〕，言誰如管仲之仁。若然，則雖伊尹、周公〔六〕皆不及之矣。豈孔子之意乎？

然則將云何〔七〕？曰：仁當作人，説見《四書私談》〔八〕。則此二章『仁』字，皆當作『人』字看。二子疑仲不忠如此，故一以未仁爲問，言其不成得人云爾。一以非仁爲問，言其不是個人云爾。孔子因其功而遂許其人，言非是人，莫建是功，功如管仲，亦可謂其功如其人矣乎，其功如其人矣乎？故他日答或人問管仲，曰人也，則此章之許管仲，是人而非仁，不益彰明較著〔九〕也哉？與前論正好參看。因附録以質高明。

【注釋】

〔一〕何居：爲什麼呢。居，語氣助詞。《禮記·檀弓上》：『何居？我未之前聞也。』鄭玄注：『居讀爲姬姓之姬，齊魯之間語助也。』

〔二〕顏淵：顏回（前五二一—前四九〇），字子淵。春秋末魯國人。孔子弟子。貧而好學。最受孔子贊許，但不幸早死。《史記·仲尼弟子列傳》有傳。

〔三〕三月不違仁：見《論語·雍也》：『子曰：「回也，其心三月不違仁，其餘則日月至焉而已矣。」』

〔四〕『管仲』句：見《論語·八佾》：『子曰：「管仲之器小哉！」或曰：「管仲儉乎？」曰：「管氏有三歸，官事不攝，焉得儉？」「然則管仲知禮乎？」曰：「邦君樹塞門，管氏亦樹塞門。邦君爲兩君之好，有反坫，管氏亦有反坫。管氏而知禮，孰不知禮？」』

〔五〕『朱子』二句：《論語·憲問》：『子曰：「桓公九合諸侯，不以兵車，管仲之力也。如其仁！如其仁！』朱熹集注：『「如其仁」，言誰如其仁者，又再言以深許之。蓋管仲雖未得爲仁人，而其利澤及人，則有仁之功矣。』

〔六〕伊尹、周公：後世多用作聖賢的典範。伊尹，商湯大臣，名伊，一名摯，尹是官名。相傳生於伊水，故名。是湯妻陪嫁的奴隸，後助湯伐夏桀，被尊爲阿衡。湯去世後歷佐外丙、仲壬二王。後太甲即位，因荒淫失度，被伊尹放逐到桐宮，三年後迎之復位。周公，西周初期政治家。姓姬名旦，也稱叔旦。文王子，武王弟，成王叔。采邑在周。輔武王滅商。武王崩，成王幼，周公攝政。東平武庚、管叔、蔡叔之叛。繼而釐定典章、制度，復營洛邑爲東都，作爲統治中原的中心，天下臻於大治。參閱《史記·魯周公世家》。

〔七〕云何：怎麼。南朝宋畺良耶舍譯《佛說觀無量壽經》：『時韋提希白佛言：「世尊！如我今者，以佛力故，見彼國土；若佛滅後，諸眾生等，濁惡不善，五苦所逼，云何當見阿彌陀佛極樂世界？」』

〔八〕《四書私談》：見卷十七。

〔九〕彰明較著：指事情或道理極其明顯，很容易看清。《史記·伯夷列傳》：『盜蹠日殺不辜，肝人之肉，暴戾恣睢，聚黨數千人橫行天下，竟以壽終。是遵何德哉？此其尤大彰明較著者也。』

諸葛武侯〔一〕論

兵者，詭道也。非險不詭，非變不險。方諸葛武侯之高臥隆中也，審時觀勢，已定漢室三分，可謂知天下大計矣。然觀其伐魏也，則不可謂計之無失焉。

當漢室之季，吴與魏已將據天下之全，獨蜀偏處一隅耳，而又狹險，此豈區區尋常之計而可以得志於天下者哉！武侯之出祁山也，屢出而無變計，魏人已有以料〔二〕之矣。當其時，雖無司馬懿〔三〕，其勢亦不能取魏，何也？以常出之處爲敵人所易慮也。盜之能竊物也，以乘人於猝而人不及知也，使再至焉，則人防之矣。豈有取人之國，至於再至於三不已而猶不知變計，而敵尚不知所防乎？防之，斯難之矣，蓋時不可以預定，而計不可以常守。當昭烈〔四〕之死也，數歲晏然，魏人無備，一聞祁山之出，朝野震恐，此用變之一時也。魏延出子午谷之策，可謂知變計矣，而以爲危計不用，不如安從坦道，可以萬全無虞。不知行兵必求萬全，我固可以無敗，而敵亦可以無失也。此守國之常道，而非所以取天下也。觀其《上後主表》曰：『高帝明並日月，謀臣淵深，然涉險被創，危然後安。』亦知取天下之必以險矣，而又不能用者，則限於隆中三分先定之説也。凡天下事，未知而爲，則識不能勝其膽；已知而爲，則膽不能勝其識。武侯之出茅廬，輔昭烈，凡所規畫，規荊取益，皆其隆中先定之謀，而此外曾無有因時制變之舉，其識定也，而膽遂不能勝其識，故其六出祁山也，不過竭其鞠躬盡瘁之心，豈嘗有必於取天下之志也哉！徒知天意之不可以幸邀，抑知事機亦不可使有或失耳。

當三國紛爭之時，豈無一險可乘，而必膠守前謀，坐失事機，其後亦遂以守常過慎而國隨以亡？與其過慎而國亡，何如輕於一試而猶可以得志也。我決我機，彼機自轉。使高帝〔五〕以常自守，將救死不贍〔六〕，何暇以亭長之賤而求爲天子之爲者哉？惟其輕於試險，故遂得志耳。鄧艾〔七〕之入陰平也，以氈自裹，推轉而下，其計可謂至險矣。惟武侯以守常失之於魏，而鄧艾遂以用變而得之於蜀，此志士仁人所以長懷歎恨也。

魏和公先生曰：諸葛武侯之無成，自是天意。然以人事論之，則亦有説，但不可與耳食道耳。篇中極中當日情事〔八〕，熟讀全史兵法，方有此等議論。文氣亦在眉山父子〔九〕之間。

蕭絅若〔一〇〕曰：昭烈與高帝，所遇時勢不同，後主更與昭烈不同，惟膽識二語，武侯亦自心服。若文徑堂堂正正，却是武侯之兵。

【注釋】

〔一〕諸葛武侯：諸葛亮（一八一—二三四），字孔明。琅邪陽都（今山東沂南南）人。三國時政治家、軍事家。早年隱居隆中（今湖北襄樊）。二〇七年，劉備三顧茅廬請他出謀獻策，遂提出聯孫抗曹、重興漢室的建議，即隆中對。後輔佐劉備取得赤壁之戰的勝利並佔領荊州、益州，建立蜀漢政權。劉備臨終把兒子劉禪和治理蜀國的重任託付給他。封爲武鄉侯。當政期間勵精圖治，曾先後五次出兵攻魏爭奪中原。後病死於五丈原軍中。

〔二〕料：對付。唐元稹《授牛元翼成德軍節度使制》：『以少擊衆，以智料愚，鼓角不驚，而梯衝自隕。』

〔三〕司馬懿（一七九—二五一）：字仲達，河内溫縣（今屬河南）人。三國時期魏國權臣。魏太和五年（二三一）至青龍二年（二三四），統兵抗蜀，據險堅守，以逸待勞，不與決戰，使諸葛亮虚耗國力，師勞功微。諸葛亮於魏青龍二年病死軍中後，蜀軍無功而退。司馬懿功遷太尉。

〔四〕昭烈：指劉備（一六一—二二三），字玄德，涿郡涿縣（今河北涿州）人。三國時期蜀漢開國君主。卒謚昭烈。

〔五〕高帝：指漢高祖劉邦。

〔六〕不贍：等於説『來不及』。贍，足，充足，足夠。《孟子·梁惠王上》：『此惟救死而不贍，奚暇治禮義哉！』

〔七〕鄧艾（一九七—二六四）：字士載，義陽棘陽（今河南南陽南）人。三國時魏國將領。景元四年（二六三），鄧艾與鍾會、諸葛緒分三路伐蜀。鄧艾出奇兵，自陰平道行無人之地七百餘里，鑿山通道，取江油，進克涪縣，於綿竹（今四川德陽北）擊斬蜀將諸葛瞻，攻至成都，迫使蜀主劉禪出降。升太尉，後遭誣告被殺。

〔八〕情事：事實，情況。《陳書·沈炯傳》：『奏訖，其夜炯夢見有宫禁之所，兵衛甚嚴，炯便以情事陳訴。』

〔九〕眉山父子：指宋文學家蘇洵及其子蘇軾、蘇轍。蘇氏父子爲四川眉山人，故稱。

〔一〇〕蕭絅若：清初雲南人，寓居金陵。曾出仕仁和，未幾歸，足跡幾遍天下。著有《支離草》、《古董羹》、《冶山堂集》。

孟浩然〔一〕論

嗚呼！古今賢人達士之所爲，豈可以一端測哉！以一端而得之者，亦以一端而失之矣。且曷以見名士〔二〕？名士者，恒多爲過情〔三〕之行者也。使復以常情測之，其不爲古人所欺者鮮矣，又何貴而論世也！傳稱王戎〔四〕爲晉司徒，嘗與夫人燭下持籌算計家貲〔五〕；園有好李，恐人得其種，鑽其核而後售，其鄙吝可謂極矣。然其後父死，友人贈賻〔六〕數百萬，悉却不受，此豈持籌、鑽核之人所能爲者哉！故觀其不受賻贈，然後知持籌、鑽核之別有隱情也。

嘗怪唐以詩取士，而孟浩然不第。曾因王維得見明皇帝〔七〕於慈恩閣上，詔誦舊詩，因誦『不才明主棄』之句，帝不懌〔八〕，遂放還。迨後，韓朝宗約其偕至京師，欲薦之朝，會友人至，劇飲懽甚，或曰：『君與韓公有約。』叱曰：『業已飲，遑恤〔九〕其他。』此何爲者耶？吾以爲此即誦『不才』之句之意也。夫杯酒與功名孰急，況一誤不可再誤者非斯時也歟？而浩然獨傲然不屑者，其意蓋可知矣。惟楚庭刖足〔一〇〕之恨，銜之已深；而南山歸隱之謀，計之已熟，於是浩然無復有仕進之念矣。其於天子之前而誦『不才』之句者，安知非借此以諷主司失己，而鳴其不平者耶；又安知非塵泥軒冕，其志卒不可以告人，而故出諸於此而爲畸人翫世之舉者耶？即不然，亦足以明其嘐嘐〔一一〕自尚之意。而遇與不遇，又何足以介其懷來也哉？故觀其不赴朝宗之約，然後知『不才』之句是故誦也，非誤誦也。然則其不第者，豈不能第乎？亦不欲第耳。

嗚呼，古今負才之士，骯髒〔一二〕不羈如浩然其人者多矣，非聖明大度之主，又安能用之也哉？

黄少涯〔一三〕曰：論得浩然一絲不差，可稱特識〔一四〕。然亦柴舟自寫影照〔一五〕，故痛快乃爾。

【注釋】

〔一〕孟浩然（六八九—七四〇）：字浩然，以字行，襄州襄陽（今湖北襄樊）人。世稱孟襄陽。唐代詩人。他和王維交誼甚篤。傳説王維曾私邀入内署，適逢玄宗至，浩然驚避牀下。王維不敢隱瞞，據實奏聞，玄宗命出見。浩然自誦其詩，至『不才明主棄』之句，玄宗不悦，説：『卿不求仕，而朕未嘗棄卿，奈何誣我！』放歸襄陽。開元二十二年（七三四），韓朝宗爲襄州刺史，約孟浩然一同到長安，爲他延譽。但他不慕榮名，至期竟失約不赴，終於無成。事見《新唐書》卷二百三本傳。

〔二〕名士：指恃才放達、不拘小節之士。《世説新語・品藻》：『門庭蕭寂，居然有名士風流。』

〔三〕過情：超越常情。宋王珪《皇太后付中書門下還政書》：『皇帝踐祚之始，銜哀過情。』

〔四〕王戎（二三四—三〇五）：字濬沖，西晉琅邪臨沂（今山東臨沂）人。竹林七賢之一。善清言，不務政事。任率不拘禮制，居母喪，猶不廢酒食玩賞。聚斂無厭，慳吝過於常情，世人譏爲膏肓之疾。

〔五〕家貲：家中的財産。《朱子語類》卷八十七：『李光祖嘗爲人後，其家甚富，其父母死，竭家貲以葬之，而光祖遂至於貧。』

〔六〕賻：幫助他人辦理喪事的錢財。《玉篇・貝部》：『賻，以財助喪也。』《公羊傳・隱公元年》：『車馬曰賵，貨財曰賻。』

〔七〕明皇帝：指唐玄宗李隆基（六八五—七六二）。李隆基謚號爲『至道大聖大明孝皇帝』，故稱。

〔八〕不懌：不高興。《史記・五帝本紀》：『象乃止舜宫居，鼓其琴，舜往見之，象愕不懌，曰：「我思舜，正鬱陶。」』

〔九〕遑恤其他：哪有閒暇考慮其他的事。遑，空閑，閒暇。《玉篇・辵部》：『遑，暇也。』恤，憂慮。《説文・心部》：『恤，憂也。』

〔一〇〕楚庭刖足：《韓非子・和氏》：『楚人和氏得玉璞楚山中，奉而獻之厲王。厲王使玉人相之。玉人曰：「石也。」王以和爲誑，而刖其左足。及厲王薨，武王卽位。和又奉其璞而獻之武王。武王使玉人相之。又曰：「石也。」王又以和爲誑，而刖其右足。武王薨，文王卽位。和乃抱其璞而哭於楚山之下，三日三夜，淚盡而繼之以血。王聞之，使人問其故，曰：「天下之刖者多矣，子奚哭之悲也？」和曰：「吾非悲刖也，悲夫寶玉而題之以石，貞士而名之以誑，此吾所以悲也。」王乃使玉人理其璞而得寶焉，遂命曰：「和氏之璧。」」

〔一一〕嘐嘐：志大言大的樣子。《孟子·盡心下》：『其志嘐嘐然。』趙岐注：『嘐嘐，志大言大者也。』

〔一二〕骯髒：高亢剛直的樣子。唐李白《魯郡堯祠送張十四遊河北》詩：『有如張公子，骯髒在風塵。』

〔一三〕黄少涯：黄遙，字少崖。清初廣東曲江（含今廣東省韶關市曲江區、湞江區、武江區）人。康熙三十五年（一六九六）舉人。家貧篤學，閉戶著書。著有《梅癖》、《謚法通》、《竹窗雜記》、《見亭集》。校刊《武溪集》。康熙二十六年，參與編修《韶州府志》、《曲江縣志》。時稱博雅君子。是廖燕最要好的朋友。清張希京修、歐樾華等纂《曲江縣志》卷十四有傳。

〔一四〕特識：獨到的見解。元揭傒斯《通鑑綱目書法序》：『其爲此書幾三十年，寸寸而較，銖銖而積，微詞隱義，高見特識，既足以啓發千載而中有無窮之憂。』

〔一五〕影照：肖像。

張浚論一

張浚誤宋之罪，百倍於秦檜。或曰浚之在宋室也，正人君子之名滿天下，而又爲高宗信任之大臣，今日之爲誤國之賊，其誰信之？曰不然，惟其有正人君子之虚名，而其惡始甚；爲君之所信任，而其誤國始大敗而不可救。

予觀宋室之形勢，遍思宋室之諸臣，其可以恢復中原者，其先則宗澤、李綱〔一〕諸公，而其後則惟岳武穆一人而已。其不能使之盡力於恢復者，誰爲之？則以張浚沮之也。高宗之任張浚，不減於任秦檜。檜能使高宗殺武穆，浚獨不能使高宗任武穆乎？非但不能使之任之，而且擠之排之不遺餘力，其後又從而黨附殺之，何哉？武穆死，而宋事不可爲矣，雖百張浚何益哉！

或曰武穆之死，秦檜殺之也。秦檜雖奸，必不敢遽殺天子之大將。從來奸人之害正人也，其始未嘗不畏天下之議己，且孤立無助，其事亦扞格〔二〕不易行。惟黨之有人，始可以亂君之聰明而伸其説。故其黨漸親，而其惡亦漸肆，其後遂至於窮凶極暴而不可救止。黨之者，其始爲一身之謀，而其禍遂至於流毒家國，如浚之附秦檜殺武穆是也。浚内小人而外君子，又爲帝之所親信，檜得之爲羽翼，上可以邀君之信己，而下亦可箝衆人之舌。而浚之心亦以外既有衆人阿附之虚名，則黨一人而殺一人，天下亦不得議其非，而後之功名，遂無有出吾之右。故吾以爲武穆之死，不死於就獄對詰〔三〕之時，而死於詣浚議事之日也。

觀《宋史》載武穆欲圖大舉，會秦檜主和議，忌之，言於帝，請召武穆詣都督張浚議事。檜之不檄〔四〕諸帥同謀，而反遣武穆獨詣張浚，則檜之附浚可知。浚果以議不合，旋即劾罷其官，則浚之附檜又可知。況其時，檜猶假手於浚，而不敢遽肆其惡，迨遲之又久，而後始有風波亭之獄，則其間二人之深謀密議，有以回高宗之聽者，不知已幾經朝夕也。則武穆之死，非浚之罪而誰罪耶？其始則排李綱、薦秦檜，而二帝無南還之日；其後則附秦檜，殺武穆，而宋室遂爲匡山之兆〔五〕矣。吾故曰張浚誤宋之罪，百倍於秦檜者，以此也。

嗚呼！使浚當日與武穆同心戮力，則和議可寢〔六〕，而宋室可興，功無出浚之右者。不知出此，而以忌功之心，甘附奸人之黨，其後亦幾不免於奸人之手，浚亦小人中之愚者哉！

劉杜陵〔七〕曰：張浚說不得奸，只是一愚小人耳。褊窄〔八〕自用，排陷異己，終身墜秦檜術中而不知，非愚而何？篇中不責其奸而只笑其愚，使浚有知，當令抱慚〔九〕地下。

【注釋】

〔一〕宗澤（一〇五九—一一二八）：字汝霖。婺州義烏人（今浙江義烏）。北宋末、南宋初抗金名臣。宋哲宗元祐六年（一〇九一）進士。歷任州縣官，頗有聲績。靖康元年（一一二六）知磁州（今河北磁縣），修繕城械，招募義勇，阻金兵南下。康王趙構開大元帥府時，以河北兵馬副元帥入援京城。高宗建炎元年（一一二七）任東京留守兼開封府尹。聯絡北方抗金義軍，屢敗金兵。先後上二十餘份奏疏，懇請高宗還都開封以圖恢復，每爲黄潛善等阻撓，憂憤成疾而卒。謚忠簡。有《宗忠簡公集》。見《宋史》卷三百六十本傳。李綱（一〇八三—一一四〇）：字伯紀，號梁溪，福建邵武人。北宋末、南宋初抗金名臣。宋徽宗政和二年（一一一二）進士。靖康元年金兵侵汴京時，團結軍民，擊退金兵。不久遭主和派所斥。宋室南渡以後，高宗趙構一度起用李綱爲相。李綱上任，『首陳十事』，決心重整朝綱，主張用兩河義軍收復失地。李綱主政僅七十五天，便遭罷相。翌年，又被貶謫萬安軍（海南島）。宋建炎四年，遭貶流放遇赦後，隱居泰寧丹霞巖。著有《梁溪集》。見《宋史》卷三百五十八、卷三百五十九。

〔二〕扞格：相互抵觸。《明史·蔣冕傳》：『世宗初，朝政雖新而上下扞格彌甚。』

〔三〕對詰：答問。詰，詢問，追問。《說文·言部》：『詰，問也。』

〔四〕檄：泛指信函。這裏用作動詞，發信函給。

〔五〕厓山：在廣東新會南，與湯瓶嘴對峙如門，形勢險要。宋紹興時在此置寨，爲控扼南海的門戶。一二七九年宋軍在此敗於元軍，陸秀夫負帝昺沉海死。南宋亡。

〔六〕寢：擱置，停止。《漢書·刑法志》：『三代之盛，至於刑錯兵寢者，其本末有序，帝王之極功也。』

〔七〕劉杜陵：清初人，生平不詳。

〔八〕褊窄：指心胸狹隘。南唐宋齊丘《玉管照神局》：『若度量褊窄，此謂心不稱也。』

〔九〕抱慚：感到慚愧。清范家相撰《詩瀋》卷十七：『申伯有知，能不抱慙地下哉！』

張浚論二

自古未有以大奸大惡而爲大忠大賢者。以大奸大惡而爲大忠大賢，當時稱之，後世信之，至以從祀歷代帝王廟，未聞有起而非之者，則自張浚一人始。嗟乎，浚何修而得此耶！浚蓋有逢君〔一〕之術者也。

當宋之南渡，其勢可爲岌岌〔二〕矣，幹當時之蠱〔三〕者，不曰和則曰戰。秦檜以議和爲本謀，而浚則以恢復爲己任，其勢不相謀也。使浚果志在恢復，必將夫之殛〔四〕之惟恐後，乃朝廷方且榜其罪於朝堂，示不復用，而浚亟薦之且引之共事，何哉？甚矣！浚之善於逢君也。當君之意在此，則從而逢之；意在彼，則又從而逢之。其薦檜也，非不知檜主和者也，而高宗之意亦在和。不和而戰，則二聖可還，而帝位不能久。浚蓋知之，故薦檜主和，以固其寵。及二聖既薨，而帝位可無虞也，而高宗之意又在戰，不戰而和，則天下後世有以議其忘親之仇而不報，浚又知之，故用戰於梓宮〔五〕歸葬之後，以倖〔六〕其功。要之，議和實也，恢復名也。實在，故高宗稱其忠；名在，故天下後世稱其賢。甚矣！浚之善於逢君也。雖然，浚之奸惡不難見也。

黃潛善〔七〕爲誤國奸臣，而甘爲其鷹犬；宋齊愈爲張邦昌逆黨〔八〕，而特與之親厚。後因李綱措置兩河，以齊愈阻撓軍機而置之法，則與潛善出力共排綱以洩其忿，此何爲者耶？主和議如檜則薦之，主用兵如綱則排之，而謂以恢復爲己任之人如是乎？迨其後李綱、岳飛諸公已亡，天下大勢已去，乃始勸帝堅意以圖恢復，其意可知矣。況符離之敗〔九〕，幾以國隨，其罪猶未減也。此予所以反復論之而未盡其辜〔一〇〕者也。

高望公〔一一〕曰：張浚黨秦檜，傾陷〔一二〕武穆，史評皆隱躍〔一三〕其詞；此獨奮筆直判，前論責其黨奸，此論責其逢君。多時漏網之奸，忽然抵罪，誰謂文章無權？

【注釋】

〔一〕逢君：迎合君主。《孟子·告子下》：『逢君之惡其罪大。』逢，迎合。

〔二〕岌岌：危險的樣子。《孟子·萬章上》：『於斯時也，天下殆哉岌岌乎？』

〔三〕幹當時之蠱：幹蠱，泛指主事，辦事。語出《易·蠱》：『幹父之蠱，有子，考無咎，厲終吉。』幹，承擔，從事。蠱，事，事業。

〔四〕殛：誅，殺死。《說文·歺部》：『殛，誅也。』《書·湯誓》：『有夏多罪，天命殛之。』

〔五〕梓宮：我國古代帝王、皇后所用的以梓木制作的棺材。《漢書·霍光傳》：『賜金錢、繒絮、繡被百領，衣十五篋，璧珠璣玉衣、梓宮、便房、黄腸題湊各一具……皆如乘輿制度。』顔師古注：『服虔曰：「棺也。」以梓木爲之，親身之棺也。爲天子制，故亦稱梓宮。』

〔六〕倖：貪圖，企圖。明袁宏道《送江陵薛侯入覲序》：『自古國家之禍，造于小人而成於貪功倖名之君子者，十常八九。』

〔七〕黄潛善（？—一一三〇）：字茂和，南宋邵武（今屬福建）人。第進士。北宋末知河間府。高宗即位後，任右僕射。與知樞密院事汪伯彦同主和。逐李綱、張所。建炎二年（一一二八）冬，金兵逼揚州，黄潛善得淮北警報而不信，致三年初高宗倉皇南渡，被劾後貶官落職。見《宋史》卷四百七十三本傳。

〔八〕宋齊愈：字文淵，一字退翁。蜀人，里居不詳。靖康初，官右諫議大夫。建炎初，以推舉僞楚張邦昌論死。見《宋詩紀事》卷四二、《宋蜀文輯存》卷六四。張邦昌（一〇八一—一一二七）：字子能。永静軍東光（今河北東光）人。靖康元年（一一二六），金兵攻汴京（今河南開封），他力主議和，與康王趙構同赴金作人質，以求割地議和。靖康二年，金兵陷汴京，擄去徽、欽二帝，金封他爲帝，建國號楚，統治黄河以南地區。他始欲自殺，後經人勸說即位。高宗即位後，宰相李綱上書極言其罪，後被賜死。見《宋史》卷四百七十五本傳。

〔九〕符離之敗：隆興元年（一一六三），宋孝宗以張浚爲都督，主持北伐。宋軍進據宿州州治符離（今安徽宿州）。金軍反攻，宋軍大潰。自此宋失再戰之力，遂被迫議和。

〔一〇〕辜：罪行。《説文・辛部》：『辜，罪也。』段玉裁注：『辜本非常重罪，引申之凡有罪者皆曰辜。』宋文天祥《指南錄後序》：『至海陵，如高沙，常恐無辜死。』

〔一一〕高望公：高儼（一六一六—？），字望公。明末清初廣東新會（今廣東江門市新會區）人。博學，工詩畫草書，時稱三絕。有《獨善堂集》。廖燕有《高望公傳》（卷十四），可參看。清林星章修、黄培芳等纂《新會縣志》卷九有傳。

〔一二〕傾陷：陷害。《明史・西域傳》：『會中朝大臣自相傾陷，番酋覘知之，益肆譏搆。』

〔一三〕隱躍：依稀不明貌。清孫奇逢《四書近指・子路》：『世人稱驥在力，夫子獨曰在德。意中言外，隱躍可思。』

廖燕全集校注卷二

辯

論語辯

《四子書》〔一〕，若《大學》、《中庸》、《孟子》三書，皆成一家之言，其爲曾子、子思〔二〕與孟子三子所撰無疑矣。至《論語》二十篇，雜記孔子與孔子弟子之言，必以撰自何人爲據耶？儒者多稱爲孔子弟子所記，然弟子不一其人，其出手成書者，果屬誰氏〔三〕也？唐柳宗元以爲樂正子春、子思之徒與爲之〔四〕，此説近是。然予猶疑之。

六經〔五〕爲天地萬古不易之書，然《尚書》、《易》，堯舜來已有成書。《詩》爲採集之辭，《春秋》爲魯史記。《樂經》雖亡，大約與《禮記》相近，俱爲當時成言，孔子與爲刪定已耳，非孔子自著之書也。吾以爲孔子自著之書，獨《論語》一書。聖人之言固爲後世諸子之所莫及，卽篇首所記孔子、有子〔六〕之言，已有聖賢精粗之不同矣。且夫人假聖人之言而成書者矣，未有衆人而能爲聖人之言者也。如柳子〔七〕之言，是衆人能爲聖人之言也，烏可據也？

或曰孔子言之，門弟子〔八〕從而記之。記之云者，爲直書其辭耶，抑潤色之謂也？《春秋》成，游、夏不能贊一辭〔九〕。而謂孔子精微之言，門人能潤色之乎？然則當以何爲據，曰以孔子爲據。蓋孔子先有成書，而孔子弟子與子思之徒復附益之，如《家語》、《孔叢子》〔一〇〕之流，其書之先成者，則必歸之孔子也。

予作此辯，謬爲同人所許。及讀金聖歎先生所評歷科程墨序〔一一〕，有云《四子書》不知出自何人之手，又不覺自退三舍〔一二〕矣。先生眼光透過千古如此。每讀其所評諸書，輒使人不敢輕言讀書二字。自記。

胡而安〔一三〕曰：辯析極確，不特壓倒宋儒、柳宗元諸公，並數千年來讀此書者俱有愧色矣。誰謂柴舟可易及？

【注釋】

〔一〕四子書：指《論語》、《大學》、《中庸》、《孟子》四部儒家經典。此四書是孔子、曾子、子思、孟子的言行録，故合稱『四子書』。清邵懿辰《儀宋堂後記》：『明太祖既一海内，與其佐劉基，以「四子書」章義試士。行之五百年不改，以至於今。』

〔二〕曾子：曾參（前五〇五—前四三六），字子輿，春秋末年魯國南武城人。曾爲小吏，以孝行見稱。相傳著有《大學》。《史記·仲尼弟子列傳》有傳。子思：孔伋（前四八三—前四〇二），字子思，戰國初期魯國陬邑人。孔子之孫。相傳受業於曾子。作有《中庸》。見《史記·孔子世家》、《孟子·告子下》。

〔三〕誰氏：　何人。《太平廣記》卷三〇引唐薛用弱《集異記補編·永清縣廟》：『見荒廟巋然，土偶羅列，無門榜牌記，莫知誰氏，訪之邑吏，但云永清大王而已。』

〔四〕『唐柳宗元』句：　唐柳宗元《〈論語〉辯上》：『或問曰：　儒者稱《論語》孔子弟子所記，信乎？　曰：　未然也。　孔子弟子，曾參最少，少孔子四十六歲。　曾子老而死。　是書記曾子之死，則去孔子也遠矣。　曾子之死，孔子弟子略無存者矣。　吾意曾子弟子之爲之也。　何哉？　且是書載弟子必以字，獨曾子、有子不然。　由是言之，弟子之號之也。　然則有子何以稱子？　曰：　孔子之歿也，諸弟子以有子爲似夫子，立而師之。　其後不能對諸子之問，乃叱避而退，則固嘗有師之號矣。　今所記獨曾子最後死，余是以知之。　蓋樂正子春、子思之徒與爲之爾。　或曰：　孔子弟子嘗雜記其言，然而卒成其書者，曾氏之徒也。』

〔五〕六經：　六部儒家經典。《莊子·天運》：『孔子謂老聃曰：「丘治《詩》、《書》、《禮》、《樂》、《易》、《春秋》六經，自以爲久矣，孰知其故矣。」』《漢書·武帝紀贊》：『孝武初立，卓然罷黜百家，表章六經。』顔師古注：『六經，謂《易》、《詩》、《書》、《春秋》、《禮》、《樂》也。』漢以來無《樂經》。

〔六〕有子：　即有若（前五一八—？），字子有，春秋末魯國人。　孔子弟子。　貌似孔子。　孔子卒後，弟子思慕孔子，對他特别尊重。　漢司馬遷《史記·仲尼弟子列傳》有傳。

〔七〕柳子：　指唐柳宗元（七七三—八一九）。

〔八〕門弟子：　謂及門弟子。　正式拜師受業的弟子。《論語·泰伯》：『曾子有疾，召門弟子。』

〔九〕『《春秋》成』二句：　見《史記·孔子世家》：『孔子在位聽訟，文辭有可與人共者，弗獨有也，至於爲《春秋》，筆則筆，削則削，子夏之徒不能贊一辭。』

〔一〇〕《家語》：　指《孔子家語》。　該書最早著錄於《漢書·藝文志》，凡二十七卷，孔子門人所撰。《孔叢子》：三卷，二十一篇，舊題孔鮒撰。《漢書・藝文志》未著錄該書。三國時魏人王肅在其所著《聖證論》中首次提到《孔叢子》，並且引用了該書的部分内容。

〔一一〕金聖歎：金人瑞（一六〇八—一六六一），字聖歎，爲明亡所後改。原名金采，字若采。明末清初江南吳縣（今江蘇蘇州）人。明諸生。少有才名，倜儻不群。清順治十八年（一六六一），清世祖去世後，以知縣任維初貪殘，與諸生倪用賓等哭文廟，被巡撫朱國治指爲『震驚先帝之靈』處斬。曾評點《離騷》、《莊子》、《史記》、杜詩、《水滸傳》、《西廂記》，合稱『六才子書』。亦能詩，有《沉吟樓詩選》。見廖燕《金聖歎先生傳》（卷十四）。程墨：作爲科舉考試範例的文章。明葉春及撰《石洞集》卷一：『非元魁之作不鏤於坊，非程墨之文不鬻於肆。』

〔一二〕自退三舍：由『退避三舍』化出。《左傳・僖公二十三年》：『（重耳）及楚，楚子饗之，曰：「公子若反晉國，則何以報不穀？」對曰：「子女玉帛則君有之，羽毛齒革則君地生焉。其波及晉國者，君之餘也，其何以報君？」曰：「雖然，何以報我？」對曰：「若以君之靈，得反晉國，晉、楚治兵，遇於中原，其辟君三舍。若不獲命，其左執鞭弭，右屬櫜鞬，以與君周旋。」』主動退讓九十里。用以比喻退讓和回避。舍，古時行軍計程以三十里爲一舍。

〔一三〕胡而安：明末清初人，生平不詳。身名理而好功名。從廖燕稱其爲『太僕（舊時對綠林好漢的尊稱）』，且好談俠事來看，胡而安應是一名俠客。參見廖燕《羅桂庵詩集序》（卷三）、《候胡而安太僕》（卷十）、《坐西禪寺萬佛閣同胡而安太僕》（卷十九）。

三統辯

歐陽永叔、蘇子瞻、鄭所南〔一〕作《正統論》，寧都魏凝叔〔二〕分三統以反其說，予故辯之。

千古帝王之統，論位不論德，故有正統、偏統而無竊統。竊統者，雖湯、武不免也。正統之說，歐陽永叔、蘇子瞻、鄭所南論之詳矣，寧都魏子凝叔皆反其說，而以三統定之，以唐、虞、夏、商、周、西漢、東漢、蜀漢、東晉、唐、南宋爲正統，後唐、後漢爲偏統，秦、魏、西晉、宋、齊、梁、陳、隋、後梁、後晉、後周、北宋爲竊統，似矣而實非也。

蓋統者不過基緒〔三〕之稱而已，初非以此爲賞罰褒貶天下之具也。人有祖若〔四〕父，攘〔五〕人之室家而據有之。其攘竊固罪也，然已爲一家之主，則其家之子孫與廝僕依而主之，豈以其攘竊之罪而遂去其家主之實哉？魏子以三統定之，是以此爲賞罰褒貶天下之具也。然賞罰褒貶之不得其正，愈開後人聚訟之端。責秦、魏、西晉等朝爲篡竊，不列之正統，是矣。獨思其篡竊有異於湯武〔六〕之爲者乎？卽有異於湯武，亦自當別論，似不宜明借定其基緒之稱，而因以暗行吾科罪〔七〕之法也。況千古篡弑，湯武實開其端，若諱湯武而獨罪後世之有天下者，不特無以服其心，亦非天下萬世之公論也，何可訓也？善乎蘇子之言曰：正統之爲言，猶曰有天下云爾，此千古不易之論也。然猶未暢其說。

予仍以三統定之。一曰一統，一統云者，已混天下於一姓而無正偏之可言也，如唐、虞、夏、商、周、秦、西漢、東漢、晉、隋、唐、宋、元、明與我朝是也。一曰正統，一曰偏統。正之云者對偏而言也，有偏故有正也，如天下分裂，則以承一統之正朔〔八〕。某朝爲正統，餘皆爲偏統，如蜀漢與前五代、後五代〔九〕爲正統是也。正統得而偏統可知矣。諸儒不解其說，遂誤以統之一字妄爲分別，以爲得天下正不正之定論，豈其然乎？雖篡竊不能無罪，然皆載在史册，明正其辜，已無遺義矣，豈必待此而後爲論罪之鐵案也哉？義本淺而以深解之，曷怪後世之議論紛紛而莫定乎？歐陽子議濮安懿王〔一〇〕，與明張孚敬議興獻王封號〔一一〕，云繼統非繼嗣。予論帝王之統，亦云論位不論德。嗚呼！亦可斷後世論正統者之葛藤〔一二〕矣。

鄒瀟峯〔一三〕先生曰：正統之說，紛紛聚訟，皆因誤看正字統字，特煞鄭重，遂致矛盾不通。茲論雖祖蘇說，而醒透過之，後來居上，使凝叔見之，亦當心折。

【注釋】

〔一〕歐陽永叔：歐陽脩（一〇〇七—一〇七二），字永叔，號醉翁，晚號六一居士。吉州廬陵（今江西省吉安市）人。宋仁宗天聖八年進士。累官知制誥翰林學士、樞密副使、參知政事。早年曾支持范仲淹的改革。後又反對王安石變法，政治上比較保守。能詩詞文各體，爲當時古文運動的領袖。後人稱爲『唐宋八大家』之一。平生獎掖後進，曾鞏、王安石、蘇洵父子俱受其稱譽。亦擅史學，與宋祁合修《新唐書》，自撰《新五代史》。有《歐陽文忠公集》、《集古録》、《六一詞》等。見《宋史》卷三百一十九本傳。蘇子瞻：蘇軾（一〇三七—一一〇一），字子瞻，號東坡居士，宋眉州眉山（今四川省眉山市東坡區）人。蘇洵子。宋仁宗嘉祐二年（一〇五七）進士。再中制科。神宗熙寧（一〇六八—一〇七七）中因反對王安石新法，出爲杭州通判，徙知密、徐、湖等州。元豐（一〇七八—一〇八五）時又因作詩諷刺新法而下獄，後出任黃州團練副使。哲宗元祐（一〇八六—一〇九三）年間召爲翰林學士承旨，官至端明殿、翰林侍讀學士、禮部尚書。哲宗紹聖（一〇九四—一〇九七）年間出知定州，後被御史劾其作詞『譏斥先朝』、『誹謗先帝』，被貶官惠州，再貶瓊州。徽宗卽位後被放還，病卒於常州。南宋孝宗時，追謚文忠。有《蘇東坡集》等傳世。見《宋史》卷三百三十八本傳、宋蘇轍撰《亡兄子瞻端明墓志銘》。鄭所南：初名某。宋亡，改名思肖，意爲思趙。字所南，號憶翁。所南、憶翁皆寓意不忘宋。宋末元初福州連江人。隱士，詩人、畫家，尤工墨蘭。少爲太學上舍生，曾舉博學鴻詞科。元軍南下時，痛國事日非，叩闕上書，不報。宋亡，隱居吳下。著有《一百二十圖詩集》、《心史》及《鄭所南先生文集》。

〔二〕魏凝叔：魏禧（一六二四—一六八〇），字凝叔、冰叔、叔子，號裕齋。明末清初江西寧都（今江西贛州市寧都縣）人。與兄魏祥、弟魏禮皆以文章稱，時人號爲『寧都三魏』。明亡，隱居翠微峯，築易堂，與李騰蛟、彭士望、林時益、丘維屏等稱易堂九子。魏禧工古文。四十歲以後出游四方，所至以文會友。康熙間堅拒舉博學鴻儒之征，尋卒。有《魏叔子文集》、《詩集》等。《清史稿》卷四百八十四有傳。

〔三〕基緒：基業。《後漢書·禰衡傳》：『陛下叡聖，纂承基緒。』

〔四〕若：或者。《左傳·定公元年》：『凡我同盟，各從舊職，若從踐土，若從宋，亦唯命。』

〔五〕攘：偷竊。《論語·子路》：『葉公語孔子曰：「吾黨有直躬者，其父攘羊，而子證之。」』

〔六〕湯武：商湯與周武王的並稱。《易·革》：『湯武革命，順乎天而應乎人。』

〔七〕科罪：定罪。唐釋道世《法苑珠林·賞罰篇》：『若人無罪卽稱物頭重，若人有罪則物頭輕，據此輕重以善惡科罪。』

〔八〕正朔：新年第一天。正和朔分別指一年和一月的開始。古代帝王易姓受命，必改正朔，故夏、殷、周、秦及漢初的正朔各不相同。自漢武帝後，直至現今的農曆，都用夏制，卽以建寅之月爲歲首。《史記·曆書》：『王者易姓受命，必慎始初，改正朔，易服色，推本天元，順承厥意。』《禮記·大傳》：『立權度量，考文章，改正朔，易服色，殊徽號，異器械，别衣服，此其所得與民變革者也。』孔穎達疏：『改正朔者，正，謂年始；朔，謂月初，言王者得政示從我始，改故用新，隨寅丑子所損也。周子，殷丑，夏寅，是改正也；周半夜、殷雞鳴、夏平旦，是易朔也。』

〔九〕前五代：泛指南北朝至隋這段歷史時期。唐初官修了梁、陳、北齊、周、隋五代史書，後因以五代指稱南北朝至隋這段歷史時期。又稱前五代。後五代，即唐滅後出現的後梁、後唐、後晉、後漢、後周。這兩個時期除了隋代出現過短暫的統一，基本上是我國歷史上的大分裂的時期。宋司馬光《貽劉道原書》：『道原《五代長編》，若不費功，計不日即成。若與將沈約、蕭子顯、魏收三志，依《隋志》篇目，删次補葺，别爲一書，與《南北史》、《隋志》並行，則雖正史遺逸，不足患矣。』清李光地《榕村語錄·史》：『前五代王仲淹以統歸北，歐陽公又欲奪以歸南。至後五代有言南唐爲唐後者，歐陽公以爲無據，反以晉漢相篡爲正統。』

〔一〇〕濮安懿王：即趙允讓（九九五——一〇五九），字益之，宋英宗趙曙之父。趙曙本無緣皇位，因宋仁宗之子早亡，而被立爲皇太子，仁宗死後即位。《宋史·歐陽脩傳》載：『帝將追崇濮王，命有司議，皆謂當稱皇伯，改封大國。脩引《喪服記》，以爲：爲人後者，爲其父母服。降三年爲期，而不沒父母之名。以見服可降而名不可沒也。若本生之親，改稱皇伯，歷考前世，皆無典據。進封大國，則又禮無加爵之道。故中書之議，不與衆同。太后出手書，許帝稱親，尊王爲皇，王夫人爲后。帝不敢當。於是御史呂誨等詆脩主此議，爭論不已，皆被逐。』

〔一一〕張孚敬：初名璁，字秉用。後賜名孚敬，字茂恭，號羅峯。明浙江永嘉人。興獻王：即朱祐杬，明世宗之父。明武宗早逝無子，遺詔召興獻王長子朱厚熜嗣位，是爲明世宗。明世宗議追崇生父興獻王，廷臣以爲當執漢定陶、宋濮王故事，謂爲人後者爲之子，不得顧私親。張孚敬迎合帝意，力折廷臣。明世宗得張孚敬疏大喜，曰：『此論出，吾父子獲全矣。』見《明史》卷一百九十六。

〔一二〕葛藤：葛的藤蔓，比喻事物糾纏不清。明居頂《續傳燈錄·克文禪師》：『遂去，見翠巖順禪師，順知見甚高，而語話好葛藤。』

〔一三〕鄒瀟峯：清初人，生平未詳。

五十以學易〔一〕辯

《易》爲術數〔二〕之書，豈不然歟？《繫辭》〔三〕云：『大衍之數五十，其用四十有九。』又曰：『河出《圖》，洛出《書》，聖人則之。』蓋《河圖》、《洛書》中宫皆五數，上下兩旁皆參差配合成十數，『則之』云者，言則其五數與十數，以畫八卦而作《易》也。八卦不外陰陽，陰爻用六，陽爻用九，五增一數而爲六，十減一數而爲九，八八六十四卦，皆以五數十數增減而爲言，故曰五十以學《易》，豈非以五十之數爲全部《易經》之所從出也哉？雖然，五與十又有辯。天數五，地數五，二五合而爲十，則十者，五之積也，非五之外又有十也。天地之數皆生於五，成於十，而極於百千萬億，然莫不從五算起，今之乘除法是已，又何獨疑於《易》耶？

【注釋】

〔一〕五十以學易：見《論語·述而》：『加我數年，五十以學易，可以無大過矣。』

〔二〕術數：以方術推測人的氣數和命運的一種活動。也稱『數術』。《漢書·藝文志》列天文、曆譜、五行、蓍龜、雜占、形法六種，並云：『數術者，皆明堂羲和史卜之職也。』但史官久廢，除天文、曆譜外，後世稱術數者，一般專指各種迷信活動，如星占、卜筮、六壬、奇門遁甲、命相、拆字、起課、堪輿、占候等。

〔三〕繫辭：今本《易傳》的第四種，它總論《易經》大義，是今本《易傳》七種中思想水準最高的。《易傳》是戰國時期解說和發揮《易經》的，其學說本於孔子，具體成於孔子後學之手。

空空辯

天曰太空，又曰虛空。惟其空，所以天下之物，無不爲其所包羅，豈尚有一物出於天地之外也哉？惟聖人亦然。聖人者，繼天地而立極者也。天地一大聖人，聖人一小天地，與日月同其晦明，與鬼神合其吉兇，信之如四時五行，威之若雷霆風雨，故萬物雖多，皆能一以貫之而無遺，無有一物滯於聖人度量之中，亦無有一物出於聖人度量之外，豈有以異於人乎？亦惟與天地同其空空而已矣。空故大，大則無所不包，功被天下而莫知其功，德及萬世而不見其德，極其神化之所至，亦猶天之不可得而名狀者焉，非聖人曷足以當之？

雖然，《易》曰：『先天而天不違，後天而奉天時。』〔一〕則惟聖人有焉。子思子曰：『萬物並育而不相害，道並行而不相悖。小德川流，大德敦化，此天地之所以爲大也。』〔二〕則惟孔子有焉。孔子亦自言：『空空如也。』〔三〕豈非以天地自況之明驗也耶？他日稱顔子亦曰：

『回也其庶乎，屢空。』〔四〕屢空云者，言將至於空空之謂也。若子貢則不然，其學問如商賈之聚百貨，以多爲貴。究其所得，亦不過億則屢中而已。欲求其屢空，得乎？甚矣空空之難也。此孔子所以爲千古大聖人也。或曰：誠如子言，豈不淪吾儒於釋教〔五〕乎？予曰：不然，釋氏〔六〕以寂滅爲空，吾儒則以包羅萬象爲空，風馬牛之不相及，又安得藉口釋教而反掩吾儒之大也哉？

【注釋】

〔一〕『先天』二句：見《易·乾》文言傳：『夫大人者，與天地合其德，與日月合其明，與四時合其序，與鬼神合其吉凶。先天而天弗違，後天而奉天時。天且弗違，而況於人乎？況於鬼神乎？』

〔二〕『萬物』五句：見《中庸》。敦化，謂仁愛敦厚，化生萬物。

〔三〕空空如也：見《論語·子罕》：『子曰：「吾有知乎哉？無知也。有鄙夫問於我，空空如也。我叩其兩端而竭焉。」』

〔四〕『回也』二句：見《論語·先進》：『回也其庶乎，屢空。賜不受命，而貨殖焉，億則屢中。』漢人解屢空之空爲空匱。億，猜測。

〔五〕釋教：即佛教。《梁書·徐摛傳》：『因問五經大義，次問歷代史及百家雜説，末論釋教。』

〔六〕釋氏：佛姓釋迦的略稱。這裏指佛教。唐韓愈《與孟尚書書》：『假如釋氏能與人爲禍祟，非守道君之所懼也，況萬萬無此理。』

『吾有知乎哉』全章〔一〕辯略附

此章只是發明『無知』二字。『空空』一句，緊頂『我』字言。此雖夫子自爲『無知』二字作一注解，然其實意中，明以天地太虛自況。使非夫子自言，誰敢當此二字？不特此也，《論語》一書，記者形容夫子不盡處，輒用『如也』二字傳神，如『申申如也』、『夭夭如也』之類，不一而足，皆作端詳鄭重之詞。今夫子自況，亦用此二字，則此『空空』一句，正是夫子當日自寫影照〔二〕，留與天下萬世人觀看，他人如何假冒得來。時講乃以此句屬鄙夫說，不知夫子自謙無知是已。若鄙夫不過偶然借來做個話頭之人，尚不知其何姓何名，何由知其空空。況彼何人斯，豈足辱我夫子齒頰〔三〕，予不敢妄解也已。

又云：譬如鏡然，空空乃其本體，即夫子自言『無知』義。但有人來照，即『有鄙夫問我』義。其中不無妍媸〔四〕之分，即『叩其兩端』義。若已照過，則其空空如故也，即『而竭焉』義。豈空空亦屬之照鏡之人耶？則『空空』一句專屬夫子說可知。又云：須知章内『叩』字、『竭』字，俱從『空空』二字生來，譬如鍾然，鍾原是空的，一叩便鳴，一鳴便竭，竭後依舊空空也。又云：前無古曰空，後無今曰空空。空空與空空相合，故曰如也，非夫子曷足當之？又云：『吾有知乎哉』一句，是夫子自問。『無知也』一句，是夫子自答。『有鄙夫問於我』三句，是夫子自解。通章全是夫子一人文字，何暇旁及其他。彼以空空屬鄙夫說者，真不足一噱〔五〕已。其全載《四書私談》〔六〕，異日盡欲呈教。

【注釋】

〔一〕『吾有知乎哉』全章：《論語·子罕》：『子曰：吾有知乎哉？無知也。有鄙夫問於我，空空如也。我叩其兩端而竭焉。』

〔二〕影照：肖像。

〔三〕齒頰：嘴巴。宋吳自牧《夢粱錄·物產》：『折向書窗疑是玉，吟來齒頰亦生香。』

〔四〕妍媸：也作『妍蚩』，美好和醜惡。妍，美麗。媸，醜陋。《宋書·律志序》：『雖斟酌前史，備覩妍媸，而愛嗜異情，取捨殊意。』

〔五〕噱：大笑。《漢書·敘傳上》：『（張放、淳于長等）入侍禁中，設宴飲之會，及趙、李諸侍中皆引滿舉白，談笑大噱。』

〔六〕《四書私談》：見卷十七。

『回也其庶乎』全章〔一〕辯略附

予嘗言從來三教〔二〕所宗，皆不出一『空』字。釋氏云『色卽是空，空卽是色』〔三〕。老子云『玄之又玄，衆妙之門』〔四〕。玄之又玄者，蓋言空之又空也。孔子亦自言『空空如也』，豈不彰明較著〔五〕也哉？微獨三教，卽天地亦是空空的，惟其能空，所以能爲萬物宰。今以屢空稱顔子，蓋深幸之也。惜乎雖庶幾屢空，而尚未至空空。使其年不早夭，則造至空空何難。傳稱顔子未達一間〔六〕，殆以爲是歟？若子貢則不受命而貨殖焉，不但不能空諸所有，直透天人性命之原，而且欲實諸所無，如商賈之聚百貨，以多爲貴，故雖有屢中之能，要皆不出於億度〔七〕推測之學，依然一多學而識之賜也，依然一聞一知二之賜也，較之屢空之回，豈不大相徑庭耶？蓋夫子評品二人造詣之深淺如此。今朱注云：庶，近也，謂近道也。空，匱也。屢空，數至空匱也。若如所云，庶字下添一『近』字，又添一『道』字，言其近道。『屢空』二字上添一『安』字，言其又能安貧。拆一句作二句解說，成何文理？且言屢空是言貧，貨殖是言富，則是以貧富論二賢矣。世烏有造詣如顔淵、子貢而可以貧富定其優劣，世亦烏有大聖人如孔子論列門弟子而區區與之較貧量富也哉！

又云：孔子之空空，如天地之無不包羅，却又無一物可得而形容之者，非如釋教並五倫〔八〕而空之者可比也。達巷黨人〔九〕稱孔子『博學而無所成名』，正是『空空』二字絶妙注脚，言如天之空空，民無能名之也，孔子之空空如此。識得孔子之空空，則顔子之屢空可無煩贅也已。

又云：『庶』字如何解作『近』字？『庶』字下如何添入『近道』二字？『其庶乎』三字如何點斷作一句讀？『屢空』二字既作『貧』字解，則『貧』字上如何又添一『安』字？況『近道安貧』四字，如何贊得顏子？豈天下之人盡不近道，盡不安貧，而惟顏子能之耶？吾不知之矣。

又云：傳稱顏子有郭外之田五十畝，郭内之田四十畝〔一〇〕，則顏子不貧可知。即夫子稱其簞瓢陋巷〔一一〕，亦不過設言〔一二〕，以爲『不改其樂』四字之張本云爾，非真日日簞瓢陋巷也。夫子亦嘗言『飯蔬食飲水，曲肱而枕之』〔一三〕，豈夫子亦真無可飲而至飲水，無可枕而至曲肱者耶？然使顏子果貧，夫子何妨直言，何必文以『屢空』二字。況貧乃士之常，又何勞夫子如此稱贊？故知『安貧』二字，真與此書無涉也已。

又云：如云顏子暫時簞瓢陋巷，則富貴之人，或遇窮途患難，亦有簞瓢陋巷時，未足爲顏子稱也。如云顏子日日簞瓢陋巷，則未聞有九十畝田之人而日日簞瓢陋巷也。則所云簞瓢陋巷爲夫子設言可知，則此章所云屢空，非言貧又可知。又云：若云此道爲玄虚之道，何能近？近之無可近。若云此道爲日用常行之道，又何止近？遠之無可遠。故知『近道』二字，真與此書無涉也已。

又云：聖門弟子以聰明穎悟首推者莫如顏淵，其次莫如子貢，故孔子每每以二賢並論，如『汝與回也孰愈』〔一四〕，與此章『屢空』、『屢中』之言，皆欲借回以勵賜也。真與『貧富』二字有何干涉？吾願讀此書者，當細細思之。

又云：子貢億則屢中，猶是聰明用事。若顏子屢空，則並聰明亦用不著矣。莊子述顏子自言墮支體，黜聰明，離形去智，同於大通云云〔一五〕，正是此章『屢空』二字絕妙注脚。噫！世間何處復有莊子其人，與之讀吾先師之書也耶？

又云：孔子空空，顏子屢空，子貢屢中。聖賢學問造詣，絲毫假借不得如此。此皆聖門秘密之事，秘密之言，千百年來，今始試爲拈出，庶無負讀吾先師之書也已。其全載《四書私談》，異日盡欲呈教。

【注釋】

〔一〕『回也其庶乎』全章：《論語·先進》：『子曰：「回也，其庶乎！屢空。賜不受命，而貨殖焉，億則屢中。」』朱熹集注：『庶，近也，言近道也。屢空，數至空匱也。不以貧窶動心而求富，故屢至於空匱也。言其近道，又能安貧也。』顏回（前五二一—前四九〇），字子淵。春秋末魯國人。在孔門弟子中，顏回最受孔子贊許，但不幸早死。端木賜（前五二〇—？），字子貢，春秋衛國人。孔子弟子，善辭令。經商曹、魯間，家累千金。歷仕魯、衛，出使各諸侯國，分庭抗禮。曾爲魯遊說齊、吳、晉、越等國，促使吳伐齊救魯。卒於齊。二人《史記·仲尼弟子列傳》皆有傳。

〔二〕三教：儒、道、佛合稱『三教』。《周書·韋敻傳》：『武帝又以佛道儒三教不同，詔敻辨其優劣。』

〔三〕色即是空，空即是色：謂一切事物皆由因緣所生，虛幻不實。見唐玄奘譯《波若波羅蜜多心經》：『舍利子，色不異空，空不異色。色即是空，空即是色，受想行識，亦復如是。』

〔四〕『玄之』二句：見《老子》第一章：『道可道，非常道。名可名，非常名。無名天地之始；有名萬物之母。故常無，欲以觀其妙；常有，欲以觀其徼。此兩者，同出而異名，同謂之玄。玄之又玄，衆妙之門。』

〔五〕彰明較著：指事情或道理極其明顯，很容易看清。

〔六〕未達一間：出自漢揚雄《法言·問神》：『昔乎仲尼潛心於文王矣，達之；顔淵亦潛心于仲尼矣，未達一間耳。』指未能通達，只差一點。

〔七〕億度：揣測。唐李鼎祚《周易集解·大衍之數五十其用四十有九》：『但言所賴五十，不釋其所從來，則是億度而言，非有實據。』

〔八〕五倫：封建禮教所規定的君臣、父子、夫婦、兄弟、朋友之間的五種人倫關係。《孟子·滕文公上》：『人之有道也，飽食煖衣，逸居而無教，則近於禽獸，聖人(舜)有憂之，使契爲司徒，教以人倫：父子有親，君臣有義，夫婦有別，長幼有序，朋友有信。』

〔九〕達巷黨人：一説以爲卽達巷黨的某個人。《論語·子罕》：『達巷黨人曰：「大哉孔子！博學而無所成名。」』何晏《集解》引鄭注曰：『達巷者，黨名也，五百家爲黨。』朱熹集注：『達巷，黨名。其人姓名不傳。』另一説以爲指七歲而爲孔子師的項橐。《漢書·董仲舒傳》：『臣聞良玉不瑑，資質潤美，不待刻瑑，此亡異於達巷黨人不學而自知也。』顔師古注引孟康曰：『人，項橐也。』

〔一〇〕『顔子』二句：見《莊子·讓王》：『孔子謂顔回曰：「回，來！家貧居卑，胡不仕乎？」顔回對曰：「不願仕。回有郭外之田五十畝，足以給飦粥；郭內之田四十畝，足以爲絲麻；鼓琴足以自娛，所學夫子之道者足以自樂也。回不願仕。」』

〔一一〕簞瓢陋巷：見《論語·雍也》：『一簞食，一瓢飲，在陋巷，人不堪其憂，回也不改其樂。』

〔一二〕設言：假設性的話。《韓非子·南面》：『人臣爲主設事，而恐其非也，則先出説設言曰：「議是事者，妬事者也。」』

〔一三〕飯蔬食飲水，曲肱而枕之：見《論語・述而》：『子曰：「飯蔬食飲水，曲肱而枕之，樂亦在其中矣。不義而富且貴，於我如浮雲。」』

〔一四〕汝與回也孰愈：見《論語・公冶長》：『子謂子貢曰：「汝與回也孰愈？」對曰：「賜也何敢望回。回也聞一以知十，賜也聞一以知二。」子曰：「弗如也。吾與汝弗如也。」』

〔一五〕『莊子述』四句：見《莊子・大宗師》：『仲尼蹴然曰：「何謂坐忘？」顔回曰：「墮肢體，黜聰明，離形去知，同於大通，此謂坐忘。」』

殷有三仁〔一〕辯

傳稱微子〔二〕爲紂庶兄，數諫紂不聽，因亡去。及武王克殷，微子乃持其祭器造於軍門，肉袒面縛〔三〕，膝而前以告。迨後武庚叛周，周始封微子於宋，以代殷後。愚意仁者處此，當別有變通善道，決不至肉袒面縛也。又傳稱箕子因數諫紂不聽，披髮佯狂而爲奴。後武王克殷，訪問箕子，箕子乃爲之陳《洪範》，因封箕子於朝鮮。箕子出，語人曰：茲無乃小子之咎。事商不雖惡，吾猶囚也；事周雖聖，吾其夷矣。小子能亡靦顔少師〔四〕哉。由是觀之，箕子當日已不能無悔心矣。惟比干一死，可無遺議，然亦與殺身成仁者微有不同。

予按，三人始末，於仁字皆未甚合，況夫子從未嘗輕以仁許人，茲稱以仁，何居〔五〕？迨反復思之，而後知三人非三仁也。《魯論》〔六〕，仁、人通用，説見《四書私談》。『三仁』當作『三人』，言殷國雖亡，然猶能有人如此三人者，豈非殷之幸也耶？ 嗚呼，武王稱『予有亂臣十人』〔七〕，今孔子稱『殷有三人』，一爲興朝之人，一爲亡國之人。然興朝不可無人，亡國尤不可無人，故國雖亡而君臣之道不與之俱亡者，端有賴於是耳。然幸而爲十人，不幸而爲三人，亦聽之氣數而已，人其如造物何哉！

元金履祥〔八〕言，微子知紂必亡，不得已而遯去，是已。傳乃稱其面縛銜璧〔九〕，衰絰輿櫬〔一〇〕者，何哉？夫武王伐紂，非討微子也。使微子而未遯，則面縛銜璧亦武庚之事，非微子事也。武庚爲紂嫡冢〔一一〕，父死子繼，則國家乃其責，故面縛銜璧，衰絰輿櫬，造軍門以聽罪焉。後人乃訛爲微子耳。又言微子奔周以存殷祀，亦非也。武王當日釋箕子之囚，封比干之墓，百爾恩禮，舉行悉徧，而未及微子，豈非以微子遯於荒野而未之獲者耶？迨後武庚再叛就戮，始求微子以代殷後，微子於此義始不可辭耳。若如前奔周之説，何微子叛其君親而求爲後之速也，必不然矣。至於箕子、比干俱以死諫，偶比干逢紂之怒而殺之，箕子偶不見殺而因之爲奴耳，豈有以道未及傳而不死，又何以爲箕子乎？予謂此論，論得三人極確，必如此，方不負孔子三仁之稱。因爲錄出，以備參考。

【注釋】

〔一〕殷有三仁：見《論語·微子》：『微子去之，箕子爲之奴，比干諫而死。孔子曰：「殷有三仁焉。」』魏何晏引馬注云：『微、箕，二國名。子，爵也。微子，紂之庶兄。箕子、比干，紂之諸父。微子見紂無道，早去之。箕子佯狂爲奴，比干以諫見殺。』

〔二〕微子：名啟，殷帝乙之長子，紂之庶兄。封於微。紂卿士。紂暴虐失政，微子數諫不聽，遂出走。周武王滅商及周公旦誅武庚後，封微子於商丘，國號宋。見《史記·宋微子世家》。

〔三〕面縛：縛手於背而面向前。《左傳·僖公六年》：『許男面縛銜璧。』晉杜預注：『縛手於後，唯見其面。』

〔四〕靦顔：面容羞愧。靦，害羞，不自然。少師：指比干。《史記·宋微子世家》宋裴駰集解引孔安國曰：『太師，三公，箕子也。少師，孤卿，比干也。』

〔五〕何居：爲什麽呢。居，語氣助詞。《禮記·檀弓上》：『何居？我未之前聞也。』鄭玄注：『居讀爲姬姓之姬，齊魯之間語助也。』

〔六〕《魯論》：即《魯論語》。《論語》的漢代傳本之一，相傳爲魯人所傳。唐陸德明《〈經典釋文〉序錄》：『漢興，傳者則有三家，《魯論語》者，魯人所傳，即今所行篇次是也。』按，《魯論》爲後世《論語》所本，故後世稱《論語》爲《魯論》。

〔七〕予有亂臣十人：周武王語，見《尚書·泰誓》：『予有亂臣十人，同心同德。』

〔八〕金履祥（一二三二—一三〇三）：宋、元間浙江金華人，對天文、地理、禮樂、田乘、兵謀、陰陽、律曆有很高造詣，而且治學極善由博返約，『不爲性理之空談』。撰有《資治通鑑前編》十八卷，《舉要》三卷，上起唐堯，下接《資治通鑑》。

〔九〕銜璧：《左傳·僖公六年》：『許男面縛銜璧，大夫衰絰，士輿櫬。』杜預注：『以璧爲贄，手縛故銜之。』後因稱國君投降爲『銜璧』。

〔一〇〕衰絰：喪服。古人喪服胸前當心處綴有長六寸、廣四寸的麻布，名衰，因名此衣爲衰；圍在頭上的散麻繩爲首經，纏在腰間的爲腰經。衰、絰兩者是喪服的主要部分。輿櫬：車載空棺，表示自請極刑。櫬，空棺。《說文》：『櫬，棺也。』《小爾雅》：『空棺謂之櫬，有屍謂之柩。』

〔一二〕嫡冡：嫡長子。冡意爲大。宋呂本中《春秋集解·昭公》：『不能援立嫡冡、安靖國家而逢君之惡，戕殺偃師以致大寇宗社，覆沒罪固大矣。』

大學辯

朱晦庵稱《大學》首章爲孔子之言〔一〕，是烏足據哉？又稱其下十傳爲門人記曾子之意，則又何說也？按晦庵自注，意爲心之所發，則雖發於心而實未嘗形之言，門人烏從而記之，且烏知其必作如是言，因記其言而爲右經之傳耶？甚矣，晦庵之陋也。不特不知其傳爲非曾子之意，遂並不知其經爲非孔子之言而爲曾子之言也。曾子之言明德，蓋本於《堯典》首章，其言曰：『克明峻德，以親九族〔二〕。九族既睦，平章百姓〔三〕。百姓昭明，協和萬邦，黎民於變時雍〔四〕。』豈非曾子明德、親民、止於至善之旨乎？孔子删《書》，斷自唐虞，曾子因取其旨而著爲《大學》一書，是卽曾子之書也，而豈猶孔子之言乎哉？卽以爲其言實出《堯典》，亦述《堯典》已耳，非述孔子也。安得以臆說而輕誣古人，遂爲此書之定論也耶？

或曰：右經一章既非孔子之言矣，其傳十章而必以爲非曾子之意，則又何也？曰：

『誠意』傳嘗引曾子之言以爲證〔五〕矣，則明以此傳爲他人之言而證以曾子可知。若如晦庵所云，則是以曾子之言而自證曾子之意也，又烏足信也哉？然則知爲何人之書？曰：此當以《春秋》之例定之。孔子作《春秋》，而左丘明爲之傳，此書首章成於曾子無疑矣。至其傳則不知誰氏之所爲，若必以爲曾子之意，則非也。或曰曾子既作經，又復自作十傳以明經意，則謂『誠意』傳所引『曾子』二字爲誤，亦可。

【注釋】

〔一〕朱晦庵：朱熹（一一三〇—一二〇〇），字元晦，一字仲晦，號晦庵。徽州婺源（今屬江西婺源）人。南宋哲學家、教育家、文學家。《大學》首章，朱熹集注：『右經一章，蓋孔子之言，而曾子述之。其傳十章，則曾子之意而門人記之也。』

〔二〕『克明』二句：舊題漢孔安國傳：『能明俊德之士任用之，以睦高祖玄孫之親。九族，上自高祖，下至玄孫，凡九族。馬、鄭同。』

〔三〕『九族』二句：舊題漢孔安國傳：『既，已也。百姓，百官。言化九族而平和章明。』

〔四〕『百姓』三句：舊題漢孔安國傳：『昭亦明也。協，合。黎，衆。時，是。雍，和也。言天下衆民皆變化化上，是以風俗大和。』

〔五〕『誠意』句：《大學》：『所謂誠其意者，毋自欺也。如惡惡臭，如好好色，此之謂自謙，故君子必慎其獨也。小人閒居爲不善，無所不至。見君子而後厭然，掩其不善，而著其善。人之視己，如見其肺肝然，則何益矣。

此謂誠於中，形於外，故君子必愼其獨也。曾子曰：十目所視，十手所指，其嚴乎。』内有『曾子曰』等話語。

格物〔一〕辯

學莫大於明德，明莫先於格物。格物者，帝王之學〔二〕也。朱注云：格者，至也。豈可云『致知在至物』乎？又云：『言欲致吾之知，在卽物而窮其理也。』是又不然。天下之物固不可勝窮，卽欲物物而窮之，亦經生家博聞强記之學已耳，烏足稱其爲帝王之學也哉？帝王之學，志其大而遺其小，舉其綱而略其目者也。以意、心、身、家、國、天下爲物，卽以誠、正、修、齊、治、平爲格，豈有他術哉？亦惟使天下之物不致與吾稍有隔礙而已矣。

故格者，感也，感通之謂也。人誠能於人情、物理相爲感通，則天下何物非我，何我非物。由是而誠、正、修、齊、治、平，又何意、心、身、家、國、天下之隔礙也耶？《書》曰『格于上下』〔三〕，言上下者何？物是也。言格于上下者何？格物是也。曾子旣因《虞書》稱『克明峻德』，而言明明德。復因《虞書》稱『格于上下』，而言格物，此其義豈不尤大彰明較著也哉？況《書》又曰『格汝舜』〔四〕，又曰『歸格于藝祖』〔五〕，又曰『舜格于文祖』〔六〕，又曰『七旬有苗格』〔七〕，《詩》曰『神之格思』〔八〕，孔子曰『有耻且格』〔九〕，傳言格之事不一，然細繹其詞則皆感通之謂也，豈卽物窮理之謂耶？何獨於格物而異之。

嗚呼！能盡人之性則能盡物之性，能盡物之性則可以贊〔一〇〕化育、參天地而無難。帝王格物之學如此，所謂志其大而遺其小，舉其綱而略其目者也。不然，百工技藝亦物也，曾謂治國平天下之人而暇格如是之物耶？

李非庵〔一一〕曰：格字必作如此解，方有確據。況帝王之學，自與經生家不同。文能從此處著眼，頓令此題千百年來至此始開生面〔一二〕，覺從前諸儒注疏一齊掃却矣，豈非千古快事。

【注釋】

〔一〕格物：見《大學》：『欲誠其意者，先致其知。致知在格物。』朱熹集注：『格，至也。』又《大學》：『此謂知之至也。』朱熹集注：『所謂致知在格物者，言欲致吾之知，在卽物而窮其理也。』

〔二〕『格物』句：《宋史·朱熹傳》引朱熹上宋孝宗封事云：『帝王之學，必先格物致知，以極夫事物之變，使義理所存，纖悉畢照，則自然意誠心正，而可以應天下之務。』

〔三〕格於上下：見《書·堯典》：『光被四表，格於上下。』

〔四〕格汝舜：《書·舜典》：『帝曰：格汝舜，詢事考言，乃言底可績，三載，汝陟帝位。』

〔五〕歸格于藝祖：見《書·舜典》。

〔六〕舜格于文祖：見《書·舜典》。

〔七〕七旬有苗格：見《書·大禹謨》。

〔八〕神之格思：見《詩·大雅·抑》：『神之格思，不可度思，矧可射思。』

〔九〕有恥且格：見《論語·爲政》：『道之以德，齊之以禮，有恥且格。』

〔一〇〕贊：輔佐，佐助。《小爾雅·廣詁》：『贊，佐也。』

〔一一〕李非庵：清初人，廖燕之友，好詩文，築有雲在堂。參見《甲寅人日同謝小謝李湖長讌集李非庵雲在堂兼出新詩畫冊評閱有賦》（卷十八）。

〔一二〕開生面：顯現新氣象。語出唐杜甫《丹青引贈曹將軍霸》：『淩煙功臣少顏色，將軍下筆開生面。』趙次公注：『貞觀中太宗畫李靖等二十四人於淩煙閣，至開元時，顏色已暗，而曹將軍重爲之畫，故云開生面。蓋因左氏：狄人歸先軫之元面如生也。』

釋格物致知〔一〕辯附

此章原未嘗亡，先儒已有見及之者。至疑其寓於『誠意』章內，則非也。予謂『聽訟』節〔二〕卽其義耳。蓋物之難格，莫如人情，而知之難致，又莫如聽訟。況訟尤爲人情之至變者，今使無情者不得盡其辭，則格物致知孰過於是？故曰『此謂知本，此謂知之至也』。本文原明且顯如此，朱子以爲亡而補之，果何所見耶？

【注釋】

〔一〕釋格物致知：《大學》：『此謂知本，此謂知之至也。』朱熹集注：『此句之上別有闕文，此特其結語耳。右傳之五章，蓋釋「格物」、「致知」之義，而今亡矣。』

〔二〕『聽訟』節：《大學》：『子曰：「聽訟，吾猶人也。必也使無訟乎！」無情者不得盡其辭。大畏民志，此謂知本。』

致良知〔一〕辯附

予嘗言後世道學惟王陽明先生頗得其傳〔二〕，蓋以其所講之學與聖門不至十分牴牾者也。世之訾先生者曰：『致知在格物』，聖經〔三〕已言之。朱子從格物入，故見道最親。今陽明獨言『致良知』，未免遺却格物一邊。予曰：不然。『致』卽『明』也，『良知』卽『明德』也，『致良知』三字卽『明明德』之別名耳，豈有明明德之人而不格物者耶？況『致知在格物』一句，據上文文法，便該云『欲致其知者，先格其物』。今只云『在格物』者，『在』字最宜翫，言致知卽在格物之內，非致知一事，格物又一事也。則『致良知』三字，原已包有格物工夫在內可知，又何遺却之有？若云先生之獨致良知，遺却格物，未免流入於禪，則當如釋氏之無爲矣。何先生計擒宸濠〔四〕時，算無遺策，功蓋天下，自北宋以來，以道學而建莫大之功者，先生一人而已。格物尚有大於是者耶？至專主格物者莫過晦庵，然考晦庵生平，除却論注幾本經書而外，毫無功業可見，則又何說也？豈格物不必論功業，而功業赫赫之人反責其不格物者耶？

此等無稽之談，本不足較，偶因談格物之義，聊識於此耳。

又云：聖賢著書，總是一個道理，特話頭不同耳。如《論語》言仁，《大學》言明德，《中庸》言至誠是也。若謂言致良知者，遺却格物，則亦謂《論語》言仁，遺却明德與至誠可乎？《大學》言明德，遺却仁與至誠，《中庸》言至誠，遺却仁與明德又可乎？不知言仁而明德與至誠在，言明德而仁與至誠俱在，言至誠亦然。推之諸子百家，莫不皆然，所謂吾道一以貫之，道豈有二乎哉？鄙儒不知此事，妄相譏議，矮人觀場〔五〕，曷足多歎！

【注釋】

〔一〕致良知：明代哲學家王守仁的心學宗旨。『良知』出自《孟子·盡心上》：『人之所不學而能者，其良能也；所不慮而知者，其良知也。』《大學》有『致知在格物』語。朱熹解釋格物致知爲『言欲致吾之知，在卽物而窮其理也』，卽向外窮理以求得知識。王守仁不同意朱熹的解釋，他將《大學》的『致知』與《孟子》的『良知』結合起來，說『致知』是致吾心內在的良知。

〔二〕道學：指宋代儒家周敦頤、張載、程顥、程頤、朱熹等的哲學思想。亦稱理學。其特點是喜附會經義而說天人性命之理。宋朱熹《晦菴集·答吳伯豐》：『元來道學不明，不是上面欠却工夫，乃是下面原無根脚。』王陽明：王守仁（一四七二—一五二八），字伯安，浙江餘姚人。因築室紹興陽明洞，自號陽明子，世稱陽明先生。明代思想家、哲學家、教育家。王守仁的著作由門人輯成《王文成公全書》三十八卷。見《明史》卷一百九十五本傳。

〔三〕聖經：舊指儒家經典。宋朱鑑《文公易説·讀易》：『大抵聖經惟《論》、《孟》，文詞平易而切於日用，讀之疑少而益多。』

〔四〕計擒宸濠：明正德十四年，王守仁升任都察院右副都御史。同年六月，他奉旨督兵討伐寧王朱宸濠在南昌發動的叛亂。僅用三十五天就生擒朱宸濠。事遂，奉敕兼巡撫江西。見《明史》卷一百九十五。

〔五〕矮人觀場：比喻己無所見而隨聲附和。明陳耀文《止楊》卷四：『余嘗謂天地乃一大戲場，堯舜爲古今正生，桀紂爲古今大丑，莊列爲古今大淨。千載而下不得其解，皆矮人觀場也。』

鬼神非二氣之靈辯一

或問『鬼神之爲德，其盛矣乎』〔一〕，朱注以鬼神爲二氣之靈，然乎否耶？予曰不然。二氣不僅爲鬼神，而鬼神已不同乎二氣。《易》稱：『精氣爲物，遊魂爲變。是故知鬼神之情狀。』〔二〕情則有心思，狀則有耳目手足口鼻，所以可禱祀而求，可祭祀而應，是鬼神雖不離乎二氣，非以二氣卽爲鬼神也。《書》曰：『惟皇上帝，降衷於下民。』〔三〕《詩》曰：『上帝臨汝，無貳爾心。』〔四〕上帝者，鬼神之尤顯者也。今以鬼神爲二氣，則亦以上帝爲二氣，可乎？又何以彰善癉惡〔五〕而爲萬物之主宰也哉！

且既言『使天下之人，齊明盛服，以承祭祀』〔六〕矣，則祭祀云者，祭其所當祀之謂也。二氣爲衆人之所同，而當祀之鬼神，則爲一人之所獨，使以一人之所獨，而強指爲衆人之所同，則其血食之絕也久矣，何有於『齊明盛服』，又何有於『洋洋乎如在其上，如在其左右』〔七〕者耶？傳稱天子祀天地，諸侯祀封內山川，大夫祀五祀，士祀其先〔八〕，未聞有以二氣之靈而祭之祀之者也。又稱：『法施於民則祀之，以死勤事則祀之，以勞定國則祀之，能禦大災則祀之，能扞大患則祀之。』〔九〕非是族也，不在祀典，未聞有以二氣之靈而載在祀典者也。嗚呼，二氣之於鬼神，其不侔〔一〇〕也如此。而朱子乃欲强而同之，然則祭其所當祀之祖先，而亦與祀二氣無異，曾謂是氣也而祖先云乎哉？

【注釋】

〔一〕『鬼神』二句：見《中庸》，朱熹集注：『程子曰：「鬼神，天地之功用，而造化之跡也。」張子曰：「鬼神者，二氣之良能也。」愚謂以二氣言，則鬼者陰之靈也，神者陽之靈也。以一氣言，則至而伸者爲神，反而歸者爲鬼，其實一物而已。』

〔二〕『精氣』二句：語見《周易・繫辭上》。

〔三〕『惟皇上帝』二句：語見《尚書・湯誥》。

〔四〕『上帝』二句：語見《詩・大雅・大明》。

〔五〕彰善癉惡：表彰美善，憎恨邪惡。彰，表明、顯揚。癉，憎恨。《尚書・畢命》：『旌別淑慝，表厥宅里，彰善癉惡，樹之風聲。』孔傳：『言當識別頑民之善惡，表異其居里，明其爲善，病其爲惡，立其善風，揚其善聲。』

〔六〕『使天下』三句：語見《禮記・中庸》。唐孔穎達疏：『明，猶絜也。言鬼神能生養萬物，故天下之人齊戒明絜，盛飾餘服以承祭祀。』

〔七〕『洋洋乎』二句：語見《禮記·中庸》。唐孔穎達疏：『言鬼神之形狀，人想像之，如在人之上，如在人之左右，想見其形也。』

〔八〕『傳稱天子』四句：見《禮記·曲禮下》：『天子祭天地，祭四方，祭山川，祭五祀，歲徧。諸侯方祀，祭山川，祭五祀，歲徧。大夫祭五祀，歲徧。士祭其先。』

〔九〕『法施於民』五句：見《禮記·祭法》：『夫聖王之制祭祀也，法施於民則祀之，以死勤事則祀之，以勞定國則祀之，能禦大菑則祀之，能捍大患則祀之。』扞，通『捍』，抵禦。

〔一〇〕不侔：不相等，不等同。宋張浚《紫巖易傳》：『嘗謂中國於夷狄義利趣操不侔，若天西轉而水流東，其能無訟幾希。』

鬼神非二氣之靈辯二

盈天地間皆陰陽，盈天地間皆陰陽二氣之所鼓盪〔一〕。故人得二氣以生而爲賢愚貴賤，鬼神得二氣以隱而爲屈伸往來。是豈鬼神以二氣爲體，而二氣以鬼神爲用者歟？然謂二氣爲陰陽可，謂鬼神爲二氣則不可。天地萬物皆二氣之所爲，則鬼神不過爲二氣中之一物耳，安足以概其全也耶？雖然，二氣不外陰陽，人得陽分多，故顯而易見，鬼神得陰分多，故隱而難知。難知所以爲鬼神，而又易言乎哉？孔子云：『敬鬼神而遠之。』〔二〕嗚呼，得之矣。

【注釋】

〔一〕鼓盪：鼓動激蕩。宋梅堯臣《和滕公遊穿山洞》：『風雷自鼓盪，不久當何如？』

〔二〕『敬鬼神』句：見《論語·雍也》：『樊遲問知。子曰：「務民之義，敬鬼神而遠之，可謂知矣。」』

孟子未見齊宣王辯

或問：『孟子曾見齊宣王乎？』曰：『未也。其云已見者，孟子著書之設言也。』問：『何以知其未見齊宣王也？』曰：『齊宣王之失，莫大於伐燕。而孟子救時之急，亦莫大於諫宣王之伐燕。傳稱孟子遊齊，齊宣王以爲客卿，誠重之也，則凡政之大小緩急，宜無不當取而參畫〔一〕焉，況伐人之國，一時死生存亡所繫，尤爲國家所當慎重者乎？使舍此而不言，尚有何事可言者。乃當日曾未聞有一言以阻其行，類於坐觀成敗者之所爲，何哉？雖曰：「我無官守〔二〕，我無言責〔三〕。」何以堯舜之道既可陳而伐燕之非獨不可諫乎？又何以於伐燕之後，既可力辯其是非，而於未伐燕之前，獨不可痛陳其利害乎？曾謂爲客卿者之當如是耶？迨反復其全書而後知孟子未嘗見齊宣王也。故觀書中有沈同問伐燕〔四〕之文，而無齊宣王問伐燕之文，則宣王未見孟子可知。有孟子自述答沈同之文，而不述諫齊宣王之文，則孟子未見宣王又可知。不然，伐國大事也，有賢而不問，與爲卿而不諫，而猶客食其國，又豈理之當也哉？況齊宣王亦未嘗伐燕王噲，史稱燕王噲讓國於其相子之，國内大亂，齊湣王因而襲破燕，孟子實贊成之，則伐燕爲齊湣王事，非宣王事也。今易湣爲宣者，豈孟子有所諱言之，而故出諸此者歟？是皆未可知。然孟子之未見齊宣王，則斷斷〔五〕然也。吾故曰孟子未嘗見齊宣王也，其云已見者，著書之設言也。』

曾遂五曰：此文凡作三層辯駁，層層折入，由寬而緊，令人解脱不得。讀古人書，不被古人所瞞，吾恐自柴舟而外，真未易多屈一指〔六〕。

【注釋】

〔一〕參晝：參與謀劃。《舊唐書·韋辭傳》：『皆以參晝稱職，元和九年自藍田令入拜侍御史。』

〔二〕官守：官位職守。《孟子·公孫丑下》：『有官守者，不得其職則去。』

〔三〕言責：進言勸諫的責任。唐白居易《長慶集·與元九書》：『有可以救濟人病，裨補時闕而難於指言者，輒詠歌之，欲稍稍遞進聞於上。上以廣宸聰，副憂勤；次以酬恩獎，塞言責；下以復吾平生之志。』

〔四〕沈同問伐燕：事見《孟子·公孫丑下》：『沈同以其私問曰：「燕可伐與？」孟子曰：「可。子噲不得與人燕，子之不得受燕於子噲。有仕於此，而子悦之，不告於王而私與之吾子之禄爵；夫士也，亦無王命而私受之於子，則可乎？何以異於是！』漢趙岐注：『沈同，齊大臣。自以私情問，非王命也，故曰私。子噲，燕王也。子之，燕相也。孟子曰可者，以子噲不以天子之命而擅以國與子之，子之亦不受天子之命而私受國於子噲，故曰其罪可伐。』

〔五〕斷斷：確實。宋楊簡《慈湖詩傳·鄭》：『毛傳謂狡童昭公也，斷斷乎無此義。』

〔六〕未易多屈一指：意指排名第一。屈指計數時首先彎下大拇指，然後是食指、中指、無名指和小指。《太平廣記·嗤鄙三》：『唐逸士殷安，冀州信都人。謂薛黄門曰：「自古聖賢，數不過五人。伏羲八卦，窮天地之旨。一也。」乃屈一指。「神農植百穀，濟萬人之命。二也。」乃屈二指。「周公制禮作樂，百代常行。三也。」乃屈三指。「孔子前知無窮，卻知無極。拔乎其萃，出乎其類。四也。」乃屈四指。「自此之後，無屈得指者。」良久乃曰：「並我五也。」遂屈五指。』

王霸〔一〕辯

古無霸之名。自周天子失其政，諸侯不朝，齊桓、晉文、秦繆、宋襄、楚莊五諸侯迭起而匡正之，故孔子稱之曰：『管仲相桓公，霸諸侯，一匡天下。』〔二〕以其能率諸侯而尊天子也。譬如一家然，父年已耄〔三〕，諸子紛爭，莫能就理，長子起而統一之，故稱長子曰伯。霸，猶伯也，其義取於長，非取於仁不仁也。孟子始分之，曰：『以德行仁者王』，『以力假仁者霸』〔四〕。何哉？且夫王霸者，天子諸侯爵位尊卑之通號也。雖假仁與行仁不同，然此湯武、桓文〔五〕之人之異，非天子諸侯爵位尊卑之號之異也。假使當日桓文乘周之微弱，一旦起而更姓改物，雖尊之爲王，不愧也。猶抑而稱之曰霸，可乎？亦幸而湯武已爲天子也，假不幸猶然侯服〔六〕，如桓文之時之爲，雖降之爲霸，無辭也，猶隆而稱之曰王，可乎？即不然不幸暴虐如秦呂政〔七〕之所爲，滅諸侯而一天下，雖儼然稱皇帝，後世史官未嘗筆削〔八〕之也，猶得抑而稱之曰王曰霸，可乎？既無王霸之可稱，又安有王霸之可分也哉？雖然，孟子論王霸之常則然耳，若後世王霸之變，則亦未及知之也。此孔子所以稱千古大聖也。

李非庵曰：王霸之辯，李卓吾〔九〕《藏書》亦已論及，但未若此篇透快乃爾。讀柴舟之書，覺孟子議論痕跡未融，不獨《論性》一篇爲然也。後賢敢於論古，是非明透，膽識兼該〔一〇〕，自蘇長公〔一一〕以後具如此才者，未易多見。

【注釋】

〔一〕王霸：王業與霸業。語本《孟子・滕文公下》：『大則以王，小則以霸。』

〔二〕『管仲』三句：見《論語・憲問》：『子曰：「管仲相桓公，霸諸侯，一匡天下，民到於今受其賜。」』

〔三〕耄：年老，約七十至九十歲的年紀。漢桓寬《鹽鐵論・孝養》：『七十曰耄。』《詩・大雅・板》：『匪我言耄。』毛傳：『八十曰耄。』《禮記・曲禮上》：『八十、九十曰耄。』

〔四〕『以德行』二句：語見《孟子・公孫丑上》：『孟子曰：「以力假仁者霸，霸必有大國。以德行仁者王，王不待大。」』

〔五〕桓文：春秋五霸中齊桓公與晉文公的合稱。《孟子・梁惠王上》：『仲尼之徒，無道桓文之事者，是以後世無傳焉。』

〔六〕侯服：古代王城外圍，按距離遠近劃分的區域之一。夏制稱離王城一千里的地方。周制稱離王城一千里以外的方五百里的地區。這裏指在外地做諸侯。

〔七〕呂政：指秦始皇嬴政（前二五九—前二一〇）。《史記・秦始皇本紀》：『莊襄王爲秦質子於趙，見呂不韋姬，悅而取之，生始皇。』司馬貞索隱：『按：不韋，陽翟大賈也。其姬邯鄲豪家女，善歌舞，有娠而獻於子楚（卽莊襄王，秦始皇之父）。』秦始皇生父實爲呂不韋，稱之爲呂政，含有輕蔑之意。

〔八〕筆削：語出《史記・孔子世家》：『孔子在位聽訟，文辭有可與人共者，弗獨有也。至於爲《春秋》，筆則筆，削則削，子夏之徒不能贊一辭。』筆，修改。削，删除。孔子修改了魯《春秋》中不合微言大義的部分，删除了魯《春秋》中無關治道人倫的部分。筆削，這裏指删改。

〔九〕李卓吾：李贄（一五二七—一六〇二），原姓林，名載贄。爲避禍改姓李，名贄，字宏甫，號卓吾，又號溫陵居士。泉州晉江（今屬福建）人。明末傑出思想家和進步史學家。著作有《焚書》、《藏書》、《續藏書》等。見明袁中道撰《珂雪齋前集》卷十六、《續焚書》汪序。

〔一〇〕兼該：兼備。《晉書・庾亮傳》：『加先帝神武，算略兼該，是以役不踰時，而凶强蒧滅。』

〔一一〕蘇長公：卽蘇軾（一〇三七—一一〇一），字子瞻，號東坡，四川眉山（今四川省眉山市東坡區）人。爲蘇洵長子，人因稱『蘇長公』。

歲十一月徒杠成小注〔一〕辯

或問：『「歲十一月徒杠成。」注云：「周十一月，夏九月也。」「周十二月，夏十月也。」』

然乎否耶？』予曰：不然。周十一月，卽夏十一月；周十二月，卽夏十二月也。三代雖正朔不同，然皆以寅月〔二〕起數，而寧有異乎哉？《商書》稱：『惟元祀十有二月乙丑，伊尹祠於先王，奉嗣王祇見厥祖。』〔三〕又曰：『惟三祀十有二月朔。伊尹以冕服奉嗣王歸於亳。』〔四〕蓋禮莫重於卽位改元，事莫大於復政厥辟，故皆於正朔而舉行之。商以建丑之月爲正朔也，然不曰『正月』而曰『十二月』者，月數一循乎夏之舊。初未嘗以十二月爲正月也，豈非改正朔而不改月數之明驗也耶？《詩》曰：『四月維夏，六月徂暑。』〔五〕此周詩也。若並月數而改之，則周之四月爲夏之二月，周之六月爲夏之四月，一爲春之方中，一爲夏之方始，而『維夏』、『徂暑』之說又何以稱焉？不特此也，《春秋》稱：『春王正月。』正月者，卽夏建寅之月也，故書『春』以別之。若以冬十一月爲正月，則未聞隆冬肅殺之時而可誣爲陽春布煖之候也。況子月〔六〕爲冬至，數之不可易者也。今以十一月爲正月而行春令矣，又以何月而爲冬至之月乎？不惟月數不明，並將春秋四時之序而顛倒之，又何以爲法於天下後世也？

或又問：然則《春秋》胡不倣《商書》例，書『元年十有一月』，而書『春王正月』者何哉？

予曰：書有以正朔重者，有以月數重者。天子與諸侯不同也。商以十二月爲正朔，而改元復政諸大事，皆在十二月，故書十有二月以實之。此據正朔而書也，天子之事也。若魯雖改元正朔，猶在周也。周爲一統之尊，而春爲四時之始，故書春王正月以實之。此據月數而書也，諸侯奉天子之事也。書正朔所以著一朝之典，而書月數所以明天道之恒也，此皆見之經史而可信者也。若以周十一月爲夏九月，周十二月爲夏十月，則不知出自何經何史，予之所不敢信也。嗚呼！此其所以爲宋儒之學也夫。

【注釋】

〔一〕歲十一月徒杠成小注：見《孟子·離婁下》：『子產聽鄭國之政，以其乘輿濟人於溱洧。孟子曰：「惠而不知爲政。歲十一月徒杠成，十二月輿梁成，民未病涉也。」』朱熹集注『周十一月，夏九月也』，『周十二月，夏十月也』。徒杠，可供徒步行走的小橋。

〔二〕寅月：古代以北斗星斗柄的運轉計算月份，斗柄指向十二辰中的寅即爲寅月。是時節氣爲雨水，是夏曆正月。《淮南子·天文訓》：『天一元始，正月建寅。』宋葉時《禮經會元·正朔》：『然夏建寅以寅月爲歲首，商建丑以丑月爲歲首，周建子以子月爲歲首，三代歲首雖不同而夏時紀月則一也。』

〔三〕『惟元祀』三句：見《尚書·商書·伊訓》。

〔四〕『惟三祀』二句：見《尚書·商書·太甲中》。

〔五〕『四月』二句：見《詩·小雅·四月》。

〔六〕子月：以北斗星斗柄的運轉計算月份，斗柄指向十二辰中的子即爲子月。是冬至所在的月份。是夏曆十一月。北周庾信《寒園卽目》詩：『子月泉心動，陽爻地氣舒。』

烈女不當獨稱貞辯

順德李氏有女六，一日爲强暴所逼，恐遭污辱，遂相約同赴水死，俗稱爲六貞女。〔一〕予謂六女罹難捐軀，於例稱烈爲宜，因爲一詩並書後一篇〔二〕，以正其義焉。

或問曰：按《春秋》書：『宋灾，伯姬卒。』穀梁氏曰：『婦人以貞爲行，伯姬逮乎火而死，婦道盡矣。』〔三〕孔穎達〔四〕亦謂：『伯姬爲共公卒，雖日久能守灾死之貞。』〔五〕此非烈而稱貞之證歟？六女死於水，與伯姬死於火無異，今子獨稱以烈，何居？予曰：不然。此穀梁、穎達之私言，非君子之公言也，是烏足信耶？左丘明稱『甲午宋大灾，宋伯姬卒，待姆也。君子謂宋共姬女而不婦，女待人，婦義事也。』〔六〕由是觀之，則伯姬之卒猶不得爲貞，況烈乎？蓋待姆而後行者，此女子之道，非婦道也，婦道從義者也。伯姬執女子待姆而後下堂之義，故爲火所焚。嘗考伯姬其時已六十有奇，居然一蒼顏老婦矣，使當火逼之際，率搴裳而避之，其誰曰不宜？故知伯姬可不必死而死者。若六女者，方在待字〔七〕之年，不幸逼於强暴，若稍一濡忍〔八〕，則此身必不能保，雖欲不死，得乎？故知六女必不可以不死而死者也，豈可同日而語也哉！

且自古未聞有以貞獨稱者，晉宋諸史載有《烈女傳》，獨《漢書》稱『列女』，而貞女則無傳焉，其輕重亦可知已。予讀《列女傳》，有以賢見者，以才見者，有以才而賢見者，要皆以節烈爲首稱。惟《列女傳》則載其殉難捐軀之事居多，非是則不在傳例，其見於諸史者有然。然則予以烈稱六女，又何疑焉？故捐軀而稱烈者，諸史之旨也，亦即《春秋》之旨也。儻〔九〕所謂公言者，非耶？若僅援一二人之私言，以竊附於《春秋》之義者，其亦未免爲《春秋》之罪人也夫。

【注釋】

〔一〕「順德」五句：順德李氏六女遇難之事，又見清郭汝誠修《順德縣志》卷二十九、清王士禛《池北偶談》卷十、清鈕琇《觚賸》卷七。

〔二〕一詩：即卷二十《弔六烈女》詩。書後一篇：即卷十二《自書弔六烈女詩後》。

〔三〕「宋灾」三句：見《春秋·襄公三十年》：「五月，甲午，宋灾，伯姬卒。」《穀梁傳·襄公三十年》：「婦人以貞爲行者也，伯姬之婦道盡矣。」

〔四〕孔穎達：疏《穀梁》者爲唐楊士勳，非孔穎達。

〔五〕「伯姬」二句：疏文爲「爲共公卒雖日久，姬能守災死之貞，謂之婦道盡矣。」

〔六〕「甲午」六句：見《左傳·襄公三十年》。

〔七〕待字：指女子成年待嫁。《禮記·曲禮上》：「女子待嫁，笄而字。」古代女子成年許嫁始命字，後遂稱女子待嫁爲待字。清潘思榘《周易淺釋》：「自庚至己待字十年，非柔順中正以禮自處者能如是乎？」

〔八〕濡忍：柔順忍讓。《史記·刺客列傳》：『鄉使政誠知其姊無濡忍之志，不重暴骸之難，必絕險千里以列其名，姊弟俱僇於韓市者，亦未必敢以身許嚴仲子也。』

〔九〕儻：或許。《字彙·人部》：『儻，或然之詞。』

予有亂臣十人辯〔一〕

《魯論》記武王曰：『予有亂臣十人。』注云：亂，治也。〔二〕亂可作治解，則治亦作亂解得乎？且武王何不曰治臣，而曰亂臣，乃俟後人解正耶？然則武王自稱亂臣乎？

廖子曰：此武王之所以爲武王也。蓋武王之爲是言者，亦如湯當日以慚德〔三〕自罪之意也。湯以放桀爲慚德，武王亦以伐紂爲亂臣，而託言十人者，隱言己爲亂臣之首也云爾。其所以慮後世以爲口實者，實與湯有同心也，湯武之得成其爲湯武者以此。豈如後世篡弒奸雄而文以受禪之美名者耶？然則武王罪可逭〔三〕乎？曰：以臣弒君，罪烏可逭？故孔子特揭出之，以爲後世戒。且稱不取天下之文王爲至德，則取天下之武王爲亂臣可知，此孔子立言之旨也。若治字之解，朱子不得其說，從而爲之辭〔四〕。

【校記】

（一）此文底本闕，據文久本補入。

【注釋】

〔一〕『予有』二句：見《論語・泰伯》：『舜有臣五人而天下治。武王曰：「予有亂臣十人。」孔子曰：「才難，不其然乎？唐虞之際，于斯爲盛。有婦人焉，九人而已。三分天下有其二，以服事殷。周之德，其可謂至德也已矣。」』魏何晏引馬注曰：『亂，治也。治官者十人。』

〔二〕慚德：因言行有缺失而慚愧。《書・仲虺之誥》：『成湯放桀于南巢，惟有慙德，曰：「予恐來世以台爲口實。」』《南史・陳武帝紀》：『永言夙志，能無慚德。』

〔三〕逭：逃避。《書・太甲中》：『天作孽，猶可違；自作孽，不可逭。』孔傳：『逭，逃也。言天災可避；自作災不可逃。』

〔四〕『朱子』二句：朱熹集注：『馬氏曰：「亂，治也。」或曰：「亂，本作乿，古治字也。」』

通章論斷附（一）

此章〔一〕須知『予有亂臣』句是舉《尚書》中成語，爲武王之自言也。若『舜有臣五人』一句却是孔子特筆書法，雖爲唐虞二句作張本，然實因武王自言亂臣，故特特下一治字，以形繫之，此爲《春秋》微詞〔二〕，非同泛泛立案者比也。若依注『亂』字作『治』解，便將通章書旨文法看得索然無味，豈復成大聖人之文章耶？

又云：此章以『治亂才德』四字爲眼目〔三〕，皆作兩兩激射之辭。說一『亂』字，便先以『治』字襯起。言此爲治，則彼爲亂可知。說一『才』字，便接以『德』字形容。言此爲『純臣之德』，則彼爲『亂臣之才』可知。不特此也，看下節纔言『唐虞之際，於斯爲盛』，便接云『有婦人焉，九人而已』。『而已』二字，言才亦不成其爲才，蓋武王以開創之主，四海之大，區區十人尚且不足，猶必借助於一婦人，豈如唐虞之世，除五人外，尚有四岳百揆九官十二牧〔四〕，濟濟英才，跨越百代者耶？由是言之，周之十人，不特無以媲美五人，亦且不能媲美諸子，尚何才之可言？其舉唐虞以爲言者，亦以唐虞爲對照妍媸〔五〕之鏡耳。時講不知，以爲夫子極贊周才之盛，差可比美唐虞，豈非夢中囈語耶？真不足一噱矣。唐虞以五人治天下，周以十人亂天下，以此相較，何啻〔六〕天淵。況唐虞五人而有餘，武王十人而不足，是褒是貶，必有能辯之者。末節『周之德』三字與『已矣』二字，夫子深罪武王之意，尤可概見。言周自后稷〔七〕開國以來，歷太王、王季、文王數大聖人，皆謹守臣節，不敢廢墜，至武王始亂之，故曰：『周之德，其可謂至德也已矣。』『已矣』云者，言周家歷代臣殷之德，全文王而止。文王而下，不特無至德可稱，亦並無德可稱。已矣乎，周之才也；已矣乎，周之德也。不然何以不言文王之德而言周之德，此處正宜細參〔八〕。世人皆糊塗看過，吾不知其終日所用心者爲何物也。嗚呼，滔滔皆是〔九〕，胡可勝歎。

又云：當時十人有如此美才，不得爲殷朝作幹蠱〔一〇〕之用，乃反爲周室作篡弑之資，孔子曰才難，不其然乎？

通篇皆作深罪武王之詞，時講皆多錯誤，豈非不知文法之過耶？則文法安可不急講也。予有彙談《論語》文法一書，異日盡欲呈教，此略舉其一端云。自識。

【校記】

〔一〕此文底本缺，據文久本補入。

【注釋】

〔一〕此章：指《論語·泰伯篇》：『舜有臣五人而天下治。武王曰：「予有亂臣十人。」孔子曰：「才難，不其然乎？唐虞之際，于斯爲盛。有婦人焉，九人而已。三分天下有其二，以服事殷。周之德，其可謂至德也已矣。」』

〔二〕微詞：指婉轉說出而真意隱晦的話。宋周密《齊東野語》自序：『定哀多微詞，有所辟也；牛李有異議，有所黨也。愛憎一衰，論議乃公。』

〔三〕眼目：眼睛，喻關鍵之處。宋朱熹《朱文公集·答胡季隨書之十一》：『王氏《中說》，最是渠輩所尊信，依倣以爲眼目者。』

〔四〕四岳：傳說爲堯舜時的四方部落首領。堯爲部落聯盟領袖時，四岳推舉舜爲繼承。舜繼位後，他們又推舉禹輔助舜。百揆：《書·舜典》：『納於百揆，百揆時敘。』孔傳：『揆，度也。度百事，總百官。納舜於此官。』堯初置百揆，至周更名冢宰。九官十二牧：官、牧，均指九州十二州的長官。

〔五〕妍媸：也作『妍蚩』，美好和醜惡。

〔六〕何啻：豈只。唐王勃《王子安集・雜曲》：『若向陽臺薦枕，何啻得騰朝雲。』

〔七〕后稷：周的始祖，名棄，長於種植。《史記・三代世表》：『文王之先爲后稷……堯知其賢才，立以爲大農，姓之曰姬氏。』

〔八〕參：領悟，琢磨。元關漢卿《謝天香》第四折：『相公意，難參透。』

〔九〕滔滔皆是：語出《論語・微子》：『滔滔者天下皆是也，而誰以易之？』滔滔，水流之貌。水之長流，盡日不息，比喻某種不好的風氣一直存在，到處都是。

〔一〇〕幹蠱：語出《易・蠱》：『幹父之蠱。』王弼注：『幹父之事，能承先軌，堪其任者也。』原指兒子能繼承父志，完成父親未竟之業。後亦泛指主事，辦事。

廖燕全集校注卷三

序

春秋卮言序

歲辛未〔一〕，予來羊城〔二〕，得與諶野包先生〔三〕爲忘年交。先生會稽〔四〕名儒，時年已六十有八，長予二十甲子〔五〕。雖居逆旅〔六〕，獨汲汲著述不少休，間出其所著《春秋卮言》數卷屬序於予。字皆作蠅頭細楷〔七〕，予受而讀之盡晝夜，始得論次其顛末〔八〕。

嘗論《春秋》因魯史而成書〔九〕，不必始於隱公而何妨始於隱公，不必終於獲麟亦何妨終於獲麟，括二百四十二年之事，而已成天地萬古之全書，其義豈一時之所能盡者哉？天地作六經〔一〇〕，凡日月星辰之燦列，風雨雷電之震驚，與夫山川草木禽魚之巨細靈蠢，昭著於上天下地，莫非《詩》、《書》、《易》、《禮》、《樂》、《春秋》之文之所變見〔一一〕。雖無字跡之可指，而六經之理自具於未有文字之先。特天地不言，不得不寄其權於孔子而爲稱述之，故曰『述而不作』，不亦大彰明較著〔一二〕也哉！

然孔子於《詩》、《書》稱删，於《禮》、《樂》稱定，於《周易》稱贊，於《春秋》稱修是已，而孟子獨曰『孔子作《春秋》而亂臣賊子懼〔一三〕』，豈非以孔子繼天地而立極，而《春秋》一經爲孔子所獨重之書耶？萬物以天地爲大，六經以《春秋》爲大。天地有春夏秋冬四時，而此書獨以春秋定名，春主賞，秋主罰；春主生，秋主殺，孔子以賞罰生殺之權自與，而即以賞罰生殺之權與魯與周天子。嗚呼！不有《春秋》，何以善其後乎？此其所係者爲甚大，而孔子所以有知我罪我之歎〔一四〕也，豈不然歟？

況《春秋》以美刺兼《詩》，以政令兼《書》，以權變兼《易》，以會盟征伐兼《禮》、《樂》，其理顯，其詞微，雖游、夏不能贊一詞〔一五〕，而後世諸儒輒以管窺之見解之，至以春王正月爲周之十一月，即此正朔〔一六〕月數與春夏秋冬四時之不辨，又遑〔一七〕問其褒貶予奪之大也耶？甚矣！今先生博覽群書，聚古今諸儒之解，而極言其是非得失，皆折衷於孔子、左氏，而諸儒之背謬者自見。斯其立言之功，而與諸儒同其不朽者，豈不於此而益見哉！而『卮言〔一八〕』云者，蓋謙詞也。

先是先生有《春秋評輿》，集諸家之説，上自春秋，下至元明，不下數十百家，而復以己意斷之，皆發前賢所未發，其於此書可謂勤而有功矣。因序其略如此，以俟後人表彰云。

張泰亭〔一九〕先生曰：談經之文，最難下筆。此文獨見《春秋》之大，故字字扼要。至云天地實作六經，此開闢未有之談，非奇膽包天，安能作此等文字？

【注釋】

〔一〕辛未：康熙三十年（一六九一）。

〔二〕羊城：廣州的別稱。傳説古時有五仙人騎五羊帶穀穗飛抵廣州，故稱。見宋樂史撰《太平寰宇記》卷一百五十七引《續南越志》。

〔三〕諶野包先生：包諶野，清初浙江會稽人。廖燕之友，長廖燕二十歲。著有《春秋巵言》、《春秋評輿》。

〔四〕會稽：縣名。隋置，明清時與山陰並爲浙江紹興府治，民國兩縣改並爲紹興縣。轄境爲今浙江省紹興市越城區、紹興縣的各一部分。

〔五〕甲子：年歲，年齡。北周庾信《爲閻將軍乞致仕表》：『臣甲子既多，耄年又及，無參賓客之事，謬達諸侯之班，尸祿素餐，久忝懿典。』

〔六〕逆旅：旅店。《莊子·山水》：『宿於逆旅。』

〔七〕蠅頭細楷：形容楷書小字。

〔八〕論次：編排。《史記·五帝本紀》：『余並論次，擇其言尤雅者，故著爲本紀書首。』顛末：始末，事情自始至終的過程。顛，本，始。宋劉克莊《後村集·重修太平陂》：『郡人更名曾公陂，既庵以祠公，復屬筆於予，俾記顛末。』

〔九〕《春秋》因魯史而成書：《史記·孔子世家》：『乃因史記作春秋，上至隱公，下訖哀公十四年，十二公。據魯，親周。』唐司馬貞索隱：『言夫子修春秋，以魯爲主，故云據魯。』

〔一〇〕六經： 六部儒家經典，指《易》、《詩》、《書》、《春秋》、《禮》、《樂》。《莊子·天運》：『孔子謂老聃曰：「丘治《詩》、《書》、《禮》、《樂》、《易》、《春秋》六經，自以爲久矣，孰知其故矣。」』《漢書·武帝紀贊》：『孝武初立，卓然罷黜百家，表章六經。』顔師古注：『六經，謂《易》、《詩》、《書》、《春秋》、《禮》、《樂》也。』

〔一一〕變見： 亦作『變現』，改變原貌出現。唐張説《張燕公集·爲留守作賀崛山表》：『臣聞山川變見，如來有得道之祥； 國士遠移，至人任不思之力。』

〔一二〕彰明較著： 指事情或道理極其明顯，很容易看清。《史記·伯夷列傳》：『盜蹠日殺不辜，肝人之肉，暴戾恣睢，聚黨數千人橫行天下，竟以壽終。是遵何德哉？ 此其尤大彰明較著者也。』

〔一三〕孔子作《春秋》而亂臣賊子懼： 見《孟子·滕文公下》：『孔子成《春秋》，而亂臣賊子懼。』

〔一四〕知我罪我之歎： 語見《孟子·滕文公下》：『《春秋》，天子之事也。是故孔子曰：「知我者，其惟《春秋》乎！ 罪我者，其惟《春秋》乎！」』

〔一五〕游、夏不能贊一詞：《史記·孔子世家》：『孔子在位聽訟，文辭有可與人共者，弗獨有也，至於爲《春秋》，筆則筆，削則削，子夏之徒不能贊一辭。』

〔一六〕正朔： 詳見卷二《三統辯》注〔八〕。

〔一七〕遑： 空閒，閒暇。《玉篇·辵部》：『遑……暇也。』《書·無逸》：『自朝至於日中昃，不遑暇食，用咸和萬民。』孔穎達疏：『遑，亦暇也。重言之者，古人自有復語。』

〔一八〕卮言： 語出《莊子·寓言》：『卮言日出，和以天倪。』唐陸德明釋文引王叔之云：『卮器（古盛酒器）滿卽傾，空則仰，隨物而變，非執一守故者也。施之於言，而隨人從變，已無常主者也。』謂隨和人意，無主見之言。因而用以謙稱自己的著作。

〔一九〕張泰亭： 張拱極，字泰亭，清陝西醴泉（今陝西咸陽市禮泉縣）人。康熙二十六年（一六八七）舉人，康熙三十年進士，康熙三十七年任翁源縣知縣。在任期間，重士愛民，鋤奸禁暴。時俗多挖骸滋訟，張拱極執法嚴懲，此風漸息。公餘輒進試諸生，優如獎勵，人才奮興。見清謝崇俊修、顏爾樞纂《翁源縣新志》卷十一、民國張道芷等修、曹驥觀等纂《續修醴泉縣志稿》卷九。參看廖燕《復翁源張泰亭明府書》（卷九）、《待贈文林郎文學張君墓志銘》（卷十五）。

范雪村〔一〕詩集序

予自羊城客歸，范君雪村邀予飲菊花棚下。酒酣樂甚，相與縱談天下古今得失，間及於詩，因出其所著一帙〔二〕，屬予論次，並序其巔末〔三〕。予袖歸讀之，驚其才豔而學博，其中類多旅寓之作，豈得遠遊之力居多耶？古人著書，每欲流覽名山巨川與夫通邑大都風俗人物之變，以壯其膽識，似遠遊與著書有不可分視爲二途者。

予嘗論千古遠遊人，當推張騫〔四〕爲第一。史稱騫奉使月氏，因遍歷大宛、大夏、康居諸大國，間關〔五〕奔走，其間不下數萬里，而其文章不少概見〔六〕，則與閉門人無異。孔子周流列國，雖未遍及五嶽五湖與四瀆四海〔七〕，然作五經以配五嶽五湖，復與諸賢作《四書》以配四瀆四海，其道德固爲萬世師表，而其著述又非遍遊嶽湖瀆海者之所能辯，豈非千古遠遊善著書人之標準也哉！ 遠遊不必著書，而著書不可不遠遊。

雪村爲越傑出士，甫垂髫〔八〕，即歷遊西北邊塞苦寒之地，數寓滇南川陜。去歲自關中歷荊楚湖湘來予韶，作詩滿篋。予性不耐家居，屢欲出遊，一覽中原山水，度嶺至再，輒以事逼歸，由是言之，予不及雪村遠矣。今讀其詩，江山草木，盡爲改觀，謂非得遠遊之力不可。然則予之所愧服〔九〕乎雪村者，又不獨車轍之能遍及也已。雪村性豪俠，篤於友誼，復慷慨功名〔一〇〕，尤爲予所喜慕者。

其同鄉章君偉人〔一一〕，好學善詩，與予有出嶺之約，他日儻得相從，由嶺而北，度洞庭、彭蠡〔一二〕，走京師萬里，登崑崙，探星宿海〔一三〕，復遍覽東西日月出沒所在諸奇勝，歸來閉户著書，學孔子之學而爲張騫之不能爲，視把酒賞菊時爲何如？亦人生一大快事。雪村試語偉人，其肯無忘今日之約否耶？

毛會侯先生曰：作五經以配五嶽五湖，作《四書》以配四瀆四海，豈非千古奇談。柴舟議論多發前賢所未發，此尤爲未經人道語。自非奇膽奇識，安能道得隻字。

【注釋】

〔一〕范雪村：清初浙江人。性豪俠，篤於友誼，薄功名。自小歷遊西北邊塞之地，數寓滇南川陜。在寓居廣州期間與廖燕有交往。著有《范雪村詩集》。

〔二〕一帙：即一套。帙，線裝書之函套。

〔三〕巔末：從開始到末尾，謂事情的全過程。

〔四〕張騫（？—前一一四）：　漢中郡成固（今陝西漢中市城固縣）人。漢武帝建元二年（前一三九）應募出使大月氏國（今阿姆河中偏上游一帶），擬約其夾擊匈奴。經匈奴，被扣十餘年。後逃脱，經大宛（今中亞烏茲別克斯坦、塔吉克斯坦和吉爾吉斯斯坦三國的交界地帶的費爾干納盆地）、康居（今巴爾喀什湖和鹹海之間），抵大月氏。因大月氏不肯應約，留年餘，東還，再次被匈奴所捕，年餘脱走。元朔三年（前一二六），回到長安。元狩四年（前一一九），再次受命出使烏孫（今伊犁河流域），並從烏孫分遣副使通西域諸國。元鼎二年（前一一五）回長安，年餘病逝。見《漢書·張騫李廣利傳》。

〔五〕間關：　輾轉。《後漢書·鄧騭傳》：『遂逃避使者，間關詣闕，上疏自陳。』

〔六〕不少概見：　毫無記載，連概略的記載都沒有。語出《史記·伯夷列傳》：『余以所聞由（許由）、光（務光）義至高，其文辭不少概見，何哉？』唐司馬貞索隱：『概是梗概，謂略也。蓋以由、光義至高，而《詩》、《書》之文辭遂不少梗概載見，何以如此哉？』不少，毫無。概見，概略的記載。

〔七〕五嶽：　我國五大名山的總稱。古書中記述略有不同。東嶽泰山、西嶽華山、北嶽恒山、中嶽嵩山，各書所指相同，唯南嶽有指衡山者，有指霍山者。《周禮·春官·大宗伯》：『以血祭祭社稷、五祀、五嶽。』鄭玄注：『五嶽，東曰岱宗，南曰衡山，西曰華山，北曰恒山，中曰嵩高山。』今所言五嶽，即指此五山。《爾雅·釋山》：『泰山爲東嶽，華山爲西嶽，霍山爲南嶽，恒山爲北嶽，嵩高爲中嶽。』郭璞注：『（霍山）即天柱山。』五湖：　江南五大湖的總稱。《史記·三王世家》：『大江之南，五湖之間，其人輕心。』司馬貞索隱：『五湖者，具區、洮滆、彭蠡、青草、洞庭是也。』明楊慎《丹鉛總錄·地理》：『王勃文「襟三江而帶五湖」，則總言南方之湖。洞庭一也，青草二也，鄱陽三也，彭蠡四也，太湖五也。』洮滆，今江蘇長蕩湖、西滆湖。彭蠡，今鄱陽湖。青草，今洞庭湖東南部。四瀆：　長江、黄河、淮河、濟水的合稱。《爾雅·釋水》：『江、河、淮、濟爲四瀆。四瀆者，發原注海者也。』《禮記·

王制》：『天子祭天下名山大川，五嶽視三公，四瀆視諸侯。』《史記・殷本紀》：『東爲江，北爲濟，西爲河，南爲淮，四瀆已修，萬民乃有居。』四海，古以中國四境有海環繞，各按方位爲『東海』、『南海』、『西海』和『北海』，但亦因時而異，説法不一。《書・益稷》：『予決九川，距四海。』孔傳：『距，至也。決九州名川通之至海。』《孟子・告子下》：『禹之治水，水之道也，是故禹以四海爲壑。』

〔八〕垂髫：髮髫下垂。古代兒童頭髮的樣式。宋陳著《示王侑翁二首》之一：『垂髫已解吟，髣髴學何陰。』

〔九〕愧服：對人佩服，自慚不如。《晉書・鳩摩羅什傳》：『因舉匕進針與常食不別，諸僧愧服。』

〔一〇〕慷慨：感歎。三國魏嵇康《兄秀才公穆入軍贈詩十九首》：『徘徊戀儔侶，慷慨高山陂。』功名：舊指科舉稱號及官職名位等。金董解元《西廂記諸宫調》卷三：『不以功名爲念，五經三史何曾想。』

〔一一〕章君偉人：章偉人，清初浙江人。廖燕友人，生平不詳。

〔一二〕彭蠡：即鄱陽湖，在江西省北部。宋毛晃《禹貢指南・彭蠡既豬》：『彭蠡，漢水南入于江，東滙澤爲彭蠡，在彭澤西北，今南康軍湖是也。』

〔一三〕星宿海：地名，在青海省。古人以之爲黄河的發源地。《舊唐書・侯君集傳》：『（侯君集、道宗）轉戰過星宿川，至於柏海，頻與虜遇，皆大克獲。北望積石山，觀河源之所出焉。』《讀史方輿紀要・陝西》：『星宿川，亦曰星宿海。』《宋史・河渠志一》：『大元至元二十七年，我世祖皇帝命學士蒲察篤實西窮河源，始得其詳。今西蕃朵甘思南鄙曰星宿海者，其源也，四山之間，有泉近百泓，匯而爲海，登高望之，若星宿布列，故名。』《元史・地理志六》：『按河源在土蕃朵甘思西鄙，有泉百餘泓，沮洳散涣，弗可逼視，方可七八十里，履高山下瞰，燦若列星，以故名火敦腦兒。火敦，譯言星宿也。』

冶山堂文集序

古滇蕭子絅若，客韶仁邑〔一〕幾三載，嘗往來湞江蓉驛〔二〕間，偶於會龍〔三〕館壁見予詩，因喜定交。予詩豈真足爲人知者哉！及讀絅若《冶山堂集》，則又爽然自失矣。

古人晚乃著書，絅若年四十有七，方當壯年强仕〔四〕之時，而輒爲此仰屋〔五〕寂寞之舉，何哉？魏祖武三十舉孝廉〔六〕，猶云顧視同歲中，有年至五十未名爲老，從此却去二十年，待天下清，乃與同歲中始舉者等耳。然魏武二十年間，興舉義兵，掃除群兇，撥亂世而反之正。使不心懷篡逆，效周文王以服事殷，豈非爲漢一代之伊周〔七〕者哉！人誠能如其才其功，則雖年至六十猶未爲晚。書可不必著，著亦可不必傳，勳業已炳爙〔八〕於天地間，況其文章翰墨，尤爲後世之所莫及。予嘗過許都之故宫，訪銅臺〔九〕之遺址，未嘗不概然〔一〇〕想見其爲人。嗚呼！彼蓋一時也。

絅若，滇海〔一一〕世家，寓居金陵，甫仕仁和〔一二〕，未幾歸，足跡幾遍天下。詩古文詞〔一三〕皆手自抄輯，雖旅夜燈火不少休，下筆千言立就。居身制行〔一四〕，咸以聖賢爲法，自不屑屑〔一五〕於魏武之所爲。然予以爲以聖賢之心而濟以英雄豪傑之術，出則建功業於天下，處則譚經濟〔一六〕於一室，亦人生一大快事。顧爲此豈有難哉，絅若亦以予言爲然。以絅若之才，使得其時遇，何古人之不若。但時不我值，不得不爲此仰屋寂寞之舉。今讀其書，微言碩畫〔一七〕，層見疊出。其有關於天下國家者，十常六七。至其《擬古》、《白馬》、《畫眉》、《錦雞》等篇，以視魏武《短歌》、《蒿里》諸作爲何如，而必謂古今人不相及則何也？特不可以此而了其四十七年以後之歲月者耳。然回思四十七年以前，至此爲已晚矣。使古人處此，欲不汲汲〔一八〕著書得乎？今予年亦已四十有五，雖少絅若二甲子，然較之魏武舉義立功之年，均不能無過時之感矣，則予二人之相值〔一九〕，豈不然耶？絅若著書遠勝於予，而人或指此爲書生弄筆之事，抑知其窮理致知，包天地而孕今古，出其緒餘〔二〇〕，猶可陶鑄堯舜〔二一〕。自孔子删述六經以及諸子百家，以其言傳後世，其輕重本末，又豈庸俗之所能窺測者哉？

今絅若歸矣，予將從之遊，遍覽山川之奇怪，如讀太史公之書，以潤澤其筆墨，視前館壁上詩更有進焉，未可知也。然絅若自此遠矣。絅若著述甚多，有《支離草》、《古董羹》並斯集，共若干卷。冶山〔二二〕爲金陵勝蹟，傳吴王鑄劍處云。

魏和公先生曰：似有魏武一流人物在其胸中，故特借此題以發其生平之所欲言。不知是傷今，不知是感古，不知是歎他人，不知是訴自己，悲涼感慨，文情正復妙絶。

【注釋】

〔一〕仁邑：指仁化縣，今屬廣東省韶關市。

〔二〕湞江：　北江上游。發源于江西省信豐縣，流經廣東省韶關市南雄、始興、湞江、曲江等市縣區，於韶關市區沙洲尾納武江後稱北江。蓉驛：　即芙蓉驛，驛站名。原設於今韶關市中山路和東堤中路交匯處附近，後遷今東堤北路太傅街北端的湞江西岸。順治十二年，又遷今風采路東段。《曲江縣志》卷十一：『芙蓉驛，原設湘江門外，後遷津頭廟下。順治十二年又遷風度樓東。』同書卷六：『忠惠廟，即太傅廟，在太平關稅廠前。俗名津頭廟。』

〔三〕會龍：　指會龍庵，丹霞山別傳寺接眾下院。位於今廣東省韶關市區東堤北路太傅街附近的湞江西岸。廖燕《會龍庵募建接眾寮房疏》（卷六）：『會龍爲丹霞接眾下院……僧俗往來，靡不藉此院爲居停。』清張希京修、歐樾華等纂《曲江縣志》卷十六：『會龍庵，舊名迴龍。康熙間重修，內有書院。知府劉世豸建。』清陳世英纂、釋古如增補《丹霞山志》卷七：『會龍庵在韶州府城相江門外。康熙七年正月，舊住僧嗁恒哆送與本山爲下院。後在庵前左右蓋造鋪屋□間。』同書卷二：『會龍菴，韶州府東關外河邊。』

〔四〕强仕：　四十歲的代稱。語出《禮記・曲禮上》：『三十曰壯，有室。四十曰强，而仕。』孔穎達疏：『强有二義：一則四十不惑，是智慮强；二則氣力强也。』

〔五〕仰屋：　臥而仰望屋樑，形容苦思冥想的樣子。語出《梁書・南平王偉傳》：『恭每從容謂人曰：「下官歷觀世人，多有不好歡樂，乃仰眠牀上，看屋樑而著書，千秋萬歲，誰傳此者？」』

〔六〕魏祖武：　指曹操。曹操廟號太祖，謚武帝，故稱。三十：《三國志・魏書》卷一：『（曹操）年二十，舉孝廉爲郎。』可見廖燕的記載有誤，『三十』是『二十』之誤。

〔七〕伊周：　商伊尹和西周周公旦的合稱。兩人都曾攝政，後常並稱。《三國志・蜀書》卷五：『將建殊功於季漢，參伊周之巨勳。』

〔八〕炳爙：照耀。廖燕《横溪詩集序》：『至今尚炳爙於天地間者，固不乏人。』

〔九〕銅臺：『銅雀臺』的省稱。故址在今河北省臨漳縣西南古鄴城的西北隅，與金虎、冰井合稱三臺。建安十五年冬曹操所建。周圍殿屋一百二十間，連接榱棟，侵徹雲漢。鑄大孔雀置於樓頂，舒翼奮尾，勢若飛動，故名銅雀臺。《三國志·魏書》卷一：『（建安十五年）冬，作銅雀臺。』晉陸翽《鄴中記》：『銅爵臺高一十丈，有屋一百二十間。』北魏酈道元《水經注·濁漳水》：『鄴西三臺……中曰銅雀臺，高十丈，有屋百一間。』

〔一〇〕概然：感慨。概，通『慨』。《莊子·至樂》：『是其始死也，我獨何能無概然。』唐陸德明釋文引司馬曰：『感也。』陳鼓應注：『概，卽慨，感觸哀傷。』

〔一一〕滇海：卽滇池。雲南省的大湖，在昆明南，又稱昆明湖。明謝肇淛《滇略·雜略》：『吾家住在雁門深，一片閒雲到滇海。心懸明月照青天，青天不語今三載。』

〔一二〕仁和：浙江省仁和縣，今杭州市的一部分。

〔一三〕古文詞：文體名。亦稱『古文』，原指先秦兩漢以來用文言寫的散體文，相對六朝駢體而言。後則相對科舉應用文體而言。

〔一四〕居身：安身，立身處世。《三國志·魏書》卷十一注引晉皇甫謐《高士傳》：『舍足於不損之地，居身於獨立之處，延年歷百，壽越期頤。』制行：制定道德和行爲標準。宋范祖禹《范太史集》卷三十五《中庸論五首》：『記曰：聖人之制行也，不以己使民。有所勸勉愧恥以行其言，故不爲人之所不能，不行人之所不及。』

〔一五〕屑屑：在意貌。宋俞文豹《吹劍錄外集》：『上達之士，能安時處順由行於天理之中，故不屑屑於占算推測。』

〔一六〕譚：同『談』。談論。《莊子·則陽》：『夫子何不譚我於王？』經濟：經世濟民。唐李白《贈別舍人弟臺卿之江南》詩：『令弟經濟士，謫居我何傷。』

〔一七〕微言：含蓄而精微的言辭。《後漢書·楚王英傳》：『楚王誦黃老之微言，尚浮屠之仁祠。』碩畫：遠大的謀劃。唐劉禹錫《武陵北亭記》：『莅止三月，以碩畫佐元侯平裔夷，降渠魁。』

〔一八〕汲汲：急切貌。宋歐陽脩《送韓子華》詩：『諫垣尸居職業廢，朝事汲汲勞精神。』

〔一九〕相值：相當。三國魏曹植《豔歌》詩：『出自薊北門，遥望湖池桑。枝枝自相值，葉葉自相當。』

〔二〇〕緒餘：抽絲後留在蠶繭上的殘絲，借指事物之殘餘。宋楊億《溫州聶從事永嘉集序》：『君生齊魯禮義之國，被陶虞文思之化，方在髫丱，服膺儒玄，徧討百家之言，深窮六義之要。以爲詩者妙萬物而爲言也，賦頌之作皆其緒餘耳。』

〔二一〕陶鑄堯舜：語出《莊子·逍遥遊》：『是其（神人）塵垢秕糠將猶陶鑄堯舜者也，孰肯以物爲事？』陶鑄，製作陶範並用以鑄造金屬器物。這裏比喻造就、培育。

〔二二〕冶山：又名冶城山。位於南京市中心西南面的建鄴路。相傳春秋時期，吴王夫差在此設有冶煉作坊，製造兵器而得名。清呂燕昭修、姚鼐纂《重刊江寧府志》卷六：『冶城山在上元朝天宮後，有劍池。俗傳吴王鑄劍於此。』

令粵詩刻序

毘陵〔一〕談公定齋莅吾曲凡六月，即告致〔二〕。又署臥九月，始納屣而歸，計一載有三月。

及於其將歸也，燕始見知於公，然燕實未嘗知公之知己也。迨後友某傳公言，始知因見燕所刻文，大加賞譽，以爲有古作者〔三〕之意，亟稱之，且欲亟見之，見則以理學經濟爲勖〔四〕。噫！異矣。

聞古君子之爲治也，必求其地篤行稽古之士而與之友，以爲政治風教讌遊〔五〕之助，如韓昌黎之於區册〔六〕，而燕豈其人耶？公一日手一編示燕，讀之驚歎，以爲韓歐〔七〕文字。故以燕爲非區册則可，以公爲非韓歐之人之文則不可也。今天下以韓歐之文爲文者罕矣，況以韓歐之文爲治者耶？且天下之治，又孰有過於文者哉！文非爲治之具，然人情不甚相遠，莫不惡急而喜緩，爲治之道亦然。文之爲物，柔而能剛，近而愈遠。況韓歐之文，悠揚澹宕〔八〕，與之漸習，久之而不覺自變其質，則文與情相通也。政本於情，而文遂通乎治。公莅任數月，即以病去職，士民〔九〕數千，相率罷市，號泣請命於上，如此者數日，至不得命而後止。顧何以得此於民哉？是必有其道者矣。道不可見，而文可見，亦第述其可見者而已。公下筆不少休，求賢如饑渴，使久於其位，其效當不僅此，而無如〔一〇〕公拂衣歸矣。昔昌黎來陽山，文教始闢〔一一〕，至今頌昌黎之功不衰。茲公之莅曲，身爲韓歐之文，即以韓歐之文爲治，因取燕以風〔一二〕之，燕則何敢？而公文治之風，將自此而流被於無窮者，爲可歌而可頌也。

公詩文甚富，文已刻有專集，詩惟取治曲時作者刻之，目爲《令粵小草》，屬燕爲序。嗚呼！公歸矣，燕猶不禁知己之感云。

魏和公先生曰：做詩序，偏寫其政事文章，詩只於篇末一點，妙！妙！便勝作談公一本傳。大家筆墨，洵〔一三〕非凡手可及。

【注釋】

〔一〕毘陵：亦作『毗陵』，古地名。本春秋時吳季札封地延陵邑。西漢置縣，治所在今江蘇省常州市。三國吳時，爲毗陵典農校尉治所。晉太康二年始置郡，治所移丹徒。歷代廢置無常，後世多稱今江蘇常州一帶爲毗陵。宋陸游《老學庵筆記》卷十：『今人謂貝州爲甘州，吉州爲廬陵，常州爲毗陵。』曲：指曲江縣，含今廣東省韶關市湞江區、武江區、曲江區。

〔二〕告致：官員告老退休。清毛奇齡《尚書廣聽錄》：『當此嗣君新政之際，自當潔身引退，不居盛滿，而乃告致之後仍復留此，則愛公之至。』

〔三〕作者：稱在藝業上有卓越成就的人。晉陸雲《喜霽賦並序》：『余既作《愁霖賦》，雨亦霽。昔魏之文士又作《喜霽賦》，聊厠作者之末而作是賦焉。』

〔四〕理學：宋明儒家周敦頤、邵雍、張載、程顥、程頤、朱熹、陸九淵、王守仁等的哲學思想。宋儒致力闡釋義理，兼談性命，認定『理』先天地而存在。明儒則斷言『心』是宇宙萬物的根源。經濟：經世濟民。唐李白《贈別舍人弟臺卿之江南》詩：『令弟經濟士，謫居我何傷。』勖：同『勗』。勉勵。《說文·力部》：『勖，勉也。從力，冒聲。』

〔五〕讌遊：宴飲遊樂。宋蔡襄《回秦州知府錢端明啓》：『涖官東周，無日暇給。引領西屏，若天阻遥。勤企讌游，積深悰悃。』

〔六〕韓昌黎：　即韓愈（七六八—八二四），字退之，唐河南河陽（今河南孟縣）人。區冊：　南海人。唐貞元中監察御史韓愈以直言貶陽山令，區冊往見之。及歸，韓愈作《送區冊序》送之。民國黄瓚修、朱汝珍纂《陽山縣志》卷十：『區冊，南海人。韓愈爲陽山令，冊從之學。踰年而歸。愈作序送之。』

〔七〕韓歐：　唐代韓愈和宋代歐陽脩的並稱。

〔八〕悠揚：　形容詩文韻味無窮。明郎瑛《七修類稿》卷二十九：『感慨傷思者，貴乎感動人情；　閑適寫景者，貴乎雅淡悠揚。』澹宕：　恬靜舒暢。明汪砢玉《珊瑚網》卷二十七：『約畧彭記澹宕可觀，而隆池書尤勝。』

〔九〕士民：　士大夫和普通百姓的合稱。猶言士庶。《韓非子·說難》：『一口惑主敗法，以亂士民。』

〔一〇〕無如：　無奈。清李漁《閒情偶寄·頤養·卻病》：『敵已深矣，恐怖何益？「剪滅此而朝食」，誰不欲爲？　無如不可猝得。』

〔一一〕『昔昌黎』二句：　民國黄瓚修、朱汝珍纂《陽山縣志》卷十：『韓愈……貶陽山令。有愛在民，民生子多以其姓字之。移風易俗，教民以詩書禮義。暇日與區冊、區宏、劉師命等讀書遊釣。至今人猶能名其處。』陽山，縣名。今廣東省清遠市陽山縣，位於廣東省西北部，南嶺山脈南麓，連江中游。

〔一二〕風：　吹拂，比喻感化。《史記·平準書》：『天子於是以式終長者，故尊顯以風百姓。』

〔一三〕洵：　誠然，確實。《詩·邶風·靜女》：『洵美且異。』

海棠居詩集序

海棠居詩，爲明太史李研齋〔一〕夫人所作，而海棠卽其所手植，而因以爲號者也。按本傳，夫人姚姓，字仲淑，金陵人。歸太史十餘年，數罹亂離，最後復值滇逆之變〔二〕，來吾韶寄居仁化河頭寨〔三〕萬山之中。未幾，太史沒，夫人獨撫孤二人客居，至於今者又八九年。嗚呼！難矣。知夫人之遇之苦，而後可讀其詩。

夫人秉乾健〔四〕之氣，生而爲丈夫子〔五〕，舉天下聖賢英傑將相爲所難能之事皆其事。即不然，亦得縱其心思耳目，周流遐覽，悉天地萬物情狀，與胸中之奇相感觸，發而爲詩文。雖其間鮮有能者，即能之，亦非所甚難。獨是閨弱之質，言語步履，不出於閫〔六〕，無師友相成之益。即稍知書義，已爲僅事〔七〕，況其才、其節復有過人萬萬者哉！以此而跡其所爲，不難舉天下聖賢英傑將相難爲之事，以一身任之。才以成其節，節以貞〔八〕其遇之苦。其見於詩者，即其才與節迸逼〔九〕而出之者也，如夫人者亦大異矣。予問以禮見，夫人則垂簾抗談〔一〇〕，皆古今大義氣節文章之概，故其見之詩者，奇奧超悟。今讀其《過洞庭》及《閒坐》、《憶鍾山》諸詠，其氣骨〔一一〕在秦漢之上，當是英雄負奇才人語，疑非出閨閣口中也。

太史沒數年，而斯集始出。太史遺稿甚多，有《天問閣集》已刻，遇亂失其板十之六七，非夫人輯藏之力，而稿幾不存。海棠居別有記，與《墨竹樓記》並載《天問閣集》中。《墨竹樓記》者，稱夫人尤善寫竹云。

張泰亭先生曰：不獨表其詩，並表其節。中間層次節略，如作夫人一本傳。文復正大雄駛，序婦人詩，那得有此筆墨。

【注釋】

〔一〕太史：官名。西周、春秋時，太史掌記載史事、編寫史書、起草文書，兼管國家典籍和天文曆法等。明清以後修史之職歸翰林院，故俗稱翰林爲太史。參閱《通典·職官八》、《續通典·職官八》。李研齋：李長祥，字研齋，明末清初達州（今四川達州市）人。明崇禎十六年進士，選庶吉士。福王立，改監察御史。魯王監國，官至兵部左侍郎，佐魯王舉兵於浙。翁洲師潰，被羈於江寧，逸去。三藩之亂時，曾勸吳三桂『改大明名號以收拾人心，立懷宗後裔以鼓舞忠義』，但未被採納，李長祥失望辭去。後寄居廣東。有《天問閣集》。見《清史稿》卷五百本傳、清李桓輯《國朝耆獻類徵初編》卷四百七十九、清孫旭《平吳錄》。關於李長祥晚年隱居、去世於何地，廖燕的記載和《清史稿》不同。廖燕此序稱『（李研齋夫婦）來吾韶寄居仁化河頭寨萬山之中，未幾太史沒』，又《上吳制府乞移李研齋柩歸金陵書》（卷九）亦稱『（李研齋）流離嶺表，寄居韶陽仁化邑河頭寨萬山之中，遂病死於此』。民國何炯璋修《仁化縣志》卷四有李長祥傳，亦云『（李長祥）隱仁化河頭寨終其身』。而《清史稿》所載則謂其『晚歲始還居毗陵，築讀易堂以老』。兩説明顯矛盾。廖燕爲曲江人，與仁化爲近鄰，且與李長祥一家有交往，其所述皆爲親身所經歷，當不誤，可糾《清史稿》之誤。

〔二〕滇逆之變：指三藩之亂。清初，平西王吳三桂、平南王尚可喜、靖南王耿精忠，統稱『三藩』。他們各擁重兵，分鎮於雲南、廣東、福建，逐步形成强大的割據勢力。康熙十二年（一六七三），清政府下令撤藩。吳三桂聞訊後叛清，先後奪取貴州、湖南、四川。耿精忠和陝西提督王輔臣、尚可喜之子尚之信等相繼舉兵響應，戰亂逐漸擴大，對清廷形成嚴重威脅。三藩之亂歷時八年纔最終平定。由於吳三桂鎮守雲南（滇），叛亂也是自雲南始，故以吳三桂爲首的叛亂勢力被稱爲滇逆，這次叛亂也被稱爲滇逆之變。

〔三〕河頭寨：位於今廣東省韶關市仁化縣丹霞山中，今名師姑寨（或稱金龜朝聖）。《丹霞山志》卷七：

『康熙八年五月十一日買置葉御式等豐坑洞山一座，土名河頭寨，後改名別峯，坐落本山門前，樂說和尚衣缽塔在焉。』『仁化劉資深居士昆仲於康熙八年四月初八日，將豐坑洞對河壩邊土名「犁壁燕」土地並山一帶送予本山爲業。載糧壹升捌合。後改名佛日山，天老和尚塔並塔院在焉。』從《丹霞山志》的記載可知，佛日山（位於丹霞主山下錦江對岸）的對河即爲河頭寨，『寨』的遺跡如寨牆、蓄水池等至今猶存。見仇江《清代丹霞山別傳寺和尚塔》。

〔四〕乾健：剛健。語出《易·乾》：『天行健，君子以自强不息。』

〔五〕丈夫子：兒子，男孩。古時子女通稱子，男稱丈夫子，女稱女子子。《戰國策·燕策二》：『人主之愛子也，不如布衣之甚也。非徒不愛子也，又不愛丈夫子獨甚。』

〔六〕閫：門檻。《史記·馮唐傳》：『閫以内者，寡人制之。』

〔七〕僮事：罕見之事。清褚人穫《堅瓠秘集·縣令主婚》：『簪花披紅，當堂拜縣主，結婚焉……觀者堵墻，詫爲僮事。』

〔八〕貞：堅定不移，多指意志或操守。諸葛亮《出師表》：『貞良死節之臣。』

〔九〕迸逼：聚合重迭貌。清錢謙益《四月十一日登岱五十韻》：『洞壑互排陷，岡巒競迸逼。』

〔一〇〕抗談：高聲談論。抗，高亢，高聲。清史雷鋐《讀書偶記》卷三：『憶李君卜京曾貽書云：「窮則抗談經濟，達反空言性命。」按其事實，毫無補於人世。』

〔一一〕氣骨：作品的氣勢和骨力。宋黃庭堅《題顏魯公帖》：『觀魯公此帖，奇偉秀拔，奄有漢魏晉隋唐以來風流氣骨。』

易簡方論序

天地初闢，《素問》〔一〕已先六經而成書。或曰此謁書者，予曰不然。天地生人，必予人以衛生之理，雖上古未必有其書，而其理已具。然有是理卽有是書，況神農嘗百草而知藥，岐伯〔二〕論五行而成書，又豈誣〔三〕哉！醫理不必盡《素問》，而善醫不必皆岐伯。予有以讀予德基程先生《易簡方論》〔四〕之書也，先生非醫人，而借醫以爲名，所著亦不獨此一書。茲歲壬申〔五〕夏來予韶，寓太守陳公〔六〕署中。公稔知〔七〕先生之爲人，促其著書，不越月成此與《山居本草》〔八〕二書，而先以此書屬序於予。

予曰：微此書，予固有以序先生者。雖然，天下善醫人，不必盡讀醫書；而多讀醫書之人，又不必盡善醫。上古無兵書，而孫武子與吳起諸公皆善行兵；後世家挾孫吳而用兵多不及古人之萬一。理豈盡在書者？用藥嚴於用兵，善則以殺爲生，不善則以生爲殺，此其間相與爲甚微，亦得其至易至簡者用之而已。然而二者之理俱在未有文字之先，亦難言矣哉。先生爲二程〔九〕後裔，博學善古文詞，澹於仕進，惟以醫術遊長安王侯之門者幾三十年。時值滇逆之變，慷慨上十策，料其必敗。復與諸親王往返論兵事書，無不悉中機宜〔一〇〕，醫特其緒餘耳。今以其緒餘成此一書，悉取古今之方，反復辯論而折衷之，亦如論兵然，以易易難，化繁爲簡，發古人未發之藴〔一一〕，使天下之人洞然曉其指歸〔一二〕，皆可以我作醫，而永無誤殺夭札〔一三〕之患，其爲功也偉矣。孫吴因善行兵而著兵書，非因多著兵書而始善行兵。今先生善醫，即以其能著之於書如此。理雖不盡在書，若因書而愈見，則其有以善乎文字之先者，又豈一二端之可得而測也耶？

先生素有高尚之志，間出小影〔一四〕示予，皆作牧牛灌園諸鄙事，豈欲捐累全真〔一五〕，以從赤松子〔一六〕遊於世外乎？若然，則宜急梓此書，將與《素問》並垂不朽，幸毋攜之同去，永爲名山之藏也哉。

姚彙吉〔一七〕曰：借兵談醫，極得此中肯綮〔一八〕。而篇中至理名言層見疊出，固是可傳。

【注釋】

〔一〕《素問》：現存最早的中醫理論著作，相傳爲黄帝所作，實際非出自一時一人之手，大約成書於春秋戰國時期。闡述陰陽、藏象、經絡、病因、病機、診法、治則等醫學原理，與《靈樞》合稱《内經》。

〔二〕岐伯：傳説中的古代醫家，《内經》即託名岐伯與黄帝討論醫學，以答問形式構成。後世因稱中醫爲岐黄之術。

〔三〕誣：虚假，虚妄。《墨子·非儒下》：『儒者：「迎妻，妻之奉祭祀，子將守宗廟，故重之。」應之曰：「此誣言也。」』

〔四〕德基程先生：程履新，字德基。明末清初安徽休寧人。精通醫術，著有《程氏易簡方論》、《山居本草》

等書。清何應松修、方崇鼎纂《休寧縣志》卷十九有傳。《易簡方論》：醫方著作。六卷。卷一論述古醫書，診治要則、用藥機要等；卷二至卷六分科、分門、分症記述，以內科雜病方論爲主，兼及五官、婦科、兒科、外科病症的方劑。每症列病因、病理、總論、方劑、方義、加減法及所治驗案。選方中有不少民間簡效方。現存初刻本等清刻本。

〔五〕壬申：康熙三十一年（一六九二）。

〔六〕太守：職官名。戰國時期，各諸侯國在邊地置郡，其長官稱守。秦漢推行郡縣制，每郡設郡守。漢景帝時更名太守。宋代以後改郡爲府或州，太守已非正式官名，但仍習稱知府、知州爲太守。明、清時則專指知府。太守陳公：指陳廷策，字毅庵，號景白。正黄旗人，廕監。康熙二十八年（一六八九）任韶州知府。康熙三十二年代理廣州知府。康熙三十五年，解任入覲，抵京後不久病逝。見清林述訓等修《韶州府志》卷五，清陳世英纂、釋古如增補《丹霞山志》卷六、廖燕《與友人論郡侯陳公入祀名宦書》（卷九）、《喜得家信寄謝郡侯陳毅庵夫子暨同郡諸公》（卷十八）等。

〔七〕稔知：熟知，素知。《宋史·郭雍傳》：「孝宗稔知其賢，每對輔臣稱道之。」

〔八〕《山居本草》：綜合性本草著作。六卷。全書貫穿者養生之道，充分體現了中醫以預防爲主的觀點。收集的藥物也是易得易取之物，炮製及用藥法亦簡便易行。現存有康熙三十五年丙子（一六九六）刻本。

〔九〕二程：程顥、程頤。北宋理學的奠基者。

〔一〇〕機宜：事理。明胡震亨《唐詩談叢》：「杜牧之門第既高，神穎復雋，感慨時事，條畫率中機宜。」

〔一一〕蘊：深奥。這裏指深刻的見解。宋王安石《答韓求仁書》：「求仁所問於易者，尚非易之蘊也。能盡於《詩》、《書》、《論語》之言，則此皆不問而可知。」

〔一二〕指歸：主旨，要領。北齊顔之推《顔氏家訓·勉學》：「問一言輒酬數百，責其指歸，或無要會。」

〔一三〕夭札：即夭折，遭疫病而早死。《舊唐書·音樂志》：「古者聖人作樂以應天地之和，以合陰陽之序，和則人不夭札，物不疵癘。」

〔一四〕小影：即小像，較小的畫像。明郎瑛《七修類稿》卷二十三引明何侍郎《孟春餘冬序錄》：「黄伯固曰：『偶考聖像無鬚，惟宗廟小影爲真。』」

〔一五〕全真：保全天性。《莊子·盜跖》：「子之道狂狂汲汲，詐巧虚僞事也，非可以全真也，奚足論哉！」

〔一六〕赤松子：相傳爲上古神仙，各家所載，其事互有異同。《史記·留侯世家》：「願棄人間事，欲從赤松子遊耳。」唐司馬貞索隱引《列仙傳》：「神農時雨師也，能入火自燒，崑崙山上隨風雨上下也。」《淮南子·齊俗訓》：「今夫王喬、赤松子吹嘔呼吸，吐故納新。」高誘注：「赤松子，上谷人也，病癘入山，導引輕舉。」

〔一七〕姚彙吉：清初人，生平不詳。康熙三十二年（一六九三），與廖燕在英德會面，廖燕作《癸酉臘月姚彙吉見訪英州旅寓賦贈》（卷十八）贈之。

〔一八〕肯綮：筋骨結合的地方，比喻要害或關鍵。《金史·郭藥師傳》：「宗望能以懸軍深入，駐兵汴城下，約質納幣割地。全勝以歸者，藥師能測宋人之情，中其肯綮故也。」

王石庵詩集序

客有遊，遊有詩，詩以紀遊，此言似也，而實未盡然也。夫人方以室如懸磬、瓶罄罍耻〔一〕

之故，不得已而捐父母、棄妻孥、舍田園閭里之樂，以從事於霜途塵旅之苦，此豈爲遨遊之適與觀光攬勝飲酒賦詩之樂事已耶？

王子石庵〔二〕負才好遊，足跡幾半天下，然予讀其《浪遊草》及《燕市吟》，一似斑衣時舞〔三〕，跬步〔一〕不離門閾〔四〕者何哉？蓋以孝爲詩也。孝之與詩實遠，然人窮則呼天、呼父母不已，呼不已則歎，歎不已則吟。方其一呼再歎時，其全詩已汪洋流溢於喉嚨唇吻間，特未著之筆耳。豈待吟之畢而後有詩也哉！夫詩至於吟，已不全矣，況下筆時乎？詩詠性情，性情以忠孝爲至。高漸離擊筑，荊軻和而歌於市，其情忠也，而世人獨惜其歌詞不傳。予謂二人方當酣飲涕泣之際，淋漓激宕，即此便是二人絕妙歌詞，尚何求耶？夫歌詞絕妙者，豈必宫商〔五〕相叶，平仄不舛之謂耶？

今石庵孝友過人，四方轍跡，凡目所擊，皆作白雲萱草之思〔六〕，故其爲詩，皆如《蓼莪》、《陟岵》〔七〕之篇，動人最深。然其詩皆成於一呼再歎之先，呼歎者，其詩之先天也。若詩之後天，則謂客有遊，遊有詩，詩以紀遊者是也。故曰實未盡然也。

魏和公先生曰：妙論解頤〔八〕。如此説詩，匡衡〔九〕雁避三舍。是柴舟讀無字書絕妙注脚。

【校記】

〔一〕跬步：底本作『窒步』，今據利民本、寶元本正。唐張弧《素履子·履孝》：『昔曾子孝父母，身體髮膚不敢毁傷，至於終身跬步之間不忘孝道。』

【注釋】

〔一〕室如懸磬：形容窮得什麼也沒有。語出《國語·魯語上》：『室如懸磬，野無青草，何恃而不恐。』楊伯峻注：『磬之懸掛，中高而兩旁下，其間空洞無物。百姓貧乏，室無所有，雖房舍高起，兩簷下垂，如古磬之懸掛者然也。』瓶罄罍耻：語出《詩·小雅·蓼莪》：『瓶之罄矣，維罍之恥。』朱熹集傳：『言瓶資於罍而罍資瓶，猶父母與子，相依爲命也，故瓶罄矣，乃罍之恥。』形容物傷其類。這裏形容因貧窮得感到恥辱。

〔二〕王子石庵：生平不詳。

〔三〕斑衣時舞：著五彩斑斕之衣舞以娛親。喻在家盡孝。語出《藝文類聚》卷二十引《列女傳》：『老萊子孝養二親，行年七十，嬰兒自娛，著五色采衣，嘗取漿上堂，跌仆，因臥地爲小兒啼，或弄烏鳥於親側。』斑衣，五彩斑斕之衣，嬰兒所著。

〔四〕門閾：門檻，這裏比喻離家很近的地方。《漢書·王莽傳》：『蓋聞母后之義，思不出乎門閾。』

〔五〕宮商：五音中的宮音與商音。泛指音律。《敦煌曲子詞·內家嬌》：『善別宮商，能調絲竹，歌令尖新。』

〔六〕白雲：南朝齊謝朓《拜中軍記室辭隨王箋》詩中有『白雲在天，龍門不見』之句，後因以『白雲』喻思念親人。萱草：又作諼草。《詩·衛風·伯兮》：『焉得諼草，言樹之背？』毛傳：『諼草令人善忘。背，北堂也。』後因以萱堂指母親，以萱草指對母親的思念。

〔七〕《蓼莪》：《詩·小雅》有《蓼莪》篇，內有『哀哀父母，生我劬勞』、『欲報之德，昊天罔極』之句。《陟岵》：《詩·魏風》有《陟岵》篇。《詩序》云：『《陟岵》，孝子行役，思念父母也。』

〔八〕解頤：開顏歡笑。語出《漢書·匡衡傳》：「無説《詩》，匡鼎來；匡語《詩》，解人頤。」

〔九〕匡衡：字稚圭，東海郡承縣（今山東棗莊市）人。家貧好學，能文學，善説詩。事見《漢書·匡衡傳》。

横溪詩集序

横溪先生〔一〕沒十有五年，其甥黄子少涯者，始出其遺詩數卷，屬序於予。予思自明以制義〔二〕齊天下，天下士皆挾其業以取功名〔三〕，自一命〔四〕至宰輔大臣與夫軍功侯伯勳業富貴之盛，靡不盡歸斯途。雖具聰明特異之材，不能舍此而他進。其餘皆愚賤無知，兢兢守法，無敢與抗者，彬彬然可謂極盛矣哉！士生其時，靡不竭精敝神以求合其法，惴惴然惟旁趨是懼，即一經之外無庸心矣〔五〕，況其他乎？及身躋顯榮，始思涉獵以攘取文名，要皆志得意滿，學無專功。雖其間文章事業，至今尚炳爛〔六〕於天地間者，固不乏人，然名與實異，究竟其人與其爵位皆煙荒草腐者多矣，可勝歎哉！

先生當其時，獨能違俗異尚，以見其言於後世。其始豈不見笑於當世之士哉？而至今獨不能與之並傳者，則甚可歎也。故人之情，雖莫不樂榮而惡賤，然猶有奇偉特立倜儻之士，獨能擺脱世網以自行其志氣〔七〕，雖至顛躓〔八〕困阨而不悔者，予將求其人於遺文殘缺之中，已不可得而見矣，而況其人與其著作尚存，予猶及見其鬚眉卓犖〔九〕，從容論議，怪言而畸行，如先生其人者。其遺事至今猶隱隱可數也，而予得序其詩，不亦幸乎？世人多稱先生制義以不遇爲可惜，予謂使先生得志於時，固不異當時之有榮名者。然以今日而論，其著述之可傳如此，以視其人與其爵位皆作煙荒草腐者，果孰得而孰失也？

少涯精制義，尤通古學〔一〇〕，多所論著。先生遺稿得以不散失者，皆其手錄輯藏之力爲多。與予交數十年如一日，尤愛予所爲古文詞，曾爲予序而傳之，則此舉又安可辭耶？因稍爲彙次，序其略以付梓人〔一一〕。先生曲江人，劉姓，啟鑰名，洞如字，常往來横溪〔一二〕，故人號横溪云。

林草亭〔一三〕曰：從制義說入作詩，以見傳不傳之異，似不獨作横溪一人詩序，直可作勝國〔一四〕一代人詩序矣。中間反復賞歎，增長詩人聲價不小。

【注釋】

〔一〕横溪先生：劉啟鑰，字洞如，號横溪。明末清初廣東曲江人。英敏不羣，由選貢入都，未第，南歸。喜吟詠，著有《淮遊草》、《楚遊草》、《横溪詩集》。見清張希京修、歐樾華等纂《曲江縣志》卷十四本傳。參看廖燕《輓劉横溪先生》（卷十八）詩。

〔二〕制義：明清科舉考試的方式，又稱制藝，即八股文。《明史·選舉志二》：『其文略仿宋經義，然代古人語氣爲之，體用排偶，謂之八股，通謂之制義。』

〔三〕功名：舊指科舉稱號及官職名位等。

〔四〕一命：命，官階。周代官階從一命到九命共九等，一命是最低的官階。後用以指低微的官職。《周禮·地官·黨正》：『一命齒于鄉里，再命齒于父族，三命而不齒。』

〔五〕一經：一種經書。漢王充《論衡·超奇》：『故能說一經者爲儒生，博覽古今者爲通人。』庸：用，需要。《說文·用部》：『庸，用也。』《詩·王風·兔爰》：『我生之初，尚無庸。』

〔六〕炳爙：光輝照耀。廖燕《冶山堂文集序》：『書可不必著，著亦可不必傳，勳業已炳爙於天地間，況其文章翰墨，尤爲後世之所莫及。』

〔七〕志氣：志向和氣概。宋蘇軾《留侯論》：『太史公疑子房以爲魁梧奇偉，而其狀貌乃如婦人女子，不稱其志氣。』

〔八〕顛躓：困頓，挫折。唐杜甫《奉贈太常張卿垍二十韻》：『適越空顛躓，遊梁竟慘悽。』

〔九〕卓犖：超絕出眾。唐駱賓王《疇昔篇》：『公孫躍馬輕稱帝，五丁卓犖多奇力。』

〔一〇〕古學：凡有別於八股文和試帖詩等的經史、詩賦等稱爲古學。宋李幼武《宋名臣言行錄外集》卷六：『（呂希哲）從王安石學。安石以爲：凡士未官而事科舉者，爲貧也；有官矣，而復事科舉，是僥倖富貴利達，學者不由也。公聞之，遽棄科舉，一意古學。』

〔一一〕梓人：指印刷業的刻版工人。明余繼登《淡然軒集·秋塘遺草小引》：『予因是欲索其餘者校而輯之，而二十餘年不得一語，久恐逸去，乃出諸書笥繕寫之以付梓人。』

〔一二〕橫溪：又名雙下溪，即今江灣河，爲南水支流。位於廣東省韶關市武江區。康熙十六年（一六七七），廖燕率全家出外避亂。至於避亂之地，廖燕《亡妻鄧孺人墓表》（卷十五）：『歲丁巳，避亂南岸陳某家。』即雙下溪（今江灣河）南側。《橫溪行》（卷十八）：『乍傳烽火近，逼我橫溪行。』是說在橫溪。可見雙下溪就是橫溪。《曲江縣志》卷四：『雙下水，城西五十里，二澗下流合而爲溪。南流三十里合東江。』廖燕《寄家弟佛民》之三（卷十）：『（南岸）村傍卽雙下溪……此溪出傜山高源，下合乳水入大江。』

〔一三〕林草亭：明末清初福建莆田人。著有《草亭詩集》。見廖燕《草亭詩集序》（卷四）。

〔一四〕勝國：被滅亡的國家，後因以指前朝。《周禮·地官·媒氏》：『凡男女之陰訟，聽之于勝國之社。』鄭玄注：『勝國，亡國也。』

黄少涯文集序

予交黄子少涯幾三十年。少涯以謹，予以放，性不同者而學同。予學古文詞，少涯則專攻制義而旁及詩古文，積數十年之心血淚痕，共得詩文若干卷。噫！此少涯學道之實錄耳，僅詩文云乎哉！則學不同而道同，要之其同者亦不害其爲異也。

予因而念之，詩古文詞與制義，其爲義雖殊，要皆稱之曰文。文散於古今天地事物間，無端而忽然相遭，縱横曲直，隨人性情之淺深而一抵於極，此豈無道而能然耶？故人之於文，當從道入，不當從文入。然貧賤富貴之途，又爲得道淺深之驗，使於此而無學焉，則文雖成而品亦隨失，故人之於道，又當從貧賤富貴之途入。澹泊寧靜之情深，而明志致遠之業舉，古之人未有不本於此而能有爲者，豈獨諸葛武侯〔一〕一人爲然哉！世徒知武侯之功之大，而不知其學之止此也。功雖難成，而學則可至，然學至而功亦不難也，況文之爲技乎？少涯之貧，有似於予，雖家無擔石之儲，曾不稍懈其志，而讀書論古，方孜孜焉爲不朽之業。予與少涯，相勖〔二〕以道，卽以此而驗其學問文章之候，其進於斯道也深矣。惟道能文，惟文見道。先予有刻稿，少涯爲序者再，而予至此始序之者，亦以其閱歷久，而能不戚戚於貧賤，不耽耽於富貴，爲學道之有得者。道足以深其詩與文，而詩與文又足以貞其貧賤富貴之變，至今日而益信也。武侯臥隆中，高吟《梁父》時，人已信其有治天下才，亦信之於其道耳。道可與貧賤而後可與富貴，詩文其驗者也。

嗚呼！少涯之詩文成矣，予既序其略如此，亦將以自鑒焉。少涯著述甚多，其可記者，有《梅癖》、《謚法通》、《竹牕雜記》並斯集共若干卷。

魏和公先生曰：道字爲作文本領，世未有不聞道而文章能妙者。文章之妙，道妙故也。此皆剞出心肝教人之語。柴舟與少涯交最深，故有此詳勉懇到〔三〕文字。

【注釋】

〔一〕諸葛武侯：諸葛亮（一八一—二三四），字孔明，琅邪陽都（今山東沂南縣）人。三國時期著名的政治家、軍事家。東漢末避亂隆中。建安十二年，劉備三顧茅廬，遂成爲劉備的主要謀士。章武三年，受遺詔輔佐劉禪，封武鄉侯，故稱。

〔二〕相勖：互相勉勵。唐李白《以詩代書答元丹丘》：『故人深相勖，憶我勞心曲。』

〔三〕詳勉懇到：語出朱熹《論語集注》所引胡氏注。《論語・子路》：『子路問曰：「何如斯可謂之士矣？」子曰：「切切、偲偲，怡怡如也，可謂士矣。朋友切切、偲偲，兄弟怡怡。」朱熹集注引胡氏曰：「切切，懇到也。偲偲，詳勉也。」」《朱子語類》卷四十三：『懇到，有苦切之意。然一向如此苦切，而無浸灌意思，亦不可。又須著詳細相勉，方有相親之意。』詳勉，認真督促。懇到，猶懇切。後用『詳勉懇到』表示相互敬重督促。

荷亭文集序

予得交朱子藕男〔一〕，在一夕豪飲。藕男，廬陵傑出士，歲庚午〔二〕，自羊城來詔，寓陳友牧霞別業〔三〕。予偶過其處，一見懽甚，遂呼酒暢飲達旦。醉後出其所著《荷亭文集》若干卷，屬予序之，卷上皆帶酒氣。予受其卒業〔四〕焉，私訝其品詣〔五〕文章真堪推倒一世，而皆不願名，其欲以酒掩者耶？雖然，酒不易飲，詩與文亦不易言。

傳稱劉伯倫紿婦飲而復盡醉〔六〕；李青蓮乘醉應詔，使高力士脫靴殿上〔七〕，其豪氣爲何如？即不復讀其《酒德頌》與《月下獨酌》〔八〕諸篇，自不敢以酒人目之，況其光焰萬丈者自在也。酒中別有天地，豈不然哉！藕男賦性豪邁，客長安十餘年，所遇名公鉅卿，無不折節〔九〕下交。嘗應試國學〔一〇〕，主司見其文驚歎，飲以酒，遂醉臥御書樓中，至今傳爲異事。時西南變起〔一一〕，陷吉安，索藕男急，即趨歸痛飲，詣寇營，以大言詰其渠魁〔一二〕，寇愧服，反沃〔一三〕以巨觥而罷。由是言之，酒豈易飲耶？其詩與文更可知矣。

酒似無與於文章，然當其搦管〔一四〕欲書時，不得一物以助其氣，則筆墨亦滯其難通。孔子刪述六經，與諸子百家之爲文，必先盡數斗而後下筆。問何以知之，曰以其文章之妙知之。雖無其事而有其理，而天下古今之理遂莫有妙於此者。此豈可以聲色臭味〔一五〕求之耶？酒中別有天地，文章中亦別有天地，其欲以酒掩者，又安知不以酒而傳也。

予讀藕男懷古詠物與諸史論，皆卓卓出人意表，其可傳不必言。然予窺其意，似有不得於其中者。負英雄磊落〔一六〕之氣，而卒不得一展其志，不得已藉此以澆其塊壘〔一七〕，而詩與文遂因以見焉，則酒實爲文章之先驅有不可誣〔一八〕者。然文章成，只見文章而不知酒之功，酒有功於文章而文章實無負於酒，遂覺詩酒文章中別開一天地。驅天下英雄磊落之士於其中，則其胸中之塊壘亦可涣然而冰釋矣。而又有不盡然者，何哉？予與藕男相過從，輒痛飲至醉，醉則詩文相唱和，酒墨淋漓滿几席，見者皆指以爲狂，予二人獨相視而不言，知此則可以知藕男之詩與文矣。噫！安能起伯倫、青蓮諸君子而問之。

劉漢臣〔一九〕曰：詩酒文章，別開天地。此是柴舟真實學問，故寫得淋漓痛快如此。吾疑其心胸筆墨，當是大極〔二〇〕化成。

【注釋】

〔一〕朱子藕男：　朱蕖，字藕男。清初江西廬陵（包括今江西省吉安市吉州區、青原區、吉安縣）人。賦性豪邁，客長安十餘年，所遇名公鉅卿，無不折節下交。好飲。著有《荷亭文集》、《荷亭剩草》。參見朱蕖《二十七松堂集序》，廖燕《題荷亭剩草》（卷五）、《答朱藕男》（卷十）。

〔二〕庚午：　康熙二十九年（一六九〇）。

〔三〕陳牧霞：　生平不詳。康熙二十九年，朱蕖訪韶，寓於陳牧霞處，廖燕爲陳牧霞書齋題額曰『醉榻』。見廖燕《醉榻解跋》（卷十三）。別業：　別墅。唐楊炯《盈川集·唐同州長史宇文公神道碑》：『享年六十有五，以永淳元年六月二十一日終于華州之別業，嗚呼哀哉！』

〔四〕卒業：　謂通讀完畢。宋宋祁《景文集·大有年頌並序》：『臣曰：「未既也，將授子四篇之頌焉。」客其卒業，乃歎曰：「昔之聞帝韶者肉味都忘。」』

〔五〕品詣：　猶品類，品級。清藍鼎元《鹿洲初集·從子雲路字說》：『讀書本期用世，豈不願以科名望汝？惟恐汝曹以科名自域，視爲登峯造極之品詣，不復求進於聖賢之道耳。』

〔六〕劉伯倫：　即劉伶，字伯倫，西晉沛國（今安徽宿州）人。爲竹林七賢之一。平生嗜酒，曾作《酒德頌》。《晉書·劉伶傳》：『嘗渴甚，求酒于其妻。妻捐酒毀器，涕泣諫曰：「君酒太過，非攝生之道，必宜斷之。」伶曰：「善！吾不能自禁，惟當祝鬼神自誓耳。便可具酒肉。」妻從之。伶跪祝曰：「天生劉伶，以酒爲名。一飲一斛，五斗解酲。婦兒之言，慎不可聽。」仍引酒御肉，隗然復醉。』《世說新語·任誕》亦載此事，內容大致相同。

〔七〕李青蓮：　即李白（七〇一—七六二），字太白，號青蓮居士。《新唐書·文藝傳》：『玄宗召見金鑾殿，論當世事，奏頌一篇。帝賜食，親爲調羹。有詔供奉翰林，白猶與飲徒醉於市。帝坐沉香亭子，意有所感，欲得白爲樂章，召入，而白已醉。左右以水頮面，稍解，援筆成文，婉麗精切，無留思。帝愛其才，數宴見。白常侍帝，醉使高力士脱靴。力士素貴，恥之，摘其詩以激楊貴妃。帝欲官白，妃輒沮止。白自知不爲親近所容，益驁放不自修。』

〔八〕《月下獨酌》：李白詩。

〔九〕折節：屈己下人。《漢書·伍被傳》：『是時淮南王安好術學，折節下士，招致英雋以百數，被爲冠首。』

〔一〇〕國學：我國古代設於京城的最高學府。隋、唐、宋、元、明、清，稱國子監。《周禮·春官·樂師》：『樂師掌國學之政，以教國子小舞。』清和邦額《夜譚隨錄·莊劚松》：『吉州莊壽年，號劚松。乾隆初年，貢入國學。』

〔一一〕西南變起：指三藩之亂。

〔一二〕渠魁：大頭目，首領。宋李心傳《建炎以來繫年要録》：『進士黄時偁、段光遠遺金人書，言忻等皆前日倖濫渠魁，今挾怨生事，罪不可赦，宜斬首以徇。』

〔一三〕沃：飲，喝。宋陶穀《清異録》：『載(扈載)連沃六七巨觥，吐嘔淋漓。』

〔一四〕搦管：握筆。宋李心傳《舊唐書·令狐楚傳》：『至軍門，諸將環之，令草遺表。楚在白刃之中，搦管即成。即成，讀示三軍，無不感泣。』

〔一五〕臭味：氣味。《左傳·襄公二十二年》：『謂我敝邑，邇在晉國，譬諸草木，吾臭味也，而何敢差池。』

〔一六〕磊落：壯偉貌。《宋史·虞允文傳》：『慷慨磊落，有大志，而言動有則度。』

〔一七〕塊壘：鬱積之物，這裏比喻胸中鬱結的愁悶或氣憤。宋宋庠《元憲集·休日》：『彌旬出沐道山頭，僦廡蕭蕭避俊遊。枉是胸中無塊壘，可能皮裏有陽秋。』

〔一八〕誣：抹殺。隋王度《古鏡記》：『而高人所述，不可誣矣。』

〔一九〕劉漢臣：明末清初人。生平不詳。從澹歸留别劉漢臣的書信中有『我灰久已寒，君木幸未槁；努力當乘時，時哉苦不早』句來看，劉漢臣和澹歸當年一樣，同是參加了抗清的活動。澹歸出家後，劉漢臣仍然堅持抗清。廖燕就是通過劉漢臣而認識了澹歸。見清澹歸《徧行堂續集》卷十三《寄别漢臣》、廖燕《過訪劉漢臣兼喜晤澹歸和尚》（卷十八）。

〔二〇〕大極：即太極。古代哲學家所稱的最原始的混沌之氣。謂太極運動而分化出陰陽，由陰陽而產生四時變化，繼而出現各種自然現象，是宇宙萬物之原。

羅桂庵詩集序

予於羊城得交胡而安先生，先生身名理而好功名之士，間爲予道羅子桂庵〔一〕者而未識也。後予歸韶陽〔二〕，一日薄暮，有數客戎妝，投先生所寄書假寓，黎明别去，未暇交一言，書亦未及盡言客姓字，不知其一即羅子桂庵也。桂庵文士，胡若此？其時亦未之或疑耳。其後自楚獨夜至，一見懽甚，論議與予無一不合。其有心同而跡或異者，非不合也，予所不能也。以是始歎胡先生知人，能得士。

雖然，桂庵異甚。今西南方有事，用兵革〔三〕，需智謀雄偉奇特之士正急，國家需桂庵耶，將桂庵需國家也？他人習一藝，則詡詡自負，或有歎不遇者。桂庵自帖括以及詩賦染翰〔四〕，自騎射以及天文兵法陣圖方略，靡不精詣，以彼其材，宜早效於今日，而猶落落不遇，可怪也。彼自負一藝而不得遇者，其可知矣。然正不知未通一藝而臃腫蒙憒輒遭遇富貴者，又比比耳。

今胡先生已老，別久，不相聞問者四五年，且值亂，存亡未可知。桂庵其已得遇歟，何亦音聞久寂也？桂庵志氣雄傑，負才不羈，嘗與予言，吾輩事只有兩途，非仕則隱。豈鬱鬱不得志，或窺時已審，將沉埋泉石耶？然予觀其詩，多雄豪感憤之作，非巖穴肥遯〔五〕之流可知也。然又安知巖穴之士〔六〕不倍甚於雄豪感憤者哉！則桂庵之仕隱正未可知者。因序其詩，以卜之耳。然予聞其居近海南，多濤霧，浩盪洪荒，蛟龍鯨黿之所出沒，又安知其變化耶？

陳元孝〔七〕曰：寫得桂庵蹤跡閃忽，便如一篇劍俠小傳。序其詩處，只用一筆兩筆點過。末一結縹渺無盡，張僧繇畫龍點睛〔八〕，破壁飛去矣。人真妙人，文真妙文。

【注釋】

〔一〕羅子桂庵：羅桂庵，清初人。廖燕好友。志氣雄傑，負才不羈，然鬱鬱不得志。著有《羅桂庵詩集》。

〔二〕韶陽：今廣東省韶關市。宋祝穆《方輿勝覽》卷三十五：「（韶州）郡名：始興、韶陽。」明李賢等撰《明一統志》卷七十九：「（韶州府）郡名：始興，吳置。廣興，劉宋名。韶陽，在府韶石山南，故名。」

〔三〕兵革：兵器和甲冑的總稱，泛指武器軍備。《戰國策·秦一》：「朞年之後，道不拾遺，民不妄取，兵革大强，諸侯畏懼。」

〔四〕帖括：唐代科舉制度規定，明經科以「帖經」試士。把經文貼去若干字，令應試者對答。爲便於記誦，考生乃總括經文編成歌訣，稱『帖括』。後泛指科舉應試文章。明清時亦用以指八股文。清顧炎武《亭林詩文集·三朝紀事闕文序》：『而臣祖故所與往來老人謂臣祖曰：「此兒頗慧，何不令習帖括？」……於是令習科舉文字。』染翰：以筆蘸墨。後以指作詩文、繪畫等。翰，筆。《梁書·蕭介傳》：『初高祖招延後進二十餘人，置酒賦詩……介染翰便成，文無加點。』

〔五〕肥遯：退隱。語出《易·遯》：『上九，肥遯，無不利。』孔穎達疏：『子夏傳曰：「肥，饒裕也。」……上九最在外極，無應於內，心無疑顧，是遯之最優，故曰肥遯。』後因稱退隱爲『肥遯』。

〔六〕巖穴之士：隱士。古時隱士多居山林，故稱。《漢書·司馬遷傳》：『次之又不能拾遺補闕，招賢進能，顯巖穴之士；外之不能備行伍，攻城野戰，有斬將搴旗之功。』

〔七〕陳元孝：陳恭尹（一六三一—一七〇〇），字元孝，初號半峯，晚號獨漉。明末清初廣東順德（今廣東省佛山市順德區）人。陳邦彥子。以父殉難，隱居不仕。詩文書法兼擅，與屈大均、梁佩蘭並稱『嶺南三大家』，有《獨漉堂集》。見《清史稿》卷四百八十四本傳。

〔八〕『張僧繇』句：唐張彥遠《歷代名畫記》卷七：『武帝崇飾佛寺，多命僧繇畫之……金陵安樂寺四白龍不點眼睛，每云：「點睛卽飛去。」人以爲妄誕，固請點之。須臾，雷電破壁，兩龍乘雲騰去上天，二龍未點眼者見在。』張僧繇（？—約五一九），南朝梁吳人。大畫家。曾於宮廷秘閣掌畫事。歷官右軍將軍，吳興太守。擅畫人物及宗教畫，亦工肖像與風俗畫，兼工畫龍。梁武帝崇飾佛寺，多命之作畫。

重刻光幽集序

休寧程廷璋〔一〕，彙輯當時諸名公爲其先君用顯公所作詩歌贈言，與夫墓志銘傳、哀挽頌贊諸體合爲一書，題曰《光幽集》，將以光顯其先人，誠孝子慈孫之所用心者也。按本傳，稱君博學能詩文，屢困場屋〔二〕。迨後以明經入對〔三〕，得膺首選，例可得官，而遽以終養〔四〕辭歸。於是當事咸高其志，賦詩贈行。家居一十有四年而殁，時知與不知，追思哀歌，又復裒然〔五〕成帙如此。

嗚呼！君當有明〔六〕盛時，蓋宜進不宜退者。然明以資格繩天下士，貢士〔七〕官止於貢士，舉人〔八〕官止於舉人，其無限量而得顯擢〔九〕者，惟進士〔一〇〕一途爲然。豈以進士之外，別無他奇者耶？明以制義取士，與唐以詩賦取士無異。唐之詩人，宜無出杜甫、李白之右者，而二人俱不得一第，則又何説也？且夫世之所稱爲文章事業者，果何謂也哉！文章不必盡於制義，而事業亦不必限於科舉。士固有寧終身不富貴，而必不肯不用奇自豪；寧受人之謗譏，而必不肯以固陋自處。蓋將以經天緯地爲文章，輔相裁成爲事業，彼視一技一藝之能者曾不足當其一盻，豈肯區區株守，反甘心出於其下而聽其軒輊進退者耶？使君當時俯就散職〔一一〕，則必不能自行其志。人若不能自行其志，則與不仕無異。君之急於歸隱，宜矣。《易》云『樂則行之，憂則違之，確乎其不可拔〔一二〕』，豈不然歟？

予後君一百四十餘年，亦以壯歲賦詩投督學謝諸生〔一三〕去，閉戶著書。適君遠從孫子牧客予韶，與予交最善，以此書板漫滅無存，恐久而失傳，謀欲再刻，屬予爲序，因序此以慰孝子慈孫欲光顯其先人之意，且幸與君先後有同調云。

【注釋】

〔一〕程廷璋：字子牧，安徽休寧（今屬安徽省黄山市）人。輯有《光幽集》。

〔二〕場屋：科舉考試的地方，又稱科場。宋袁燮《絜齋集・論國家宜明政刑劄子》：「場屋代筆之罰，先朝之所甚嚴，罪至鞭背，終身不齒。」

〔三〕明經：明清對貢生的尊稱。貢生指考選府、州、縣生員（秀才）送到國子監（太學）肄業的人。清沈季友《檇李詩繫・寄廬先生施洪烈》：「順治乙酉，以明經授欽州牧。」入對：臣下入宫應答皇帝的問題。《宋史・范純仁傳》：「（范純仁）知慶州，過闕入對。」

〔四〕終養：奉養父母，以終其天年。《詩・小雅・北山序》：「北山，大夫刺幽王也。役使不均，已勞於從事，而不得終養其父母焉。」

〔五〕裒然：聚集貌。宋程大昌《考古編・詩論》：「是故《詩》之作也……及其裒輯既成，部位已定，聖人因焉定之。」

〔六〕有明：明朝。有，名詞詞頭。清沈季友《檇李詩繫・倪主事長玗》：「予謂自有明三百年來讀書種子無此異才。」

〔七〕貢士：明清時期，舉人參加會試，錄取者稱爲貢士。

〔八〕舉人：明清時期，鄉試錄取者稱爲舉人。《明史・選舉志》：「三年大比，以諸生試之直省，曰鄉試。中式者爲舉人。」

〔九〕顯擢：顯耀地擢升。《晉書・祖約傳》：「今忠于事君者莫不顯擢，背叛不臣者無不夷戮，此天下所以歸伏大王也。』

〔一〇〕進士：科舉時代，殿試錄取者稱爲進士。明清時，舉人經會試及格後即可稱爲進士。

〔一一〕散職：閒散的官職。唐王維《王右丞集·責躬薦弟表》：『伏乞盡削臣官，放歸田里；賜弟散職，令在朝廷。臣當苦行齋心，弟自竭誠盡節。』

〔一二〕『樂則』三句：見《易·乾》：『初九曰「潛龍勿用」，何謂也？子曰：「龍德而隱者也。不易乎世，不成乎名。遯世無悶，不見是而無悶；樂則行之，憂則違之；確乎其不可拔，潛龍也。」』

〔一三〕督學：學政的別名。明清派駐各省督導教育行政及考試的專職官員。謝諸生：清曾璟《廖燕傳》：『康熙三十八年學使按部，（廖燕）賦詩一章辭諸生。』廖燕有《辭諸生說》（卷十一）、《辭諸生詩》（卷二十）。

山陽周氏族譜序

周於天下之族姓爲最鉅，然其初固國號也。自后稷十三世孫古公亶父都岐周至武王得天下〔一〕，因以爲國號，其後遂有以周爲姓者，山陽〔二〕其一也。按譜稱，山陽爲淮安附郭〔三〕名區，爲予周君星巖〔四〕之始祖子明公始自姑蘇〔五〕移居於此，至君爲八世孫。宗支益繁，因手自抄輯訂成譜，以山陽名，將以地別也。曷爲乎以地別也？周姓不獨山陽，其以山陽名者，將以嚴冒也。吾不可冒人之祖以爲祖，猶人之不可冒吾祖以爲他祖。

嗚呼！周自姬出，爲帝王之後，其間王侯將相以及聖賢道德功業文章，炳爙〔六〕於天地之問者，蓋不可勝數，使欲矜世代而炫門第，初何難羅列前賢以爲後人誇詡之資，而君獨述一世至己之兄弟與元孫〔七〕族衆凡十世，自子明公始以十數爲準，而遞至於無窮，就其近而可信者而傳之，惟恐有冒昧之嫌，以爲宗支世系之玷者。其爲嚴且謹者何如也？非嚴無以闕疑〔八〕，非謹無以取信，推是道也，卽以之作史可也，況譜乎？

雖然，譜牒〔九〕所以彰前人，而德業所以開來者。君曾爲陽江邑宰〔一〇〕，政績猶在人口，將來祀名宦而載邑乘〔一一〕，取而書之以爲斯譜之光者，固有在焉。況君之尊甫〔一二〕雲林公，積功仕至懷遠將軍〔一三〕，文武聚於一家。《禮》云：『祖有功而宗有德。』不特盛業懿行〔一四〕足以媲美先賢，且可以發憤繼述之地遺子孫。而君之子若〔一五〕孫，從此而光大其世業，而爲天下千古之所不可及者，又曷可勝量也哉！譜法祖歐、蘇二家〔一六〕，而時出己意，至恩命〔一七〕、傳、序、詩詞、行狀、志銘〔一八〕俱另載文獻，稱爲極得體云。

【注釋】

〔一〕后稷：周之始祖，名棄，長於種植。《史記・三代世表》：『文王之先爲后稷……堯知其賢才，立以爲大農，姓之曰姬氏。』古公亶父：周文王的祖父，周武王追尊爲太王。古公亶父時，周人因受到外族的進攻而從豳遷到岐山下的周原，並定國號爲周。《詩・大雅・緜》：『古公亶父，來朝走馬，率西水滸，至於岐下。』岐周：周代舊邑，位於岐山下。地在今陝西省岐山縣境。《孟子・離婁下》：『文王生於岐周，卒於畢郢，西夷之人也。』《三國志・魏書》卷十一：『臣聞龍鳳隱耀，應德而臻。明哲潛遁，俟時而動。是以鸑鷟鳴岐，周道隆興；四皓爲佐,漢帝用康。』

〔二〕山陽: 縣名,今江蘇省淮安市楚州區。

〔三〕附郭: 屬縣。《宋史·五行志》:『戊申,建寧州水。己酉,福州水,浸附郭民廬。懷安、侯官縣漂千三百餘家。古田、閩清縣亦壞田廬。』

〔四〕周君星巖: 周玉衡,字星巖,江南山陽(今江蘇省淮安市楚州區)人。監生。康熙十六年任廣東陽江知縣。在任期間主持陽江縣志的修撰工作。見清屠英等修、胡森等纂《肇慶府志》卷十三。

〔五〕姑蘇: 江蘇蘇州吴縣的别稱。因其地有姑蘇山而得名。

〔六〕炳爣: 光輝照耀。

〔七〕元孫: 長孫。北周庾信《周大將軍豳國公廣墓志銘》:『公諱廣,字乾歸。邵惠公之元孫,豳孝公之長子。』

〔八〕闕疑: 遇有疑惑,暫時空著,不進行主觀推測。《論語·爲政》:『多聞闕疑,慎言其餘,則寡尤。』

〔九〕譜牒: 記述家族譜系的書籍。《史記·太史公自序》:『維三代尚矣,年紀不可考,蓋取之譜牒舊聞,本於兹,於是略推,作《三代世表》第一。』

〔一〇〕陽江: 縣名。包括今廣東省陽江市江城區、陽東縣、陽西縣,位於廣東省西南沿海。邑宰: 縣邑的長官,縣令。晉潘岳《河陽縣作》詩:『誰謂邑宰輕,令名恐不劭。』

〔一一〕邑乘: 縣志。

〔一二〕尊甫: 尊稱别人的父親。明王直《怡壽堂記》:『予家食時嘗過之,見承偉之尊甫,德貫端厚,坦夷好禮而尚義,有長者之風。』

〔一三〕懷遠將軍：明清武官散階名，從三品。

〔一四〕懿行：善行。宋張九成《孟子傳》：『巨室者，即所謂一國之賢者也。其盛德懿行，民心之所素歸而信服者也。豈强臣世家之比哉？』

〔一五〕若：與，和。《書·召誥》：『旅王若公。』

〔一六〕歐、蘇二家：指北宋歐陽脩編《歐陽氏譜圖》、蘇洵編《蘇氏族譜》。歐陽脩、蘇洵改造以前的家譜體例，創制譜牒新樣式，其新創的譜牒體例爲後世所遵從。

〔一七〕恩命：帝王頒發的升官、赦罪之類的詔命。唐張説《贈太尉裴公神道碑》：『遷禮部尚書，加上柱國，又特降恩命，兼右衛大將軍，夷典秩宗。』

〔一八〕行狀：文體名。記述死者世系、籍貫、生卒年月和生平概略的文章。唐李翱《百官行狀奏》：『凡人之事迹，非大善大惡，則衆人無由知之，故舊例皆訪問於人，又取行狀謚議，以爲一據。』志銘：即墓志銘。放在墓裏刻有死者事蹟的石刻。一般包括志和銘兩部分。志多用散文，敍述死者姓氏、生平等。銘是韻文，用於對死者的讚揚、悼念。宋曾鞏《與王介甫第三書》：『深父殂背，痛毒同之，前書已具道矣。示及志銘，反復不能去手。』

家譜自序

譜而稱家者何？與族別也。曷爲乎與族別也？族有譜，家不可以混於族也。吾家之有譜，其來舊〔一〕矣。

按譜稱，吾始祖宣義公於洪武元年自江西樟樹〔二〕移居曲江，家焉。六傳至哲，生世瑛、世爵、世清，爲七世祖，兄弟異居，吾家分而爲族自此始。然次房世爵與三房世清之子孫，今俱失傳，可勝歎哉！惟世瑛公爲燕長房祖，吾家以世瑛公爲小宗、宣義公爲大宗，自宣義公傳至燕暨燕兄弟，計已歷一十有三世，燕與兄弟又有子之子，想尚未艾〔三〕也。儻所謂邀天之幸者，非歟？雖然，前此則家分而爲族，繼此則族復合而爲家。言家則親在，言親則孝與弟之道無不俱在，譜所以教孝弟也，豈僅詳載世系之謂耶？

譜有正、副二本，皆祖熙寰公手錄，茲復稍加訂定，顔〔四〕曰家譜，猶言家乘〔五〕云。嗚呼！吾之子若孫，欲溯流尋源，知前代顯晦盛衰之故，而慎終追遠〔六〕，賢賢而親親，爲仁人孝子之所依歸，豈不恃此哉！而祖宗積累至此，兢兢不敢失墜，或從光裕〔七〕而昌大之，不能不望於我後人，而猶鄭重有待者，此其故亦可念矣。因書此以付長兒瀛，俾世世知所守焉，此又燕修譜之意也。

【注釋】

〔一〕舊：長久。《書·畢命》：『茲殷庶士，席寵惟舊。』孔傳：『此殷衆士，居寵日久。』

〔二〕樟樹：樟樹鎮。明清時屬江西臨江府清江縣。今爲江西省樟樹市城區。

〔三〕未艾：未盡。《詩·小雅·庭燎》：『夜如何其，夜未艾。』

〔四〕顔：題字於匾額等。明郎瑛《七修類稿》卷三十二：『家嘗有竹數竿，作亭其間，名曰「醫俗」，因記之以顔於亭。』

〔五〕家乘：家譜之類。明高啟《夢松軒記》：『近代卿相之後有不數傳，其譜牒尚明，家乘猶在，而子孫已失其業。』

〔六〕慎終追遠：對父母的喪事要謹慎合理，對祖先要追祭。終，指父母的喪事。遠，指祖先。《論語・學而》：『慎終追遠，民德歸厚矣。』

〔七〕光裕：發揚光大。《國語・周語中》：『叔父若能光裕大德，更姓改物，以創制天下，自顯庸也。』

人日遊紫微巖〔一〕聽彈琴詩序

己未〔二〕春正月元日雨，越日又雨，《歲時記》：一雞，二犬。解云：是日晴，則此物熟，陰雨反是。至七日屬人，俗傳爲人日。〔三〕是日忽霽，樂甚，相約爲韻遊。韻者，所以節囂也。於是挈榼〔四〕攜琴，越溪陟巒，行二十里，至紫微巖，洞屋軒敞〔五〕，可容數百人。此豈邑志所稱宋朱昱〔六〕謫韶時，爲父老指示，始得遊此之勝地耶？徘徊久之。

於時方春，花酣草媚，鳥樂人嬉。有客善琴，長髯偉冠，抱琴登巖，跏趺而鼓《猗蘭》之操〔七〕，賡以《遇仙吟》〔八〕。曲未終，客皆欷噓歎息，莫知聲之爲而情之故也。少焉，琴罷音希，悠然長懷，乃把酒命筆，人賦一篇，用以制情紀勝，非徒藉此良時抒寫懷抱，庶幾山河大地鑒我知音爾。

同遊六人，黄子少涯，陳子牧霞，劉子心竹〔九〕，□子□□，家弟佛民〔一〇〕，操弦者爲武夷道士古心〔一一〕。

高望公曰：高節頓挫，置之唐人詩序中，幾不可辨。一結感慨情深，尤爲過之。

【注釋】

〔一〕紫微巖：此卽紫薇巖。位於今廣東省韶關市東南曲江區馬壩鎮山子背村，與湞江區樂園鎮交界。《曲江縣志》卷四：『紫薇崗，城東南二十里。宋朱翌謫居韶州，放意山水。遇父老指示，始得遊此崗。可容百人。』這裏記載的從府城至紫微巖的里程有誤，當作『十二里』，清顧祖禹撰《讀史方輿紀要》卷一百二：『又（韶州府）城西南（應爲『東南』）十二里有紫薇洞，中若大廈，容百餘人，其東大湧泉出焉。宋舍人朱翌謫居時遊此，因名。』宋余靖《湧泉亭記》：『梁濟真水，越一長亭，得湧泉焉。』湧泉與紫微巖同處一地。『一長亭』爲十里，是『十二里』的約數。實地考察也證明其間的里程確爲十二里。

〔二〕己未：康熙十八年（一六七九）。

〔三〕『《歲時記》』九句：《歲時記》，卽《荆楚歲時記》，南朝梁宗懔撰，舊說隋杜公瞻注。《荆楚歲時記》：『正月七日爲人日。』舊注：『按：董勳《問禮俗》曰：「正月一日爲雞，二日爲狗……七日爲人。以陰晴占豐耗，正旦畫雞於門，七日帖人於帳。」』

〔四〕挈榼：手提酒器。《說文·手部》：『挈，縣持也。』榼，盛酒器。

〔五〕軒廠：寬敞。清俞樾《春在堂隨筆》卷六：『西湖山洞之最著者……在南山路者曰煙霞，曰水樂，曰石屋，而以石屋爲最，軒廠如夏屋然。』，同『軒敞』。

〔六〕朱昱：又作『朱翌』，字新仲，宋代安慶（今屬安徽）人。甫冠入太學，三舍登科，歷官至中書舍人。秦檜惡其不附和議，謫言者論其黨故相趙鼎，謫居韶州十四年。始寓延祥寺，後於城西南得王氏廢圃，築室閒居。名山勝境，題詠殆遍。著有《湘江集》。清張希京修、歐樾華等纂《曲江縣志》卷十三有傳。

〔七〕跏趺：初指佛教中修禪者的坐法。兩足交叉置於左右股上稱『全跏坐』。單以左足押在右股上或單以右足押在左股上叫『半跏坐』。後亦泛指端坐。《隋書·倭國傳》：『使者言倭王以天爲兄，以日爲弟，天未明時出聽政，跏趺坐，日出便停理務。』《猗蘭》：琴曲。傳說孔子周遊列國，自衛返魯，見蘭花在谷中獨茂，自傷不逢時而作。傳曲爲十一段，又名《漪蘭》、《倚蘭操》。

〔八〕賡：連續，繼續。《書·益稷》：『乃賡載歌曰：「元首明哉，股肱良哉，庶事康哉。」』《遇仙吟》，琴曲，明楊表正作。楊表正《重修真傳琴譜·遇仙吟》注：『是曲楊表正作，因與道契疑菴同遊武夷九曲溪，過白玉蟾洞，至晦翁書舍，登岸隨徑至一石關內。』

〔九〕劉子心竹：清初人。生平不詳。

〔一〇〕佛民：廖如，字佛民。見廖燕《家佛民傳》（卷十四）、《記學醫緣起因遺家弟佛民》（卷十七）。

〔一一〕武夷道士古心：清初人，生平不詳。

廖燕全集校注卷四

序

草亭詩集序

予十年前遊羊城，寓友某家。檢架上書閲之，得詩一冊，讀之驚異。急詢主人，云此予鄉林草亭先生所著。先生時遊荊楚，不得面，惟録其詩歸藏之，而思見其人愈甚。兹歲癸亥〔一〕，始得一晤，叩其所學，蓋有非詩所能盡者。

古來懷奇抱道〔二〕之士未嘗不著書，然必有立乎書之先。彼以其特達〔三〕絶世之姿，窮理盡性，將天地古今人物之變識於胸而欲舒其所得，則雖見之於言語文章，亦其持滿而發之一候耳。其胸中固有大於是者，豈一書足以盡其所長耶？孔子删述六經，無六經則不能見孔子，然使其不删述六經，必别有以見孔子者，則六經非孔子定評也。曾子著《大學》，子思〔四〕著《中庸》，彼二子咸具包天包地之學，無因不能自見，而偶見於二書，則二書亦二子之筌蹄〔五〕已耳，二子豈僅在是哉！予嘗以此意，相天下之士，即以此意而定其生平人品文章，何寥寥其寡合歟？及讀先生書而始驚其有異者，蓋深得古人著書之意也。

先生爲莆田〔六〕世家，時值國變〔七〕，遂絕意仕進，不無家國隱恨與忠臣孝子留連涕泣之情。詩固其所用心者，然窺其意，當不止是。極一生之學力而欲大有所展，不得已而以辭出之，詩特其寄焉耳。此所謂持滿而發者，非耶？使得此意而存之，則孔子與曾、思所著，皆其指耳。而以例秦漢以來能文之流，乃有然有不然者，何哉？則能之者，爲不可及也已。先生所著甚多，自數年來，半罹兵燹〔八〕，斯集爲友人所錄輯，故得不失，亦僅十之六七耳，予深惜之。然觀其用意之專，一言可以盡其全詩，而全詩不足盡其胸中之所得。其有以立乎詩之先者，固非一詩之所得盡。然不與詩以有盡者，此其詩之所以至也。

先是，予有《二十七松堂集》之刻，先生一見稱善。今予序其詩，所言如此，豈互相爲譽者？其書具在，可覆而知也。嗚呼！吾人之才亦何所不至，使非學餘於才，才餘於書，亦曷足與於著作之林也哉？

談定齋先生曰：此文祇『必有立乎書之先』一語，掀翻到底耳。一雙眼光便將千古以上、千古以下著書立說人一齊看破。識既名通〔九〕，筆復恣腴，此真天資學力俱到文字。

【注釋】

〔一〕癸亥：康熙二十二年（一六八三）。

〔二〕懷奇：身懷奇才。唐韓愈《試大理評事王君墓志銘》：『君諱適，姓王氏，好讀書，懷奇負氣，不肯隨人。』抱道：抱持正道。《宋史・錢顗傳》：『今臺諫充位左右輔弼，又皆貪猥近利，使夫抱道懷識之士皆不欲與之言。』

〔三〕特達：突出。《晉書・江統傳》：『伏惟殿下天授逸才，聰鑒特達。臣謂猶宜時發聖令，宣揚德音，諮詢保傅，訪逮侍臣，覲見賓客。』

〔四〕子思：孔伋（前四八三—前四〇二），字子思，戰國初期魯國陬邑人。孔子之孫。相傳受業於曾子。作有《中庸》。見《史記・孔子世家》、《孟子・告子下》。

〔五〕筌蹄：語出《莊子・外物》：『筌者所以在魚，得魚而忘筌；蹄者所以在兔，得兔而忘蹄。』筌，捕魚竹器；蹄，捕兔網。後以『筌蹄』比喻達到目的的手段或工具。

〔六〕莆田：縣名，在今福建省莆田市。位於福建省東部沿海中部。

〔七〕國變：國家的變故、動亂。特指國家因政權更迭、改朝換代而發生的變亂。這裏指明亡清興。

〔八〕兵燹：因戰亂而造成的焚燒破壞等災害。

〔九〕名通：通達合理。

劉五原詩集序

歲戊寅〔一〕，湘潭劉子五原客仁化〔二〕，遠訪予於二十七松堂，喜見眉宇。晤談之頃，出其所著《燕臺》、《西山》、《渡江》諸集，屬序於予。予受而卒業〔三〕焉，大抵登臨弔古與夫遊覽山川之什居多。試爲吟諷一過，每多羽聲慷慨〔四〕者，何也？豈藉山水而洩其幽憂之憤者耶？

然天下之最能憤者莫如山水。山則巉峭巑巃〔五〕，婉嬗〔六〕磅礴，其高之最者則拔地插天，日月爲之虧蔽，雖猿鳥莫得而踰焉。水則汪洋巨浸〔七〕，波怒濤飛，頃刻十數百里，甚至潰決奔放，蛟龍出沒其間，夷城郭宮室而不可阻遏。故吾以爲山水者，天地之憤氣所結撰〔八〕而成者也。天地未闢，此氣常蘊於中。迨蘊蓄既久，一旦奮迅而發，似非尋常小器足以當之，必極天下之嶽峙潮迴、海涵地負之觀而後得以盡其怪奇焉。其氣之憤見於山水者如是，雖歷今千百萬年，充塞宇宙，猶未知其所底止〔九〕。故知憤氣者，又天地之才也，非才無以洩其憤，非憤無以成其才。則山水者，豈非吾人所當收羅於胸中而爲怪奇之文章者哉！予竊歎五原之憤有甚焉。

五原世居湘潭，爲屈原行吟澤畔之地，屈其爲憤之鼻祖〔一〇〕者歟？況五原天資豪邁，具文武才，而其見厄於當世，則較屈爲更甚，其又烏能已於言耶？生平以遨遊爲誦讀，聞其嘗從衡嶽泛洞庭，横越黄河之險，北至都門〔一一〕，復渡揚子江、彭蠡〔一二〕，踰嶺而南，所至極山川之勝而形之言者，彷佛峯巒起伏，巖樹紛糾，波瀾曲折而幻詭，時有煙嵐雲物繚繞筆端，形狀歷歷可指。天地以山水爲文章，五原則以詩文爲山水，其憤之洩極矣。非憤也，才有以使之然也。傳所稱五嶽起方寸者，非歟？

予嘗往來仁邑，見其所寓公署，境近丹霞〔一三〕萬山之中，復成《丹霞山志》〔一四〕一書，其猶憤之餘者乎？今將歸隱湘潭，其地有衡嶽、武當諸名勝，皆爲几案間物。他日憤以成其才，才以洩其憤，爲羽聲慷慨，繼屈原而續《騷經》〔一五〕，則其文章之怪奇，又安知其所底止也耶？

【注釋】

〔一〕戊寅：康熙三十七年（一六九八）。

〔二〕劉子五原：劉授易，字五原，湘潭（今屬湖南）人。康熙年間劉授易等遊丹霞，仁化知縣陳世英授以《丹霞山志》的參訂工作。見清陳世英《丹霞山志序》。仁化：縣名，今隸屬廣東省韶關市。

〔三〕卒業：謂全部誦讀完畢。漢班固《東都賦》：『主人曰：「復位，今將授子以五篇之詩。」賓既卒業，乃稱曰：「美哉乎斯詩！」』

〔四〕羽聲慷慨：語出《戰國策·燕策三》：『（荊軻）復爲慷慨羽聲，士皆瞋目，髮盡上指冠。』這裏用來指劉五原的詩文充滿激憤、高昂的情緒。羽聲，指羽調式。我國古代的五聲音階中以羽聲爲主音構成的一種調式。能表現激憤、高昂的情緒。

〔五〕巉峭：險峻高峭。嵷巄：高低眾多貌。同『嵱嵷』。

〔六〕婉嬗：曲折貌。亦作『婉蟬』、『婉嬋』。《宋史·樂志》：『蚴蟉青龍，婉嬗象輿。其載伊何，煌煌金書。』

〔七〕巨浸：大水。《宋史·河渠志》：『臣嘗躬詣郊外，竊見積水之來，自都城以西漫爲巨浸。』

〔八〕結撰：文章的構思和佈局。清鈕琇《觚賸續編·文章有本》：『其文章近於游戲，大約空中結撰，寄姓氏於有無之間，以徵其詭幻，然博考之，皆有所本。』

〔九〕底止：結束。《詩·小雅·祈父》：『胡轉予于恤，靡所底止？』

〔一〇〕鼻祖：始祖，比喻最早出現的某一个人。

〔一一〕都門：本指都城城門，這裏借指都城。

〔一二〕彭蠡：即鄱陽湖，在江西省北部。宋毛晃《禹貢指南》卷一：『彭蠡，漢水南入于江，東滙澤爲彭蠡，在彭澤西北，今南康軍湖是也。』

〔一三〕丹霞：丹霞山，在廣東省韶關市仁化縣城南九公里，錦江東岸。主峯寶珠峯。五代後有僧人憩息，明崇禎末年南贛巡撫李永茂抗清未遂，至此隱居，發現山色迷人，『色如渥丹，燦若明霞』，遂名丹霞山。康熙初年，澹歸和尚卓錫於此，建別傳寺。見清林述訓等修《韶州府志》卷十二、民國何炯璋修、譚鳳儀纂《仁化縣志》卷一、民國鄒魯《遊丹霞山記》（《仁化縣志》卷首）。

〔一四〕《丹霞山志》：康熙年間仁化知縣陳世英纂，參修人員有吳壽潛、陶煊、劉授易。雍正十一年釋古如增補。因受乾隆四十年澹歸文字獄案的牽連，《丹霞山志》遭焚書毁板之災，初刻本今已不存，雍正十一年釋古如增補本亦有孤本傳世，另有一雍正增訂本之抄本傳世。

〔一五〕騷經：指《離騷》。清何焯《義門讀書記·文選賦》：『「無良媒以接懽兮」至「解玉珮以要之」，此四句卽用《騷經》「解珮纕以要言兮，吾用蹇修以爲理」。』

翁源修學記略序

古岡黎君龍韜爲翁源司訓〔一〕，憤文運不振者已七十餘載，於是視學校緩急而爲之修壞補缺，濟諸士之貧乏，且多方獎勵，兼用闈例以爲課程〔二〕。行之踰年，預卜是科得售者文、武各一人，及期榜發，果然。爰取其事，輯成一書，目曰《翁源修學記略》。予讀之驚歎。

夫事爲之而不效，多於爲之而效，即有或效，亦不能期其必效。茲且以不可知之數，而效必如其期而應之，不可謂非事之有足傳者。如黎君此書之記載，豈非其最著者耶？故知事雖仗天而成，而力則由己而致。聞君當甲寅歲，慷慨請纓〔三〕，間關〔四〕戎馬中，雖百死一生不之顧。後以功授粵西容令〔五〕，非獨才略過人，亦必其誠有以感人情而動鬼神者。今復司訓〔六〕茲邑，奮然振興鼓舞，不遺餘力，人事盡則天工自見，雖鬼神猶將效靈於其間，況其他者乎？然非鬼神之爲靈，專精之至，人自能爲鬼神。有不知其然而然，則爲之而必成，期之而必效，此理自然，無足怪者。語曰：『至誠之道，可以前知。』〔七〕不其然歟？

或曰：然則黎君自記地理之説非與？予曰不然。此黎君不欲以造士〔八〕之功自居，而託此以爲言者，若吾人既知效之所由成，而復以不可知之數以掩其功，又烏乎〔九〕可！

【注釋】

〔一〕古岡：意爲古代岡州，指今廣東省江門市新會區。隋初於其地置岡州，不久廢。唐武德年間又置，後屢有置廢。黎君龍韜：黎仕望，字龍韜，廣東新會人。康熙十三年（一六七四）請纓從戎，參加平定三藩之亂。以功授廣西容縣令。康熙二十五年任翁源縣訓導。見清謝崇俊修、顏爾樞纂《翁源縣新志》卷二。翁源：在韶關東南。司訓：明清時縣學教諭、訓導的別稱。掌文廟祭祀，教育所屬生員。

〔二〕闈：科舉考試。《初刻拍案驚奇》卷十：『春秋兩闈，聯登甲第。』課程：學習的進程。宋陳鵠《耆舊續聞》卷二：『後生爲學，必須嚴定課程，必須數年勞苦。』

〔三〕甲寅：康熙十三年（一六七四）。康熙十二年發生了以吳三桂爲首的三藩之亂。請纓，自告奮勇請求殺敵。語出《漢書·終軍傳》：『南越與漢和親，乃遣軍使南越，說其王，欲令入朝，比內諸侯。軍自請：「願受長纓，必羈南越王而致之闕下。」』

〔四〕間關：輾轉。《後漢書·鄧騭傳》：『遂逃避使者，間關詣闕，上疏自陳。』

〔五〕容令：容縣令。容縣屬廣西梧州（今屬玉林市）。清易紹悳修、封祝唐纂《容縣志》，缺載。

〔六〕司訓：指擔任司訓之職。

〔七〕『至誠』二句：語見《禮記·中庸》。

〔八〕造士：培養造就有成就的士子。《禮記·王制》：『順先王詩、書、禮、樂以造士。』鄭玄注：『順此四術而教以成是士也。』

〔九〕烏乎：疑問代詞。怎麼。

送邑侯談定齋先生歸毘陵序

曲江去京師萬里而遥，士生其間皆樸訥〔一〕守約，無仕進意。而地當衝衢〔二〕，凡仕其地者又皆簿書鞅掌〔三〕，無暇接見以辯賢否，以是士氣多頽而不振。間有文章特達〔四〕之士，又貧賤自安，無由越一步而遨遊大邦，取聲名於當今名公巨卿間，況越京師萬里而求天子一日之知者哉！

康熙十八年，詔内外臣自三品以上皆得舉薦，天下以布衣應詔者凡若干人，而茲地無聞焉。豈盡以地遥而士樸耶，抑有司之過也？越歲，談公定齋來令此地，德及民化，尤以汲引〔五〕爲己任。未幾，以老病告歸，不得盡其職爲恨。雖燕亦疑之，得權可爲者不肯薦士，而急於薦士者又不得久於其位，則於公之行也，其能已於言乎？

聞公之鄉爲毘陵，其地以布衣得膺〔六〕舉薦者爲某，公於某爲梓里〔七〕，得無有宣揚德意爲拔茅連茹〔八〕之地乎？《易》曰：『同聲相應，同氣相求。』『雲從龍，風從虎。』〔九〕將見天下士皆彈冠而動心，尚肯以貧賤自安，老死牖下，有辜盛典〔一〇〕者耶？則嶺之南有曲江，曲之士頗有以文章自命如某某其人者，可以爲天子之臣矣。

【注釋】

〔一〕樸訥：質樸而口拙。《三國志·魏書》卷十二：『（崔琰）少樸訥，好擊劍，尚武事。』
〔二〕衝衢：交通大道。
〔三〕簿書鞅掌：指公務煩忙。簿書，官署中的文書簿冊。《漢書·賈誼傳》：『而大臣特以簿書不報，期會之間，以爲大故。』鞅掌，語出《詩·小雅·北山》：『或棲遲偃仰，或王事鞅掌。』鄭玄箋：『鞅猶何也，掌謂捧之也。負何捧持以趨走，言促遽也。』孔穎達疏：『今俗語以職煩爲鞅掌，其言出於此傳也。』
〔四〕特達：突出。《晉書·江統傳》：『伏惟殿下天授逸才，聰鑒特達。』
〔五〕汲引：推薦，提拔。《漢書·劉向傳》：『禹稷與皋陶傳相汲引，不爲比周。』
〔六〕膺：接受。《後漢書·班固傳》：『天子受四海之圖籍，膺萬國之貢珍。』
〔七〕梓里：此謂同鄉。舊時鄉間多植桑梓，以供家用，因以桑梓代指家鄉。
〔八〕拔茅連茹：比喻互相引薦。語出《易·泰》：『拔茅茹以其匯。』王弼注：『茅之爲物，拔其根而相牽引者也。茹，相牽引之貌。』
〔九〕『同聲相應』四句：語見《易·乾·文言》。
〔一〇〕盛典：隆重的恩典。《梁書·任昉傳》：『同病相憐，綴河上之悲曲；恐懼寘懷，昭谷風之盛典。』

韶郡城郭圖略序代

歲己卯〔一〕秋，予獲從司農某公榷關來韶〔二〕。傳稱韶爲古虞地，舜嘗奏樂於此〔三〕，誠名郡也。予嘗於榷關之暇，拄頰而眺芙蓉、蓮花、皇岡諸峯〔四〕，巖壑幽邃，山木蓯蘢，則得登臨覽勝之樂焉。俯檻而翫湞溪武水〔五〕，澄澈瀠洄，逶迤環繞，則得臨流把釣之嬉焉。豈非以韶爲山水之奥區〔六〕者耶？

然予之意猶不在此。聞丁巳歲楚逆圍韶〔七〕數月，一戰敗遯。上喜斯城之堅固，而民得免鋒鏑〔八〕之苦也，隨命繪圖以進，兹非其地者歟？ 予榷韶已將一載，見士庶日以殷繁〔九〕，田疇日以肥美，家親賢而户樂利，與夫舟車商賈往來絡繹不絶，熙熙攘攘，各適其適，予且爲之愉快焉。而斯地之民，若有不知伊誰之力者〔一〇〕，何哉？ 嗚呼！ 國家休養生息迄今數十年來，四海之樂昇平亦已久矣，況斯地爲《簫韶》〔一一〕之遺者乎？ 故知熙皞〔一二〕遷善而不知爲之者，堯舜之民也。盪盪浩大莫得而名焉者，天地之仁也。猗歟休哉！

予幸躬逢其盛而不思有以述而傳之，又豈使臣之所敢出也耶？ 今將報政北旋，用廣皇上繪圖之意，爲《韶郡城郭圖略》，朝夕省覽。因斯土而及斯民，因斯民之樂育得所，而益信朝廷之深仁厚澤靡遠弗屆〔一三〕，亦如天地山川之大且深而莫測也，是不亦可歌而可頌也哉！ 此亦古人采風之微旨〔一四〕也。若僅以爲丘壑林泉之美觀，則亦甚負此圖也已。

【注釋】

〔一〕己卯： 康熙三十八年（一六九九）。

〔二〕司農某公：　指郭里，康熙三十八年（己卯）任韶州榷關部司。見《韶州府志》卷五。司農，機構名。漢始置，掌錢穀之事。由三國魏至明，歷代相沿。或稱大司農。清代以戶部司漕糧田賦，故別稱戶部爲司農。榷關，徵收關稅的機構，這裏用作動詞。清愛新覺羅·胤禛《世宗憲皇帝聖訓·聖治一》：『近聞榷關者往往寄耳目於胥役，不實驗客貨之多寡而止憑胥役之報單，胥役於中未免高下其手，任意勒索，飽其欲者。』

〔三〕舜嘗奏樂於此：《太平御覽》卷一七二引《郡國志》：『韶州，科斗、勞水間有韶石二，狀若雙闕。永和二年有飛仙衣冠游二石上。昔舜遊，登此石，奏韶樂，因以名之。』

〔四〕拄頰：　用手支著臉頰。有所思貌。唐韓偓《雨中》詩：『鳥濕更梳翎，人愁方拄頰。』芙蓉：　即芙蓉山。位於今廣東省韶關市武江區西河鎮與西聯鎮之間。清張希京修、歐樾華等纂《曲江縣志》卷四：『芙蓉山，城西五里，舊産芙蓉，漢末康容煉丹於此。山有丹殼，硃紋紫理，大如拳石，人罕得之。上建一庵，有石室、玉井泉諸勝。』蓮花：　即蓮花山。位於韶關市湞江區新韶鎮蓮花村。因山峯渾圓，狀如蓮花拱托，故名。《曲江縣志》卷四：『蓮花峯，城南五里，狀如蓮花，拱揖郡治。舊城建於湞水東，即此山下。宋開寶三年，潘美伐南漢，劉鋹使其將李承渥列象爲陣，拒美於此。』皇岡：　在韶關市湞江區沙洲半島北部三里。相傳舜帝南巡時，曾經此山，故名。《曲江縣志》卷四：『皇岡山，城北三里，連接貂蟬石，繞出筆峯之後，高峻端整，儼如屏障。舊傳舜南巡奏樂於此。』

〔五〕湞溪：　即湞江，北江的上游部分，發源於江西省信豐縣石溪灣，流經廣東省韶關市南雄、始興、湞江、曲江等縣市區，於韶關市沙洲尾納武江後稱北江。武水：　即武江。北江支流。發源於湖南臨武縣，流經廣東韶關市樂昌、乳源、武江等縣市區，在韶關市沙洲尾附近注入北江。清林述訓等修《韶州府志》卷十三：『武水，即郡城西河，古名虎溪，又名瀧水。唐改爲武溪，又名武陽溪。在縣西北，自湖廣衡州府臨武縣西經郴州宜章縣流入乳源縣西北，又東經樂昌縣西，又東南流入縣界，合東江下注。』

〔六〕奧區：　腹地。　宋徐鉉《筠州清江縣重修三清觀記》：　『豫章之地實曰奧區，帶豫章之通川，據西山之雄鎮，鬱映磅礴，神異所棲。』

〔七〕丁巳歲楚逆圍韶：　康熙十六年（一六七七），三藩之亂波及韶關，清軍與叛軍在韶關激戰，生靈塗炭。《曲江縣志》卷十一：　『國朝康熙十五年三月初五夜，總兵叛降滇逆吳三桂，率僞千總王得功、馬尚仁等，大掠城中三日，復括富民助餉數千金，仍沿門派餉二三兩及棉被、鐵器等項，民不聊生。　四月，僞將薛某等率賊黨自乳源抵西河大掠，屯越月始去。　五月，鎮南將軍蟒吉圖率師北旋，僞將軍張星耀遣僞守備王得功率賊衆拒戰里田村，大敗，得功陷澤中爲亂箭射死。　人心大快，以爲報應之速云。　十六年五月初二日蟒將軍等率師復韶州，民皆安堵。七月初七日，滇賊將馬寶、胡國柱、張星耀等率賊黨復圍城，蟒將軍、穆將軍等悉力捍禦。　府城内外百姓避賊山谷者，遭瘟疫死亡甚多。　西河靖村、白土等處房屋拆毁大半，死亡尤甚。　至九月，江寧將軍額楚率師救援，大戰於蓮花嶺下，殺賊幾盡。　是夜，賊遁去，百姓始得復業。』楚逆，指吳三桂叛軍。　康熙十六年七月，吳軍胡國柱、馬寶等從湖南率兵萬餘進攻韶州，與清軍莽依圖部對壘，激戰後敗走。　因爲是從湖南來犯，故稱。

〔八〕鋒鏑：　刀鋒和箭鏃，借指戰爭。　宋沈棐《春秋比事・經書戰夷狄者八》：　『文公方没，肉未及寒，而彭衙之戰兩國已從事於鋒鏑矣。』

〔九〕士庶：　泛指人民、百姓。《後漢書・劉虞傳》：　『青徐士庶歸虞者百餘萬口。』殷繁：　衆多。《晉書・苻堅載記下》：　『當今寇難殷繁，非一人之力所能濟也。』

〔一〇〕不知伊誰之力：　堯時有老人唱《擊壤歌》，詞云：　『吾日出而作，日入而息。　鑿井而飲，耕田而食。帝力何有於我哉？』

〔一一〕簫韶：虞舜時樂名。《書·益稷》：『《簫韶》九成，鳳皇來儀。』
〔一二〕熙皞：和樂。明李東陽《送仲維馨院使還淮南》詩：『況當朝省盛才賢，且向山林樂熙皞。』
〔一三〕屆：到達。《書·大禹謨》：『無遠弗屆。』
〔一四〕微旨：隱而未露的意願。《漢書·趙廣漢傳》：『及光薨後，廣漢心知微指。』顏師古注：『識天子意也。』

意園圖序

歲戊寅〔一〕夏，予來會城〔二〕，王子也癡〔三〕出圖二十四幅示予，顏〔四〕曰《意園圖》，並記以詩，且曰：『予行天下三十餘年於茲矣，生平所歷得意山水，日留連於胸中而不能去，又不能構一園以彷彿其萬一，不得已，構之以副墨而爲臥遊之具〔五〕，此予以意園名圖之意也。子其爲我序之。』

予因取其意而序之曰：園莫大於天地，畫莫妙於造物。蓋造物者，造天下之物也。未造物之先，物有其意，既造物之後，物有其形。則意也者，豈非爲萬形之始，而亦圖畫之所從出者歟？予嘗閉目坐忘，嗒然〔六〕若喪，斯時我尚不知其爲我，何況於物。迨意念既萌，則舍我而逐於物，或爲鼠肝，或爲蟲臂〔七〕，其形狀又安可勝窮也耶？傳稱趙子昂〔八〕善畫馬，一日倦而寢，其妻牕隙窺之，偃仰鼾呼，儼然一馬也。妻懼，醒以告，子昂因而改畫大士像。未幾，復窺之，則慈悲莊嚴，又儼然一大士。非子昂能爲大士也，意在而形因之矣。萬物在天地中，天地在我意中。卽以意爲造物，收煙雲、丘壑、樓臺、人物於一卷之內，皆以一意爲之而有餘。則也癡以意爲園，無異以天地爲園，豈僅圖畫之觀云乎哉！雖然，天下事亦得其意已耳。

也癡爲甬東〔九〕傑出士，足跡幾遍天下，來寓吾粵，又且十年，有才而不得一展。予固疑也癡意之不得也，今閱是圖，山川名勝，無景不備，終日晤對其間，則亦可以得意而忘言也夫。

【注釋】

〔一〕戊寅：康熙三十七年（一六九八）。

〔二〕會城：省城。《二刻拍案驚奇》卷四：『知縣登時簽了解批，連夜解赴會城。』

〔三〕王子也癡：清浙江定海縣（今浙江省舟山市）人。足跡幾遍天下，寓廣東十年。能書善畫，作有《意園帖》、《意園圖》。參見廖燕《意園帖跋》（卷十三）。

〔四〕顏：題字於匾額等。明郎瑛《七修類稿》卷三十二：『家嘗有竹數竿，作亭其間，名曰「醫俗」，因記之以顏於亭。』

〔五〕副墨：指詩文、山水畫等。語出《莊子·大宗師》：『聞諸副墨之子。』王先謙集解引宣穎云：『文字是翰墨爲之，然文字非道，不過傳道之助，故謂之副墨。』臥遊：欣賞山水畫以代遊覽。元倪瓚《顧仲贄來聞徐生病差》詩：『一畦杞菊爲供具，滿壁江山入臥遊。』

〔六〕嗒然：《莊子·齊物論》：『南郭子綦隱机而坐，仰天而噓，荅焉似喪其耦。』荅，同『嗒』。

〔七〕或爲鼠肝，或爲蟲臂：　語出《莊子·大宗師》：『偉哉造化，又將奚以汝爲，將奚以汝適，以汝爲鼠肝乎，以汝爲蟲臂乎？』

〔八〕趙子昂：　趙孟頫（一二五四——一三二二），字子昂，號松雪道人。元湖州（今浙江吳興）人。宋宗室。以父蔭爲真州司戶參軍。宋亡，家居。元世祖徵入朝，授兵部郎中，遷集賢直學士。卒謚文敏。能詩文。繪畫擅人物、鞍馬、山水、花卉。書法兼工篆、隸、行草。有《松雪齋集》。關於趙孟頫畫馬的傳說，見《水滸傳會評本》第二十二回金聖歎評點武松打虎一段：『傳聞趙松雪好畫馬，晚更入妙，每欲構思，便於密室解衣踞地，先學爲馬，然後命筆。一日，管夫人來，見趙宛然馬也。』

〔九〕甬東：　清定海縣地，今浙江省舟山市。《左傳·哀公二十二年》：『冬，十一月，丁卯，越滅吳，請使吳王居甬東。』杜預注：『甬東，越地，會稽句章縣東海中洲也。』《春秋傳說匯纂》：『句章，今浙江慈溪、鎮海二縣地。海中洲，即舟山，今之定海縣也。』

陪蔣觀察〔一〕讌筆峯山亭序

皇帝二十有三年〔二〕，上將爲巡狩之舉，詔天下郡縣有司，計量域內名山川高低遠近，以及關津、橋梁、古蹟、驛遞〔三〕，俱欲圖畫，詳記成書以聞，將以備考也。猗歟盛哉！於是嶺南臬司〔四〕奉命遵行唯謹，儲憲〔五〕蔣公尤慮承事惰怠失上旨，乘驛臨視到韶。歷勘畢，復置酒筆峯山〔六〕亭以極目焉。山最高，登臨一望，全郡之形勝〔七〕較若列眉。以公之明，慮無不周詳且盡，然燕猶爲斯民志喜也。韶爲嶺南門戶，此山又爲韶主峯，古虞帝南巡，曾奏樂於此，故名郡曰韶。今上巡行郡國，問民疾苦，猶欲知天下山川險塞，見之繪圖輿記。上以名行，臣下猶宜承之以實，況上先施之以實者。茲公親臨詢求，不虛所事，爲臣子用心若是，雖古虞時所無者，其不謂之聖世之盛舉也哉！同席諸公將爲詩賦以歌其事，非惟江山增美，亦以見君明臣良之風焉。嗚呼！此斯民之幸也。

【注釋】

〔一〕蔣觀察：蔣伊（一六三二—一六八七），字渭公，號莘田，江蘇常熟人。康熙十二年進士。甫釋褐，即具疏上所著《玉衡》、《臣鑒》二錄。康熙十四年散館，授監察御史。康熙十八年補廣西道御史，於民間疾苦多有疏奏。康熙二十一年補廣東督糧道道員。遷河南按察副使，提督學政。有《莘田詩文集》。見《清史列傳》卷七四，清阮元修、陳昌齊等纂《廣東通志》卷四十四。觀察，清道員的尊稱。唐中葉後，未置節度使的地區置觀察使，爲該地區最高長官。清分守道，轄一省內若干府、縣；分巡道，轄一省內某一專門項目，其地位類似唐之觀察使，故尊稱爲觀察。

〔二〕皇帝二十有三年：指康熙二十三年（一六八四）。

〔三〕驛遞：驛站。明馮夢龍《掛枝兒·雜情》：「今朝你向我，明日又向他，好似驛遞裏的鋪陳也，趕脚兒的馬。」

〔四〕臬司：元代肅政廉訪使司、明清提刑按察使司的別稱，主管一省司法。清黃宗羲編《明文海》卷一百八十：『故今全峽之地兵馬在都司，錢穀在藩司，獄訟在臬司，而府州縣則承接而行，而規畫布置則巡撫臺也。』

〔五〕儲憲：對督糧道道員的尊稱，督糧道參議又稱糧儲道員，故稱。

〔六〕筆峯山：在韶關市湞江區沙洲半島北部，皇岡山東南。南起峯前路，北至良村公路。因形似筆架，故名。《曲江縣志》卷四：『筆峯山，城北一里，郡主山也。初名筆峯，後人呼帽子峯，以其端圓如帽。』

〔七〕形勝：風景名勝。《舊唐書·司馬承禎傳》：『玄宗令承禎於王屋山自選形勝，置壇室以居焉。』

送邑侯葉澹園〔一〕歸浙序代

古婺〔二〕葉君澹園，於康熙壬申〔三〕來宰吾曲，茲歲己卯〔四〕，解組〔五〕而歸，某送之江滸而致詞曰：《易》云：『君子之道，或出或處，或語或默。』〔六〕且非以出、處兩途爲吾人生平之大節者乎？然亦有說，非可漫然〔七〕而爲也。

唐韓昌黎述李愿之言〔八〕，以武夫前呵，從者塞途，喜有賞，怒有刑，才俊滿前，粉白黛綠〔九〕列屋而閒居，爲出者之事。豈君子之得遇知於天子，用力於當世，僅此富貴聲勢之爲而已耶？又以採山釣水，坐茂樹以終日，濯清泉以自潔，起居無時，惟適之安，爲處者之事。豈君子之不得遇知於天子，不用力於當世，僅此偷閒養高之爲而已耶？古之人蓋有以出爲處者矣，東方生稱避世金馬門〔一〇〕是也，況可著書立說而言吾之所欲言者哉！不然，則稱伏處田間者果何爲也？古之人又有以處爲出者矣，孔子稱『惟孝友於兄弟，施於有政，是亦爲政』〔一一〕是也，況可建功立業而行吾之所欲行者哉！不然，則稱尊居民上者果何爲也？然則君子之出處可知矣。

今君作令數年於茲土，已有其效矣，茲獲告致旋里〔一二〕，豈以已試之於堂上者，又欲施之於林下〔一三〕耶？夫君子窮理以盡性，盡性以立言，立言以見諸行事，雖處如出，互相成以有濟於斯世，以與《易》之道合，而爲吾人之所引領〔一四〕者，將必有在也夫。君笑應曰：『謹受教。』於是進酒再拜而爲之別。

【注釋】

〔一〕邑侯：縣令。葉澹園：葉芳，字澹園。金華人。康熙三十一年任曲江知縣。見《曲江縣志》卷一。

〔二〕古婺：隋置婺州，治金華。故稱浙江金華爲古婺。

〔三〕壬申：康熙三十一年（一六九二）。

〔四〕己卯：康熙三十八年（一六九九）。

〔五〕解組：解綬，解下印綬，指辭去官職。宋梅堯臣《和酬裴君見過》：『我昨謝銅章，解組猶脱屣。』組，繫印的絲帶。

〔六〕『君子之道』三句：語見《周易·繫辭上》。

〔七〕漫然：隨意的樣子。宋歐陽脩《論更改貢舉事件劄子》：『凡臣所請者，若漫然泛言之，恐不能盡其利害。』

〔八〕『唐韓昌黎』句：見韓愈《送李愿歸盤谷序》。

〔九〕粉白黛緑：以粉傅面、以黛畫眉，指女子修飾容顔。唐韓愈《送李愿歸盤谷序》：『飄輕裾，翳長袖，粉白黛緑者，列屋而閒居。』

〔一〇〕東方生稱避世金馬門：《史記·滑稽列傳》：『武帝時，齊人有東方生名朔……時坐席中，酒酣，據地歌曰：「陸沈於俗，避世金馬門。宮殿中可以避世全身，何必深山之中，蒿廬之下。」』金馬門，漢代宮門名。旁有銅馬，學士待詔之處。東方朔（前一五四—前九三），字曼倩。西漢平原厭次（今山東惠民）人。武帝時，徵四方士人，東方朔上書自薦，待詔金馬門。後任常侍郎、太中大夫等職。他性格詼諧，言詞敏捷，滑稽多智。曾以辭賦戒武帝奢侈，又陳農戰强國之策，終不見用。有《東方朔》二十篇，今佚。

〔一一〕『惟孝友于』二句：語見《論語·爲政》：『或謂孔子曰：「子奚不爲政？」子曰：「《書》云：『孝乎惟孝，友于兄弟，施於有政。』是亦爲政，奚其爲爲政？」』

〔一二〕告致：官員告老退休。清毛奇齡《尚書廣聽録》：『當此嗣君新政之際，自當潔身引退，不居盛滿，而乃告致之後仍復留此，則愛公之至。』旋里：返回故鄉。《明史》卷二百五十八：『允誠舉天啟二年進士，從同里高攀龍講學首善書院，先後旋里，遂受業爲弟子，傳其主静之學。』

〔一三〕林下：樹林之下，指山林退隱之處。唐靈徹《東林寺酬韋丹刺史》詩：『相逢盡道休官好，林下何曾見一人。』

〔一四〕引領：伸頸遠望，形容殷切期望。《左傳·成公十三年》：『及君之嗣也，我君景公引領西望曰：「庶撫我乎！」』

送琴客顧耘叟〔一〕序

吾人居恒無事，則必得一物焉，以盪滌其胸衿〔二〕，發舒其鬱結，若是者何也？宣其氣也。宣氣莫如音，而衆音之作以琴爲上，蓋琴者，聖人之事也。聖人達而在上，則以之而治民；窮而在下，則以之而治身。故觀堯舜禹湯文武之治天下，神明和，上下洽，如聽琴音之沖融〔三〕焉。聽其琴也，如得堯舜禹湯文武治天下之心焉。若孔子則不然，雖聖而不得其位，『誰爲爲之？孰令聽之？』〔四〕不得已而寄其琴於六經，故讀《易》、《書》、《詩》、《禮記》、《春秋》之書，其思深，其慮遠，詞旨春容〔五〕，或抑揚而頓挫者，莫非孔子之宮商〔六〕焉。此則聖人之琴也，琴之大者也。若琴之小者，亦惟聲音而已矣。

予友顧耘叟，有道而藴才，善琴而多藝，自南海〔七〕破浪而來，訪予二十七松堂，論絲桐〔八〕之微妙，將爲其大而遺其小乎，抑舉其小者而大者庶可漸臻乎？雖然，吾人進則成功於天下，退則甘休於一壑，故當其功成於一時，則萬象喁喁〔九〕，頌聲〔一〇〕並作，得以洩其幽憂隱怨之情。匪是則雖窮而在下，亦將續三代〔一一〕之遺音，成一朝之逸響，被之金石而垂於無窮，得其大者而小者無不俱舉也，此又吾人之琴也。

今耘叟將去予而歸也，因序此以廣其志，且以識別〔一二〕。世鮮知音，不必爲他人告也。

魏和公先生曰：送琴客文，便如靜夜琴聲，悠揚怨抑，聽之令人舉體欲仙。不知文心化而爲琴，抑琴心化而爲文。吾以爲造化在手，方能有此文字。

蕭綱若曰：耘叟或止深於琴音，而柴舟則深於琴理矣。余曩亦善音，先中憲〔一三〕彌留之際，命彈《猗蘭操》〔一四〕，彈畢而先君易簀〔一五〕，自此不忍復彈。嗟乎！今將老矣，安得抱琴從柴舟先生遊白雲山〔一六〕中耶！

【注釋】

〔一〕顧耘叟：「耘叟」又作「芸叟」，清初人，善琴而多藝。曾居廣州、泉州等地。參見廖燕《送顧芸叟歸泉州》（卷十九）。

〔二〕盪滌：清洗，清除。《漢書·食貨志下》：「後二年，世祖受命，盪滌煩苛，復五銖錢，與天下更始。」胸衿：即胸襟，指心情、志趣、抱負等。《藝文類聚》卷七引晉劉伶《北芒客舍》詩：「長笛響中夕，聞此消胸衿。」

〔三〕沖融：充溢彌漫貌。唐韓愈《遊青龍寺贈崔大補闕》詩：「魂翻眼倒忘處所，赤氣沖融無間斷。」

〔四〕「誰爲」二句：見漢司馬遷《報任安書》：「顧自以爲身殘處穢，動而見尤，欲益反損，是以抑鬱而無誰語。諺曰：『誰爲爲之？孰令聽之？』」

〔五〕春容：聲音悠揚洪亮。《舊唐書·張説傳》：「昔侍春誦，綢繆歲華。含春容之聲，叩而盡應。蘊泉源之智，啓而斯沃。」

〔六〕宮商：泛指音樂、樂曲。《韓詩外傳》卷五：「人有六情，目欲視好色，耳欲聽宮商。」

〔七〕南海：縣名。含今廣東省佛山市禪城區、南海區及廣州市的一部分。

〔八〕絲桐：琴。古代制琴多用桐木，練絲爲弦，故稱。唐白居易《廢琴》詩：『絲桐合爲琴，中有太古聲。』

〔九〕喁喁：隨聲附和。《史記·日者列傳》：『公之等喁喁者也，何知長者之道乎！』

〔一〇〕頌聲：歌頌讚美之聲。唐李白《古風》：『大雅思文王，頌聲久崩淪。』

〔一一〕三代：指夏、商、周。《荀子·王制》：『道不過三代，法不貳後王。』

〔一二〕識別：留別，多指以詩文作紀念贈給分别的人。明朱溯《靈壺紀別詩序》：『遂引筆書之，用以識別，亦爲別後相思之資云爾。』

〔一三〕先中憲：蕭絅若指他自己已故的父親。中憲大夫是其父的封階。中憲，中憲大夫，明清爲文職正四品封階。

〔一四〕《猗蘭操》：琴曲。傳説孔子周遊列國，自衛返魯，見蘭花在谷中獨茂，自傷不逢時而作。傳曲爲十一段，又名《漪蘭》、《倚蘭》。

〔一五〕先君：已故的父親。《文選·班昭〈東征賦〉》：『先君行止，則有作兮；雖其不敏，敢不法兮。』李善注：『先君，謂彪也。』易簀：更换牀席，婉言人將死。語出《禮記·檀弓上》：『曾子寢，疾病，樂正子春坐於牀下，曾元、曾申坐於足，童子隅坐而執燭。童子曰：「華而晥，大夫之簀與？」……曾子曰：「然。斯季孫之賜也，我未之能易也。元，起易簀！」』簀，華美的竹席。按古時禮制，簀只用於大夫，曾參未曾爲大夫，不當用，所以臨終時要曾元爲之更换。後因以稱人病重將死爲『易簀』。

〔一六〕白雲山：位於廣州市白雲區。主峯摩星嶺，峯巒重疊，溪澗縱横，登高可俯覽全市，遥望珠江。清李福泰修、史澄等纂《番禺縣志》卷四：『白雲山，在城東北十五里。上多白雲，高三百餘丈，盤踞百餘里，每當秋霽，白雲蓊鬱而起，半壁皆素，故名曰白雲。』

送杜陵山人〔一〕序

瑰偉權奇〔二〕智能博達之士，世豈無其人哉！當吾世而不一見焉，何也？將安歸乎，豈皆隱耶？隱非必山林也已。於山林中得一人焉，曰澹歸〔三〕，隱於浮屠〔四〕也。繼而幕府中得一人焉，曰杜陵山人，隱於戎馬〔五〕也。予從澹歸遊，因得交山人。山人隨時爲變，用與道俱，其志豈真忘情於世哉，抑世不我用而暫於斯託蹟也？則凡瑰偉權奇智能博達之士而不一見焉者，其知之矣。然山林則一於隱，而幕則亦仕亦隱，以布衣經天下事，儻古英雄之所必資者乎？今又將舍此而他往，天下茫茫，誰爲知己？又安得不抱斯人之歎〔六〕，望寥廓而寄其情於千秋也耶？

蕭綗若曰：文徑最幽卻最爽，其妙處全在多折。

【注釋】

〔一〕杜陵山人：清初人，於軍中任幕客。

〔二〕權奇：奇譎非凡，形容人智謀出衆。三國魏劉劭《人物志·材能》：『夫人材不同，能各有異，……有權奇之能，有威猛之能。』

〔三〕澹歸：俗姓金名堡（一六一四—一六八〇），字衛公，又字道隱。出家後法名今釋，字澹歸，又號舵石翁，浙江仁和（今杭州市）人。崇禎進士。明亡後，參加抗清鬥爭，永曆時官吏科給事中。永曆四年以言事獲罪，下獄幾死。後遣戍清浪衛。甫抵桂林，適桂林爲清所破，道路梗阻，遂削髮爲僧，至廣州參天然和尚。康熙元年至韶州開丹霞山，建別傳寺。有《徧行堂集》、《徧行堂續集》行世。清陳世英纂、釋古如增補《丹霞山志》卷六有傳。

〔四〕浮屠：梵語的音譯，指佛教。《後漢書·襄楷傳》：『浮屠不三宿桑下，不欲久生恩愛，精之至也。』

〔五〕戎馬：軍馬，戰馬，因以借指軍隊。《宋書·武帝紀中》：『承親率戎馬，遠履西畿，闔境士庶，莫不恇駭。』

〔六〕斯人之歎：宋范仲淹《岳陽樓記》：『微斯人，吾誰與歸？』因以指缺少同行者而產生的感慨。

送杭簡夫遊翠微峯〔一〕序

翠微距寧都十里許，爲金精〔二〕第一峯，巖洞險削迤邐，怪詭而傑出，雖有巧者莫可得而名狀，然其名未之前聞。自魏和公先生與易堂諸君子卜居於此〔三〕，而後翠微峯之名始聞於天下。然則茲峯之奇，其殆以人傳之歟，抑文傳之也？甲子〔四〕歲，先生來韶訪予，始得讀其全文，驚歎久之，以爲天下險削迤邐，怪詭傑出，不可得而名狀者，更在乎此。輒欲登峯一覽其勝而卒不可得。

今杭子簡夫欲先予而往，則凡所謂翠微之峯之奇者固將目飽，其心足耶？雖然，翠微之峯雖奇，使無詩文以發之，則與凡山水無異。先生與易堂諸君子以筆墨之奇開闢茲峯，而茲峯卽以其巖壑之奇歷試遊客。簡夫試登峯，見先生並訪諸君子之遺文而讀之，有以得其險削迤邐，怪詭傑出，不可得而名狀者，以與翠微之奇相感觸而爲簡夫之詩文，請正先生而歸以遺我，其在斯遊乎？若然，則予將束裝以待。然則茲峯之以奇聞於天下者，不亦曉然於其故也哉！

【注釋】

〔一〕杭簡夫：清初人，生平不詳。翠微峯：金精山主峯。

〔二〕金精：卽金精山，位於江西省贛州市寧都縣城西北五公里處。東起燕子巖，西抵青草湖，南起蓮花山，北至龜嶺腦。明朱敏《金精山記》：『意昔人謂西方屬金，故名之曰金精。』清魏禧《重修金精山碑記》：『奇地四十里，拔地倚天，其巖巒之最名者十二峯，皆金精地。』

〔三〕易堂諸君子：卽易堂九子，指清初魏禧等九位文學家。道光間，彭玉雯編有《易堂九子文鈔》。卜居：擇地居住。《漢書·郊祀志》：『秦德公立，卜居雍。』

〔四〕甲子：康熙二十三年（一六八四）。

送鄭同虎〔一〕歸南海序

文醫鄭子同虎客予韶幾二載，未嘗以醫言者。予交同虎在衆人先，予頗有詩文癖，與同虎語，亦未嘗一言及詩文者。非不言也，而眉宇隱見之間，知者得之有甚於言也。及後於友人齋頭〔二〕見予文，驚歎出語言之外。予亦爲之咨嗟〔三〕良久。

夫文之難知甚於醫，以其藏於無也，無則神存而形亡，而昧者失之。方句櫛字比〔四〕，形跡是求，而紛錯憒如，故難知也。然文視其外而醫則視其內，故有形雖王而神已離，隱伏骨髓之內，非鍼石、酒醪〔五〕之所及，雖扁鵲不能得之桓侯〔六〕者，況下此者乎？以是知醫之難知又甚於文。今同虎知予文也，予即以知文知同虎之醫，其逢於斯道也久矣。然同虎爲南海舊家，饒裕，著述頗多，一日以詩文數十篇示予，題曰《鬢影錄》。問何謂，曰：『文不欲多，亦不欲多示人，如見簾間鬢影〔七〕而已。』予歎其言簡而意盡。夫同虎尚不欲以文名，況醫乎？

今同虎以歲暮辭歸，予貧無以贈，因贈以言，首題曰『文醫』。醫不必文，而文不僅醫，將使其鄉人聞而就求之。又其鄉族甚鉅，近省會區，多文章積學之士。今於其歸也，得毋詩酒往還，相覯道故，讌集於終日之久乎？或覯斯文而因爲勸駕〔八〕焉，無使匿其術如匿其文也，則同虎之有以聞於世者，又不獨以其醫也已。

陳牧霞〔九〕曰：卽從文醫二字，寫出妙理，匪夷所思（一）。筆墨亦復蘊藉〔一〇〕之甚。

【校記】

（一）匪夷所思：『匪』，原刻本爲『區』，據文久本改。匪夷所思，不是根據常理所能想象到的。匪，非；夷，平常。《易·渙》：『渙有丘，匪夷所思。』

【注釋】

〔一〕鄭同虎：清初南海人。通文知醫，廖燕稱爲『文醫』。著有《鬢影錄》。參見廖燕《送鄭同虎歸南海序》（卷九）、《記學醫緣起因遺家弟佛民》（卷十七）。

〔二〕齋頭：指書齋。宋施宿等《會稽志·雜記》：『支道林、許掾諸人共在會稽王齋頭。』

〔三〕咨嗟：讚歎。《後漢書·延篤傳》：『其政用寬仁，憂恤民黎，擢用長者與參政事，郡中歡愛，三輔咨嗟焉。』

〔四〕句櫛字比：逐字逐句仔細推敲。清陳啟源《毛詩稽古編·序例》：『此編之例有悞則辨，無則置之，或一語而頻及，或連章而闕如，非同訓釋家句櫛字比也。故止題篇什，不載經文。』

〔五〕鍼石：用砭石製成的石針。古代針灸用石針，後世用金針。《韓非子·喻老》：『疾在腠理，湯熨之所及；在肌膚，鍼石之所及。』酒醪：汁滓混合的酒，後泛指酒。漢史游《急就篇》：『古者儀狄作酒醪，禹嘗而美，遂疏儀狄。杜康又作秫酒。』《宋史·食貨志》：『天下承平既久，户口寖蕃，爲酒醪以靡穀者益衆。』

〔六〕扁鵲不能得之桓侯：《史記·扁鵲倉公列傳》：『扁鵲過齊，齊桓侯客之。入朝見，曰：「君有疾在腠理，不治將深。」桓侯曰：「寡人無疾。」扁鵲出，桓侯謂左右曰：「醫之好利也，欲以不疾者爲功。」後五日，扁鵲復見，曰：「君有疾在血脈，不治恐深。」桓侯曰：「寡人無疾。」扁鵲出，桓侯不悅。後五日，扁鵲復見，曰：「君有疾在腸胃間，不治將深。」桓侯不應。扁鵲出，桓侯不悅。後五日，扁鵲復見，望見桓侯而退走。桓侯使人問其故。扁鵲曰：「疾之居腠理也，湯熨之所及也；在血脈，針石之所及也；其在腸胃，酒醪之所及也；其在骨髓，雖司命無柰之何。今在骨髓，臣是以無請也。」後五日，桓侯體病，使人召扁鵲，扁鵲已逃去。桓侯遂死。』扁鵲，原名秦越人，戰國初齊國渤海鄚（今河北省任丘市北）人。名醫。學醫於長桑君，醫道精湛，擅長各科，名聞天下。《漢書·藝文志》有《扁鵲內經》九卷、《外經》十二卷，不傳。

〔七〕鬢影：鬢髻的影子。南朝梁鄧鏗《奉和夜聽妓聲詩》：『燭華似明月，鬢影勝飛橋。』

〔八〕勸駕：勸人任職或作某事。語出《漢書·高帝紀下》：『賢士大夫有肯從我遊者，吾能尊顯之。佈告天下，使明知朕意……御使中執法下郡守，其有意稱明德者，必身勸，爲之駕。』顔師古注引文穎曰：『有賢者，郡守身自往勸勉，令至京師，駕車遣之。』宋蘇軾《葉嘉傳》：『葉先生方閉門制作，研味經史，志圖挺立，必不屑進，未可促之。親至山中，爲之勸駕，始行。』

〔九〕陳牧霞：清初人，生平不詳。

〔一〇〕蘊藉：含而不露。《後漢書·第五倫傳》：『性質慤，少文采，在位以貞白稱，時人方之前朝貢禹。然少蘊藉，不修威儀。』

送鮮于友石〔一〕遊洞庭序

鮮于友石別予十有三年。茲歲癸丑〔二〕三月，忽挐舟〔三〕訪予。覩其貌泰然，聆其辭充然，豈有以樂其志者歟！且曰：『聞之洞庭之南有異境焉，四面阻絕，一徑微通，常有真人〔四〕往來其間，予將從之遊焉。』則何爲者耶？陶淵明作《桃花源詩序》，雞犬桑麻，俱非凡境。世豈真有桃花源耶？淵明先生卽桃源主人，其漁翁卽先生之知己也。世無孔子，吾不知長沮、桀溺與荷蓧丈人〔五〕爲何如人，當時果有其人否？若果有其人，吾亦以爲孔子之化身已耳。予何知之？予於『用之則行，舍之則藏』〔六〕二語知之。請即質之友石，以問洞庭之遊然乎否也？

毛會侯先生曰：澹澹數筆中俱有妙論，如李龍眠白描觀音大士像〔七〕，筆墨之痕都絕，入化入神，吾幾無以測之。

【注釋】

〔一〕鮮于友石：清初人，生平不詳。

〔二〕癸丑：康熙十二年（一六七三）。

〔三〕拏舟：撑船。宋郭彖《睽車志》卷三：『其子克，棄兄弟，自城拏舟迎候。』

〔四〕真人：道家所稱修煉得道的人。漢司馬遷《史記·秦始皇本紀》：『真人者入水不濡，入火不爇，陵雲氣與天地久長。』

〔五〕長沮、桀溺與荷蓧丈人：皆當時隱士。《論語·微子》：『長沮、桀溺耦而耕，孔子過之，使子路問津焉。』何晏引鄭注曰：『長沮、桀溺，隱者也。』又『子路從而後，遇丈人以杖荷蓧……明日，子路行以告。子曰：「隱者也。」』

〔六〕『用之』二句：見《論語·述而》。

〔七〕李龍眠（一〇四〇—一一〇六）：即李公麟，字伯時，號龍眠居士。廬州舒城（今安徽省舒城縣）人。北宋著名畫家。宋神宗熙寧三年進士。好古博學，長於詩，精鑒別古器物。尤以畫著名，凡人物、釋道、鞍馬、山水、花鳥，無所不精。畫法上擅長白描。清趙翼《題九蓮菩薩畫像》詩：『著色生綃閻立本，白描神筆李公麟。』白描：國畫技法的一種。用墨鉤勒輪廓，用水墨渲染，不設色。多用於人物、花卉。

周象九〔一〕五十壽序

予於羊城得晤廣陵〔二〕周子象九，遂喜定交。象九少予二歲，以兄事予，予不敢當，以才有所不逮也。才以功名爲上，夫人有掀天揭地之功方可進而收天下後世之名，名蓋因功而見也。然功名又與爵祿有間〔三〕，世人不知功名，誤以爵祿當之，抑知爵祿爲朝廷報功之典，而功名豈爵祿之謂耶？盡天下之仕宦皆有爵有祿之人，未必盡天下之爵祿皆有功有名之人，故予嘗言人之功名在己，不可不思所以立。而爵祿在人，則可得可不得而無足爲重輕。魯仲連以一布衣遨遊當世〔四〕，而天下、後世未嘗以匹夫而少其功名。漢嚴子陵〔五〕雖未臣事光武，然其興起東漢節義之功，至今婦人、豎子亦莫不知其名，則爵祿烏得而上之？

象九甫弱冠〔六〕，即走京師萬里，志欲以功名顯。後值滇逆之變〔七〕，隨王師收復梧、潯、南寧諸要郡，最後進擊滇南，所至算無遺策，以功授鎮安別駕〔八〕，隨陞羅平〔九〕知州。未幾，以親老辭歸，此豈可以爵祿動其心者！嗚呼！人苦不自知。予嘗欲以著述稍自表見於世，然徒託之空言，孰若見之實事爲足據也，則視吾象九安得不赧然而心折〔一〇〕耶？文章不必在《詩》、《書》，功名不必需爵祿，今象九立功名而辭爵祿，復因山水之勝而寄寓英州〔一一〕僻壤，與漁樵雜處，幾不測爲何如人。靡獨無意爵祿，卽功名亦不屑爲己有，較之仲連輕世肆志，子陵披羊裘而釣，殆可兼而有之，豈不然歟？予猶記象九任鎮安時，一日軍大譟，人情洶洶叵測，象九出片言而定。性倜儻任俠，徒手致數萬金，隨卽散去。急則典衣贈客無所吝，此尤爲世人之所難者。況其才之所長，尤不在此，則望而遜爲不逮者，又寧獨予一人爲然也哉！

茲歲乙亥〔一二〕秋七月，予年五十有二，象九亦已五十矣，然精神百倍於予，鬚髮無一莖白者，其年齒功名將來曷可勝量。今復爲予治裝〔一三〕，作嶺外名勝遊，因書此，以侑〔一四〕一觴，且以識別也。

【注釋】

〔一〕周象九：周鼎，字象九。江都人。曾參加平定清初三藩之亂的戰爭。以功授鎮安別駕，隨陞羅平知州，未幾以親老辭歸。後長期寄寓英德。參見廖燕《記續碧落洞詩始末》（卷十七）。

〔二〕廣陵：指明清時的揚州府江都縣，含今江蘇省揚州市廣陵區、邗江區、維揚區、江都市。秦於此地置廣陵縣，故稱。

〔三〕有間：有區別，有差異。《莊子・天地》：『桀跖與曾史，行義有間矣，然其失性，均也。』

〔四〕『魯仲連』句：《史記・魯仲連鄒陽列傳》：『魯仲連者，齊人也。好奇偉俶儻之畫策，而不肯仕宦任職，好持高節。』他遊趙期間，剛好遇上秦圍趙，他憑著自己的膽識，幫助趙國解了圍。事後，『平原君欲封魯連，魯連辭讓者三，終不肯受。平原君乃置酒，酒酣起前，以千金爲魯連壽。魯連笑曰：「所貴於天下之士者，爲人排患釋難解紛亂而無取也。即有取者，是商賈之事也，而連不忍爲也。」遂辭平原君而去，終身不復見。』

〔五〕嚴子陵：嚴光（前三七—後四三），字子陵。東漢餘姚人。曾與漢光武帝劉秀同遊學，劉秀即位後，他改名隱居，後被召至京師洛陽，授諫議大夫，不受而退隱於富春山。《後漢書·逸民列傳》有傳。

〔六〕弱冠：男子二十歲或二十左右歲的年齡。《禮記·曲禮上》：『二十曰弱，冠。』孔穎達疏：『二十成人，初加冠，體猶未壯，故曰弱也。』

〔七〕滇逆之變：指三藩之亂。詳見卷三《海棠居詩集序》注〔二〕。

〔八〕鎮安：府名。位於今廣西西南。別駕：職官名。漢制，爲州刺史的佐官，因隨刺史巡行視察時另乘車駕，故稱別駕。後廢置不常。宋改置諸州通判，後世相沿，清代府、州皆設通判，職守與前代之別駕相同，因而亦稱通判爲別駕。

〔九〕羅平：元置羅雄州。明萬曆十五年（一五八七）改羅平州，屬雲南曲靖軍民府。清沿之，民國二年（一九一三）改縣。今屬曲靖市。

〔一〇〕心折：佩服。清王士禛《古夫于亭雜錄》卷四：『吾在都數十載，閱人多矣，所心折者惟有阮亭耳。』

〔一一〕英州：今廣東省英德市。

〔一二〕乙亥：康熙三十四年（一六九五）。

〔一三〕治裝：整理行裝，準備行裝。漢司馬遷《史記·孝武本紀》：『其後治裝行，東入海求其師云。』

〔一四〕侑：在筵席旁助興，勸人吃喝。

五十一初度〔一〕自序

歲甲戌〔二〕九月二十六日，予五十有一初度。友某某攜酒就予稱觴〔三〕，適予《二十七松堂集》刻成，因取以爲壽，曰此予一部年譜也，僅文集云乎哉！夫人自少而壯而老，其所行爲事，尚能追憶而悉數之乎否耶？以無有記之者也。予少好爲古文詞，遇事而書，且兼書年月日者爲多。計予自初度歷今五十有一年，共三百六十甲子〔四〕，而此集中所書之甲子，與前所行爲事皆可按而數也。則此集豈非爲予年譜而壽之實錄者歟？積時而爲日，積日而爲月與年，譜以記年，而年多爲壽，蓋有不可誣〔五〕者。

是日，菊花大放，香氣滿庭，於是飲酒樂甚。予左手把杯，右手取集中某年某月日所作詩古文詞指語客，客讀而喜，起而取酒壽予曰：『君可謂不虛此生矣。』予笑應曰：『非能不虛此生也，但此生不敢虛耳。雖然，予敢以此爲壽耶？予不幸生而貧且賤，至今一布衣終其身，則此五十有一之年，共三百六十甲子，多半予窮愁閉戶著書之年也，而欲以此爲壽可乎？』客笑曰：『著書之壽，更有不可以數計者在。』予不敢對。須臾客去，遂並次其語以爲序。

王孔昭〔六〕曰：自壽之文，最難下筆，自譽固非，自謙亦不得。此文從著書上立論，寓譽於自謙之中，地步既高，文品自別，望而知爲大家體裁。

【注釋】

〔一〕初度：出生的年時，後因以稱生日。《楚辭·離騷》：『皇覽揆余初度兮，肇錫余以嘉名。』宋趙蕃《歐陽全真生日》詩：『南風屬初度，杯酒相獻酬。』

〔二〕甲戌：康熙三十三年（一六九四）。

〔三〕稱觴：舉杯祝酒。南朝齊謝朓《三日侍華光殿曲水宴代人應詔詩》之九：『降席連綏，稱觴接武。』

〔四〕三百六十甲子：古代以天干和地支遞次相配，從甲子起至癸亥止，爲一個循環，稱爲甲子或六十甲子。古人以六十甲子紀日，因兩個月大致約六十天，合一個甲子。廖燕生於甲申年（崇禎十七年，一六四四），從甲申年至甲戌年，合三百多個甲子。此三百六十甲子只是取其約數。

〔五〕誣：欺騙。漢司馬遷《報任安書》：『因爲誣上，卒從吏議。』

〔六〕王孔昭：清初人，生平不詳。

小品自序

己未〔一〕春，予僦居〔二〕城東隅，茅屋數椽，簷低於眉，稍昂首過之，則破其額。一巷深入，兩牆夾身，而臂不得轉，所見無非小者。屋側有古井一，環甃〔三〕狹淺，僅可供三四爨〔四〕，天甫晴則已竭。井邊有圃，雖稍展，然多瓦礫，瘠瘦，蔬植其中則短細苦澀不可食，予每大嚼之不厭。巷口數家，爲樵汲、藝圃與拾糞、賣菜傭所居。其家多小雛〔五〕，大亦不至五六歲，時入嬉戲，或偷弄席上紙筆畫眉頰戲者，予頗任之。門外有古槐一株，頗怪，時有翠衣〔六〕集其上。旁有小石墩數塊，客至則坐其下談笑。客多鄉市雜豎，所談皆米鹽菜豉，無有知肉食大言者。予雖欲大言之，而客莫能聽也，以故凡筆之於文者皆稱是。

辛酉〔七〕七月日，偶搜破簏中舊稿，得文九十三首，類多短幅雜著，零星散亂，因稍爲校次，付奚〔八〕錄過，目爲小品，附《二十七松堂集》刻之。時予適改燕生，單名燕。燕者，小鳥也。古燕字從鳥從乙，或曰鳦，蓋得天地巨靈者。越一歲，爲壬戌〔九〕春正月，刻成。是歲德星〔一〇〕見於北。

蕭綱若曰：寫屋側，寫井邊，兼寫巷口門外兒童雜客，層次細碎，何等點染。結處更有別致。雖短篇，全從《左》、《史》得來，覺東坡小品猶未道緊〔一一〕。

【注釋】

〔一〕己未：康熙十八年（一六七九）。

〔二〕僦居：租屋而居。《明史·潘榮傳》：『遂乞休歸，僦居民舍，布政使張瓚爲築西湖書院居之。』

〔三〕甃：井。唐杜甫《解悶》詩之十一：『翠瓜碧李沉玉甃，赤梨蒲萄寒露成。』

〔四〕爨：燒火做飯。《廣雅·釋言》：『爨，炊也。』南唐徐鍇《說文繫傳·爨部》：『取其進火謂之爨，取其氣上謂之炊。』

〔五〕小雛：小鳥，喻兒童。宋熊禾《又和（勉無咎）》詩：『稍餘禮義存微脉，亟把詩書教小雛。』

〔六〕翠衣：翠鳥的羽毛，借指翠鳥。宋陸游《檢舊詩偶見有感》詩：『正馳玉勒銜紅雨，又挾金丸伺翠衣。』

〔七〕辛酉：康熙二十年（一六八一）。

〔八〕奚：男僕，書童。

〔九〕壬戌：康熙二十一年（一六八二）。

〔一〇〕德星：古以景星、歲星等爲德星，主祥瑞，故稱。認爲國有道有福或有賢人出現，則德星現。《史記·孝武本紀》：『望氣王朔言：「候獨見其星出如瓠，食頃復入焉。」有司言曰：「陛下建漢家封禪，天其報德星云。」』司馬貞索隱：『今按：此紀唯言德星，則德星，歲星也。歲星所在有福，故曰德星也。』《史記·天官書》：『天精而見景星。景星者，德星也。其狀無常，常出於有道之國。』南朝宋劉敬叔《異苑》卷四：『陳仲弓從諸子姪造荀季和父子，於時德星聚。太史奏：五百里内有賢人聚。』

〔一一〕遒緊：緊湊嚴密。清葉封《嵩陽石刻集記》卷下：『今觀其書，筆雖過豐，而結體遒緊，有清臣誠懸之風，書史亦稱其工。』

選古文小品序

大塊〔一〕鑄人，縮七尺精神於寸眸〔二〕之内。嗚呼！盡之矣。文非以小爲尚，以短爲尚，顧小者大之樞，短者長之藏也。若言猶遠而不及，與理已至而思加，皆非文之至也。故言及者無繁詞，理至者多短調。巍巍泰岱〔三〕，碎而爲嶙礪沙礫，則瘦漏透皺〔四〕見矣；滔滔黃河，促而爲川瀆溪澗，則清漣瀲灩生矣。蓋物之散者多漫，而聚者常斂。照乘〔五〕粒珠耳，而燭物更遠，予取其遠而已；匕首寸鐵耳，而刺人尤透，予取其透而已。大獅搏象用全力，搏兔亦用全力，小不可忽也。粤西有修蛇，蜈蚣能制之〔六〕，短不可輕也。

黄少涯曰：連用七譬喻，無承無接而口齒了然，豈非奇文。

【注釋】

〔一〕大塊：大自然。《莊子·齊物論》：『夫大塊噫氣，其名爲風。』成玄英疏：『大塊者，造物之名，亦自然之稱也。』

〔二〕寸眸：指眼睛。《魏書·張淵傳》：『爾乃凝神遠矚，矖目八荒，察之無象，視之渺茫，狀若渾元之未判別，又似浮海而覩滄浪，幽遐迥以希夷，寸眸焉能究其傍。』

〔三〕泰岱：即泰山。泰山又叫岱宗，故稱。清侯方域《賈生傳》：『（賈生）走泰岱，觀日出處，述《山靈》、《地勢》二篇。』

〔四〕瘦漏透皺：古人提出的相石標準。清鄭燮《題畫石》：『米元章論石，曰瘦、曰縐、曰漏、曰透，可謂盡石之妙矣。』

〔五〕照乘：照乘珠，光亮能照明車輛的寶珠。《史記·田敬仲完世家》：『梁王曰：「若寡人國小也，尚有徑寸之珠照車前後各十二乘者十枚。」』

〔六〕『粤西有修蛇』二句：明鄺露《赤雅·蝍蛆》：『蝍蛆，一名蜈蚣，狀若水蝦，小至一寸，大至一丈，其尾閃閃有光。山中修蛇無故而死者，彼斃也。蛇腐化爲蝍蛆，猶螟蛉之呪子也。儒書：「螣蛇遊霧而死於蝍蛆。」』

丁戊〔一〕詩自序

丁巳〔二〕五月二日，予避亂南岸〔三〕土圍内，住隙地如斗大，雜几榻炊爨之屬於其中，人畜喧填，穢氣蒸爲癘疫〔四〕，而予内人與次女相繼死矣，予時亦幾不起。越十月，賊退，始得扶疴〔五〕入城，就醫故人陳某〔六〕家，而一女復病死。嗚呼痛哉！

予既孑然一身，病亦稍痊。友人過候〔七〕，間出詩見慰，勉爲和答。或愁悶無聊，時吟數句以自遣，而詩遂與淚爭多矣。又越歲戊午〔八〕，爲人授館作塾師，訓二三童子外，兀然無一事可作，輒以詩爲工課，塗乙〔九〕縱横，几壁爲黑。久之，積爲成帙，題曰《丁戊詩》，記實也。嗚呼，此豈其得已者耶！雖然，境遇苦而性情深，性情深而學問入。詩不能爲變境遇之物，而境遇反爲深性情入學問之物，故記年以驗境遇之順逆，記詩以驗性情學問之淺深，又安可忽乎哉！

古人於通仕後，嘗錄其生平困塞事以自警，况予猶在困塞時耶？因錄此卷以爲警惕之助，亦以見予年來困阨流離，骨肉煙消，室家甑破〔一〇〕，遇比前加逆，心比前加苦，叢〔一一〕人間不堪之境，無不盡聚於一人一時之身，爲可悲也。

【注釋】

〔一〕丁戊：指丁巳、戊午兩年。

〔二〕丁巳：康熙十六年（一六七七）。這一年三藩之亂波及韶關，清軍與叛軍在韶關激戰，生靈塗炭。

〔三〕南岸：南岸村，爲曲江縣鳳沖都屬村，卽今韶關市武江區龍歸鎮南岸村，位於江灣河南岸，故名。見《曲江縣志》卷七。

〔四〕癘疫：瘟疫。《晉書·劉牢之傳》：『軍次黃獸，與僞將譙道福相持六十餘日，遇癘疫又以食盡班師，爲有司所劾。』

〔五〕扶痾：抱病。宋王欽若等《册府元龜》卷二百八十四：『扶痾濟難效漢北之誠，送往奉居盡魯南之節。』

〔六〕陳某：指陳滄洲，清初人，通醫術。

〔七〕過候：拜訪。晉陳壽《三國志·吳書》卷九：『故過候肅，並求資糧。』

〔八〕戊午：康熙十七年（一六七八）。

〔九〕塗乙：删改文字。抹去稱塗，勾添稱乙。清吳任臣《十國春秋·潘扆傳》：『又能覆本誦所未曾見，書或束而緘之，其間點竄塗乙悉能知之無誤。』

〔一〇〕甑破：語出《後漢書·郭太傳》：『（孟敏）客居太原。荷甑墮地，不顧而去。林宗見而問其意，對曰：「甑已破矣，視之何益？」林宗以此異之。』這裏以甑破指破碎。

〔一一〕叢：聚集。《説文·丵部》：『叢，聚也。』

廖燕全集校注卷五

題詞

題籟鳴集

六經〔一〕以前無書，則六經之作果盡屬讀書者之所爲耶？詩文雖小道，要其源流與六經等。文固無論，詩尤爲性情之物。故古詩三百篇多出於不識字人之口，然又非識字人所能措一詞，則其故亦可思已。讀書而後能詩文，世莫不謂然。抑知惟能詩文，而後可讀書，則讀書又烏可輕言乎哉？予友某以目疾廢學，而獨能詩。今題其《籟鳴集》如此，則又非讀書者之所知也已。

魏和公先生曰：小小題發出許大道理，固非柴舟不能。尋常説話，然皆未經人道，所以爲妙。

【注釋】

〔一〕六經：六部儒家經典，指《詩》、《書》、《禮》、《樂》、《易》、《春秋》六經。

二十七松堂詩課〔一〕選刻題詞

作詩非予事也，況課乎哉！兹歲丙寅〔二〕客歸，惟兀坐〔三〕二十七松堂。時或無聊，不得已借筆墨以宣積鬱。家人促予起，起復無事可作，不如仍作予詩。予不能自禁不作詩，又何以禁同人作也。日遂以爲常，而課名焉。課而多，多而選之刻之，然不足以易秕糠也，其何以慊予懷耶？

南山之南、北山之北有詩國焉，自周初受封，遂成巨族。孔子嘗稱之，教門弟子〔四〕習其語言，謂可以興觀群怨〔五〕。後亦稍稍衰。至唐復中興，自庶人以至天子，莫不賓禮之，聞其風俗尚古。逮唐以來，始有趨時者，然人多風雅，出口皆叶律呂〔六〕，或借鳥獸草木，以發其草野悲歌之情。若其大者，則雖奏之清廟明堂〔七〕不讓也。世之高人韻士，聞其風嘗往遊焉，至有樂而忘返者，予將執此而問之。

魏昭士曰：起手數語，題意已了。中間忽杜撰一詩國來，奇情幻想，文中別一洞天〔九〕。

【注釋】

〔一〕詩課：作詩的功課。元劉詵《送趙光遠道州寧遠稅使》詩：『詩課書程應不減，東風早送錦衣還。』

〔二〕丙寅：康熙二十五年（一六八六）。

〔三〕兀坐：獨自端坐。唐戴叔倫《暉上人獨坐亭》詩：『蕭條心境外，兀坐獨參禪。』

〔四〕門弟子：謂及門弟子，正式拜師受業的弟子。《論語·泰伯》：『曾子有疾，召門弟子。』

〔五〕興觀群怨：語出《論語·陽貨》：『《詩》，可以興，可以觀，可以群，可以怨。』興，聯想。觀，觀察。群，合群。怨，怨恨。孔子認爲讀《詩經》可以培養人的這四方面能力。

〔六〕叶：同『協』，和洽。《梁書·武帝紀下》：『兼以風雲叶律，氣象光華，屬覽休辰，思加獎勸。』清李漁《閒情偶寄·詞曲部·音律》：『調聲叶律，又兼分股限字之文，則詩中之近體是已。』律呂：古代校正樂律的器具，後以指樂律或音律。漢馬融《長笛賦》：『律呂既和，哀聲五降。』

〔七〕清廟：即太廟，古代帝王的宗廟。《荀子·禮論》：『清廟之歌，一倡而三歎也。』明堂：古代帝王宣明政教的地方。凡朝會、祭祀、慶賞、選士、養老、教學等大典，都在此舉行。宋計敏夫《唐詩紀事》卷十：『垂拱四年，明堂成，奏賦述功德，除著作郎，遷鳳閣舍人。』

〔八〕洞天：道教稱神仙居住的地方，後指引人入勝的境界。宋王炎《雙溪類稾》卷一《粧樓怨（並序）》：『主人對客懶將迎，別有洞天雙國色。』

題荷亭剩草

廬陵朱子藕男客長安十餘年，歸著《荷亭文集》若干卷。予既略序其概矣，此蓋嶺南行笥阿阮〔一〕所存之剩草也。草烏乎剩？天地一大部奇書，人心有全副妙理，故草自剩而書自全。藕男若不有全，又焉能爲剩？然已全而人或剩，與人剩而道獨全，雖一字一句，皆竭一生之學力而出之。一舉筆而已無剩義，全人皆文，全文皆道，天下文章孰全於是，又何俟藕男他日全集出而後知爲荷亭全書耶？是剩是全，請質之天下善讀藕男書者。

【注釋】

〔一〕行笥：出行時所帶的箱籠。清姚元之《竹葉亭雜記》卷八：『余購得數枚，裹以紙，置行笥中。』阿阮：侄的代稱。阮籍與侄阮咸並有盛名，世稱『大小阮』。後用『小阮』作侄的代稱，省稱『阮』。宋楊萬里《戲贈子仁侄》詩：『小阮新來覓句忙，自攜破硯汲寒江。』清陳維崧《念奴嬌·秋夜攜姬人稚子借宿椒峯東園追憶》詞：『白傅高人，竹林賢阮，詼笑饒名理。』這裏『阿阮』指朱一士，朱蕖的侄子，江西廬陵人。廖燕有《與朱一士》（卷十）。

琵琶楔子題詞代

此予友王子□□〔一〕病後戲墨〔二〕也。□□爲吾粵通才，尤精韻學，作填詞數十種，茲復以其詞譜入琵琶，題曰《琵琶楔子》。豈以聲音爲文章耶？遍天地皆聲音，則遍天地皆文章。文章者，聲音之妙者也。填詞可入琵琶，琵琶可合音律，不知聲音化而爲文章，抑文章化而爲聲音。但覺天地間自有此妙理，入文人之筆舌，成絶代之宫商〔二〕，有不知其然而然者。使人人悟此，雖蛙鳴犬嗥，皆成一部絶妙鼓吹，况琵琶之爲技乎？楔子之爲言，以物出物。今□□以音協音，義蓋取諸此。然專精之至，不特病爲之愈，似技若因之而益神者，斯其書爲足傳也已。

噫，世無知音久矣。予獨歎《鬱輪袍》之遇合〔三〕爲甚奇，則九公主之功當不在子期〔四〕下。安得良工圖畫，私尸祝〔五〕於二十七松堂中，訴盡生平之胸臆也哉！

【校記】

〔一〕王子□□：□□，當爲「蒲衣」二字。王隼（一六四四—一七〇〇），字蒲衣，廣東番禺人。輯有《嶺南三家詩選》。七歲能詩，早年棄家入丹霞爲僧。旋遊匡廬，居太乙峯六七年，始歸。性喜琵琶。著有《琵琶楔子》、《大樗堂集》等。《清史稿》卷四百八十四有傳。

【注釋】

〔一〕戲墨：隨意戲作的詩文書畫等。《宣和畫譜·蔬果》：「僧居寧，毗陵人。喜飲酒，酒酣則好爲戲墨。作草蟲，筆力勁峻，不專於形似，每自題云居寧醉筆。」

〔二〕宫商：五音中的宫音與商音，這裏泛指音樂、樂曲。

〔三〕《鬱輪袍》之遇合：鬱輪袍，古曲名。相傳爲唐王維所作。王維未冠而有文名，又精音律，妙能琵琶，爲岐王所重。王維方將應舉，求岐王庇借。岐王遂引至公主第，使爲伶人。王維奏新曲號《鬱輪袍》，爲公主所欣賞，乃爲之説項，王維遂得高中。見唐薛用弱《集異記・王維》。

〔四〕子期：　即鍾子期，善聽，後因以指知音。《列子・湯問》：『伯牙善鼓琴，鍾子期善聽。伯牙鼓琴，志在登高山，鍾子期曰：「善哉，峨峨兮若泰山。」志在流水，曰：「善哉，洋洋兮若江河。」』

〔五〕尸祝：　祭祀。清馮甦《滇考・楚莊蹻王滇》：『然則蹻之有功於滇而爲人所尸祝，非一日矣。』

易簡方論題詞代

予友德基程先生〔一〕，家世理學〔二〕，尤善詩古文詞〔三〕，今以岐黄〔四〕著名，是欲以醫掩也。醫學言命，理學言性，似不相謀者。然性與命有二名而無二實，子思曰：『天命之謂性。』〔五〕言性何謂？　天命之謂也。豈非性命不可分爲二事，亦猶江河之不可分爲二水乎？《靈樞》、《素問》諸書皆言五行〔六〕，世未有不熟五行而能知醫者。人秉五行以生，命賦而性與俱。今此書以易簡命名，取古今之方，難而易言之，繁而簡言之，使天下之人皆知醫學而無疑誤之患，然皆不越五行之理以爲端。五行雖相成而實相賊，故智者能以我制五行，而不爲五行所制。則起死回生之功，將於是乎在性也，而命以之矣，豈不然耶？《易》曰：『乾以易知，坤以簡能。』〔七〕至易至簡，其理遂與天地同功，又何一人一身之足言哉！則雖謂此書補理學之所未及，亦可。

【注釋】

〔一〕德基程先生：程履新，字德基。明末清初安徽休寧人。

〔二〕理學：宋明儒家周敦頤、邵雍、張載、程顥、程頤、朱熹、陸九淵、王守仁等人的哲學思想。宋儒致力闡釋義理，兼談性命，認定『理』先天地而存在。明儒則斷言『心』是宇宙萬物的根源。

〔三〕古文詞：文體名。

〔四〕岐黃：岐伯和黃帝的合稱，相傳爲醫家之祖，後以『岐黃』爲中醫的代稱。《宋史·崔與之傳》：『每曰「不爲宰相，則爲良醫」，遂究心岐黃之書，貧者療之，不受直。』

〔五〕天命之謂性：語見《禮記·中庸》：『天命之謂性，率性之謂道，修道之謂教。』

〔六〕靈樞：古代論述針灸的醫書，與《素問》合稱《内經》。舊傳爲黃帝所作，實爲唐王冰所僞託。素問：古代中醫理論著作。相傳爲黃帝所作，實際上並非出自一時一人之手，大約成書於春秋戰國時期。原書早已亡佚，後經唐王冰訂補，定名爲《黃帝内經素問》。五行，水、火、木、金、土。我國古代稱構成各種物質的五種元素，古人常以此説明宇宙萬物的起源和變化。《書·甘誓》：『有扈氏威侮五行，怠棄三正。』孔穎達疏：『五行，水、火、金、木、土也。』《孔子家語·五帝》：『天有五行，水、火、金、木、土，分時化育，以成萬物。』

〔七〕『乾以』二句：見《周易·繫辭上》。

自題制義〔一〕

欲盡集生平所爲制義千百篇，取匣盛之，爲塚於名山之巔，大書其上曰：『曲江廖某不遇文塚。』因酹酒而祝之曰：『千百年後，有如廖某其人者，將唏嘘感慨而憑弔之，庶幾稍慰吾文耶！』是又不然。不遇之文，爲世所羞稱，且習其業，一不遇，遂爲所禍，是吾仇也，焚之將揚其灰於無何有之鄉，況塚而酹之耶？思之而其説又異已，不遇之文，其文必佳，蓋其抑鬱之氣盡發而爲文故也。佳者必傳，是天將欲傳吾文也，雖不遇可也。因盡取生平制義，録而藏之，以俟後世知吾文者唏嘘感慨而讀之。

劉心竹〔二〕曰：無端而作制義，又無端而塚制義、酹制義，皆是此老胸次〔三〕瑰奇咄咄逼人處。

陶握山〔四〕曰：筆法如引繩，環環而轉，一篇祇如一句。歐陽永叔《宦者論》乃有此手段。

【注釋】

〔一〕制義：明清科舉考試的方式，又稱制藝，即八股文。《明史·選舉志二》：『其文略仿宋經義，然代古人語氣爲之，體用排偶，謂之八股，通謂之制義。』清陳廷敬《午亭文編·西園先生墓志銘》：『元日除夜，猶聞絃誦之聲，渟涵演迤，作爲制義之文。』

〔二〕劉心竹：清初人。生平不詳。

〔三〕胸次：胸間。

〔四〕陶握山：陶璜，初字黼子。廣州番禺人。清初廣州城破，避難途中，舟覆父没，其僥倖得免，乃改字苦子，號握山。自奉儉薄，有所積，悉以周人。性孤僻，嗜吟詠。有《慨獨齋詩集》。《番禺縣志》卷四十三有傳。清陳恭尹《獨漉堂文集》卷十二有《陶握山行狀》，可參看。

自題曲江名勝詩

《曲志》舊載名勝十，予增爲二十有二〔一〕。此便足以盡曲乎？宋蘇端明作《九成臺銘》〔二〕，天下無不知有九成臺者。假使當日無此文，則雖至今猶作雉堞〔三〕觀，可也。《水經注》載，曲江有浮嶽山〔四〕，躡一處則百步内皆動，後沒於五溪水〔五〕。此地豈真有所謂浮嶽山者？然一經酈道元所注，則雖謂至今存可也。予作《曲江名勝詩》二十有二首，雖不足以盡曲，或可以傳曲耳。詩成，將鐫之浮嶽山側。

周象九曰：名勝之傳不傳，在文不在物。說得文人筆墨千古有權，妙妙。文法更見斬截〔六〕之甚。

【注釋】

〔一〕『《曲志》』句：廖燕《筆峯寫雲》詩（卷二十）作者自注：『以下二十二首俱曲江名勝』，分別爲：筆峯寫雲、貂蟬秋月、皇岡夕照、九成遺響、雙江欸乃、東郊春曉、仙橋古渡、中流塔影、韶石攢奇、蓉山丹竈、西河竹籟、蓮峯樵唱、湧泉流觴、回龍漁笛、薇巖積雪、曹溪香水、獅巖招隱、南華晚鐘、塔院松濤、羅巖仙樹、書堂夜雨、詩石留題。今考清張希京修《曲江縣志》卷八，其名勝共有二十四處，與廖燕所記略有差異。分别爲：蓉山丹竈，筆峯寫雲，九成遺響，皇岡夕照，蓮峯樵唱，白沙煙艇，迴龍漁笛，貂蟬秋月，中流塔影，南華晚鐘，書堂夜雨，韶石生雲，薇巖積雪，雙江環碧，仙橋古渡，榕皋晚眺，獅巖招隱，曹溪香水，西河竹籟，塔院松濤，湧泉流觴，迴瀾夜月，羅巖仙樹，詩石留題。

〔二〕蘇端明：蘇軾曾累官至端明殿學士，故稱。九成臺：臺名。相傳舜南巡奏樂於韶石，後人故建此臺以示紀念。初位於韶州府城北城牆上（今韶關市區中山路），後遷至西城牆上（今韶關市區西堤北路）。《曲江縣志》卷八：『九成臺，舊名聞韶，在北城上。建中靖國元年五月，蘇子瞻與蘇伯固北歸，郡守狄咸延之臺上，伯固謂臺宜名九成，子瞻卽席爲銘，自書刻石臺上。後以元祐黨事碑毀臺廢，遂以西城武溪亭爲臺，上立虞帝碑位，蔣之奇《武溪深》詞碑。原在延祥寺，元祐八年，郡守譚粹移亭中。後人於碑陰模九成臺字二。一小楷是子瞻書，一大篆是湖南曹文公書。』明清兩代多次重修。今已不存。宋蘇軾有《九成臺銘》。

〔三〕雉堞：城上短牆。《舊五代史·梁書》卷十四：『府庫舊有巨弩數百枝，機牙皆缺，工人咸謂不可用，珝卽創意制度，自調弦筈，置之雉堞間。』

〔四〕浮嶽山：據《水經注》，浮嶽山在韶石山之東，當位於今韶關市仁化縣青山頭附近，西南距韶關市區三十八公里。

〔五〕五溪水：卽《水經注》所載之邸水，今仁化縣黃坑河。

〔六〕斬截：乾脆利落貌。《朱子語類》卷六九：『只是見得這箇道理合當恁地，便只斬截恁地做將去否？』明李贄《四書評·論語·顏淵》：『「政者，正也。子帥以正，孰敢不正？」斬截！』

自題竹籟小草

竹圃初葺，微雨一過，苔潔蘿鮮。予坐其中，頹如塊雪耳，何與筆墨事而顧相引以深也。

蕉紙蟲書〔一〕，似以韻勝，不欲落煙食朵頤〔二〕，舉向花間倩鳥哦之〔三〕。公治子〔四〕何在？聽此泠然〔五〕。世無忌人，容我仙去。

鄭思宣〔六〕曰：孤懷泠韻，集中别調。

【注釋】

〔一〕蕉紙蟲書：指花草的葉子上有蟲蝕過的痕跡，就像文字一樣。蕉紙，指花草的葉子。唐陸羽《僧懷素傳》：『（懷素）貧無紙可書，嘗於故里種芭蕉萬餘株，以供揮灑。書不足，乃漆一盤書之；又漆一方板，書至再三，盤版皆穿。』蟲書，謂蟲蝕過的痕跡像文字。唐杜甫《湘夫人祠》詩：『蟲書玉佩蘚，燕舞翠帷塵。』仇兆鰲注：『蟲蝕如字書。』

〔二〕煙食朵頤：指凡人的嘴巴。語出《周易·頤》：『初九，舍爾靈龜，觀我朵頤，凶。』唐孔穎達疏：『朵頤謂朵動之頤以嚼物，喻貪婪以求食也。』朵頤，鼓腮嚼食，這裏指突鼓的腮頰。

〔三〕倩：請求，央求。《三國志·魏書》卷十九：『言出爲論，下筆成章，顧當面試，奈何倩人？』哦：吟詠。宋梅堯臣《招隱堂寄題樂郎中》：『日哦招隱詩，月誦歸田賦。』

〔四〕公治子：公治長，字子長，魯國人，一說齊國人。孔子弟子、女婿。傳說懂鳥語。見皇侃《論語義疏》引《論釋》、《繹史》卷九十五引《留青日札》。

〔五〕泠然：聲音清越激揚貌。《晉書·裴楷傳》：『綽子遐，善言玄理，音辭清暢，泠然若琴瑟。』

〔六〕鄭思宣：生平不詳。康熙二十九年（一六九〇），鄭思宣來韶，與廖燕相識。見廖燕《庚午初冬喜晤鄭思宣快談數夕情見乎詞時因歸閩賦此贈别》（卷二十）。

自題四書私談

燕說《四子書》〔一〕而稱私談者何？蓋將避講學之名也。講學必講聖賢之所以然。世之講學類皆竊宋儒之唾餘〔二〕而掩有之，則是講程朱之學〔三〕，非講孔子之學矣。燕則何敢。嗚呼！自孔子沒至於今，學之不講蓋已二千二百四十餘年矣。今欲揭日月於中天，使聖人之學復明於世，舍孔子其誰與歸？然燕以爲遵孔子，而世則以爲背程朱，燕將奈之何哉！故諱其名曰『私談』，或以爲閒談而置之耶？

【注釋】

〔一〕四子書：指《論語》、《大學》、《中庸》、《孟子》四部儒家經典。此四書是孔子、曾子、子思、孟子的言行錄，故合稱『四子書』。清邵懿辰《儀宋堂後記》：『明太祖既一海內，與其佐劉基，以「四子書」章義試士。行之五百年不改，以至於今。』

〔二〕唾餘：唾沫之餘，比喻他人無甚價值的言論。清袁枚《再示兒》詩：『書經動筆載提要，詩怕隨人拾唾餘。』

〔三〕程朱之學：宋明理學的主要派別。首創者爲北宋程顥、程頤，集大成者爲南宋朱熹。他們提倡性理，認爲理爲宇宙之本原，人性爲理的體現。主張爲學之道在『窮天理，去人欲』，其方法爲『居敬窮理』，既作『敬』的修養功夫，又窮天下萬物之理以致知。因爲他們的學説基本一致，後人稱之爲程朱之學。該學派曾長期保持思想上的統治地位。《元史·儒學傳一·趙復》：『北方知有程朱之學，自復始。』

自題山居詩〔一〕

山固可居，而所居非山，詩曷以山居名？曰從志也。予生平以山水友朋爲性命，然欲隱村莊，則有山水而無友朋；欲往城郭，則有友朋而無山水，可奈何？不得已，商之副墨先生〔二〕，羅天下佳山佳水於毫端〔三〕，使身入其中，而與之晤對終日，侶魚蝦而友麋鹿，志願畢矣，豈非爲人生萬全之事耶？而人猶以空言視之，何哉！語云『過屠門而大嚼，雖不得肉，亦且快意』〔四〕。則茲三十律，便可作煙霞、泉石、勝流、快友觀也。

【注釋】

〔一〕山居詩：見卷二十《山居三十首》。

〔二〕副墨：指詩文、山水畫等。

〔三〕毫端：猶言筆底，筆下。南朝梁庾肩吾《〈書品〉序》：『其轉注假借之流，指事會意之類，莫不狀範毫端，形呈字表。』

〔四〕『過屠門』句：比喻心裏想要而不能得到，只好用不切實際的辦法安慰自己。典出漢桓譚《新論》：

『人聞長安樂，則出門而向西笑；知肉味美，則對屠門而大嚼。』屠門，肉鋪。

李謙三十九秋〔一〕詩題詞

予閲《十九秋詩》不下數十百卷，最後得山陰李君謙三卷，讀之而擊節焉〔二〕。夫四時之序，至秋而一變。萬物在秋之中，而吾人又在萬物之中，其殆將與秋俱變者歟？雖然，秋人所同也，物亦人所同也，而詩則爲一人所獨異，借彼物理抒我心胸，即秋而物在，即物而我之性情俱在，然則物非物也，一我之性情變幻而成者也。性情散而爲萬物，萬物復聚而爲性情，故一撚髭搦管〔三〕，即能隨物賦形，無不盡態極妍〔四〕、活現紙上。此則謙三之詩所爲工也，豈非其性情有大異於人者耶？至其與秋爲緣，有不與秋而俱盡者，又從可知也已。或曰十九首皆物耳，曷言秋？予曰不然。衆人見物而不見秋，吾人則見秋而不見物，非忘物也，物盡變而爲秋也。況天地之秋，一入吾人胸中，又盡變而爲妙理也哉！噫！可以悟謙三十九秋之詩矣。

【注釋】

〔一〕李謙三：清初浙江山陰人。工詩。十九秋：爲省城廣州詩課的題目，見下《朱吟石十九秋詩題詞》。

〔二〕山陰：縣名。含今浙江省紹興市越城區、紹興縣各一部分，位於浙江省中部。擊節：打拍子，形容十分讚賞。《晉書・謝尚傳》：『便著衣幘而舞，導令坐者撫掌擊節。』

〔四〕撚髭：撚弄髭須，形容沉思吟哦之狀。宋梅堯臣《依韻和吴長文舍人對雪懷永叔内翰》詩：『撚髭覓句方傳詠，著樹成花尚舞空。』搦管：握筆，執筆爲文。宋李心傳《舊唐書・令狐楚傳》：『至軍門，諸將環之，令草遺表，楚在白刃之中，搦管卽成。』

〔五〕盡態極妍：容貌姿態美麗嬌豔到極點。盡，極好。態，儀態。妍，美麗。語出唐杜牧《阿房宫賦》：『一肌一容，盡態極妍，縵立遠視而望幸焉。』

朱吟石〔一〕十九秋詩題詞

《十九秋》爲會城詩課〔一〕題，作者不下萬卷，然佳者亦不多覯〔二〕。蓋詠物體，自古難之。予最喜『蒹葭蒼蒼，白露爲霜』之什，每吟諷一過，便覺有一片秋氣襲人衣裾〔三〕。至云『所謂伊人』，不在蒹葭之中，亦不在蒹葭之外，而彷彿於水之一方，豈非畫家所稱傳神正在阿堵〔四〕者耶？詠物之妙，莫妙於是。予卽取以評吟石此卷，其猶在蒹葭秋水之間者乎！吾知讀是詩者，當亦不禁秋氣滿衣裾矣。

【校記】

〔一〕朱吟石：三字底本闕，據康熙本補。

【注釋】

〔一〕會城：省城。《二刻拍案驚奇》卷四：『知縣登時簽了解批，連夜解赴會城。』詩課：作詩的功課。元劉詵《送趙光遠道州寧遠稅使》詩：『詩課書程應不減，東風早送錦衣還。』

〔二〕覯：遇，遇見；看見。《說文·見部》：『覯，遇見也。』

〔三〕衣裾：衣襟，衣服的前後襟。《漢書·張敞傳》：『置酒，小偷悉來賀，且飲醉，偷長以赭汙其衣裾。』

〔四〕傳神正在阿堵：語出南朝宋劉義慶《世說新語·巧藝》：『顧長康畫人或數年，不點目精，人問其故，顧曰：「四體妍蚩，本無關於妙處，傳神寫照，正在阿堵中。」』顧愷之（約三四五—四〇六），字長康，小字虎頭，東晉晉陵無錫（今江蘇無錫）人。畫家。阿堵，六朝及唐人常用的指稱代詞，相當於這、這個。這裏指眼睛。

魚夢堂集題詞

歲戊寅〔一〕春，予得晤門君鶴書〔二〕，驚其年少而多才。時予適有高涼〔三〕之行，匆匆未暇也。迨後還里，始出其所著各種，屬予論定〔四〕。予思詩古文詞與制義，其道少有兼者，即間有之，亦必不能兼善，茲鶴書何其有餘裕哉！予棄制舉業〔五〕而專攻詩古文詞，歷三十載於茲，今已五十有五，猶碌碌無所比數〔六〕。而鶴書年始少壯，少予三十一歲，其著作已精妙，且能兼善若此，予對之方赧然有愧色，尚敢定鶴書之文耶？況鶴書世家子，頃欲赴試都門〔七〕，功名〔八〕其所固有，使至予年，何事不可爲？則其精妙而兼善者將不止是，予則滋愧矣。然鶴書之因此日進不已，則又無俟予言之畢也夫。

【注釋】

〔一〕戊寅：康熙三十七年（一六九八）。

〔二〕門君鶴書：門鶴書，廖燕的後生晚輩，著有《魚夢堂集》。參見廖燕《與門鶴書》（卷十）。

〔三〕高涼：指高州府（治所在今廣東省高州市），轄茂名、信宜、電白、吳川、化州、石城，位於廣東省西南部。東漢末孫權於其地置高涼郡。西晉高興郡併入。

〔四〕論定：編次確定。《後漢書·丁鴻傳》：『肅宗詔鴻與廣平王羨及諸儒樓望、成封、桓郁、賈逵等論定五經同異於北宮白虎觀。』

〔五〕制舉業：指八股文。明范景文《朱吉甫稿敘》：『朱子生平工制舉業，伯仲先後齊聲藝苑。』

〔六〕比數：相提並論。《漢書·司馬遷傳》：『刑餘之人，無所比數，非一世也，所從來遠矣。』

〔七〕都門：本指都城城門，這裏借指都城。元揭傒斯《送宋少府之官長洲》詩：『白髮長洲尉，都門萬里船。』

〔八〕功名：舊指科舉稱號及官職名位等。金董解元《西廂記諸宫調》卷三：『不以功名爲念，五經三史何曾想。』

自題刻稿

居恒多愁，弄筆破悶。舉以示人，舌撟〔一〕而首不點，此耳之過耳。耳有成習，而目遂爲所掩。夫璞〔二〕未有不欲自見其寶者，而見棄於途人，則習者寡也。然人日習粟而知粟矣，又鮮能知味者，何哉？物莫賤於所知，而寶於所不知。因題以刻焉，此豈有習之者乎？習不習則任之，吾惟寶吾寶。

林草亭曰：自解自賞，自賞自解，滿肚不平俱於一百零七字內寫盡，煞是異事。其轉折處真具異樣神力，不啻一句一轉，直一字一轉矣，求之古人名集中亦不能多得。

【注釋】

〔一〕舌撟：舌頭舉起。形容驚異的樣子。

〔二〕璞：蘊藏有玉的石頭。《韓非子·喻老》：「宋之鄙人得璞玉而獻之子罕。」

蘭譜題詞〔一〕

天下茫茫，誰爲知己？若己幸遇其人，又安可使或疎也耶？予性命非他，良朋即是，閒居寡懽，若得二三同調常常過從〔二〕，人生樂事何以踰此。而無如〔三〕天涯散處，聚晤惟艱，況其中已有作古人者。時一念及，曷勝浩歎！用假副墨以訂同堂〔三〕，每遇花晨雨夜，展卷讀之，如拉我故人於酒罏〔四〕茗椀間，促膝聯牀，共話千古，庶幾稍慰予懷也乎？題曰《蘭譜》，蓋取譜牒之義，以略傳其生平梗概云。

【校記】

〔一〕本篇,底本闕,據文久本補。

【注釋】

〔一〕過從: 互相往來,交往。唐李公佐《南柯太守傳》: 『時生酒徒周弁、田子華並居六合縣,不與生過從旬日矣。』

〔二〕無如: 無奈。清李漁《閒情偶寄·頤養部·卻病》: 『敵已深矣,恐怖何益?「剪滅此而朝食」,誰不欲爲? 無如不可猝得。』

〔三〕訂: 評議。《說文·言部》: 『訂,平議也。』同堂: 同處一堂之人。

〔四〕酒爐: 卽酒壚,安置酒甕的砌檯。宋司馬光《和任屯田感舊敘懷》詩: 『酒爐那得重經過,年華易度隲塵影。』

廖燕全集校注卷六

疏引

地藏閣〔一〕募建大殿疏

某月日，有友某屬予作《募建地藏閣大殿疏》，予諾之，拈筆欲書，已〔二〕復閣筆沉思。憶予曩曾步城南隅，入一刹，茅僅蓋頭，佛像剝落，僧皆椎魯〔三〕老瘦。忽聞伊唔聲出自櫺〔四〕隙，則爲友某嗣君〔五〕讀書處，今所謂地藏閣者，豈卽其地耶？噫！難矣。世人之情，類非木訥椎樸〔六〕之僧所能動，皆習於智巧便佞〔七〕，或假當事〔八〕所爲詩文薦牘〔九〕，以爲先容〔一〇〕之具，而其人爲勢焰〔一一〕所存，世人或不信佛，而信其人勝於信佛者，僧與予皆非其人也。

然予聞地藏閣其先爲曹源庵，在城外相江〔一二〕滸，魚磬〔一三〕濤聲，亙相和答，頗爲遊屐〔一四〕所戀之地。兵燹〔一五〕之後，化爲灰燼。今以其地不可居，來結龕〔一六〕於此。卑隘湫〔一七〕狹，遊屐不復一及。豈炎涼勢利亦可施之於佛，抑佛法圓通，多方救度亦隨俗炎涼勢利，而世非炎涼勢利，遂不足以爲人耶？顧世多不能或免於此者則何也？

佛以因果〔一八〕設教，入人最深。曹源之庵，復爲地藏之閣，豈亦有因有果者在歟？雖然，佛不在因果，而人之施舍亦不關於佛，故有因僧而舍，與因當事而舍，而斷無有因佛而舍者。若因佛而舍，當需智巧便佞之僧與當事之詩文薦牘也哉？則今日之僧與予之文或可以募，未可知也。爲疏其略以勸云。

吴大章〔一九〕曰：佛法世法，爛熟於胸中，乃有此文。

【注釋】

〔一〕地藏閣：位於今廣東省韶關市中山路與東堤北路相交處附近。後遷於今韶關市北江路附近。

〔二〕已：後來，過了一些時間，不多時。明歸有光《項脊軒志》：『庭中始爲籬，已爲牆。』

〔三〕椎魯：愚鈍，魯鈍。宋蘇軾《六國論》：『其力耕以奉上，皆椎魯無能爲者。』

〔四〕櫺：舊式房屋的窗格。金董解元《西廂記諸宫調》卷三：『早是夢魂成不得，濕風吹雨入疎櫺。』

〔五〕嗣君：稱别人的兒子。

〔六〕椎樸：樸實。明唐順之《贈宜興令馮少虚序》：『其俗椎樸而尚親，重於去田畝而怯於犯法。』

〔七〕便佞：巧言善辯，阿諛逢迎。《晉書・楊駿傳》：『公誾便佞，心乖雅正。』

〔八〕當事：當權者。明史可法《致副總馬元度書》：『又虞當事夙倚，以此開嫌，幾欲别有借重，而躊躇未果。』

〔九〕薦牘：　推薦人才的文書。《元史·虞集傳》：　『一日邀集過其家，設宴酒半，出薦牘求集署，集固拒之，祖常不樂而罷。』

〔一〇〕先容：　本謂先加修飾，後引申爲事先爲人介紹、推薦或關説。語出《文選·鄒陽〈於獄中上書自明〉》：『蟠木根柢，輪囷離奇，而爲萬乘器者，何則？　以左右先爲之容也。』《舊唐書·柳亨傳》：　『恐近習之人爲其先容，有謬於陛下也，惟陛下熟思而察之。』

〔一一〕勢焰：　權勢和氣焰。《新唐書·韋渠牟傳》：　『帝既偏於任聽，士之浮競甘進者争出其門，赫然勢焰可炙。』

〔一二〕相江：　又作湘江，即湞江。乾隆《大清一統志·韶州府》：　『東江，一名始興水，一名湘江，以晉置湘州故也。在曲江縣。』《曲江縣志》卷四：　『東江，舊名湞水，即城外東河……一名始興水。又晉置湘州稱湘江。』廖燕《相江書院記》（卷七）有個解釋：　『相江云者，以邑人張公九齡曾相開元云。』湞江是北江的上游部分，發源于江西省信豐縣，流入廣東省境後經南雄、始興、湞江、曲江等縣市區，在韶關市區沙洲尾與武江匯合後稱北江。

〔一三〕魚磬：　木魚和僧磬的合稱。木魚，佛教法器。爲僧尼誦經禮佛、化緣時敲打以調音節的響器，用木頭做成，中間鏤空，呈圓狀魚形。相傳佛家謂魚晝夜不合目，故刻木像魚形，用以警戒僧衆應晝夜忘寐而思道。僧磬，佛寺中使用的一種缽狀物，用銅鐵鑄成，既可作念經時的打擊樂器，亦可敲響集合寺衆。明郭金臺《秋同石琬伯仲琳諸子遊坤月精舍》：　『山僧門掩數竿竹，魚磬無聲瓜果熟。』

〔一四〕遊屐：　典出《宋書·謝靈運傳》：　『（謝靈運）尋山陟嶺，必造幽峻，巖嶂千重，莫不備盡。登躡常著木屐，上山則去前齒，下山去其後齒。』後以『遊屐』指遊玩山水。

〔一五〕兵燹：因戰亂而造成的焚燒破壞等災害。《宋史·神宗紀二》：『丁酉，詔：岷州界經鬼章兵燹者賜錢。』

〔一六〕龕：僧徒的塔狀盛屍器。唐貫休《送人歸夏口》：『倘經三祖寺，一爲禮龕墳。』

〔一七〕湫：（地勢）低下，低窪。《新唐書·宦者傳下·李輔國》：『陛下以興慶宫湫陋，奉迎乘輿還宫中。』

〔一八〕因果：佛教語。謂因緣和果報。根據佛教輪回之說，種什麼因，結什麼果：善有善報，惡有惡報。《涅槃經·遺教品一》：『善惡之報，如影隨形，三世因果，循環不失。』宋葉夢得《避暑錄話》卷上：『積善之家，必有餘慶；積不善之家，必有餘殃，則因果報應之說，亦未嘗廢也。』

〔一九〕吳大章：又作吳太章，清初江南江都縣人。多奇負氣，好遠遊，曾至廣東探韶石。參見廖燕《蘧廬歌贈吳太章》（卷十八）。

募別建大廟峽〔一〕神廟疏

大廟峽居湞陽、清遠二峽〔二〕之中，號稱最險，而神之血食〔三〕於此峽，視他處爲最靈。以最靈之神，而居最險之地，則其廟貌〔四〕之巍峨，威儀之淵穆〔五〕，與夫男女尊卑森然而有序，所以起往來之瞻禮〔六〕，肅然加敬而罔敢隕越〔七〕者，亦宜視他處爲更嚴。

按，廟碑稱神虞姓，英州人，生禦黄巢有功，卒後復顯靈殺賊，累封顯祐正順惠妃夫人〔八〕。相傳某年見夢韶之商人，立廟於此。中坐夫人像，旁坐男神像者三。或曰此洪聖大王〔九〕者，予心竊怪之。傳云男女有别，雖神之靈，以神不以形，固非男女之相所能拘泥者，然古稱神道設教〔一〇〕，則人之視神，無異乎人之視人。今巾幗衣冠〔一一〕，雜然混施，似不無褻瀆之嫌。況禮以專祀爲敬，廟既以惠妃爲主祀，而復配以他神，賓主固不自安，不安而且以褻焉，不敬孰甚！

予友周子象九之見與予同，欲别立一廟以安洪聖諸神，而專祀惠妃之像於原祠，屬予一言，予惟天下之敬，惟禮别男女而定一尊，合乎情而止乎禮，莫大乎是。則凡往來瞻禮，肅然加敬而罔敢隕越者，固當更上一瓣香〔一二〕也。

姚粲吉曰：祠廟文字，不難於正大鄭重，而難於典故關係。篇中極得此意，筆力遒勁，亦酷似昌黎〔一三〕。

【注釋】

〔一〕大廟峽：位於今廣東省英德市黎溪鎮南面的北江河段，全長約六公里，兩岸高山對峙，山勢險要，最窄處僅一五〇米。在飛來峽大壩建成前，這裏水流湍急，岸邊建有祈求平安的廟宇，故得名大廟峽。清林述訓等修《韶州府志》卷十二：『大廟峽，舊名大冢峽，一曰香爐。縣西南五十里。上有峽山廟，祀虞夫人。宋嘉祐間轉運使榮諲嘗搆棧閣七十間，由峽直下清遠。張俞有《峽山棧道記》刻石。』

〔二〕湞陽峽：位於廣東省英德市以南三〇公里的連江口鎮境內的北江河段。峽長一〇公里，兩岸崖石壁立，最窄處僅一〇〇米左右。明、清時在崖壁均開鑿修建有棧道和橋樑，今道旁留有二〇多篇摩崖石刻。《韶州府志》卷十二：『溱水歷皋石、太尉二山之間是曰湞陽峽。長二十里，兩崖峙立，一水中流，猿鳥莫踰，舟楫艱阻。

峽内牛牯灘、抄石灘、釣魚臺舊稱險峻，而釣魚臺尤爲至險，絶無蹊徑。明府判符錫沿崖開道，黎遂球過此有記。國朝康熙初，平南王尚可喜改修，嘉慶間總督阮元重修。』清遠峽：又名中宿峽、飛來峽，位於清遠市區東面的北江河段，呈東西走向，全長九公里，最窄處爲三十六米。因峽谷北岸有古寺飛來寺故又名飛來峽。清李文烜修、朱潤芸等纂《清遠縣志》卷三：『峽山在城東三十里，一名中宿峽。崇山峻峙，中通江流。』

〔三〕血食：謂受享祭品。古代殺牲取血以祭，故稱。《漢書·高帝紀下》：『故粤王亡諸世奉粤祀，秦侵奪其地，使其社稷不得血食。』顔師古注：『祭者尚血腥，故曰血食也。』

〔四〕廟貌：指廟宇及神像。語出《詩·周頌·清廟序》鄭玄箋：『廟之言貌也，死者精神不可得而見，但以生時之居，立宫室象貌爲之耳。』三國蜀諸葛亮《黄陵廟記》：『廟貌廢去，使人太息。』

〔五〕淵穆：極其美好。《西京雜記》卷四引漢枚乘《柳賦》：『君王淵穆其度，御羣英而翫之。』《文選·班固〈典引〉》：『有於德不台淵穆之讓，靡號師矢敦奮撝之容。』蔡邕注：『淵穆，深美之辭也。』

〔六〕瞻禮：瞻仰禮拜。宋孔傳《東家雜記·姓譜》：『因駐蹕升堂，瞻禮神像，一如夢中所見者。』

〔七〕隕越：猶冒犯，違反。前蜀杜光庭《代人請歸姓表》：『伏乞聖慈許臣却還本姓。干冒宸嚴，無任待罪，望恩涕泗隕越之至。』明劉宗周《王母司馬氏六十壽序》：『于是王子起而再拜稽首曰：「是可以壽吾母。式不敏，其敢隕越明訓以遺母羞？」』

〔八〕顯祐正順惠妃夫人：虞氏，名不詳，廣東英德人。在與黄巢農民起義軍的戰鬥中戰死。《韶州府志》卷三十七：『虞氏者，邑之虞灣人。唐末黄巢破西衡州，其夫爲寨將，與賊戰死，虞氏躬擐甲冑，率昆弟及鄉兵迎戰。巢賊遂北，虞氏亦死之。鄉人徐志道等立廟祀之，號寨將夫人祠。其後，叛兵峒寇爲亂，禱之輒應。或見夫人衣紅衣，率兵而行，寇輒驚潰，蓋其貞魂義魄猶能破賊云。』累封顯祐正順惠妃夫人。

〔九〕洪聖大王：南海之神。唐天寶中冊封爲廣利王，宋康定二年加號洪聖。韓愈《南海神廟碑》：『海於天地間，爲物最鉅。自三代聖王，莫不祀事，考於傳記，而南海神次最貴，在北東西三神、河伯之上，號爲祝融。天寶中……冊尊南海神爲廣利王……因其故廟，易而新之，在今廣州治之東南，海道八十里，扶胥之口，黄木之灣。』清李福泰修、史澄等纂《番禺縣志》卷十七：『南海神廟……建自隋世。唐封廣利王，宋康定二年加號洪聖。』

〔一〇〕神道設教：利用神鬼之道進行教化。《易・觀・彖傳》：『聖人以神道設教，而天下服矣。』孔穎達疏：『聖人法則天之神道，本身自行善，垂化於人，不假言語教戒，不須威刑恐逼，在下自然觀化服從。』

〔一一〕巾幗：古代婦女的頭巾和髮飾。後因以爲婦女的代稱。明沈璟《義俠記・征途》：『鬚髯輩，巾幗情，人間羞殺丈夫稱。』衣冠：衣服和帽子。古代士以上戴冠，因用以代稱縉紳、士大夫。《漢書・杜欽傳》：『茂陵杜鄴與欽同姓字，俱以材能稱京師，故衣冠謂欽爲「盲杜子夏」以相別。』顏師古注：『衣冠謂士大夫也。』

〔一二〕一瓣香：一炷香。一瓣，即一炷。佛教禪宗長老開堂講道，燒至第三炷香時，長老即云這一瓣香敬獻傳授道法的某某法師。後以『一瓣香』指師承或仰慕某人。宋陳師道《觀兖文忠公家六一堂圖書》詩：『向來一瓣香，敬爲曾南豐。』曾鞏，字南豐，爲陳師道的老師。

〔一三〕昌黎：即韓愈。

募修清遠峽路疏

自英州舟行三十餘里，至湞陽以迄大廟，皆雙峙夾流。惟清遠峽尤號稱最險，旁有小徑，爲牽夫郵傳〔一〕必經之地，其間艱危萬狀，有非言語所能形容者。國朝康熙元年〔二〕，爲尚藩鳩工修葺〔三〕，一時賴安。歷今三十餘年，傾圮已甚，行路輒有蹶趨挫折〔四〕顛墜之患。

予心竊念之，嘗思天地好奇，至造物而止，匪獨崑崙華嶽與夫黄河洞庭鄱陽諸大觀，固以雄絶見奇，卽一丘一壑，亦靡不窮幽極渺，以騁其怪奇倜儻之才。如茲峽之巉峭欹險，豈非天地間之一奇者歟！然天地固好奇，嘗留缺陷以待人之自效，使能出其智力以補天地之缺陷，則其人遂可與造物同功。故古來聖賢英傑，皆補天地之缺陷之人。人惟不能補缺陷之天地，遂爲天地之所缺陷，非廢人則庸人已耳。嗚呼！天下之爲廢庸者多矣，可勝歎耶！

今峽以巉峭欹險而成天地之奇，天地遂以巉峭欹險而成峽路之缺陷。予以缺陷視峽路，卽以修補望諸同人。巉者以階，峭者以磴，欹險者以橋梁，轉峽路之缺陷爲造物之盪平〔五〕，此豈廢庸之人所能勝其任者？天下之不爲廢人庸人，則必爲聖賢英傑，不特天地不得以缺陷加我，而我且可修補乎天地，將天下之事，爲予之所欲爲，則凡世之待予而效其智力者，又寧獨一峽路乎哉！或曰峽路其小者耳，曷足異？予曰不然，吾人處此缺陷世界，皆當作如是觀，有何不可？

魏和公先生曰：作文祇爭想頭。想頭既異，下筆自奇。篇中以補天地缺陷立言，如此落想，豈啻高踞題巔。從此隨手寫去，自然節節入妙。此是柴舟真才實學文字，他人胡可易到。

【注釋】

〔一〕郵傳：指驛丞、驛吏等人員。《舊唐書・傅仁均傳》：『夫太陽行於宿度，如郵傳之過逆旅。』

〔二〕康熙元年：一六六二年。

〔三〕尚藩：指尚可喜（一六〇四—一六七五），清初藩王，鎮廣東。字元吉，號震陽，遼東人。本明將，後降清。鳩工：召集工匠。宋徐鉉《池州重建紫極宮碑銘》：『自某年月鳩工，至某年月訖事。』

〔四〕蹶趨：失腳，跌倒。《孟子・公孫丑上》：『志壹則動氣，氣壹則動志也。今夫蹶者趨者，是氣也，而反動其心。』漢趙岐注『今夫行而蹶者，氣閉不能自持，故志氣顛倒。顛倒之間，無不動心而恐矣。』挫折：摧折，損傷。明康海《香羅帶・離思》套曲：『便做挫折金鍼，也解不得我愁腸千萬結。』

〔五〕盪平：平坦。明李贄《答鄧石陽書》：『世間蕩平大路，千人共由，萬人共履。』

祝聖庵〔一〕募緣疏

庵在邑西蒙茸〔二〕竹荻間，若復頹敗，亦衹如花開花落耳，而獨不能無關心於予輩。境與予讀書山房〔三〕近，愛其僧眾椎樸〔四〕，無市廛募謁奢遮〔五〕之習，似除飲食農圃外無一事者。

予嘗從容過談，見一僧從遠岫煙靄中肩松秧數百株，約長尺許，云種簷側取蔭。至今松已高於屋，猶憶其時僧某請予作《募造佛殿疏》，予首肯之。時方奔走衣食未暇，今倦遊來歸，徐步松下，而僧復以前事請。噫，豈知此已爲數十年前語耶！猶憶予數年前持詩文謁諸達者，無異僧持疏募勸，而落拓〔六〕如故，顧自言不驗，尚能代人驗之乎？予於此正不得不關心耳。偶一童子據座撚串珠，呢喃〔七〕誦佛號爲戲，有稱南無釋迦牟尼文佛者，予恍然久之。予嘗以筆墨作佛事，悲感寂悟，感悟之極，文卽是佛，天下豈有勝佛之人哉！文不能勸，佛或足動之耳。佛自知文，人自信佛，況僧以文故俟予十數年無怠，積誠不移，物猶可感，況人乎？

庵左有流泉，清可鑒髮，予嘗吟詠其上，遊魚數十，立波際不動，突而騰躍噞喁〔八〕不已，似喜予吟者。予語僧曰：是可以募矣。

魏和公先生曰：幽泠似陸龜蒙〔九〕，是一篇世外文字。

【注釋】

〔一〕祝聖庵：位於今廣東韶關市武江區武江西岸。清張希京修《曲江縣志》卷十六：『祝聖庵、眞武堂俱在河西。』

〔二〕蒙茸：雜亂貌。《史記·晉世家》：『狐裘蒙茸，一國三公，吾誰適從？』裴駰集解引服虔曰：『蒙茸以言亂貌。』

〔三〕山房：指綠匪山房，位於今韶關市區五祖路附近。廖燕《綠匪山房記》（卷七）：『蓉之麓，武溪之涯，古仁壽臺之南偏……則彭君彤輔之綠匪山房也。』廖燕《芥堂記》（卷七）：『而邑西南三里名綠匪山房者，亭沼竹樹，周遮蓊鬱，尤稱勝蹟。』

〔四〕椎樸：樸實。明唐順之《贈宜興令馮少虛序》：『其俗椎樸而尚親，重於去田畝而怯於犯法。』

〔五〕奢遮：猶言了不起。《朱子語類》卷三六：『孟子便道如欲平治天下，當今之世舍我其誰也。便説得恁地奢遮。』

〔六〕落拓：貧困失意，景况淒涼。唐李郢《即目》詩：『落拓無生計，伶俜戀酒鄉。』

〔七〕呢喃：小聲絮語。《玉篇·口部》：『呢喃，小聲多言也。』清倪濤《六藝之一錄·歷朝書譜九十三》：『衹緣皎潔還驚俗，細聽呢喃始識君。』

〔八〕嚅唼：嘴巴翕動貌。嚅，口微動。唼，水鳥或魚吃食。

〔九〕陸龜蒙（？—約八八一）：字魯望。唐長洲人（今江蘇蘇州）人。唐代文學家。見《新唐書》卷二百十九本傳。

募助經廳馮公丁艱〔一〕旋里疏

康熙三十二年，錢塘馮君彦衡授經歷韶州府事，尤見重於太守陳公〔二〕。公有所建立〔三〕，政治大小，無不與君規畫商確，無弊而後行，行則上下稱善。君以贊襄〔四〕爲職，公之善即君之善者，非耶？未幾，公以兹歲丙子〔五〕卒於京邸，士民奔走號弔，燕尤哭之慟。

時君亦以内艱〔六〕解任，至赤貧無以歸里。廉吏可爲而不可爲，信有然歟！君明敏練達，所歷名公巨卿，爭先折節下交。嘗與燕談用人、鹽課、錢法諸大政，皆鑿鑿可見之實用，則君信非百里才〔七〕者。夫才而廉，與不才而廉者有間矣，况不才而不廉。則才而廉者，其有德於斯民爲何如耶？上既以仁懷下，則下宜以義報上。傳稱劉寵爲會稽守〔八〕，致政〔九〕歸，衆爭斂錢爲贈，寵袖一錢而去，時號一錢太守。茲屬予欲斂錢，以助君行。

按，韶戶口不下十餘萬，人以一錢爲率，可得百緡〔一〇〕有奇，取不傷廉，而與不傷惠，而屬疏於燕。燕謂此舉有三善焉：急人之急，而有以濟其不足，可以勸義；奔喪數千里，而得賻〔一一〕爲助，足以了大事而無難，可以勸孝；受人之德而不忘所報，使人知愛民爲有益，可以勸廉。燕因痛公之去我，而更歎君之廉而無以爲歸也。於是疏其略如此，以告世之急義者。

【注釋】

〔一〕經廳：官名，即經歷。知府的屬官，主管出納文書事。《二十年目睹之怪現狀》第九十五回：「當時奉了札子，府經廳便來請了他到衙門裏去。」丁艱：遭逢父母喪事。舊制，父母死後，子女守喪，三年内不做官，不婚娶，不赴宴，不應考。《晉書·周訪傳》：「初，陶侃微時，丁艱將葬，家中忽失牛而不知所在。」馮公：馮彥衡，清初錢塘人。康熙三十二年，任韶州府經歷。尤見重於知府陳廷策。政事大小，無不與馮彥衡規畫商確，無弊而後行，行則上下稱善。

〔二〕陳公：指陳廷策。詳見卷三《易簡方論序》注〔六〕。

〔三〕建立：猶建樹。宋張耒《雙槐堂記》：「是以古之循吏皆能有所建立。」

〔四〕贊襄：輔助，協助。語本《書·皋陶謨》：「皋陶曰：『予未有知，思曰贊贊襄哉？』」

〔五〕丙子：康熙三十五年（一六九六）。

〔六〕內艱：遭母喪。唐楊炯《原州百泉縣令李君神道碑》：『君年十一，丁內艱。』

〔七〕百里才：治理一縣的人才。古時一縣轄地約百里，因以百里爲縣的代稱。《三國志·蜀書》卷七：『吳將魯肅遺先主書曰：「龐士元非百里才也，使處治中、別駕之任，始當展其驥足耳。」』

〔八〕劉寵：字祖榮，東萊牟平（今山東省煙臺市牟平區）人。《後漢書·循吏列傳》：『（劉寵）又三遷拜會稽太守。山民願朴，乃有白首不入市井者，頗爲官吏所擾。寵簡除煩苛，禁察非法，郡中大化。徵爲將作大匠。山陰縣有五六老叟，龐眉皓髮，自若邪山谷間出，人齎百錢以送寵。寵勞之曰：「父老何自苦？」對曰：「山谷鄙生，未嘗識郡朝。它守時吏發求民間，至夜不絕，或狗吠竟夕，民不得安。自明府下車以來，狗不夜吠，民不見吏。年老遭值聖明，今聞當見棄去，故自扶奉送。」寵曰：「吾政何能及公言邪？勤苦父老！」爲人選一大錢受之。』

會稽：郡名。秦置，東漢時相當於今浙江省大部及福建省大部地。治所在今浙江省紹興市。

〔九〕致政：猶致仕，指官吏將執政的權柄歸還給君主。《禮記·明堂位》：『七年，致政於成王，成王以周公爲有勳勞於天下。』

〔一〇〕緡：計量單位。古代把銅錢穿成串，每串一千文，稱爲一緡。晉王嘉《拾遺記·晉時事》：『因墀國獻五足獸，狀如師子；玉錢千緡，其形如環。』

〔一一〕賻：助人辦喪事的錢。《玉篇·貝部》：『賻，以財助喪也。』《公羊傳·隱公元年》：『車馬曰賵，貨財曰賻。』

募造佛像疏

歲乙亥〔一〕正月日，予方晨起，忽有僧投刺〔二〕，稱江西南昌自如禪林〔三〕僧某，請題募造佛像疏。予念身爲儒者，乃爲釋氏作乞言，似不合，欲辭不得。因憶昨曾於某處見此僧禮拜佛像，簾幕玲瓏，鏡燈掩映，若相識然者。及詢巔末〔四〕，始悟爲夢之故，予恍惚久之。夜成夢而僧朝至，豈偶然耶，抑佛之靈耶？

佛以像立教〔五〕，雖與儒異，至其大處，又未嘗不同。吾儒以萬物爲一體，佛氏則以一體而爲百千萬億體，故云千百化身，一身可爲百千萬億身，而百千萬億身總不離一身。然佛不能自爲莊嚴〔六〕，而恒待人爲之莊嚴，以佛無我相〔七〕故。佛無我相，而吾人亦可以無人相〔八〕，則我爲佛莊嚴，無異自爲莊嚴。去人我而證圓通道〔九〕，莫捷於此者。使人人悟此，即立地成佛〔一〇〕不難，況佛像之易易〔一一〕，有不應聲而奏效也哉？雖然，佛以一身而爲百千萬億身，而吾儒又何妨以萬物一體之心，成佛氏百千萬億之身，則以筆墨作佛事是也。

予嘗以筆墨作佛事，言之驗否未可知，但僧某自江西來，與予素未謀面，而獨識之夢中，似不爲無因者。則予今日身雖爲儒，代釋氏作此募疏以告同人，而了夢中之緣，有何不可？

李非庵曰：以吾輩代僧作募疏，似難措詞。此獨儒釋大處，顛倒離合，説來無不節節入妙。文妙耶？抑理妙耶？予幾無以測之。彼以闢佛〔一二〕爲高者，正未夢見此事耳。

【注釋】

〔一〕乙亥：康熙三十四年（一六九五）。

〔二〕投刺：投遞名帖。《南史・蔡廓傳》：『乃遣吏部尚書徐勉詣之，停車三通，不報。勉笑曰：「當湏我召也。」遂投刺，乃入。』刺，名帖。

〔三〕自如禪林：未詳。

〔四〕巔末：從開始到末尾，謂事情的全過程。明張介賓《景岳全書・呑酸》：『倘不能會其巔末而但知管測一斑，又烏足以盡其妙哉。』

〔五〕佛以像立教：相對於儒教之稱『名教』，而佛教拜佛像，故稱；佛教之教化，稱爲『像化』。見《俱舍頌疏》卷一。

〔六〕莊嚴：指建築寺塔，裝飾佛像。清高士奇《金鰲退食筆記》卷上：『康熙己未地震，白塔頽壞，次年重建，加莊嚴焉。』

〔七〕我相：佛教語。我、人等四相之一。指把輪回六道的自體當作真實存在。佛教認爲是煩惱之源。《金剛經・大乘正宗分》：『若菩薩有我相、人相、衆生相、壽者相，即非菩薩。』

〔八〕人相：佛教語。指一切衆生外現的形象狀態。《老殘遊記續集遺稿》第五回：『《金剛經》云：「無人相，無我相。」世間萬事皆壞在有人相、我相。』

〔九〕人我：佛教語。人相和我相並稱的略語。爲人我四相中之二相。清吳偉業《贈蒼雪》詩：『人我將無同，是非空諸所。』圓通：佛教語。謂悟覺法性。圓，不偏倚；通，無障礙。《楞嚴經》卷三：『阿難及諸大衆，蒙佛開示，慧覺圓通，得無疑惑。』

〔一〇〕立地成佛：佛教禪宗謂人人皆有佛性，積惡之人轉念爲善，即可成佛。《五燈會元》卷十九：『廣額正是箇殺人不眨眼底漢，颺下屠刀，立地成佛。』立地，立刻；即時。唐呂巖《五言》詩之十：『耄年服一粒，立地變沖童。』

〔一一〕易易：容易。《禮記·鄉飲酒義》：『吾觀於鄉，而知王道之易易也。』

〔一二〕闢佛：斥佛教，駁佛理。宋胡寅《崇正辨序》：『《崇正辨》何爲而作歟？闢佛之邪説也。』

會龍庵〔一〕募建接衆寮房疏

會龍爲丹霞接衆下院〔二〕，已三十餘年於兹矣。顧寮房〔三〕狹隘，有接衆之名而無其實，豈非有主者責耶？適漸登上人〔四〕來主此院，以是爲憂。然寮房雖狹，地頗有餘，欲於大殿西偏建殿寮若干間，以供大士〔五〕，以安僧衆，而屬予一言。

予思釋氏以慈悲立教，視天下如一家，視一家如一身，更不惜其心力以接待四方，使其不饑不寒而後即安，與吾儒博施濟衆之道何異？然吾儒施能博，衆能濟，雖堯舜猶病。杜少陵〔六〕云：『安得廣厦千萬間，大庇天下寒士俱懽顔。』亦不過徒託之空言而已。託之空言，曷若見之實事。從來聖賢經世〔七〕，功不必自己成，業不必自己立，天下已隱受其福，而功名遂無有出吾之右者，蓋得其道故也。得其道，大可利濟天下，小亦可利濟一身。則以釋氏接衆之舉，不妨引爲吾儒小試行道之端。千間大廈，與一把蓋頭，異事同心，更可同心共濟，此亦事有其宜，理無不實。人第知天下不可以空言欺者，豈知施濟之道有不外此而即得也哉？雖然，施言施財，各有消歸〔八〕。

丹霞爲吾郡名勝，僧俗往來，靡不藉此院爲居停。擴充此院，無異標勝丹霞。吾知必有聞風而慨然者，則予今日此一篇文字，齊當去聲讀與丹霞先上一瓣香也已。

【注釋】

〔一〕會龍庵：詳見卷三《冶山堂文集序》注〔四〕。

〔二〕丹霞：丹霞山，在廣東韶關市仁化縣城南九公里，錦江東岸。主峯寶珠峯。詳見卷四《劉五原詩集序》注〔一四〕。下院：僧寺的分院。元程文海《疎山白雲禪寺修造記》：『自住之住是山也於今八年矣，一年而僧堂改觀；二年而宮殿塗塈，丹雘莊嚴，像設供養之工畢舉；三年作下院於撫州，又作於金溪縣。』

〔三〕寮房：本指簡陋住房，引申指寺廟中的僧舍。清方苞《重建潤州鶴林寺記》：『程生感焉，次第修築。數年，殿宇、門廡、寮房、齋厨畧具。』

〔四〕漸登上人：清初僧人，曾入主丹霞山別傳寺下院會龍庵。

〔五〕大士：對高僧的敬稱。宋楊億《婺州開元寺新建大藏經樓記》：『大士繼生，廣譯五天之語。精廬錯峙，竝緘三藏之文。』

〔六〕杜少陵：杜甫（七一二—七七〇），字子美，自號少陵野老，唐河南鞏縣（今河南省鞏縣）人，祖籍襄陽。初舉進士不第，遂事漫遊。後困居長安近十年，以獻《三大禮賦》，待制集賢院。安祿山亂起，杜甫走鳳翔，上謁唐肅宗，拜左拾遺。從還京師，尋出爲華州司功參軍。棄官客秦州、同谷，移家成都。後依節度使嚴武，武表爲檢校工部員外郎，故世稱杜工部。唐代宗大歷中，攜家出蜀，客居耒陽，病卒於湘江舟中。杜甫與李白並稱『李杜』，後人又稱其爲『詩聖』，稱其詩爲『詩史』。有《杜工部集》。見《舊唐書》卷二百、《新唐書》卷二百一十四本傳。

〔七〕經世：治理國事。唐陳子昂《感遇》詩：『吾愛鬼谷子，青溪無垢氛。囊括經世道，遺身在白雲。』

〔八〕消歸：貢獻。宋釋延壽集《宗鏡録》卷一：『又若欲研究佛乘，披尋寶藏。一一須消歸自己，言言使冥合真心。』

資福寺〔一〕募修佛殿疏代

資福古刹，在郡城之東隅〔二〕，爲城中五大寺之一。相傳創自唐朝，廢興不一，亦時勢然也。然廢雖屬天時，而興實藉人力。康熙丙辰〔三〕歲，爲榷部劉公捐資鼎新〔四〕，歷今已二十餘年於茲矣。此已值廢而望興之時也，顧將何以爲詞乎？

某嘗思寺名資福，則福也者，豈非世人所稱富貴功名、子孫壽考者耶？佛經云：求富貴得富貴，求功名得功名，以至求子孫壽考，無不得子孫壽考。凡世人之所欲得者，皆爲佛菩薩之所樂與。人亦安可無資於佛乎哉？雖然，世人以榮顯爲富貴功名，以盛大久長爲子孫壽考，佛亦以莊嚴爲富貴功名，以歷劫〔五〕不壞爲子孫壽考，有異事，無異情，有異情，無異理。佛既資人以榮顯，資人以盛大久長，人又當資佛以莊嚴，資佛以歷劫不壞，則爲佛重新梵刹〔六〕是也，是之謂交相資，故曰資福，豈不然歟？

今此刹日就頹敗，若不急爲修葺，則將來不無傾圮之虞，墮前人之功而失相資之義，莫此爲甚。某爲此懼，用是敢告諸大檀越〔七〕，願以莊嚴施佛菩薩，以歷劫不壞施佛菩薩，使佛菩薩所得於世人，亦如世人欲得之佛菩薩者，則天道好還，施無不報，而諸大檀越之得富貴功名與子孫壽考，又寧待老僧饒舌也哉？

王孔昭〔八〕曰：確是募緣聲口，然不曾另起爐竈，只將題中『資福』二字詮釋一番，便成一篇妙文。文心亦如神龍出没，得點水便可飛騰，真不須向大海裏去纔見本事也。又云：佛亦不離富貴功名，亦不離子孫壽考，説得鑿鑿可據。雖使佛菩薩復生，亦當無詞以答。妙理奇文，世豈多有。

【注釋】

〔一〕資福寺：位於今韶關市區中山路與西堤北路交匯處附近。清張希京修《曲江縣志》卷十六：『資福寺在九成坊，宋嘉泰間創。國朝康熙乙卯，榷關劉際亨，住持僧義廣重修，有碑記。』

〔二〕東隅：此處有誤，應作『西隅』。資福寺在九成坊，九成坊在縣治西北。見清張希京修《曲江縣志》卷七。

〔三〕丙辰：康熙十五年（一六七六）。

〔四〕榷部劉公：指劉際亨。工部清吏司主事，康熙十四年（一六七五）至韶任榷關，同年重修資福寺。見清林述訓等修《韶州府志》卷五、《曲江縣志》卷十六。鼎新：修繕。唐高適《陳留郡上源新驛記》：『迨兹郵亭，俯視頹朽，何逼側蹇淺，不稱其聲。將圖鼎新，豈曰仍舊。』

〔五〕歷劫：佛教語，宇宙在時間上一成一毁叫『一劫』。經歷宇宙的成毁爲『歷劫』。後統謂經歷各種災難。南朝梁沈約《爲文惠太子禮佛願疏》：『歷劫多幸，夙世善緣。』

〔六〕梵刹：泛指佛寺。梵，意爲清淨；刹，意爲地方。唐唐彦謙《遊南明山》詩：『金銀拱梵刹，丹青照廊宇。』

〔七〕檀越：梵語音譯，施主。晉陶潛《搜神後記》卷二：『晉大司馬桓溫，字元子，末年忽有一比丘尼，失其名，來自遠方，投溫爲檀越。』

〔八〕王孔昭：清初人，生平不詳。

募建芙蓉下院疏

水之合流曰瀦，或曰匯也。匯之涯，每多異境。湞、武二水〔一〕從千里奔流，至予鄉而忽匯。而予韻軒〔二〕之東適當其處，林木幽邃，似整而野。自世變以來，則屋者垣，林者兀〔三〕矣。然光景猶可坐而覽也，豈造化所設施者，將有待而然乎？

適蓉山〔四〕僧某以其刹頽敗不可居，欲結下院於此，就予商所圖，實爲始謀，不知予謀已先之也，而獨不能無所感者何哉？蓉山爲邑中名勝，自勝國〔六〕以及今，兹巋然魯宫〔七〕，一旦毁於兵燹，成敗興衰之故，雖佛亦不能免，況世人耶？古今英雄有託而逃，多以佛爲歸。予嘗徘徊斯地，見喪亂之餘，荊礫縱横，煙露慘澹，不無今昔存亡之慨。而回視一身，亦如僧之萍蹤〔八〕無寄。太息久之，以爲非佛莫能銷此骯髒〔九〕耳。顧世人之情，豈有異此者哉！而予亦何可以此料天下士也。

僧某有才而善募，從此誅茅結刹成之不難。他日拉伴閒步，短牆深竹，梵亮茗清，遠眺江山之勝，話當日成敗興衰之故，一歎而罷，則又爽然自失矣。然獨非人情之所樂耶？因題此以募，並以爲記。

【注釋】

〔一〕湞、武二水：指湞江和武江。

〔二〕韻軒：廖燕書齋名，即二十七松堂。位於今韶關市武江南路中和巷七三—七七號（見姚良宗《廖燕與『二十七松堂』》）。廖燕《贖屋行謝孫都尉廉西查副戎維勳暨義助諸公》（卷十八）：『我昔有堂在西郭，群松擁護成林壑……計株僅得廿七數，即以其數名吾堂。』《改舊居爲家祠堂記》（卷七）：『舊居西向，議於此地改爲祠堂。東向，背山臨溪，湞水來朝與武水匯於址。』『堂右舊有二十七松堂，爲燕燈火之地。』本文所述與上所述吻合，可見二十七松堂又名韻軒。

〔三〕兀：光禿。唐杜牧《阿房宮賦》：『蜀山兀。』

〔四〕蓉山：即芙蓉山。

〔五〕下院：僧寺的分院。元程文海《竦山白雲禪寺修造記》：『自住之住是山也於今八年矣，一年而僧堂改觀；二年而宮殿塗塈，丹雘莊嚴，像設供養之工畢舉；三年作下院於撫州，又作於金溪縣。』

〔六〕勝國：被滅亡的國家，後因以指前朝。《周禮・地官・媒氏》：『凡男女之陰訟，聽之于勝國之社。』鄭玄注：『勝國，亡國也。』元張養浩《濟南龍洞山記》：『歷下多名山水，龍洞爲尤勝……勝國嘗封其神曰靈惠公。』

〔七〕巋然：高大獨立貌。《莊子・天下》：『人皆取實，己獨取虛，無藏也故有餘，巋然而有餘。』成玄英疏：『巋然，獨立之謂也。』魯宫：指魯靈光殿，漢代著名宫殿。在曲阜（今山東曲阜）。漢王延壽《魯靈光殿賦》序：『魯靈光殿者，蓋景帝程姬之子恭王餘之所立也……遭漢中微，盜賊奔突，自西京未央、建章之殿皆見隳壞，而靈光巋然獨存。』後以比喻碩果僅存的人或事物。明王思任《留別山僧》詩序：『諸僧舊俱已隔世，無復存者，獨幻林上人如魯靈光殿也。』亦簡稱『魯宫』。宋徐鹿卿《壽馮宫教（之二）》：『千載魯宫覃美化，百年洛學嗣清芬。』

〔八〕萍蹤：浮萍的蹤跡，喻行蹤飄泊無定。元方回《寄呈呂道山於八桂》詩：『但願歲時一相見，萍蹤從昔慣漂萍。』

〔九〕骯髒：高亢剛直貌。漢趙壹《疾邪詩》之二：『伊優北堂上，骯髒倚門邊。』宋文天祥《得兒女消息》詩：『骯髒到頭方是漢，娉婷更欲向何人！』

募建蓉麓庵疏

丁巳〔一〕秋七月，滇寇圍韶州〔二〕。九月戰，敗之，遯去。凡越有三月，近郭廬舍林木，毁伐殆盡，而蓉山爲甚，山僧幾無歸處，議暫結一茆〔三〕於蓉之麓。麓去舊址不遠，下可力田〔四〕，上可護樹，以俟次第修復，良便。而屬疏於予。

猶記予侶適杖閒，時吟眺於此，石瘦泉娟，林幽樹邃。至今遥望，惟餘頹垣數塊而已，鳥獸遠藏，煙嵐少蓄。故僧爲刹計，予與諸同輩爲名勝計，皆當出此。嗚呼！自世變以來，西南數十百郡，半罹兵燹，惟韶幸獲保全。雖四境不無蹂躪，然猶可漸圖興復。蓉刹〔五〕雖圮，城郭賴安，則斯舉或亦士紳之所樂成也。爲點筆疾書以勸。

【注釋】

〔一〕丁巳：康熙十六年（一六七七）。

〔二〕滇寇：指參與三藩之亂的叛亂勢力。清初，平西王吴三桂、平南王尚可喜、靖南王耿精忠，統稱『三藩』，分鎮于雲南、廣東、福建，逐步形成强大的割據勢力。康熙十二年（一六七三）十一月，吴三桂發動叛亂，先後奪取貴州、湖南、四川。耿精忠和陝西提督王輔臣、尚可喜之子尚之信等相繼舉兵響應，戰亂逐漸擴大，對清廷形成嚴重威脅。整個叛亂是以鎮守雲南的吴三桂主導，所以參與叛亂勢力亦被稱爲滇寇。三藩之亂歷時八年才最終平定。韶州：府名。清代廣東韶州府下設曲江、翁源、英德、乳源、樂昌、仁化六縣。府治位於今韶關市中心城區。

〔三〕茆：同『茅』。明劉基《苦齋記》：『苦齋者章溢先生隱居之室也。室十有二楹，覆之以茆，在匡山之巔。』這裏指茅草屋。

〔四〕力田：努力耕田，泛指勤於農事。《史記·張儀列傳》：『繕甲厲兵，飾車騎，習馳射，力田積粟，守四封之內。』

〔五〕蓉刹：指芙蓉庵。

萬壽寺〔一〕募粧佛像引

佛不能自庇，復不能庇人，而反求庇於人，將何以爲佛耶？予邑有萬壽古刹，其來已久。丁巳之變〔二〕，民居半罹兵燹，而斯刹亦不免焉。今將號於人曰：『佛能福人利人，以求莊嚴其像。』人將曰：『佛自顧不暇，於人乎何有？』則幾無以應矣。

予則爲之説曰：昔孟嘗君爲魏求救於趙。王曰：夫行數千里而救人者，此國之利也。今魏王出門而望見軍，雖欲行數千里而助人可得乎？佛不能庇我，而我反能庇佛，我則得矣，尚何求焉？況我能庇佛，我卽是佛，是佛與我爲一矣。將庇佛者之卽佛耶，抑佛之受庇者之卽佛自庇耶？請與諸公試參〔三〕之。

朱藕男曰：佛法世法，顛倒說來，盡成妙理，是文中之最滑稽者。失笑之語，使佛聞之，予應解頤。

【注釋】

〔一〕萬壽寺：位於今廣東韶關市武江區武江西岸一帶。清張希京修《曲江縣志》卷十六：『萬壽寺在河西，僧智印募修。』

〔二〕丁巳之變：丁巳，康熙十六年（一六七七）。這一年三藩之亂波及韶關，清軍與叛軍在韶關激戰，生靈塗炭。

〔三〕參：探究，領悟，琢磨。元馬致遠《任風子》第三折：『若不是我參透玄機，則這利名場，風波海，虛躭了一世。』

募修禪定寺〔一〕側堤路引

數十里雜沙土木石，築堤防數百丈，導溪湍於崩巖斷澗，使數萬畝荒瘠石田變爲膏腴，雖使愚人聽之，亦知爲大利，況遂成往來之便途哉。因田成堤，因堤成路。今堤頹已久，不但無路，且無田，雖使愚人聽之，亦知爲大害也，況智者乎？愚人難與慮始，樂與觀成，則任斯責者，吾固知非愚人事也。然誰肯以愚自居者，欲却愚名，遂成智功，斯又天下之大便也。嗚呼！事固不可不熟計也。

劉漢臣曰：一氣奔注而下，不用換筆，而轉折却極天然，古文化境〔二〕。柴舟短篇每多如此用筆，最是難學，不得不讓其獨步。

【注釋】

〔一〕禪定寺：位於今廣東韶關市武江區龍歸鎮鳳田村之江灣河畔。清張希京修《曲江縣志》卷十六：『禪定院，在鳳田都。』同書卷七：『鳳田都在城西南六十里。』

〔二〕化境：自然精妙的境界，最高的境界。多指藝術修養。明朱謀垔《畫史會要·明》：『張翬字文翥，太倉人。山水宗夏珪，筆力頗老，未入化境。』

募結山亭引

聖果庵〔一〕左有怪石突起，上可跏趺〔二〕。傳女尼某禪參結茆〔三〕處，跡頗異。擬結一亭於此，亦遊屐〔四〕中閒思也。予與同遊踏草坡蛩砌〔五〕，想像指畫，煙雲景物爲口舌所不能狀者，一似有天地以來便已設就，俟亭成挹取之耳。山水之間，可以放懷。他日有人荷衫簪冠〔六〕，拉伴登臨，或飲酒而賦詩者，非吾輩也耶？誰爲同人，肯捐橐餘〔七〕，開此畫境？

陶握山曰：筆端有畫，使人神往。

【注釋】

〔一〕聖果庵：位於今廣東韶關市武江區武江西岸一帶。《曲江縣志》卷十六：『聖果庵，在河西。』

〔二〕跏趺：初指佛教中修禪者的坐法。兩足交叉置於左右股上稱『全跏坐』。單以左足押在右股上或單以右足押在左股上叫『半跏坐』。後亦泛指端坐。《隋書·倭國傳》：『使者言倭王以天爲兄，以日爲弟，天未明時出聽政，跏趺坐，日出便停理務。』明吳之鯨《武林梵志》卷六：『昔有異僧來此，跏趺數月，不食烟火。』宋陸游《別王伯高》詩：『香奩贈別非無意，共約跏趺看此心。』

〔三〕禪參：即參禪。佛教禪宗的修持方法。有遊訪問禪、參究禪理、打坐禪思等形式。明皇甫汸《簡釋懋》詩：『禪參花雨後，法喻鳥聲中。』結茆：編茅爲屋，謂建造簡陋的屋舍。南朝宋鮑照《觀圃人藝植詩》：『抱壠上餐，結茅野中宿。』清張岱《陶庵夢憶·表勝庵》：『爐峯石屋，爲一金和尚結茆守土之地。』

〔四〕遊屐：指遊玩山水。典出《宋書·謝靈運傳》：『（謝靈運）尋山陟嶺，必造幽峻，巖嶂千重，莫不備盡。登躡常著木屐，上山則去前齒，下山去其後齒。』

〔五〕蛩砌：有昆蟲出沒的臺階。蛩，蝗蟲的別名。砌，臺階。唐李中《新秋有感》：『音塵兩難問，蛩砌月空明。』

〔六〕荷衫：用荷葉製成的衣裳。籜冠：竹皮冠，用竹筍皮製成的帽子。皆指高人、隱士服飾。

〔七〕橐餘：多餘的錢。橐，錢袋。

募賑饑引代

吁噫哉，天道也。兵燹之後，繼以盜賊。不足，又繼之以饑饉〔一〕。其將盡斃吾民耶？民無坐而待斃之理。□□□□□□□□□□□□其勢不能無意外之虞，可奈何？且無論意外之虞有與否，爲民父母，忍使赤子顛連〔二〕已極而不急思有以處之？縱肉食滿前，其能甘味下咽乎？人誠念及此，知必有推案而起，傾囊倒橐而賑之恐後者，固不待吾言之畢也。

【注釋】

〔一〕饑饉：災荒，莊稼收成很差或顆粒無收。宋司馬光《苦雨》詩：『連年困饑饉，此際庶和熟。』

〔二〕赤子：嬰兒，比喻百姓，人民。《漢書·循吏傳》：『其民困於飢寒而吏不恤，故使陛下赤子盜弄陛下之兵於潢池中耳。』顛連：困頓不堪，困苦。《元史·姚樞傳》：『周匱乏，恤鰥寡，使顛連無告者有養。』

募檢字紙引

蒼頡製字，天雨粟，鬼夜哭〔一〕。事之有無固亡論，然自古惜之矣。世人曷嘗不惜，而或棄之踐之，甚而污穢之，則不可家喻而戶曉也。或可街覓而巷拾之，則一舉手之勞也。而或不爲，則捐錢以請焉。僧出手而已出錢，錢去而功存，猶己功也。天將雨金而鬼將夜笑矣。此又事之必無而理之或有者也。

林草亭曰：忽然而起，忽然而收，一氣呵成，却又備極轉折。如此異樣筆墨，世豈多有。

【注釋】

〔一〕『蒼頡製字』句：見《淮南子·本經訓》：『蒼頡作書而天雨粟，鬼夜哭。』蒼頡，古代傳說中的漢字創造者。《史記》據《世本》以爲是黄帝時的史官。

廖燕全集校注卷七

記

重開湞陽大廟清遠三峽〔一〕路橋記

皇帝七年〔二〕，平南王〔三〕奉命帥師取粤平之。越十有三年，爲康熙元年〔四〕，天下一統，百廢俱興。獨念王師入粤時，所經湞陽、大廟諸峽，崎嶇天險，水陸阻梗，爰命章京〔五〕某某暨僧某董工開鑿。經始於壬寅春正月〔六〕，落成於冬十一月，於是士衆咸欲勒石以彰王功，乃屬某記事。其事在峽，故專記峽。

峽有三，自北而下羊城，則湞陽爲首。自南而出嶺表〔七〕，則清遠爲首。迤邐四百餘里，兩崖對峙，一水中流，猿鳥莫踰，雖樵叟篙師〔八〕，履之莫不驚怛〔九〕失色。天蓋設此以難人者，夫人莫不畏難而趨易，是以望險而退。若遇事變之來，視其要害，爲之一往直前入其中，心定而神不眩。事雖難而我未嘗易視之，久之而諜然已解〔一〇〕者皆是也，如王治峽之事亦可以念矣。

峽內惟眠羊、獅子、抄子諸灘，號稱最險，而釣魚臺尤爲險絕〔一一〕，虧蔽〔一二〕倒景，噴薄日月。陸行則峯巒插天，石芒峭發〔一三〕，人行其上，則眼花旋轉，栗栗然有性命之懼。水行則淵深莫測，蛟龍潛藏，怪石怒伏。遇春漲暴至，則波濤洶湧，雷轟鼎沸，舟楫停泊，候水涸然後敢發。王乃命某等沿岸設法摧實補虛，陸平而水之勢亦殺，於是向之險阻盡成坦途，而舟人行旅，擔負牽挽，直行無虞，皆謳歌喜躍，誦王之功不衰。

嗚呼！王自航海歸誠〔一四〕，統數十萬之眾，奉天子命征伐四方，經歷山川舟車之險不知凡幾。今入粵嶺，溯其所自來，渡黃河，涉鄱陽，踰大小金山，度梅關〔一五〕，下湞水〔一六〕，靡不遇堅而摧。值風濤榛莽，虎豹龍蛇，山魈〔一七〕水怪之出沒，皆望風而潛遯消滅也。況茲峽爲域內之險，有不盪平而廓清者耶？宜其不數月而奏效者，王之功其可歌也已。先是，韶郡太守符公、中丞戴公〔一八〕前後略爲修葺，皆不若此舉之大備。開湞陽大道一十有七里，爲橋二十有三；大廟五里，爲橋六；清遠三十有七里，爲橋三十有四，立亭記名其上。湞陽之北有黃茅峽〔一九〕，路坦工易，不記。獨記其大者，鐫於峽之東石壁。

李非庵曰：三峽號稱最險，而筆之奇險，足以副之。柳文中得意之作。

【注釋】

〔一〕湞陽大廟清遠三峽：指湞陽峽、大廟峽、清遠峽。

〔二〕皇帝七年：　順治七年（一六五〇）。

〔三〕平南王：　指尚可喜（一六〇四—一六七五）。

〔四〕康熙元年：　一六六二年。

〔五〕章京：　漢語『將軍』的譯音，清代用於某些有職守的文武官員，漢名爲參領。清愛新覺羅·玄燁《聖祖仁皇帝御製文集》卷十二《諭户兵工三部》：『從前盛京看守陵寢及山海關等城守章京員缺，俱令其子弟頂補，後停止此例，悉由京師補授。』

〔六〕經始：　開始營建，開始經營。《詩·大雅·靈臺》：『經始靈臺，經之營之。』壬寅，康熙元年。

〔七〕嶺表：　嶺外。指五嶺山脈以南的地區，即今廣東、廣西一帶。《晉書·滕脩傳》：『廣州部曲督郭馬等爲亂，皓以脩宿有威惠，爲嶺表所伏，以爲使持節都督廣州軍事、鎮南將軍、廣州牧以討之。』

〔八〕樵叟：　打柴的老翁。唐沈佺期《入少密溪》詩：『遊魚瞥瞥雙釣童，伐木丁丁一樵叟。』篙師，撑船的熟手。唐杜甫《水會渡》詩：『篙師暗理楫，歌笑輕波瀾。』

〔九〕驚怛：　驚恐。晉袁宏《後漢紀·靈帝紀上》：『太傅陳蕃敦方抗直，夙夜匪懈，一旦被誅，天下驚怛。』

〔一〇〕謋然已解：　迅疾裂開貌，這裏指心情迅速放鬆。語見《莊子·養生主》：『動刀甚微，謋然已解。』王先謙集解：『謋與磔同，解脱貌。』劉武補正：『謋然者，狀解脱之速也。觀句意，微動刀即已解，非速何？』

〔一一〕『峽内惟眠羊、獅子、抄子諸灘』句：　清林述訓等修《韶州府志》卷十二：『溱水歷皋石　太尉二山之間是曰湞陽峽……峽内牛牯灘，抄石灘，釣魚臺舊稱險峻，而釣魚臺尤爲至險，絶無蹊徑。』

〔一二〕虧蔽：　遮掩。明徐宏祖《徐霞客遊記·閩遊日記》：『蓋馬山絶頂，峯巒自相虧蔽，至此始廓然爲南標。』

〔一三〕石芒峭發：山石陡峭突出。石芒，亦作「石鋩」，山石的尖端。峭發，陡峭突出。宋曾鞏《道山亭記》：「其途或逆阪如緣絙，或垂崖如一髮，或側徑鉤出於不測之谿上，皆石芒峭發，擇然後可投步。」

〔一四〕航海歸誠：尚可喜原爲明將，駐守廣鹿島（位於黄海北部外長山島的西部），後率衆從駐地廣鹿島航海登陸降清。

〔一五〕大小金山：未詳。

〔一六〕梅關：古關名。宋時在江西大庾嶺上所置。爲江西、廣東二省分界處。清屈大均《廣東新語》卷三：「自驛至嶺頭六十里爲梅關。從大庾縣西南者望關門兩峯相夾，一口哆懸，行者屈曲穿空，如出天井。」

〔一七〕湞水：即湞江。

〔一八〕山魈：動物名，猴屬，狒狒之類。性兇猛，狀極醜惡。古代傳説以爲山怪，又稱「山蕭」、「山臊」、「山繅」等，記述狀貌不一。《新五代史·漢臣傳》：「宮中數見怪物投瓦石撼門扉，隱帝召司天趙延乂問禳除之法。延乂對曰：「臣職天象日時，察其變動以考順逆吉凶而已。禳除之事非臣所知也，然臣所聞殆山魈也。」」

〔一九〕符公：指符錫，明代新喻（今江西省新餘市渝水區）人。嘉靖三年任韶州府通判，抵任毀淫祠，興社學。鎮壓以李英爲首的翁源義軍。疏通開鑿英德境内的湞陽峽，便利南北交通。嘉靖十七年任韶州知府。見清林述訓等修《韶州府志》卷二十八、同書卷十二。戴公：指戴燿（戴耀），字德輝，别號鳳岐，明福建長泰人。聯登隆慶元年（丁卯，一五六七）舉人、隆慶二年（戊辰，一五六八）進士兩榜。起家江西新建令，入主計曹，出牧豫章，擢副蜀憲，遷滇黔二轄，所至聲績赫然。廷論以戴燿有文武才陞右都御史巡撫粵西。正己率屬，内安外攘。平岑溪蠻叛。萬曆二十六年由廣西巡撫升任兩廣總督，在任達十三年。以兩粵幅員遼闊，不可以苛細理，獨持大體。覈冗斥濫，節無名之費，蠲不急之役，俾民力得舒徐進。鎮協以下諸將領指授方略，設亭障，謹偵伺，時訓練，戒生事而軍紀肅然。平府江之徭，殲南黎之醜，解川湖之急而東南半壁屹若長城。見清阮元修、陳昌齊等纂《廣東通志》卷十八，清屠英等修、胡森等纂《肇慶府志》卷十二，清張懋建修、賴翰顒纂《長泰縣志》卷九有傳。中丞，漢代御史大夫下設兩丞，一稱御史丞，一稱中丞。中丞居殿中，故以爲名。東漢以後，以中丞爲御史台長官。明清時用作對巡撫的稱呼。清梁章鉅《稱謂錄·巡撫》：『明正統十四年，命都察院右僉都御史鄒來學巡撫順天、永平二府……今巡撫之稱中丞，蓋沿於此。』

〔二〇〕黄茅峽：位於廣東省英德市西部大灣鎮連江中下游。跨大灣、張陂、浛洸三鎮。西起小聯矮寨，東止燕石，長四公里，寬一〇〇—二五〇米。兩岸盛長黄茅草得名。

青溪別業記

青溪別業〔一〕者，爲金陵鶴閒朱先生〔二〕讀書處也。予未至其地，其勝概〔三〕則不可得而知焉。今得而記之者，蓋因其嗣君林修〔四〕爲予道其詳也。

林修於兹歲甲子〔五〕春自金陵來粵，袖圖示予曰：『予族始家四明〔六〕，至予祖雙塘公，值流寇之亂，以越地瀕海不可居，遂徙家金陵。父鶴閒公以孝廉〔七〕歷宦荊楚，雖清白所遺〔八〕，而堂構恢廓〔九〕，頗稱名閥〔一〇〕。有別業在秦淮〔一一〕名青溪者，爲予祖父及予身三世燈火之地。兹圖是其大略者，君其爲予記之。』

予按其圖，青溪爲秦淮勝地，唐詩人王昌齡曾卜居於此〔一二〕。而別業隸其中，園林泉石，左右環繞，其最高而迥出城堞〔一三〕者，曰塵外樓，鷲嶺、蔣陵、虎踞〔一四〕諸勝隱然在望。而沿溪一帶，閣其上者八九，可弈可釣。對岸遊人，曳屐扶筇〔一五〕，往來短篁疏柳間。凡圖之所有者，皆可書而記也。

雖然，人當役境，不當爲境所役，故舜禹有天下而不與〔一六〕，顔子陋巷而不改其樂〔一七〕。有舜禹之心，則雖天台、雁蕩、羅浮以及鄱陽、洞庭偉麗奇絶之景，只如其胸中文章之所變現。有顔子之心，則雖一簞一瓢，皆足以寄其心齋坐忘〔一八〕之懷，況茲園林泉石之勝，有可樂而可遊者耶？自非然者，吾懼其誘於物者必多也，此林修所以欲記之，而有所取舍於其間也。嗚呼！知林修，則可以知鶴閒先生焉。於是乎書。

魏昭士曰：卽就圖上描寫，不另出己意，却已委曲〔一九〕記盡。後忽换筆寫聖賢心地處，正是寫自家胸臆處，固自不可及。

【注釋】

〔一〕青溪：三國孫吴赤烏四年（二四一），孫權在南京城開鑿的一條水道。發源於鍾山，屈曲流過今南京市。清陳栻等纂《上元縣志》卷四：『青溪，在城内。《南史》作「清溪」』，《建康志》：「青溪水發源鍾山入於秦淮，逶迤九曲，有七橋跨其上。」《實録》：「吴赤烏四年鑿東渠通北塹以洩元武湖水，南接於秦淮。行十五里，名曰青溪。其接秦淮處有青溪閘口。」』别業：别墅。唐楊炯《唐同州長史宇文公神道碑》：『享年六十有五，以永淳元年六月二十一日終于華州之别業，嗚呼哀哉！』

〔二〕金陵：南京。戰國楚威王七年（前三三三）滅越後在今南京市清涼山（石城山）設金陵邑，故稱。鶴閒朱先生：朱鶴閒，生平不詳。

〔三〕勝概：非常好的風景或環境。唐杜甫《奉留贈集賢院崔于二學士》詩：『故山多藥物，勝概憶桃源。』

〔四〕嗣君：稱別人的兒子。清袁枚《隨園詩話》卷十六：『雪芹者，曹楝亭織造之嗣君也。』林修：朱庭柏，字林修。清初江蘇江寧人。朱鶴閒之子。性高潔，未仕。好學而工詩，多才而善鑒。好奇石。杜濬有《題朱林修塵外樓圖》，陳作霖《東城志略》：『運河水又南折至馬家橋，有緣蘋灣，朱處士庭柏寄寓於上。宋山言詩：「便欲從君圖畫裏，杉皮屋子補三間。」』可見朱庭柏應爲畫家。參見廖燕《朱氏二石記》（卷七）、清陳作霖《東城志略》、朱庭柏爲伍涵芬《說詩樂趣》所作序。

〔五〕甲子：康熙二十三年（一六八四）。

〔六〕四明：山名。在浙江省寧波市西南。自天台山發脈，綿亙於奉化、慈溪、餘姚、上虞、嵊縣等縣境。相傳群峯之中，上有方石，四面如窗，中通日月星辰之光，故稱四明山。明王圻、王思義撰《三才圖會·四明山圖考》：『四明山者，天台之委也。高興華頂，齊跨數邑。自奉化雪竇入，則直謂之四明。行山中大約五六十里，山山盤亙，竹樹蒽菁，眾壑之水，亂流爭趨。入益深，猿鳥之聲俱絕，悄然嘻咽通顥氣，覺與世界如絕，不似天台之近人也。道書稱第九洞天。峯凡二百八十二，中有芙蓉峯，刻漢隸「四明山心」四字。其山四穴如天窗，隔山通日月星辰之光，故曰四明。』

〔七〕孝廉：明清兩代對舉人的稱呼。清胡文學《甬上耆舊詩》卷十九：『凡爲名諸生二十餘年，孝廉十二年，始舉進士。』

〔八〕清白所遺：指爲官清廉。語出唐魏徵《隋書·房彥謙傳》：『人皆因祿富，我獨以官貧，所遺子孫在於清白耳。』

〔九〕堂構：房舍。恢廓：寬闊。三國魏曹植《釋愁文》：『吾將贈子以無爲之藥……安子以恢廓之宇，坐子以寂寞之牀。』

〔一〇〕名閥：名門豪族。《新唐書·柳玭傳》：『東都仁和里裴尚書寬子孫眾多，實爲名閥。』

〔一一〕秦淮：河名，源出江蘇省溧水縣，貫穿南京市。《上元縣志》卷四：『淮水，或傳秦時所鑿，唐人以之入詩歌，始曰秦淮。《建康實錄》：秦淮水，舊名龍藏浦。有二源，一出溧水東廬山，一出句容華山，至方山埭合流。由東水關入城，出西水關。沿石城西北以達於江。其水經流三百里，地勢高下，屈曲自然，不類人功，疑非始皇所鑿也。』

〔一二〕王昌齡（約六九〇—約七五六）：字少伯，京兆（今陝西省西安市）人。唐代著名詩人。元辛文房《唐才子傳·王昌齡》：『昌齡工詩，縝密而思清，時稱「詩家夫子王江寧」，蓋嘗爲江寧令。』清莫祥芝、甘紹盤等修、汪士鐸等纂《同治上江兩縣志》卷十七：『王昌齡宅，唐常建《過王昌齡宅》詩云：「青溪深不測，隱處惟孤雲。」《呂志》：當近青溪，今無考。』卜居：擇地居住。《漢書·郊祀志》：『秦德公立，卜居雍。』

〔一三〕城堞：城上的矮牆，這裏泛指城牆。唐白居易《大水》詩：『潯陽郊郭間，大水歲一至。閭閻半漂蕩，城堞多傾墜。』

〔一四〕鷲嶺：指鷲峯寺。坐落於今南京白鷺洲公園東北角。清呂燕昭修、姚鼐纂《重刊江寧府志》卷十：『鷲峯寺，明天順間卽青溪閣建寺，賜額「鷲峯」，在東水關之南。或云舊爲梁法光寺，法光卽鹿苑寺，卽山而成。今鷲峯無山，恐非是。』蔣陵：又名吳王墳，古稱孫陵崗。三國吳孫權陵，位於今南京市鍾山南麓，明孝陵正南三〇〇米。《重刊江寧府志》卷十：『吳大帝陵在鍾山之南，名孫陵岡。自朝陽門至麒麟門相距二十里，其間十三岡，第三卽孫陵岡也。步夫人合葬。』《上元縣志》卷十四：『吳大帝陵在鍾山之南，今名孫陵岡。《吳志》：赤烏元年追拜夫人步氏爲皇后，合葬蔣陵。舊志有步夫人墩，墩側卽冢地。』虎踞：虎踞關，位於南京市清涼山東側，南起廣州路，北接西康路。《上元縣志》卷四：『石頭山在城西二里。《輿地志》：山環七里一百步，北緣大江，南抵秦淮口……山後有駐馬坡，諸葛亮嘗駐此以觀形勢，謂之石頭虎踞，故東麓有虎踞關。』

〔一五〕扶筇：扶杖。宋朱熹《又和秀野》之一：『覓句休教長閉戶，出門聊得試扶筇。』筇，一種竹。實心，節高。因筇竹宜於作拐杖，卽稱杖爲筇。唐許渾《王居士》詩：『筇杖倚柴關，都城賣卜還。』

〔一六〕舜禹有天下而不與：語見《論語・泰伯》：『子曰：「巍巍乎，舜禹之有天下也而不與焉！」』舜禹，虞舜和夏禹的並稱。

〔一七〕顏子陋巷而不改其樂：語見《論語・雍也》：『子曰：「賢哉，回也！一簞食，一瓢飲。在陋巷，人不堪其憂，回也不改其樂。賢哉，回也！」』顏子，指孔子弟子顏回（前五二一—前四九〇），字子淵。春秋末魯國人。在孔門弟子中，最受孔子贊許。不幸早死。《史記・仲尼弟子列傳》有傳。

〔一八〕心齋：謂摒除雜念，使心境虛靜純一。《莊子・人間世》：『回曰：「敢問心齋。」仲尼曰：「若一志。無聽之以耳而聽之以心，無聽之以心而聽之以氣。耳止於聽，心止於符。氣也者，虛而待物者也。唯道集虛。虛者，心齋也。」』坐忘：道家謂物我兩忘、與道合一的精神境界。《莊子・大宗師》：『墮肢體，黜聰明，離形去知，同於大通，此謂坐忘。』郭象注：『夫坐忘者，奚所不忘哉！既忘其跡，又忘其所以跡者，內不覺其一身，外不識有天地，然後曠然與變化爲體而無不通也。』

〔一九〕委曲：詳盡，詳細。晉葛洪《抱朴子・道意》：『余所以委曲論之者……故欲令人覺此而悟其滯迷耳。』

重修風度樓〔一〕記

唐故丞相封始興郡伯〔二〕，謚文獻，諱九齡。張公舊有祠，邑人思之不置〔三〕，復於闤闠〔四〕中建樓曰風度。公爲明皇帝〔五〕所稱，故表而出之，宜矣。顧何以處吾後人哉？韶當南北孔道，而樓復巍然當城四達之衝，使天下人過此，靡不顧瞻徘徊，指而稱曰：此唐名宰相張公之遺蹟也。則欲思而齊之者，斯非其模範歟？而吾後人更不能繼公而起者，則甚可慨也。

燕嘗登樓而望蓮花、芙蓉〔六〕諸峯，迴環聳峙，而湞、武二流復淵源若此，而寂無一人再興其間，山川之靈當不若是。況以五百年之說〔八〕卜之，自公至余襄公〔九〕三百年，自余至今已五百餘年，使其間或有應運而興者，斯其時也，而尚闕焉有待者何哉！豈果無其人耶？抑或有人文章如公，人品如公，不幸不爲當世所知，而功名爵位或若不及，而遂泯滅無聞者未可知也。然安知其功名爵位終不如公也哉？斯其人若不在制科之士〔一〇〕，則必在布衣好古之流，非特立〔一一〕自命如吾輩其人者又烏足以當之？雖然，公之上又有孔子，孔子刪述六經〔一二〕，《詩》是其一者。公之詩，溫柔敦厚，得孔子之《詩》，故人莫不有志，而惟以能遜人，卽同輩亦甘於不若，況公爲唐以來第一流人也哉。若不然，則聖人可學而至，非虛言也。

樓不知創自何年，興廢不一，今復傾圮。邑人某某〔一三〕謀欲新之，越三月工竣，屬燕爲記，因書此以告同輩，若公之文章相業載在史冊，可考而知者，不復述也。公有遺像，爲吳道子〔一四〕筆，宋孝宗皇帝〔一五〕題贊，因屬名手擬臨一幅其上，使人見公之風度若或在者。有文集若干卷，板藏於此。《千秋金鑒錄》原稿不傳，此爲後人所假託，燕已著說。毀之矣，今只存其名。康熙甲子〔一六〕七月日，同邑後學廖燕記。

劉杜陵〔一七〕曰：若寫文獻相業，屢紙不盡，且人人知之，焉用再說。此獨將胸中鬱勃〔一八〕登樓快吐，一番豪氣直壓百代矣，安得不推爲文獻之後一人。

【注釋】

〔一〕風度樓：舊址位於今韶關市區風度中路與風采路的交匯處。始建於北宋天禧年間，爲紀念唐代名相張九齡而建。後多次重建，今已不存。《曲江縣志》卷八：『風度樓，原在府治南，宋天禧中郡守許申爲張文獻公建。史載唐明皇用人必曰：「風度如九齡否？」郡人取以名樓。後移府前通衢。明嘉靖丙子知府符錫特高廣之。國朝康熙癸亥，郡守唐宗堯重修，於四隅易木爲石，堅固壯麗，爲韶郡冠。乾隆四十六年知府楊本仁、嘉慶十二年知府楊楷、道光十一年南韶連道楊殿邦、同治二年知曲江縣徐德度、九年南韶連道林述訓俱重修。』

〔二〕始興郡伯：《韶州府志》卷六：『始興縣伯張九齡，曲江人，開元十二年封曲江縣開國男，食邑三百戶。十二年改封始興開國子，食邑四百戶。二十七年封始興開國伯，食邑五百戶。』張九齡（六七三或六七八—七四〇），一名博物，字子壽。謚文獻，韶州曲江（今廣東韶關市）人。唐玄宗開元時宰相。

〔三〕不置：不止，不停。漢蔡邕《陳留太守胡公碑》：『於是遐邇搢紳爰暨門人相與嘆，述君德，追痛不置，恒切情憭，無不永懷。』

〔四〕闤闠：街市，街道。《宋書·後廢帝本紀》：『捨交戟之衛，委天畢之儀，趨步闤闠，酣謌壚肆。』

〔五〕明皇帝：指唐玄宗李隆基（六八五—七六二），李隆基謚號爲『至道大聖大明孝皇帝』，故稱。

〔六〕蓮花：即蓮花峯，又名蓮花山。芙蓉：即芙蓉山。

〔七〕湞、武二流：指湞江和武江。

〔八〕五百年之説：《孟子·公孫丑下》：『五百年必有王者興，其間必有名世者。由周而來，七百有餘歲矣。以其數則過矣；以其時考之則可矣。夫天未欲平治天下也，如欲平治天下，當今之世，舍我其誰也？』

〔九〕余襄公：余靖（一〇〇〇—一〇六四），初名希古，字安道，謚襄。韶州曲江人。宋仁宗天聖二年進士。累遷集賢校理，以諫罷范仲淹事被貶監筠州酒稅。慶曆中爲右正言，支持新政。使契丹，還任知制誥、史館修撰。再使契丹，以習契丹語被責，復遭茹孝標中傷，遂棄官返鄉。皇祐四年（一〇五二）起知桂州，經制廣南東西路賊盜。尋又助狄青平定儂智高。嘉祐間交阯進擾，任廣西體量安撫使。後以尚書左丞知廣州。有《武溪集》二十卷。事見《歐陽文忠公集》卷二十三《余襄公神道碑銘》，《宋史》卷三百二十有傳。

〔一〇〕制科之士：舊時指科舉出身的人。明彭大翼《山堂肆考》卷八十三：『二蘇將就試，黄門轍忽卧病，魏公輒奏上曰：「今歲召制科之士，惟蘇軾、蘇轍最有聲望。今聞蘇轍偶病未可試。如此兄弟中一人不得就試，甚非衆望，欲展限以俟。」』

〔一一〕特立：卓立，挺立，謂有堅定的志向和操守。漢蔡邕《貞節先生范史雲銘》：『謀不苟合，故特立於時。』

〔一二〕六經：六部儒家經典。《莊子·天運》：『孔子謂老聃曰：「丘治《詩》、《書》、《禮》、《樂》、《易》、

《春秋》六經，自以爲久矣，孰知其故矣。」』《漢書・武帝紀贊》：『孝武初立，卓然罷黜百家，表章六經。』顏師古注：『六經，謂《易》、《詩》、《書》、《春秋》、《禮》、《樂》也。』漢以來無《樂經》。

〔一三〕邑人某某：指唐宗堯，時任韶州知府。《曲江縣志》卷八：『風度樓……國朝康熙癸亥（康熙二十二年，一六八三）郡守唐宗堯重修。』唐宗堯，鑲黃旗人。康熙二十二年由寶慶府丞晉韶州知府，蒞政勤敏，庶務畢修，建義學，創試院，復文獻祠，造養濟院及纂修府志。見《韶州府志》卷二十九。

〔一四〕吳道子：又名道玄，河南陽翟（今河南禹州）人。唐代畫家。

〔一五〕宋孝宗皇帝：趙眘（一一二七—一一九四），南宋第二代皇帝。宋孝宗是南宋較有作爲的皇帝，即位後爲岳飛平反，並積極北伐。北伐失敗後訓練軍隊，整頓財政，與金處於相持狀態。統治期間政治比較穩定，經濟也有一定發展。

〔一六〕甲子：康熙二十三年（一六八四）。

〔一七〕劉杜陵：清初人，生平不詳。

〔一八〕鬱勃：鬱結壅塞。《周禮・春官・典同》『弇聲鬱』漢鄭玄注：『弇則聲鬱勃不出也。』

相江書院記 榷關王戶部〔一〕觀風題

相江書院〔二〕，舊名濂溪書院，宋寶祐二年〔三〕，提刑吳燧〔四〕請於朝，賜額改今名。予嘗訪其址，而殘碑斷碣，無復有存者，蓋已廢爲丘墟久矣。然考邑志，宋楊大異爲周敦頤濂溪建此〔五〕，故雖改今名，而人猶口濂溪不置，豈非重其道耶？

道莫盛於孔子，自孔子而秦而漢以及魏、晉、唐至於宋，濂溪始衍太極以大其傳，則道之在濂溪者，亦無異於在人心者耳。人誠由此而力求之，雖孔子不難至也，況濂溪耶？孟子曰：『待文王而後興者，凡民也。若夫豪傑之士，雖無文王猶興。』〔六〕斯卽其意歟？使得此意而存之，則雖謂書院至今存可也。不然，未可恃乎此也。

書院在筆峯山〔七〕麓，屢廢屢興，鼎革復廢於兵燹〔八〕，惟餘荊榛片址，絶無可記者。榷關王公偶以此命題試士，予欲同人共勉於道，因略述其旨如此。或曰：然則不稱濂溪而稱相江者何？名以賜額重也。相江云者，以邑人張公九齡曾相開元云。

魏和公先生曰：記書院，歸重道上。道必以孔子爲斷，議論正大，筆復簡健可法，是兼醇儒〔九〕才士之勝者。

記舊名，記賜額，記地，記興廢之時，雖絶無可記，却已記盡。

【注釋】

〔一〕榷關王戸部：指王廷璣。康熙二十七年至韶關任榷關部司。見《韶州府志》卷五。

〔二〕相江書院：位於今廣東省韶關市區峯前路，光緒二十九年（一九〇三）改設北江中學堂，一九三五年又改爲廣東省立韶州師範，其名延續至今。清張希京修、歐樾華等纂《曲江縣志》卷十：『相江書院舊在府學東，宋乾道庚寅知州周舜元建，祀濂溪先生周敦頤。淳熙十年，教授廖德明增修。淳祐中提刑楊大異改建於帽峯之麓，濱於相江。寶祐二年，提刑吴燧請於朝，賜額曰「相江書院」，咸淳末燬於兵。元至順間復建。』此後又多次被毁，多次重修。

〔三〕宋寶祐二年： 寶祐，宋理宗年號。寶祐二年，一二五四年。

〔四〕提刑： 官職名。宋朝在各路設有提點刑獄公事，簡稱提刑。主管所屬各州的司法、刑獄和監察，兼管農桑。吴燧（一二〇〇—一二六四）： 字茂先，號警齋，宋泉州同安人，祖居晉江。宋理宗紹定二年（一二二九）進士。累官監察御史兼崇政殿説書，上書以正綱紀、開言路爲首務。除大理少卿，不拜而去。踰年除直秘閣廣東提刑，闢相江書院，重建講堂。後擢殿中侍御史兼侍講，改禮部侍郎奉祠。宋度宗立，再召爲兵部侍郎。見宋劉克莊撰《後村先生大全集》卷一四七。

〔五〕楊大異： 字同伯，號愚齋，宋潭州醴陵人。少從胡宏受《春秋》。南宋寧宗嘉定十三年（一二二〇）進士，授衡陽主簿。隨調龍泉尉，皆有惠政。嘉熙三年（一二三九），任四川制置司參議官。值蒙古兵僞樹宋軍旗，偷襲成都，楊隨制置使丁黼巷戰。宋軍敗，丁黼戰死。楊大異重傷暈倒，部下均以爲死，翌日收葬時被部下救走。後擢升大理寺丞，平反冤獄七。因敢於直言朝政得失，得罪宰相，貶爲澧州知州。後進直秘閣，提點廣東、廣西刑獄。所至奸吏收斂，盜寇絶跡，政清民安。以秘閣修撰奉祠歸。卒年八十二。見《宋史》卷四百二十三本傳。周敦頤濂溪： 周敦頤（一〇一七—一〇七三），字茂叔，原名惇實，避英宗舊諱而改名。號濂溪。宋道州營道（今湖南道縣）人，以蔭爲分寧縣主簿，歷南安軍司理參軍、虔州通判等，有治績。神宗熙寧初，知郴州，擢廣南東路轉運判官，移提點刑獄。後以疾求知南康軍，因家廬山蓮花峯下。精於易學，喜談名理，爲道學創始人，程顥、程頤皆從其受業。卒謚元。有《太極圖説》和《通書》及文集，後人合編爲《周子全書》。見《宋史》卷四百二十七本傳、宋潘興嗣《濂溪先生墓志銘》、朱熹《濂溪先生事狀》。

〔六〕『待文王』句： 見《孟子·盡心上》。

〔七〕筆峯山：又名帽子峯，在韶關市湞江區沙洲半島北部，皇岡山東南。

〔八〕鼎革：建立新的，革除舊的，指改朝換代。語出《易・雜卦》：『革去故也，鼎取新也。』隋許善心《神雀頌》：『質文鼎革，沿習因成。』唐徐浩《謁禹廟》詩：『鼎革固天啟，運興匪人謀。』兵燹：因戰亂而造成的焚燒破壞等災害。《宋史・神宗紀二》：『丁酉，詔：岷州界經鬼章兵燹者賜錢。』

〔九〕醇儒：學識純正的儒者。《陳書・岑之敬傳》：『始以經業進而博涉文史，雅有詞筆，不爲醇儒。』

九曜石〔一〕記

九曜石，亦名太湖石。南漢劉龑〔二〕據粤時，鑿西湖〔三〕百餘丈，取太湖及三江所產佳石實其中，以爲宴遊之觀，數值九，與曜數合〔四〕，故名。其實太湖產也。

予初來穗城，遍覓之不得。茲歲癸亥〔五〕，復跡之，始得其處，曰流水井〔六〕，或曰卽古藥洲也。石臥其側，數之得一十有九塊，蓋因斷壞過半，遂溢其數耳。糞壤壅積，瓦礫與俱，予爲摩挲〔七〕徘徊，太息久之。

當南漢之盛，富貴甲天下。計其時，臺榭珍翫，雄傑偉麗，極東南之美觀者，何可勝數。又其賓客往來從遊，臨流把酒，向石而留題者，亦豈可及。今皆已泯滅無跡，惟茲數石得以久存而不毁者，不可謂非石之幸也。然石雖存，而棄之道傍，未嘗有過而問者，則與泯滅者無異。予好之，無其力，世有力者而又不知好，或視爲迂闊無用之物，不如珠玉犀貝之有用而可寶也。

豈得謂之幸歟？雖然，石之偉岸怪奇，必有知而好之，將來位置〔八〕品題，當不減嚮時之盛。予獨於荒涼寂寞時，數往觀焉者，固見予傾倒於是石，且不欲待衆人之好而後好之，類時俗之所趨也。相傳歲久湖湮，而石亦陷沒。迨某年間，一營卒夜臥，忽有物凸其榻而動，怪之，急起視，見石從地起，即此石。事頗怪，或石之靈異未可知，或無其事，俱可存之不論。

石多名人題詠，不能悉記。又大半漫滅碎裂，獨一石玲瓏完好，視其文，則九曜第一石。旁亦有一石，已缺壞倒地，上有五指痕，號仙掌云。

李非庵曰：予過羊城，曾訪此石。石之偉岸怪奇，誠如柴舟所云。篇内寫石幸與不幸，備極感慨。末幅借事點綴，筆筆欲仙，真作記妙手也。六一公〔九〕後，罕見此文。

【注釋】

〔一〕九曜石：清屈大均《廣東新語》卷五：『九曜石在藥洲旁，南漢主劉龑使罪人移自太湖、靈壁，浮海而至者。石凡九，高八九尺或丈餘，嵌巖嵂兀，翠潤玲瓏。望之若崩雲，既墮復屹。上多宋人銘刻。一石上有掌跡，長尺二寸，旁有米元章詩。一石白色中空，一圓石爲頂，若牛頭大，可五尺，身中直通至頂，四旁有十餘竇相穿。一石通身有小孔如水泡沫。一石獨大，合三石爲之，下有數萌，長三尺許，磋如雪。父老云向未經見。此客石也，久而生筍，豈地之靈使然耶？然今亦摧折矣。』

〔二〕劉龑（八八九—九四二）：初名巖，又名陟。上蔡人，一説祖籍彭城，遷居泉州。劉隱弟。嗣劉隱知清海軍，襲封南海王。後梁貞明三年稱帝，建都廣州，國號大越。次年改國號漢，史稱南漢。改名龔，又改龑，爲其自造字，取自《易·乾》『飛龍在天』之義。任闇人，好酷刑，務奢侈。在位三十一年。廟號高祖。見《新五代史·南漢世家》。

〔三〕西湖：又稱仙湖或藥洲，底有泉眼數處，不涸。在今廣州市區教育路南方劇院側面。宋代開始淤積，至明由湖變池。明李賢等撰《明一統志》卷七十九：『藥洲在府城内，相傳南漢時聚方士煉藥於此。有湖，歲久湮塞。宋嘉定初經畧陳峴聳石爲山，蒔以花木，建堂其中，更名曰西洲。其堂亭池館各有扁額，兵火之餘畧無存者。本朝洪武初卽其址爲按察分司。』清黄佛頤編纂《廣州城坊志》卷二：『藥洲在府城内番禺西，長百餘丈……宋初爲西園，後又更爲西湖。歲久湮塞，嘉定元年經略使陳峴疏鑿之，更名西湖。』

〔四〕『數值九』二句：中國古代天文學稱北斗七星及輔佐二星爲九曜，剛好九顆。《文子·九守》：『天有四時、五行、九曜、三百六十日；人有四支、五藏、九竅、三百六十節。』唐韓偓《夢中作》詩：『九曜再新環北極，萬方依舊祝南山。』元李好古《張生煮海》第二折：『望黄河一股兒渾流派，高冲九曜，遠映三臺。』

〔五〕癸亥：康熙二十二年（一六八三）。

〔六〕流水井：今廣州市區西湖路的一條小巷。清黄佛頤編纂《廣州城坊志》卷二：『流水井在興隆街東，通觀音山泉。』

〔七〕摩挲：撫摸。亦作『摩挱』、『摩莎』。《釋名·釋姿容》：『摩挲，猶末殺也，手上下之言也。』宋羅願《新安志·記聞》：『他日扁舟會乘興，摩挲圭璧小從容。』

〔八〕位置：佈置，安排。宋陳鵠《耆舊續聞》卷三：『晁無咎閒居濟州金鄉，葺東皋歸去來堂，樓觀堂亭，位置極瀟灑。』

〔九〕六一公：卽歐陽脩（一〇〇七—一〇七二），字永叔，號醉翁，晚號六一居士。

魚王瀧〔一〕神廟碑記

跨魚王瀧有廟曰大士閣。大士〔二〕非司水也，司水者爲海神洪聖〔三〕諸神，而以大士主之，遂得血食〔四〕茲瀧也。瀧之源出翁山〔五〕，經英州〔六〕邑治。然考《翁志》〔七〕，不見載，獨載《英志》〔八〕中，名神前灘者是，則以其所在者爲據耳。

自縣治舟行一百三十里至鯉魚石，十餘里皆瀧，而此瀧尤險惡。神禹治水鑿山，山間流湧急逼，不能盡剷，餘石壅而爲瀧，高下巉崒〔九〕崎嶇，劍削鋒錯，勢怒而横，水石搏激，雷轟鼎沸，舟一遇失勢，則淪溺〔一〇〕破碎不可救。故舟行至此，無不恐懼，登廟拜伏，獻酒肉默禱，復請土人扶舟而後敢發。臨發之頃，客人皆舍舟岸行，視去舟如箭，頃刻不見。行數里，前舟已泊岸候，其奇險湍急如此。遇厄不必言，若幸無事，則必舉手加額，歸功於神。神亦似威靈取效，有異於他方者，而不知人力之爲之至於是也。人情〔一一〕緩則難爲恩，急則易見德。大難當前，而彼復有以挾我，其見德固宜，況患難急遽，性命攸關，精神一往而不可遏，誠與誠遇，鬼神爲我，而我亦爲鬼神，雖憂虞〔一二〕險阻，有如御風而行，況下此者乎？然已神之矣。自此至連灘，踰石壁潭，瀧始盡，水勢稍平，而神亦不居焉。詞曰：

翁山有流，石飛濤起。其名曰瀧，惟神安止。神亦何憑，恐懼是乘。事危慮熟，禍或成福。

惟我知神，惟神依人。屈伸往復，無物有痕。維此鄉庶，以篙代耒。履險而安，神功是著。遺廟江湄，奠斝〔一三〕奏詞。刻之灘石，千古於斯。

魏和公先生曰：用筆矯悍，亦有瀧水之勢。柴舟好奇，遇此等題，正當有此妙文耳。中具至理，鬼神聳聽。

【注釋】

〔一〕魚王瀧：即神前灘。位於廣東省英德市大站鎮北江支流的滃江河段，西距英德市區八公里，現建有長湖水庫。瀧，湍急的流水。清魏源《陽朔舟行》：『中夜前瀧吼。』《韶州府志》卷十三：『湞水，縣東，源出惠州龍川縣，逕翁源縣南，下注爲神前灘。又西流六十里合溱水入湞陽峽，此古湞水也。』

〔二〕大士：佛教對菩薩的通稱。南朝齊周顒《重答張長史》：『夫大士應世，其體無方，或爲儒林之宗，或爲國師道士，斯經教之成説也。』唐湛然《法華文句記》卷二：『大士者，《大論》稱菩薩爲大士，亦曰開士。』

〔三〕海神洪聖：南海之神。唐天寶中冊封爲廣利王，宋康定二年加號洪聖。唐韓愈《南海神廟碑》：『海於天地間，爲物最鉅。自三代聖王，莫不祀事，考於傳記，而南海神次最貴，在北東西三神、河伯之上，號爲祝融。天寶中……冊尊南海神爲廣利王……因其故廟，易而新之，在今廣州治之東南，海道八十里，扶胥之口，黄木之灣。』清李福泰修、史澄等纂《番禺縣志》卷十七：『南海神廟……建自隋世。唐封廣利王，宋康定二年加號洪聖。』

〔四〕血食：指受享祭品。古代殺牲取血以祭，故稱。《左傳·莊公六年》：『若不從三臣，抑社稷實不血食，而君焉取餘？』

〔五〕翁山：山名，位於廣東省韶關市翁源縣城（龍仙鎮）東的南浦鎮，即桂竹山。清謝崇俊修、顏爾樞纂《翁源縣新志》卷五：『翁山，縣東一百二十里，一名靈池山。壁立千仞，周圍四十里，接連銀梅地方，山頂有靈池，池有八泉，曰湧泉、溫泉、香泉、甘泉、震泉、龍泉、玉泉、乳泉，乃翁溪之源。張文獻碑所謂「八泉會而爲池」，即此也。圖經云：昔有二仙翁龐眉皓髮遊息於此，樵者時或見之，居民飲其水者多壽，故山名翁山，水名翁水。翁源之名蓋取諸此。』

〔六〕英州：今廣東省英德市。

〔七〕《翁志》：指《翁源縣志》。

〔八〕《英志》：指《英德縣志》。

〔九〕巉崪：險峻。亦作『巉崒』。前蜀貫休《送楊秀才》詩：『北山峨峨香拂拂，翠漲青奔勢巉崪。』

〔一〇〕淪溺：沉沒。晉葛洪《抱朴子·明本》：『涉精神之淵，則淪溺而自失也。』

〔一一〕人情：人之常情。指世間約定俗成的情理標準。《莊子·逍遙遊》：『大有逕庭，不近人情焉。』

〔一二〕憂虞：憂慮。《易·繫辭上》：『悔吝者，憂虞之象也。』

〔一三〕斝：古代酒器，青銅制，圓口，三足，用以溫酒。盛行於商代和西周初期。後亦泛指酒器。

芥堂〔一〕記

康熙二十有一年〔二〕七月日，家弟佛民〔三〕於其居之北隅面南築室成，額曰芥堂，屬予記之。

予思予韶爲古揚州〔四〕地，昔人謂中州清淑之氣磅薄而鬱積，於是焉窮〔五〕。然韶居粤上流，實開五嶺〔六〕風氣之先，於是焉窮者，亦於是焉始。故其地多讀書積學之士，而書堂園館亦因之而衆焉。當其盛時，城郭内外井煙互覆，咿唔弦歌之聲相聞。南郊水西之地，别業多至數十百間，皆因丘壑自然之勝。而邑西南三里名緑匪山房〔七〕者，亭沼竹樹，周遮蓊鬱，尤稱勝蹟。予曾講業〔八〕其地，彬彬〔九〕然可謂極盛矣哉！迨後鼎革〔一〇〕，繼經楚逆之變〔一一〕，由是昔號爲名勝者，今皆盪爲丘墟矣。數年來，求燈火片地，了不可得。而畫粥斷虀〔一二〕之士，至寄跡破刹敗院間，亦其時然也。

茲堂幽僻軒廠，旁多餘地，可池可野，予亦得飲讀其中，意欣然樂之。雖然，時有盛衰，則物莫不有興廢，其效已見於前矣。然豈無有不可廢者存耶？周孔〔一三〕之道德，班馬韓歐〔一四〕之文章，窮天地，亙古今，行之遠而彌彰，歷之久而愈熾，蓋不與凡物爲類者，又安有或廢之足慮哉！盛固常興，衰亦不廢。嗚呼！人能爲其不可廢者，則此堂有敝，此道常新，况堂亦可因之而不敝者乎？

堂之西有九成臺〔一五〕，蘇子瞻爲之銘，雖屢經世變，而斯臺得巋然獨存者，豈非文章之力哉！而深於道德者，其可知也已。乃爲記此，以告佛民，亦將與吾黨共勵焉。至堂以芥名，其取義深淺，必有能辨之者，故不復云。

魏和公先生曰：寫得書館園亭錯落可喜，末復歸之道德文章。此是柴舟生平得力處，往往拈出示人，俱見婆心〔一六〕。

【注釋】

〔一〕芥堂： 從本篇『堂之西有九成臺』可知，芥堂位於韶州府城的西北，在今韶關市區西堤北路北段的東側。

〔二〕康熙二十有一年： 一六八二年。

〔三〕佛民： 廖如，字佛民。詳見卷三《人日遊紫微巖聽彈琴詩序》注〔一〇〕。

〔四〕古揚州： 指淮河以南的廣大區域。《書·禹貢》： 『淮、海惟揚州。』《周禮·職方》： 『東南曰揚州。』《爾雅·釋地》： 『江南曰揚州。』

〔五〕『昔人謂』二句： 語見唐韓愈《送廖道士序》： 『中州清淑之氣，於是焉窮； 氣之所窮，盛而不過，必蜿蟺扶輿，磅礴而鬱積。』於是焉窮，（中州清淑之氣）到這裏就窮盡了。

〔六〕五嶺： 大庾嶺、越城嶺、騎田嶺、萌渚嶺、都龐嶺的總稱，位於江西、湖南、廣東、廣西四省之間，是長江與珠江流域的分水嶺。《史記·張耳陳餘列傳》： 『北有長城之役，南有五嶺之戍。』《漢書·張耳傳》作『五領』，顔師古注引鄧德明《南康記》： 『大庾領一也，桂陽騎田領二也，九貞都龐領三也，臨賀萌渚領四也，始安越城領五也。』一説，指大庾、始安、臨賀、桂陽、揭陽五嶺，見《文選·陸機〈贈顧交阯公真〉》詩『伐鼓五嶺表』李善注。

〔七〕綠匪山房： 位於今廣東省韶關市區五祖路附近。參見廖燕《綠匪山房記》（卷七）。

〔八〕講業： 研習學業。《史記·太史公自序》： 『講業齊魯之都，觀孔子之遺風。』

〔九〕彬彬： 美盛貌。《漢書·司馬遷傳》： 『漢興，蕭何次律令，韓信申軍法，張蒼爲章程，叔孫通定禮儀，則文學彬彬稍進，《詩》、《書》往往間出。』

〔一〇〕鼎革：建立新的，革除舊的，指改朝換代。語出《易·雜卦》：『革去故也，鼎取新也。』

〔一一〕楚逆之變：指吴三桂叛軍。康熙十六年七月，吴軍胡國柱、馬寶等從湖南率兵萬餘進攻韶州（今韶關），與清軍莽依圖部對壘，激戰後敗走。因爲是從湖南來犯，故稱。

〔一二〕畫粥斷虀：形容貧苦力學。典出南宋朱熹輯《五朝名臣言行録·參政范文正公》『公生二歲而孤』原注引宋魏泰《東軒筆録》：『公（范仲淹）少與劉某上長白僧舍脩學，惟煮粟米二升，作粥一器，經宿遂凝，以刀畫爲四塊，早晚取二塊，斷虀數十莖……入少鹽，煖而啗之。如此者三年。』虀，醬菜或醃菜之類。

〔一三〕周孔：周公和孔子的並稱。漢張衡《歸田賦》：『彈五絃之妙指，詠周孔之圖書。』

〔一四〕班馬韓歐：漢代班固、司馬遷，唐代韓愈和宋代歐陽脩的並稱。

〔一五〕九成臺：臺名。相傳舜南巡奏樂於韶石，後人建此臺以示紀念。初位於韶州府城北城牆上（今廣東省韶關市區中山路），後遷至西城牆上（今韶關市區西堤北路）。清張希京修、歐樾華等纂《曲江縣志》卷六：『九成臺，舊名聞韶，在北城上。建中靖國元年五月，蘇子瞻與蘇伯固北歸，郡守狄咸延之臺上，伯固謂臺宜名九成，子瞻即席爲銘，自書刻石臺上。後以元祐黨事，碑毁臺廢，遂以西城武溪亭爲臺，上立虞帝碑位，蔣之奇《武溪深》詞碑。原在延祥寺，元祐八年，郡守譚粹移亭中。後人於碑陰模九成臺字二，一小楷是子瞻書，一大篆是湖南曹文公書。』明清兩代多次重修。今已不存。宋蘇軾有《九成臺銘》。

〔一六〕婆心：反復叮嚀，多方設教，急切誨人之心。《大慧普覺禪師語録》：『老僧二十年前有老婆心，二十年後無老婆心。』《景德傳燈録·臨濟義玄禪師》：『黄蘗問云：「汝迴太速生。」師云：「只爲老婆心切。」』

隱樂亭記

鑒湖吴君某〔一〕嘗仕於朝，以忤權貴見斥，遂拂袖歸。兹歲乙卯〔二〕，築室於鑒湖之西山，又於其居之南構亭曰隱樂。亭成，乃不遠數千里走書〔三〕屬予爲記。

予未嘗至其地親覩所謂隱樂亭者，不知亭左右何山何水，木之濃淡，廬宇之向背，而但從亭名以想見其隱居之概焉。則雖不知其山，而隱者所在之山，必嵷巃而葱鬱，巖壑幽邃，蘭桂生而麋鹿遊也。則雖不知其水，而隱者所在之水，必浩盪而瀠洄，沙石雜錯，鷗鷺翔之而網艇〔四〕集也。修竹茂林之下，則隱者之廬在焉。時見君撫琴於其間，或倚嘯行吟，放扁舟以垂釣，結伴侣而採樵，優遊卒歲而忘其身之得失也。此予所能想像而記也，其他景物之變幻，煙雲嵐氣，四時出没而無窮，雖造物不能預設者，予亦不能想像而形之言焉。至若想像之，而於斯亭之景或然或不然，則予又不得而知之也。

雖然，古之君子以隱稱者多矣，予獨怪東方朔〔五〕仕漢爲上卿，以譎諫〔六〕名，可謂得其時矣，而乃自稱避世金馬門〔七〕，豈真隱者流耶？欲進説於其君，而借此爲名，以免雄主之忌也，則雖謂朔以仕爲隱可也。然魏侯生隱於夷門，而乃教公子無忌竊兵符以救趙〔八〕，欲何爲者耶？徐洪客已爲泰山道士矣，而乃上書李密，密不能從，及後兵敗，始思洪客言，至欲官之，而洪客已遯矣〔九〕。使密能從其言，吾知洪客必不以黃冠〔一〇〕老矣。則雖謂二人以隱爲仕可也。今君以直道不容於時，雖欲爲東方生而不得，況爲侯生、洪客之爲者乎？宜有以樂乎此而不出也。嗚呼！蓋其時云。

高望公曰：空中想像，下筆如畫。末幅寫出隱者二種人來，可謂英雄冰鑒〔一一〕。

【注釋】

〔一〕鑒湖：浙江紹興的別稱。因境內有鑒湖得名。鑒湖，即鏡湖，在紹興市城區西南一公里半。清徐元梅等修、朱文翰等輯《嘉慶山陰縣志》卷四：『鏡湖，在縣南三里，即古南湖，又名長湖，亦名大湖。東漢太守馬臻濬周三百五十八里，宋漸廢。今爲田，俗呼白塔洋，僅十餘里。若耶溪合焉。』明蕭良幹等修、張元忭等纂《紹興府志》卷七：『山陰鏡湖，在府城南三里，亦名鑑湖。任昉《述異記》：軒轅氏鑄鏡湖邊，因得名。』

〔二〕乙卯：康熙十四年（一六七五）。

〔三〕走書：來信。宋葉適《中奉大夫林公墓志銘》：『朱公元晦既謫，士諱其學，公執弟子禮不變，未殁數月，猶走書問疑義云。』

〔四〕網艇：一種漁船。宋吳自牧《夢粱錄》卷十二：『江岸之船甚夥，初非一色：海舶、大艦、網艇、大小船隻、公私浙江漁捕等渡船、買賣客船，皆泊於江岸。』

〔五〕東方朔（前一五四—前九三）：字曼倩。西漢平原厭次（今山東惠民）人。武帝時，徵四方士人，東方朔上書自薦，待詔金馬門。後任常侍郎、太中大夫等職。他性格詼諧，言詞敏捷，滑稽多智。曾以辭賦戒武帝奢侈，又陳農戰强國之策，終不見用。辭賦以《答客難》、《非有先生論》爲著。有《東方朔》二十篇，今佚。見《史記·滑稽列傳》。

〔六〕譎諫：委婉地規諫。《詩·周南·關雎序》：『上以風化下，下以風刺上，主文而譎諫，言之者無罪，聞之者足以戒，故曰風。』鄭玄箋：『譎諫，詠歌依違不直諫。』

〔七〕避世金馬門：《史記·滑稽列傳》：『武帝時，齊人有東方生名朔……時坐席中，酒酣，據地歌曰：「陸沈於俗，避世金馬門。宫殿中可以避世全身，何必深山之中，蒿廬之下。」金馬門者，宦署門也，門傍有銅馬，故謂之曰「金馬門」。』金馬門，漢代宫門名。學士待詔之處。

〔八〕『魏侯生』二句：事見《史記·魏公子列傳》。

〔九〕『徐洪客』七句：事見《資治通鑑·隋紀八》：『泰山道士徐洪客獻書於密，以爲「大衆久聚，恐米盡人散，師老厭戰，難可成功」。勸密「乘進取之機，因士馬之鋭，沿流東指，直向江都，執取獨夫，號令天下」。密壯其言，以書招之，洪客竟不出，莫知所之。』

〔一〇〕黄冠：黄色的冠帽，多爲道士戴用，用以指代道人。唐唐求《題青城山范賢觀》詩：『數里緣山不厭難，爲尋真訣問黄冠。』

〔一一〕冰鑒：指明鏡，比喻鑒別事物的眼力。南朝梁江淹《爲蕭公謝開府辟召表》：『臣謬贊國機，職宜冰鑒。』

品泉亭〔一〕記

韶芙蓉山有泉曰玉井泉〔二〕，松數千株覆其上，泉出松石間，性甘而洌。剖竹引流，直與廚接，蓋山寺之最勝者也。泉之右舊有亭，久圮，斷碑苔蝕，字殘缺不可讀，不知幾歲月於兹矣。履其勝，稽其時，則欲修而復之者將於是乎在。戊戌[三]，淩公來宰韶首邑[四]，教養兼舉，三年政成，乃構斯亭。較舊加闢，幽敞而明，因顔[五]曰品泉，命燕記之。

燕，韶人也，惟韶知韶。粤之水以瀕海而多鹹，韶處粤上流，故其水獨甘美。然韶之爲治，居湞、武二水中，武水出郴州臨武縣[六]，道經宜章、樂昌[七]，至府治西南與湞水合，較湞水一升獨重二兩有奇，則韶之水又以武爲上。兹山居武之陽[一]，宜其泉之甘芳清冽，遠出諸水上，爲公之所品鷺[八]，且以名其亭，使後人稱道傳誦而不置者，良有由也。然陸鴻漸[九]著《茶經》，品天下水曰：某爲上，某次之，某爲下下，而兹泉則無聞焉，非公物色，幾失此泉。況乎懷奇抱道[一〇]之士，恥於自干，不遇人品題賞鑒，而終身隱伏於泥塗，至老死不得見知於世者，又曷可勝道哉！燕固賀兹泉之遭也。雖然，韶之東有湧泉[一一]，爲太守杜公[一二]所賞，邑人余襄公作記。又東之南有曹溪，先爲西僧智藥識記，至今爲惠禪師卓錫地[一三]。韶之泉，抑何遭遇之多幸歟！然則燕之所致美乎公者，將不在是。

或曰：公尤善品士，故一試即首拔子。燕不敢對。公亦曰：『使予品士，當如斯泉。』公諱作聖，號睿公，五河人。壬寅[一四]三月某日記。

林草亭曰：記事之文，而寓以議論感慨，便見關係動人。末將己事一點，真鏡花水月[一五]文字，何處復有此種筆墨！

【校記】

〔一〕茲山居武之陽：此處有誤，『陽』當作『陰』，當云『武之陰』。芙蓉山位於武江之南，水南爲陰。許慎《說文解字・阜部》：『陰，暗也。水之南，山之北也。』

【注釋】

〔一〕品泉亭：位於芙蓉山芙蓉庵後。《曲江縣志》卷八：『品泉亭，在芙蓉山。康熙元年知縣淩作聖建。』

〔二〕芙蓉山：位於今廣東省韶關市武江區西河鎮。詳見卷四《韶郡城郭圖略序代》注〔四〕。玉井泉：位於芙蓉山的芙蓉庵後。《曲江縣志》卷四：『玉井泉，城西芙蓉山。泓澄如玉，泉出山半石罅。井坭可療小兒頭瘡。』

〔三〕戊戌：順治十五年（一六五八）。

〔四〕淩公：淩作聖，號睿公。江南五河（今安徽省蚌埠市五河縣）人，順治十五年任曲江知縣。韶首邑：指曲江縣。曲江爲韶州府治所在，故稱。

〔五〕顔：題字於匾額等。明郎瑛《七修類稿》卷三十二：『家嘗有竹數竿，作亭其間，名曰「醫俗」，因記之以顔於亭。』

〔六〕郴州臨武縣：今湖南省郴州市臨武縣，位於湖南省東南部，與廣東省相鄰。

〔七〕宜章：縣名。今湖南省郴州市宜章縣，位於郴州市南部。樂昌：縣名。今廣東省樂昌市，位於韶關市北部。

〔八〕品鷺：評定，論定高低。明胡應麟《少室山房筆叢・九流緒論引》：『第諸家外古今文人學士單詞片藻，品鷺尚繁，並欲類從，慮多遺漏，或貽誚於大方。』

〔九〕陸鴻漸：　卽陸羽（七三三—約八〇四），初名疾，字季疵。後改名羽，字鴻漸，又自號竟陵子，又號桑苧翁，唐復州竟陵（今湖北天門市）人。工古調歌詩。性詼諧，少年匿優人中，撰《謔談》數千言。唐肅宗上元初，隱苕溪，闔門著書。與李季蘭、皎然交往。嗜茶，精於茶道。著有《茶經》，言茶之原、之法、之具尤備。見《新唐書》卷二百十九本傳。

〔一〇〕懷奇抱道：　身懷奇才，抱持正道。唐韓愈《試大理評事王君墓志銘》：『君諱適，姓王氏，好讀書，懷奇負氣，不肯隨人。』《宋史·錢顗傳》：『今臺諫充位左右輔弼又皆貪猥近利，使夫抱道懷識之士皆不欲與之言。』

〔一一〕湧泉：　位於今廣東省韶關市中心城區東南曲江區馬壩鎮山子背村，與湞江區樂園鎮交界。泉水西流，於今百萬大橋處注入北江。清張希京修、歐樾華等纂《曲江縣志》卷四：『大湧泉，城東南二十里，泉湧出石罅中西流十里入溱水。宋守杜植作湧泉亭，余襄公有記。』這裏記載的從府城至湧泉的里程有誤，當作『十二里』，清顧祖禹撰《讀史方輿紀要·廣東三》：『又（韶州府）城西南十二里有紫薇洞……其東大湧泉出焉。』正作『十二里』。又宋余靖《湧泉亭記》：『梁濟真水，越一長亭，得湧泉焉。』『一長亭』，卽十里，是『十二里』的約數。經實地考察，也證實《曲江縣志》的記載之誤。但《讀史方輿紀要》『又城西南十二里有紫薇洞』，『西南』應爲『東南』。

〔一二〕太守杜公：　卽杜植，字挺之，宋慶曆間知韶州軍州事。《曲江縣志》卷四：『大湧泉……宋守杜植作湧泉亭，余襄公有記。』宋余靖《湧泉亭記》：『尚書外郎杜君挺之之爲守也，獄無寃私，賦役以時，事舉條領，民用休息。』余靖該文作於『慶曆七年五月日』，而文中云『（杜植）既罷郡歸闕且半歲，某與後太守潘伯恭、南康倅李仲求共陟泉亭』，杜植建有湧泉亭，《曲江縣志》卷八：『湧泉亭，宋慶曆七年建。』由此可見，杜植是在慶曆七年任滿赴京的。

〔一三〕『又東之南』三句： 清馬元、釋真朴重修《曹溪通志·建制規模》：『按： 梁天監初，西域智藥三藏航海而來，初登五羊，至法性寺以所攜菩提樹一株植於宋求那跋陀三藏所建戒壇之前，讖曰「吾後一百六十年，當有肉身菩薩於此樹下開演大乘，度人無量」。及自南海至曹溪，口掬水飲之，香美異常，謂其徒曰「此水與西天之水無異，源上必有勝地，堪爲蘭若」。乃遡流窮源至此。四顧山水迴合，峯巒奇秀。嘆曰「宛如西天寶林山也」。因謂居民曰「可於此山建一梵刹，一百六十年後當有無上法寶於此演化，得道者如林。宜號寶林」。時韶州牧侯敬中以其言表聞上。可其請，賜額曰「寶林」，遂成梵宮。落成於梁天監三年戊申，實此山開創之始也。自梁天監元年丙午至唐高宗儀鳳元年丙子，得一百七十年，應智藥三藏之讖云。』曹溪，北江支流，位於今廣東省韶關市曲江區。《曲江縣志》卷四： 『曹溪水，城東南五十里，源出狗耳嶺，西流三十五里合湞水。』讖記，迷信人指將來會應驗的話。惠禪師，指慧能（六三八—七一三），名或作惠能。唐代僧。嶺南新州人，祖籍范陽，俗姓盧。與神秀同師禪宗五祖弘忍，以『菩提本無樹，明鏡亦非台。本來無一物，何處惹塵埃』一偈得弘忍贊許，密傳其衣鉢，爲禪宗第六祖。後居韶州曹溪寶林寺，弘揚『見性成佛』的頓悟法門，與神秀在北方倡行的『漸悟』法門相對，分爲南宗和北宗。慧能的南宗其後蔚爲『五家七宗』，影響深遠。卒謚大鑒禪師。弟子輯其語錄爲《壇經》。見《舊唐書》卷一百一、宋贊寧撰《宋高僧傳》卷八本傳、宋志磐《佛祖統紀·達磨禪宗》。卓錫，卓，植立。錫，錫杖，僧人外出所用。因謂僧人居留爲卓錫。元張伯淳《楞伽古木》詩： 『道林卓錫舊種此，髣髴於今八百年。』

〔一四〕壬寅： 康熙元年（一六六二）。

〔一五〕鏡花水月： 鏡中花，水中月。比喻空靈的詩境。語本唐裴休《唐故左街僧錄內供奉三教談論引駕大德安國寺上座賜紫方袍大達法師元秘塔碑銘》： 『崢嶸棟樑，一旦而摧。水月鏡像，無心去來。』清魏裔介《辨若弟泛舟吟序》： 『昔人謂詩有別才、別解，豈盡無見正？ 以鏡花水月，超然聲色耳。』

樂韶亭記

韶之爲郡，在粵西北，爲五嶺門户，居東西湞、武二水中。東由湞江出豫章〔一〕，通江南、會稽〔二〕、魯、燕諸處，爲東關〔三〕。西由武溪通荊楚、河南、關陝〔四〕、川、晉諸處，爲西關〔五〕。凡粵之玳瑁、珠璣、犀貝〔六〕與夫珊瑚、象牙、沉香〔七〕、梨梓、金鐵器皿之屬，及日本、琉球、交趾〔八〕、東西洋諸外國奇珍異寶，絡繹交馳，接續不絕。巨艖細艑〔九〕，商人旅客之所攜載，靡不經由停泊於此，候投單上税驗放，然後敢行，非是則不能徑越而飛渡焉。其商旅貨財湊集之盛如此。

司其關者，皆優遊坐鎮，指麾〔一〇〕商客，無簿書訟獄軍馬之繁以擾其心思志慮，有仕宦之榮，無形役之苦，莫不至此而樂，樂而不忍去也。西關名遇仙，其來已舊，爲本郡所〔一一〕屬攝理。東關名太平，國朝康熙八年始自雄州移至〔一二〕，與遇仙共二關，遞年俱著户部二員，兼主其事，歲滿報命，永爲榷關定例。越十有一年，廣陵某公〔一三〕始由户部員外榷關於此。至之日，釐榷吏之積弊，來遠人之謳思〔一三〕。政清無事，乃於署西得隙地構亭以爲休息之所，顔曰樂韶亭，屬燕爲記。

夫韶非所稱風土和柔、人士願慤〔一四〕之善地者歟？宜其有可樂者在矣，而况乎山川蜿蜒而諔詭〔一五〕，爲古名賢往來樂遊稱道而不置者又比比也。然仕其地者，往往得其苦而不得其樂者，何耶？豈非利欲之有以溺其中，而簿書之有以勞其外也哉！今某公無是二者之累，権關之暇，時與僚屬讌遊嘯傲於韶石〔一六〕、芙蓉，湞、武二水之間，倦則歸休於茲亭焉。信乎能樂韶之樂也，況乎能因民之樂而樂之，其樂又豈可既〔一七〕歟！

公嘗課試〔一八〕韶士，品騭〔二〕贈遺，皆有以得其懽心，不獨能樂韶之樂，而且與韶人共樂其樂。樂而不忍去，而韶之人亦不欲公之去，思有以留公而不得也。是皆可書而記也，因書於茲亭，以頌公之德焉。且以告斯地有斯民之責者，宜皆有以樂其樂也。

黄少涯曰：大起大落中，復極悠揚盡致，純乎大家之文。

【校記】

〔一〕所：底本爲空格，據利民本、寶元本補。

〔二〕品騭：騭，底本爲隙，據文久本改。品騭，論定高低。明胡應麟《少室山房筆叢·九流緒論引》：『第諸家外古今文人學士單詞片藻，品騭尚繁，並欲類從，慮多遺漏，或貽誚於大方。』

【注釋】

〔一〕豫章：漢豫章郡治南昌，轄境大致同今江西省。因以指江西。

〔二〕江南：指長江以南的地區。各時代的含義有所不同，漢以前一般指今湖北省長江以南部分和湖南省、江西省一帶；後來多指今江蘇、安徽兩省的南部和浙江省一帶。《左傳·昭公三年》：『王以田江南之夢。』漢阮瑀《爲曹公作書與孫權》：『孤與將軍，恩如骨肉，割授江南，不屬本州。』會稽：郡名。秦置，因境內有會稽山而得名。後以指浙江地區。

〔三〕東關：又稱太平關，位於太平橋。太平橋横跨於湞江下游東西兩岸，橋西爲今韶關市區東堤北路太傅街北端。《韶州府志》卷二十二：『徵税分設三處一名太平橋，卽東關，係江西入粤要津。』《曲江縣志》卷七：『太平橋在湘江門外里許，卽東河浮橋，今爲榷税鈔關。』

〔四〕關陝：指陝西地區。陝西古名關中，故稱。

〔五〕西關：位於遇僊橋，卽今韶關市區西河大橋，横跨武江下游東西兩岸。清林述訓等修《韶州府志》卷二十二：『徵税分設三處……一名遇仙橋，卽西關，係湖廣通粤要津。』清張希京修、歐樾華等纂《曲江縣志》卷七：『遇僊橋卽西河浮橋，在西門外。上通瀧水，爲由楚入粤要津。』

〔六〕玳瑁：一種形似龜的爬行動物的甲殼。黄褐色，有黑斑和光澤，可做裝飾品。亦作『瑇瑁』。《漢書·東方朔傳》：『宫人簪瑇瑁，垂珠璣。』珠璣：珠子。漢陸賈《新語·本行》：『璧玉珠璣不御於上，則翫好之物棄於下。』犀貝：犀牛角和貝殼。清黄宗羲《明儒學案》卷四十三：『金玉犀貝非産於一國而聚於一家者，以好而集也。』

〔七〕沉香：薰香料名。又稱沉水香、蜜香。晉嵇含《南方草木狀·蜜香》：『交趾有蜜香樹，榦似櫃柳，其花白而繁，其葉如橘……木心與節堅黑，沉水者爲沉香，與水面平者爲雞骨香，其根爲黄熟香，其榦爲棧香，細枝緊實未爛者爲青桂香，其根節輕而大者爲馬蹄香。其花不香，成實乃香，爲雞舌香，珍異之木也。』明李時珍《本草綱目·木一·沉香》：『木之心節置水則沉，故名沉水，亦曰水沉。半沉者爲棧香，不沉者爲黄熟香。《南越志》言交州人稱爲蜜香，謂其氣如蜜脾也。』

〔八〕琉球：古國名。卽今琉球群島。位於臺灣島東北，九州島南面海上。隋時建國。清光緒五年，日本侵佔琉球，俘其國王尚泰，改爲沖繩縣。見《隋書・東夷傳》、《明史・琉球傳》、《清續文獻通考・四裔一》。交趾：指今越南。

〔九〕巨艖細編：大小船隻。

〔一〇〕指麾：同「指揮」。《荀子・議兵》：「湯武之誅桀紂也，拱挹指麾，而强暴之國莫不趨使，誅桀紂若誅獨夫。」漢桓寬《鹽鐵論・論功》：「是以刑省而不犯，指麾而令從。」

〔一一〕康熙八年：一六六九年。《曲江縣志》卷十二：「太平關原設南雄，康熙九年移置縣治湘江門外。」則太平關移置湘江門外的時間在康熙九年（一六七〇）。雄州：五代南漢乾和四年（九四六）置，北宋開寶四年（九七一）爲避與河北雄州重名，改南雄州。即今廣東省南雄市。

〔一二〕廣陵某公：本篇載康熙八年東關自雄州移至太平橋，又過了十一年，廣陵某公始來韶上任，則廣陵某公上任的時間就是康熙十九年。考《韶州府志》卷五，康熙十九年任榷關部司的爲范承澤，其官職也不是廖燕所稱的「戶部員外」，而是「禮部員外郎加二級」。

〔一三〕謳思：謳歌以表達思念之情。清馬驌《繹史・黃帝紀》：「享國百年而崩，百姓謳思，歷世猶不輟焉。」

〔一四〕願慤：樸實，誠實。《商君書・定分》：「名分定，則大詐貞信，巨盜願慤，而各自治也。」宋朱熹《韶州州學濂溪先生祠記》：「韶故名郡，士多願慤。」

〔一五〕諔詭：奇異。《莊子・德充符》：「彼且蘄以諔詭幻怪之名聞。」陸德明釋文引李頤曰：「諔詭，奇異也。」

〔一六〕韶石：山巖名。在今廣東省韶關市仁化縣周田鎮（舊屬韶州曲江縣）湞江北岸，西南距韶關市區二十五公里。傳説舜遊登此石，奏《韶》樂，因名。北魏酈道元《水經注·溱水》：『其高百仞，廣圓五里，兩石對峙，相去一里，小大略均，似雙闕，名曰韶石。』

〔一七〕既：完畢，完了。《公羊傳·宣公元年》：『既而曰。』注：『事畢也。』

〔一八〕課試：考試。《後漢書·順帝紀》：『年四十以上課試如孝廉科者，得參廉選，歲舉一人。』

修路碑記代

予奉命榷關來韶，似除徵税譏〔一〕人外，皆非予責也，況道路乎？然事隨情生，情隨緣起，其他固無暇及，惟自部署至風度樓，出相江門至關廠亭〔二〕，及汲道階磴，予榷關朝暮出入，必經由此，視他路爲有緣，今皆傾圮已甚，而不急爲修葺整理，致行旅有蹶趨挫折顛仆之患，忍乎哉？況予宦韶已及一載，與韶千萬人爲緣，千萬人又與韶之路爲緣，緣既有在，情卽隨之。今將報命北旋，若復恝然〔三〕徑去，其將何以爲情耶？因與某公捐俸修砌，□□□□□□□□計街若干丈，臨河汲磴若干級，易舊爲新，易細爲巨，易仄爲平，咸恃石爲功。時工將竣，而予亦將别韶去矣。

古人臨别，必用一物以相贈遺，云以將敬也。然今欲以一物贈千萬人，使千萬人皆可遍及無遺，勢必不能。今以千萬人共由此路，因修此路以便千萬人，且可垂之千百年而不朽者，將以此贈韶之人，韶之人其肯卻之否耶？以石贈人，古亦有行之者，蘇端明以怪石供佛印〔四〕，又稱耐久朋爲石交〔五〕。他日黄河如帶，泰山如礪，此石不朽，此路長存，則予與韶人之情之緣，雖千古如一日也，此則予砌路立碑之意也。若以王道盪平爲言，則予豈敢？

劉漢臣曰：奇情至理，成此妙文。然亦是此題中必有文字，特人不會搜取，遂讓柴舟獨步。

【注釋】

〔一〕譏：通『幾』。《周禮·地官·司關》：『國凶札則無關門之徵猶幾。』注：『猶幾，謂無租稅，猶苛察不令姦人出入。』

〔二〕相江門：或作湘江門，韶州府城東北角城門，大致位於今韶關市區中山路與東堤路的交匯處。始建於明代。後又改名迎恩門。見《曲江縣志》卷五。關廠亭：指東關即太平關的辦公處所。位於今韶關市區東堤北路太傅街。《曲江縣志》卷六：『忠惠廟即太傅廟，在太平關稅廠前，俗名津頭廟。郡人感刺史盧光稠之德，立廟祀之。宋時以保護功聞贈太傅，賜匾額曰忠惠。廟左爲水月宮，右爲黎母宮。』《韶州府志》卷二十二：『徵稅分設三處，一名太平橋，即東關，係江西入粵要津。』《曲江縣志》卷七：『太平橋在湘江門外里許，即東河浮橋，今爲榷稅鈔關。』廠亭，棚舍，沒有牆壁的簡易房屋。

〔三〕恝然：漠不關心貌。宋辛棄疾《醉翁操》詞序：『意相得歡甚，於其別也，何獨能恝然。』

〔四〕『蘇端明』句：蘇端明，即蘇軾。蘇軾從齊安江上得各色似玉美石二百九十八枚，盛於古銅盤，注入清水，作爲案頭擺設，以贈僧人佛印，並著有前後《怪石供》文兩篇。

〔五〕石交：交誼如石頭般堅固的朋友。《史記·蘇秦列傳》：『此所謂棄仇讎而得石交者也。』

改舊居爲家祠堂記

韶俗家不立祠堂，豈非缺典哉？予族祖籍豫章樟樹鎮〔一〕，洪武元年，始祖宣義公始移居粤地，爲曲江城東武成里〔二〕。至六世祖仕賢公，復徙西河大廟坊〔三〕，族衆頗繁。迨後十一世祖熙寰公，欲立祠於室東偏以奉祭祀而未就也。十三世傳至不肖燕，家世中落，復值楚逆之變〔四〕，廬舍殘破，存者僅剩四壁。時有弟某出贅鄉居，燕亦返城東故里，而舊居遂爲廢墟。然而祖宗靈爽實式憑〔五〕焉，爲其後者，又烏可漠然置之也哉？

燕嘗往返其處〔一〕，顧瞻形勢。舊居西向，議於此地改爲祠堂。東向，背山臨溪，湞水來朝與武水匯於址，而南去無所見，左右環抱，靜好如立，块外而望其内。先靈棲此，無異於昔，且增勝焉，於情法爲宜，僉〔六〕曰可。堂成，立始祖宣義公神主，而以高曾祖考妣至祖父考妣凡若干主配享焉。諸從祧〔七〕者，以其時將本主埋於墓側，如家禮法，春秋舉祀於此，顔曰廖氏宗祠。

嗚呼！自洪武元年，距今三百三十有八年，合一十有三世，始克爲此，豈易易〔八〕哉！由前而觀，祖靈之所依止，以及合族昭穆世系，將於是乎在。由後而觀，子孫歲時伏臘〔九〕，教孝教弟，或能立光裕〔一〇〕昌大之業，燕尤禱祀求之，然要皆自今日立祠堂始。

堂右舊有二十七松堂，爲燕燈火〔一二〕之地，同時毁於兵燹。今雖徙居，然至今猶忽忽〔一二〕念之，燕將率子弟隸業祠内如二十七松堂焉。或曰以祠堂爲别業可乎？予曰不然。韶俗有别業而無祠堂，或因此而爲轉移之一法焉，又曷爲不可？記之，時爲甲子〔一三〕立春前三日。

魏和公先生曰：説得祠堂如此鄭重關係，與先儒制禮之意吻合可想。中間叙述祖孫遷次相地建祠一段苦心處，惻惻動人。文章惟真故妙，此真妙而可傳者也。起結俱以韶俗爲言，其用意可知。

【校記】

〔一〕其處：二字底本闕，據文久本補。

【注釋】

〔一〕樟樹鎮：鎮名。明清時屬江西臨江府清江縣。今爲江西省樟樹市城區。

〔二〕武成里：今韶關市區東堤中路。考《曲江縣志》卷一《附郭城池全圖》，郡城東北爲化成坊，有武成街。

〔三〕大廟坊：今韶關市武江南路中和巷一帶，廖燕舊居爲中和巷七三—七七號（見姚良宗《廖燕與『二十七松堂』》）。

〔四〕楚逆之變：楚逆指吴三桂叛軍。康熙十六年七月，吴軍胡國柱、馬寶等從湖南率兵萬餘進攻韶州（今韶關），與清軍莽依圖部對壘，激戰後敗走。因爲是從湖南來犯，故稱。

〔五〕靈爽：指神靈，神明。晉袁宏《後漢紀·獻帝紀三》：『朕遭艱難，越在西都，感惟宗廟靈爽，何日不歎。』式憑：依靠，依附。《明史·李賢傳》：『此堯舜用心也，天地祖宗實式憑之。』

〔六〕僉：全，都。《說文解字·亼部》：『僉，皆也。』

〔七〕祧：把隔了幾代的祖宗的神主遷入遠祖的廟。《續資治通鑑·宋高宗紹興三十二年》：『丙子，祧翼祖皇帝神主，藏於夾室。』

〔八〕易易：很容易。《禮記·鄉飲酒義》：『吾觀於鄉，而知王道之易易也。』

〔九〕伏臘：舉行伏祭和臘祭。伏祭在夏季，臘祭在冬季。北周庾信《小園賦》：『余有數畝敝廬，寂寞人外，聊以擬伏臘，聊以避風霜。』

〔一〇〕光裕：發揚光大。《國語·周語中》：『叔父若能光裕大德，更姓改物，以創制天下，自顯庸也。』韋昭注：『光，廣也。裕，寬也。』

〔一一〕燈火：指讀書，學習。宋葉適《鞏仲至墓志銘》：『仲至學敏而早成……宿艾駭服，以爲積數十年燈火勤力，聚數十家師友講明，猶不能到也。』

〔一二〕忽忽：失意貌。《史記·韓長孺列傳》：『乃益東徙屯，意忽忽不樂。數月，病歐血死。』

〔一三〕甲子：康熙二十三年（一六八四）。

新建皇岡橋〔一〕碑記

按郡輿圖記，自北至仁化縣〔二〕界八十五里，自西北至樂昌縣界四十里，其道較仁邑〔三〕爲近，而險則過之，然天限之矣。郭北一里許，有澗名皇潭水〔四〕，道通樂邑〔五〕，爲曲邑〔六〕一十二水之一，而此水爲最，豈所謂勢近而最親者歟？澗介筆峯、皇岡〔七〕之間，下合武水，遇山泉陡發，則汪洋巨浸〔八〕，無舟則不能利濟〔九〕，此豈所謂勢難而可畏者歟？

顧其先業已成橋，以木爲之，而壞於海若〔一〇〕，則水害之也。予獨思夫天下之物，惟水居多，五行雜之，萬物乘之，水之爲害倍於水之爲利。然水與木敵則水勝，水與石敵則石又勝。五行言土不言石，石蓋居土之内。然水常敗土，而石獨能制水，道固有宜於剛者耶？又思水之爲性，浩盪漫衍，當其奔潰怒流，波濤起伏，頃刻數十百里。而我獨横當其衝，逆來順應，使其安常利故而不敢放，滔滔汩汩，入溪流而下江海。事至而不驚，事去而遂已，無所事事而事已無不治焉。道固有宜於柔者耶？

《易》曰：『乾剛坤柔。』〔一一〕又曰：『天一生水，地六成之。』〔一二〕一屬陽，剛道也；六屬陰，柔道也。剛柔合而天下無難處之事矣，況治水云乎哉！是橋經始於乙丑〔一三〕某月日，落成於某月日。闊一丈三尺，長五丈八尺有奇。

張泰亭先生曰：板板作四段寫，章法奇甚。中間多作奇恣閃忽之筆，固足眩目。

【注釋】

〔一〕皇岡橋：位於今韶關市區前進路一帶。《曲江縣志》卷七：『皇岡橋在城北里許，其水名皇潭。橋以木爲之，康熙二十四年易以石。道光三十年重修。』

〔二〕仁化縣：縣名。今廣東省韶關市仁化縣。位於廣東省北部。

〔三〕仁邑：指仁化縣。

〔四〕皇潭水：武江支流，源自皇岡嶺，南流至五里亭匯入武江。清張希京修、歐樾華等纂《曲江縣志》卷四：『皇潭水，卽皇岡嶺下，合武水，澄瑩可愛。』同書卷四：『皇岡山……舊傳舜南巡奏樂於此，因祀舜於皇岡之麓。名其水曰皇潭泉，曰虞泉。』則『皇潭水』卽『皇潭泉』。

〔五〕樂邑：指樂昌縣。

〔六〕曲邑：指曲江縣，舊縣名。

〔七〕皇岡：在韶關市湞江區沙洲半島北部三里。

〔八〕巨浸：大水，洪水。宋陸游《讀夏書》詩：『巨浸稽天日沸騰，九州人死若丘陵。』

〔九〕利濟：濟，渡過。『利濟』是截取《周易·既濟》『既濟，亨，小利貞。初吉終亂』中的『利』和『濟』二字合成，表示『濟』。

〔一〇〕海若：傳說中的海神。《楚辭·遠遊》：『使湘靈鼓瑟兮，令海若舞馮夷。』王逸注：『海若，海神名也。』洪興祖補注：『海若，莊子所稱北海若也。』

〔一一〕乾剛坤柔：見《周易·雜卦傳》。

〔一二〕『天一生水』二句：見《尚書大傳·五行傳》：『天一生水，地二生火，天三生木，地四生金。地六成水，天七成火，地八成木，天九成金，天五生土。』

〔一三〕乙丑：康熙二十四年（一六八五）。

綠匪山房記

蓉之麓，武溪之涯，古仁壽臺〔一〕之南偏，有廬翼然，隱隱見其簷牙〔二〕於疏林蒙蓧之杪〔三〕者，則彭君彤輔〔四〕之綠匪山房也。山房多竹，予年來讀書於此，固嘗樂之。予以愛竹聞，以愛竹之人而居多竹之地，其爲樂也，豈特倍之。而若有幽思遐慕者，何哉？

予觀古雄傑士，類能勞苦忍辱，其志汲汲〔五〕恒奔走數萬里之遙，幸而功成，亦皆拮据〔六〕至老死不休暇，安肯爲山林之樂？故凡樂山林樂者，非飄然長往之人，必投閒歸休之士，而予非其人也。境則是之，人則非之，物與有間矣，間而不可以洽，情能相樂耶？

彭君宦遊以歸，築室於茲，以爲幽閒之所，宜矣。予嘗與同儕〔七〕引觴其間，醉則悲歌慷慨，將何以爲情耶？毋亦爲山林之樂而已矣。雖然，山林之山林不樂，平泉〔八〕之丘壑，豈勝於太史公之山川哉！若必樂山林之山林。山房西望蓉嶺〔九〕，鬱乎蒼蒼，予先人之塋壟〔一〇〕在焉。其南空曠，頗多園林之趣。他日遨遊倦歸，結廬相望，與君滿酌，話當日山房之勝，始可樂耳。此豈古雄傑之士之志也哉！丙午〔一一〕三月日記。

【注釋】

〔一〕仁壽臺：位於今廣東省韶關市區五祖路。《曲江縣志》卷十六：『仁壽光運寺，在縣西河。相傳爲始興內史王導故宅，俗又稱五祖寺，然非黄梅五祖也。隋時名仁壽臺。唐天寶二年有僧道廣居之，因建廣界寺，南漢改曰仁壽，宋寶元間重建。國朝康熙十一年知府馬元重修。』

〔二〕簷牙：簷際翹出如牙的部分。唐杜牧《阿房宫賦》：『廊腰縵迴，簷牙高啄。』

〔三〕杪：樹的末梢，頂端。《説文解字·木部》：『杪，木標末也。』

〔四〕彭君彤輔：清初人，生平不詳。宦遊歸後，於芙蓉山麓建有緑匪山房。廖燕早年曾讀書於此。

〔五〕汲汲：心情急切貌。《漢書·揚雄傳上》：『不汲汲於富貴，不戚戚於貧賤。』

〔六〕拮据：勞苦操作，辛勞操持。《詩·豳風·鴟鴞》：『予手拮据。』陸德明釋文：『韓《詩》云：「口足爲事曰拮据。」』

〔七〕同儕：同伴，夥伴。《三國志·吴書》卷十七：『同儕者以勢相害，異趣者得間其言。』

〔八〕平泉：平泉莊，唐李德裕遊息的别莊。唐康駢《劇談録·李相國宅》：『（平泉莊）去洛陽三十里，卉木臺榭，若造仙府。』唐白居易《醉游平泉》詩：『洛客最閑唯有我，一年四度到平泉。』

〔九〕蓉嶺：即芙蓉山。

〔一〇〕塋壟：墳墓，墓地。

〔一一〕丙午：康熙五年（一六六六）。

湯中丞〔一〕毁五通淫祠記

去蘇州城西二十里爲上方山〔二〕，又名楞伽山。上有五通神祠，相傳太母一産五子，殁爲神，能禍福人，俗稱爲五聖，又稱五殿靈公。吴俗，淫而信鬼，故祀五通神惟尤盛，自歲首以暨除夕，殆無虚日。雖嚴寒劇暑，載鼓吹牲帛往賽禱〔三〕者絡繹不絶。五通固喜淫，婦女被所魅者甚衆。從前婦女入祠者，相戒不得豔妝。近則冶容袨服〔四〕，釵珥縱横，男女雜踏〔五〕，往往目成〔六〕。兼之奸巫淫尼，闌入人閨闥〔七〕，競相煽惑，反若以淫誨淫，遂至有不堪言者。吴中之風俗蓋如此。

康熙己巳〔八〕歲，公以副都御史巡撫江南〔九〕，適諸生〔一〇〕李某有女爲五通魅死，忿控於公，公出示禁祀五通〔一一〕。未幾，值太母誕辰，祀事之盛，喧動四鄰。公聞之震怒，躬率有司民壯抵祠所，取諸神像盡投諸水火，並檄〔一二〕所屬，敢有匿五通像而私祀者，以死罪論。具疏上聞，永行禁止。凡奏疏文移〔一三〕禁約，與事關五通，作爲詩歌古文詞〔一四〕者，公復爲之彙刻流傳，俾人人曉然，知淫祠當毁之義。嗣是吴俗爲之少變，皆公以正氣毅然行之，不爲禍福所撓之力也。

先是五通見夢於土人曰：『吾不久去此矣。今楊公椒山〔一五〕來，吾當謹避之。』蓋以公爲椒山先生後身云。公姓湯，諱斌，號潛庵，睢州人。

予於丙子〔一六〕歲來吳，時公已去吳，捐館舍〔一七〕數年矣。吳人至今頌公之德不衰，其述公毀五通淫祠巔末〔一八〕尤詳。予按，五通不過一淫昏之鬼耳，有何禍福之能爲？然其說或可以愚庸人，而斯土之賢士大夫亦在所不免，何哉？豈習俗之能移人一至於是耶？使非公爲狂瀾砥柱，將不知何所底止〔一九〕也。吳人立祠祀公，予入祠得拜公像，徘徊瞻仰歎息者久之。因略記其梗概，立石祠側，以見公善政之一端，並以儆世俗之淫而信鬼者。自記。

【注釋】

〔一〕湯中丞：湯斌（一六二七—一六八七），字孔伯，號潛庵。河南睢州（今河南省商丘市睢縣）人。曾參修明史，康熙二十一年充明史總裁。二十三年，由內閣學士擢江蘇巡撫。任內，整頓吏治，打擊豪强，蠲免苛賦，建立義倉社學，宣傳儒家經典，毀棄五通神淫祠。二十五年升任禮部尚書，管詹事府事，並再充明史總裁。次年改任工部尚書。他在朝以敢於爭議出名。《清史稿》卷二百六十五有傳。中丞，漢代御史大夫下設兩丞，一稱中丞。中丞居殿中，故以爲名。東漢以後，以中丞爲御史臺長官。明清時用作對巡撫的稱呼。

〔二〕上方山：又名楞伽山。位於今江蘇省蘇州市西南，吳越路最南端。清李銘皖等修《蘇州府志》卷六：『楞伽山，在吳山東北，又名上方山。上爲楞伽寺，有浮屠七級。』

〔三〕賽禱：祭祀酬神。宋劉敞《謝雨文》：『維年月日某官某謹遣某官以清酌特羊之具，賽禱于太一湫之神。』

〔四〕冶容：女子修飾得很妖媚。《易·繫辭上》：『慢藏誨盜，冶容誨淫。』孔穎達疏：『女子妖冶其容。』

《後漢書・崔駰傳》：「揚娥眉於復關兮，犯孔戒之冶容。」李賢注：「飾其容而見於外曰冶。」袨服：盛服，豔服。宋洪邁《夷堅乙志・胡氏子》：「俄一女子袨服出，光麗動人。」

〔五〕雜踏：紛雜繁多貌。踏，通「遝」。宋韓淲《弋陽徐宰見過》詩：「雜踏軒車雖達宦，從容杯酒信豪英。」

〔六〕目成：眉來眼去，以目傳情。《楚辭・九歌・少司命》：「滿堂兮美人，忽獨與余兮目成。」朱熹集注：「言美人並會，盈滿於堂，而司命獨與我睨而相視，以成親好。」

〔七〕闌入：無憑證而擅自進入，後泛指擅自進入不應進去的地方。《漢書・成帝紀》：「闌入尚方掖門。」顏師古注引應劭曰：「無符籍妄入宮曰闌。」閨闥：内室，特指婦女居住的地方。漢班固《白虎通・嫁聚》：「婦事夫有四禮焉……閨闥之内，衽席之上，朋友之道也。」

〔八〕己巳：康熙二十八年（一六八九）。

〔九〕以副都御史巡撫江南：清於各省設巡撫，例兼都察院右副都御史。

〔一〇〕諸生：明清兩代稱已進入府、州、縣各級學校學習的生員，生員有增生、附生、廩生、例生等。明葉盛《水東日記・楊鼎自述榮遇數事》：「翌日，祭酒率學官諸生上表謝恩。」

〔一一〕通：表數量。猶一遍，一次，一陣。《警世通言・李謫仙醉草嚇蠻書》：「天子聞之大喜，再命李白對番官面宣一通，然後用寶入函。」

〔一二〕檄：用檄文曉諭。《晉書・王雅傳》：「少知名，州檄主簿。」

〔一三〕文移：文書，公文。《後漢書・光武帝紀上》：「於是置僚屬，作文移，從事司察，一如舊章。」李賢注：「《東觀記》曰「文書移與屬縣」也。」

〔一四〕古文詞：文體名。詳見卷三《冶山堂文集序》注〔一四〕。

〔一五〕楊公椒山：楊繼盛（一五一六—一五五五），字仲芳，號椒山，保定府容城（今河北容城）人。明大臣，因彈劾大將仇鸞對俺答畏怯妥協，被貶官。後又起用，上疏彈劾嚴嵩十大罪。世宗怒，下詔處死。《明史》卷二百十九有傳。

〔一六〕丙子：康熙三十五年（一六九六）。

〔一七〕捐館舍：拋棄館舍。死亡的婉辭。《戰國策·趙策二》：『今奉陽君捐館舍。』

〔一八〕巔末：從開始到末尾，謂事情的全過程。明張介賓《景岳全書·吞酸》：『倘不能會其巔末而但知管測一斑，又烏足以盡其妙哉。』

〔一九〕底止：結束。《詩·小雅·祈父》：『胡轉予于恤，靡所底止？』

遊碧落洞〔一〕記

《郡志》載，碧落洞巖壑絕奇。茲歲癸酉〔二〕四月三日，予與廣陵周子象九始得一遊焉。舟自英州至饅頭山〔三〕，登岸行數里，遙望洞口面東，窞開而斜入，洞形軒敞，橫山而空其中，前後通明，如複道〔四〕然。路出洞內，自洞後來者，倚巖架木，行人魚貫側轉。若稍傍睨，則目眩股栗而不能前。然有肩負過此疾行如飛者，蓋不可解也。

水淙淙然從洞後逶迤流入，至前洞口，築堤橫截，蓄水爲深潭。魚穴其內，日光射入，潭中見魚大小浮沉，突隱突見。時日已向午，同人縱飲堤上，戲取食餘擲水上，魚數十頭爭出吞呷，梭躍有聲。因呼善網者捕之，終莫能得。然予志亦不在得魚，任之而已。洞壁陡峭，上多名人鐫題，然有不足記者。旁一巖，頗深邃，爲某仙煉丹舊蹟。巖口有『望仙亭』三大字，亭址猶存。傳南漢越王曾築雲華御室避暑於此〔五〕。有老叟出，獻金丹七粒。却之，仍匣藏巖壁最深處，老叟隨隱不見。世稱名山奧區〔六〕爲神仙窟宅者，非耶？

住洞僧皆傍巖爲屋，獨一僧瞑坐石龕內，貌頗異，問其名字，不答。同住僧云：『此僧自楚來，不言名字，寓此已三載矣。人施以錢帛，皆不受。每夜獨出，以手折樹枝作薪易米，日生啖數合〔七〕以爲常。暇則趺坐〔八〕念佛號，生不識字，然諸經皆背誦無遺。』試之果然。仙佛多幻跡，人間豈有不可知者在耶？附記於此，亦猶《郡志》附傳云。

周象九曰：山水與性情相深，方能卽事成文，曲折盡致。柴舟胸中丘壑，筆底煙霞，無怪其然。末段爲高僧作一小傳，記中別調，亦絕調也。

【注釋】

〔一〕碧落洞：位於今廣東省英德市區西南七公里，橋下村燕子巖南端。爲石灰巖溶洞。因有地下河穿洞而過，在洞中形成深潭，故名。清林述訓等修《韶州府志》卷十二：『碧落洞，縣南十五里，下通溪流，懸石如霓旌羽蓋狀，石壁署「碧落洞天」四字。傍有雲華小洞，題曰「到難真境」。洞外峯巒四合，境絕幽麗。唐人周夔羽皇遊此作《到難篇》鐫石。南漢主晟嘗假宿其中，命侍臣鍾允章撰《盤龍御室記》。洞內有蜕仙臺、望仙亭諸勝，石上多名人遺刻。』

〔二〕癸酉：康熙三十二年（一六九三）。

〔三〕饅頭山：位於廣東省英德市區西南七公里，橋下村的北江西岸，碧落洞卽在其附近。

〔四〕複道：樓閣間架空的通道。也稱閣道。《史記·秦始皇本紀》：『秦每破諸侯，寫放其宮室，作之咸陽北阪上，南臨渭，自雍門以東至涇渭，殿屋複道周閣相屬。』

〔五〕南漢越王：指南漢中宗劉晟。清吳任臣撰《十國春秋·南漢二·中宗本紀》：『（乾和七年）冬十二月，帝（劉晟）如英州。受神丹於野人，隨御雲華石室以藏焉。』後梁貞明三年（九一七）劉巖於廣州稱帝，國號大越，次年改爲漢，故南漢君主亦稱越王。雲華御室：碧落洞內的一處石棺。清李調元《南越筆記·碧落洞》：『英德之南約五里，一石壁高千餘仞，上有洞曰碧落……（一洞）上有石棺，古仙人蟬蜕于此，蓋靈窟也。僞南漢命爲「雲華御室」，有記。』

〔六〕奧區：腹地。《後漢書·班固傳上》：『防禦之阻，則天下之奧區焉。』李善注：『奧，深也。言秦地險固，爲天下深奧之區域。』清劉大櫆《遊凌雲圖記》：『南方固山水之奧區，而巴蜀峨眉尤爲怪偉奇絶。』

〔七〕合：容量單位，市制十合爲一升。《漢書·律曆志上》：『十合爲升，十升爲斗。』

〔八〕趺坐：盤腿端坐。唐王維《登辨覺寺》詩：『軟草承趺坐，長松響梵聲。』

遊潮水巖〔一〕記

《英州志》稱清溪境有山高數十仞〔二〕，而潮出山之半。方潮將來時，巖內發聲震動，如雷乍轟逢逢然，響振林木。須臾山泉洶湧迸出，奔潰怒飛，盈山溢壑，不可遏止。少頃徐歇，已而復然，號雌雄潮〔三〕，暮復如是，與海潮應。或曰其山下與海通，理或然也。

茲歲癸酉〔四〕春三月日，予始與周子象九往遊焉。時方晨初，山嵐欲斂，旭日將舒，環巖審視，泉出巖隙，細流涓涓，掬飲而美。予二人方凝坐待潮，忽庵僧前謂予曰：『此非潮時也，將雨始潮，潮多雨後。』及詢土人皆然。予思英距海千有餘里，地脈與海通否，皆未可知。獨是泉味甘洌，與海水鹹濁迥別。況潮應雨前後，久晴則不然，其故可知已。予候將午，潮聲寂然，始信僧與土人不予欺也。天下事耳聞不如目擊，豈不然哉！

或曰：然則茲山獨潮何耶？予曰：予亦知其與海潮有異而已。若欲測其所從來，則海之潮汐其從來亦可臆說歟？造物〔五〕好示奇於天地，與英雄之所以用其奇，俱非世人之所知者，豈獨一潮爲然哉！因記之，以遺後之好事者。

【注釋】

〔一〕潮水巖：位於今廣東省英德市區東北三十公里處的沙口鎮清溪村。《韶州府志》卷十二：『潮水巖，縣東一百里，泉出石竇，與海潮相應。明湛若水即其地構觀瀾亭、超然堂。郡守陳大綸復建精廬一所，題曰省民亭，外爲石枋，勒書「天下靈泉」四字。潮日三至，大潮無定候。世傳遊人遇潮者吉。國朝知縣田從典至，巖大潮陡發，人以爲驗。』

〔二〕《英州志》：指《英德縣志》。清溪：今廣東省英德市沙口鎮清溪村。位於英德市區東北。

〔三〕雌雄潮：清屈大均《廣東新語》卷四：『韶州清溪驛東五里許，有潮泉。泉有雌雄，雄大而雌小，一雄長則一雌消。日凡三長三消，初以雞鳴，次午，次酉，消則涓滴不留。惟秋冬間泉泉無消長，乃有細水長流。土人以泉應潮，名曰潮泉。』

〔四〕癸酉：康熙三十二年（一六九三）。

〔五〕造物：指創造萬物的神。《莊子·大宗師》：『偉哉，夫造物者將以予爲此拘拘也。』

遊丹霞山〔一〕記

予遊丹霞至再矣。茲歲己卯〔二〕，晉江蔡子雪髯〔三〕來韶，心豔丹霞甚，强予再遊，不得辭。時友人李子宏聲、男瀛〔四〕從焉。於是記之曰：四月二十一日晚，抵仁化江口〔五〕。次日由江口抵銅鶴峽〔六〕，望觀音石〔七〕，彷彿花冠瓔珞〔八〕。江水繞山三匝，舟行忽遠忽近，皆與像相值〔九〕，而像之正背側面望之無不極肖者。是夜宿潼口〔一〇〕。

二十三日，舟轉潼口，已近丹霞前山〔一一〕。山下爲放生潭〔一二〕，水爲山光樹影倒映渲染，皆作碧綠色，故又名綠玉潭是也。仰觀層巒疊嶂，羅列如畫。疑無不知此中有勝地者，而必俟之數千百年後，人事遲速之不可强，亦猶是矣。舟抵護生堤〔一三〕，登岸，沿堤修竹圍繞，左折至磴道，曲折而登。每至折處，李子輒拾片磁畫石上，記磴數。至半山亭〔一四〕，稍憩又行，夾路松陰虧蔽，不復知有暑氣。路左右壁陡立，右偏下臨深壑，竹樹間之，望之不甚了了也。臨關門，倚闌望衆山，皆在趾下。闌之下有小徑，左折而行，下臨無底。稍前，兩壁夾立，中露天光，名一線天。以路險而止，且欲登山未暇也。李子畫石記磴數，至此凡得四百一十九級云。入關門，右折爲葦橋，橋下荷葉田田，恨尚未花。稍上，卽三巖高處，爲李文定公諱永茂〔一五〕故居，今爲客堂。僧迎入，進茶畢，循廊左行，有泉一泓，清徹甘洌，爲芳泉〔一六〕。上爲松嶺，松數百皆大數圍，聽松濤颼颼，不忍去。前爲竹林巖〔一七〕，是時笋新成竹，粉籜〔一八〕初褪，淨綠娟娟，一碧無際。林中爲正氣閣〔一九〕，供漢壽亭侯〔二〇〕像。閣後峭壁插天，右望隱隱見海，山門如在天半。予顧同遊，指曰：『明日從此上海螺巖〔二一〕。』衆頗有懼色，然亦急欲試之，以將暮而止。左折入一巖，不甚深，巖瀑霏霏，時濺客衣。稍入則不能去，丹霞之右路盡此，而山勢則殊未盡也。復循松嶺上雙鏡池〔二二〕，池因巨石形勢鑿成，內種荷花，傍有小石几，可坐啜荷香。少頃，返客堂舊路，由藏經閣後登紫玉臺〔二三〕，領略諸峯形勢，時有小鳥飛翔松杪，紅綠異色。僧云山多各色鳥，别山無之，亦一奇也。

二十四日晨起，復由松嶺數折至絕壁下，攀鐵鏈面壁而上，至御風亭〔二四〕，爲海山門〔二五〕之半。小憩復上。路益高而陡，至海山門，神稍定。扶笻〔二六〕右行，至海螺巖，澹師塔〔二七〕在焉。師爲開山第一祖，予曾從之遊，今别一十有八年矣，爲下拜，泫然〔二八〕者久之。左轉爲龍王閣〔二九〕，閣下有池，泉涓涓出石隙，池深闊不盈丈，此豈龍潛之所耶？抑龍爲神物，得點水便可飛騰，則此一勺之多亦可藏鱗伏甲也。稍前爲雪巖〔三〇〕，望焰慧、菡萏、麒麟〔三一〕與夫天臺、綠蘿、玉笋、負子、七如來〔三二〕諸峯，歷歷可數。而綠蘿峯則爲壽春萬子欲曙〔三三〕約予偕隱處也，予夢寢不忘焉。再左轉，上舍利塔，爲丹霞絕頂。大抵此山從斗母閣〔三四〕而望，則可盡山之前面。從紫玉臺而望，則可盡山之左面。從雪巖而望，則可盡山之左右與背面焉。惟此絕頂，周遭遠眺，杳無窮極，而百千峯巒，高下怪奇，簇擁茲峯，蓋山水之巨觀也。隨下迤北，渡虹橋〔三五〕，嶺長如虹，故名。登頓數折，至片鱗巖〔三六〕，已倦而餒〔三七〕，僧爲炊食。山中諸巖多面西，惟此巖南向，軒廠而高，爲此山之最勝者。予周行審視，覺前雪巖所見諸峯，至此又成異觀，蓋峯有定形，特人行高低遠近莫定，而峯形亦隨之而變，況朝暮煙嵐變幻不一，而人之心目亦遂爲其所眩，不復能自作主，而遊者反以此而取快焉。此惟善遊山者能知之。去此又有朝陽巖、禺山石室〔三八〕，景絕勝，以路險難行，且將暮，遂返。至水簾巖〔三九〕，明季賀康年〔四〇〕曾挈家避難隱此，薪爨煙墨猶存。再折一巖西向，時已薄暮，西方霞起，爛若五彩，光射巖内，林木閃爍。巖名晚秀〔四一〕，真爲此巖寫照也。急下山，至海山門，俯首下視，神爲之戰。身去鏈尚一二尺，側身坐定，先將右足踏磴，然後徙左足，始得扶鏈而下，似上易而下難者，蓋上可面壁，故無懼，而下則不得不外望，俯而扶鏈故也。蔡子曰：『此路宜略斸寬，以便遊屐。』予曰：『不然。此山之奇，奇在險，非此則無以見其奇，且遊山豈厭奇險耶？』甫至簷廊，天忽大雨，同遊且驚且喜，憑欄看山中雨景，雲氣忽從欄外擁入，一時對面不能見物，衣履欲濕，予亦幾飄飄欲乘雲飛去矣。須臾忽霽。

二十五日，出關門，復至山趾，右行茶樹林底，折而東，皆懸巖峭壁，人言巖外，聲應巖中。歷石磴數折，入夢覺關〔四二〕，瀑布從丹霞山頂飛下，滴瀝有聲。又數武〔四三〕有瀑差小，循瀑仰睇，頭爲之眩。有巖稍闊而隘，巖側有墨書『出米巖』〔四四〕三字，相傳曾有米出於此，以給僧眾。僧屋皆傍江就巖磊成。稍進爲佛殿，前有樓可以登眺。隔壁又有一巖，蓋就此一巖，截而爲二者，軒豁宏廠，較丹霞之巖更踰十倍。巖頂有鱗甲浮起，色如苔痕翡翠，闊三尺有奇，横亙二巖而長，逶迤夭矯〔四五〕，宛然神龍飛掛其上，特不見首尾耳，巖得名錦石〔四六〕以此。傍有石如榻，名仙人牀，下臨深潭，即仁化江也。煙帆上下，沙石雜錯。對面金盆、獅子〔四七〕諸峯，明媚相向。身在畫中，而畫外有畫，寧復知此身在人間世耶？日暮返山，明日買舟而歸。

予遊丹霞，至是凡三往返。始則予一人獨遊，再則爲古杭馮君彦衡〔四八〕拉予同遊，至此則蔡、李二子與予男並從者某，共得五人而遊焉。又始與再，俱再宿而返。此遊獨越四宿，因得山之梗概。蔡子善畫，擬作《遊丹霞山圖》，予先記其略如此。時四月二十六日也。

【注釋】

〔一〕丹霞山：在廣東省韶關市仁化縣城南九公里，錦江東岸。原名長老寨，主峯寶珠峯。緊鄰錦江東岸爲錦石巖，錦石巖之北有半寨。從錦石巖向東，由西南往東北分别爲長老峯、海螺峯、寶珠峯。五代後有僧人憩息。明崇禎末年南贛巡撫李永茂抗清未遂，至此隱居，發現山色迷人，『色如渥丹，燦若明霞』，遂名丹霞山。康熙初年，澹歸和尚卓錫於此，建别傳寺。位於長老峯半山腰的天然巖，背山面江。見明胡居安纂修《仁化縣志》卷一，清《韶州府志》卷十二，民國譚鳳儀纂《仁化縣志》卷首及卷一，民國鄒魯《遊丹霞山記》，清陳世英纂、釋古如增補《丹霞山志》卷一。

〔二〕己卯：康熙三十八年（一六九九）。

〔三〕晉江：今福建省晉江市。唐開元六年（七一八）置縣，以晉江命名。一九九二年撤縣建市。蔡子雪髯：蔡雪髯，清初福建省晉江人，生平不詳。

〔四〕李子宏聲：李宏聲，清初人，生平不詳。瀛：廖瀛，清初人，廖燕之子。

〔五〕仁化江口：錦江匯入湞江處，在今韶關市仁化縣大橋鎮水江村。

〔六〕銅鶴峽：即潼夾石，位於廣東省韶關市仁化縣丹霞鎮夏富村的瑤山，錦江從瑤山穿過，形成峽谷。明胡居安纂修《仁化縣志》卷一：『潼夾石，在縣西南六十里，二石對峙，潼水經其間，故名。石上有巨人跡。』清顧祖禹撰《讀史方輿紀要》卷一百二：『扶溪水……一云縣東三十里有潼陽溪，即扶溪下流也。經縣南六十里有潼夾石，二石並峙，潼水經其中，又西南合于湞水。』

〔七〕觀音石：位於仁化縣丹霞鎮夏富村，錦江西岸。明胡居安纂修《仁化縣志》卷一：『觀音石，在縣西南四十里，高六十餘丈，週圍五里，如觀音趺坐之象。其下澄江環繞，舟行上下見之。』清林述訓等修《韶州府志》卷十二：『觀音石，縣南四十里，巨石高數十丈，背江面石，儼如大士冠纓趺坐之象，其下澄江環繞，上下往復見之。』清陸世楷《遊丹霞山》『未窺白玉黄金地，先證雲眸月面容』作者自注：『潼口有觀音石。』（見增補《丹霞山志》卷九）

〔八〕瓔珞：用珠玉穿成的裝飾物，多用作頸飾。《隋書·波斯傳》：『王著金花冠，坐金師子座，傅金屑於鬚上以爲飾，衣錦袍加瓔珞於其上。』

〔九〕相值：相遇。《漢書·李廣蘇建傳》：『陵至浚稽山，與單于相值，騎可三萬，圍陵軍。』

〔一〇〕湰口：位於今仁化縣丹霞鎮車灣村董塘河與錦江交匯處。《韶州府志》卷十三：『利水，湰錦二溪之下流也。湰溪源出湰嶺，流經仁化縣西。錦石溪……又南過錦石巖與湰溪水合曰湰口，南流至曲江縣，入於始興江。』

〔一一〕丹霞前山：指丹霞山靠近錦江的部分。

〔一二〕放生潭：錦石巖前的錦江中的深潭。《丹霞山志》卷一：『放生潭在錦巖前，一峯插入錦江中，爲深潭水族恃爲窟宅。前邑侯李夢鸞鐫「放生潭」三字於潭岸大石上，永禁，不許到此潭罟網水族。』

〔一三〕護生堤：位於今丹霞山錦江岸邊别峯邊上的碼頭，爲水路上岸之處。《丹霞山志》卷一：『護生堤，爲捨舟登山之岸。錦江泛漲，遷徙無常，不施隄護，則漸嚙山根矣。澹公於江干以木插樁，結築堅土，雜植各竹，竹根盤結，勝于斷鰲。上爲畦圃，建園寮三間，倉囷三間，蓺植時蔬以供香積。』《丹霞山志》卷一：『别峯，在山外，一峯突起，旁無倚附，直立江干，狀如覆鐘。由護生堤取道至峯下，有徑可通，上結精舍。』

〔一四〕半山亭：位於丹霞山長老峯下，靠錦江一側。亭東有路可通别峯，亭西有路可通錦石巖，由亭中路直上可通長老峯山頂。《丹霞山志》卷一：『自江登岸，上至園房，前過護生隄，松竹陰翳，鳥語迎人。漸登數曲石磴階砌，至一憩亭，在半山中，前邑侯范公造。遊人至此一歇足，已二百三十八級矣。亭之左一逕往别峯，右一徑往錦巖。遊人於亭中道而上。』

〔一五〕李文定公諱永茂：李永茂，字孝源，號耐庵，别號嵩道人，明末清初河南鄧州人。舉崇禎十年進士，歷官至南贛巡撫。明末清初之際，在江西贛州組織抗清，逢父喪，治喪廣東。入清後，買山於仁化之丹霞山，扶柩奉母避亂於此。後奉詔出山，拜大學士，卒於蒼梧，謚『文定』。《丹霞山志》卷六有傳。

〔一六〕芳泉：　位於今丹霞山别傳寺之右的篻竹巖下。《丹霞山志》卷一：『芳泉，舊名孝感泉，明末李文定公奉母隱於此巖，缺水，默禱，越數日，忽聞潺潺之聲，尋之乃一脈水從石隙中而出，其味甘香，砌石爲井，秋冬不竭。在篻竹巖南養老堂砌下。』

〔一七〕竹林巖：　即篻竹巖。位於今丹霞山别傳寺之右。高與天然巖等。《丹霞山志》卷一：『篻竹巖，在寺之右。前卽正氣閣也，高與天然巖等，深廣亦如之。巨竹成林，翠烟重叠。』

〔一八〕粉籜：　竹筍的外殻。唐李商隱《自喜》詩：『緑筠遺粉籜，紅藥綻香苞。』

〔一九〕正氣閣：　位於竹林巖卽篻竹巖前的竹林中。

〔二〇〕漢壽亭侯：　關羽（？—二二〇），字雲長。河東解縣（今山西運城市解州鎮）人。三國蜀漢大將。東漢末從劉備起兵。漢獻帝建安五年，劉備爲曹操所敗，關羽被俘，頗受曹操厚待，並封爲漢壽亭侯。後辭曹操歸劉備。建安十九年，鎮守荊州。後孫權遣吕蒙破荊州，關羽兵敗遇害。謚壯繆。見《三國志·蜀書》卷三十六本傳。

〔二一〕海螺巖：　位於海螺峯西南。澹歸和尚塔位於此。《丹霞山志》卷一：『海螺巖，在本峯（指海螺峯）下，深廣約二十餘尺，凡十餘旋至頂，若螺房然。長松古柏，龍攫虯舞，衆山列障，如闢門戶。上鐫海螺巖三大字，字皆三尺許，李文定公所書。澹公居丹霞，尤愛此巖，示寂後，門人建公塔於此。楚寧鄉陶奉長過此，有「一片土求乾淨死，千年鶴化老成遙」之句。』

〔二二〕雙鏡池：　位於丹霞山長老峯海山門下。這裏有三米多高的巨石崛起，形似平臺，平臺上鑿有兩個石池，一大一小，形如兩面明鏡，所以稱作『雙鏡池』。古時池中曾種有一種名貴的荷花，叫錦邊蓮。《丹霞山志》卷一：『雙鏡池，由海山門下一徑斜出，横過其前，兩石突起，左少昂而寬，相間五尺許，架石以度往來，石面平坦，鑿爲雙池，深廣約八九尺，植白荷其中，香風襲人。』

〔二三〕紫玉臺：位於長老峯下別傳寺藏經閣後。此處巖峯聳立，峯頂坦礪如平臺，石質晶瑩如紫玉，因而得名。有丹霞十二景之一的『玉臺爽氣』。《丹霞山志》卷一：『金剛泉在紫玉臺下藏經閣後。』

〔二四〕禦風亭：位於別傳寺通往長老峯頂的半道上。《丹霞山志》卷一：『海山門居長老峯巔頂，禦風亭在中，亭之旁鐫有「洗心池」三大字。』

〔二五〕海山門：又名霞關，位於長老峯頂。《丹霞山志》卷一：『海山門居長老峯巔頂，禦風亭在中，亭之旁鐫有「洗心池」三大字。自下望上百有餘丈，自上視下魄悸心荒。鑿石級僅可容趾，兩石旁牽以鐵繩鐵樁，登者緣之而上。遊者至禦風亭而一憩焉，少頃賈勇而上，不敢俯睇，三五步一止，移時始達海山門。』

〔二六〕扶笻：扶杖。宋朱熹《又和秀野》之一：『覓句休教長閉戶，出門聊得試扶笻。』笻，一種竹。實心，節高。因笻竹宜於作拐杖，即稱杖爲笻。唐許渾《王居士》詩：『笻杖倚柴關，都城賣藥還。』

〔二七〕澹師塔：即澹歸和尚塔。位於丹霞山海螺峯下的海螺巖。《丹霞山志》卷六：『越九載，丹霞諸門人奉（澹歸）靈骨歸，建塔於海螺巖。』

〔二八〕泫然：指流淚。《隋書·后妃傳》：『夫人泫然曰：「太子無禮。」』

〔二九〕龍王閣：位於海螺峯旁的大明巖。《丹霞山志》卷一：『大明巖，在雪巖之右。明季諸寇蜂起，有幽人避兵巖中，錫以今名。巖內出泉，清冽異常。後人倚巖架屋，建龍王閣。』

〔三〇〕雪巖：位於海螺峯旁。《丹霞山志》卷一：『雪巖在海螺峯之旁。澗壑明淨，俯仰清曠。虬梅交柯，延景舒暢。總戎高登科遊此，捐俸依巖構殿三楹，祀洞賓與壯繆。雲牕霞檻，曙甲諸巖，尤宜月夜。』

〔三一〕焰慧：焰慧峯。位於丹霞山寶珠峯、舵石以北的楓樹墺東。《丹霞山志》卷一：『焰慧峯在楓樹墺東，石紅似丹，色如火炬。』菡萏：　菡萏峯。位於丹霞山寶珠峯之南。《丹霞山志》卷一：『菡萏峯，一名天柱，在片鱗巖前，高千餘尺，趾瘠而頂鋭，其近頂處則圓而漸肥，如出水芙蕖搖曳波光之致。』麒麟：　山峯名，具體位置不詳。

〔三二〕天臺：　天臺峯。近寶珠峯。綠蘿：　山峯名。玉笋：　玉筍峯。位於寶珠峯之西南。《丹霞山志》卷一：『玉筍峯在菡萏峯西，一名石屹立，直如準繩，六七十尺。風雨蝕齧，稜峭稍殺。』負子：　負子峯。位於寶珠峯之南。《丹霞山志》卷一：『寶塔峯，在片鱗巖前，與菡萏峯前後並峙，高千餘尺。旁有石筍名童子石，高五六尺，與正峯相附，土人呼爲背崽峯。蓋方言子爲宰也，問以負子峯，人罕知之。』七如來：　七如來峯。介於丹霞山寶珠峯、舵石以北與楓樹塽以南之間的地方。《丹霞山志》卷一：『七如來峯，在舵盤石右，有七石壁，巍然屹立，身圓而頂鋭，下皆有巖，内一巖有竅通天者，井中望日，非好奇探幽之士罕有披榛而問之者。』『山（指丹霞山）崛起自楓樹塽，跳蹙雄俊，逶迤騰達，左旋右奔十餘里，亂山爭出。歷塽過七如來峯，乍起乍伏，亦斷亦連，抵舵石，上龍尾，即人向所指爲「船」與「龍」者，庶幾似之矣。由龍尾而上，三峯屹立，屏障弘開，將欲爲丹霞結穴。寶珠峙其左，海螺居其中，長老倚其前，皆峭削千仞。而海螺峯則尤夭矯摩空，不可仰視者也。』

〔三三〕壽春：　指今安徽壽縣。戰國時楚邑，秦置縣。隋置壽州，後仍爲縣。萬子欲曙：　萬欲曙，清初安徽壽縣人，生平不詳。

〔三四〕斗母閣：　即斗母殿，爲丹霞山别傳寺内建築。見《丹霞山志》卷二。斗母，又作『斗姆』、『斗姥』，道教所信奉的女神。傳説爲北斗衆星之母，故名。宋元以來崇奉漸盛，尊爲『先天斗姆大聖元君』。《太山玄靈斗姆大聖元君本命延生心經》：『斗姆爲北斗衆星之母，斗爲之魄，水爲之精。』

〔三五〕虹橋：　位於海螺峯與寶珠峯之間的背山谷地。爲一數米長的巨石，勢如長虹，又平整如橋面，是由海螺峯去寶珠峯的唯一通道。虹橋的兩側，一邊下臨深壑，一邊連著山崖。連著山崖的一邊，篁竹繁生，蔥蘢翠鬱，清幽奇秀。這裏有丹霞十二景之一的『虹橋擁翠』。《丹霞山志》卷一：『虹橋嶺，下海螺左轉，長亙數十餘丈。諸峯羣岫星羅棋布，鬬麗爭高，長松交蔭，霾天晦明，牽雲曳烟，邐迤如畫。』

〔三六〕片鱗巖：位於寶珠峯之南。《丹霞山志》卷一：『片鱗巖在寶珠峯左腋，路達虹橋，右折而下，别開一徑。夾路松陰翠色欲滴，煙雲出沒，萬境俱寂。巖內石屋數楹，軒前諸石山擁秀，左爲淺碧池泉，自山頂湧注而入池。』

〔三七〕餒：饑餓。《左傳·桓公六年》：『今民餒而君逞欲，祝史矯舉以祭，臣不知其可也。』陸德明釋文：『餒，奴罪反，餓也。』

〔三八〕朝陽巖：位於丹霞山舵石之北的禺山巖下。《丹霞山志》卷一：『朝陽巖，在禺山下，晴日初升，霞光滿谷，舵盤正當其頂，昔憨山大師憩足於此，題巖上柱刻兩聯，云：「去日不來人已老，良田易種食難消」猶存。』禺山石室：位於丹霞山舵石之北的禺山巖。《丹霞山志》卷一：『禺山巖在蝙蝠巖下，居朝陽之頂，依厂架屋，萬壑迴繞，竹木蔥翠，花鮮鳥媚，掛丹霞後山之腹，遊人遠望如張輞川圖於屏障焉。』『蝙蝠巖，在舵盤之右。』

〔三九〕水簾巖：位於海螺巖附近。《丹霞山志》卷一：『水簾巖在夜光巖左。由晚秀巖右折至此，瀑水瓠垂，勢如贔怒。廣可二十餘丈，深二丈許。飛簷突出，若崩復止，含蘊素氣，時時皆然。山中人云：春夏之間，懸流赴壑，激水散氛。人在巖內，恍若晶簾珠幕隔斷中外。秋冬則寒氣凝結，雖非向者銀河倒瀉之勢，而吹霧巖際，霏微下墜如散珠生焉。』『夜光巖，一名火燒巖，在水簾巖西。』

〔四〇〕賀康年：明末清初人，明末時曾挈家避難隱居於仁化丹霞山水簾巖。

〔四一〕晚秀：晚秀巖，位於海螺巖之北。《丹霞山志》卷一：『晚秀巖，在海螺巖之右，廣二十餘丈，深二三丈，竹樹交陰，翠穠煙合，崇山複嶺，悦神會心。中有塔院，攬勝者得少憩焉。』

〔四二〕夢覺關：　位於丹霞山錦石巖北。《丹霞山志》卷一：『夢覚關，在錦巖左，丹霞山之麓斜開一巖如佛龕，龕内一圓戶，可入趺坐。南宋僧法雲見此歎曰：「半生枉夢裏過了，今日始覚清虛。」因號爲夢覚。』《韶州府志》卷十二：『錦石巖，縣南十七里，巖高數十丈，五色間錯，四時變態，故名……半巖有小洞門，即號夢覚關。錦巖之名始著。由洞門傍巖南行二里有四巖，宛若堂殿，曰千聖巖、祖師巖、伏虎巖、龍王巖。』

〔四三〕武：　半步。《國語·周語下》：『夫目之察度也，不過步武尺寸之間。』

〔四四〕出米巖：　位於丹霞山錦石巖。《丹霞山志》卷一：『出米巖、鹿巖二巖，訛傳削去。』

〔四五〕夭矯：　屈伸貌。《淮南子·脩務訓》：『木熙者，舉梧檟，據句枉，蝯自縱，好茂葉，龍夭矯。』

〔四六〕錦石：　錦石巖，位於丹霞山海螺巖之西，臨近錦江。《丹霞山志》卷一：『錦巖在丹霞山麓，絶壁嵌空，下臨江流。南宋時有僧法雲扳緣而上，始闢此境，四巖並列，曰千聖、曰祖師、曰伏虎、曰龍王。幽邃虛闊，深廣各四十餘尺，上如蜂房倒垂，房内五色燦爛，至三月時顔色更鮮，歲久漸次剝蝕，今佛座之頂猶存數處，真奇絶也。内有仙人打睡石牀石枕，今存。』

〔四七〕金盆：　山嶺名，與丹霞山錦石巖隔江相望。獅子：　指獅子巖，與丹霞山錦石巖隔江相望。民國何炯璋修、譚鳳儀纂《仁化縣志》卷一：『獅子巖，城西十五里，與錦石巖隔江相望。下有古庵，順治初吉安曾宏題鹿門二大字。左入有北巖，依巖構屋，高下因之。邑人劉獻臣有詩。』

〔四八〕古杭馮君彦衡：　馮彦衡，清初錢塘人。康熙三十二年，任韶州府經歷。尤見重於知府陳廷策。

新建文昌閣記代

是歲夏五月，重修文廟。告竣之明日，僉議於宮牆左側立文昌閣，以補巽位〔一〕之缺，予復諾之。閣成，乃爲記曰：

自孔子以文設教，匪特經書子史爲然，雖天地山川萬物，莫非斯文之所散見。則文也者，不可須臾離也，豈非亦猶道之不可須臾離者歟？然文卽道也，道外無文。故孔子教人以文，亦教人以道云爾。雖然予嘗搦管〔二〕爲文，或苦思而不得，或偶然而得之。且其所得者，若有出於意料之所不及。他日人讀其文而驚焉，曰是必有神助者，則鬼神又爲文之主宰，理或有然者歟？傳云『鬼神之爲德，其盛矣乎』〔三〕，蓋言道也。費〔四〕之則爲文，隱之則爲道爲鬼神，其殆一以貫之也哉！

俗傳文昌神〔五〕，姓名事實多不經。予按：文昌，星名；魁，亦斗首四星，《後漢志》稱『魁方杓曲』〔六〕是也。今俱爲像，祀閣上，從俗也。然則孔子之謂文，與文之所以爲道爲鬼神者，又從可知矣夫。

張泰亭先生曰：議論正大，而用筆又極其簡淨，南豐集〔七〕中得意文字。

【注釋】

〔一〕巽位：指東南方。古人將八卦與方位相配，其中後天八卦以巽配東南。《易·繫辭傳》：『萬物出乎震。震，東方也。齊乎巽，巽，東南也。』

〔二〕搦管：握筆，執筆。《舊唐書·令狐楚傳》：『至軍門，諸將環之，令草遺表，楚在白刃之中，搦管卽成。讀示三軍，無不感泣。』

〔三〕『鬼神』句：見《中庸》：『子曰：鬼神之爲德，其盛矣乎。視之而弗見，聽之而弗聞，體物而不可遺。使天下之人，齊明盛服，以承祭祀。洋洋乎，如在其上，如在其左右。《詩》曰：「神之格思，不可度思，矧可射思？」夫微之顯，誠之不可如此夫。』

〔四〕費：猶『用』。與下『隱』相對爲文。

〔五〕文昌神：又稱『文昌帝君』，亦稱『文昌帝』，亦稱『文昌君』。卽梓潼帝君。《明史·禮志四》：『梓潼帝君者，記云：「神姓張名亞子，居蜀七曲山，仕晉戰沒，人爲立廟。唐宋屢封至英顯王。道家謂帝命梓潼掌文昌府事及人間祿籍，故元加號爲帝君，而天下學校亦有祠祀者。」』

〔六〕《後漢志》：指《後漢書·輿服志》。魁方杓曲：《後漢書·輿服志》：『後世聖人觀于天，視斗周旋，魁方杓曲，以攜龍、角爲帝車，於是乃曲其輈，乘牛駕馬，登險赴難，周覽八極。』

〔七〕南豐集：北宋曾鞏號南豐，著有《元豐類稿》五十卷附錄一卷。

重修惠妃〔一〕祠碑記

去英州城西行十五里，鄉名麻寨〔二〕，山麓有惠妃夫人祠〔三〕，神卽英產也。按本傳稱：

神虞姓，生禦黄巢有功，卒後復顯靈殺賊，累封顯祐正順惠妃夫人。傳所稱有功德於民則祀之〔四〕者，非耶？歲久，祠將圮，適予友周子象九自廣陵來寓茲邑，慨然捐資修葺，易棟桷之腐撓〔五〕，補瓦磚之破缺，粉堊彩繪，焕然一新，而屬予記其事。

予思神爲斯土之所倚庇，則祭祀之專誠，廟貌〔六〕之嚴肅，自當視他處惟加謹。乃修葺致敬，反得之異地之人，豈神之靈祇可以感遠而不足施之於近耶，抑興廢固有時也？方巢暴起亂唐，屠戮幾半天下，所向莫敢當，而神以一女子擊走之，使吾韶得免蹂躪之慘者，神之力也。然當其生時，曾未聞有尺寸之封，没僅廟食〔七〕茲土，又僻處山谷，禱祀潦草，無專誠嚴肅之觀，不亦重可慨耶？而世輒多冒功儌倖〔八〕，得以膺高擁厚，終其身而蔭及子孫者，亦獨何哉！宜象九嘉神之功，歎神之靈，歷數百年如一日，而爲之一新其故廟者也。雖然，象九少壯從戎，功垂成而不居，與神無異。此時相視莫逆，當必有默喻於心者，則今日此舉，又豈偶然也哉！

祠凡三楹，最後奉神坐像，右側爲梳妝亭。石壁有五指痕〔九〕，神跡宛然，亭覆其上，故凡神之靈，與人之所以莊嚴其神，皆可連類而詳記之。予與神爲邑鄰，法得備書，並繫以詞曰……〔一〕

【校記】

〔一〕『詞曰』以下，底本闕。

【注釋】

〔一〕惠妃：虞氏，名不詳，廣東英德人。在與黃巢農民起義軍的戰鬥中戰死。累封顯祐正順惠妃夫人。

〔二〕麻寨：今廣東省英德市英城街道城西居委白樓村一帶。

〔三〕惠妃夫人祠：位於廣東省英德市英城街道城西居委白樓村背後的山坡上。《韶州府志》卷十九：『西祠在縣西十五里，即古寨將夫人廟，唐末徐志通建廟於麻寨岡，祀虞氏夫人，因號焉。』

〔四〕『傳所稱』句：見《禮記·祭法》：『夫聖王之制祭祀也，法施於民則祀之，以死勤事則祀之，以勞定國則祀之，能禦大菑則祀之，能捍大患則祀之。』

〔五〕桷：方形的椽子。韓愈《進學解》：『細木爲桷。』撓：彎曲。《考工記·輪人》注：『其弓菑，則撓之。』

〔六〕廟貌：指廟宇及神像。語出《詩·周頌·清廟序》鄭玄箋：『廟之言貌也，死者精神不可得而見，但以生時之居，立宮室象貌爲之耳。』三國蜀諸葛亮《黃陵廟記》：『廟貌廢去，使人太息。』

〔七〕廟食：謂死後立廟，受人奉祀，享受祭饗。《史記·滑稽列傳》：『廟食太牢，奉以萬户之邑。』

〔八〕儌倖：作非分企求。儌，通『僥』。《國語·晉語二》：『人實有之，我以儌倖，人孰信我？』

〔九〕『石壁』句：《韶州府志》卷十九：『西祠在縣西十五里，即古寨將夫人廟……祠後有掌痕石，相傳巢賊在峭壁上用大石壓下，夫人以右手拓之，掌痕深入石際云。』

揚子江〔一〕遇風暴記

歲戊寅〔二〕，會稽朱公靜公先生自雄州別駕攝篆吾曲〔三〕。一日語燕曰：『予於康熙丙子〔三〕秋有事北征，舟抵長江華陽鎮〔四〕，將近雷港〔五〕，風暴忽起，急呼進港以避，然風濤愈猛，一時急不能前，而舟反被風横入江心。正危急間，復聞尾梢一聲，舵又摧爲兩截，舟益欹側震盪，舷與水連，勢危欲覆，合舟驚啼。予亦自知不救，惟向空默禱而已。未幾，同人忽報舟已逆風過江抵岸矣。然岸勢凶險，土人言舟經過鮮有全者，幸卒無恙，要非神力不至此。神有廟在雷港二里許，子其爲我記之，將勒石於廟，以彰神功。』

燕思鬼神之説，屢見於經傳，雖孔子亦嘗言之，豈有有其名而無其實者耶？予粤有航海者，若遇怪風則哀號天妃神〔六〕，忽聞花香自遠而近，其舟卽可免。又聞其舟將覆，若或有鬼物，披髮呼拜其前，或躍入舟中，屢有見之者。鬼能覆舟，則神必能護舟，公之得濟無疑。然世亦有禱而不驗者，公獨毫髮不爽，何哉？《書》曰：『皇天無親，惟德是輔。〔七〕』此豈有隱德而神故爲之輔者歟？

公率性爽朗，有晉人風，攝篆英德與攝篆吾曲俱有惠政。則當日之事，雖神之力使然，然亦知公之致此者固有在也，鬼神蓋在此而不在彼也。因記其略如此。

天妃爲海神。今河神者，相傳謝姓〔八〕，爲宋亡殉難黄河，封金龍四大王云。

【校記】

〔一〕揚子江：底本作『楊子江』，據利民本、寶元本改。

【注釋】

〔一〕戊寅：康熙三十七年（一六九八）。

〔二〕會稽：會稽縣。隋置，明清時與山陰並爲浙江紹興府治，民國改並爲紹興縣。轄境爲今浙江省紹興市越城區、紹興縣的各一部分。朱公靜公先生：朱德安，字靜公，浙江會稽人。例監。率性爽朗。曾代理英德與曲江縣知縣，俱有惠政。康熙二十八年任南雄府通判。見清余保純修《直隸南雄州志》卷四。別駕：官名，漢代州刺史的佐吏。宋至明清各代，在州、府都設有通判，是州、府長官的副手，職務大體和前代之別駕類似，所以後來『別駕』成了『通判』的別稱。攝篆：指代理官職，掌其印信。因印信多以篆文刻之，故名。明李東陽《中元謁陵答體齋學士贈行韻二首》之一：『兩官三攝篆，愧負已經年。』

〔三〕丙子：康熙三十五年（一六九六）。

〔四〕華陽鎮：鎮名，在今安徽省安慶市望江縣東南七公里處長江北岸。

〔五〕雷港：港口名。位於望江縣雷池鄉雷港村長江北岸。古雷水自湖北黄梅縣界東流至此，形成雷池，雷池入江處即雷港。

〔六〕天妃神：海神名，亦稱天后。《元史·祭祀志五》：『惟南海女神靈惠夫人，至元中，以護海運有奇應，加封天妃神號……直沽、平江、周涇、泉、福、興化等處皆有廟。』其廟或曰天妃廟、天妃宮，或曰天后宮。

〔七〕『皇天無親』二句：語見《尚書·蔡仲之命》：『皇天無親，惟德是輔。民心無常，惟惠之懷。』

〔八〕『今河神者』二句：清趙翼《陔餘叢考》卷三十五：『江淮一帶至潞河，無不有金龍大王廟。按《湧幢小品》：神姓謝，名緒，南宋人。元兵方盛，神以戚畹，憤不樂仕，隱金龍山，築望雲亭自娱。元兵入臨安，赴江死，屍僵不壞。鄉人瘞之祖廟側。明祖兵起，神示夢當佑助。會傅友德與元左丞李二戰呂梁洪，士卒見空中有披甲者來助戰，元遂大潰。永樂中，鑿會通渠，舟楫過河，禱無不應，於是建祠洪上。隆慶間，潘季馴督漕河，河塞不流，爲文責神。有書吏過洪，遇鬼伯，擒以見神。神詰之曰：「若官人何得無禮，河流塞，亦天數也。爲我傳語司空，吾已得請，河將以某日通矣。」已而果驗。於是季馴事之甚謹。施愚山《蕼齋雜記》亦載之。然則神之祀始於永樂中，而隆慶以後乃益盛歟？（本朝順治二年十二月，封黄河神爲顯祐通濟金龍四大王之神，運河神爲延休顯應分水龍王之神。）』

八卦爐記

俗傳《西遊記》稱李老君得孫悟空，以八卦爐煅煉之。悟空得巽門〔一〕一躲，巽爲風，火不能侵，故得無恙，且反因以爲功者。其言雖不經，亦可取而味也。予性多不羈，然以貧故，不得不爲童塾師。塾中嚴禁拘束，與坐八卦爐無異，因以爲名。童塾得名八卦爐自予始。

或曰：『爐以鍛煉爲名，此何居〔二〕？』予曰不然。盡大地皆爐，盡大地人皆爐中物，況童蒙尤須鍛煉之急者乎？然人知鍛煉他人，而不知鍛煉自己。予嘗兀坐〔三〕塾中，訓童子功課外，舉凡困苦其身心者靡不爲，而猶未足，輒取天地古今與人情物理之所以然者而孰思之，忽焉有得於中，發而爲言語文章。其始雖極慘澹經營，及其文成，則又未嘗不得大愉快。此豈八卦爐得巽風一解之時耶？因貧而就塾，卽因塾而得爲文之樂，以視悟空坐爐中得巽門之功爲何如？不但不以苦爲苦，且能以苦爲樂。傳稱顏子簞瓢陋巷而不改其樂〔四〕，其卽斯意也歟？

雖然，八卦首乾坤，有君臣、夫婦義。次坎、艮、震，次巽、離、兑，有父子、兄弟、朋友義。盡大地人皆在爐中，其能得巽門一躲者誰耶？嗚呼！故有感而爲記云。

劉杜陵曰：一片婆心，成此妙文，點化世人不小。

蔡九霞〔五〕曰：遊戲題，却説得正大儒雅乃爾，絶似柳州〔六〕風味。

【注釋】

〔一〕巽門：東南方的門。古人將八卦與方位等相配，其中後天八卦以巽配東南，故東南方的門稱巽門。《易·繫辭傳》：『萬物出乎震。震，東方也。齊乎巽，巽，東南也。』

〔二〕何居：爲什麼呢。居，語氣助詞。《禮記·檀弓上》：『何居？我未之前聞也。』鄭玄注：『居，讀爲姬姓之姬，齊魯之間語助也。』

〔三〕兀坐：獨自端坐。唐戴叔倫《暉上人獨坐亭》詩：『蕭條心境外，兀坐獨參禪。』

〔五〕蔡九霞：蔡方炳，字九霞，號息關，清初江蘇昆山人。諸生。康熙十八年（一六七九），舉博學鴻儒，以疾辭。韜晦窮居，性嗜學，尤留心政治、性理。工詩文，兼善篆草。有《恥存齋集》及《增訂廣輿記》、《銓政論》、《歷代茶榷志》、《馬政志》、《憤肪編》等。見清國史館原編周駿富輯《清史列傳》卷七十一本傳。

〔六〕柳州：即柳宗元（七七三—八一九），字子厚，祖籍河東解縣（今山西運城西南）。

重修六景橋〔一〕碑記

六景橋者，曲邑之景一十有二，自皇岡至蓮花峯〔二〕而六，而橋適居峯下，因以得名。予愛其名佳甚，欲爲一詩志之而未得也。歲丙辰〔三〕三月某日，無風雨雷震，橋忽圮，似有物爲雷攫去者。適南郊亭僧欲新其橋，而屬疏於予，時以多故辭。越數月而其功告竣，又屬予爲記，予感焉。

橋當南北孔道，車馬往來，輿夫肩負行脚，郵傳驛運，征夫農婦，靡不經憩於此。僧急葺之，良是，而未知此橋之可念也。當丁巳〔四〕歲，楚寇〔五〕圍韶數月，城幾陷。將軍額楚率軍三千，破賊數萬於蓮花峯下，橋水爲之不流，賊因遯去〔六〕。非此，城且不保，何有於橋今日者？予與後人得從容徘徊於蓮峯、湞水之間，想見當日破敵存城之功而莫知其處，則斯橋之所以識也，欲不記，焉得乎？而存斯橋之人之功，又安可忘之也耶？

然僧與予爲舊識，其先爲曹溪苦行僧〔七〕，後同予居拈花精舍〔八〕，以寂爲樂，今以其戒力成此餘功，名豈其所急哉？然賴其功而不忘其美，則予輩之責，非僧事也。況予先愛其橋名之美，欲志以詩，今得記之以文，其先後因緣，皆不可謂無意於斯橋者，於法皆可記。或曰『六』當作『綠』，蓋以土音訛『六』爲『綠』；或曰『其橋傍通大江，倒景其下，碧綠萬狀』。僧名某，號月波。己未〔九〕六月既望，邑人廖燕記。

釋阿字〔一〇〕曰：橋無可記，中間忽借時事，鋪敘感慨一番，便見關係。前後注釋橋名，韻甚古甚。天生作記妙手，胡可易到。

【注釋】

〔一〕六景橋：位於蓮花峯下，湞江東岸。

〔二〕蓮花峯：位於韶關市東南之湞江區新韶鎮蓮花村。因山峯渾圓，狀如蓮花拱托，故名。《曲江縣志》卷四：『蓮花峯，城南五里，狀如蓮花，拱揖郡治。舊城建於湞水東，即此山下。宋開寶三年，潘美伐南漢，劉鋹使其將李承渥列象爲陣，拒美於此。』

〔三〕丙辰：康熙十五年（一六七六）。

〔四〕丁巳：康熙十六年（一六七七）。

〔五〕楚寇：指吴三桂叛軍。

〔六〕『將軍』三句：《清史稿》卷二百五十八：『（額楚）仍領江寧兵赴廣東。竇等復犯韶州。師次蓮花山，賊逼營，城兵出應，戰，破賊，遂與勒貝守韶州。』額楚（？—一六八〇），烏扎拉氏，滿洲鑲黄旗人。順治初，從内大臣和洛輝出師，駐防西安。累遷江寧副都統。康熙七年，遷將軍。耿精忠叛亂時，額楚連克徽州、饒州等地。在進攻吉安的戰役中，坐失戰機，罷官，留世職。仍領江寧兵赴廣東，駐紮在韶州蓮花山，裏應外合，擊敗馬竇所部，與勒貝共守韶州。在進軍高州時，遇大疫，士馬多死。康熙十九年，卒。

〔七〕苦行僧：苦修的僧侣。宋蘇軾《與元老侄孫書》之二：『老人與過子相對，如兩苦行僧耳，然胸中亦超然自得，不改其度。』

〔八〕精舍：道士、僧人修煉居住之所。《三國志・吳書》卷一『建安五年』裴松之注引晉虞溥《江表傳》：『時有道士琅邪于吉，先寓居東方，往來吳會，立精舍，燒香讀道書，製作符水以治病，吳會人多事之。』

〔九〕己未：康熙十八年（一六七九）。

〔一〇〕釋阿字：今無（一六三三—一六八一），字阿字，俗姓萬，清初廣東番禺人。清初嶺南名僧天然和尚的第一法嗣，曹洞宗三十五代傳人。同時他也是一位在詩文、書法上頗有建樹的僧人。阿字十六歲時即師從天然和尚，年十九隨天然入江西匡廬問道。二十二歲時奉師命探訪因事被流放瀋陽的函可。康熙元年（一六六二）任廣州海幢寺住持。著有《光宣臺集》。清李福泰修、史澄等纂《番禺縣志》卷四十九有傳。

半幅亭〔一〕試茗記

亭在韻軒〔二〕西之南，聲影寂寥，方嫌花翻鳥語之多事也。蘿垣苔砌，修竹旋繞，亭贅其中，而缺其半。如郭恕先〔三〕畫，雲峯縹緲，僅得半幅而已，因以爲名。亭空閒甚，似無事於主，主亦無事於客。然客至不得不須主，主在不能不揖客。客之來，勇於談，談渴則宜茗，而亭適空閒（一）無事，遂以茗之事委焉。安鼎甌窰瓶汲器之屬於其中，主無僕，恒親其役。每當琴罷酒闌，汲新泉一瓶，篝〔四〕動爐紅，聽松濤颼颼〔五〕，不覺兩腋習習風生〔六〕。舉磁徐啜，味入襟解，神魂俱韻，豈知人間尚有煙火哉！地宜竹下，宜莓苔，宜精廬，宜石坪上。時宜雨前，宜朗月，宜書倦吟成後。侶則非眠雲跂石人〔七〕不預也。品茗之法甚微，予從高士某得其傳，備錄藏之，不述也。獨記其清泠幽寂，茗之理儻宜如是乎？

蕭綱若曰：神韻清泠，當與陸鴻漸《茶經》〔八〕同讀。

【校記】

〔一〕空閒：底本作『空間』，據利民本、寶元本改。

【注釋】

〔一〕半幅亭：亭名，位於韻軒（即二十七松堂）的西南方。

〔二〕韻軒：廖燕書齋名，即二十七松堂。詳見卷六《募建芙蓉下院疏》注〔二〕。

〔三〕郭恕先：郭忠恕（？—九七七），字恕先。河南洛陽人。七歲能誦書屬文，舉童子科及弟。五代後漢時曾參劉贇幕。後周廣順中召爲宗正丞兼國子書學博士，改《周易》博士。宋太祖建隆初以使酒被貶、削籍。宋太宗即位，召授國子監主薄，令刊定歷代字書。復以使酒謗言，決杖流配卒。工篆籀，善畫。刊定《古今尚書》並有《釋文》，著《汗簡》、《佩觿》，皆有根據條理，爲談字學者所稱許。見《宋史》卷四百四十二本傳、《四庫全書總目》卷四十一。

〔四〕箑：扇子。《淮南子·精神訓》：『知冬日之箑，夏日之裘，無用於己。』高誘注：『箑，扇也。楚人謂扇爲箑。』

〔五〕松濤颼颼：宋蘇軾《煎茶歌》：『蟹眼已過魚眼生，颼颼欲作松風鳴。』

〔六〕兩腋習習風生：唐盧仝《走筆謝孟諫議寄新茶》：『一碗喉吻潤，兩碗破孤悶。三碗搜枯腸，唯有文字五千卷。四碗發清汗，平生不平事，盡向毛孔散。五碗肌骨清，六碗通仙靈。七碗吃不得也，唯覺兩腋習習清風生。』

〔七〕眠雲跂石人：指隱居之人。唐劉禹錫《西山蘭若試茶歌》：『欲知花乳清冷味，須是眠雲跂石人。』眠雲，眠於雲間。跂石，垂足坐於石上。宋楊萬里《雪後陪使客游惠山寄懷尤延之》詩：『眠雲跂石梁溪叟，恨殺風煙隔草堂。』

〔八〕陸鴻漸：即陸羽（七三三—八〇四），初名疾，字季疵，改字鴻漸，自號竟陵子，又號桑苧翁，复州竟陵（今湖北天門市）人。著有《茶經》，是世界上最早有關茶的專著。

韻軒種竹記

予於凡物之好，皆得其意而已，顧獨好竹。凡於山巔水涯道傍籬落之處遇之，顧瞻其下，輒徘徊不能去。予築韻軒，軒傍有餘地，盡令種竹。嘗有句云『恨不十年曾種竹，閒纔半刻即栽花』，蓋道其實也。好不擇種，栽不擇時，款不成行列，蓋竹有直虛清節之德，予惟取其野而已。園中種各備，惟方莖竹絕勝。予自橫浦金蓮寺間關千里移植〔一〕，以地不宜而萎，予甚惜之。

甲寅二月上巳〔二〕，有曹溪僧冒雨遺予雪竹〔三〕三莖，長丈餘，種之即活，並授予移植澆洗之法甚詳，惟連三歲新舊竹移種之之法尤捷，以是栽無不活，活無不盛。當月夜清朗時觀之，影離離布滿牕櫺階壁間，絕勝倪雲林〔四〕層層煙雨筆意，予顧而樂之。下隨意設石杌〔五〕几榻之屬，客有可語者，拉之坐其下，翠陰下滴客衣，鬚眉皆作碧緑色。客去，予則獨坐嘯詠，時飲時歌，時坦步，時坐臥其間，皆與竹有相得之意。閒居無事，則以洗竹爲工課。遇得意句，隨手拾片磁畫竹青題其上。歲久，竹青消剝，字跡皆作古碑苔蝕痕，似隱似現。客見之，反以爲有韻。

雖然，竹之爲物，蕭閒澹遠，如世外韻士，予悉羅而致之。客多主少，幾難於酧〔六〕對矣。曰是不然，張牧之蔽竹窺客，客韻，則呼船載之〔七〕。蓋客與主相值也，雖晤對終日不倦。不然，將避之不暇，安肯羅致之耶？移植澆洗之法，予悉以荷葉香箋記之。

黄少涯曰：寫得好竹神情躍動乃爾，不減王子猷當日停車看竹〔八〕一段丰致。

【注釋】

〔一〕横浦金蓮寺：即法華寺，位於今江西省贛州市大餘縣城金蓮山大道一帶。清黄鳴珂修《南安府志》卷七：『法華寺，在府北一里，俗呼金蓮堂。宋咸淳間建院，知軍趙孟籥書額，後增廓爲寺。』同書卷三：『金蓮山，在治北三里，諸峯聯接，狀若蓮花，舊載山麓有法華院。』横浦，南安府的别稱。清代的南安府轄大庾、南康、上猶、崇義四縣，治大庾。今屬江西省贛州市。宋祝穆撰《方輿勝覽》卷二十二：『（南安軍）郡名横浦。』明李賢等撰《明一統志》卷五十八：『（南安府）領縣四：大庾縣、南康縣、上猶縣、崇義縣。郡名横浦，以郡城大江自西流東横繞南岸故名。』間關：輾轉。《後漢書·鄧騭傳》：『遂逃避使者，間關詣闕，上疏自陳。』

〔二〕甲寅：康熙十三年（一六七四）。上巳：農曆該月的第一個巳日。

〔三〕雪竹：一種幹節上有濃厚白粉的竹子。唐許棠《題開明里友人居》詩：『風巢和鳥動，雪竹向人斜。』

〔四〕倪雲林：倪瓚（一三〇一—一三七四），元明間常州無錫人，字元鎮，號雲林居士，又有荊蠻民、幻霞子、曲全叟、朱陽館主等號。博學好古，有潔癖。家雄於財，四方名士日至其門，居有清閟閣，藏書數千卷，古鼎法書、名琴奇畫陳列左右。元順帝至正初，忽散家財給親故，未幾兵興，富家悉被禍，而瓚扁舟箬笠，往來太湖及松江三泖間。不受張士誠徵召，逃漁舟以免。入明，黃冠野服，混跡編民。工詩畫。有《清閟閣集》。見《明史》卷二百九十八本傳。

〔五〕杌：凳子。北魏賈思勰《齊民要術·種桑柘》：『春採者，必須長梯高杌，數人一樹，還條復枝，務令淨盡。』

〔六〕酧：同『酬』。宋陸游《老學庵筆記》卷一：『德昭對客議時事，率不遜語，人莫敢與酧對。』

〔七〕『張牧之』三句：宋林敏修《張牧之竹溪》：『張牧之隱於竹溪，不喜與世接。客來蔽竹窺之，或韻人佳士，則呼船載之，或自刺舟與語。俗子十反不一見，怒罵相踵弗顧也。人或以少漫郎，余獨喜與古人意合，乃作竹溪詩。』

〔八〕『不減』句：南朝宋劉義慶《世說新語·簡傲》：『王子猷嘗行過吳中，見一士大夫家極有好竹。主已知子猷當往，乃灑掃施設，在聽事坐相待。王肩輿徑造竹下，諷嘯良久，主已失望，猶冀還當通，遂直欲出門。主人大不堪，便令左右閉門，不聽出。王更以此賞主人，乃留坐，盡歡而去。』王子猷，即王徽之（？—三八八），字子猷。琅邪臨沂（今屬山東）人。東晉名士，晉代書法家王羲之之子。性傲誕。

遊野圃記

邑西有圃而野，巷陌曲折，皆竹樹圍成，延袤[一]可二三里，編篠[二]爲扉，倒木成橋，無工飾而有天然之致，相傳爲明藩封別墅，今名上菓園、下菓園者是也。每至春時，花雨沐衣，草香引路，予輒與友人攜酒榼[三]遊其中，遇得意處則藉地而飲。

是日飲梅花樹下，落英隨風飄墜酒杯中，杯未及接脣，梅香雜酒氣，從鼻入腦，心花頓開。一客後至，遍覓不得，忽從懽笑聲跡之，始知入竹林深蒨[四]中。出圃爲野田，時方春初，田尚未墾，愛其茸軟苔柔，則隨飲其上，於時情與境洽，賞遇心融，浮白[五]無算。

俄而西山霞起，光怪陸離，照耀林木，皆成異觀。客指曰：『此亦一奇也。』予曰：『此吾輩文心酒氣之所結成者耳。』客爲之絕倒。會童子以日暮促歸，遂罷酒，便道假綠匪山房宿焉。山房者，即同遊彭某讀書處云。

【注釋】

〔一〕延袤：綿亙，延綿。《史記·蒙恬列傳》：『因地形用險制塞，起臨洮，至遼東，延袤萬餘里。』

〔二〕篠：小竹，細竹。《漢書·地理志上》：『篠簜既敷。』注：『篠，小竹也。』

〔三〕酒榼：古代的貯酒器，可提挈。唐岑參《早秋與諸子登虢州西亭觀眺》詩：『酒榼緣青壁，瓜田傍綠溪。』

〔四〕蒨：草盛貌。晉左思《吳都賦》：『異荂蓲蘛，夏曄冬蒨。』

〔五〕浮白：原意爲罰飲一滿杯酒，引申指滿飲或暢飲。明石珤《陽和樓賦》：『予趙士也，能爲高歌客秦人也，雅善擊缶，於是引滿浮白，按歌而鼓之。』

韻軒四梅記

韻軒前隙地，舊有山茶石榴諸種，予盡刈之，植古梅四，隅四也。其一自古蘭若〔一〕移植，植之日被酒〔二〕，誤折其幹，至今其枝竟倒垂而上。其一得之野圃，即予集中所記遊野圃者是也，植之簷畔，蟲蠹其半，僅傍作花，然枝幹澹絕，摹擬則俗。其一尚條，不記。其一名綠萼〔三〕，種絕少，爲白門〔四〕道士某所遺，數幹自根拳曲〔五〕蠖起，一幹獨斜披橫石几作蔭，傍護以怪石苔竹，予無贊焉，不能贊也。

嗟乎！造物之於梅奇矣，或曰造物之於柴舟有異焉。梅可翫乎，可物擬乎，可詩而詠乎，抑可毀乎？譽乎？故其孤傲高潔者，皆其蹟也。蹟而知柴舟乎？不知也。

鄒瀟峯〔六〕先生曰：四梅四樣寫法，末忽寫歸自己。聖賢仙佛，不可端倪，其當遇之於疏影橫斜、暗香浮動時耶！

【注釋】

〔一〕蘭若：指寺院。梵語『阿蘭若』的省稱，意爲寂淨無苦惱煩亂之處。唐顧況《横山故居》詩：『家在雙峯蘭若邊，一聲秋磬發孤煙。』

〔二〕被酒：醉酒，中酒。《後漢書・劉寬傳》：『寬常於坐被酒睡伏，帝問太尉：「醉邪？」寬仰對曰：「臣不敢醉，但任重責大，憂心如醉。」』

〔三〕緑萼：梅花之一種。萼片爲緑色。宋范成大《梅譜》：『緑萼梅。凡梅花跗蒂皆絳紫色，惟此純緑，枝梗亦青，特爲清高，好事者比之九嶷仙人萼緑華。京師艮嶽有萼緑華堂，其下專植此本。』清錢載《到家作》詩之二：『久失東牆緑萼梅，西牆雙桂一風摧。』

〔四〕白門：今江蘇省南京市的别名。六朝皆都建康（今南京市），其正南門爲宣陽門，俗稱白門，故名。《南齊書・王儉傳》：『宋世，外六門設竹籬。是年初，有發白虎樽者言：「白門三重門，竹籬穿不完。」上感其言，改立都牆。』清趙翼《金陵》詩：『不到金陵廿六年，白門煙柳故依然。』

〔五〕拳曲：捲曲，彎曲。《莊子・人間世》：『仰而視其細枝，則拳曲而不可以爲棟樑。』

〔六〕鄒瀟峯：清初人，生平未詳。

題壁記

予友某宅後有圃數畝，在予西河舊里之西，相去數十武。高下其地，如居山麓，下視矮屋平疇〔一〕，隱隱可數也。中多曠墅，予教之種竹，竹蔭接處，軒牕值之，林木蒼鬱，異草雜花，不植自有，爲予輩觴詠〔二〕之地。遇酒酣興適，輒題數句於壁，已相忘也。

丁巳之變〔三〕，則僅餘敗屋數椽，其牆壞處，正值詩字盡處。茲歲庚申〔四〕，始稍葺之。予復過其處，恍然有今昔之感。壁間舊題，主人以予故，不忍抹去。然墨痕斷落，僅存字蹟而已。覩此茫茫，有如隔世，因憶當時同輩數人俱作落落晨星〔五〕，惟某與予猶得復臨茲地，觴詠愈健，正復不易，安得不記？醉後潦倒，拾爛筆敗墨，漫書數行於舊題之後，使後人見之，知此地某年某月兵燹摧殘之後，猶有詩酒不衰如柴舟其人者，彷徨賞歎，因訪其全文而讀之，不可謂非此數行之一助也。庚申四月日。

姚彙吉曰：幽情逸事，從世變後寫出，尤見低徊無限。

【注釋】

〔一〕平疇：平坦的田野。南朝宋鮑照《代陽春登荊山行》詩：「花木亂平原，桑柘盈平疇。」

〔二〕觴詠：謂飲酒賦詩。語本晉王羲之《蘭亭集序》：「一觴一詠，亦足以暢敍幽情。」

〔三〕丁巳之變：丁巳，康熙十六年（一六七七）。這一年三藩之亂波及韶關，清軍與叛軍在韶關激戰，生靈塗炭。

〔四〕庚申：康熙十九年（一六八〇）。

〔五〕落落晨星：比喻非常少。落落，稀疏的樣子。明吳寬《次韻韓彥哲州倅促予作生墓志》詩：「面辭天闞向南歸，落落晨星故友稀。』

端溪〔一〕贋石記

相傳端州〔二〕庫有美石，重若干，爲數百年物，不知何人所遺，官斯土者惟謹封識而已，無有敢取去者。庚子〔三〕，河南趙某來守韶陽〔四〕，爲端州鄰郡，始百計致之，作大小硯數十枚，甚寶異之。其餘以遺邑侯淩公〔五〕，使燕視之，文粗而枯，且告以故。燕笑曰：贋石也。物之美者，人爭得之，豈有歷數百年後猶有存者乎？此必前官竊去而易以此石也。以贋易贋，蓋不知凡幾矣。而趙方寶異之，且以遺人，不亦愚乎？世不求實而惟名是取者，皆此類也。公善其言，因屬記之，以貽後之好事者。

【注釋】

〔一〕端溪：溪名。在廣東省肇慶市東南郊。產硯石。清屈大均《廣東新語》卷五：『羚羊峽口之東有一溪，溪長一里許，廣不盈丈，其名端溪。』

〔二〕端州：今廣東省肇慶市。隋開皇九年（五八九）於其地置端州，故稱。

〔三〕庚子：順治十七年（一六六〇）。

〔四〕河南趙某：指趙霖吉，進士，順治十七年任韶州知府。見《韶州府志》卷五。韶陽：指今廣東省韶關廠處而布席焉。山與胸之磊塊賞，泉與胸之娟潔賞，草木雲物與胸之文章怪奇賞，賞不期會，胸忽然開。俄而雲起山溪中，乍雨西北，日光猶隱隱作燈影射人狀。繼而大雨，雷電交迅，衆爭持蓋伏，予獨浮白不顧。忽萬丈虹從碧落〔三〕畫破天界，雨不敢敵，寂然避去。一時天宇清朗，林鳥和鳴，微風起處，覺有異香自遠而近，掠襟裾而透肌骨，蓋野塘中荷花香也。於是飲酒樂甚，人自爲懽，或詠或歌，陶然已醉。客曰：此遊不可無詩。因共擬題分韻，各賦詩一首，並爲記此而返。

【注釋】

〔一〕乙卯：康熙十四年（一六七五）。端陽之月：指農曆五月。端陽，即端午。明馮應京《月令廣義·歲令一·禮節》：『五月初一至初五日名女兒節，初三日扇市，初五日端陽節，十三日龍節。』清富察敦崇《燕京歲時記·端陽》：『京師謂端陽爲五月節，初五日爲五月單五，蓋「端」字之轉音也。』

〔二〕榼：古代盛酒或貯水的器具。《左傳·成公十六年》：『使行人執榼承飲。』

〔三〕碧落：道教語，天空，青天。唐楊炯《和輔先入昊天觀星瞻》詩：『碧落三乾外，黄圖四海中。』

朱氏二石記〔一〕

英石〔二〕稱天下第一，大小各殊，扣之皆作金玉聲，形狀詭幻百出，或成人物、鳥獸、林麓之形。其絕佳者，至莫可物擬，雖善形容者極力描畫之，終不得似。然不識者見之，輒歎以爲佳，遊斯地者莫不竭力購之，至不可得而後已。朱子林修來嶺南，得大小石二，絕寶異之，客至則出賞鑒品題，世遂稱朱氏二石，屬予爲記。

予思先林修而得石者，當不一而足，而絕無聞焉，此獨見稱者，何哉？天下之石，多傳靈璧〔二〕，得非以米元章〔三〕好之之故耶？然英州實勝靈璧。其後元章謫浛洭尉〔四〕，地與英州近，躬自搜取，得一異石，大喜，呼拜其前，稱爲石丈〔五〕，然後知天下又有所謂英州石者。安知其不以靈璧爲劣而昔者好之之過也。而世卒莫知定其高下者，況人之才蘊於胸中，雖同輩不及知，而謂世人能窺測之乎？

雖然，靈璧石雖佳，微元章幾不傳。今林修好學而工詩，多才而善鑒，二石較之靈璧，未知孰勝，要之因人而重，則不可誣也。然所好豈無有進於是者乎？英州之北，有具磊砢〔六〕之姿，蘊煙雲而含萬象，爲造物之所鍾，不幸不爲世人所稱，而尚埋沒於泥塗草莽間者，林修儻見之歟？

毛會侯先生曰：絕不寫二石形狀何似，但將靈璧、英州較量一番，用意蘊藉之甚。而筆精墨華，又復光芒四射。末一結則感慨係之矣。具此妙才而使之歎不偶，是人反不如石也，吾不得不爲柴舟叫屈。

【校記】

(一)此文底本未見，據文久本補。

【注釋】

〔一〕英石：　廣東省英德市山溪中所産的一種石頭，有微青、灰黑、淺綠、灰白等數種顔色。其形如峯巒峻峭，巖穴宛轉，千姿百態，具有『瘦、皺、漏、透』的特點。大者可用來壘迭公園假山，小者可用來製作几案盆景，頗多奇觀。清屈大均《廣東新語》卷五：『英州爲奇石之藪，其有根者叢起而爲峯，無根者散佈而爲石。石者，峯之餘也。峯者，山之骨，而石其齒牙也。凡以皺、瘦、透、秀四者備具爲良。其出土者曰陽石，受雨雪多，質堅而蒼潤，扣之清越。入土者曰陰石，則反是。石生山谷間，大小相疊，一一嵌空鬬竦，具峯巒巖洞之狀。即一卷許，亦輒芙蓉亂削，乳竇交通，巉巖勾漏。小心視之，須五日始盡其一峯，千日始盡其一谷。此以小而奇者也。其大者土人嘗載至五羊，以輕重取值，使工層壘爲山，連皴接筍，參差相配，臥者爲嵩，立者爲華，坐者衡而行者岱，千巖萬壑，磴道周回，錯植花木其際，宛若天成，真園林之瑋觀也。』

〔二〕靈璧：　今安徽省宿州市靈璧縣，位於安徽省東北部。縣産奇石，稱靈璧石，宋杜綰《雲林石譜》卷上：『宿州靈璧縣，地名磬山，石産土中，歲久穴深數丈，其質爲赤泥漬滿，土人多以鐵刃遍刮，凡三兩次，既露石色，即以黄蓓帚或竹帚兼磁末刷治清潤，扣之鏗然有聲。石底多有漬土，不能盡去者，度其頓放，即爲向背。石在土中，隨其大小具體而生，或成物狀，或成峯巒，巉巖透空，其狀妙有宛轉之勢。或多空塞，或質偏朴，或成雲氣日月佛像，或狀四時之景。須藉斧鑿修治磨礱，以全其美，或一面或三面。若四面全者，即是從土中生起，凡數百之中無一二。』

〔三〕米元章：　米芾(一〇五一—一一〇七)，初名黻，後改芾，字元章。祖籍太原，後遷襄陽(今湖北襄樊市），最後定居潤州（今江蘇鎮江）。北宋書畫家。酷愛奇石。米芾因曾官禮部員外郎，而禮部別稱南宮，故米芾又稱米南宮，《宋史》卷四百四十四有傳。

〔四〕浛洭：古縣名，漢武帝元鼎六年（前一一一）置，在今廣東省英德市。《宋史》卷四百四十四：『（米芾）以母侍宣仁后藩邸舊恩，補浛光尉。』宋避太祖匡胤諱，作『光』。

〔五〕稱爲石丈：明毛鳳苞輯《海嶽志林・拜石》：『元章知無爲軍，見州廨立石甚奇，命取袍笏，拜之，呼曰石丈。言事者傳以爲笑。或語芾曰：誠有否？芾徐曰：吾何嘗拜，乃揖之耳。』《宋史》卷四百四十四：『無爲州治有巨石，狀奇醜，芾見大喜曰：「此足以當吾拜！」具衣冠拜之，呼之爲兄。』

〔六〕磊砢：眾多委積貌，形容儀態豪放灑脫。清顧炎武《李克用墓》詩：『旁有黃衣人，年少神磊砢。』

廖燕全集校注卷八

文

哭澹歸和尚〔一〕文

庚申〔二〕十一月二十八日，友某持師絕筆示燕，不禁淚涕交橫，仰天大哭。師死生久已了徹，況臨終遺囑荼毗〔三〕後，即取灰於清流處散之，胸襟灑脱如此，燕何悲之有？然師死而斯文喪矣，天下茫茫，誰與定燕文與傳燕文者耶？此燕之所以仰天痛絕也。嗚呼已矣！

猶憶十數年前，聞師名未及識面，輒通書候，即大驚服。及後來韶，投詩及剌〔四〕，讀之驚喜，徒步訪燕於寓所〔五〕，大加延譽〔六〕。見一詩即見推若是，使學業有加於此，又當何如哉！迨後師以戊午〔七〕出嶺，越二年而燕《二十七松堂文初集》刻成。私念世人心目淺狹懷私，惡道人善，兼趨利耳食〔八〕，無志斯道，美惡莫辯，非得一代偉人如師者賞鑒品題而揄揚〔九〕之終莫能取信。擬賫〔一〇〕一卷就正，懼道遠難達而止。及後聞師將還廬山，數有使往來，大喜，方擬動筆作書，並集奉寄，而師死矣。嗚呼痛哉！

此豈惟燕撫膺追歎，卽師回光返照時，聞此文章斯道所係，亦當泫然〔一一〕出涕也。師跋《遊巖詩》有云：『予至韶陽〔一二〕七載，見作者〔一三〕寥寥，殊有風雅欲盡之歎。』此豈無所感而云然乎？及後見燕，意極懽慰。然師初見燕時，學業未成，卽此一詩，亦非生平得意之作，又未及其究竟，從而品定流傳，使天下後世聞之，必謂師爲失言。而燕生又晚，著述未經播揚而就正稍遲，不及得師一言，使後人聞而信從，謂韶陽無人，猶有著書可傳如燕其人者，今則無及已。縱使師言未爲失，而燕則所失多矣。然師以文章爲性命，卽尋常所投，猶獎勸惟恐不及，況如燕稍有志於斯者哉！故知今日聞此，亦必驚歎，以爲不及見此，爲世外九泉之一痛也，而豈不謂然哉！

師臨別遺燕以書，欲同出嶺表〔一四〕，別有所圖。燕亦欲一覽中原山川，與異聞壯觀、天下幽眇玄幻可感可悟之事，以敵胸中奇偉，因大肆其筆墨，以成一代之文。會以事，不果行。今縱文章如太史公〔一五〕，世無□□其人，誰則知而好之，況好之而復使傳之者耶？後聞師未出嶺而病，養靜龍護園〔一六〕，時卽以書候，略及保攝〔一七〕之法。而寄書人卽侍者大樹，路至江口病死，書不得達。師以七十老人，而終日文字應酧〔一八〕，思慮過多，其得病固宜，而不謂遲之又久，卽以此奄然沒世也。嗚呼痛哉！

師遺文甚多，雖見有徧行堂成集，然皆出世以後之作，非廟堂經世文字，遺稿散在人間，及今收拾，亦未爲後。燕將遍走華夏，凡遇僧寮道院、客邸村莊與夫衙齋驛舍、殘碑斷碣、扁額題聯、片紙隻字，無不搜羅收輯。或得餘暇，次第較讎〔一九〕刻布，使師文章勁節精神，揭日月於中天，後世淺儒小夫不得置喙其間〔二〇〕。燕文雖不得師以傳，而姓名手眼〔二一〕猶得附師文以見於當世，亦生平一大快事。然此猶有所待，豈能釋今日之恨耶？故無其人毋論已，若有人而無文，與有文而不得相須〔二二〕以傳，可奈何？燕之哭師者以此。嗚呼！斯文已喪，天地爲摧。天下雖大，其能當燕此淚者又豈復有人哉！

魏和公先生曰：題是哭澹師，然全是寫自家懷抱。文極開闔排盪，望而知爲大家筆墨。

高望公曰：滿眶憤淚，哭出妙文。

【注釋】

〔一〕澹歸和尚：俗姓金名堡（一六一四—一六八〇），字衛公，又字道隱。

〔二〕庚申：康熙十九年（一六八〇）。

〔三〕荼毗：佛教語。梵語音譯，意爲焚燒，指僧人死後將遺體火化。明徐應秋《玉芝堂談薈》卷十二《骨如葵子》：『沙門衛道安爲天長寺僧，積修苦行，坐化之夕，毫光五采；荼毗之日，頂骨有「唵室利迦訶阿」六字梵書。』

〔四〕刺：名帖，名片。明宗臣《報劉一丈書》：『即門者持刺入，而主者又不即出見。』

〔五〕『徒步』句：廖燕有《訪劉漢臣兼晤澹歸和尚》詩，記述此事。

〔六〕延譽：　播揚聲譽。語出《國語·晉語七》：『使張老延君譽于四方。』

〔七〕戊午：　康熙十七年（一六七八）。

〔八〕耳食：　指不加省察，徒信傳聞。語出《史記·六國年表序》：『學者牽于所聞，見秦在帝位日淺，不察其終始，因舉而笑之，不敢道，此與以耳食無異。』司馬貞索隱：『言俗學淺識，舉而笑秦，此猶耳食不能知味也。』

〔九〕揄揚：　稱引，讚揚，宣揚。漢班固《兩都賦》序：『雍容揄揚，著於後嗣，抑亦《雅》、《頌》之亞也。』

〔一〇〕賫：　拿東西給人，送給。《戰國策·齊策四》：『齊王聞之，君臣恐懼，遣太傅賫黄金千斤，文車二駟，服劍一，封書謝孟嘗君。』

〔一一〕泫然：　流淚貌。《禮記·檀弓上》：『孔子泫然流涕曰：「吾聞之，古不脩墓。」』

〔一二〕韶陽：　指今廣東省韶關市。

〔一三〕作者：　稱在藝業上有卓越成就的人。五代貫休《讀劉得仁賈島集》詩之一：『二公俱作者，其奈亦迂儒。』

〔一四〕嶺表：　嶺外。指今廣東、廣西一帶。《晉書·滕脩傳》：『廣州部曲督郭馬等爲亂，皓以脩宿有威惠，爲嶺表所伏，以爲使持節都督廣州軍事、鎮南將軍、廣州牧以討之。』

〔一五〕太史公：　漢司馬談爲太史令，子司馬遷繼之，《史記》中皆稱『太史公』，後世多以『太史公』稱司馬遷。

〔一六〕龍護園：　爲丹霞山別傳寺下院，位於今廣東省南雄市區居仁街。增補《丹霞山志》卷二：『龍護院，南雄府城内。』同書卷七：『龍護園，在南雄府城内居仁街朝陽坊。康熙六年八月，張竇譚、許孟超、劉秀卿居士等送與本山爲下院，太守陸孝山大護法捐俸重修。』

〔一七〕保攝：　保養。《資治通鑒·唐太宗貞觀二十年》：『冬十月乙丑，上以幸靈州往還，冒寒疲頓，欲於歲前專事保攝。』

〔一八〕酧：同『酬』。宋李光《乞宮觀狀》：『智慮耗於應酧之勞，精力竭於簿書之冗。』

〔一九〕較讎：校勘。元鄭元祐《計籌山巢雲樓記》：『時真人延予蓬山閣上較讎羣書，巢雲樓未之建也，迨今四十寒暑矣。』

〔二〇〕小夫：平民百姓中的男性。《莊子·列禦寇》：『小夫之知，不離苞苴竿牘。』置喙：插嘴，參預議論。明焦竑《焦氏筆乘·揚子雲始末辨》：『近泰和胡正甫辨證甚悉，吠聲者當無所置喙矣。』

〔二一〕手眼：比喻本領。宋楊先《富順中巖避暑》詩：『伽陀坐斷碧巖陰，手眼無非利物心。』

〔二二〕相須：互相依存。《詩·小雅·谷風》：『習習谷風，維風及雨。』毛傳：『風雨相感，朋友相須。』

祭李祇公〔一〕文

嗚呼祇公！孰謂予與君方別未久，而遽不得復承色笑〔二〕耶？猶思尊翁相乾先生〔三〕，靈洲〔四〕碩望，賢而知人。其知予也，因予家佛民〔五〕爲尤奇，故予之來羊城也，即與佛民登堂拜謁。先生爲設杯茗〔六〕，論古今及詩古文詞。時君方病咳，不多談，然執弟子禮惟謹，間以文義請質。予略爲開示〔七〕，或點竄〔八〕一二字，則作數日喜，率以此爲常。未幾，佛民客死梧州〔九〕，予雖時復登堂拜謁，先生爲設杯茗，論古今及詩古文詞如疇昔〔一〇〕，然覺已寂莫少一人矣，孰意君又繼予佛民而歿也哉！雖素有咳病，然亦非大症候，得妙方服之當愈，而不謂君竟以此逝矣。悲夫！

君性孝友，尤長制舉業〔一一〕，與尊翁先生所交遊皆當世名公鉅卿，志欲有爲而身已不待，豈非天耶！佛民嘗謂君父子得予刻稿輒相諷贊〔一二〕不已，偶被友借閱，已易數手，後跟尋〔一三〕始得，珍惜倍甚。復有假者執不與，惟置酒留讀，懼其失也。予生平雖有所作，然不爲人所知，君父子見重如此，文章知己，有踰骨肉，至今思之，曷勝惋歎。

嗚呼祇公！方初歿時，尊翁先生卽緘君生平，求行狀〔一四〕於予，書被郵使浮沉，不得達。後予來羊城，時君棄世已數月，予聞之驚悼屢日，偶以事逼歸，未及撫棺一哭。今來斯地，始克滴淚和墨，祭君哭君。嗚呼已矣！不知泉下可如人世否？君與佛民不憂無伴，豈知予與尊翁先生老眼欲枯也耶？尚饗。

【注釋】

〔一〕李祇公：清初廣東南海人。曾師事廖燕。性孝友，早逝。

〔二〕色笑：指和顔悦色的態度。語本《詩·魯頌·泮水》：『載色載笑，匪怒伊教。』鄭玄箋：『和顔色而笑語，非有所怒，於是有所教化也。』

〔三〕尊翁：對他人之父的尊稱。清倪濤《六藝之一錄》卷三百九十九：『伏讀尊翁遺稿，琅琅大雅之音，實東吴第一名家。』相乾先生：李相乾，明末清初廣東南海人。李祇公之父，廖燕之友。曾爲廖燕刊刻《曲江名勝詩》，見廖燕《與李相乾》（卷十）。

〔四〕靈洲：山名，在今廣東省佛山市南海區獅山鎮官窯村附近。《新唐書》卷四十三上：『廣州南海郡……縣十三。南海……有靈洲山，在鬱水中。』

〔五〕佛民：廖如，字佛民，廖燕之弟。

〔六〕杯茗：一杯茶。明唐之淳《連窩驛次無名人韻》：『過午覺來貪覓句，欲呼杯茗漱餘酣。』

〔七〕開示：啟發。《後漢書·南蠻傳》：『喬至，開示慰誘，並皆降散。』

〔八〕點竄：修改。唐李商隱《韓碑》詩：『點竄堯典舜典字，塗改清廟生民詩。』

〔九〕梧州：今廣西梧州市。

〔一〇〕疇昔：往日，從前。《後漢書·張衡傳》：『收疇昔之逸豫兮，卷淫放之遐心。』

〔一一〕制舉業：指八股文。清薛福成《徐公墓志銘》：『績學砥行，能文章，尤攻制舉業。』

〔一二〕諷贊：諷喻匡贊。《新唐書》卷四十九上：『左諭德一人，正四品下。掌諭皇太子以道德，隨事諷贊。』

〔一三〕跟尋：跟蹤尋找。宋吳自牧《夢粱錄·顧覓人力》：『如有逃閃，將帶東西，有元地脚保識人前去跟尋。』

〔一四〕行狀：文體名。記述死者世系、籍貫、生卒年月和生平概略的文章。唐李翺《百官行狀奏》：『凡人之事迹，非大善大惡，則衆人無由知之，故舊例皆訪問於人，又取行狀謚議，以爲一據。』

改葬祖考妣文

嗚呼！吾祖父母及不孝，已踰三世。家世中落，更罹時變，以致先靈尚存淺土，顧不孝猶不竭力修舉，尚俟何人哉！嗚呼！吾祖通儒釋，兼善青烏家言〔一〕，推擇過精，反無成就。以今言之，皆不孝之罪也。蓉山之偏，名芙洲嶺〔二〕，爲吾祖推擇葬曾祖父處，山勢蜿蜒，傍無雜塚，誠善地也。因附葬於此，所以成吾祖之志，亦以使祖與曾祖父相聚。歎及不孝之業，亦如祖之推擇過精，反無成就之爲可慨也。

周象九曰：自苦自訴，情極悽愴。有許多說不出在內。『推擇過精，反無成就』八字，滴落天下苦心力學人無數眼淚。

【注釋】

〔一〕青烏家：以風水堪輿爲業的人，即堪輿家。或說黄帝時，或說秦漢時有青烏子，亦稱青烏先生，精堪輿之術，因以青烏代指風水堪輿。宋張君房《雲笈七籤》卷一百：『黄帝始畫野分州……有青烏子，能相地理，帝問之以制經。』

〔二〕芙洲嶺：位於今廣東省韶關市西南四公里處芙蓉山的旁邊。是廖燕祖墳所在之地。廖燕《先府君墓志銘》（卷十五）：『邑西南八里名芙洲嶺，有塚隱然其上者，爲先府君合葬之墓。』

安先考妣柩文

嗚呼，傷心哉！不肖不德，數罹變亂，生者慘死，死者亦不得偃寢〔一〕也。嗚呼，天乎！

孰非人子，一家長幼，僅存不孝兄弟，屋廬數椽，半爲瓦礫。回思不肖時遠遊有方，父或他出，歸來無恙，庭草依然，杯酒團欒〔二〕，何可得也！夜臺〔三〕聞此，必爲慘傷。然有不肖在，因躬驅瓦礫，設杯酒，暫妥〔四〕先靈於此。淚枯心苦，先靈其或鑒之。

姚彙吉曰：情極苦，文極質，此情文兼至者。

【注釋】

〔一〕偃寢：仰臥，躺下。漢王充《論衡·四諱篇》：『毋偃寢，爲其象屍也。』

〔二〕團欒：團聚。宋黄震《黄氏日抄·怡如堂記》：『余友吳子雲處其弟甚和，作一堂，日相團欒其間，名之曰怡如，而俾余志其意。』

〔三〕夜臺：墳墓，借指陰間。南朝梁沈約《傷美人賦》：『曾未申其巧笑，忽淪軀於夜臺。』

〔四〕妥：泛指祭祀。宋宋祁《賀南郊大赦表》：『不煩不怠，由列聖而持循；以妥以虔，合諸神而哀對。』

合祭先考妣文

嗚呼，我父！棄世二載，我母繼之。時不肖糊口在外，二喪俱不能舉。嗚呼痛哉！今雖五鼎〔一〕以祭，已不如生前之一臠〔二〕矣，況不能耶？嗚呼！貧賤如不肖，尚何言哉，尚何言哉。尚饗。

高望公曰：聲淚俱盡之文正不在多。

【注釋】

〔一〕五鼎：古代行祭禮時，大夫用五個鼎，分别盛羊、豕、膚（切肉）、魚、臘五種供品。見《儀禮·少牢饋食禮》。

〔二〕臠：切成小塊的肉。《淮南子·説林訓》：「嘗一臠肉而知一鑊之味。」

哭亡兒湘文

康熙歲次癸未〔一〕八月十五夜，吾兒湘竟舍予而歿矣。孰謂汝年甫生一十有九，竟舍予而歿耶？汝生小好嬉戲，不親筆墨，予爲汝成人計，不得不過爲督責，汝竟不思改悔，予亦付之無奈矣。然見汝輒不色喜〔二〕，汝有緩急亦不敢向予告訴，而不謂遂有今日也。

兹歲三月日，天未曙，汝忽從外來家，叩門急，血流被面，哭訴夜間爲某兇手所毆。予時亦以汝所交匪類〔三〕，且多酒過，受毆固宜，竟不知其已受重傷矣。然予雖不汝喜，汝母甚慈愛汝，不難顯言受創之處，急爲救藥，當不致大害。而無如適值汝妹科秀〔四〕之變，汝母悲思方切，固無暇他慮。汝意亦以爲身雖受傷，久之當自痊，可豈知其禍之至此耶？迄今八月六日，汝忽得病，予疑爲傷寒症〔五〕，略爲調理。越三日，見汝吐血狼藉，予始大驚，請醫胗視〔六〕，云肺經〔七〕受傷，因以某方治之，血爲少止，然咳愈勤。每一咳動，則遍身作痛，呼聲不絕。且所吐痰，多稠而腥穢，不數日而遽奄然殞歿矣。嗚呼，痛哉！

甫歿之夕，始有言汝受毆之次日，卽吐瘀血。又言汝足心受傷，及入殮時，果見脊背多作青黑色，而左足心尤甚。曾聞人言，仇欲致人死地，必加功足心。足心受毒，血凝於肺，過一月不治，日久變爲穢痰而成咯症，則不可救矣。汝之受禍，得毋類是？嗚呼！予與某本無仇隙，奈何忍以毒手加汝，汝又不肯自言，父母無由療治，致汝不得其死，豈命數〔八〕使然耶，抑予多生宿孽〔九〕之所致耶！由今思之，追悔何及。

予家門祚〔一〇〕衰薄，自始祖至予身已歷一十有三世，惟六世祖之後始分爲三房，今兩房又不祀。予育汝兄弟二人，汝叔亦僅得一子，予見嗣續〔一一〕寥寥，每以爲憂。汝雖不學，守成有餘，方擬今冬爲汝婚配，從此克昌厥後不難，孰謂汝竟不能自保其身耶？

予今年已六十矣，又書生文弱，既不能庇汝躬〔一二〕於生前，復不能報汝怨於身後，此汝恨也，亦予終身之恨也。予將奈之何哉？傳稱冤死者能爲厲〔一三〕，鄭伯有〔一四〕是已。汝能爲厲鬼以誅之乎，抑將泣訴上帝以殛〔一五〕此頑兇乎？是皆未可知。然使果能爲之，亦已無救汝之死而慰予之生也，況不能乎？嗚呼，已矣！不可問矣，亦惟使汝聞之，知汝父之苦衷而已，他復何望耶。嗚呼，痛哉！

魏昭士曰：放聲而哭，信筆而書，不知是淚是字是妙文，一時天昏地慘矣，覺韓昌黎《祭十二郎文》〔一六〕無此沉痛。

【注釋】

〔一〕癸未：康熙四十二年（一七〇三）。

〔二〕色喜：臉上流露喜悅。《元史·陳顥傳》：『每出一卷，顥必拾而觀之，苟得其片言善，即以實選列，爲之色喜。』

〔三〕匪類：行爲不端正的人。匪，通『非』。《明史·喬允升傳》：『允升協理河南道，力鋤匪類，而主事秦聚奎、給事中朱一桂咸爲被察者。』

〔四〕科秀：廖燕之女，早亡。

〔五〕傷寒症：中醫學上泛指一切熱性病。又指風寒侵入人體而引起的疾病。症狀爲頭痛，項强，畏寒，發熱，骨節疼痛，無汗脈緊等。明江瓘《名醫類案·傷寒》：『一娠婦夏月得傷寒症，頭痛惡寒，身熱，心腹脹氣，上壅渴甚，食少，背項拘急，唇口乾燥。乃以柴胡石膏湯、枳實散二方合與服之，一服而愈。』

〔六〕胗視：察看病情。胗，同『診』。《宋史·兵志》：『四月，帝謂輔臣曰：「湖廣擊蠻吏士，方夏瘴熱，而罹疾者衆，宜遣醫往爲胗視。」』

〔七〕肺經：即手太陰肺經。中醫稱人體内氣血運行的通路爲經脈。手、足各有三陰三陽六經脈，表裏配合，成爲十二經脈。《素問·離合真邪論》：『故天有宿度，地有經水，人有經脈。』王冰注：『經脈者，謂手足三陰三陽之脈。』宋陳自明《婦人大全良方·産後門·産後將護法》：『纔生産畢，不得問是男是女，且先研醋墨，三分服之。一法云不可服醋墨，有傷肺經，成欬嗽之戒，誠過慮也。』

〔八〕命數：猶命運。明朱謀㙔《詩故》卷二：『是詩前二章以綠衣比嬖人，後二章以絺綌自比命數之涼薄。』

〔九〕宿孽：前世的罪孽，舊有的罪孽。明陳汝元《金蓮記·證果》：『笑娘行呈妖獻笑，跳不出紅裙腔調，好回頭宿孽兒消。新緣斷，舊火燒，度沉淪百尺橋。』

〔一〇〕門祚：家世。明田汝成《炎徼紀聞·趙楷》：『楷皇恐頓首曰：「門祚衰薄，喪亂頻仍，官府悉以罪楷，何也？」』

〔一一〕嗣續：後嗣，子孫。宋劉克莊《後村詩話》卷二：『季野遂不肯婚，余大父著作與之友善，責以嗣續大義。』

〔一二〕躬：身。

〔一三〕厲：惡鬼。《左傳·成公十年》：『晉侯夢大厲。』

〔一四〕鄭伯有：春秋時鄭大夫良霄，字伯有。他主持國政時，和駟帶發生爭執而被殺於羊肆，事見《左傳·襄公三十年》。據説伯有死後化爲厲鬼以復仇，《左傳·昭公七年》：『鄭人相驚以伯有，曰：「伯有至矣。」則皆走，不知所往。』杜預注：『襄三十年，鄭人殺伯有，言其鬼至。』

〔一五〕殛：誅，殺死。《書·湯誓》：『有夏多罪，天命殛之。』

〔一六〕《祭十二郎文》：韓愈作，是一篇千百年來傳誦不衰，影響深遠的祭文名作。宋趙與旹《賓退録》云：『讀諸葛孔明《出師表》而不墮淚者，其人必不忠；讀李令伯《陳情表》而不墮淚者，其人必不孝；讀韓退之《祭十二郎文》而不墮淚者，其人必不友。』

劉乾可〔一〕唁慰書 附

十年夢想，始得一晤，實慰平生。第以寓在衙署，出入引嫌，不能時親教，益爲歉耳。頃聞令嗣二世兄奄逝〔二〕，深爲悲悼。竊怪以先生之才如此，而所遇若彼，職思〔三〕其故，誰爲爲之？聞有彼蒼氏〔四〕者，慣能顛倒英雄，性復慳吝，挾《洪範》五物〔五〕，不肯全以與人。即能與之，亦庸夫俗漢居多，而獨慳於我輩。雖以孔子之於伯魚〔六〕，猶不可得，況其他者乎？人生不幸遇此，只當以理自遣。若過爲無益之戚，是又墮彼蒼術中也。先生解人〔七〕達觀，想悉此意。伏冀爲道節哀，自愛幸鑒。不宣。

【注釋】

〔一〕劉乾可：劉信烈，字乾可，號直庵，清初廣東香山（今廣東省中山市）人。自幼聰慧，鄉人以神童譽之。康熙三十八年（一六九九）舉人，康熙五十五年任山東夏津知縣，在任十年。辦事公正，斷案準確，處事神速。倡建義學，導以教化。著有《直庵詩賦》、《運米詩集》、《俚語》等。清田明曜修及陳澧等纂《香山縣志》卷十四、清方學成及梁大鯤等纂修《夏津縣志新編》卷六有傳。

〔二〕令嗣：稱對方兒子的敬詞。宋王安石《答郟大夫書》：『承教，并致令嗣埋銘祭文，發揮德美，足以傳後信今，感惻豈可勝言！』世兄：對前輩兒子的敬稱。清陸隴其《復谷老師霖蒼先生》：『自庚戌暮春都門追隨函丈，不覺十有八載，知己之感，靡刻不盤旋胸臆。世兄來，兼領手教，得悉起居萬福，無任欣慰。』奄逝：去世。清杜臻《粤閩巡視紀畧》：『在室三十年，至宋雍熙四年無疾奄逝。妃既沒，土人時見其衣朱衣，履浮槎，出沒巨浪中。』

〔三〕職思：思考。語出《詩·唐風·蟋蟀》：『無已大康，職思其居。』

〔四〕彼蒼氏：天的代稱。語出《詩·秦風·黄鳥》：『彼蒼者天，殲我良人。』孔穎達疏：『彼蒼蒼者，是在上之天。』

〔五〕《洪範》：《尚書》中篇名。舊傳爲箕子向周武王陳述的『天地之大法』。今人或認爲係戰國後期儒者所作，或認爲作於春秋。《漢書·五行志》曰：『禹治洪水，賜《洛書》，法而陳之，《洪範》是也。』故亦稱『洛書』。托武王與箕子對話，言禹治水有功，上帝予其『洪範九疇』（大法九種）。其中提出水、火、木、金、土『五行』及其性能作用。《洪範》五物，即指此。

〔六〕孔子之於伯魚：《史記·孔子世家》：『孔子生鯉，字伯魚。』唐司馬貞索隱：『伯魚年五十，先孔子死。』

〔七〕解人：明白事理的人。《三國志·吳書》卷十四：『解人不當爾邪！』

廖燕全集校注卷九

書

上吳制府〔一〕書

某月日，曲江廖燕頓首，謹奏書制府吳公閣下：燕聞非天下之大才，則不足以成天下之大功。非成天下大功之人，則不足以知天下之奇士。傳稱宋韓琦、范仲淹經略西鄙，時有張某者負奇才，不遇，欲獻策於二公，耻於自干，刻詩石上，使人曳之市而笑其後。二公疑而不用，轉走西夏，詭名張元昊。元昊聞之，召語大悦，用其策，大爲邊患〔二〕。由是言之，雖成大功如二公者，猶不足以知此生也，則知人豈不難哉！天下皆曰：恨世無古人之才之人也。使有古人之才之人，知而舉之易易〔三〕耳。及如古人之才之人在前，而或不能用矣。試反而詰之，則曰：其名未彰也，其位未顯也。夫亦未之思耳，其名豈生而即得，而位豈其所素具也哉？若必待名位而後知之，尚得謂之知士乎？士又何賴其知之也。天下若皆如是，士亦惟有伏巖穴槁項〔二〕而死耳，寧復靦顔〔四〕向天下人稱曰我才我才耶？故士一不遇，巖穴已耳，槁項而死已耳，固不貶其爲士也。

然而燕則思之矣，孔子、孟軻，古今所稱大聖大賢也，然猶區區〔五〕奔走於魯衛梁齊間，求當時之君與相而知之，而卒無所遇者，豈孔孟名位不足當人之知乎？惟當時之君與相不能具天下之大才，成天下之大功而遂失之。苟非然者，魯三家〔六〕欲彊宗國，而梁齊諸卿相欲輔主而王天下，思得奇士而用之，則孔孟其人矣，安肯使之不遇乎？惟其不能如是，是以寧受後世蔽賢之誚而不顧也。然則欲知天下之士者，固非其人不可。而世不察，遂輕以知人之權，概責之天下之人，亦已過矣。

燕，曲江鄙人，賦性迂拙，讀書三十年，而姓名不出於閭里。雖攻制義〔七〕取榮顯者接踵於世，而己獨違俗異尚，不能順時以干祿，是天下之棄才也，然嘗有志於古聖賢之業。毘陵談某號定齋〔八〕，來令曲邑，一見燕文，歎曰：『恨子不遇閩中丞〔九〕吴公，聞公有總督兩粤之命，吾當作書薦子。』迨後談以病去職不果。事雖不行，然心已識之。

閣下以不世出〔一〇〕之才，當筮仕〔一一〕無錫，時前後逋積〔一二〕數萬，得閣下一旦談笑而了之，固已名震天下矣。況後臬撫七閩〔一三〕、臺灣，數十年逋寇，指麾〔一四〕而定，天子歎嘉，由中丞擢今兩制。閩、粤東西數千里之地，廓然肅清，功業昭昭，在人耳目間者，口碑載之，史官書之，豈尚俟言哉！惟閣下以天下之大才，成天下之大功，即能熟識天下之士。而天下之士亦皆爭趨幕下惟恐後，而閣下復欲然〔一五〕下交，優遊握手〔一六〕，皆有以得其懽心，爲今人所不爲，而亦爲韓、范之所不能爲者。燕獨不得與於執事之末，竊不能無言焉。雖然，燕豈敢有他求哉！惟以生平有志於古聖賢之業，不敢輕求人知，而人亦卒不得而知之者，今幸遇閣下，益懼其時之失也。謹將所刻文集二卷，因閽人〔一七〕以獻。其未刻者，不敢瀆陳。惟賜觀覽而取舍之，幸甚。

魏和公先生曰：奮臆而談，絶無顧忌。上書大人先生，不可無此氣魄。中間以孔孟立言，據地極高，文復充沛夭矯〔一八〕。自昌黎公〔一九〕後，僅見此文。

【校記】

〔一〕稿項：底本作『稿項』，據利民本、寶元本補。

【注釋】

〔一〕吳制府：指吳興祚（一六三二—一六九七），字伯成，號留邨，漢軍正紅旗人，原籍山陰（今浙江紹興）。歷任江西萍鄉知縣、山西大寧知縣、山東沂州知州，福建按察使、巡撫等。康熙二十年，擢兩廣總督。吳興祚爲官清正廉潔，爲政持大體，除煩苛。工詩文，擅音律。好結交海內名士，暇則詩文觴詠。著有《留村詩稿》。《清史稿》卷二百六十有傳。制府，宋代的安撫使、制置使，明清兩代的總督，均尊稱爲『制府』。

〔二〕『傳稱』句：明賀復徵編《文章辨體彙選·錄》引宋俞文豹《清夜錄》：『慶曆間，華州士人張元昊累舉不中第，落魄不得志。負氣倜儻，有縱橫材。嘗薄遊塞上，觀覽山川，有經畧西鄙意。《雪詩》云：「戰罷玉龍三百萬，敗鱗殘甲滿天飛。」又《鷹詩》：「有心待搦心中兔，更上白雲頭上飛。」欲謁韓、范二帥。恥自屈，乃刻詩石上，使人拽之市而笑其後。二帥召見之，躊躇未用間已走西夏，與曩霄謀抗朝廷，連兵十餘年。』韓琦（一〇〇八—一〇七五），字稚圭，自號贛叟，相州安陽（今屬河南）人，北宋政治家、名將。范仲淹（九八九—一〇五二年），字希文，吳縣（今屬江蘇）人。北宋名臣，政治家，文學家。宋仁宋時，韓琦、范仲淹二人曾共同經略陝西，抗擊西夏。

〔三〕易易：很容易。《禮記·鄉飲酒義》：『吾觀於鄉，而知王道之易易也。』

〔四〕靦顏：厚顏。《宋史·張昭傳》：『苟靦顏求生，何面目見主於地下？』清朱鶴齡《讀左日鈔》：『豈有夏之忠臣而肯靦顏事讐者哉？』

〔五〕區區：匆忙奔走貌。區，通『驅』。南唐伍喬《林居喜崔三博遠至》詩：『幾日區區在遠程，晚煙林徑喜相迎。』

〔六〕魯三家：指春秋魯大夫孟孫氏、叔孫氏、季孫氏。三家把持了魯國國政。《論語·八佾》：『三家者以《雍》徹。』朱熹集注：『三家，魯大夫孟孫、叔孫、季孫之家也。』

〔七〕制義：明清科舉考試的方式，又稱制藝，即八股文。《明史·選舉志二》：『其文略仿宋經義，然代古人語氣爲之，體用排偶，謂之八股，通謂之制義。』清陳廷敬《西園先生墓志銘》：『元日除夜，猶聞絃誦之聲，渟涵演迤，作爲制義之文。』

〔八〕毘陵：詳見卷三《令粵詩刻序》注〔一〕。談某號定齋：詳見卷一《性論二》注〔二〕。

〔九〕中丞：漢代御史大夫下設兩丞，一稱御史丞，一稱中丞。中丞居殿中，故以爲名。東漢以後，以中丞爲御史台長官。明清時用作對巡撫的稱呼。清梁章鉅《稱謂錄·巡撫》：『明正統十四年，命都察院右僉都御史鄒來學巡撫順天、永平二府……今巡撫之稱中丞，蓋沿於此。』康熙十七年，吳興祚升任福建巡撫，見《清史稿》卷二百六十。

〔一〇〕不世出：世所少有。《史記·淮陰侯列傳》：『此所謂功無二於天下，而略不世出者也。』

〔一一〕筮仕：初出爲官。以外出做官先占卦問吉凶而來。宋王禹偁《感流亡》詩：『因思筮仕來，倏忽過十年。』

〔一二〕逋積：積欠。《南史·賀瑒傳》：『國家之於關外賦税蓋微，乃至年常租調動致逋積，而人失安居，寧非牧守之過？』

〔一三〕臬：按察使。撫，巡撫。吳興祚曾任福建按察使、福建巡撫。七閩：指古代居住在今福建省和浙江省南部的閩人。因分爲七族，故稱。《周禮·夏官·職方氏》：『辨其邦國、都鄙、四夷、八蠻、七閩、九貉、五戎、六狄之人民。』賈公彦疏：『叔熊居濮如蠻，後子從分爲七種，故謂之七閩。』後稱福建省爲閩或七閩。

〔一四〕指麾：以手或手持物揮動。《鶡冠子·博選》：『憑几據杖，指麾而使，則廝役者至。』

〔一五〕欿然：謙虚，不自滿。《孟子·盡心上》：『如其自視欿然，則過人遠矣。』欿，假借爲『歉』。

〔一六〕優遊握手：優遊，優容寬待貌。《漢書·楚元王傳》：『今陛下開三代之業，招文學之士，優遊寬容，使得並進。』握手，執手，拉手。古時在離别、會晤或有所囑託時，皆以握手表示親近或信任。《東觀漢記·馬援傳》：『援素與述同鄉里，相善，以爲至當握手迎如平生。』

〔一七〕閽人：守門人。《禮記·檀弓下》：『季孫之母死，哀公弔焉。曾子與子貢弔焉，閽人爲君在，弗内也。』

〔一八〕夭矯：縱恣貌。宋張世南《游宦紀聞》卷三：『余嘗見碑本，字勢夭矯，灑落奇妙。』

〔一九〕昌黎公：即韓愈。

上吳制府乞移李研齋柩歸金陵書

吳公閣下：　燕於某月來省，賫書一通〔一〕並所著文二卷，因閽人以獻左右。伺候數日不得命，私竊料閣下好賢如不及，天下莫不聞，必不以燕鄙賤而不見，亦以職事叢脞〔二〕不暇，故不即見耳，非以勢位懸絶爲嫌終於不見也，故今仍敢以明兵部尚書〔三〕李研齋後事請。

伏念研齋名長祥，四川人，登崇禎某年進士，由詞林〔四〕爲兵部尚書，其立朝大節，至今傳聞人口，不可殫述。後罹國變，獨能執節不仕，隱居金陵，著書講學自娱。曾於閣下有文章交誼，其嗣某爲燕言如此，想不誣也。後復罹亂，流離嶺表，寄居韶陽仁化邑河頭寨萬山之中〔五〕，遂病死於此。草草一棺，妻子離散，謀生救死不贍，豈暇返萬里羈魂爲首丘〔六〕之舉也哉！以品行如此之人，竟不能庇其身後，惜哉悲夫！

今幸閣下總制兩粤，適臨茲地，其嗣某踴躍告燕，以爲可以仰干不難，燕亦爲之色喜〔七〕，以閣下天地爲懷，雖生平不相謀面之人，猶將覆庇周急之不倦，況在聲氣〔八〕之内，有道德文章足傳，不幸客死，貧復不能歸葬之，可矜如研齋者哉！　蜀山萬里，首丘爲難，金陵一水可達。閣下稍爲援手，則移此柩以歸其地，一反掌之間耳。

燕生平不識研齋，亦未識荊〔九〕於閣下，而敢以此言者，亦以閣下有好賢之誠，與研齋有文章聲氣之雅。今雖已死，其人亦不負閣下斯舉也。賢如可尚，死生一轍。燕亦將視此爲去就焉，干冒威嚴，伏俟斧鉞。

蕭絅若曰：以未謀面之人〔一〕，而代爲上書，固奇。以未謀面之人，而卽以書上之，更奇。非以友朋爲性命與目空一世者，曷克爲此？文氣更古質可法。

【校記】

〔一〕未謀面之人：底本作『未謀之人』，脱一『面』字。據利民本、寶元本補。

【注釋】

〔一〕賫：拿東西給人，送給。《戰國策·齊策四》：『齊王聞之，君臣恐懼，遣太傅賫黃金千斤，文車二駟，服劍一，封書謝孟嘗君。』一通：表數量。用於文章、文件、書信。漢班昭《女誡》：『間作《女誡》七章，願諸女各寫一通，庶有補益，裨助汝身。』

〔二〕叢脞：瑣碎，雜亂。《明史·夏原吉傳》：『太祖詷而異之，擢戶部主事，曹務叢脞，處之悉有條理。』

〔三〕明兵部尚書：南明福王朱由崧立，李長祥被任命爲監察御史，後又晉升兵部左侍郎。稱『兵部尚書』者，指此。見《清史稿》卷五百李長祥傳。

〔四〕詞林：翰林別稱。宋王應麟《玉海·聖文五·康定賜翰林飛白書》：『至和元年九月，王洙爲學士，仁宗嘗以塗金龍水牋爲飛白「詞林」二字賜之。』

〔五〕韶陽：指今廣東省韶關市。河頭寨：詳見卷三《海棠居詩集序》注〔三〕。

〔六〕首丘：《楚辭·九章·哀郢》：『鳥飛返故鄉兮，狐死必首丘。』首，頭向著。丘，狐穴所在之土丘。因而稱死後歸葬故鄉爲首丘之舉。

〔七〕色喜：臉上流露喜悦。《元史·陳顥傳》：『每出一卷，顥必拾而觀之，苟得其片言善，即以寘選列，爲之色喜。』

〔八〕聲氣：指朋友間共同的旨趣和愛好。《鬼谷子·中經》：『聞聲和音，謂聲氣不同，則恩愛不接。』

〔九〕識荊：初次見面的敬辭。語出李白《與韓荊州書》：『白聞天下談士相聚而言曰：「生不用封萬戶侯，但願一識韓荊州。」何令人之景慕一至於此耶！』韓朝宗時爲荊州長史。

謝吴少宰〔一〕書

燕頓首謹啟吴公閣下：燕伏處草茅之日久矣，第自惟幸生今右文之世〔二〕，不宜輕自暴棄，因取古人之書伏讀而㲉索之者有年，及稍得其用意所在，遂數數把筆學爲古文詞〔三〕，亦已裒然〔四〕成帙者又有年。然自顧才識譾劣〔五〕，不敢求知於當世，而當世亦莫或知之也。抑又念燕今年五十有九，鬚髮無數莖黑者，其他固不復措意，但業已有志於學，且年逼遲暮，儻得一人知己，豈非生平之大願也耶？不謂忽得見知於閣下，則誠非意料之所敢及也。

閣下才名滿天下，功業在朝廷，豈猶有才出閣下之右者？不惟不能出閣下之右，亦豈猶有才可以當閣下之揄揚〔六〕者？況燕之迂疏淺陋，其不足比數〔七〕於天下士，亦已明矣。乃閣下以茲歲壬午〔八〕奉命臨粵，公事甫畢，輒首以人才爲問。或有以拙刻進者，閣下亟稱善。燕時聞之，猶未信也。迨數日，番禺姚明府向燕具述閣下注念殷殷之意甚悉[九]，且言惜匆匆北旋，不暇一晤，已轉聞於大中丞彭公[一〇]云云。燕時雖未及一通姓名於左右，然已不勝知己之感已。

後閣下過韶，向通衢廣衆中詢及小兒輩，衆驚傳爲異事。小兒瀛隨趨謁謝，值行旌[一一]已發，徒步抵雞籠塘[一二]，幸蒙接見，復荷贈遺。時燕尚未旋里，及歸聞之，不禁且喜且歎，以爲閣下未嘗一見燕，而且推愛於燕之弱息[一三]，其見燕又將何如也？又伏讀與臧公祖及張翁源書[一四]，齒及寒微，稱譽過當，益增汗顔。燕何幸，見知於閣下；又何不幸，不能一望見顔色而快訴生平之胸臆也耶？

雖然，燕復何言，自古聖賢天人性命之學，固非燕迂疏淺陋者可得而言，其餘詩古文詞又皆不能出閣下之範圍，則雖欲言之，又將何以言之？《詩》曰：『芃芃棫樸，薪之槱之。』[一五]則閣下今日之謂也。又曰：『既見君子，我心則休。』[一六]則燕今日之謂也。請將以此爲終身之誦焉。至於尋常感恩之語，燕固不敢出諸口也，又豈敢有聞於閣下也哉！

李非庵曰：上書大人先生，最易犯稱頌感恩惡套。篇中自首至尾，只用一低一昂法，信筆寫去，無不曲折盡情。自謙處卽是譽吴公處，譽吴公處卽是自留地步處。而尋常套語，自不得犯其筆端，文品所以爲高。

【注釋】

〔一〕吳少宰：指吳涵（?—一七〇九），字容大，浙江石門（今屬浙江省桐鄉市）人。康熙二十一年（一六八二）進士。歷官至左都御史，兼翰林院掌院學士。康熙四十一年，吳涵任吏部右侍郎。見《清史稿》卷一百八十。乾隆《大清一統志》卷二百二十一、清曾筠等修《浙江通志》卷一百五十八有傳。少宰，官名。即《周禮・天官》的小宰，爲大宰的副職。明清爲吏部侍郎的俗稱，也叫少冢宰。

〔二〕惟：思考，思念。《説文・心部》：「惟，凡思也。」《漢書・張良傳》：「吾惟之，豎子固不足遣。」右文：崇尚文治。《宋史・選舉志三・學校試》：「國家恢儒右文，京師郡縣皆有學。」

〔三〕數數：迫切貌。《莊子・逍遙遊》：「彼其於世，未數數然也。」陸德明釋文：「司馬云：『猶汲汲也。』崔云：『迫促意也。』」

〔四〕裒然：聚集貌。裒，聚集。清王士禛《敬業堂詩集原序》：「去冬余奉使南海，夏重操長歌送行，且以詩集序見屬，歸而夏重《慎旃》二集已裒然成卷帙矣。」

〔五〕譾劣：淺薄低劣。明張居正《考滿謝恩命疏》：「竊念臣學術迂疏，行能譾劣。」

〔六〕揄揚：稱引，讚揚。漢班固《兩都賦》序：「雍容揄揚，著於後嗣，抑亦《雅》、《頌》之亞也。」

〔七〕比數：相提並論。《漢書・司馬遷傳》：「刑餘之人，無所比數，非一世也，所從來遠矣。」

〔八〕壬午：康熙四十一年（一七〇二）。

〔九〕番禺姚明府：指姚炳坤，鑲紅旗人，監生。本姓葉，以入旗改姓姚。康熙三十六年（一六九七）任廣東省乳源縣知縣，三十九年任廣東省番禺縣知縣。見《韶州府志》卷五、《番禺縣志》卷二、廖燕《李節婦墓表》（卷十五）。明府：漢魏以來對郡守、牧尹的尊稱。漢亦有以「明府」稱縣令，唐以後多用以專稱縣令。《後漢書・吳祐傳》：『國家制法，囚身犯之。明府雖加哀矜，恩無所施。』王先謙集解引沈欽韓曰：『縣令爲明府，始見於此。』注念：思念。明張居正《奉諭還朝疏》：『自卿行後，朕惓惓注念，朝夕計日待旋。』

〔一〇〕大中丞彭公：指彭鵬（一六三七—一七〇四），字奮斯，號無山，一號古愚。福建莆田人。順治十七年舉人。三藩之亂時，堅拒耿精忠命，後任三河知縣，善治疑獄，懲奸不畏權勢。而以緝盜不獲，幾被革職。旋舉廉能，任刑科給事中。後陞廣西巡撫，有政績。康熙四十年（一七〇一），任廣東巡撫。康熙四十三年，卒於任。清郝玉麟等監修《福建通志》卷四十四、《清史稿》卷二百七十七有傳。大中丞，即中丞。漢代御史大夫下設兩丞，一稱御史丞，一稱中丞。中丞居殿中，故以爲名。東漢以後，以中丞爲御史臺長官。明清時用作對巡撫的稱呼。清梁章鉅《稱謂錄・巡撫》：『明正統十四年，命都察院右僉都御史鄒來學巡撫順天、永平二府……今巡撫之稱中丞，蓋沿於此。』明張溥《五人墓碑記》：『是時以大中丞撫吳者。』

〔一一〕行旌：舊指官員出行時的旗幟、儀仗等。這裏藉以敬稱出行的官員。

〔一二〕雞籠塘：位於今廣東省韶關市仁化縣周口鎮雞龍村。《曲江縣志》卷十一：『雞籠汛，上至新莊汛十里，駐兵三名。』同書卷七：『韶社都，在城北九十里……屬村……麻洋村……雞籠村……』塘，明、清駐軍警備的較小轄地，比『汛地』小。

〔一三〕弱息：幼弱之子。南朝梁簡文帝《大同哀辭》：『含精鬱抑，歎嗟何極？云誰之悲，悲予弱息。』

〔一四〕臧公祖：指臧興祖，正紅旗人，廕生。康熙三十五年任韶州知府。見清林述訓等修《韶州府志》卷五。公祖，舊時士紳對知府以上地方官的尊稱。對地位較高者，亦稱老公祖、大公祖和公祖父母。流行於明清。清錢謙益《輸丁議》：『本道公祖諄諄以出丁出資，捍禦桑梓，勸諭鄉紳。』張翁源：即張拱極。

〔一五〕『芃芃』二句：見《詩・大雅・棫樸》。芃音蓬，芃芃，繁盛貌。棫、樸，二木名。槱，積聚貌。謂積柴薪以備燃燒。《詩序》謂：『《棫樸》，文王能官人也。』歌頌周文王善於選拔人材，人材衆多。

〔一六〕『既見』二句：見《詩·小雅·菁菁者莪》。《詩序》謂：『《菁菁者莪》，樂育材也。君子能長育人材，則天下喜樂之矣。』

吳少宰與臧公祖書附

昨者舟中奉教，深服老年翁〔一〕吏治精詳，持論寬大，體全用備，已可想見。至曲江廖生，其人其文，老年翁不惟能稔知〔二〕之，而且能縷述之，非平日留意人才，扶植斯文，一措大窮愁著書〔三〕，誰肯入其心目而摘其議論，覈其品行，歎爲嶺南獨秀者耶？即此一事，韶屬宫牆〔四〕中有一不被老年翁之教澤者乎？海内能文讀書之士聞風興起，爭自濯磨〔五〕期進於古者，又將何如也？次早又承駕遠送，值賤體疲極未起，有失祗候〔六〕，幸諒不罪。

【注釋】

〔一〕年翁：科舉時代稱同年的父親。明清鄉試、會試同榜登科者皆稱『同年』。清孔尚任《桃花扇·媚座》：『相府連日宴客，都是那幾位年翁？』

〔二〕稔知：猶素知。《宋史·郭雍傳》：『孝宗稔知其賢，每對輔臣稱道之。』

〔三〕措大：舊指貧寒失意的讀書人。唐李匡乂《資暇集》卷下：『代稱士流爲醋大，言其峭醋而冠四民之首；一説衣冠儼然，黎庶望之，有不可犯之色，犯必有驗，比於醋而更驗，故謂之焉。或云：往有士人，貧居新鄭之郊，以驢負醋，巡邑而賣，復落魄不調。邑人指其醋馱而號之。新鄭多衣冠所居，因總被斯號。亦云：鄭有醋溝，士流多居。其州溝之東，尤多甲族，以甲乙叙之，故曰醋大。愚以爲四説皆非也。醋，宜作「措」，正言其能舉措大事而已。』窮愁著書：典出《史記·平原君虞卿列傳》：『虞卿既以魏齊之故，不重萬户侯卿相之印，與魏齊行，卒去趙，困于梁。魏齊已死，不得意，乃著書……凡八篇。以刺譏國家得失，世傳之曰《虞氏春秋》。』後以謂人不得志。

〔四〕宫牆：指師門。典出《論語·子張》：『叔孫武叔語大夫於朝曰：「子貢賢於仲尼。」子服景伯以告子貢。子貢曰：「譬之宫牆，賜之牆也及肩，窺見室家之好。夫子之牆數仞，不得其門而入，不見宗廟之美，百官之富。」』

〔五〕濯磨：洗滌磨煉，比喻加强修養，以期有爲。宋蘇軾《〈居士集〉叙》：『自歐陽子出，天下争自濯磨，以通經學古爲高，以救時行道爲賢，以犯顔納説爲忠。』

〔六〕祇候：恭候。《魏書·劉休賓傳》：『文達詣白曜，詐言聞王臨境，故來祇候。』

吴少宰與翁源縣張泰亭〔一〕明府書附

柴舟廖年翁在廣城，不得一晤，讀其《二十七松堂文集》，頗爲企懷〔二〕。緣近來詩文一道亦如奉行成例，尺寸不敢自主，非依傍，即模擬，自己性情反欲掩抑而就他人之步趨，此詩文所以愈學而愈遠也。如柴舟所作，語語從赤心流出，嶔崎磊落〔三〕，不特目中無儕輩〔四〕在，亦並無古人在。雖議論未必盡歸中道，然到底是自作主張人，不是隨行逐隊人，傳之千古，推爲作者〔五〕，定屬此種文字。惜行色匆遽〔六〕，無暇請教，轉覺庾嶺〔七〕一行徒增塵容俗狀耳。奈何，奈何？

昨至韶，又承柴舟令郎名瀛者惠顧，又不得會，冀於早間一晤，而同行張帆疾如飛鳥，萬萬不能留待，中心懸懸，不能自已。特附到薄敬六金，並其原刺，夾一名柬，望年兄〔八〕晤柴舟令郎時爲我面致，聊結縞紵〔九〕，諒不我棄。異日或有良覿〔一〇〕，把酒狂呼，未知柴舟是何等嶔崎磊落之概，更當一抒積想也。耑〔一一〕此附懇，臨風悵然。

此少宰吴公與臧公祖暨翁源令張君泰亭書也。歲壬午〔一二〕冬十一月，燕歸自羊城，適張君來郡公事，出書見示，並出與公祖書，則君得自公祖以轉聞於燕者也。書中辱公齒及，過爲推許，均非燕譾劣者之所敢當。捧讀之餘，感愧交集，然手不忍釋，因急錄歸藏之。兹特檢出，附刻於此，以識一時文章知己，亦以見公好賢愛士之誠出於天性，真堪卓越千古耳。若燕則雖老矣，猶當益思淬礪〔一三〕，以期無負公之所知，又安敢以此自足乎哉？曲江布衣廖燕謹跋。

歲癸未〔一四〕夏五月日，某重過二十七松堂，予友廖子柴舟出文二篇見示，則少宰吴公與臧韶州及張翁源書稿也。某恭讀竟，不禁且驚且歎曰：公卿不下士久矣，卽同輩猶相妒忌，況以宰輔之尊，下臨一布衣，企慕殷殷，接見惟恐不及，猶爲之竭力揄揚如二書之肫摯懇惻〔一五〕者乎？此誠千古佳談，豈僅爲一時之盛事而已哉！吴虞仲翔〔一六〕云：使天下有一人知己，足以不恨〔一七〕。今柴舟有此奇遇，則雖布衣終其身而又何歉焉？古虞後學曾傑〔一八〕謹跋。

【注釋】

〔一〕翁源縣：今廣東省韶關市翁源縣，在廣東省北部。

〔二〕企懷：企盼懷念。晉王羲之《荀侯帖》：「荀侯佳不？未果就卿，深企懷耳。」

〔三〕嶔崎磊落：比喻品格卓異出群。南朝宋劉義慶《世說新語·容止》：「周伯仁道桓茂倫『嶔崎歷落，可笑人』。」

〔四〕儕輩：同輩。《隋書·袁充列傳》：「上大悅，賞賜優崇，儕輩莫之比。」

〔五〕作者：稱在藝業上有卓越成就的人。五代貫休《讀劉得仁賈島集》詩之一：「二公俱作者，其奈亦迂儒。」

〔六〕匆遽：匆忙急迫。唐裴鉶《傳奇·崔煒》：「崔子既來，皆是宿分，何必匆遽，幸且淹駐。」

〔七〕庾嶺：即大庾嶺。五嶺之一。在今江西大餘、廣東南雄交界處，向爲嶺南、嶺北的交通咽喉。又名東嶠、梅嶺。《元和郡縣志》卷三十五：「大庾嶺，一名東嶠山，即漢塞上也，在縣東北一百七十二里……本名塞上，有監軍姓庾，城於此地，衆軍皆受庾節度，故名大庾。」清屈大均《廣東新語》卷三：「梅嶺者，南嶽之一支……其曰大庾嶺者，漢元鼎五年，樓船將軍楊僕出豫章，擊南越，裨將庾勝城而戍之，故名大庾。其東四十里勝弟所守，名小庾。是則嶺名梅以鋗，嶺名庾以勝兄弟，秦之時嶺名梅，漢之時嶺名庾也。」

〔八〕年兄：科舉制度中同榜登科者稱爲同年，互稱年兄。

〔九〕縞紵：指深厚的友誼。典出《左傳·襄公二十九年》：「（吳季札）聘於鄭，見子產，如舊相識，與之縞帶，子產獻紵衣焉。』

〔一〇〕良覿：美好的會晤。南朝宋謝靈運《南樓中望所遲客》詩：『搔首訪行人，引領冀良覿。』

〔一一〕耑：同『專』。

〔一二〕壬午：康熙四十一年（一七〇二）。

〔一三〕淬礪：淬火磨礪，這裏引申指磨煉。宋蘇軾《策略四》：『是以人人各盡其材，雖不肖者，亦自淬厲，而不至於怠廢。』

〔一四〕癸未：康熙四十二年（一七〇三）。

〔一五〕肫摯：真摯誠懇。清昭槤《嘯亭雜錄·徐文定公》：『公首言「二王之罪，誠不容誅，願皇上念手足之情，暫免一時之死」等語，情詞肫摯，上爲之動容。』懇惻：誠懇痛切。漢蔡邕《上封事陳政要七事》：『又元和故事，復申先典，前後制書，推心懇惻。』

〔一六〕虞仲翔：虞翻（一六四—二三三），字仲翔，三國吴時會稽餘姚人。先後任會稽功曹、富春長、騎都尉。性疏直，數有酒失。因犯孫權，被謫交州（今廣州）。虞翻精於經學，雖處罪放，而講學不倦，門徒常達數百人。《三國志·吴書》卷五十七有傳。

〔一七〕『使天下』二句：見《三國志·吴書》卷五十七裴松之注引《虞翻別傳》：翻放棄南方，云：『自恨疏節，骨體不媚，犯上獲罪，當長沒海隅，生無可與語，死以青蠅爲吊客，使天下一人知己者，足以不恨。』

〔一八〕古虔：指今江西省贛州市。隋開皇九年於其地改南康郡爲虔州，故稱古虔。曾傑：清初江西贛州人。生平不詳。

與韓主事〔一〕書

上可與天子爲賓，而下亦不失爲匹夫者，非士也歟哉！士之位甚卑，而士之品則甚尊，雖天子亦不得而易視之，重其道也。今天下之言則不然，曰有爵者貴耳。士不貴，於是庸下貪鄙不肖之徒，日爲工媚，以求親於上，而上之人亦遂安然肆志〔二〕，以爲勢所當然，無復有下士之禮。嗚呼！彼無所挾以遊於世，安得不出諸此？若有所挾以遊於世者，又豈可同日而語也哉！

聞執事由戶部主事榷關〔三〕於此，其始曾爲翰林某官，因論事切直降今職。天下莫不想慕〔四〕其風采，則以文章自任者無如執事，以禮自待而卽以待天下之士者亦無如執事。燕因得以生平所作古文詞數卷進焉，頗以爲非過舉也。至引領十餘日，不得命，始有疑焉。豈真燕之過舉也哉！則今天下之言信然矣。今天下之言信然，將古君子之行或非矣。

古之君子有歐陽永叔者，文名蓋天下，其爲內翰〔五〕時，每遇客進謁，必問其地之賢才而筆記之，輒爲之延譽〔六〕於朝。士得其力以顯揚者不少，而歐公亦無所損，且益增譽焉。使執事不以古君子自處則已也，使以古君子自處，宜將何法焉？

士雖不至於前，猶當汲引之惟恐後。若彼儼然〔七〕挾文章而來，在甲胄猶能以禮遇，況身爲詞林之臣乎？如之何其默之。然薦揚或非執事責也，不又有道可言乎？道之於人與勢之於人，若是其不相侔也。使可雜然而施之，則古人先有以行之矣。古人宜行而不行，則燕今日猶得吐氣揚眉於執事之前也。文章之瑕瑜醇疵，自非一人之私所能掩。若以爵祿勢位而易視天下士，則不敢以爲然。敢以聞下執事。

劉杜陵曰：憤筆寫來，勢位無權，貧士生色矣。妙妙，似爲『士貴，王者不貴』〔八〕語另作一注脚，而精采過之。

【注釋】

〔一〕韓主事：韓雄岱，字念子，號毅菴，高陽（今河北省保定市高陽縣）人。順治十二年（一六五五）進士，歷官至禮部儀制司郎中。康熙二十二年以工部營繕司主事任韶州榷關部司，見《韶州府志》卷五。清李培祜等修、張豫塏纂《保定府志》卷五十五有傳。

〔二〕肆志：實現願望。《史記·韓世家》：『不穀國雖小，已悉發之矣。願大國遂肆志於秦，不穀將以楚殉韓。』

〔三〕榷關：徵收關稅。清戴名世《乙亥北行日記》：『俱有守者執途人橫索金錢，稍不稱意，雖襆被俱欲取其稅，蓋榷關使者之所爲也。』

〔四〕想慕：想念，思慕。《宋史·禮志》：『訃音所至，痛貫五情，想慕慈顔，杳不復見。』

〔五〕內翰：唐宋稱翰林爲內翰。唐徐夤《輦下贈屯田何員外》詩：『內翰好才兼好古，秋來應數到君家。』

原注：『員外與楊老丞翰林同年，恩義最。』

〔六〕延譽：播揚聲譽。語出《國語·晉語七》：『使張老延君譽于四方。』

〔七〕儼然：莊重貌。《論語·堯曰》：『君子正其衣冠，尊其瞻視，儼然人望而畏之。』

〔八〕士貴，王者不貴：見《戰國策·齊策四》：『齊宣王見顔斶曰：「斶前。」斶亦曰：「王前。」宣王不說。左右曰：「王，人君也。斶，人臣也。王曰斶前，斶亦曰王前，可乎？」斶對曰：「夫斶前爲慕勢，王前爲趨士，與使斶爲慕勢，不如使王爲趨士。」王忿然作色曰：「王者貴乎？士貴乎？」對曰：「士貴耳，王者不貴。」』

與某翰林書

某公執事：竊嘗論文，莫大於天地，凡日月星辰雲霞之常變，雷電風雨與夫造化鬼神之不測，昭布森列〔一〕，皆爲自然之文章，況山川人物與鳥獸鱗介昆蟲草木之巨細刻畫，在人見之，以爲當然，不知此皆造物細心雕鏤而出之者。雖以聖人之六經〔二〕視此，猶爲藍本〔三〕，況諸子乎？故善文者，豈惟取法於聖人諸子，並將取法於天地。斯其理甚秘密，彼方自矜爲不可知、不易知之學，而人欲以淺衷〔四〕測之，尚得望其知之也耶？若世俗之文之易知者，則又不足怪，學爲無本，淺與淺相嘗，其易見知於人，宜也。豈惟如是，將後此之榮名顯爵富貴之途，亦莫不由兹而起。雖其人亦知之，知之而不欲爲之者，則其天性然也。而或者以此而易其志，則又非特立〔五〕之士也。

唐以詩取士，杜子美〔六〕以一代詩才而不得第，識者莫不咎主司之失人。及取其書讀之，而始知爲不然，以沉鬱頓挫之辭，而欲求合於油腔滑調是取之主司，雖至今猶不遇也。然子美亦未嘗少貶其學以求合於世，其後上《大禮賦》，擢爲拾遺〔七〕，詩爲古今第一，而當時亦不失榮名。假使子美就科舉爲俗下詩賦，亦非所甚難，然天下後世視子美爲何如人？故知爲天下第一流人，决非特立之士不可耳。今執事不由制科〔八〕，獨能以博學宏辭〔九〕得膺是選，謂非天下第一流人不可。燕雖庸愚，至其所爲文，上不敢不取法天地聖人，而下亦不敢後於諸子，然其不見知於人，則亦不異子美之於唐之世。兹遇執事，尚不爲傾懷一吐耶？

《易》曰：『同聲相應，同氣相求。』〔一〇〕苟非同聲同氣則已，若猶然也，則其相應相求，豈顧問〔一一〕哉！刻稿二卷呈閲，惟賜斧裁而揄揚之。以文相遇，雖稍貶禮，亦不爲損益自尊焉，幸鑒。不宣。

魏和公先生曰：以天地論文與作文必法天地，自是柴舟奇談。中間論杜老處，全是爲自家寫照，文氣亦復傲睨自負。高文快事，兩爲得之。

【注釋】

〔一〕昭布森列：清楚地分佈，森嚴地排列。唐韓愈《與孟尚書書》：『天地神祇，昭布森列。』

〔二〕六經：六部儒家經典。

〔三〕藍本：編修書籍或繪畫時所根據的底本。明清時期，書籍在雕版初成以後，刊刻人一般先用藍色印刷若干部，以供校訂之用，稱爲『藍本』，定稿本再用墨印。《書林清話》載：『其一色藍印者，如黄記《墨子》十五卷……此疑初印樣本，取便校正，非以藍印爲通行本也。』

〔四〕淺衷：微識，淺見。明范濂《雲間據目抄》卷四：『賦役之事，余特記四十年以來因革損益之大端，及予一人之淺衷薄識已耳。』

〔五〕特立：卓立，挺立，指有堅定的志向和操守。《禮記·儒行》：『儒有委之以貨財，淹之以樂好，見利不虧其義；劫之以衆，沮之以兵，見死不更其守……其特立有如此者。』

〔六〕杜子美：杜甫（七一二—七七〇），字子美，自號少陵野老，唐河南鞏縣（今河南省鞏縣）人，祖籍襄陽。

〔七〕『其後』二句：見《舊唐書》卷二百：『（杜）甫天寶初應進士不第。天寶末，獻《三大禮賦》。玄宗奇之，召試文章，授京兆府兵曹參軍。十五載，祿山陷京師，肅宗徵兵靈武。甫自京師宵遁赴河西，謁肅宗于彭原郡，拜右拾遺。』《朝獻太清宫賦》、《朝享太廟賦》、《有事於南郊賦》，即所謂《三大禮賦》。

〔八〕制科：這裏指科舉。

〔九〕博學宏辭：科舉時代於常科外選拔人才的考試科目之一。《清史稿》卷一百九：『清代科目取士，垂爲定製。其特詔舉行者，曰博學鴻詞科、經濟特科、孝廉方正科。若經學，若巡幸召試，雖未設科，可附見也。』

〔一〇〕『同聲』二句：見《易·乾·文言傳》：『子曰：「同聲相應，同氣相求。水流濕，火就燥。」』

〔一一〕顧問：顧惜。《史記·張耳陳餘列傳論》：『然張耳、陳餘始居約時，相然信以死，豈顧問哉？』司馬貞索隱：『謂然諾相信，雖死不顧也。』

復鄒翔伯[一]書

十數年不相聞問，忽接翰[二]教，恍如隔世。因郵使數易，未獲詳訊起居，甚爲悵悵。自喪亂來，足下舊寓綠匪山房[三]僅餘片址，燕亦只剩一身，無問其餘矣。近雖稍具家室，無復有功名[四]妄想，蓋久經患難之餘，多所勘破[五]故也。

自念業已身爲廢民，廊廟[六]之謀本非其任，時俗之好又非所樂，所剩殘書數卷，灌園之暇，時或披閱，間有親知以名酒相遺，欣然取醉，復有所作，得盡所懷。然性樂丘壑，雖僦居[七]城郭，時切煙霞[八]。聞英州[九]多佳山水，英石[一〇]本地所產，巉巖磊落，與己彷彿。兼家以竹器爲業，短篁修篠，布滿鄉墅，竹蔭出門即是，尤生平所喜愛者。意欲移家就此，斯願若遂，便可飄然長往[一一]矣。

頃者，丹霞山叟遺予樹蘲皮笠[一二]，製作省便而有野意。家人善織芒履[一三]，甚便遊山。友人陳某雅精琴操，山巖一作，泠泠然使人有霞外之想。雖未即飄然長往，亦可少疏塵累。足下他日相尋，只問野牧山樵，便知燕處，軒冕人決不知也。不然，曠麓平疇，竹樹流水之間，燕多居於此，從此蹤跡之，或易得耳。近來行徑多樂於此，雖性所近，然審時觀勢，或當如是。不知者遂謂燕以隱爲高，亦已過矣。

承索拙書〔一四〕，書素所喜好，然性多懶散，習學不常，或乘醉一揮筆墨，欹放怪誕，見者吐舌驚走，背或唾罵，燕則叫嘯自喜。然天壤中自有此一種筆墨，俟如予輩者或知之。用書扇頭、條幅〔一五〕各一附正。拙著頗多，《初集》已刻成，然能讀之者少，自娛而已，容刷〔一六〕出呈削。蒙惠佳染，及索之烏有，爲郵使所溺故耳，俟再晤時，乞另惠賜。報候稍遲，勿罪勿罪。

姚彙吉曰：自寫生平行徑，蕭然高寄處，的的異人，當與王無功〔一七〕《答馮子華書》並傳不朽。

【注釋】

〔一〕鄒翔伯：清初人，生平不詳。

〔二〕翰：長而堅硬的羽毛，借指書信等。《晉書·何遵傳》：『性既輕物，翰札簡傲。』

〔三〕綠匪山房：位於今廣東省韶關市區五祖路附近。詳見卷七《芥堂記》注〔七〕。

〔四〕功名：舊指科舉稱號及官職名位等。金董解元《西厢記諸宮調》卷三：『不以功名爲念，五經三史何曾想。』

〔五〕勘破：看破。宋文天祥《七月二日大雨歌》：『死生已勘破，身世如遺忘。』

〔六〕廊廟：殿下屋和太廟，借指朝廷。《後漢書·申屠剛傳》：『廊廟之計，既不豫定；動軍發眾，又不深料。』李賢注：『廊，殿下屋也；廟，太廟也。國事必先謀於廊廟之所也。』

〔七〕僦居：租屋而居。唐段安節《樂府雜錄·觱篥》：『（麻奴）不數月，到京，訪尉遲青，所居在常樂坊，乃側近僦居。』

〔八〕切：　靠近，貼近。宋葉適《湖州勝賞樓記》：　『吳興三面切太湖，涉足稍峻偉，浸可几席盡也。』煙霞：　煙霧，雲霞，這裏泛指山水、山林。南朝梁蕭統《錦帶書十二月啟·夾鐘二月》：『敬想足下，優遊泉石，放曠煙霞。』

〔九〕英州：　今廣東省英德市。

〔一〇〕英石：　廣東省英德市山溪中所產的一種石頭。詳見卷七《朱氏二石記》注〔一〕。

〔一一〕長往：　指避世隱居。晉潘岳《西征賦》：　『悟山潛之逸士，卓長往而不反。』

〔一二〕丹霞山：　在廣東省韶關市仁化縣城南九公里，錦江東岸。詳見卷七《遊丹霞山記》注〔一〕。皮笠：　古代革制的笠形帽。《資治通鑒·後周世宗顯德三年》：『是戰也，士卒有不致力者。太祖皇帝陽爲督戰，以劍斫其皮笠。明日，徧閱其皮笠，有劍跡者數十人，皆斬之。』

〔一三〕芒履：　用芒莖外皮編織成的鞋。亦泛指草鞋。宋陸游《夜出偏門還三山》詩：　『水風吹葛衣，草露溼芒履。』

〔一四〕書：　書法。

〔一五〕扇頭：　扇面。金元好問《題劉才卿湖石扇頭》詩：　『扇頭喚起西園夢，好似熙春閣下看。』條幅：　直掛的長條字畫。單幅的稱單條，成組的稱屏條。

〔一六〕刷：　印刷，刷書。舊時印刷，先在刻板上覆紙，再以毛刷刷掃。清顧炎武《與潘次耕書》：　『此書雖刻成而未可刷印，恐有舛漏以貽後人之議。』

〔一七〕王無功：　王績（約五九〇—六四四），字無功，號東皋子。唐初絳州龍門（今山西河津）人。隋末舉孝悌廉潔科，授秘書省正字。不樂在朝，辭疾。復出爲六合縣丞。簡傲嗜酒，屢被勘劾。時天下已亂，遂託病還鄉。

唐初，曾待詔門下省。後棄官歸田，以琴酒自娱。工詩文，有《王無功集》。見《舊唐書》卷一百一十九本傳。

與友人論郡侯陳公入祀名宦書

郡侯陳公諱廷策者〔一〕，僉議〔二〕請祀名宦，非自燕始也，蓋始於韶石李太史〔三〕；亦非始於李太史也，而實始於吾韶之公舉。燕與太史幸得而從事〔四〕焉，而足下遽責燕假朝廷名器以報私恩，從而沮止〔五〕其事，何哉？本欲置之不辯，既而思之，使獨責燕爲非，不辯可也，而遂使公愛民好士之盛心不白於天下，不辯不可也。

公涖韶凡七載，韶之士民無不受公之恩者，豈獨燕一人爲然，而乃謂之私耶？況燕固與足下同受知於公者也。歲癸酉〔六〕，公攝燕赴署廣州府篆〔七〕，舟至英德，詢及足下尚未録科〔八〕，遂屬燕草書並資斧〔九〕若干，星馳付縣，促足下急就省試〔一〇〕。及見不售，則咨嗟歎息不已，復捐資送歸，不啻父之於子，足下以此爲私恩乎？公恩乎？當報乎？抑不當報乎？且天下無所謂公恩也，從來臣死忠、子死孝，皆私恩耳。非其臣則無有死其忠者，非其子則無有死其孝者，又安得有公恩而報之？天無私覆，地無私載，日月星辰無私照，此世之所謂公恩也，雖欲報之，又將何以爲報耶？故凡吾人之於恩，只問報與不報耳，毋論公私也。公既殁六年，茲歲辛巳〔一一〕，韶人不忘公，因有請祀名宦之舉。燕不覺懽欣踴躍，猥隨諸君後塵，以觀報功盛典。不意足下遽以私恩見責，可謂明於公私之辯矣。至於報與不報，則似未嘗返躬一問焉。何其巧於自便〔一二〕歟？自便之私，固小人之故智也。奈何欲以小人而度君子之心也。

足下又云，名宦爲朝廷名器〔一三〕，非其人不可輕入，豈非以其事爲甚重者耶？然傳稱有功德於民，則祀之〔一四〕，非必謂其爲聖爲賢，始可當之而無愧也。孔子稱子產有君子之道四焉〔一五〕，稱晏平仲善與人交〔一六〕，孔文子好學下問，亦可以爲文〔一七〕，蓋亦節取〔一八〕云爾。聞康熙某歲，竟有沉緬於酒，未免尸位素餐之譏，而亦得與名宦之列，抑又何說耶？況公善政多端，其他固無論，卽間舉一二而亦爲天下所莫及者。天下不乏廉吏，而必不能禁吏胥〔一九〕之不取錢，公之吏胥則雖與之錢而不敢取。天下亦不乏能吏，一遇豪奸巨猾則必勝之以刑，公於此輩則聲色不動，已皆畏懼潛蹤，終公之任無有敢肆其毒者。不特此也，天下亦不乏好賢有司，而士恒不得其門而入，公則司閽〔二〇〕不禁，凡有一技一藝之能者，無不殷勤接見，譽其所長而時濟其所不足，士得以成名者不少，而亦未嘗敢干以私。此匪特爲天下所莫及，卽從前入祀諸賢，恐視此亦不能無少遜者，而尚不足以傳也歟？

嗚呼！公之政績，表表〔二一〕在人耳目間，固非一人之私所得掩，獨怪足下受知於公爲最深，不但不思所以報公，而甚且訾〔二二〕之沮之不少置，又從而罪及燕焉。於責人之明則得矣，其如恕己則昏，何哉？雖然，名宦之不足爲輕重也久矣，凡其人之子若〔二三〕孫，與夫門生故吏之有勢力者皆可爲之，其效已見於前矣，亦顧其實心實政何如耳？

燕將與太史遍訪公蒞韶巔末〔二四〕，編輯成書，使天下後世傳之無窮，似公不必藉一名宦爲重，而名宦反欲藉公爲重。此其實心實政之所必至，有不可得而强者，又豈拘牽繩墨之士所得而知之者哉？足下亦靜聽之而已，若云朝廷名器，不妨還之朝廷，原非君家之物，又何假之足慮乎？則足下此一言，亦可以止也已。

【注釋】

〔一〕陳廷策：字毅庵，號景白。正黄旗人。

〔二〕僉議：共同商議。《晉書·羊祜列傳》：『是以名德遠播，朝野具瞻，搢紳僉議當居台輔。』

〔三〕韶石李太史：李林（一六五五—一七三五），字培生，一字韶石。韶州翁源縣（今廣東翁源縣）人。李林少懷大志，勤奮好學，過目成誦。康熙三十二年（一六九三）舉人。康熙三十六年，參加會試，獲取會元。授任翰林院庶吉士。受命編修三朝國史及《大清一統志》。後告老回鄉，閉門謝客，專心教導其子侄。有《紀恩詩》四卷、《玉署偶吟草》十二卷、《時藝》四卷等著作。見《韶州府志》卷三十四本傳。李林曾任翰林院庶吉士，庶吉士是明、清兩朝時翰林院內的短期職位。由於明、清兩代修史之事歸於翰林院，所以供職翰林亦有『太史』之稱。

〔四〕從事：追隨，奉事。唐牛僧孺《玄怪錄·張佐》：『嚮慕先生高躅，願從事左右耳。』

〔五〕沮止：阻止。《新唐書·韋湊傳》：『溫爲安祿山所厚，國忠懼其進，沮止之。』

〔六〕癸酉：康熙三十二年（一六九三）。

〔七〕署廣州府篆：代理廣州知府。署篆，即署印，代理官職。舊時官印皆刻篆文，故名。明沈德符《野獲編·外國·冊封琉球》：『在閩時，適福州缺守，阮堅之以司理署篆。』

〔八〕錄科：清代科舉考試制度，凡科考一二等，及三等小省前五名、大省前十名準送鄉試外，其餘因故未考者，及在籍之監生、蔭生、官生、貢生名不列于學宮，不經科考者，均由學政考試，名爲『錄科』。經錄科錄取者即可參加鄉試。明陳子龍《直糾大貪疏》：『童生之入學及諸生之補廩錄科，皆有定價。』

〔九〕資斧：指旅費。

〔一〇〕省試：元代以後分省舉行的考試，又稱鄉試。明王世貞《嘉靖以來首輔傳》：『嘗奉使至廣西，道謁鄉人李遂，遂故御史司其省試而得嵩者。』

〔一一〕辛巳：康熙四十年（一七〇一）。

〔一二〕自便：自利。秦李斯《議存韓》：『夫秦韓之交親，則非重矣，此自便之計也。』

〔一三〕名器：名號與車服儀制等，用以別尊卑貴賤的等級。語本《左傳·成公二年》：『唯器與名，不可以假人，君之所司也。』杜預注：『器，車服；名，爵號。』

〔一四〕『然傳稱』句：見《禮記·祭法》：『夫聖王之制祭祀也，法施於民則祀之，以死勤事則祀之，以勞定國則祀之，能禦大菑則祀之，能捍大患則祀之。』

〔一五〕『孔子稱』句：見《論語·公冶長》：『子謂子產有君子之道四焉：其行己也恭，其事上也敬，其養民也惠，其使民也義。』

〔一六〕『稱晏平仲』句：見《論語·公冶長》：『子曰：「晏平仲善與人交，久而敬之。」』晏平仲，即晏子（？—前五〇〇），名嬰，字平仲。春秋時齊國大夫。歷事靈公、莊公、景公三世，爲卿。長於辭令，關心民事，節儉力行，盡忠直諫，名顯諸侯。勸齊景公輕賦役，省刑罰，聽臣下之言。

〔一七〕『孔文子』二句：《論語・公冶長》：『子貢問曰：「孔文子何以謂之文也？」子曰：「敏而好學，不恥下問，是以謂之文也。」』

〔一八〕節取：《左傳・僖公三十三年》：『《詩》曰：「采葑采菲，無以下體。」君取節焉可也。』杜預注：『葑菲之菜，上善下惡，食之者不以其惡而棄其善，言可取其善節。』後因以『節取』指取其善節。

〔一九〕吏胥：舊時官府中的小吏。唐白居易《和微之除夜作》詩：『我統十郎官，君領百吏胥。』

〔二〇〕司閽：看門的人。唐韋應物《觀早朝》詩：『河漢忽已沒，司閽啟晨關。』

〔二一〕表表：卓異，特出。唐韓愈《祭柳子厚文》：『子之自著，表表愈偉。』

〔二二〕訾：詆謗，非議。《禮記・喪服》：『四制訾之者，是不知禮之所由生也。』注：『口毀曰訾。』

〔二三〕若：與，和。《書・召誥》：『旅王若公。』

〔二四〕巔末：從開始到末尾，謂事情的全過程。明張介賓《景岳全書・吞酸》：『倘不能會其巔末而但知管測一斑，又烏足以盡其妙哉？』

答李湖長〔一〕書

承示新詩一十六首，誦之灑然〔二〕，辭調淒婉，頗具作者之意，從此闖古人之闔〔三〕不難。然欲索和於僕，則非所願也。和詩，僕最不喜，或強爲則有之，然亦以此爲鄙久矣。方欲以此語足下，乃反望之於僕乎？

古無有以和詩稱者，有之自元白〔四〕始。無論其所和佳不佳，而必以我性情之物爲供他人韻脚之用。性情之謂何？况時地意趣必有格然不相合者，而方步之趨之，牽强湊泊〔五〕，以求附其辭，象其意，全詩皆爲人用而我不存焉，雖不作可也。且彼所欲言者已去，而我所欲言者無因。因而因其已去之言，無者將之使有，以無病之心胸而爲無端之歌哭，其詩未成而所以爲詩者已先去我矣。而謂僕爲之乎？天下方以是相高，雖賢者不免，毋怪足下也。人不能自爲創始，又從而步趨其後者，又不獨此矣。其甚者揚子雲之擬《易》〔六〕，魏曹丕之築受禪臺〔七〕，皆和詩之屬也。曹丕無論矣，子雲以作《太玄》之才而爲他文，亦何不宜，而必以此擬《易》，其文是，其意非也。邯鄲之步佳矣，學之者必毫釐分寸盡邯鄲而後可。然邯鄲則似矣，而不知其爲婦也。天下爲婦者豈少哉？而愚者方以爲是，毋論其他矣。事不可襲，而襲者爲拙；步不可學，而學者爲婦。孔子著書未嘗異人，而亦何嘗襲人？和詩者，襲人之漸也，爲詩之蠹而性情之仇也。足下之詩，雖未嘗襲人，然不可爲其漸。萬事盡然，豈獨詩乎？

頃見足下志益鋭，詩益富，恐隨俗相高，而不察古人不屑之意，猥以僕爲時俗之爲，故罄〔八〕談於此，使知僕爲人，亦所以進足下也。拙刻一卷附正，山野率直，幸惟諒鑒。不宣〔九〕。

毛會侯先生曰：調笑和詩諸公亦自盡情，文更疏宕〔一〇〕可法。

【注釋】

〔一〕李湖長：清初浙江會稽人。好詩文。與廖燕有交往。參見《送李湖長還會稽》（卷二十）。

〔二〕灑然：猶欣然。《新唐書・忠義傳下・賈直言》：『穆宗召爲諫議大夫，羣情灑然稱允。』

〔三〕閫：門檻。《史記・張釋之馮唐列傳》：『閫以内者，寡人制之；閫以外者，將軍制之。』

〔四〕元白：唐代詩人元稹、白居易的並稱。《舊唐書・元稹傳》：『稹聰警絶人，年少有才名，與太原白居易友善，工爲詩，善狀詠風態物色，當時言詩者稱元白焉。』《新唐書・白居易傳》：白居易『初與元稹酬詠，故號元白。』

〔五〕湊泊：拼湊。宋陸游《跋呂成叔〈和東坡尖義韻雪詩〉》：『字字工妙，無牽强湊泊之病。』

〔六〕揚子雲：揚雄（前五三—後一八），字子雲。西漢蜀郡成都（今四川成都郫縣）人。西漢學者、辭賦家。揚雄曾仿《周易》而作《太玄》。

〔七〕『魏曹丕』句：《三國志・魏書》卷二：『（魏王曹丕）乃爲壇於繁陽。庚午，王升壇卽阼，百官陪位。事訖，降壇，視燎成禮而反。改延康爲黄初，大赦。』

〔八〕罄：盡，用盡。《爾雅・釋詁下》：『罄，盡也。』《舊唐書・李密傳》：『罄南山之竹，書罪未窮。』

〔九〕不宣：語出漢楊修《答臨淄侯箋》：『反答造次，不能宣備。』後以『不宣』謂不一一細說。舊時書信末尾常用此語。唐陳子昂《爲蘇令本與岑内史書》：『謹奉啓不宣，某再拜。』

〔一〇〕疏宕：指聲調抑揚頓挫，文氣流暢奔放。宋蘇軾《琴操・醉翁操引》：『好奇之士沈遵聞之往遊，以琴寫其聲，曰《醉翁操》，節奏疏宕，而音指華暢，知琴者以爲絶倫。』

擬韓休上玄宗皇帝諫蹴踘書〔一〕

臣聞陛下好爲蹴踘之戲，私竊訝之。雖萬機多暇，亦宜親近文臣，優遊〔二〕翰墨，不然博弈揮弦猶不致重傷盛德，豈有降天子之尊而爲市井之嬉者哉！其狎褻亦已甚矣。緣陛下舊在臨淄藩邸〔三〕，以豪俠〔四〕播聞，熟處難忘，時爲技癢，然爲王則可，爲天子則不可也。況此戲鄙猥，多狹斜〔五〕倡優所爲，起足聳肩，迴身旋舞，使力動氣，虧損不小，縱不顧有累觀瞻，獨不惜玉體勞頓乎？稍失觸傷，追悔何及？魏文帝作《典論》，擊劍舞戟，自矜妙技〔六〕，不知此武夫之爲，非萬乘〔七〕所宜行也。縱使萬無一損，亦非所以宜臣民、傳後世。願陛下留意臣言，採善閑〔八〕邪，幸甚。

談定齋先生曰：蒼勁樸直，文氣絕類西漢。然下筆犀利處，仍是柴舟本色。

【注釋】

〔一〕韓休（六七三—七四〇）：字良士，唐京兆長安（今陝西西安）人。唐朝大臣。工文辭。歷遷左補闕、禮部侍郎、知制誥、尚書右丞。唐玄宗開元二十一年，以黃門侍郎同中書門下平章事。於時政得失，言之未嘗不盡，宋璟譽爲『仁者之勇』。玄宗小有過，輒問左右：『韓休知否？』言乞，諫疏已至。後罷爲工部尚書，遷太子少師，卒謚文忠。見《舊唐書》卷一百二、《新唐書》卷一百三十九本傳。蹴踘：我國古代的一種足球運動。用以練武、娛樂、健身。傳説始於黄帝，初以練武士。戰國時已流行。《史記・扁鵲倉公列傳》：『處（項處）後蹴踘，要蹷寒，汗出多，即嘔血。』《漢書・枚乘傳》：『遊觀三輔離宮館，臨山澤，弋獵射、馭狗馬、蹵鞠刻鏤，上有所感，輒使賦之。』顏師古注：『蹵，足蹵之也。鞠以韋爲之，中實以物，蹵蹋爲戲樂也。』《後漢書・梁冀傳》：『性嗜酒，能挽滿、彈棊、格五、六博、蹴鞠、意錢之戲。』李賢注引漢劉向《别録》：『蹴鞠者，傳言黄帝所作，或曰起戰國之時。蹋鞠，兵埶也，所以講武以知材也。』

〔二〕優遊：謂從容致力於某事。唐楊炯《〈王勃集〉序》：『君又以幽贊神明，非杼軸於人事；經營訓導，迺優遊於聖作。』

〔三〕臨淄藩邸：長壽二年，李隆基改封臨淄郡王，於臨淄置藩邸。《舊唐書》卷八：『玄宗至道大聖大明孝皇帝諱隆基……（垂拱）三年閏七月丁卯，封楚王……長壽二年臘月丁卯，改封臨淄郡王。』

〔四〕豪俠：豪邁行俠。《漢書・趙廣漢傳》：『建素豪俠。』

〔五〕狹斜：指妓院。古樂府有《長安有狹斜行》，述少年冶游之事。後稱娼妓居處爲『狹斜』。元辛文房《唐才子傳・趙光遠》：『嘗將子弟恣遊狹斜，著《北里志》頗述青樓紅粉之事。』

〔六〕『魏文帝』三句：《三國志・魏書》卷二『才藝兼該』裴松之注引三國魏曹丕《典論・自敍》：『生於中平之季，長於戎旅之間，是以少好弓馬，於今不衰，逐禽輒十里，馳射常百步，日多體健，心每不厭。』『余又學擊劍，閲師多矣。』『余少曉持複，自謂無對；俗名雙戟爲坐鐵室，鑲楯爲蔽木戶；後從陳國袁敏學，以單攻複，每爲若神，對家不知所出。』持複，武技名，舞雙戟之類。

〔七〕萬乘：指帝王，帝位。《漢書・蒯通傳》：『隨廝養之役者，失萬乘之權；守儋石之禄者，闕卿相之位。』唐賈島《上邠寧邢司徒》詩：『馬走千蹄朝萬乘，地分三郡擁雙旌。』

〔八〕閑：防止。唐劉禹錫《天論》：「建極閑邪。」

復翁源張泰亭明府書

燕頓首謹復：燕草茅下士，得荷殊施，實出望外。復辱賜書，推許過當，至欲索燕時藝〔一〕，益不禁慚汗浹背也。燕棄舉子業〔二〕已二十餘年於茲矣，平日所作，業已捐棄殆盡。即使尚存，亦豈足當巨觀者之目耶？今雖學爲古文詞，亦藉以消遣時日已耳，豈真有所得乎？

然古文與時文〔三〕則有異。文莫不以理爲主，理是矣，然後措之於詞。詞是矣，又必準之於起伏段落呼應結構之法。及其文成，而能自成一家言，則可質前賢、傳後世而無難。若夫理是矣，而詞與法亦不舛焉，又必準之於時，合時則售，不合時則文雖精亦不得售。售既不得，尚能質之前賢而傳之後世乎？然售必合乎時，則雖合於今而已離於古，又尚能質之前賢而傳之後世乎？今之時文是已。

世亦有以時文而爲古文者，然只可謂時文中古文，而不可謂古文中之古文也。古文之文，其文多成於未有題目之先。太史公足跡遍天下，所歷名山巨川，通都大邑，與夫人民風俗之怪奇紛賾〔四〕，已成一部《史記》於胸中，故其一百三十篇五十二萬六千五百字，其中上下數千年，三代之禮樂，劉項之戰爭，王侯將相之富貴功名，諸子百家技藝數術之可傳而可誦者，不過借爲文中照應引證之故事而已，豈至此而後有《史記》耶？文可借題，題中不必有文，而世人方取題揣摩擬議，以求附於古之作者，亦已過矣。故燕嘗謂時文之文，有題目，始尋文章；古文之文，則先有文章，偶借題目耳，猶有悲借淚以出之，非有淚而始悲也。此則古今之文之異。而傳與不傳之大較〔五〕者，又烏可强乎哉！雖然，似難乎其爲識者。

今貴門人何某之於執事，寧不謂之奇遇乎？何某之文，博大雄深，爲時文中之古文，使不遇具眼〔六〕如執事之主司，其不歎數奇不偶〔七〕者幾希。嗚呼！時文以醇正典雅爲歸，而夫人誤以庸熟〔八〕之調當之，况以庸熟之調，而反議博大雄深爲疵謬，如執事之所云者，亦甚可歎也已。執事之於何某，可謂一時知己。

若燕之迂疏謭劣，輒辱下交獎借〔九〕無已，得毋以燕於古文詞稍窺一二者乎？語云『良馬見鞭影而行』〔一〇〕，燕敢不益思淬礪，以期無負所知而爲鞭策之地者耶？因論古今文之異同，以仰答諄諄下詢之意，且欲藉此就正而取裁焉。燕再頓。

張泰亭先生曰：起局簡淨而紆徐，已盡答書大略。此後方極力發揮，不促不蔓，古文化境〔一一〕。又評：膽大如斗，心細如髮。其文氣豪邁處，直可謂目無秦漢，何有於唐宋八大家哉？讀書種子〔一二〕，聖歎〔一三〕而後，安得不推柴舟獨步？

【注釋】

〔一〕時藝：即時文、八股文。明沈德符《野獲編·徵夢·甲戌狀元》：『（杏源）時藝奇麗，與馮祭酒開之、袁職方了凡，同社相善。』

〔二〕舉子業：舉業，爲應科舉考試而準備的學業。明清時專指八股文。《朱子語類》卷三四：『小兒子教他做詩對，大來便習舉子業。』明宋濂《鄭仲涵墓志銘》：『仲涵初年學舉子業，把筆爲文，春葩滿林。』

〔三〕時文：意爲時下流行的文體，舊時對科舉應試文體的通稱。明清時特指八股文。

〔四〕紛賾：雜亂。明祝允明《哀孝賦》：『鏡皇倫之紛賾以相奪兮，曷不善修以兼濟？』

〔五〕大較：大體。《晉書·劉頌列傳》：『今臣所舉二端，蓋事之大較。』

〔六〕具眼：指具有識別事物的眼力。宋陸游《冬夜對書卷有感》詩：『萬卷雖多當具眼，一言惟恕可銘膺。』

〔七〕數奇不偶：指命運不好，遇事多不利。清汪琬《資政大夫世襲一等阿達哈哈番又一拖沙喇哈番駐防京口協領加二級祖公墓志銘》：『官止於協領，年止於下壽，抑何數奇不偶也，悲夫。』

〔八〕庸熟：平庸熟濫。清朱彝尊《汪司城詩序》：『今之詩家不事博覽，專以宋楊陸爲師，庸熟之語令人作惡。』

〔九〕獎借：勉勵推許。宋司馬光《答彭寂朝議書》：『辱書獎借太過，期待太厚，且愧且懼！』

〔一〇〕『語云』句：見《景德傳燈錄》卷二十七：『外道禮拜云：「善哉世尊，大慈大悲開我迷雲，令我得入。」外道去已。阿難問佛云：「外道以何所證而言得入。」佛云：「如世間良馬，見鞭影而行。」』

〔一一〕化境：自然精妙的境界，最高的境界。多指藝術修養。清王士禛《香祖筆記》卷八：『捨筏登岸，禪家以爲悟境，詩家以爲化境，詩禪一致，等無差别。」

〔一二〕讀書種子：　指在文化上能承先啟後的讀書人。宋黄庭堅《戒讀書》：『四民皆當世業，士大夫家子弟能知忠信孝友斯可矣，然不可令讀書種子斷絶。』

〔一三〕聖歎：　金人瑞（一六〇八——一六六一），字聖歎。爲明亡後所改。原名金采，字若采。明末清初江南吴縣人。明諸生。少有才名，倜儻不群。清順治十八年，清世祖去世後，以知縣任維初貪殘，與諸生倪用賓等哭文廟，被巡撫朱國治指爲『震驚先帝之靈』處斬。曾評點《離騷》、《莊子》、《史記》、杜詩、《水滸傳》、《西廂記》，合稱『六才子書』。亦能詩，有《沉吟樓詩選》。參見廖燕《金聖歎先生傳》（卷十四）。

來書附

僕生平好交奇士，更好讀異書。每遇賞心快意之作，潛心翫索，夜以繼日，無間寒暑，甚至嘔血不止，而神愈王而讀愈勤者，人皆以予爲苦，而予初不自知其苦也。迨一行作吏〔一〕，出則與吏胥相對，入則與簿書相親，硃筆一捉，頭岑岑〔二〕作痛，簽紙數張，輒欠伸欲臥矣。此時作吏之苦，回思讀書得意時，又何可得耶？

佳集篇篇奇闢，皆發古人所未發，讀之不忍釋手，奇人異書，一時兼得，何喜如之。因思古作如此，時藝〔三〕之佳可知，定有一種奇悟超脱，如神龍出没，天馬行空，不可得而羈之之致，竟不得一售，當是俗眼未之識耳。前歲己卯〔四〕，忝校闈士〔五〕，得何子雪生〔六〕卷，擊節歎賞，亟薦之主司。主司以奇不録，僕反復力爭，始得掄魁〔七〕。後竟以疵被累，而僕未嘗稍悔也。如果爲國家得人，則降罰愈於華袞〔八〕矣，不則五色目迷〔九〕，雖榮何貴。

吾兄制義當勝何生，知高人雅尚，雖不屑屑於此，然僕熟處難忘，幸見惠一册，留置案頭，焚香披對，當與《二十七松堂集》同作退食時早晚功課，且庶幾慰我讀異書之心也。如何如何，臨楮〔一〇〕瞻切。不宣。

【注釋】

〔一〕一行作吏：一經爲官。三國魏嵇康《與山巨源絶交書》：『遊山澤，觀魚鳥，心甚樂之。一行作吏，此事便廢。』一行，一經。

〔二〕岑岑：脹痛貌。《漢書·外戚傳上·孝宣許皇后》：『我頭岑岑也，藥中得無有毒？』顔師古注：『岑岑，痺悶之意。』

〔三〕時藝：即時文、八股文。

〔四〕己卯：康熙三十八年（一六九九）。明清鄉試每三年舉行一次，逢子、午、卯、酉年舉行。

〔五〕校：考核，考察。《禮記·學記》：『比年入學，中年考校。』鄭玄注：『鄉遂大夫間歲則考學者之德行道藝。』闈士：參加闈試的士子，即各省的生員與監生。闈，科舉時代對考場、試院的稱謂。

〔六〕何子雪生：何雪生，本姓尹。東安（今廣東雲浮市）人，由新會入籍。康熙三十八年廣東鄉試第二名。見清郝玉麟等修《廣東通志》卷三十五、清汪兆柯纂修《東安縣志》卷三。

〔七〕掄魁：中選第一名。宋周密《癸辛雜識續集·開慶六士》：『時相好名，牢籠宜中爲掄魁，餘悉擢巍科。』

〔八〕華衮：古代王公貴族的多采禮服，常用以表示極高的榮寵。晉范寧《〈春秋穀梁傳〉序》：『一字之褒，寵踰華衮之贈。』

〔九〕五色目迷：《老子》十二章：『五色令人目盲。』

〔一〇〕臨楮：面對信箋。楮皮可製紙，多指信箋。明陳衎《與鄧彰甫書》：『臨楮干冒，惶仄不既。』

與魏和公先生書

數年前，於友人坐得耳先生名。後於坊刻中得覩易堂諸尺牘〔一〕。一家六七賢，文章之盛，古所未有。私心竊向往之，方擬躡蹻擔簦〔二〕，訪於千里之外，乃反辱枉顧，並賜佳刻，其喜慰曷勝量哉！

嘗思古文一道，迭爲盛衰。逆溯明、元以前，天下惟豫章〔三〕爲盛，故唐宋八大家，豫章已居其三〔四〕。今且諸賢聚於一家矣，豈非以風俗之樸，有非吳越諸地之可及者歟？文莫不起於樸而敝於華，自李于鱗、王元美〔五〕之徒，以其學毒天下，士皆從風而靡，綴襲浮詞，臃腫夭閼〔六〕，無復知有性靈文字，非得如韓歐〔七〕之人之文，誰其正之？

雖然，韓歐之人之文則亦有說：歐文紆徐澹折〔八〕，爲文中之聖，然不善學之，則未免失之弱；昌黎則見道未徹，《原道》、《原性》諸篇，膚淺已甚，要之起衰救敝，則其文不可誣〔九〕也。五代〔一〇〕之文敝，韓歐起而救之。今日之文敝，吾黨起而救之。救之當必有出於韓歐之上，推而極之於三代〔一一〕太古，皆可自我另闢一天地，渾渾然噩噩然〔一二〕，而爲質奥奇峭淹博〔一三〕之文，使學韓歐者尚不得望其涯涘，況王李〔一四〕耶？惜乎，燕有志而未逮也。

今讀先生父子文，庶有以諉〔一五〕其責焉。文之質奥奇峭淹博，上之可敵周秦，而下亦不失爲韓歐，數百年來，古文之衰而忽盛於此，豈地氣使之然歟？使盡得易堂諸賢之文而讀之，益有以徵前言之不謬也。吾韶風氣頗類豫章，況燕祖籍樟樹〔一六〕，亦豫章地也。竊有志於斯道，遂不覺言之娓娓至是，惟有以鑒其區區〔一七〕，幸甚，不宣。

黄少涯曰：議論俱出心裁，至其自任處，一段精神氣魄，真足籠罩今古，望而知爲異才。

【注釋】

〔一〕易堂：魏禧父魏兆鳳，於明亡後削髮隱居江西寧都縣翠微峯，名其居室曰易堂。魏禧與兄魏際瑞、弟魏禮以及彭士望、林時益、李騰蛟、丘維屏、彭任、曾燦講學於此，提倡古文、實學。尺牘：信札，書信。《史記·扁鵲倉公列傳論》：『緹縈通尺牘，父得以後寧。』

〔二〕躡蹻擔簦：穿著草鞋，背著傘。指遠行、跋涉。《史記·平原君虞卿列傳》：『虞卿者，遊説之士也。躡蹻擔簦説趙孝成王。』裴駰集解引徐廣曰：『蹻，草履也。簦，長柄笠，音登。笠有柄者謂之簦。』

〔三〕豫章：古郡名，治所在今江西南昌，轄境也大致和今江西相當，故以稱江西。

〔四〕『唐宋』二句：　明初朱右將唐代的韓愈、柳宗元和宋代的歐陽脩、蘇洵、蘇軾、蘇轍、王安石、曾鞏八位散文家的文章編成《八先生文集》，八大家之名始於此（見《四庫全書總目提要·〈唐宋八大家文鈔〉》）。其後，明末茅坤輯錄他們的文章爲《唐宋八大家文鈔》，唐宋八大家之稱遂固定下來。唐宋八大家之中，歐陽脩爲吉州廬陵（今江西省吉安市）人，王安石爲撫州臨川（今江西撫州）人，曾鞏爲建昌軍南豐（今江西南豐）人，上述幾地在宋代皆屬江南西路。

〔五〕李于鱗：　李攀龍（一五一四—一五七〇），字于鱗，號滄溟，明山東歷城人。少孤家貧，嗜詩歌、古文辭，厭訓詁之學，日讀古書，被人指爲『狂徒生』。嘉靖二十三年進士，授刑部廣東司主事，累遷河南按察使。與王世貞等稱『後七子』。所作詩文，多摹擬古人。有《滄溟集》等。見《明史》卷二百八十七本傳。王元美：　王世貞（一五二六—一五九〇），字元美，自號鳳洲，又號弇州山人。明蘇州府太倉（今屬江蘇）人。嘉靖二十六年進士，官刑部主事。好友楊繼盛被害後，爲之發喪，結怨於嚴嵩。以至其父爲嚴嵩陷害致死。後累官刑部尚書。好古詩文，與李攀龍等稱『後七子』。主張文必秦漢，詩必盛唐。有《弇山堂別集》、《嘉靖以來首輔傳》等。見《明史》卷二百八十七本傳。

〔六〕夭閼：　摧折。指摧折性靈。《淮南子·俶真訓》：『陶冶萬物與造化者爲人，天地之間，宇宙之內，莫能夭遏。』閼，通『遏』。

〔七〕韓歐：　唐代韓愈和宋代歐陽脩的並稱。清陸隴其《黄陶菴先生集序》：『予自束髮受書卽讀陶菴先生之文，見其精深純粹，高者可以羽翼經傳，下者可以凌轢韓歐，心竊慕之。』

〔八〕紆徐澹折：　指文辭舒緩淡雅。明唐順之《與楊朋石祠祭》：『所示諸文皆清新紆徐，有作者之意。』清魏裔介《趙問源大題文所序》：『萬曆間陶石簣、湯霍林諸公清微澹折，亦猶晚唐中劉文房、錢仲文之流也。』

〔九〕誣：抹殺。隋王度《古鏡記》：『而高人所述，不可誣矣。』

〔一〇〕五代：這裏指前五代，泛指南北朝至隋這段歷史時期。唐初官修了梁、陳、北齊、周、隋五代史書，後因以五代指稱南北朝至隋這段歷史時期。又稱前五代。這個時期除了隋代出現過短暫的統一，基本上是我國歷史上的大分裂的時期。

〔一一〕三代：指夏、商、周。《荀子·王制》：『道不過三代，法不貳後王。』

〔一二〕渾渾然噩噩然：漢揚雄《法言·問神》：『虞夏之《書》渾渾爾，《商書》灝灝爾，《周書》噩噩爾。』渾渾，渾厚質樸貌；噩噩，嚴肅正大貌。後連用謂淳樸。

〔一三〕質奧：樸實而深奧。明胡應麟《少室山房筆叢·九流緒論下》：『余初讀尤漫然，載閱之，覺其詞頗質奧。』奇峭：謂文章雄健不同流俗。五代王定保《唐摭言·海敘不遇》：『（李洞）送人歸日東云：「島嶼分諸國，星河共一天。」時人但誚其僻澀，而不能貴其奇峭，唯吳子華深知之。』淹博：淵博。宋李劉《謝衛參帥涇舉關升》：『識字有數，敢當淹博之稱？』

〔一四〕王李：明王世貞、李攀龍的合稱。《明史》卷二百八十七：『攀龍才思勁鷙，名最高，獨心重世貞，天下亦並稱王李。』

〔一五〕諉：推託，推委。《漢書·賈誼傳》：『然尚有可諉者。』顏師古注引蔡謨曰：『諉者，託也。』

〔一六〕樟樹：樟樹鎮。明清時屬江西臨江府清江縣。今爲江西省樟樹市。

〔一七〕區區：方寸之心，指真摯之心。東漢繁欽《定情詩》：『何以致區區？耳中明月珠。』

與澹歸和尚書〔一〕

十數年夢想，始得一見爲快，非師其誰與歸？聞師以病阻錫〔二〕，養靜龍護園〔三〕，少作書、少作文宜耳。老人保攝〔四〕之道，莫踰於是。所謂善刀而藏者，非耶？

燕近作古文，則又在患難後、病後、貧無立錐後，此三後者，固文章之候也。生平氣盛，亦常恨此，至此頗覺釋然。非忘恨也，滿腔憤恨盡驅入寸管雲雷中作冰雪滅，故亡恨耳。憤起筆飛，文成恨絕，況當患難病貧後，險過波平，驚喜未暇，何況憤恨以此胸常雪淡耳。此豈文章進境時耶？伯牙移情，正在海水汩沒，林木窅冥時，只得喟然一歎〔五〕。燕於斯時，亦只得喟然一歎。古今文章，皆歎聲耳，無論悲喜也。燕以病作文，師以病止作文，只當一歎聲起滅而已。此境在師六十年前已照破，而此始云然者，正燕歎聲方起之時也。

拙作近來頗多，無暇繕寫就正。此書雖非文，亦可見志，專祈賜一言爲慰，燕卽以弁拙稿，勝另作序也。時逼歲暮，無由躬候，伏冀爲道珍重。

【注釋】

〔一〕與澹歸和尚書：據廖燕《哭澹歸和尚文》（卷八），此書托丹霞使者大樹帶往，大樹甫至江口，卽病死，書不得達。

〔二〕阻錫：指僧人行程受阻。錫，錫杖。錫杖杖頭有錫環，振時作錫錫聲，爲僧人外出所用。清顯裕等錄《國清大庾韶禪師語錄·天台國清大庾韶和尚行略》：『時和尚阻錫吳之靈巖，道途戎馬充斥，遂憇越州天衣。』

〔三〕龍護園：爲丹霞別傳寺下院，位於今廣東省南雄市居仁街。詳見卷八《哭澹歸和尚文》注〔一六〕。

〔四〕保攝：保養。《資治通鑑·唐太宗貞觀二十年》：『冬十月乙丑，上以幸靈州往還，冒寒疲頓，欲於歲前專事保攝。』

〔五〕『伯牙移情』四句：宋李昉等撰《太平御覽·樂部·琴》引《樂府解題》曰：『水僊操：伯牙學琴於成連先生。三年不成，至於精神寂寞情之專一，尚未能也。成連云：「吾師方子春今在東海中，能移人情。」乃與伯牙俱往，至蓬萊山，留宿。伯牙曰：「子居習之，吾將迎師。」刺船而去，旬時不返。伯牙近望無人，但聞海水汩滑崩折之聲，山林窅寞，群鳥悲號，愴然而嘆曰：「先生將移我情。」乃援琴而歌。曲終，成連回，刺船迎之而還。伯牙遂爲天下妙矣。』

與阿字和尚〔一〕書

阿字和尚門下〔二〕：燕嘗慕古人瑰偉奇特之事，又欲與天下賢俊交遊，以爲非英傑博聞慷慨之士，則瑰偉奇特之功莫可得而就。然其業非有以自立，則不可以交天下賢俊，故發奮爲學，欲盡讀天下古今未見之書以壯其膽識，見古人范雎、蔡澤〔三〕輩皆以布衣談天下事，廷揖萬乘，唾手取功名將相，心竊壯之。掩卷感憤起立，仰天長嘯，復取酒自傾，大醉，掀髯捉鼻，以爲欲爲此不難，要未可以輕語人也。

迨後出遊，見世所稱大人先生，彼齷齪卑鄙者固不足道，間有聞名願見者皆矜持邊幅〔四〕，喜諛自尊，無開心見誠之意。窺其動止語言，只與齷齪卑鄙者爭工拙於毫釐之間，皆不足以服從前向慕之心，其不得見與得見而慢易〔五〕無禮者，又不可勝數。竊用自疑，書傳所載吐哺擁篲〔六〕與倒屣、執鞭、推食〔七〕以待天下士，皆古人杜撰巧飾以欺後世之詞，不足深信。不然，或時世不相及，當今天下利害之事，可以一身爲之而有餘，雖有國士，無所用之。不然貴賤地位懸絶，無介紹先容〔八〕，雖極博學宏辯，而上之人無從物色。或布衣蔴鞋，率然叩門，閽人莫辨，以致懷刺〔九〕漫滅而不得一見者。因退自慚沮，默塞怨責〔一〇〕。

伏處窮巷者十餘年，無所事事，灌園之暇，聊取殘書數卷，究觀古今成敗得失治亂之數，復悉古人下筆著書之意與目前俚事妙理，成熟於胸，著爲古文詞數百篇。雖不敢謂有過古人，然以視今人何如也？不遜人而人或遜之，其天誠不可强耳。率以前爲戒，不敢輕有所投。閒居寡陋，又無足與語者，間見門下著述，已想見其爲人。從澹師遊，談及門下聞陳章侯〔一一〕死，惋歎屢日，輒加詫異，謂當世亦有愛才如性命如燕其人者，欲急一見不可得。及後得讀《光宣臺集》，文理淵博，雖轉折未盡擻脱〔一二〕，然亦爲當世所罕見。意其爲人，必英雄肥遯〔一三〕，託浮屠〔一四〕之爲以戲翫當世，當世亦莫得而臣民之，尤爲燕所喜慕者。又世外衣冠，非時皆可晉接〔一五〕，無地位懸絶之疑。英雄豁達，天下事皆可自命，必無古然今不然之見。雖不敢望如書傳所載，亦必接見慇懃，握手出肺腑相語，稍如古人萬一。而乃大謬不然者，豈有所遺耶？然燕一見門下，即匆匆别去，情禮有加，雖未見有過常人，亦不可謂無異常人。而燕復以書言者，正不敢以世之齷齪卑鄙者待門下也。不然，將削蹟裹足，永從此辭，豈肯復向不知己之人稱禮義而論今古也哉！門下幸自愛，天下英傑博聞慷慨之士雖未即見，要不可謂無其人，亦爲之而已，將無爲古人所笑。燕再頓。

魏和公先生曰：相其用意，不過借阿師以抒其胸中奇偉之氣、憤懣之詞，故其文較他篇更覺雄恣傑出，是集中得意文字。

【注釋】

〔一〕阿字和尚：今無（一六三三—一六八一），字阿字。

〔二〕門下：猶閣下，對人的尊稱。宋朱熹《與江東陳帥書》：『不審高明何以處此？熹則竊爲門下憂之，而未敢以爲賀也。』明陳士元《俚言解》卷一：『致書稱門下，猶言閣下、殿下、麾下、節下、座下、足下之類。古之貴人殿閣門下有謁者……不敢斥言尊貴，故呼其門下足下諸人。』

〔三〕范雎（？—約前二五五）：字叔。戰國時期魏國人。秦昭王相。范雎善辯，他上書秦昭王，提出了遠交近攻的策略，被秦昭王採納施行。見《史記·范雎蔡澤列傳》。蔡澤：戰國時期燕國人，辯士。他遊説范雎，終使范雎把他引薦給秦王，而代范雎爲秦相。獻計攻滅西周。見《史記·范雎蔡澤列傳》。

〔四〕邊幅：指人的儀表、衣著。《後漢書·馬援傳》：『天下雄雌未定，公孫不吐哺走迎國士與圖成敗，反修飾邊幅，如偶人形。此子何足久稽天下士乎？』李賢注：『言若布帛脩整其邊幅也。《左傳》曰：「如布帛之有幅焉，爲之制度，使無遷。」』

〔五〕慢易：輕慢。漢劉向《說苑·修文》：『君子思禮以修身，則怠惰慢易之節不至。』

〔六〕吐哺擁篲：《史記·魯周公世家》：『周公戒伯禽曰：「我於天下亦不賤矣，然我一沐三握髮，一飯三吐哺，起以待士，猶恐失天下之賢人。」』《史記·孟子荀卿列傳》：『如燕，昭王擁篲先驅，請列弟子之座而受業。』司馬貞索隱：『謂爲之掃地，以衣袂擁帚而卻行，恐塵埃之及長者，所以爲敬也。』

〔七〕倒屣執鞭推食：《三國志·魏書》卷二十一：『（蔡邕）聞粲在門，倒屣迎之。』《史記·管晏列傳贊》：『假令晏子而在，余雖爲之執鞭，所忻慕也。』《史記·淮陰侯列傳》：『（漢王）解衣衣我，推食食我。』

〔八〕先容：事先爲人介紹、推薦或關說。語出《文選·鄒陽〈於獄中上書自明〉》：『蟠木根柢，輪囷離奇，而爲萬乘器者，何則？以左右先爲之容也。』李善注：『容謂雕飾。』唐司馬逸客《雅琴篇》：『自言幽隱乏先容，不道人物知音寡。』

〔九〕懷刺：懷藏名片，謂準備謁見。語本《後漢書·文苑傳下·禰衡》：『建安初，來游許下。始達潁川，乃陰懷一刺，既而無所之適，至於刺字漫滅。』《魏書·元順傳》：『順曾懷刺詣肇門，門者以其年少……不肯爲通。』

〔一〇〕默塞：緘默，沉默。《舊唐書·楊發傳》：『以漢律，擅論宗廟者以大不敬論，又其時無詔下議，遂默塞不敢出言。』怨責：埋怨責怪。《百喻經·說人喜瞋喻》：『人說過惡而起怨責，深爲衆人怪其愚惑。』

〔一一〕陳章侯：陳洪綬（一五九九—一六五二），字章侯，號老蓮，明末清初浙江諸暨人。性狂簡。國子監生。明亡曾入紹興雲門寺爲僧，號悔遲、老遲等。畫家，工人物，富於誇張。與崔子忠並稱爲南陳北崔。又工詩善書。有《寶綸堂集》。見《清史稿》卷五百四本傳、清朱彝尊《曝書亭集》卷六十四《崔子忠陳洪綬合傳》。

〔一二〕撇脱：灑脱，乾淨俐落。《朱子語類》卷九四：『要之，持敬頗似費力，不如無欲撇脱。』

〔一三〕肥遯：退隱。語出《易·遯》：『上九，肥遯，無不利。』孔穎達疏：『子夏傳曰：「肥，饒裕也。」……上九最在外極，無應於内，心無疑顧，是遯之最優，故曰肥遯。』後因稱退隱爲『肥遯』。宋楊億《故隴西彭君墓碣銘並序》：『拂衣言歸，斂迹肥遯。』

〔一四〕浮屠：梵語的音譯，指佛教。《後漢書·襄楷傳》：『浮屠不三宿桑下，不欲久生恩愛，精之至也。』

〔一五〕晉接：晉見和接見。語本《易·晉》：『晉，康侯用錫馬蕃庶，晝日三接』。孔穎達疏：『「晝日三接」者，言非惟蒙賜蕃多，又被親寵頻數，一晝之間，三度接見也。』明葉憲祖《鸞鎞記·合鎞》：『晉接纔休，雨餘暮春，閨閣且歡娱。』

答謝小謝〔一〕書

小謝足下：遠辱賜書，稱譽過當，謂燕著作有過古人，不敢當，不敢當。至欲師燕爲文，求一言以爲法，讀之不禁慚汗浹背也。燕性不偶俗〔二〕，於文尤甚。雖嘗好爲古文詞，然皆不爲俗喜。世皆爭攻制義，取榮顯，以相誇耀，其不爲喜也固宜。而足下獨譽之，且欲以爲師，非諛則噱〔三〕。顧書辭何肫摯懇惻之若此耶？則疑非諛則噱者非也。捨世俗之所爲，而復有志於古，非識量有大過人者，亦安能至是。此燕之所汲汲，而故爲疑之者，亦飾辭耳。然則欲有辭而告足下者，固不待言之畢也。

雖然，燕昔者亦嘗有學矣，於古人書無所不讀，然皆古人之糟粕，無所從入。退而返之於心而有疑焉，意者其別有學乎？然後取無字書而讀之。無字書者，天地萬物是也。古人嘗取之不盡而尚留於天地間，日在目前而人不知讀。燕獨知之，讀之終身不厭。其後窮困益甚，涉世愈深，所讀愈多，雖仇家怨友皆爲吾師而靡不取益焉，然後知學之在是也。此豈學文而然歟，抑學道也？《庖丁解牛》曰：『臣之所好者，道也，進乎技矣。』解牛何與於道？而乃云然，而況文乎？文有實義，而道無定體。有物有道，無物亦有道。孔子以仁爲道，故《論語》一書，問仁與論仁，已居其半。繼此，曾子以明德爲道，子思以中庸爲道，竭一生之學力而不能盡道之毫末，豈暇爲文哉？然三子之書，窮天亙地，垂之千百年而不易者，道至而文自至也。世亦有道未至而文至者，如孟軻、荀卿、楊雄、韓愈之徒是也，數子其始未嘗不學道，而未盡然者，則識之過也。性豈有善惡可言，而數子獨諄諄不置者，其於道蓋可知矣。

然以燕爲知道則不可，亦學焉而已矣。學道深者其文深，學道淺者其文淺。以燕之頑鈍椎魯〔四〕亦何與於道？然幸而貧且賤焉，貧則多憂，賤則多辱，憂辱甚而動忍備，其於道不知近乎？遠乎？然退而返之於心而不復有疑焉。如來書所云『了於心而不能舉之於筆』者，則無是也。此豈其驗歟？故以文爲學，則文雖至班馬〔五〕，猶不免拾人之唾餘也。以道爲學，則文雖未至班馬，亦不失爲性情之真也。性情真而文自至，又何多求乎哉！足下欲得一言，燕亦只以一言報足下，曰：道。餘無言焉，亦豈千百言所能及也耶？語云：『苟非其人，道不虛行。』〔六〕因足下有志於此，故敢不揣固陋，粗陳所以，惟賜裁擇，幸甚。杭簡夫曰：文乃道之緒餘，然非深於道者不能言，言之不能盡。柴舟善讀無字書，具大辯才，故橫說豎說，無不是道，無不是絕妙文字。書既無字，讀些甚麽？請柴舟下一轉語〔七〕。

【注釋】

〔一〕謝小謝：清初人。康熙十三年（一六七四），廖燕與謝小謝等集於李非庵雲在堂，吟詩閱畫。謝小謝曾向他求教作文之法，他告之以讀無字書。

〔二〕偶俗：迎合世俗。《後漢書·吳良傳》：『每處大議，輒據經典，不希旨偶俗，以徼時譽。』

〔三〕噱：大笑。《說文·口部》：『噱，大笑也。』

〔四〕椎魯：愚鈍，魯鈍。宋蘇軾《六國論》：『其力耕以奉上，皆椎魯無能爲者。』

〔五〕班馬：漢班固與司馬遷的並稱。《晉書·陳壽徐廣等傳論》：『丘明既沒，班馬迭興。』宋洪邁《〈班馬字類〉序》：『今之爲文者必祖班馬。馬史無善注，廑殆至於不能讀，故班書顯行。』

〔六〕『苟非』二句：見《周易·繫辭下》。

〔七〕轉語：本佛教語，禪宗謂撥轉心機，使之恍然大悟的機鋒話語。引申爲解釋的話。《朱子語類》卷八七：『今欲下一轉語：取於人者，便是「有朋自遠方來」；「童蒙求我」。』

與陳崑圃〔一〕書

燕聞『三代以上，惟恐好名；三代以下，惟恐不好名』〔二〕，此至言也。然燕以爲三代以上之士，好名特甚。不然，則孔孟不必著書，而周公不必制禮作樂矣。立名之途甚多端，世人取之已不遺餘力。惟立言以立名，似造物留以待吾輩，非特世人不爭，亦似爭之而不能者，不可謂非此生之幸也。

近來閒甚，頗有所作，無事弄筆，亦以人事至摧殘消磨之後，覺得又進一境界。悟詣深不深未可知，而躁氣則斂退多矣。嘗思後世文字，除韓蘇八大家〔三〕外別有妙理，被我一眼覷破，遂覺下筆不讓古人，但不知明眼人許我否也？大抵其間甘苦，只爭用筆與用墨法耳，雖然，難言之矣。

生平所作，多以自娱，故纔一動筆，便自圈點滿紙。常笑東方生〔四〕高自稱譽，近習頗蹈此惡，豈非以子期〔五〕輩少，自操曲又欲自賞音耶？作固難，識者亦不易。我韶著作，惟曲江、武溪二集〔六〕，曲江獨詩稱絕，文則不離排調〔七〕；武溪則詩遜於文，幾無全物矣。然二公所重又不在此。燕思稍欲立言，接二公武〔八〕於唐、宋、元、明之後，別具一種幽冷筆墨，使後人讀之領悟不盡。素志如此，未知得就否？若幸成書，亦當藏之秘笥，以俟後來知音。世情眼前多以名位容貌軒輊〔九〕人，斷不宜出示，使一二知己見之可也，後世或貴重耳。然鄙意尤有進於是，當今所望同心者，吾輩數人而外，不能多得，惟足下有以教其不及，幸甚。

姚彙吉曰：自寫作文，得手處亦自可傳。

【注釋】

〔一〕陳崑圃：陳金閶，字崑圃。曲江人。康熙十四年舉人。康熙二十六年，參與編修《韶州府志》、《曲江縣志》。康熙四十三年，任直隸肅寧知縣，以慈惠稱。清張希京修、歐樾華等纂《曲江縣志·歐樾華序》：『國朝定鼎，淩邑侯作聖，周邑侯韓瑞相繼增輯。康熙丁卯，秦邑侯熙祚重加讐校，其主文者陳崑圃先生也。』張希京修《曲江縣志》卷十四有傳。

〔二〕『三代以上』四句：《宋史·陳塤傳》：『塤曰：「好名，孟子所不取也。夫求士於三代之上，惟恐其好名；求士於三代之下，惟恐其不好名耳。」』

〔三〕韓蘇八大家：韓愈、蘇軾等唐宋八大家。

〔四〕東方生：指東方朔（前一五四—前九三），字曼倩。

〔五〕子期：即鍾子期。春秋時楚人，精於音律，與伯牙友善。相傳伯牙鼓琴時，志在高山流水，子期聽而知之。子期死，伯牙絕弦破琴，終身不復鼓琴。見《呂氏春秋·本味》。

〔六〕曲江、武溪二集：分別指唐張九齡所著《曲江集》和宋余靖所著《武溪集》。

〔七〕排調：戲弄調笑。明張元凱《謝都護游山歌》：『雙艇移來疾於騎，五湖便是高陽池。林中排調日酣暢，三春共蠟屐幾兩。』

〔八〕武：足跡。《詩·大雅·生民》：『昭茲來許，繩其祖武。』

〔九〕軒輊：車前高後低叫軒，前低後高叫輊。引申爲褒貶抑揚。宋周密《齊東野語·杭學遊士聚散》：『朝議以遊士多無檢束，羣居率以私喜怒軒輊人。』

與黄少涯書

昨足下述友某問『吾道一以貫之』〔一〕語，云未及答，燕此時亦未及答足下語，今妄答於此，幸指摘〔二〕焉。

偶閱《朝宗禪師語錄》〔三〕，有一僧問師云：『吾道一以貫之，如何是一貫？』師云：『百千萬億。』進云：『如何是百千萬億？』師又云：『吾道一以貫之。』僕則不然。若有人問僕云：『如何是一以貫之？』則答云：『忠恕而已矣。』如何是忠恕？則又答云：『吾道一以貫之。』誠以此題門人已問，後人不必更問，曾子已答，後人不必更答。若一更答，則曾子忠恕一解，將向何處着脚耶？

或又有問云：『一貫之旨，畢竟云何？』僕則答云：本章所稱門人者，豈非子游、子夏〔四〕諸賢與冉有、子禽〔五〕之徒歟？雖學問高下不同，類皆在聖人門牆，親受聖人之教育，則其見解識力，必非尋常所及，可知也。然猶疑而問之，知此解者，獨得一曾子，而謂僕知之乎？

卽使知之，猶有加於曾子之解乎？若云已知，則必不能有加於曾子。若云未知，場中若出此題，略取朱注程注而附會之，便可掄元〔六〕奪魁，則此題之知與不知又可勿論已。嘗論忠恕題義，一貫之解，曾子已有注疏，朱子〔七〕如何又另注之，後人如何又另注朱子之注，真不啻〔八〕屋上架屋矣。豈知若遇此中人，則忠恕一語，猶屬蛇足。不然則雖注『百千萬億』、『渾然一理』等語，了與此題無半點干涉〔九〕也。

嗚呼！燕不知如何是一，如何是貫，如何是渾然一理，如何是泛應曲當〔一〇〕，如何是忠恕，如何是盡心謂忠，推己謂恕，真欲一哭已。南華老人〔一一〕云：『天之蒼蒼，其正色耶？其遠而無所至極耶？其視下也，亦若是則已矣。』〔一二〕安能枯坐蒲團〔一三〕二十年，與足下論此消息〔一四〕。

姚彖吉曰：不意此題千百年來，獨被柴舟覷破，豈非奇事。

【注釋】

〔一〕吾道一以貫之：《論語·里仁篇》：『子曰：「參乎！吾道一以貫之。」曾子曰：「唯。」子出，門人問曰：「何謂也？」曾子曰：「夫子之道，忠恕而已矣。」』

〔二〕指摘：挑出錯誤，加以批評。《三國志·魏書》卷十二：『延熙九年秋，大赦。光於衆中責大將軍費禕：……光之指摘痛癢，多如是類。』

〔三〕朝宗禪師語錄：明朝宗通忍撰，行導編，十卷。集錄朝宗通忍住金陵祇陀林、新安石耳山、海鹽靈祐禪寺、福州靈石禪院、莆田曹山上生禪寺、韶州曹溪南華禪寺、虔州龔公山寶華禪寺等首場開示的上堂、小參、晚參、升座、機緣、普説、請益、法語、頌古、雜偈、佛事、書問等。收入《明嘉興大藏經》中。通忍（一六〇四—一六四八），字朝宗，世稱朝宗通忍禪師。明常州（今江蘇常州）人，俗姓陳。明代臨濟宗僧。少年出家，歷住金陵祇陀林、海鹽靈祐寺、福州靈石院、莆田曹山上生寺、廣東曹溪南華寺、江西龔公山寶華寺等諸名刹。

〔四〕子游：言偃（前五〇六—？），字子游，春秋末吴國人。孔子的著名弟子，少孔子四十五歲。仕魯任武城宰，以禮樂教民。孔子過武城，聞絃歌之聲，嘉許之。《史記·仲尼弟子列傳》有言偃傳。子夏：卜商（前五〇七—？），字子夏，春秋末衛國人，一説晉國溫人，孔子的著名弟子。少孔子四十四歲。爲魯國莒父宰。孔子死後，講學於西河，李克、吴起、田子方、段干木皆從受業，魏文侯曾師事之，受經藝。相傳作《詩序》。《史記·仲尼弟子列傳》有卜商傳。

〔五〕冉有：冉求（前五二二—？），字子有。春秋末魯人。孔子的名弟子，少孔子二十九歲。有治政之術，曾爲季康氏宰。《史記·仲尼弟子列傳》有傳。子禽：陳亢，字子元，一字子禽，春秋時期陳國人。孔子弟子。齊大夫陳子車弟。嘗問於孔子之子伯魚。其兄死，反對家人殉葬。見《論語·學而》、《季氏》，《禮記·檀弓下》。

〔六〕掄元：科舉考試中中選第一名。明沈德符《野獲編·科場·甲辰科首題》：『今山陰朱相公主甲辰試，首題爲「不知命」章，初命題即約同事必三段平做，不失題貌，始可掄元。若違式即佳卷亦難前列。』

〔七〕朱子：對宋朱熹的尊稱。明饒信《重刊〈晦庵先生文集〉序》：『宋大儒續孟氏之絶，而朱子會其全。』

〔八〕不啻：無異於，如同。唐元稹《敘詩寄樂天書》：『視一境如一室，刑殺其下，不啻僕畜。』

〔九〕干涉：關係。宋蘇軾《乞郡劄子》：『臣與此兩人有何干涉，而於意外巧構曲成，以積臣罪。』

〔一〇〕泛應曲當：指廣泛適應，無不恰當。語出《朱子語類》卷十三：『若得胸中義理明，從此去量度事物，自然泛應曲當。』

〔一一〕南華老人：指莊子。《舊唐書》卷二十四：『（天寶元年）莊子號南華真人……改《莊子》爲《南華真經》。』故名。

〔一二〕『天之蒼蒼』句：見《莊子·逍遥游》。

〔一三〕蒲團：用蒲草編成的圓形墊子。唐歐陽詹《永安寺照上人房》詩：『草席蒲團不掃塵，松間石上似無人。』

〔一四〕消息：奧妙，真諦。元無名氏《賺蒯通》第三折：『形骸土木心無奈，就中消息誰能解？』

與黄少涯書二

少涯足下：承序拙稿，遂使蒭言忽班古人之作〔一〕，誠荷誠愧。然我輩人品，譽之不真，有甚於毁。古人作序，便如一篇列傳，其人容貌性情皆可想像而見。意欲如列傳體再得一序，拙稿或不傳，得佳序傳之未可知也。但能於性情倜儻中用本色語，使人於千載下，從筆墨隱躍間想見之，庶幾可耳。吾輩聚晤不常，不能快談胸臆，此中情緒亦非筆墨可盡，輒欲默默置之，不能按抑，聊復一言。

近來景況倍覺繆戾〔二〕，自罹亂來，數十年貧賤骨肉杳無影響，花竹精廬化爲荒土，記與足下論時事亦曾念及，不謂竟及己身，其事寧堪復述耶？生平本多憤激之人，處此愈覺難堪。

居常〔三〕憂憤輒取酒自解，醉後潑墨書悶，或對知己作大言自快。今雖對酒不樂，塾中拘束如囚，時或忽忽〔四〕，所行爲事轉眄〔五〕輒不復記憶。

同輩相愛，間以制科爲勖〔六〕。予曰：十數年業習〔七〕在是，豈甘自棄。覺事適與我左，遂不復措意。且半老孀姑，肯復施脂粉喬妝作新婦態耶？當無使兩頭俱誤耳。且予爲此不難，要未易爲俗人言也。愁中無聊，時或抒文自遣，時日既久，稿紙委積，帳几皆滿，每念自此以還，假得數年無事，如此亦思勒成一書，使後世知文者讀之，庶幾知此地當日有人。此燕自負自賞之言，非足下其誰信之？他人攻制義，謀富貴，燕獨爲此不急之務，豈非拙甚？然使得及第〔八〕做官，亦復不可。嵇叔夜自言七不堪〔九〕，以燕較之，殆有甚焉，又未易言此也。少時讀書氣盛，謬謂功名唾手可得，而淪落至此。

今貧賤久慣，無甚妄想，若得一鄽〔一〇〕安閒之地，稍足存活，妻子友朋無恙，讀書飲酒其中，便足了一生事。然即此亦妄想甚耳！此事比富貴更難，何言易之？不做官，未必盡高士〔一一〕，行樂亦不必須富貴。使燕終身不富貴何難？然觀世之富貴適志，而已至謀生無計，以此常悻悻耳。假使富貴之人之才果數倍於予，又何足怪哉！

生平好奇談，不能常遇知音，尋常對人半語不發，或同飲適意，則舌端幻化，風生雲湧，不可遏止。一日飲友人舍，快談咄咄，偶遇傖父〔一二〕，幾至鬨席。以此常戒妄談，然憤懣填胸，銜口即是，雖知亦不及檢，奈何？句負千金璧，至與瓦礫爭貴賤，何益焉？古人事業，載之史冊，使得其時遇，亦足建立。然以此語舉之世人，肯信之否耶？其不怪且笑者幸矣。本不欲言，無端又言及此，胸中潦倒，真可發笑。

居恒，自念不能與草木俱腐，即垂空文以自見亦非本懷。近欲慕魏先生、徐洪客與衣白山人〔一三〕之流，以布衣談當世事，使或有濟，勝腐文得官多矣，然致此亦不易。與足下談，不覺偶及之。談甚多，以塾中客頻至，事冗不能盡，且不欲盡，但欲足下再作序，故聊述近狀如此。然亦不須以此入序，得其意可耳。生平行徑，多足下所悉，不再贅，亦欲足下於筆墨隱躍間，以不盡盡之，幸甚。不宣。

蕭絅若曰：零零雜雜，滿腔憤懣，無可告訴，不得已，向知己快吐一場。然相其出口動筆處，有許多說不出在內，當與柳子厚《寄許京兆孟容書》同讀。

【注釋】

〔一〕蒭言：淺陋的言論，乃自謙之詞。明張文宿《逋歸賦》：『倘蒭言之足采兮，吾與子其同車。』班：排列。和古人之作排列在一起。《韓非子·存韓》：『班位於天下。』

〔二〕繆戾：荒謬背理。《淮南子·本經訓》：『積壤而丘處，糞田而種穀，掘地而井飲，疏川而爲利，築城而爲固，拘獸以爲畜，則陰陽繆戾，四時失敍。』

〔三〕居常：平時。《史記·淮陰侯列傳》：『信由此日夜怨望，居常鞅鞅。』

〔四〕忽忽：急遽貌。《楚辭·離騷》：『欲少留此靈瑣兮，日忽忽兮其將暮。』

〔五〕轉眄：轉眼，比喻時間短促。《後漢書·盧植傳》：『融外戚豪家，多列女倡歌舞於前，植侍講積年未嘗轉眄。融以是敬之。』

〔六〕制科：科舉時代科舉分爲常科與制科兩類。常科是定期舉行的，制科則是爲選拔特殊人才臨時設置的。清代康熙、乾隆時的博學鴻詞科，光緒末的經濟特科，均屬此類。清儲大文《與萬松齡》：『昔王文恪公佐銓，嘗言科舉外宜倣前代制科如博學宏辭之類，以收異材。』勖：勉力，勉勵。《書·泰誓中》：『勖哉夫子，罔或無畏。』孔傳：『勖，勉也。』

〔七〕業習：謂修業，學習。南朝宋顔延之《庭誥》：『是以禮道尚優，法意從刻，優則人自爲厚，刻則物相爲薄……遂使業習移其天識，世服沒其性靈。』

〔八〕及第：科舉應試中選。因榜上題名有甲乙次第，故名。唐韓愈《與祠部陸員外書》：『其後一二年，所與及第者，皆赫然有聲。』

〔九〕嵇康（二二三—約二六二）：字叔夜，譙郡銍縣（今安徽宿州）人。『竹林七賢』之一。三國時魏末著名的詩人。嵇康《與山巨源絶交書》：『又人倫有禮，朝庭有法，自惟至熟，有必不堪者七，甚不可者二。臥喜晚起，而當關呼之不置，一不堪也。抱琴行吟，弋鉤草野，而吏卒守之，不得妄動，二不堪也。危坐一時，痹不得搖，性復多虱，把搔無已，而當裹以章服，揖拜上官，三不堪也。素不便書，又不喜作書，而人間多事，堆案盈几，不相酬答，則犯教傷義，欲自勉強，則不能久，四不堪也。不喜弔喪，而人道以此爲重，己未見恕者所怨，至欲見中傷者；雖瞿然自責，然性不可化，欲降心順俗，則詭故不情，亦終不能獲無咎無譽，如此五不堪也。不喜俗人，而當與之共事，或賓客盈坐，鳴聲聒耳，囂塵臭處，千變百伎，在人目前，六不堪也。心不耐煩，而官事鞅掌，機務纏其心，世故繁其慮，七不堪也。又每非湯、武而薄周、孔，在人間不止此事，會顯世教所不容，此其甚不可一也。剛腸疾惡，輕肆直言，遇事而發，此甚不可二也。』

〔一〇〕一鄽：泛指一塊土地，一處居宅。唐柳宗元《與蕭翰林俛書》：『買土一鄽爲耕甿。』

〔一一〕高士：志行高潔之士。《墨子·兼愛下》：『吾聞爲高士於天下者，必爲其友之身，若爲其身，爲其友之親，若爲其親，然後可以爲高士於天下。』

〔一二〕傖父：晉南北朝時，南人譏北人粗鄙，蔑稱之爲『傖父』。後用以泛指粗俗、鄙賤之人。傖，粗俗。《晉書·文苑傳·左思》：『（陸機）與弟雲書曰：「此間有傖父，欲作《三都賦》，須其成，當以覆酒甕耳。」』宋陸游《老學庵筆記》卷九：『南朝謂北人曰「傖父」，或謂之「虜父」。』

〔一三〕魏先生：指魏禧。詳見卷二《三統辯》注〔二〕。徐洪客：泰山道士。隋末時，徐洪客獻書於農民軍首領李密，勸李密在攻佔黎陽倉後，一鼓作氣，攻佔江都。李密以書招之，徐洪客竟不出，莫知所之。事見《資治通鑒》卷一百八十四。衣白山人：指李泌（七二二—七八九），字長源，唐京兆（治今陝西西安）人，原籍遼東襄平（今遼寧遼陽北）。歷唐玄宗、唐肅宗、唐代宗、唐德宗四朝。安史之亂時，李泌爲唐肅宗出謀劃策，唐肅宗欲授以官，固辭，願以客從。入議國事，出陪輿輦，衆人指曰：『著黄者聖人，著白者山人。』故有衣白山人之稱。李泌是唐代中葉的大謀略家，爲平定安史之亂，聯合回紇等國抗擊吐蕃入侵。在軍事、政治、外交諸方面做出了卓越貢獻。《舊唐書》卷一百三十四、《新唐書》卷一百五十二有傳。

與鄭同虎〔一〕書

燕此行始知乃公炎涼如此，覺予輩貧賤兄弟久而愈篤。途中風雨淒其〔二〕，尤勞寤寐〔三〕

也。令弟婦〔四〕以處女守義，此千古盛事，爲吾輩所親見，又爲尊門所有，尤不易得，皆不可不傳。然亦不可太早，卽後傳之，亦當得一代偉人秉筆。不然，或處士〔五〕有行能文如吾輩者傳之，庶幾不朽。

近來斯道衰敝，雖有作者，類皆蹈襲餖飣〔六〕，不堪句讀。又其學以取悅富貴爲事，圖序屏帳〔七〕，綴襲浮譽，稱頌功德，是其所長，富貴人或有喜之者。然品旣不立，言亦速朽，富貴人亦何賴有此？林鐵崖先生爲吾郡兵憲〔八〕，人有以屏帳遺者，悉裂以蔽風日，曰：『是物只堪作此用耳。』故知事關風勸垂訓，爲可傳可久之文，非吾輩一流人不可也。

令弟婦傳，燕當任之，他日文成，亦爲拙集題面〔九〕之光。但未悉巔末，須先作一行略〔一〇〕，方有根據。足下當留心體察，並其未歸〔一一〕將歸時作何立志，言語舉止，俱當詳記。然當記其隱處，或無心之語，皆不在多，多則涉於鋪敍，反易臭腐，今人固不解此也。或贈詩文，亦宜取可傳者集之。然此他日事，尚有商酌耳。

初十已至英州，聞劉杜陵〔一二〕以初四挈家北上矣。舟中附此報候，不旣〔一三〕。

【注釋】

〔一〕鄭同虎：清初南海人。通文知醫，廖燕稱之爲『文醫』。著有《鬟影錄》。參見廖燕《送鄭同虎歸南海序》（卷九）、《記學醫緣起因遺家弟佛民》（卷十七）。

〔二〕淒其：寒涼貌。《詩·邶風·綠衣》：『絺兮綌兮，淒其以風。』

〔三〕寤寐：醒與睡，引申指日夜思念、渴望。語出《詩·周南·關雎》：『窈窕淑女，寤寐求之。』毛傳：『寤，覺；寐，寢也。』

〔四〕弟婦：弟弟的妻子。明朱橚《普濟方·心臟門》：『人有弟婦，緣兵火失心，製此方與之，一服二十粒，愈。』

〔五〕處士：本指有才德而隱居不仕的人，後亦泛指未做過官的士人。《孟子·滕文公下》：『聖王不作，諸侯放恣，處士横議，楊朱、墨翟之言盈天下。』

〔六〕餖飣：將食品堆迭在器皿中擺設出來，比喻文辭的羅列、堆砌。明胡應麟《詩藪續編·國朝上》：『第詩文則餖飣多而鎔鍊乏，著述則剽襲勝而考究疎。』

〔七〕屏帳：室中張設的帷帳。《樂府詩集·清商曲辭一·子夜四時歌夏歌二》：『反覆華簟上，屏帳了不施。』

〔八〕林鐵崖：林嗣環，字起八，號鐵崖，福建晉江人。順治六年進士。尚可喜、耿仲明兩藩王南征廣東時，林嗣環隨軍南下。順治七年，任廣東提刑按察司副使，分巡雷瓊道、南韶道，多惠政。後因抵制尚、耿二藩不法事落職，流寓浙江西湖，日徜徉湖山詩酒間。著有《鐵崖文集》、《海漁篇》等。清林述訓等修《韶州府志》卷二十九，清方鼎等修、朱升元等纂《晉江縣志》卷九有傳。兵憲：任兵備道的按察副使、按察僉事的俗稱。

〔九〕題面：謂寓藏文章旨意的標題。明胡應麟《少室山房筆叢·丹鉛新錄二·李泰伯》：『第今世士人，白首《論》、《孟》，主司出題，尚有憒憒者。李（李泰伯）既與軻不合，則塲中題面，或有不省，亦奚疑焉？』

〔一〇〕行略：生平事蹟的梗概。明胡應麟《詩藪·閏餘中》：『杜皆紀其行略，率豪俠節介，有大志而不遂者。』

〔一一〕歸：女子出嫁。《説文·止部》：『歸，女嫁也。』

〔一二〕劉杜陵：當卽卷四《送杜陵山人序》之杜陵山人。

〔一三〕不既：不一一述説。明葛昕《集玉山房稿》卷九：『草土餘生，不敢入省會躬申候臆，謹專下走，恭布積私，仰惟照察。不既。』

擬樂毅〔一〕爲燕約趙王伐齊書

天下無使有偏重之勢，偏重則此弱而彼强，非所以謀國也。今臣自燕來，議者皆曰臣爲燕也，而不知實爲趙也。燕、趙，兄弟之國也，且近鄰。齊因燕内亂，擄其人民，侵其土地，焚毁其宫室，天下聞之，莫不奮然震怒，欲謀而伐之者，非德燕也，誠畏天下有偏重之勢。齊得志於燕，非鄰國之利也。今臣受命於燕王，具符節〔二〕，南使臣於王，王聽臣，臣之幸也。然王不得不聽臣，齊外强而内敝，外强則可蠶食諸侯，内敝亦可乘之以爲利。蠶食諸侯，則燕敝而趙亦危，以其鄰而勢侔也。乘之以爲利，則可蹙齊而拓趙，且可以霸。王聽臣，則趙有爲利之功而無蠶食之憂也。

雖然，趙未可獨舉也。王誠聽臣，臣將西使秦，南使楚，中使韓、魏。臣使秦則曰：臣聞之，有秦無齊，有齊無秦。秦、齊，代强之國也，今齊强而侵燕地數百里，是齊愈强也，齊强則秦弱。莫若先天下而問齊伐燕之罪，天下必有聞而應者，於是則齊可弱而代之强矣。臣以此說之，秦必聽臣。臣使楚則曰：齊起臨淄，溯泗水達江，而後間關〔三〕得至於郢，則王之不畏齊亦明矣。然楚不畏齊，而天下將畏楚，畏楚而合秦，以伐齊之兵伐楚，則地近於齊矣。王莫若與趙而伐齊，疏天下之畏而止秦之合。計無便於此者，則楚聽臣矣。臣使韓、魏則曰：齊破燕，力能舉燕也。力能舉燕，則亦能舉趙，舉韓、魏，何也？剝膚之勢然也。語云：『爲虺弗摧，爲蛇將奈何？』〔四〕今齊破燕，是爲虺也。欲使齊爲虺勿爲蛇，則莫若借救鄰之義而摧齊。摧齊，可自衛也，而有救鄰之名，計之上也。臣說之以此，則韓、魏必聽臣。

於是韓、魏聽臣，楚聽臣，秦聽臣，聽臣而奉王爲盟主，率六國之兵而攻一齊，破齊必矣。破齊而復燕，外摧强敵而內護近鄰，示天下以强，卽可因之以圖霸，而天下無偏重之慮。與其縱之以蠶食之勢而有剝膚之虞，孰若乘之爲功而稱霸於天下也哉！願王聽臣無疑也。

樂毅報燕王書內云：『臣乃口受令，具符節，南使臣於趙，顧反命起兵，隨而攻齊。』〔五〕顧其說趙之辭不傳，豈史臣失之歟？因爲擬作一書以補其闕，蓋猶擬古樂府之意也。然安知《左傳》、《國策》之文之事不半出於擬作之手乎？後人但翫其文可耳，其事之真僞可不必辯也。自記。

【注釋】

〔一〕樂毅：中山國靈壽（今河北靈壽西北）人。戰國後期名將。魏將樂羊後裔。燕昭王招徠賢者，樂毅自魏入燕，任爲亞卿。燕昭王二十八年，拜上將軍，率趙、楚、韓、魏、燕五國兵攻齊，下齊七十餘城，以功封昌國君。

燕惠王卽位，中齊反閒計，使騎劫代樂毅爲將，樂毅出奔趙國，趙封樂毅於觀津，號爲望諸君。後死於趙國。

〔二〕符節：發兵符和使者所持節的統稱。《史記・高祖本紀》：『秦王子嬰素車白馬，係頸以組，封皇帝璽符節，降軹道旁。』司馬貞索隱引韋昭曰：『符，發兵符也；節，使者所擁也。』

〔三〕閒關：輾轉。《後漢書・鄧騭傳》：『遂逃避使者，閒關詣闕，上疏自陳。』

〔四〕『語之』二句：見《國語・吳語》：『夫越王好信以愛民，四方歸之；年穀時熟，日長炎炎，及吾猶可以戰也。爲虺弗摧，爲蛇將若何？』虺，小蛇。小蛇不打死，大了就難辦了。比喻不乘勝將敵人殲滅，必有後患。

〔五〕『臣乃』五句：見《戰國策・燕二・昌國君樂毅爲燕昭王合五國之兵而攻齊》。

擬張翰與周小史書〔一〕〔一〕

寤想爲勞，疑離疑合，擬當吟而不言，不覺心而欲寫也。足下天豔人素，乍可歎商〔二〕，形容都絕〔三〕。室北有小牕，睨之，簾屏閒設位置，如畫。至今思之，以爲夢境，豈知皆真耶？情深一往，已都不知，造物何苦設此，令人愁絕。足下或知之也。

鮮于友石曰：情豔閒事，寫得雅絕，晉人妙筆。

【校記】

〔一〕此文底本闕，據文久本補。

【注釋】

〔一〕張翰：字季鷹，吴郡吴縣（今江蘇蘇州）人。西晉文學家。性格放縱不拘。時人比之爲阮籍，號『江東步兵』。齊王司馬冏辟爲東曹掾。《晉書》卷九十二有傳。周小史，張翰筆下的美男子。張翰《周小史》詩：『翩翩周生，婉孌幼童。年十有五，如日在東。香膚柔澤，素質參紅。團輔圓頤，菡萏芙蓉。爾形既淑，爾服亦鮮。輕車隨風，飛霧流煙。轉側綺靡，顧盼便妍。和顔善笑，美口善言。』

〔二〕乍可歎商：謂只可歎和。乍可，只可。商，和。《集韻·昔韻》：『商，和也。』

〔三〕形容都絕：所有的言語形容全都用不上。

上某郡守書〔一〕

燕頓首謹啟某公執事：燕於執事，非有左右爲之先容也，又非有故交世誼之爲締緣也，又非有暗中索摸爲門生座主〔二〕文字一日之知也。分則爲士，於級則無異於爲民耳。使不自言，誰爲燕言。人言之，又何如自言之爲肫摯也。

燕始學爲文，憧憧〔二〕耳，而竊有志於古，家貧無書，破產買數十百卷，不足，因挾短蒯緱〔三〕走羊城，聞某故老家多書，上書請讀。期年，讀其書幾遍。私念曰可矣。而世不謂然，豈售之者異耶？羽豐固不擇飛耳。棄去，學詩，獨見許於名流。時西南方戰爭，文字無所用，意亦不欲以文字見，因裂冠慷慨，投策從戎。隨軍寓一古刹〔四〕，雖在戎馬中，然身閒如掛搭僧〔五〕，坐蒲團上，觀階前蟻鬬，便復一日。無書可讀，因就板作書，數月，板爲之穿。雖其書未成家，亦以見燕雖在阨塞流落，幽憂無聊，苦志積學不倦之有如是也。記數年前與同儕〔六〕賦詩，逆旅苦吟至嘔血不已，篤志之極，雖性命了不顧。詩與書法，並嘗所追慕，獨好古文詞爲差〔七〕久耳。此雖卑鄙〔八〕可哂，使不自言，誰代爲揄揚傳道之者耶？

又嘗思古今文詞非副墨〔九〕可盡，凡地山欹險，人事怪奇，天下之賢俊雄偉博辯，莫非目前見在至文，新奇變幻，嘗存天地芒芴〔一〇〕間，爲筆墨所未及收，口舌所未及吐，皆思得而獵取之。又思聰明神識，隘則日離，遊則日廣，故欲走齊楚燕趙，觀洞庭崑崙，出蠻彝邊塞苦寒之地，一覽山川之奇，風俗人物之變，結交古俠異人，如讀新奇變幻之書而未就也。嗟乎！名未成而禍患隨之，數年烽火，家室散亡，獨身未死耳，何有於殘編斷簡哉！竊不自甘，爲文見志。

古人學業將成，必有爲當世大賢者惜而援之，如韓昌黎之於張籍〔一一〕，歐陽永叔之於蘇氏兄弟〔一二〕。燕雖不能與於張、蘇之學術，然亦不敢有後於古人，使不以衣食爲念，得遂其遨遊之志，如前之所云云，則可變憂爲喜，暢於四肢，見於事業，作爲盛世文章，發天人未著之秘。上可以有裨於國家，而下亦不失後世之名。使古人可作，與之分題構思，未必不如懸國門而鐫金石者也。況古人之所不能爲者，猶可勉力而圖之者哉！

聞執事好學下士，有古韓、歐陽之風，故敢通下情，道本末，並錄所作一卷呈覽，惟乞一言有以振其所不及，俾無負從來有志於古之意，則燕雖伏處巖穴，有榮耀焉。燕再頓。

林元之〔一三〕曰：信筆寫來，直述其生平不少諱，而幽憂不平，情見乎詞。中間嘗思古今一段，沉鬱頓挫，却又空靈透脱，前後迴合照應，有意無意，是得古文三昧〔一四〕者。

【校記】

〔一〕此文底本闕，據文久本補。本篇的『某郡守』指李復修，見蔡升奕《廖燕與李復修交往考》（《韶關學院學報》二〇一〇年第四期）。李復修，號謙菴，直隸蠡縣（今屬河北）人。貢生。

【注釋】

〔一〕座主：唐宋時進士稱主試官爲座主。至明清，舉人、進士亦稱其本科主考官或總裁官爲座主，或稱座師。唐李肇《唐國史補》卷下：『（進士）互相推敬謂之先輩。俱捷謂之同年。有司謂之座主。』清侯方域《太常公家傳》：『公果以戊戌登進士科，李騰芳者，公之座主也。』

〔二〕憧憧：憨愚無知貌。《戰國策·趙策三》：『今王憧憧，乃輦建信以與强秦角逐，臣恐秦折王之輈也。』

〔三〕蒯緱：指劍。明王錂《春蕪記·訪友》：『愁覩青霜點鬢毛，蒯緱長夜氣蕭蕭。』《史記·孟嘗君列傳》司馬貞索隱：『蒯，草名……緱，謂把劍之物。謂其劍無物可裝，但以蒯繩纏之，故云蒯緱也。』

〔四〕『隨軍』句：廖燕《從軍帖自跋》（卷十三）：『歲丙辰（康熙十五年，一六七六）九月，予從軍寓横浦寶界寺，無事學書，幾壁皆黑。』可見所寓之古刹即寶界寺，位於今江西省大餘縣城内。今已不存。清黄鳴珂修《南安府志》卷七：『寶界寺在（大庾）城西北。歲三大禮，郡邑官僚習儀於此，因扁外曰萬壽山，内曰祝聖寺。道場本宋皇祐初所建福田院，後稍增廓，易今名。』

〔五〕掛搭僧：遊方和尚，爲修行問道或化緣而雲遊四方的僧人。《西遊記》第二十三回：『你師父忒弄精細，在我家招了女婿，卻不强似做掛搭僧往西蹌路？」

〔六〕同儕：　同伴，夥伴。宋何薳《春渚紀聞·陷蛇出虱身輕》：「寨卒有蕭愁者，爲人性率，同儕多狎侮之。」

〔七〕差：　略微，稍微。唐張鷟《遊仙窟》：「比不相知，闕爲參展，今日之後，不敢差違。」

〔八〕卑鄙：　指行爲荒誕瑣陋。

〔九〕副墨：　指詩文、山水畫等。語出《莊子·大宗師》：「聞諸副墨之子。」王先謙集解引宣穎云：「文字是翰墨爲之，然文字非道，不過傳道之助，故謂之副墨。」

〔一〇〕芒芴：　形容不可辨認，不可捉摸。《莊子·至樂》：「察其始而本無生，非徒無生也而本無形，非徒無形也而本無氣，雜乎芒芴之間。」

〔一一〕張籍（約七六七—約八三〇），字文昌。吴郡（今屬江蘇）人，寓居和州烏江（今安徽和縣烏江鎮）。唐代詩人。貞元十四年，張籍北遊，經孟郊介紹，在汴州認識韓愈。韓愈爲汴州進士考官，張籍被薦，次年在長安進士及第。長慶元年（八二一），受韓愈薦爲國子博士，遷水部員外郎，又遷主客郎中。事見《舊唐書》卷一百六十四、《新唐書》卷一百八十九。

〔一二〕『歐陽永叔』句：　宋至和、嘉祐間，蘇洵與其二子蘇軾、蘇轍至京師，得到翰林學士歐陽脩的賞識，順利地走上了仕途。蘇軾、蘇轍兄弟二人同登進士科。事見《宋史》卷三百三十八、卷四百四十三。

〔一三〕林元之：　清初人，生平不詳。

〔一四〕三昧：　佛教用語，梵文的音譯，意爲止息雜念，使心神平静，是佛教的重要修行方法。這裏借指事物的要領，真諦。宋陸游《示子遹》：「正令筆扛鼎，亦未造三昧。」

廖燕全集校注卷十

尺牘

與樂說和尚〔一〕二首

名山一過，遂難再踐；塵事羈人，每用爲愧。拙著初集已刻成，齎〔二〕呈削正，獨恨其中尚缺遊丹霞山〔三〕一記。豈忘之耶？蓋山爲郡中名勝，題目重大，構思維艱，亦以匆匆過目，未得奧妙，寫之不盡，不如不作也。俟重踏煙嵐，補此缺典〔四〕耳。古今絕奇山水，只如一篇絕佳文字。燕他日作此一篇文字，亦只如替丹霞山臨一副本耳，非有所增損於其間也。詩先錄數首呈教。詩非異於文也，詩可落落〔五〕寫其大意，記則摹擬曲肖，始當其體，然曲肖處又在落落寫大意處得之，則詩與文又未嘗有異耳。

不獨此也。偶作得『丹霞山』三大字，意欲乞鐫關門石壁上。燕書法本不工，然落落寫意，求肖丹霞山而止。此山靈幻脫，誤當是米顛書法〔六〕，然安知天地作山水時，不如吾輩之作字？若求其太工整，則必縱横曲直而已，豈復成山水哉！燕作詩文，俱用此意。和尚法眼〔七〕，或日坐丹霞，已厭其奇，轉喜平易。然亦何嘗奇哉！世人以少故見奇耳，和尚必不爾也。悚息拜上。不宣。

【注釋】

〔一〕樂説和尚：今辯（一六三八—一六九七），字樂説，俗姓麥，名貞。清初廣東番禺人。早年入江西匡廬問道，師從嶺南名僧天然和尚。繼澹歸禪師之後，住持仁化丹霞山。天然禪師示寂後，又住持廣州海雲、海幢二寺及福州長慶寺。有《四會語録》、《菩薩戒經注疏》等。清陳世英纂、釋古如增補《丹霞山志》卷六有《樂説禪師傳》。清李福泰修、史澄等纂《番禺縣志》卷四十九亦有傳。

〔二〕齎：拿東西給人，送給。《説文·貝部》：『齎，持遺也。從貝，齊聲。』俗字作賫。

〔三〕丹霞山：在廣東省韶關市仁化縣城南九公里，錦江東岸。

〔四〕缺典：猶憾事。清俞樾《春在堂隨筆》卷四：『杭州死難諸公均入正氣祠，而君獨未之及。余曰：「是一缺典也。」』

〔五〕落落：清楚、分明的樣子。唐劉禹錫《唐故中書侍郎平章事韋公集紀》：『古今相望，落落然如騎星辰。』

〔六〕米顛書法：米顛，北宋書畫家米芾的别號。米芾（一〇五一—一一〇七），字元章，以其行止違世脱俗，倜儻不羈，人稱『米顛』。在書法上，其書體瀟散奔放。蘇軾《雪堂書評》：『海岳（米芾號）平生篆、隸、真、行、草書，風檣陣馬，沉著痛快。』

〔七〕法眼：佛教語，『五眼』之一。指菩薩爲度脱衆生而照見一切法門之眼。三國魏康僧鎧譯《無量壽經》卷下：『法眼觀察，究竟諸道。慧眼見真，能渡彼岸。』慧遠義疏：『智能照法，故名法眼。』

又

會龍〔一〕一晤，已兩閲載〔二〕，音問闊絶〔三〕，曷勝愧仰！澹和尚〔四〕已作古人，阿師又復西歸〔五〕，聞之於邑〔六〕不已。師豪邁闊綽，與燕塊磊鬱勃之氣，助爲奇談，私心稱快。今過海幢〔七〕，覺寂寞矣。吾師永作丹霞山主，匪獨爲嶺南禪衆師表，名山有人，亦我輩遊侣之慶也。比聞法體〔八〕佳勝，喜慰無量。《徧行堂集》内有與燕札二首〔九〕，誤刻『廖夢醒』爲『廖夢麟』，『麟』是祖諱，尤不宜也。昨閲續集，又誤刻『夢麒』，豈燕直作此物觀耶？其如出非其時〔一〇〕何？且後人竟不知夢麟、夢麒爲何人，幸付剞劂〔一一〕改正。今則並易『夢醒』爲『柴舟』矣。統此聞候。不盡〔一二〕。

【注釋】

〔一〕會龍：詳見卷三《冶山堂文集序》注〔四〕。

〔二〕閲載：經歷若干年。『兩閲載』，即經歷兩年。明黄仲昭《書新刻資治通鑑綱目後》：『俾募工刻焉，經始於弘治癸丑之春，至是四閲載而工告畢。』

〔三〕闊絕：指長時間斷絕音訊往來。晉干寶《搜神記》卷十七：『昔移入湖，闊絕三年。』

〔四〕澹和尚：指澹歸和尚。

〔五〕阿師：指阿字和尚，法名今無。西歸：人死亡的婉詞，典出禪宗故事。據宋釋道原《景德傳燈錄》等所載，中國禪宗初祖達摩坐化後，葬於熊耳山。後三年，魏使宋雲奉使西域，回程在葱嶺遇見達摩，見他手裏挽著一隻鞋子。宋雲問達摩何往？達摩答：西天去。宋雲回朝將此事稟告魏帝，魏帝即命人將達摩墓穴打開，見棺内空空如也，只餘下一隻鞋子。

〔六〕於邑：鬱悶。《楚辭・九章・悲回風》：『傷太息之湣憐兮，氣於邑而不可止。』

〔七〕海幢：海幢寺。位於今廣東省廣州市同福中路三三七號。始建於明末清初。清李福泰修、史澄等纂《番禺縣志》卷二十四：『海幢寺，在河南，蓋萬松嶺福場園地也。舊有千秋寺址，南漢所建，廢爲民居。僧光牟募於郭龍岳，稍加葺治，顔曰「海幢」。僧池月、今無，次第建佛殿經閣方丈。康熙十一年，平藩建天王殿，其山門則巡撫劉秉權所建也。有鷹爪蘭爲郭園舊植，地改而蘭仍茂，以亭蓋之。有藏經閣極偉麗，北望白雲、粵秀，西望石門、靈峯、西樵諸山。東眺雷峯，即往波羅道也。南爲花田。寺中龍象莊嚴甲諸刹。』

〔八〕法體：敬稱僧人之身。宋蘇軾《答南華明老》之二：『專使惠手書，具聞别後法體安穩爲慰。』

〔九〕『偏行堂』句：指澹歸《偏行堂集・與廖柴洲文學（二則）》（卷二十九）。

〔一〇〕出非其時：《春秋・哀公十四年》：『春，西狩獲麟。』杜預注：『麟者，仁獸，聖王之嘉瑞也。時無明王，出而遇獲。』

〔一一〕剞劂：雕板，刻印。明周履靖《〈錦箋記〉題録》：『剞劂生涯日，詩書藝業長。』

〔一二〕不盡：書信末尾用語。猶言不一一。

與仞千上人〔一〕

翰墨一道，窮變極化，於斯爲盛。吾師異人，古貌古心。神明默運，同胎異乳，靈幻奇矯。道如積薪，後來居上。前惠片楷，居然名寶，上逼鍾〔二〕精，下該褚〔一〕妙。分珠寸璧，意存見少。常翁索判〔三〕，米顛求溺〔四〕。緬維斯人，不禁神往。

【校記】

〔一〕褚，底本作『儲』，誤，當作『褚』。指褚遂良（五九六—六五八，或五九七—六五九），字登善。杭州錢塘（今浙江杭州西）人，一作陽翟人。唐代書法家。褚遂良的書法風格前期比較古樸，有六朝風貌，後期起了變化，創造綽約婀娜的姿致。早年隸意甚濃，方整矜嚴，結體寬博，以《伊闕佛龕碑》和《孟法師碑》爲代表。後遒逸婉媚，以《雁塔聖教序碑》爲代表。《舊唐書》卷八十四、《新唐書》卷一百一十八有傳。

【注釋】

〔一〕仞千上人：清初僧人，通書法，生平不詳。參見廖燕《會龍庵晤仞千上人》（卷十九）。

〔二〕鍾：指鍾繇（一五一—二三〇），字元常，潁川長社（今河南省長葛縣）人。三國魏書法家。鍾繇書法博取衆長，擅長隸書、楷書、行書。其書法的藝術特點是：巧趣精細，茂密幽深，自然天成，無雕琢氣。其楷書筆法和結體帶有濃厚的隸書氣息，風格古樸，被歷代奉爲楷模。《三國志·魏書》卷十三有傳。

〔三〕常翁索判：宋不著撰人《宣和書譜》卷十八：『張旭，蘇州人，官至長史。初爲（常熟）尉時，有老人持牒求判，信宿又來。旭怒而責之。老人曰：「愛公墨妙，欲家藏，無他也。」』

〔四〕米顛求溺：明毛鳳苞輯《海嶽志林·大呼》：『芾在真州，嘗謁蔡攸於舟中。攸出右軍《王略帖》示之，元章驚歎，求以他畫易之。攸有難色。元章曰：「若不見從，某即投此江死矣。」因大呼據船舷欲墮，攸遂與之。』

候胡而安太僕〔一〕

數年前事，又何可再言。但念先生以七十老人，當此不易耳。儻尚據鞍健飯〔二〕，俟再晤時。滿懷剌促〔三〕，俱於旅夜燈昏時，把酒澆劍消之。

【注釋】

〔一〕太僕：舊時對綠林好漢的尊稱。元康進之《李逵負荊》第一折：『你山上頭領，都是替天行道的好漢，並沒有這事。只是老漢不認的太僕，休怪，休怪！』

〔二〕據鞍：跨著馬鞍。指身體健康。典出《後漢書·馬援傳》：『援自請曰：「臣尚能被甲上馬。」帝令試之。援據鞍顧眄，以示可用。』健飯：食量大，食欲好。亦指身體健康。典出《史記·廉頗藺相如列傳》：『趙使者既見廉頗，廉頗爲之一飯斗米，肉十斤，被甲上馬，以示尚可用。』

〔三〕刺促：惶恐不安。唐權德輿《數名詩》：『《九歌》傷澤畔，怨思徒刺促。』

與高望公

二十載神交，至今尚未得一晤，豈相見亦有數耶？聞先生亦知海内有燕者，先生人品詩畫，爲吾粤翹楚〔一〕，燕非其人也，然亦有微長，生平曾不以貧賤富貴動其心，他可知矣。若然，則先生亦不可不一見燕也。何時駕臨省城，使燕得一瞻顏色爲幸。

【注釋】

〔一〕翹楚：本指高出雜樹叢的荊樹，後用以比喻傑出的人材或突出的事物。語本《詩·周南·漢廣》：『翹翹錯薪，言刈其楚。』東漢鄭玄箋注：『楚，雜薪之中尤翹翹者。』

與陳元孝〔一〕

行李尚未安頓好便急走晤，值駕已旋，菀結〔二〕無已。文章交誼，使非於其中有緣，自難勉强而親。燕前始辱下交，便攜其文遍贊名士，一時勝集，千古佳談，塗泥生色矣。然一晤即別，未悉所懷。此行正思作十日談，而事與願違，其如旋韶之急何哉！李研齋太史〔三〕客死吾韶，眷屬寄寓貴郡，其夫人並其公郎〔四〕俱感激義俠，託燕致謝，尚祈終始也。古人未及爲，與今人不肯爲之事，正有待於我輩耳。臨楮〔五〕馳仰。不盡。

【注釋】

〔一〕陳元孝：陳恭尹（一六三一——一七〇〇），字元孝，初號半峯，晚號獨漉。

〔二〕菀結：鬱結，指思積於中而不得發洩。《詩·小雅·都人士》：「我不見兮，我心菀結。」

〔三〕太史：明崇禎時李研齋官庶吉士。庶吉士是明、清兩朝時翰林院內的短期職位。由於明、清兩代修史之事歸於翰林院，所以供職翰林亦有『太史』之稱。

〔四〕公郎：對他人兒子的敬稱。清施閏章《寄徐健菴》：『公郎得雋，聞之喜甚。』

〔五〕臨楮：臨紙。楮，樹名，用以製紙，多指信箋。明陳衎《與鄧彰甫書》：『臨楮干冒，惶仄不既。』

與龔蓉石〔一〕

昨過盛圃，偶小飲耳。景與興會，不覺遂醉。睡至次早，殘悶方起，傾喉一吐，始稍減也。然頭岑岑〔二〕然，至今尚伏枕未起，細思其故，蓋以杯傳筵散之際，豪興方盛，酒知不敵，寂然避去。及景過興闌，始乘虛相攻耳。萬事盡然，不獨酒也。昨舉〔三〕一子，命名時兒〔四〕，他日仍卽時字名之，深欲其以父子不合爲鑒耳。並此聞謝。

【注釋】

〔一〕龔蓉石：清初人，生平不詳。

〔二〕岑岑：脹痛貌。《漢書》卷九十七上：『我頭岑岑也，藥中得無有毒？』顏師古注：『岑岑，痺悶之意。』

〔三〕舉：生育。

〔四〕時兒：廖燕第三子，爲廖燕續配鄧氏所生。廖燕原配育有二子，早殤。廖燕《亡妻鄧孺人墓表》（卷十五）：『舉二子，俱殤，最後撫二女。』《記學醫緣起因遺家弟佛民》（卷十七）：『先予有二女，爲貧賤骨肉，不幸罹亂，俱染痢疾，因不諳病源，療以熱藥，遂致不起，至今傷之。』《灌園帖自跋》（卷十三）：『歲己未春……書此帖付小奚奴，俟時兒長學之。』

與李髙公〔一〕

匆匆一晤，亦復匆匆別去，人生不得自由，曷勝惋歎。途中讀令慈〔二〕太夫人佳刻，奇秀超悟，今罕其比。《過洞庭》及《閒坐憶鍾山》諸詠，其氣骨在秦漢之上，當是英雄負奇才人語，疑非出閨閣口中也。令先君〔三〕太史目之以清，亦伉儷間謙詞耳，其詩豈『清』之一字所能盡者哉！弟生平不輕以詩文許人，知此當非套語耳，容擬一序呈教。聞欲移令先君柩於羊城，似不然。蘇文忠公亦蜀人〔四〕，死毘陵卽葬毘陵〔五〕。若不得歸蜀，則吾韶亦令先君之毘陵也。再商之，何如？

【注釋】

〔一〕李鬲公：四川達州（今四川達州市）人。李長祥之子。明亡，其父李長祥在抗清失敗後攜家輾轉南下廣東，寄居韶州仁化丹霞山河頭寨。李長祥去世後，李鬲公與其母一直尋求將李長祥靈柩運回南京安葬。參看廖燕《上吳制府乞移李研齋柩歸金陵書》（卷九）、《海棠居詩集序》（卷三）。

〔二〕令慈：對他人母親的敬稱。清陳確《祭祝開美文》：『閏月初二，實葬令慈。初五役竣，諸作允釐。』

〔三〕先君：已故的父親。《文選·班昭〈東征賦〉》：『先君行止，則有作兮；雖其不敏，敢不法兮。』李善注：『先君，謂彪也。』

〔四〕蘇文忠公：卽蘇軾。宋徽宗建中靖國元年（一一〇一），蘇軾病死於毘陵（今江蘇常州），但並未葬於毘陵，而是葬在了河南汝州郟縣。

〔五〕毘陵：亦作『毗陵』，古地名。本春秋時吳季札封地延陵邑。西漢置縣，治所在今江蘇省常州市。三國吳時，爲毗陵典農校尉治所。晉太康二年始置郡，治所移丹徒。歷代廢置無常，後世多稱今江蘇常州一帶爲毗陵。宋陸游《老學庵筆記》卷十：『今人謂貝州爲甘州，吉州爲廬陵，常州爲毗陵。』

復劉漢臣

燕昔罹丁巳之變〔一〕，僅剩一身。蓬首過謁，時髮際病虱猶蠕蠕動，指尚疥腫，此景肯忍須臾忘耶？迨駕北旋，未及敘別，反辱賜書，重增赧歉。擬卽答候，因未面郵使，不得一訊居止〔二〕，茫不知報。後復賜書亦然。書通候諸友，獨諄諄念燕貧。燕誠貧，有門下〔三〕在，燕不貧矣。數詢寓所，近始知在金陵浦口〔四〕，與金陵相隔一水，恨不早知也。茲歲又爲韶右〔五〕營墊，沈某爲伊親，揚州人，離金陵百餘里，達音不難，從此可源源矣。近且作出嶺想，舊郡侯李漁陽〔六〕先生攜家北旋，欲燕同行，便可圖晤也。報候遲甚，死罪死罪。

【注釋】

〔一〕丁巳之變：指丁巳（康熙十六年，一六七七）三藩之亂波及韶關，清軍與叛軍在韶關激戰，生靈塗炭。

〔二〕居止：住所。南朝宋謝靈運《山居賦》「若乃南北兩居」自注：「兩居謂南北兩處，各有居止。」

〔三〕門下：猶閣下。對人的尊稱。宋朱熹《與江東陳帥書》：「不審高明何以處此？熹則竊爲門下憂之，而未敢以爲賀也。」明陳士元《俚言解》卷一：「致書稱門下，猶言閣下、殿下、麾下、節下、座下、足下之類。古之貴人殿閣門下有謁者……不敢斥言尊貴，故呼其門下足下諸人。」

〔四〕金陵浦口：位於今江蘇省南京市區西北的長江北岸，隔長江與南岸的下關相望。

〔五〕韶右：　指今廣東韶關。　唐范攄撰《雲谿友議》卷中《葬書生》：『劉侍郎軻者，韶右人也。幼之羅浮、九疑讀黄老之書，欲學輕舉之道，又於曹溪探釋氏關戒，遂披僧服焉。』清林述訓等修《韶州府志》卷三十二：『劉軻，字希仁，韶州人也……幼之羅浮、九疑讀黄老之書，欲學輕舉之道，又於曹溪探釋氏關戒，遂披僧服。』可見韶右卽今韶關。

〔六〕李漁陽：　李復修，號謙菴，直隸蠡縣（今屬河北）人。貢生。直隸卽古漁陽，故其又自稱李漁陽。康熙三年任雲南新平縣知縣，立官學，招墾種。會土司變起，李復修嚴守禦，城獲全。康熙十年補廣東四會縣知縣，任上主修《四會縣志》。康熙十四年陞廣州府同知，時當三藩之亂。康熙十五年二月，尚之信降吳三桂，發兵圍其父尚可喜住處，易服改幟。李復修時任廣州府同知，亦隨同反清。康熙十六年五月，尚之信聞莽依圖率清軍抵韶州，復率廣東省城文武官兵民等剃髮歸順，李復修被任命爲韶州知府。七月，李復修隨莽依圖部抵達韶州。時吳三桂大將馬寶等攻韶州急，李復修會同莽依圖共同抵禦，堅守三月，城獲全。一年後任廣州知府。解任後歸隱。見徐世昌撰《大清畿輔先賢傳》卷二十八、清鄂爾泰等監修《雲南通志》卷十八下之一、張瑲纂《蠡縣志》卷六、吳大猷纂《四會縣志》編五、胡森等纂《肇慶府志》卷十三、史澄等纂《廣州府志》卷二十三、李復修爲澹歸和尚《偏行堂集》、《偏行堂續集》所作的序。李復修爲澹歸和尚《偏行堂集》所作的序署名爲『中憲大夫知韶州府事古漁陽謙庵李復修』，李復修爲澹歸和尚《偏行堂續集》所作的序署名爲『（康熙二十年歲次辛酉菊月）中憲大夫知韶州府廣州府事漁陽李復修』。

與林元之〔一〕

佳章遂能使燕不朽，硯尤所喜愛者，真老坑石〔二〕無疑。燕不識硯，世傳鴝眼蕉白〔三〕，彷佛疑似之間，殆難辯也。第以意測之，石在水中，石爲水所化，久之水亦爲石。老坑石當是水、石合爲一物者，故善鑒硯者，皆試以水，石痕浮動，躍出水上，必其佳者。昨以此法試之，良驗。書以請正並謝。不盡。

【注釋】

〔一〕林元之：清初人，生平不詳。

〔二〕老坑石：端硯石由於產地不同，在石色、質地、使用性能等方面都存在一定的差異，而以老坑石品質最好。老坑位於羚羊峽東端南岸緊鄰西江處。清吴綺撰《嶺南風物記》：『端溪在肇慶羚羊峽。硯石產老坑，有三洞，曰西，曰東，曰中。西勝於中，中勝於東。大抵坑之上層爲天花板，燥而不佳。最低者爲沙板，雖細亦不佳。惟中層水巖細軟純滑，斯爲佳品。羊肝色爲上，次青花、鸜鵒眼、火烙紋、蕉葉白，再次水紋。』清屈大均《廣東新語》卷五：『羚羊峽口之東有一溪，溪長一里許，廣不盈丈，其名端溪。自溪口北行三十步，一穴在山下，高三尺許，乃水巖口也。匍匐而入，至五六丈爲正坑，從正坑右轉數丈爲西坑，坑門最小。從其旁入爲中坑，從正坑左轉十餘丈爲東坑，東坑外卽大江矣。坑中水淵停不竭，以罌甕傳水，注槽筧中，水稍竭，乃可下鑿。石有三層，上層者稍粗，中層多鴝鵒眼，下層在水底，多破碎不受斧鑿，凡西、中、東三洞皆然。三洞皆有蕉葉白、火捺，而東洞尤美。』

〔三〕鴝眼：端溪硯中天然生長的如鳥獸眼睛狀的圓形斑點稱爲石眼。石眼神態各異，其中大如五銖錢，小如芥子。外有暈，形如八哥之眼的稱爲鴝眼，又稱鸜鵒眼。以活而清朗，有黑精者爲貴。鴝，卽鴝鵒。鳥名，俗稱八哥。宋歐陽脩《硯譜》：『端石出端溪……有鸜鵒眼爲貴。』宋唐詢《硯錄》推『鴝眼』爲上品：『（鴝眼）眼之美者皆青綠黄三色相重，多者自外至心八九重，其狀皆圓。』蕉白：蕉葉白的省稱，端硯的一種花紋，指石質堅潤，色青，紋理間有純白片如蕉葉者。

與屈半農〔一〕

數載烽火匆忙，至此便成桃源，隔世往事寧堪復述耶？造物困折吾輩，原非一貧可了，今剩一身耳，不啻高漸離畏約出裝〔二〕時也。爲問斯世尚有魯朱家〔三〕其人乎？將託之爲主矣。

【注釋】

〔一〕屈半農：清初人，生平不詳。

〔二〕高漸離畏約出裝：《史記·刺客列傳》：『荆軻之客皆亡。高漸離變名姓，爲人庸保，匿作于宋子。久之，作苦，聞其家堂上客擊筑，彷徨不能去，每出言曰：彼有善，有不善。從者以告其主。曰彼庸乃知音，竊言是非。家丈人召使前擊筑，一坐稱善，賜酒。而高漸離念久隱畏約無窮時（司馬貞索隱：約謂貧賤儉約，既爲庸保，常畏人，故云畏約），乃退，出其裝匣中筑與其善衣，更容貌而前，舉坐客皆驚，下與抗禮，以爲上客，使擊筑而歌，客無不流涕而去者。』

〔三〕魯朱家：《史記·遊俠列傳》：『魯朱家者，與高祖同時。魯人皆以儒教，而朱家用俠聞。所藏活豪士以百數，其餘庸人不可勝言，然終不伐其能……專趨人之急，甚己之私。既陰脱季布將軍之厄，及布尊貴，終身不見也。自關以東，莫不延頸願交焉。』

與蕭絅若二首

自辱下交，鬚眉都别，私心喜慰無極。前駕北旋時，因病瘧未得附驥〔一〕一覽中原山水，殊深悒快〔二〕。忽前會劉念庵自端州旋詔〔三〕，拉燕北上，足快平生，又喜圖晤不遠。豈知方抵虔州〔四〕，伊親王藩司〔五〕已作古人，東道無主，遂阻此行，豈命星未逢驛馬耶，何齟齬〔六〕如此也？大抵造物困折吾輩，雖小小行止〔七〕，亦未許輕易成就，何況其他。著書飲酒，足遣〔一〕窮愁，燕與吾兄須罄〔八〕生平氣力爲此一事。個中境界，海闊天空，何樂如之。此亦吾輩轉旋造物之法，高明以爲何如？近況未審何似，望風懷切，一詩奉酧並正，不既。

【校記】

〔一〕遣：底本作『遺』，誤，據利民本、寶元本改。

【注釋】

〔一〕附驥：蚊蠅附在馬的尾巴上，可以遠行千里。因以比喻依靠以獲益。語出《史記·伯夷列傳》：『顔淵雖篤學，附驥尾而行益顯。』司馬貞索隱：『按：蒼蠅附驥尾而致千里，以譬顔回因孔子而名彰也。』

〔二〕悒快：憂鬱不快。唐蔣防《霍小玉傳》：『夫婿昨向東都，更無消息，悒快成疾，今欲二年。』

〔三〕劉念庵：清初人，曾與廖燕偕同北上，至江西贛州而止。端州：今廣東省肇慶市。隋開皇九年（五八九）於其地置端州，故稱。

〔四〕虔州：今江西省贛州市。隋開皇九年（五八九）於其地置虔州，故稱。

〔五〕藩司：明清時布政使的别稱，主管一省民政與財務。明葉春及撰《石洞集》卷十《里役論》：『天下之勢自下而上，甲首上有里長，里長上有縣令，縣令上有郡守，郡守上有藩司，藩司上有六卿，而天子加焉。』又同書卷九《諭賓民》：『天下之勢自下而上，天子下有布政使司，自司而府而州而縣而里。』

〔六〕齟齬：上下齒不相對應，比喻不相投合，抵觸。漢揚雄《太玄·親》：『其志齟齬。』范望注：『齟齬，相惡也。』

〔七〕行止：活動。《列子·天瑞》：『天，積氣耳，亡處亡氣。若屈伸呼吸，終日在天中行止，奈何憂崩墜乎？』

〔八〕罄：盡，用盡。《爾雅·釋詁下》：『罄，盡也。』《舊唐書·李密傳》：『罄南山之竹，書罪未窮。』

又

此道寥廓〔一〕，無可與語者。每與人言，只可言飯食可飽，酒飲可醉，過此便大驚訝，以爲不近人情之談，近世人文之陋莫此爲甚。始以爲在韶則如是，今則覺在在〔二〕皆然也。安得漆園、關尹〔三〕輩與之把臂入林，談出世〔四〕不經人道語。久不見足下，輒抱此想。

【注釋】

〔一〕寥廓：冷清，冷落。漢陸賈《新語·慎微》：『當世不蒙其功，後代不見其才，君傾而不扶，國危而不持，寂寞而無隣，寥廓而獨寐，可謂避世，非謂懷道者也。』

〔二〕在在：處處，到處。唐武元衡《春齋夜雨憶郭通微》詩：『桃源在在阻風塵，世事悠悠又遇春。』

〔三〕漆園：《史記·老子韓非列傳》：『莊子者，蒙人也，名周。周嘗爲蒙漆園吏，與梁惠王、齊宣王同時。』因莊子曾爲漆園吏，故以漆園稱莊子。關尹：《史記·老子韓非列傳》：『（老子）見周之衰，乃遂去。至關，關令尹喜曰：「子將隱矣，强爲我著書。」於是老子乃著書上下篇，言道德之意五千餘言而去，莫知其所終。』關尹卽關令尹喜。

〔四〕出世：指出家。唐皇甫曾《秋夕寄懷契上人》詩：『真僧出世心無事，靜夜名香手自焚。』

答朱藕男

懽聚數月，忽各一方，未及敘别，此中尤爲耿耿。蒙賜翰〔一〕教，緣尊伻〔二〕他適，未獲接讀，然心領已悉。惟得展與牧霞〔三〕一札，足見高誼，但其中未免芥帶〔四〕，頗不以爲然。吾輩以天地爲胸，何物窮愁足爲震撼？以燕簞瓢屢空〔五〕，視之猶如無有，況未至於斯之甚者耶？杯中一物，便是富有四海，儻再多求，是天子思玉皇矣，毋乃過貪。拙詠一箑〔六〕奉正，千萬爲道自愛。

【注釋】

〔一〕翰：長而堅硬的羽毛，借指書信等。《晉書·何遵傳》：『性既輕物，翰札簡傲。』

〔二〕伻：信使。《書·洛誥》：『伻來，以圖及獻卜。』

〔三〕牧霞：陳牧霞，清初人，生平不詳。

〔四〕芥帶：即『芥蔕』。『帶』，通『蔕』，同『蒂』。芥蒂，介意。宋羅大經《鶴林玉露》卷十三：『今子赴官，但當充廣德性，力行好事，前夢不足芥蔕。』

〔五〕簞瓢屢空：謂飲食不繼，生活貧困。簞，盛飯竹器。瓢，舀水器。語出《論語·雍也》：『一簞食，一瓢飲，在陋巷，人不堪其憂，回也不改其樂。』

〔六〕箑：扇子。《淮南子·精神訓》：『知冬日之箑，夏日之裘，無用於己。』高誘注：『箑，扇也。楚人謂扇爲箑。』

與朱藕男

燕初八日始抵家，人事拖沓不可言。惟念高誼，未嘗暫忘頃刻也。住數日即赴樂昌〔一〕，署中兀坐〔二〕無事，正可消繳〔三〕從前之忙，尚肯更生他想耶？主人既以廉潔自許，則客自不宜攖〔四〕以私，況燕尤非其人者，行且聽之而已。

《琵琶楔子題詞》〔五〕賫上，乞賜斧削過轉送□□□〔一〕，未審堪收用否，幸致意。聞其欲刻嶺南三大家〔六〕詩，似不然。大家不僅一詩，即以詩論，亦宜事久論定，出之天下後世之人之口而後可。今以吾粵自贊見在〔七〕諸公之長，疑涉於私。況粵人文蔚起，毋論先達多人，即後起亦指不勝屈，若遽創此名目，將置前後諸賢於何地？仁兄與□□爲莫逆，幸婉商之，俾寢〔八〕其事，庶免有識軒渠〔九〕，亦友朋相規之義也。粵東〔一〇〕有人，亦桑梓之喜，燕豈敢有他意，但以如前所疑，故迂論如此，即對□□言出燕意，亦無不可。

何時西行？蠻煙瘴雨，慎重爲佳。不得一別，遥瞻悵結，餘望爲道自愛。

【校記】

〔一〕□□□：當爲『王蒲衣』三字。王隼（一六四四—一七〇〇），字蒲衣，清初廣東番禺人。輯有《嶺南三大家詩選》。七歲能詩，早年棄家入丹霞爲僧。旋遊匡廬，居六七年，始歸。性喜琵琶。著有《琵琶楔子》、《大樗堂集》等。《清史稿》卷四百八十四有傳。

【注釋】

〔一〕樂昌：今廣東省樂昌市，位於今韶關市北部。

〔二〕兀坐：獨自端坐。唐戴叔倫《暉上人獨坐亭》詩：『蕭條心境外，兀坐獨參禪。』

〔三〕消繳：抵消。

〔四〕攖：纏繞。《淮南子·繆稱訓》：『勿撓勿攖，萬物將自稱。』高誘注：『攖，纓也。』

〔五〕《琵琶楔子題詞》： 見卷五。《琵琶楔子》，清初王隼著。題詞，又作題辭，文體名。標明全書要旨，並對作品表示贊許，進行評價或敍述讀後感想。性質與序、跋相似，大都用韻文，通常放在卷首。漢趙岐有《孟子題辭》。

〔六〕嶺南三大家： 清初廣東詩人屈大均、陳恭尹、梁佩蘭的合稱。康熙三十一年，王隼編選三家之詩成《嶺南三大家詩選》。

〔七〕見在： 尚存，尚在。《史記·齊悼惠王世家》：『且代王又親高帝子，於今見在，且最爲長。』

〔八〕寢： 停止。《商君書·開塞》：『一國行之，境內獨治； 二國行之，兵則少寢； 天下行之，至德復立。』

〔九〕軒渠： 嘲笑。宋蘇軾《跋山谷草書》：『他日黔安，當捧腹軒渠也。』

〔一〇〕粤東： 廣東省的別稱。

寄李湖長〔一〕

一別十餘年，相隔數千里，欲圖一晤，便如海外三山〔二〕，可想而不可即，惟聞近況佳勝爲慰。前承惠書，並賜佳什〔三〕，荷蒙存注〔四〕，業〔五〕附答函，想已洞及。每讀尊刻，尤所醉心。近來風氣墮入宋人一派，得吾兄中流一柱，狂瀾欲迴矣。但窺一斑，益深全豹之想。近作想已盈篋，然紙墨零雜，恐致遺失，文人不自收拾，自昔已然。幸將全稿寄觀，不惟目前披讀，如親色笑〔六〕，亦可爲他日作一名山副本也。或殘編散墨，俱可搜羅收輯。燕珍惜他人詩文，倍加珍惜自己性命，況知交著述耶？區區之意，尚溢筆札之外，統祈照察。不盡。

【注釋】

〔一〕李湖長：清初浙江會稽人。好詩文。與廖燕有交往。參見《送李湖長還會稽》（卷二十）。

〔二〕海外三山：傳説中的海上三神山。《史記·封禪書》：『蓬萊、方丈、瀛洲，此三神山，諸仙人皆在焉。金銀爲宫闕。未至，望之如雲。及到，三山反居水下。臨之，風輒引船去。終莫能至。』

〔三〕佳什：好詩，優美的詩作。唐許渾《酬錢汝州》詩序：『汝州錢中丞以渾赴郢城，見寄佳什。』

〔四〕存注：關心，注意。明高濂《遵生八牋·延年却病牋下》：『呼至於根，吸至於蒂，綿綿若存。再守胎中之一息也，守無所守，其息自住。得此息住，泯然若無，離心於心，無所存注。』

〔五〕業：已經。《史記·留侯世家》：『良業爲取履，因長跪履之。』

〔六〕色笑：指和顏悅色的態度。語本《詩·魯頌·泮水》：『載色載笑，匪怒伊教。』鄭玄箋：『和顏色而笑語，非有所怒，於是有所教化也。』宋陳造《高郵貢院落成詩序》：『觀者聳企，聞者興奮，況親色笑接觴豆。』

復鄭思宣〔一〕

客冬〔二〕一晤，遂成遠别，至今猶爲悵悵。屢承札示，緣路程失落，致遲報命〔三〕，感怍〔四〕不可言。新歲復接翰教，知令慈太夫人暨閤府迪吉〔五〕，喜慶無量，但未審車馬何日重臨，使燕再得一覩顏色爲慰耳。燕譾劣不堪，館穀〔六〕所入，莫救饑寒，近已棄去浪遊〔七〕，尚不知稅駕〔八〕何所。非得大力量人，安能出此子於深深陷阱耶？惟仁兄早策榮名，以慰萱堂〔九〕晚景，俾燕亦得附驥，出嶺一覽中原風景，歸來閉戶著書足矣。他非所望，會合無由，臨風曷勝瞻切。

【注釋】

〔一〕鄭思宣：生平不詳，康熙二十九年（一六九〇），鄭思宣至韶，與廖燕相識。見廖燕《庚午初冬喜晤鄭思宣快談數夕情見乎詞時因歸閩賦此贈別》（卷二十）。

〔二〕客冬：去年冬天。清黄景仁《曉過滁州》詩：『客冬記經此，歸路方駸駸。』

〔三〕報命：復命。奉命辦事完畢，回來報告。書信中亦用作謙詞。

〔四〕感怍：感激慚愧。宋王安石《與孟逸秘校手書》之三：『鶥已領得，感怍。當有原給之直，幸示下！』

〔五〕閤府迪吉：全家吉祥。閤，全。清孔尚任《桃花扇·閒話》：『或一身殉難，或閤門死節。』迪吉，吉祥，安好。語出《書·大禹謨》：『惠迪吉，從逆凶。』孔傳：『迪，道也。順道吉，從逆凶。』

〔六〕館穀：居其館，食其穀。借指塾師的束脩或幕賓的酬金。

〔七〕浪遊：漫遊，四方遊蕩。唐杜牧《見穆三十宅中庭海榴花謝》詩：『堪恨王孫浪遊去，落英狼藉始歸來。』

〔八〕稅駕：猶解駕，停車。指休息或歸宿。稅，通『挩』、『脫』。《史記·李斯列傳》：『物極則衰，吾未知所稅駕也。』司馬貞索隱：『稅駕，猶解駕，言休息也。李斯言己今日富貴已極，然未知向後吉凶，正泊在何處也。』

〔九〕萱堂：指母親的居室或母親。典出《詩・衛風・伯兮》：『焉得諼草，言樹之背。』毛傳：『諼草令人忘憂；背，北堂也。』陸德明釋文：『諼，本又作萱。』謂北堂樹萱，可以令人忘憂。古制，北堂爲主婦之居室。元耶律楚材《祝忘憂居士壽》詩：『玉佩丁東照蘭省，斑衣搖曳悦萱堂。』

與鄭思宣二首

燕以數奇致辜〔一〕，噓〔二〕植高誼，感愧不可言。然吾輩交情，又不在區區形迹間也。昨來南寧〔三〕，意謂卽可揚帆徑去，而伺候〔四〕十餘日，竟不得一便舟。坎坷之人，動見阻滯，大抵如此，付之一歎而已。

偶遇陳某云有札奉寄，其言支吾叵測，真若輩所爲，本不足又道，欲吾兄知其人耳。燕數固奇，此又命宮中之羅計星〔五〕也，一笑。

佳製〔六〕見賜，俱領悉。但天下之物，若柴若舟，咸爲世之所必需，而至此俱不驗，豈柴舟之過耶？亦不識柴舟者之過耳。然天下無不識柴不識舟之人，或柴大如舟，舟大如山，世無大力量人，又安能用之？燕將負柴於市，藏舟於壑，以俟時日，亦尊作見教之意也。如何如何，歸心似箭，遂至度日如年，若得舟便，卽行矣。無由晤謝，臨楮曷勝菀結。

【注釋】

〔一〕數奇：指命運不好，遇事不利。《漢書·李廣傳》：『大將軍陰受上指，以爲李廣數奇，毋令當單于，恐不得所欲。』顏師古注：『言廣命隻不耦合也。』辜：災難，禍害。《漢書·王莽傳》：『害遍生民，辜及朽骨。』

〔二〕噓：歎息。漢劉向《九歎·惜賢》：『長噓吸以於悒兮，涕横集而成行。』

〔三〕南寧：今廣西壯族自治區南寧市，位於廣西南部。

〔四〕伺候：等待，等候。唐韓愈《送李愿歸盤谷序》：『伺候於公卿之門，奔走於形勢之途。』

〔五〕命宫：星命術士所稱的人之命運之室。以本人生時加于太陽宫（卽太陽在黄道帶上的位置），順數遇卯爲命宫。見《張果星宗·安命度法》。例如太陽在子宫，生於酉時，卽以酉時加於子宫，順數到卯遇午，則午爲其人之命宫。羅計星：計都、羅睺的合稱。計都、羅睺是兩個假想天體，源自古印度。印度天文學認爲黄道和白道的降交點和升交點處各有一顆星，降交點處的叫做羅睺、升交點處叫做計都。因日月蝕現象發生在黄白二道的交點附近，故認爲日月食皆由計都、羅睺引起，是兩顆凶星。舊時星命家以爲它們均主災咎。遼希麟《續一切經音義》卷六：『羅睺卽梵語也，或云攞護，此云暗障，能障日月之光，卽暗曜也。』『計都，亦梵語。或云雞兜，或云計覩，此云蝕伸，亦暗曜也。案：羅睺、計都常隱不現，遇日月行次卽蝕。亦名建墜。二曜也。』

〔六〕佳製：佳作。明陳汝元《金蓮記·湖賞》：『高才可羨，佳製願觀。』

又

客歲〔一〕四月，從南寧旋里，身沾蠻煙瘴雨，盡驅入行囊中作詩料用。天下事逆來順受，豈非吾輩勝算耶？久不奉書，固以窮人多忙，亦以駕不久東還，豈知值貴東翁〔二〕之變，盤務委積，致滯高軒〔三〕，晤期正未可預計耳。然以吾兄長才〔四〕，輔以義俠，自不難了此他往，但不知章偉老〔五〕萬斤重擔今始上肩，直待何時方可卸却。正賴仁人有以濟其不及，使生人稍釋重負，則長逝者益感激高誼於無窮也。知仁兄意固有在，然亦必不以多囑爲嫌耳，如何如何。秋瘴多厲，幸順時自愛。

【注釋】

〔一〕客歲：去年。明劉世教《合刻〈李杜分體全集〉序》：『客歲南邁，從子鑒進而請曰：「先生必將箋而後行乎？夫解者之不必箋，而箋者之不必解也。」』

〔二〕東翁：舊時塾師、幕友對主人的敬稱。

〔三〕高軒：高車，貴顯者所乘，借指貴顯者。南朝陳徐陵《與楊僕射書》：『高軒繼路，飛蓋相隨。』

〔四〕長才：優異的才能。唐白居易《答杜兼謝上河南少尹知府事表文》：『亞理以明慎選，專領以展長才。』

〔五〕章偉老：指章偉人，清初人。廖燕友人，生平不詳。

與章偉人〔一〕二首

弟十九日至樂昌，卽詢土人，云茶有東西山之分，產西山者佳，背面俱有白毛，故名毛茶〔二〕；產東山者味差不及，且多以假亂真，惟得本地精於此味者辨之，庶不爲其所誤耳。然考之邑志，俱不見載，以此知其疏漏者多矣。昔曾見有作蘭花香者，今亦無之，或有之而不及見耶？抑出於造作者，故不久傳也？又云如丁香脚者爲上品，言其極白而小也，但其價極昂。其次者價亦以漸減，行將覓其尤者以報。

【注釋】

〔一〕章偉人：即前文提及的『章偉老』。

〔二〕『云茶有』四句：民國劉運鋒修、陳宗瀛纂《樂昌縣志》卷五：『白毛茶，葉有白毛，故名。味清而香，爲紅茶、綠茶所不及。大山處處有之，以猺山所産者爲最。』猺山（瑤山）位於樂昌縣治之西，舊稱西山。東起樂昌市樂城鎮和乳源瑶族自治縣楊溪村，西至樂昌縣秀水，南起乳源乳城鎮，北隔武江谷地接九峯山。主峯狗尾嶂，位於乳源縣境内。是瑶族主要聚居地，故名。在廣東省韶關市西北。

又

踰時不晤，正以疏教爲歉。豈期令先君仙遊〔一〕，殊深驚悼，人子值此，自難爲懷。然從此閤府内外先後大事，俱賴仁兄一人作大廈一木之支，況尊體清癯〔二〕，若悲痛過傷，不特無以私慰逝者，亦反增令慈無窮之憂也，幸抑情自愛。知諸事正繁，甚煩籌度〔三〕，然亦不必預慮水窮山盡，走出仍有前路，但耐心處之，自不覺以漸通豁耳。吾兄讀禮〔四〕之餘，試味此言，想不河漢〔五〕也。路遙步阻，弗獲躬奠，並祈諒宥。不盡。

【注釋】

〔一〕仙遊：稱人死亡的婉辭。宋王安石《英宗祔廟禮畢慰皇帝表》：『仙遊既集於宗祊，聖念彌勤於翼室。』

〔二〕清癯：清瘦。元張可久《折桂令・別後》曲：『一年餘鳳隻鸞孤，枕上嗟籲，鏡裏清癯。』

〔三〕籌度：謀劃，想辦法。《舊唐書・岑文本傳》：『及將伐遼，凡所籌度，一皆委之。』

〔四〕讀禮：古人守喪在家，讀有關喪祭的禮書，因稱居喪爲『讀禮』。語本《禮記・曲禮下》：『居喪未葬，讀喪禮；既葬，讀祭禮。』清王士禛《與汪苕文書》：『自鄢陵讀禮，潁川引疾……又何衰也。』

〔五〕河漢：比喻言論誇誕迂闊、不切實際。語出《莊子・逍遙遊》：『肩吾問於連叔曰：「吾聞言於接輿，大而無當，往而不返，吾驚怖其言，猶河漢而無極也。」』成玄英疏：『猶如上天河漢，迢遞清高，尋其源流，略無窮極也。』

與李相乾〔一〕三首

昨來省得晤，深慰闊懷〔二〕。詎意嗣君衹公〔三〕中道摧折，言之傷切。諸名公皆有祭章挽詩，況燕與賢喬梓〔四〕文章聲氣之交，似不用含毫構思，自有一篇見成〔五〕詩文奔湊腕下，但須信筆書出，持向靈前痛哭宣讀可耳。然須親往致奠始得，茲爲俗冗所羈，自不敢蹈不與祭之譏。願以異日，幸乞諒察。尚祈節哀自愛。行狀〔六〕稍僭删改，並復上。

【注釋】

〔一〕李相乾：廣東南海人。廖燕之友，長於廖燕，廖燕稱之爲『老年伯』。曾刊刻廖燕所著《曲江名勝詩》。見參見下文《與李相乾》之二、之三。

〔二〕闊懷：久別的懷念。《醒世恒言·獨孤生歸途鬧夢》：『那韋皋一見遐叔，盛相款宴，正要多留幾日，少盡闊懷。』

〔三〕嗣君：稱別人的兒子。

〔四〕喬梓：比喻父子。語出《尚書大傳》卷四：『伯禽與康叔見周公，三見而三笞之。康叔有駭色，謂伯禽曰：「有商子者，賢人也，與子見之。」乃見商子而問焉。商子曰：「南山之陽有木焉，名喬。」二三子往觀之，見喬實高高然而上，反以告商子。商子曰：「喬者，父道也。南山之陰有木焉，名梓。」二三子復往觀焉，見梓實晉晉然而俯，反以告商子。商子曰：「梓者，子道也。」二三子明日見周公，入門而趨，登堂而跪。周公迎拂其首，勞而食之，曰：「爾安見君子乎？」』

〔五〕見成：現成。《醒世恒言·賣油郎獨佔花魁》：『（秦重）到典鋪裏買了一件見成半新半舊的紬衣，穿在身上。』

〔六〕行狀： 文體名。記述死者世系、籍貫、生卒年月和生平概略的文章。唐李翺《百官行狀奏》：『凡人之事迹，非大善大惡，則衆人無由知之，故舊例皆訪問於人，又取行狀謚議，以爲一據。』

又

客歲造次，原擬卽返就益，不意爲館事〔一〕所羈，遂致睽隔〔二〕，想已諒及。蒙刻《曲江名勝詩》〔三〕，爲貧交流傳詩文，此千秋中第一段佳話，古不多見，不獨今人所少也。詩卽不佳，將藉盛德不朽矣，感何如之！

玆塾中無事，新著頗多，亦欲刪改舊作。前呈教拙稿四本，望乞擲回，此燕數十年心血所積，雖老年伯〔四〕珍護備至，終不如歸之敝笥爲便耳。臨楮馳仰，不既。

【注釋】

〔一〕館事： 指授館之事，卽當塾師。

〔二〕睽隔： 别離，分隔。《周書·晉蕩公護傳》：『護與母睽隔多年，一旦聚集，凡所資奉，窮極華盛。』

〔三〕《曲江名勝詩》： 廖燕作，其《自題曲江名勝詩》（卷五）：『《曲志》舊載名勝十，予增爲二十有二。』卽廖燕《筆峯寫雲》等二十二首（卷二十）。

〔四〕年伯： 科舉時代對與父親同年登科者的尊稱，明代中葉以後亦用以稱同年的父親或伯叔，後用以泛指父輩。清王應奎《柳南隨筆》卷二：『前明正嘉以前，風俗猶爲近古，必父之同年，方稱年伯，而同年之父，即不爾。』

又

前具札候，蒙賜答函，俱悉道體康豫〔一〕，喜慰無量。承諭試事，甚感。奈燕於此中無緣無福，故不敢妄干，有負厚望爲歉。拙稿極承珍護，又復過爲延譽〔二〕，至今海内頗知有燕者，老年伯讚揚之力也。他日書成，於二十七松堂中敬上一瓣香〔三〕，以謝護惜之功，豈敢忘所本哉！聞陶握老〔四〕欲刻此書，事雖未就，然已領雅意。今已作古人，曷勝惋歎。澹和尚真蹟一幅，附上並候，不次。

【注釋】

〔一〕道體：猶貴體。唐歐陽詢《題諸家書帖》：『五月中得足下書，知道體平安。』康豫：康健，健康。唐張鷟《朝野僉載》卷六：『太宗極康豫，太史令淳風見上，流淚無言。上問之，對曰：「陛下夕當晏駕。」』

〔二〕延譽：播揚聲譽。語出《國語·晉語七》：『使張老延君譽于四方。』

〔三〕一瓣香：猶一炷香。宋陳師道《觀兖文忠公家六一堂圖書》詩：『向來一瓣香，敬爲曾南豐。』

〔四〕陶握老：指陶握山。陶璜，初字黼子，廣州番禺人。

與李非庵

聞台〔一〕來詔，燕又他往，未暇一晤，遂成恨事也。經四宿始至英州〔二〕，出門便艱難如此，然已備嘗之，不覺矣。英石稱天下第一，昨始得至其山〔三〕。山絕高，長數百里，土人言山石經千百年剜劌搜鑿殆盡，無復有佳者。予視其山，峻削鋒陷，荊榛復蒙翳其上，取之固不易得，況天地精英造物亦自愛惜，不肯輕以示人，故知世人所得皆頑塊耳，非佳石也。傳米元章謫浛洭尉〔四〕，去此甚邇，因躬自搜取，久之始於叢荊中得一石，大喜，呼拜其前，稱爲石丈〔五〕，必絕佳者，然已不傳矣。此間砌路甃〔六〕橋，石皆可觀，但無力能致之者。出此則爲金生遥〔七〕，一路密松深竹，甚愜鄙懷。輒疑此中人皆在畫圖中穿衣食飯，惜不知受用耳。窮饑驅人，不知稅駕〔八〕何所。晤期尚遥，暫錄寄此，以當一夕談笑。

【注釋】

〔一〕台：敬辭，用於稱呼對方或與對方有關的事物。如稱『兄台』。蒲松齡《聊齋俚曲集》第十三回《衣錦歸里》：『方二爺說：比舍妹大三歲。又叫一聲二兄台，得開懷處且開懷。』

〔二〕英石：廣東省英德市英山溪中所產的一種石頭，有微青、灰黑、淺綠、灰白等數種顔色。其形如峯巒峻峭，巖穴宛轉，千姿百態。具有『瘦、皺、漏、透』的特點。大者可用來壘迭假山，小者可用來製作几案盆景，頗多奇觀。清屈大均《廣東新語》卷五：『英州爲奇石之藪，其有根者叢起而爲峯，無根者散佈而爲石。石者峯之餘也。峯者山之骨，而石其齒牙也。凡以皺、瘦、透、秀四者備具爲良。其出土者曰陽石，受雨雪多，質堅而蒼潤，扣之清越。入土者曰陰石，則反是。』英山位於英德市中部望埠鎮東部十公里處。《韶州府志》卷十二：『英山，縣東三十里，下爲金山徑，東連蒲嶺。山産奇石，玲瓏縐透，隨舉一拳，皆有幽靜之致。』

〔五〕米元章謫浛洭尉：《宋史》卷四百四十四：『米芾……以母侍宣仁后藩邸舊恩，補浛光尉。』米芾（一〇五一—一一〇七），初名黻，後改芾，字元章。祖籍太原，後遷襄陽（今湖北襄樊市），最後定居潤州（今江蘇鎮江）。北宋書畫家。酷愛奇石。浛洭，地名。隋大業年間置縣，治所在今英德市浛洸鎮。

〔六〕稱爲石丈：明毛鳳苞輯《海嶽志林·拜石》：『元章知無爲軍，見州廨立石甚奇，命取袍笏，拜之，呼曰石丈。言事者傳以爲笑。或語芾曰：誠有否？芾徐曰：吾何嘗拜，乃揖之耳。』《宋史》卷四百四十四：『無爲州治有巨石，狀奇醜，芾見大喜曰：「此足以當吾拜！」具衣冠拜之，呼之爲兄。』

〔七〕甃：砌。《易·井》：『甃無咎。』孔穎達疏『甃，亦治也。以磚壘井，修井之坏，謂之爲甃。』《醒世恒言》三十八卷：『起百尺琉璃寶殿，甃九層白玉瑤台。』

〔八〕金生逕：《韶州府志》卷十二作『金山徑』，在英德縣城東北二〇公里處。東起徑口，西至土倫坪。爲一深切谷地，長五公里。東端徑口外曾是淘金之地，故名。

〔九〕稅駕：猶解駕，停車。謂休息或歸宿。稅，通『捝』、『脫』。《史記·李斯列傳》：『物極則衰，吾未知所稅駕也。』司馬貞索隱：『稅駕，猶解駕，言休息也。李斯言己今日富貴已極，然未知向後吉凶，正泊在何處也。』

與陳崑圃二首

以錢穀賑饑，與以口舌以筆墨賑饑，其功正相等耳。今大約在城饑者十室而二，附城饑者十室而三，居鄉饑者十室而五六。吾輩幸卽不饑，又安可作閉戶人耶？聞上臺〔一〕各議捐賑，賑不賑由上，賑而不公，則吾輩事也。愚意當條一陳款〔二〕，依法行之，使饑民均沾實惠，庶有當耳。夫以筆舌之勞，而爲之不費之惠，宜仁人日夜望而爲之者也。

【注釋】

〔一〕上臺：朝廷。《南史·齊鄱陽王鏘傳》：『鏘以上臺兵力既悉度東府，且慮難捷，意甚猶豫。』

〔二〕陳款：條款。

又

以燕之好飲而無酒，足下不飲而多酒，則不如轉以贈燕，足下免吐悶之苦，燕得軟飽〔一〕之趣，是爲兩樂。不然足下醉而燕醒，成兩苦矣，高明必不以彼易此。

【注釋】

〔一〕軟飽：謂飲酒。宋蘇軾《發廣州》詩：『三杯軟飽後，一枕黑甜餘。』自注：『浙人謂飲酒爲軟飽。』

與友人二首

昨過足下，亦以閒居無聊，欲一縱談天下之事，以豁壯懷。若如尊指云云，則非燕所願聞也。士各有志，若强之以所不樂，雖高軒華冕，甚於拘攣〔一〕，況區區俗計耶？富貴甚欣，而質性〔二〕難化。足下所言皆故事，非今事；亦皆他人事，非吾輩事也。古來英雄人，每欲用奇自豪，不則寧甘頹唐自廢，豈肯向塵顔俗狀中求生活計耶？燕雖非其人，竊有志於此。世未有馬文淵〔三〕尚事家産，而楊越公可使就腐生業也〔四〕。

【注釋】

〔一〕拘攣：拘禁，關押。明朱鼎《玉鏡臺記·蘇獄》：『歎拘攣囚羑里，長夜渾如歲。』

〔二〕質性：資質，本性。《漢書·劉立傳》：『立少失父母，孤弱處深宫中，獨與宦者婢妾居，漸漬小國之俗，加以質性下愚，有不可移之姿。』

〔三〕馬文淵：馬援（前一四—四九），字文淵，扶風茂陵（今陝西興平東北）人。東漢初名將。曾在王莽、隗囂等人手下任職，後歸劉秀。隗囂叛漢，馬援助劉秀平定隗囂。先後任隴西太守、伏波將軍等。在進擊西北羌人、北方匈奴、烏桓，南方蠻夷及交趾等戰爭中建立威名。建武二十四年（四八），病死於南征五溪蠻的軍中。見《後漢書·馬援列傳》。

〔四〕楊越公：指楊素（？—六〇六），字處道，弘農華陰（今陝西華陰）人，少好學有大志。初仕北周，平北齊有功，累官車騎大將軍，加上開府。從楊堅（隋文帝）定天下。率水軍東下攻陳。鎮壓荊州、江南叛隋勢力。以功封越國公，與高熲共掌朝政。楊素多權略智詐，親戚故吏布列清顯，朝臣有違忤者，皆除之。參與楊廣的奪宗陰謀。隋煬帝立，拜太子太師，封楚國公。隋煬帝外示殊禮，内實猜忌。卒謚景武。見《隋書》卷四十八本傳。腐生：迂腐的儒生。《後漢書·李固傳》：「卿曹何等腐生，公犯詔書，干試有司乎？」

又

承示至德推忠孝，固然。然螻蟻亦有知之者，況人類乎？至具絕世之才者，則非天下第一流人不能。管仲不死子糾之難而事桓公〔一〕，爲不忠，孔子置之不論，獨稱其一匡九合〔二〕之功，誠以才難而德易耳。且天下只聞校才〔三〕，不聞校德也。率復，餘不及。

【注釋】

〔一〕管仲（？—前六四五）：管夷吾，字仲，謚敬，故又稱管敬仲。潁上（今安徽潁上縣）人。春秋時期政治家。在齊國公子小白（即齊桓公）與公子糾爭奪君位的鬥爭中，管仲曾支持公子糾。小白取得君位後，不計前嫌，重用管仲：管仲在公子糾被殺之後，輔佐齊桓公，施行改革，使齊國富强，稱霸諸侯。

〔二〕一匡九合：春秋時管仲輔助齊桓公『一匡天下，九合諸侯』，建立霸業。《論語·憲問》：『子曰：「管仲相桓公，霸諸侯，一匡天下，民到於今受其賜。」』又『子曰：「桓公九合諸侯，不以兵車，管仲之力也。如其仁，如其仁。」』

〔三〕校才：考核人才。《晉書·劉頌傳》：『如此不已，則勝任者漸多，經年少久即羣司徧得其人矣。此校才考實政之至務也。』

與黄少涯四首

昨傳足下作《狂簡論》，意似譏燕以狂簡作二人說〔一〕爲非，誠有見也，然亦似泥朱注〔二〕太過耳。朱注之謬語極多，果可據耶？曷不求之本文耶？然兹不具論，論著書大意耳。從來著書人，類皆自抒憤懣，方將是其所非、非其所是以爲快，况以燕之疏慵放誕，而下筆立論尚肯效學究家〔三〕區區詮釋字義而已耶？必不然矣。何不進之於莊周、嵇阮〔四〕間也。

【注釋】

〔一〕燕以狂簡作二人說：見廖燕《狂簡説》（卷十一）。

〔二〕朱注：指《論語·公冶長》：『吾黨之小子狂簡，斐然成章，不知所以裁之。』宋朱熹集注：『狂簡，志大而略於事也。』

〔三〕學究家：指迂腐淺陋的讀書人。清袁枚《隨園詩話補遺》卷六：『李青蓮《嘲魯儒》，有「未行先起塵」之句。余少時云：「張眸始識青盲苦，對面如同學究談。」』

〔四〕嵇阮：指三國魏嵇康與阮籍。兩人詩文齊名，皆以嗜酒、孤高不阿著稱。南朝梁劉勰《文心雕龍·時序》：『於時正始餘風，篇體清澹，而嵇、阮、應、繆，並馳文路矣。』

又

《畫羅漢頌》〔一〕稿共五頁，呈削過，並乞轉致。彼意不欲落款，似不然。款爲美觀，自古名人題寫，未有不落款者。今能手所寫〔二〕佛像，與佛前匾額供器俱有，若以瞻禮〔三〕爲嫌，則落於最後第十八幅內，亦似無礙。不然無故爲無名氏捉刀〔四〕，亦所不欲耳。無妨將此字與此老商之，俟地稍乾，卽過晤也。

【注釋】

〔一〕《畫羅漢頌》：廖燕作見卷十六。

〔二〕寫：畫。北魏賈思勰《齊民要術·園籬》：『旣圖龍蛇之形，復寫鳥獸之狀。』

〔三〕瞻禮：瞻仰禮拜。唐玄奘《大唐西域記·羯若鞠闍國》：『然而瞻禮之徒，實繁其侶；金錢之稅，悅以心競。」

〔四〕捉刀：曹操將接見匈奴來使，自以爲形陋不足以雄遠國，使崔季珪代，自己捉刀立牀頭。會見完畢，使人問匈奴使：『魏王何如？』使答：『魏王雅量非常，然牀頭捉刀人，此乃英雄也。』見《太平御覽》卷四四四引晉裴啟《語林》、南朝宋劉義慶《世說新語·容止》。唐劉知幾辨其非事實，見《史通·暗惑》。後因稱代人作文或頂替人做事爲『捉刀』。

又

別來未久，不覺已兩月有餘，館事耐煩否？懸念殊切。燕所事已成畫餅，備述與陳牧老札內〔一〕，想已洞及矣。何偃蹇〔二〕至是也，置之不足道耳。日坐署中無事，稍藉筆墨消遣，時有忽忽〔三〕之意，亦非筆墨所能盡。間喜出遊，意屠沽草澤〔四〕中，或有異人可與語者，試物色之，竟不可得，豈無其人耶，抑未易識也？昨登鎮海樓〔五〕，胸目一豁，因書一聯其上，頗爲嗜痂者〔六〕所傳誦，與《才子說》〔七〕並呈正。才不才，亦各言其子也〔八〕久矣，不堪發千里一噱〔九〕耶？新詩近得幾許，肯寄示一二否？帖括〔一〇〕一道，百不驗一，徒廢時日，殊堪痛惜。仁兄與燕皆將半百甲子矣，若猶有雞肋〔一一〕之戀，則當作破釜沉舟計。不然，宜別圖所以不朽者，及今爲之亦不爲晚，幸留意何如？舍下〔一二〕無人，專祈留神照看，千里託及，惟此爲急，餘不盡。

【注釋】

〔一〕與陳牧老札：即廖燕《與陳牧霞》（卷十）。信中說到廖燕前往廣州修纂縣志，但尚未動筆，邀請廖燕的主持者突然去世，修志之事於是作罷。

〔二〕偃蹇：困頓，窘迫。《新唐書·段文昌傳》：『憲宗數欲親用，頗爲韋貫之奇詆，偃蹇不得進。』

〔三〕忽忽：失意貌。《史記·韓長孺列傳》：『乃益東徙屯，意忽忽不樂。數月，病歐血死。』

〔四〕屠沽草澤：泛指職業微賤的人。屠沽，亦作『屠酤』。清龔自珍《自春徂秋偶有所觸得》詩之五：『朝從屠沽遊，夕拉騶卒飲。』草澤，在野之士，平民。唐王昌齡《放歌行》：『有詔徵草澤，微臣獻謀猷。』《資治通鑒·後周太祖廣順三年》：『唐草澤邵棠上言。』胡三省注：『布衣未有朝命者，謂之草澤。』

〔五〕鎮海樓：在今廣州市越秀區越秀公園内的越秀山上，又名望海樓，俗稱五層樓。建於明洪武十三年（一三八〇），爲明代廣州城北城牆上的建築。

〔六〕嗜痂者：喜歡吃痂的人，比喻品味怪異的人。典出南朝劉敬叔《異苑》卷十：『東莞劉邕性嗜食瘡痂，以爲味似鰒魚。』

〔七〕《才子說》：廖燕作，見卷十一。

〔八〕才不才，亦各言其子也：語見《論語·先進》：『顔淵死，顔路請子之車以爲之槨。子曰：「才不才，亦各言其子也。鯉也死，有棺而無槨。吾不徒行以爲之槨，以吾從大夫之後，不可徒行也。」』這裏別解爲不管有没有才，都自稱是才子。

〔九〕噱：大笑。《說文·口部》：『噱，大笑也。』

〔一〇〕帖括：唐代科舉制度規定，明經科以『帖經』試士。把經文貼去若干字，令應試者對答。爲便於記誦，考生乃總括經文編成歌訣，稱『帖括』。後以泛指科舉應試文章。明清時亦用指八股文。清顧炎武《三朝紀事闕文序》：『而臣祖故所與往來老人謂臣祖曰：「此兒頗慧，何不令習帖括？」……於是令習科舉文字。』

〔一一〕雞肋：雞的肋骨。比喻無多大意味、但又不忍捨棄之事物。《三國志·魏書》卷一『備因險拒守』裴松之注引晉司馬彪《九州春秋》：『時王欲還，出令曰「雞肋」，官屬不知所謂。主簿楊脩便自嚴裝，人驚問脩：「何以知之？」脩曰：「夫雞肋，棄之如可惜，食之無所得，以比漢中，知王欲還也。」』

〔一二〕舍下：謙稱自己的家。唐李邕《秦望山法華寺碑》：『師以縮屋未可，枕扆乃明，移出樹間，延入舍下。』

又

違教數月，事遂多端。聞有尊札見諭〔一〕，至今尚未得接讀，悵恨不可言。昨得家報，始知三小兒殤亡〔二〕，五內〔三〕摧裂，無可爲諭。緣諸小兒幼弱，出門未免牽掛，今果有此凶信也，爲之奈何？窮愁二字便如膠漆粘連不可解，世未有窮而不愁者，燕不敢辭窮，其敢辭愁耶？此愁又出窮之外也。燕於此中進退維谷，然舍下無人照管，不得不急作歸計，中秋後當圖相見也。前有札奉聞，想已達矣。

【注釋】

〔一〕見諭：猶見教。宋曾鞏《與王介甫第三書》：『《孟子》之書，韓愈以謂非軻自作，理恐當然。則所云「幸能著書者」，亦惟更詳之也。如何？幸復見諭。』

〔二〕三小兒殤亡：三小兒，廖燕續配鄧氏所生第一子，名時兒。因廖燕原配育有二子，故稱。原配二子俱早殤，二女亦於丁巳之亂中先後去世。廖燕《亡妻鄧孺人墓表》（卷十五）：『舉二子俱殤，最後撫二女。』《記學醫緣起因遺家弟佛民》（卷十七）：『先予有二女，爲貧賤骨肉，不幸罹亂，俱染痢疾，因不諳病源，療以熱藥，遂致不起，至今傷之。』《丁戊詩自序》（卷四）：『丁巳五月二日，予避亂南岸土圍內……人畜喧填，穢氣蒸爲癘疫，而予內人與次女相繼死矣，予時亦幾不起。』廖燕續配亦鄧氏，綜合以下材料可知，廖燕續配鄧氏育有五子三女，廖燕去世時，有二子二女送終。其餘皆已離世。清王源《廖處士墓志銘》：『（廖燕）子三：瀛，湘，清。長子庠生，能世其學；湘殤；清幼。二女：追，維。』《灌園帖自跋》（卷十三）：『歲己未春……書此帖付小奚奴，俟時兒長學之。』《哭亡兒湘文》（卷八）：『適值汝妹科秀之變，汝母悲思方切，固無暇他慮。』《有慟》詩（卷二十一）：『百歲今過半，傷心事轉違。』廖燕自注『三兒四兒俱連年遭殤。』

〔三〕五內：五臟，指內心。漢蔡琰《悲憤詩》：『見此崩五內，恍惚生狂癡。』

與范雪村

屢承惠愛，感踰骨肉，違教以來，無日不懸懸〔一〕也。燕前緣事來省，意謂必濟，而一無所成，豈非命乎？昨得三小兒殤信，抱痛不可言。兼家中早租無收，一家絶望，尤爲狼狽。坎坷之人，所遇吉事，皆變爲凶，況灾眚〔二〕並集耶？燕以貧故，屢累知交，今復遇此，不得不再以八口仰累，月餘燕即歸矣。惟仁兄雲天高誼，必不肯作越人肥瘠〔三〕視也。方寸已亂，不知所爲。千里急懇，淚隨墨墮，幸垂哀察。

【注釋】

〔一〕懸懸：惦念貌。漢蔡琰《胡笳十八拍》：『身歸國兮兒莫知隨，心懸懸兮長如飢。』

〔二〕災眚：災殃，禍患。《易·復》：『上六，迷復，凶，有災眚。』孔穎達疏：『「有災眚」者，闇於復道，必無福慶，唯有災眚。』

〔三〕越人肥瘠：比喻痛癢與己無關。語本唐韓愈《爭臣論》：『視政之得失，若越人之視秦人之肥瘠，忽焉不加喜戚於其心。』明童冀《送王明府序》：『前後長是邑者非一人，其視民之困苦漠焉，若秦人之視越人肥瘠也。』

與劉心竹

燕見人家藏書，裝潢齊整，歷年猶新，如未手觸然者，間有圈點，亦皆微細工緻，不知何意？此豈好潔惜書，蓋自己不能讀，留與子孫好賣耳。燕頗有潔癖，房齋几席，皆親灑掃，獨書翻閱潦草，皆用濃朱重圈，或爛墨禿筆評點縱橫，字復槎枒〔一〕飛舞可笑；或對酒閱次〔二〕，筆墨不便，即將箸蘸酒圈批，酒痕直透紙背，或有濕爛者，蓋一時興會所至。書與我意適相值，故不暇顧惜擇取，且待顧惜擇取，亦不復需此也。此雖癖性近是，然吾輩善讀書人，每多如此，不惜書，方善惜者。若留與子孫好賣，此直不肯惜耳。足下借閱，遇得意處，或有可訾議〔三〕者，無妨大圈細批。我既熟讀，又與友人共讀，不肖子弟復無從得賣，天下事未有快如是者。只恐作爛紙秤與人，與作炊飯換煙用者，可奈何？反讓留與好賣者，與子孫多得幾文錢，又非復我之所慮得耳。附聞一笑。

【注釋】

〔一〕槎枒：樹木枝杈歧出貌。這裏形容錯落不齊之狀。唐劉禹錫《客有爲余話登天壇遇雨之狀因以賦之》：『滉瀁雪海翻，槎牙玉山碎。蛟龍露鬐鬣，神鬼含變態。』

〔二〕閱次：閱讀。宋釋普濟撰《五燈會元》卷十八：『問此經幾卷，曰「三卷」，乃借歸閱次。向氏問看何書，公曰：「《維摩詰所説經》。」』

〔三〕訾議：非議，議論、指責人的缺點。漢桓寬《鹽鐵論·詔聖》：『瞽師不知白黑而善聞言，儒者不知治世而善訾議。』

與羅仲山〔一〕

弟此行以得瞻顔色爲幸，況兼醉酒飽德之隆，實出望外也。一詩志喜並謝，書之箑〔二〕上者代箋耳，非敢云將敬也。適敝友〔三〕託買毛茶，訪之數日，俱不得佳者，且價值極昂，兼之真僞混雜，弟酒人，只識杯中物耳，實不敢遽向盧仝唐突〔四〕也。聞產西山者佳，然考之邑志，俱不見載，何耶？但詢貴鄉人，僉云如丁香脚，採之清明前者爲上品，然皆不得其詳。吾兄生長茶鄉，必得此中三昧〔五〕，儻茶與價相應者，乞先爲指示，以便奉價轉發，但以必得真者爲囑。餘不次。

【注釋】

〔一〕羅仲山：清初廣東樂昌人。參見廖燕《壬申夏初抵樂昌喜與羅仲山話舊》（卷十八）。

〔二〕箑：扇子。《淮南子·精神訓》：『知冬日之箑，夏日之裘，無用於己。』高誘注：『箑，扇也。楚人謂扇爲箑。』

〔三〕敝友：猶言我的朋友。敝，謙辭。

〔四〕盧仝（約七九六—八三五）：號玉川子，濟源人。唐代詩人。初隱少室山，後居洛陽。愛茶成癖，作有《茶歌》。甘露之變時，因留宿宰相王涯家，被誤殺。有《玉川子詩集》。見《新唐書》卷一百八十九韓愈傳附、南宋計有功編《唐詩紀事》卷三五。唐突：冒犯，褻瀆。《後漢書·孔融傳》：『禿巾微行，唐突宫掖。』

〔五〕三昧：佛教用語，梵文的音譯。意爲止息雜念，使心神平静，是佛教的重要修行方法。後借指事物的要領，真諦。宋陸游《示子過》：『正令筆扛鼎，亦未造三昧。』

與顧芸叟

前客端州數日，即具札候，想已寄及矣。四月初旬，始得旋韶，每思高誼，寤寐爲勞。聞嗣君某仙遊，甚爲傷感。思欲壽之以文，雖與死者無益，然生平大節，或可藉此以傳。遲日當爲文以祭，並墓表志銘，燕皆任其責，使文或可傳，庶幾遇之於千百年後耳。老伯以暮年值此，自難爲懷，但須以孔聖、伯魚〔一〕相況，庶可節哀强飯也。餘惟自愛，不一。

【注釋】

〔一〕伯魚：孔鯉（前五三二—前四八三），字伯魚。春秋時魯國陬邑人。孔子之子。年五十死，時孔子七十歲。《史記·孔子世家》：『孔子生鯉，字伯魚。伯魚年五十，先孔子死。』

與陳牧霞

違別未久，佳況想當勝常，遥瞻爲慰。弟此行又成畫餅，縣志尚未動筆，此公已先賦玉樓〔一〕，湊合之巧，莫此爲甚。造物算盤，似於弟不差一子，亦可謂奇矣。予其如造物何哉！然此中亦有造物算不著處，前事付之一笑而已，不足掛懷也。

寓所與朱藕老近，時過一談，酒墨間作，亦足爲樂。但恨仁兄不在，少了幾番懽笑耳。孫悟空在八卦爐中得巽門〔二〕一躲，諸火便燒不着。著書飲酒，亦吾輩巽門也。造物還能算得否？舍下事，專祈照看，緣小兒尚幼，甚煩内顧，未免兒女態，然人情大抵然耳。臨楮曷勝歎仰。並候，不既。

【注釋】

〔一〕賦玉樓：文人早死的婉詞。唐李商隱《李賀小傳》：『長吉將死時，忽晝見一緋衣人，駕赤虬，持一板書，若太古篆或霹靂石文者……緋衣人笑曰：「帝成白玉樓，立召君爲記。」』

〔二〕巽門：指東南方的門。古人將八卦與方位相配，其中後天八卦以巽配東南。《易·繫辭傳》：『萬物出乎震。震，東方也。齊乎巽，巽，東南也。』

復友人

接手教，備悉佳況。上人〔一〕見援，捷如弄丸，其效可立覩也。藝術〔二〕當以此爲第一，所謂無位而貴，無祿而富者，非耶？佛民先我而爲，足下又先佛民而得，效尤可羨耳。聞陳友客途被盜，推惠周急，足見至誼。貧富苦樂，生死與共，方見吾輩厚道。弟不敢望之他人，願與足下共守此語。

【注釋】

〔一〕上人：對僧人的尊稱。《釋氏要覽·稱謂》引古師云：『內有德智，外有勝行，在人之上，名上人。』

〔二〕藝術：泛指六藝以及術數方技等各種技術技能。《後漢書·伏湛傳》：『永和元年，詔無忌與議郎黄景校定中書五經、諸子百家、蓺術。』李賢注：『蓺謂書、數、射、御，術謂醫、方、卜、筮。』

與譚謬人

承諭易名謬，欲燕定字，因字曰謬人，並跋語書上。此字妙在不可解，文莫佳於不可解，而只覺其妙，短文尤甚。古今文章，自千百字以至一二字，如題額命名之類，愈短愈難。此一二字，便抵過一篇大文，不可解之勝於可解也，盡與不盡之分耳。此語惟深於文章甘苦者知之，並正不一。

與謝小謝

苦饑數日，昨買得米一石餘斗，計之可作一月糧，心中便津津然，謂可得一月無慮，正好作文字消遣。但苦無題目可做，因念僕得如此閒暇，皆賴貧中之力，不然，使僕得富貴，米糧固無慮，然便有許多富貴事叢集，卽應對賓客不暇矣。雖有題目，尚得暇作文字乎？然僕雖貧，文字頗富。人言窮忙，正坐〔一〕無文字耳，今守錢奴多不識字，焉知不貧，正不欲以彼易此耳。足下貧不勝僕，想當欲識此貧味，因不吝書獻，亦當一劑寬脾湯，幸納勿却。

【注釋】

〔一〕坐：因爲，由於。唐杜牧《山行》：『停車坐愛楓林晚。』

寄家弟佛民三首

八月中曾寄一札，並託寄鄭同虎札，想已寄到。令慈康健，家中少事，可不慮。燕所事差竣，稍可放懷飲酒，但館事猶羈耳。

舊邑令談定齋先生不知於何處得覩拙刻，逢人讚賞，謂可與太史公埒〔一〕，此或譽言。至論予文多用險筆仄筆，則非世人之所及知，而亦爲予胸中獨得未嘗告人之語也。嘗論險筆仄筆爲文章家所急留心者，《左傳》、《公》、《穀》、太史公固無論，至唐、宋大家惟王荆公〔二〕能之，其餘韓柳〔三〕間用之，然已罕及矣。談公爲當今古文名手，宜其深知之。其《改壽丘山爲聖像山説》二篇絶佳，真韓柳文字，目中不見此文久矣。當斯道衰敝之時，而得遇斯人斯文良非易易〔四〕。又爲舊邑父母，至此始得一晤，爲喜惜交集耳。

文章師友，俱爲吾輩性命之物，故千里談及之，想亦佛民所喜聞者。無題詩佳甚，可便刻寄示。無日不望歸來。

【注釋】

〔一〕埒：等同，並立，相比。《史記·平準書》：『故吳諸侯也，以卽山鑄錢，富埒天子。』

〔二〕王荊公：即王安石。

〔三〕韓柳：唐代古文家韓愈和柳宗元的並稱。宋歐陽脩《唐柳宗元般舟和尚碑跋》：『子厚（柳宗元）與退之（韓愈），皆以文章知名一時，而後世稱爲韓柳者，蓋流俗之相傳也。』

〔四〕易易：很容易。《禮記·鄉飲酒義》：『吾觀於鄉，而知王道之易易也。』

又

六月□□已至家，無恙。二十二日阿三歸，接手教，並蒙接刻板書本，甚爲喜幸。念非骨肉至誼，未肯如此周洽也。紙料精好，字畫亦少誤，但所寄二十五本，只得二十三本，想途間失之耳。年來窮怕，誠如所諭，然窮亦有用得着處，非故爲飾説，佛民久自知之。然予目今猶或怯此，殆未易言也。

石灣窰〔一〕一變奇甚，殆地氣所轉，其中多有勝似處州〔二〕者，但款製稍劣，能稍倣宜興〔三〕便更佳可傳。歸舟便次，可買花盆一二具，或淺小可盛水石者，餘不囑。

【注釋】

〔一〕石灣窰：位於今廣東省佛山市禪城區石灣街道，始於宋代（一説始於唐），極盛於明清兩代。清屈大均《廣東新語》卷十六：『南海之石灣善陶，凡廣州瓦器皆出石灣。』『石灣多陶業，陶者亦必候其工而求之。其尊奉之一如冶，故石灣之陶遍兩廣。旁及海外之國。諺曰：石灣鋼瓦，勝於天下。』清瑞麟、戴肇辰等修、史澄等纂《廣州府志》卷十六：『陶瓦器，出石灣……郡人有「石灣瓦，甲天下」之謠。』

〔二〕處州：今浙江省麗水市。隋開皇九年（五八九）於其地置處州。處州龍泉縣出產瓷器，稱爲龍泉窯。所產爲青瓷，土細質厚，色蔥翠，釉彩多碎紋。明曹昭王佐《新增格古要論・古窯器論・古龍泉窯》：『古龍泉窯，在今浙江處州府龍泉縣，今曰處器、青器、古青器，土脈細且薄，翠青色者貴。』清程哲《窯器說》：『龍泉窯出浙江處州龍泉縣，與哥窯共一地道，宋時名曰青瓷明窯。移處州府，處州青色土垩，火候較舊龍泉質劣，古器質薄。』清阮葵生《茶餘客話・瓷器》：『章窯乃宋人章生兄弟所燒，兄名生一，弟名生二，其製更加精密。兄陶者爲哥窯，弟陶者仿古龍泉窯，足皆鐵色。哥窯多斷紋，多百圾坡，更見重於世。』

〔三〕宜興：今江蘇省宜興市，隸屬無錫市。是著名的陶都。所產的陶制茶壺，相傳始於明萬曆年間，以製作精美著稱。明周高起著《陽羨茗壺系》：『壺於茶具，用處一耳……近百年中，壺黜銀錫及閩豫瓷，而尚宜興陶，又近人遠過前人處也。陶曷取諸？取諸其制，以本山土砂能發真茶之色香味，不但杜工部云「傾金注玉驚人眼」，高流務以免俗也。至名手所作，一壺重不數兩，價重每一二十金，能使土與黃金爭價。』

又

久處甕牖〔一〕，昨始出門，見郭外草青樹綠，心目爲之一爽。今住南岸村〔二〕，了此又當他適。口足爲勞，夜復驚盜，彼中人恬不爲怪，則習不習之異也。村傍即雙下溪〔三〕，昨食溪魚，佳甚，與大河所産迥别，生平似未及嘗者。此溪出猺山〔四〕高源，下合乳水〔五〕入大江，水勢淺急，沙石雜錯，遇巨石阻激，則迴流漩澓〔六〕，鬱爲深潭，爲魚穴藪。住溪人皆善捕魚，月夜，裸體坐急流上候魚過，魚性喜逆流搶生，伺近身，以手按之輒得，頃刻可數十頭，謂之坐灘。所産魚屬皆佳，所稱楊妃魚尤美，長不過五寸，圓身膏肉，傳楊妃所喜者，妄。又言此魚出洋洄坑〔七〕，坑有巨穴，莫測其源，春漲盛至，則魚從穴出，遇秋復入，味更肥美，以多食鮮故耳。魚固佳，洋洄坑名亦雅。此坑與雙下溪相接，但予未履其境，故不得詳。洋洄與楊妃音相似，理或然也。邑志皆未載，以此知天下所遺者多矣。催逋〔八〕稍暇，記此散懷，並寄回。一笑。

【注釋】

〔一〕甕牖：以破甕爲窗，指貧寒之家。

〔二〕南岸村：爲曲江縣鳳沖都屬村，即今韶關市武江區龍歸鎮南岸村，因位於江灣河南岸，故名。見《曲江縣志》卷七。

〔三〕雙下溪：今江灣河，爲南水支流。《曲江縣志》卷四：『雙下水，城西五十里，二澗下流合而爲溪。南流三十里合東江。』

〔四〕傜山：瑤山，舊稱西山。在韶關市西北。東起樂昌縣樂城鎮和乳源瑤族自治縣楊溪村，西至樂昌縣秀水，南起乳城鎮，北隔武江谷地接九峯山。主峯狗尾嶂。爲瑤族主要聚居地，故名。

〔五〕乳水：即南水。源於今乳源瑤族自治縣五指山安墩頭，東流經乳城，至曲江孟洲壩注入北江。長一百里。《曲江縣志》卷四：『瀧水，城西南五十里，源出乳源縣，東南流入縣境，會江灣水，南流逕扁石山，又東南流會溱水。』《韶州府志》卷十三：『洲頭水，一名大溪，縣治南，源出梯雲山下，東流經瀧尾至城南，又東流八十里，至曲江縣虎榜山水口入江。』

〔六〕漩澓：水旋轉回流。宋蘇頌《觀潮三首》之二：『縱使風波能鼓怒，終歸漩澓作澄淵。』

〔七〕洋洄坑：未詳。

〔八〕催逋：催債。宋方岳《秋崖集·再用韻》：『寄子梅花逢驛使，敗人詩興苦催逋。』

與友人

足下圖章古甚，精之可亂秦漢。如僕輩不能邀惠數方，顧反多爲卿自難記之人〔一〕鐫姓名。彼輩在世上，古人尚不肯記之，況鐫之耶？粗礫不堪驅使，但欲姓名託佳刻不朽耳。世間法書〔二〕名畫，若幸落吾輩手，皆須位置〔三〕得宜。佳刻，法書流也。足下佳刻置僕姓名中，僕姓名得置足下佳刻中，宜莫宜於此者，此卽古人爲己爲人之妙理。僕雖不及何劉沈謝〔四〕，將無及卿自難記之人耶？一笑。

【注釋】

〔一〕卿自難記之人：宋黄朝英《靖康緗素雜記》卷八：『《劉夢得嘉話》云：「許敬宗性輕傲，見人多忘，或謂之不聰。敬宗曰：「卿自難記，若遇何劉沈謝，暗中摸索著亦可識之。」』

〔二〕法書：名家的書法範本。北齊顔之推《顔氏家訓·雜藝》：『吾幼承門業，加性愛重，所見法書亦多，而翫習功夫頗至，遂不能佳者，良由無分故也。』

〔三〕位置：品評，分别高下。《魏書·穆子弼傳》：『（子弼）有風格，善自位置。』

〔四〕何劉沈謝：南朝梁何遜、劉孝綽、沈約和南朝齊謝朓的並稱。四人均爲著名文學家。宋黄朝英《靖康緗素雜記》卷八：『案《梁書》，何遜、劉孝綽並見重於世，世謂之何劉。又沈約、謝朓亦有詩名。』

與胡髯翁〔一〕

承諭堂名，思之未得佳者。今試擬『聽劍』，頗覺神似。古英雄所用劍，懸在壁間，常聞嘯響，風雨雷電時尤甚。不平之氣激而爲聲，雖在無知之物且然，況吾輩乎？然難乎其爲聽者，堂取斯義，於足下雄姿爲尤宜。劍嘯於壁，拂髯聽之，真成一幅絶妙出色英雄聽劍圖。更倣此意，寫一影照，懸之堂上，誠奇觀也。不嫌並書納上。

【注釋】

〔一〕胡髯翁：廖燕之友。參見廖燕《題聽劍堂跋》（卷十三）。

與吳大章

前辭省署還里，急欲一晤，值駕有洭水〔一〕之行，甚爲悵悵。屢承惠賜，深荷存注〔二〕，遙審近況佳勝，但聞其地少美醞〔三〕良友，爲旅寓一大缺陷事。然韶酒雖遠，舟行數日可至，若韻士高流，雖居通邑大都，亦未易數數見也。目前佳山佳水，舉杯時更以《漢書》下之〔四〕，不猶勝俗子萬萬耶？

弟已來英州，所寓廠〔五〕中，門前卽大江，山翠與波光擁戶而入，煙帆上下，行人隱隱籬外，便作畫圖中想。旅寓得此，自謂頗佳，不敢獨享，幸肩輿〔六〕一過，畫圖中海闊天空，尚可分席而坐也。專候車音，以慰渴想。

【注釋】

〔一〕洭水：今連江。古稱洭水、湟水、黄連水等。源於連州市三姐妹峯，東南流經連州、陽山、英德等縣（市）境，于連江口注入北江。爲北江最大支流，長二七五公里。《韶州府志》卷十三：「洭水出桂陽縣盧聚山……又南出洭浦關爲桂水，出關右合溱水，謂之洭口。《山海經》謂之湟水。」

〔二〕存注：關注，注意。前蜀杜光庭《王宗瑑等下會醮六甲籙詞》：「三元四始之辰，香燈或闕；五臘六陽之會，存注莫專。」

〔三〕美醞：美酒。清毛奇齡《過桃源作》：『當壚多美醞，不醉奈愁何。』

〔四〕以《漢書》下之：元陸友仁《研北雜志》卷下：『蘇子美豪放不羈，好飲酒。在外舅杜祁公家，每夕讀書，以一斗爲率。公深以爲疑，使子弟密覘之。聞子美讀《漢書·張良傳》，至「良與客狙擊秦皇帝，誤中副車」，遽撫掌曰：「惜乎，擊之不中！」遂滿飲一大白。又讀至「良曰：始臣起下邳，與上會於留，此天以授陛下」，又撫案曰：「君臣相遇，其難如此！」復舉一大白。公聞之，大笑曰：「有如此下酒物，一斗不爲多也。」』

〔五〕廠：棚舍，沒有牆壁的簡易房屋。《齊民要術·養羊》：『架北牆爲廠。』

〔六〕肩輿：轎子。《資治通鑒·晉紀八》：『導使睿乘肩輿，具威儀。』胡三省注：『肩輿，平肩輿也，人以肩舉之而行。』

復茹仔蒼明府〔一〕

昨晨過謁，不得一晤爲悵。隨接翰教，始悉曲折，兼承慰譽，益增汗顏。

詩古文詞一道，自元明迄今寥寥欲絕，雖有作者，然多不厭所聞。近世獨寧都魏凝叔、北平王崑繩〔二〕足以當之，燕讀其書，知其人真起衰霹靂手〔三〕也。大抵斯道秘密，非深得讀書三昧者，莫可與言。世人誤以牢記八股便算讀書，偶得及第顯榮便算善讀書人，天下豈復有真讀書種子者？即此已不知，尚遑問其千秋之業耶。然使欲於此而乘時興起焉，正非他人所得而任其責耳。

燕前聞盛名，神交已久，頃於市肆得親尊纂《王會新編》〔四〕，倍愜宿懷。若得全集讀之，喜復何如也？方擬飽聆謦欬〔五〕，忽傳榮旆〔六〕逼於東旋，菀結何似，未卜可再寬時日，少罄衷曲否？因雨阻，報候稍遲，幸宥。不盡。

【注釋】

〔一〕茹仔蒼：茹鉉，字仔蒼，山陰（含今浙江紹興市越城區、紹興縣各一部分）人。康熙三年（一六六四）進士。康熙十三年任廣東瓊山縣知縣。著有《王會新編》。見清王贄等修、關必登纂《瓊山縣志》卷六，清李亨特總裁、平恕等修《紹興府志》卷七十七。明府：漢魏以來對郡守牧尹的尊稱。漢亦有以『明府』稱縣令的。唐以後多用以專稱縣令。

〔二〕北平：北京市舊稱。秦漢爲右北平郡地，晉隋爲北平郡地，故稱。王崑繩：王源（一六四八—一七一〇），字崑繩。一字或庵，直隸大興（今北京市）人。康熙三十二年舉人。初從魏禧學古文。晚年師事顔元，爲顔李學派的重要人物。著有《平書》、《居業堂文集》等。《清史稿》卷四百八十有傳。

〔三〕霹靂手：才思敏捷，聲名很大的人。明趙崡《唐少林寺碑》：『下方則裴懿公漼撰述寺之始末並書，漼負文筆，號霹靂手。』

〔四〕《王會新編》：清茹鉉著。是一部地理學著作。

〔五〕謦欬：咳嗽。這裏借指談笑，談吐。《莊子·徐無鬼》：『夫逃空虛者，藜藋柱乎鼪鼬之逕，踉位其空，聞人足音跫然而喜矣，又況乎昆弟親戚之謦欬其側者乎？』成玄英疏：『況乎兄弟親眷謦欬言笑者乎？』

〔六〕棨旆：舊指官員出行時的旗幟或儀仗，這裏藉以敬稱出行的官員。旆，泛指旌旗。

與鄭思宣

吳門〔一〕歸來，依然故我，福薄之人，任是神仙點化，亦化不得這副窮骨頭，況他人乎？然已安之如命矣。惟文字之緣未易剷除，儻得衣食粗足便可了此一著，但不知造物肯成就否？傳有貧士日焚狀，仰訴上帝，忽一日天神空中語曰：『汝欲何爲？』貧士對曰：『臣不敢妄希富貴，但求飽食煖衣，長得無事足矣。』天神大笑曰：『此上界神仙所享之福，汝安得有此？』富貴或易易耳，燕豈欲求此而不可得者耶？近狀如是，聊奉聞，一笑。

【注釋】

〔一〕吳門：指蘇州或蘇州一帶。爲春秋吳國故地，故稱。宋張先《漁家傲·和程公闢贈別》詞：『天外吳門清霅路，君家正在吳門住。』

復李非庵

高士可爲而不可爲，然燕非高士也，常受高士之累。於陵子〔一〕有祿萬鍾而不食，而食井上之李，燕則拙於謀生耳，固不敢務虛名而受實禍也。

【注釋】

〔一〕於陵子：戰國時隱逸之士。或謂即陳仲子。《史記·魯仲連鄒陽列傳》：『於陵子仲辭三公爲人灌園。』裴駰集解：『《列士傳》曰：楚於陵子仲，楚王欲以爲相，而不許，爲人灌園。』司馬貞索隱：『《孟子》云陳仲子，齊陳氏之族，兄爲齊卿，仲子以爲不義，乃適楚，居於於陵，自謂於陵子仲。楚王聘以爲相，子仲遂夫妻相與逃，爲人灌園。《列士傳》云字子終。』

與黃少涯二首

吾兄公車〔一〕北上，知祖餞〔二〕者必多，幸先過我，一杯賀別。從此身爲朝廷所有，固吾輩之喜，但欲復作布衣草野之樂，正恐不可多得耳。

【注釋】

〔一〕公車：漢代以公家車馬遞送應徵的人，後因以『公車』爲舉人應試的代稱。明王晫《今世說·雅量》：『（李夢蘭）弱冠舉孝廉，公車不第，策蹇南歸，務益砥礪讀書。』

〔二〕祖餞：餞行。《後漢書·文苑傳下·高彪》：『時京兆等五永爲督軍御史，使督幽州，百官大會，祖餞於長樂觀。』

又

承索菊花，但白者已闌珊〔一〕，惟黄者尚可耐數日賞，便可著盛伻〔二〕擕去，並帶花盆一二具來，又好放來年債也。若欲瓶翫〔三〕，更折數枝納上。

【注釋】

〔一〕闌珊：凋殘，零落。唐曹唐《小遊仙詩》之十一：『南斗闌珊北斗稀，茅君夜著紫霞衣。』

〔二〕伻：使者。《書·洛誥》：『伻來，以圖及獻卜。』孔傳：『遣使以所卜地圖及獻所卜吉兆來告成王。』

〔三〕瓶翫：將花插在瓶中賞玩。

與朱一士〔一〕

違別以來，備悉起居佳勝。前承翰教，忙未卽答，抱歉何似。令叔藕男先生仙逝，乃在粤西瘴癘之鄉，此在俗情或以不及首丘〔二〕爲嫌，然以高人處之，當無不可。第吾輩知己無多，今復失一良友，以斯爲足慨耳。何時移柩還里，幸預示之，欲爲一詩以告逝者。生平不輕下淚，茲則淚隨墨墮也。臨紙悵惘，不盡欲言。

【注釋】

〔一〕朱一士：江西廬陵（含今江西吉安市吉州區、青原區、吉安縣）人，朱藕男侄。

〔二〕首丘：比喻歸葬故鄉。語出《禮記·檀弓上》。

與四無上人〔一〕

不履名刹已二十餘載，松風竹影，時入夢想。每欲策杖重遊，輒爲塵網所阻，悵愧如何。聞道履清勝，喜慰無量。何時冰雪洗心，煙霞染袂，與吾師了此一段世外清緣，方不負此一生耳。敝友章偉人酷愛秋海棠〔二〕，城中絕少此種，知法苑〔三〕廣植，託燕轉求。但此花嬌脆可喜，然亦最難得活，幸兼宿土移栽方可。儻燕亦得沾惠，尤喜出望外也。

【注釋】

〔一〕四無上人：清初曹溪南華寺僧。參《暮春寓曹溪同陳崑圃黄少涯釋四無西山採茶》（卷十九）、清馬元、釋真朴《重修曹溪通志》卷八。

〔二〕秋海棠：多年生草本植物，地下莖球形，葉子斜卵形，葉背和葉柄帶紫紅色，花淡紅色。供觀賞。

〔三〕法苑：佛教語，佛法所在之處，即寺院。南朝梁蕭統《講解將畢賦三十韻詩依次用》：『法苑稱嘉柰，慈園羨修竹。』

與劉五原

陳五峯〔一〕來自仁邑，道及高誼，無由把臂一暢狂歌痛飲之樂爲悵。丹霞山爲吾郡名勝，自澹公〔二〕開闢以來，而山志未及成書，私心每以爲念。今得老兄以如椽大筆點綴山光，莊嚴法界，結此一段世外奇緣，匪惟山靈色喜〔三〕，即燕往來作壁上觀〔四〕，亦無不爲之讚歎功德於無窮也。拙詠聞已錄入，使鄙人亦得掛名其上，尤意外之慶耳。昨與友人復遊此山，作得遊記一篇，並求刪定付刻，更感不朽之德，所謂一日千秋〔五〕者非耶？

承委序尊集，不敢辭，然必得老兄生平梗概，節取成文，庶幾使他人見之，知爲五原詩序，非他人詩序；知爲燕作五原詩序，非他人作五原詩序也。如何如何，幸有以復我。

【注釋】

〔一〕陳五峯：清初人，生平不詳。或指陳世英，字人傑，號石峯。湖南新田人。康熙二十三年（一六八四）

舉人。康熙三十七年任廣東仁化知縣，在任期間主持纂修了《丹霞山志》。見民國何烱璋修、譚鳳儀纂《仁化縣志》卷四，清黄應培等修、樂明紹等纂《新田縣志》卷八，清陳世英修《丹霞山志》魯超序、陳世英序。

〔三〕澹公：指澹歸和尚。

〔四〕色喜：臉上流露喜悦。《元史·陳顥傳》：『每出一卷，顥必拾而觀之，苟得其片言善，即以寘選列，爲之色喜。』

〔五〕作壁上觀：原指雙方交戰，自己站在壁壘上旁觀。後多比喻在局外旁觀。語出《史記·項羽本紀》：『諸侯軍救鉅鹿下者十餘壁，莫敢縱兵。及楚擊秦，諸將皆從壁上觀。』

〔六〕一日千秋：比喻意義重大。清張廷玉等修《明史·曾亨應傳》：『（亨應）遂見執，並執其長子筠。亨應顧筠曰：「勉之，一日千秋，毋自負。」』

與周象九四首

一別數月，時切殷殷。拙稿刻工將竣，皆仗高誼，方能成就至此。當今友誼不可復問，贈貧士以金，已屬罕見，況代貧士刻布詩文，比贈金更踰百倍。蓋贈金可救一時之急，而詩文流傳不朽，尤世世食德〔一〕無涯也。燕生平有三願：刻稿一，遠遊一，營別墅一，今已了却一願，餘徐圖之。儻得苟完，便可閉戶終老矣。然此事亦不易，豈所云聊作此想者耶？一笑並謝。

【注釋】

〔一〕食德：謂享受先人的德澤。語本《易·訟》：『六三，食舊德。』唐杜甫《奉送蘇州李長史丈之任》詩：『食德見從事，克家何妙年。』

又

遊吳數月，得病得苦，與問一徒罪〔一〕無異。今則徒滿還家耳，然亦可了却浪遊之念也。舍下屢承周急，闔〔二〕室戴德，卽朋輩猶代爲感激，况身受者耶？閒中輒作妄想，安得仁兄千百輩，處處作逆旅主人，使燕樂而忘返，天下固無此如意之事也。福薄之人，動見掣肘〔三〕，胸中無不芥蒂〔四〕，然以道眼視之，未免隨境爲悲喜，又益增愧耳。自此以往當作閉戶計，著書飲酒以餞餘年，此外更無他望。雖後來事未可知，然且安閒得一日是一日也。如何如何？滿擬躬謝，奈賤恙尚未痊可，聞駕亦有端水〔五〕之行，菊花前後，當圖晤悉。不旣。

【注釋】

〔一〕徒罪：徒刑之罪，這裏泛指罪罰。

〔二〕闔：全，總。《漢書·武帝紀》：『今或至闔郡而不薦一人。』

〔三〕掣肘：從旁牽制。語出《呂氏春秋·具備》：『宓子賤治亶父，恐魯君之聽讒人，而令己不得行其術也。將辭而行，請近吏二人於魯君，與之俱。至於亶父，邑吏皆朝，宓子賤令吏二人書。吏方將書，宓子賤從旁時掣搖其肘；吏書之不善，則宓子賤爲之怒。吏甚患之，辭而請歸……魯君太息而歎曰：「宓子以此諫寡人之不肖也。」』

〔四〕芥蒂：細小的梗塞物。比喻積在心中的怨恨、不滿或不快。宋蘇軾《與王定國書》：『今得來教，既不見棄絕，而能以道自遣，無絲髮芥蒂。』

〔五〕端水：或稱端溪，即今西江，在廣東省西部，珠江主流。上源南盤江，源於雲南省曲靖市馬雄山。流經雲南、貴州、廣西等省（區）後，于封開縣大園村西側流入廣東省。清屠英等修、胡森等纂《肇慶府志》卷二：『西江在（肇慶府）城南，西江卽鬱水也。自廣西梧州府蒼梧縣流入封川縣……在封川縣曰錦水，在德慶州曰大江，在高要縣曰端溪。異名而源同者也。』

又

違教已復半載。每英邑〔一〕人來，便詢近況，佳勝爲慰。頃接手教，似亦有不能釋然者，何也？敝邑有富某，家忽中落，愁歎不已。或慰之曰：『某亦窮人，亦過了日子，公何若乃爾？』某應曰：『汝是窮慣的，吾乃暴窮，故不得不愁耳。』衆爲之失笑。今燕是個慣窮行家，却被此老一口道著，令我翻案不得。若老長兄偶不得意耳，行將跨鶴回揚〔二〕也，豈亦有暴窮之慮耶？

燕近病疥，又苦酒風脚〔三〕，不能出門一步，真成行不得哥哥〔四〕矣。然亦無可如何，只得如看稗官野史一回，急切不明，且聽下回分解。吾兄聞此，想應捧腹也。

【注釋】

〔一〕英邑：指今廣東省英德市。

〔二〕跨鶴回揚：比喻重新回復到得意的狀態。語出南朝梁殷芸《小説·吴蜀人》：『有客相從，各言所志，或願爲揚州刺史，或願多貲財，或願騎鶴上升。其一人曰：「腰纏十萬貫，騎鶴上揚州。」欲兼三者。』

〔三〕酒風腳：一種疾病。此病發時腿足腫痛難忍，因飲酒過多所致。清何克諫《生草藥性備要·大楓艾》：『味苦，性辛。祛風消腫，活血除濕。治跌打。一名牛耳艾。敷酒風腳亦佳。』

〔四〕行不得哥哥：模擬鷓鴣的鳴叫聲，用以表示行路的艱難。明李時珍《本草綱目·禽二·鷓鴣》：『鷓鴣性畏霜露，早晚稀出，夜棲以木葉蔽身，多對啼，今俗謂其鳴曰：「行不得也哥哥。」』亦作『行不得哥哥』。這裏雙關指不能行走。

又

一别數載，依然故吾，惟賺得一頭霜雪，爲近日稀奇事，堪爲老長兄道者此耳，餘俱不足問也。近況何似？無由一晤以敘間闊〔一〕，奈何！目前欲續刻拙稿，來省雇匠回韶開板。今暫寓東莞，爲募刻資之計。若回省時，尚有幾日耽閣〔二〕。

每念高情雅誼，愧無以報。因思前曾許作令先君墓志銘，不可不踐此約。文以人傳，而人亦以文傳。燕作得此一篇文字，爲地下人以垂不朽，亦所以報足下也。但須先示一節略，方可動筆，文成便付剞劂〔三〕矣。幸速惠音爲荷〔四〕。

【注釋】

〔一〕間闊：久別，同「契闊」。宋施宿等撰《會稽志·送迎》：「會稽之俗，篤厚交親。迎則敘間闊，送則惜暌異，觴豆迭進，往往竟日。」

〔二〕耽閣：停留，亦作「耽擱」。《水滸傳》第三十九回：「如今小弟不敢耽擱，回去便和人來捉你。」

〔三〕剞劂：雕板，刻印。明周履靖《〈錦箋記〉題錄》：「剞劂生涯日，詩書藝業長。」

〔四〕爲荷：書信及公文慣用語，表示承情感謝之意。清施閏章《寄沈姑山先生之二》：「是留悔於没齒而貽譏於來世也，惟夫子稍出一二示之，行當裹糧來矣。漆夫未敢冒昧通啓致聲爲荷。」

與王也癡

去歲客吳四閱月〔一〕，輒爲病魔所苦，水土不服甚於煙瘴。復值陳敝公祖之變〔二〕，狼狽獨返。諸事不得意，皆如此類，非面莫悉也。然燕非此一遊，幾不知吾粵爲樂地。物價之廉，出產之多，天下莫及，如此猶不安居，尚欲焉往？省城尤爲最便，前曾約居於此，今斷然〔三〕矣。幸代覓便數間，僻靜疏爽，有餘地可種花竹瓜菜者，或與老兄爲鄰更善。儻得再活一二十年，吾輩知己數人，時相過從，飲酒賦詩於其間，爲樂正復不淺耳。如果有此措足處，幸急郵示爲荷。

【注釋】

〔一〕閱月：經一月。《新唐書・西域》：『閱月，執王及羯獵顛。』

〔二〕陳敝公祖之變：指陳廷策進京後不久病逝一事。陳敝公祖，『敝』爲謙稱。陳廷策，字毅庵，號景白。正黄旗人，廕監。康熙二十八年（一六八九）任韶州知府。公祖，舊時士紳對知府以上地方官的尊稱。對地位較高者，亦稱老公祖、大公祖和公祖父母。流行於明清。清錢謙益《輸丁議》：『本道公祖諄諄以出丁出資，捍禦桑梓，勸諭鄉紳。』

〔三〕斷然：一定，必定。《西遊記》第六十三回：『他若聽見是我，斷然住了。』

與羅仲山三首

遠來奉謁，不得一晤，悵悵而返。燕輩貧賤之交，相隔百餘里，相别一二年，不得時通音問，及至造訪，又復艱於一面，太息久之。豈真有所難耶？署門謝客，古人所歎，吾兄諒不至是。但經數家皆然，爲可駭耳。燕雖一貧如洗，然聞有枉顧及門，未嘗不倒屣接見〔一〕，見或不能具一茶，甚至客反捐囊沽酒，燕即欣然飲噉，並無有彼賓此主之分，亦以吾輩胸中闊天闊地，原非形迹之所可拘。況朋友相見，只求談心爲快，區區俗禮，安足芥吾懷來耶？現身説法，聊奉聞一笑，亦當一夕晤對也。昨爲貴縣田公送寓竹院蘭若〔二〕，相去咫尺，幸過我作半日之懽。至於『主賓』二字，直須高閣起，不足道，如何如何。

【注釋】

〔一〕倒屣接見：急於出迎，把鞋倒穿。形容熱情迎客。《三國志·魏書》卷二十一：『時邕才學顯著，貴重朝廷，常車騎填巷，賓客盈坐。聞粲在門，倒屣迎之。粲至，年既幼弱，容狀短小，一坐盡驚。邕曰：「此王公孫也，有異才，吾不如也。」』

〔二〕竹院蘭若：位於今廣東省樂昌市江南大道一帶。《韶州府志》卷二十六：『古竹院寺，在武水上。』清徐寶符等修、李穠等纂《樂昌縣志》卷十二：『古竹院，在縣南，横截武水。』

又

連日寒威逼人，因慕西石巖〔一〕之勝，冒寒登眺。泐溪〔二〕不知何處，門前勺水，只堪濯足耳。僧云在前山麓，未知孰是。巖洞深邃，怪石猙獰可畏，山靈亦欲以奇驚人耶？思得胸中塊壘，出而與之相敵，始不爲其所勝耳。飛來碑〔三〕字畫古甚，鳥跡蟲書，非復人間手跡，真神物也。石壁上有『樞室』二大字，不知何人所書，傳出六祖〔四〕，非是。陸羽〔五〕同題名尚有某某三人，今獨傳陸羽，豈非以其文名獨著耶？則文字又安可少也。不知此外尚有幾許名勝，不得吾兄同往指點以助詩懷，僅得古風一首奉正。昨始開霽〔六〕，聞駕枉顧，燕又他出，今尚可乘興一遊否？不然，敝寓齋頭〔七〕亦可圍爐共話也。謹掃榻以俟。

【注釋】

〔一〕西石巖：又名泐溪嶺，位於廣東省樂昌市西北二公里處（現樂昌市委黨校所在地）。嶺下有泐溪。清徐寶符等修、李穠等纂《樂昌縣志》卷三：『泐溪嶺，又名西石巖，在縣治西北三里。高三十餘丈，下石室高三丈，廣七、八尺。左右各有斜竇可通遊。右入則有石牀，六祖往黃梅時曾憩於此巖。僧慧遠謂其神采非常，必得道。仙經七十二福地，此其一也。有陸羽題名。』

〔二〕泐溪：武江支流。位於廣東省樂昌市西北二公里處（現樂昌市委黨校所在地），向西匯入武江。清徐寶符等修、李穠等纂《樂昌縣志》卷三：『泐溪水，在縣西北三里許。源出泐溪巖，西流入武水。』

〔三〕飛來碑：宋龔卞立，位於西石巖。民國劉運鋒修、陳宗瀛纂《樂昌縣志》卷二十二：『玄帝贊，俗曰飛來碑，石碑高七尺餘，寬四尺，碑首作龍文，文下刻詞，詞右刻「玄帝贊」三字，楷體。詞凡三十二字，作八行，行四字，草篆體，奇古難識。』《樂昌大城龔氏續修族譜·師召世錄》：『克振公子師召，諱蓼，號卞。宋淳熙七年鄉舉，因願不仕，遂修行於鍾霖寨，至今尚有故跡，時以道行聞於南粵。王嘗建寺黃蓮，一朝而聚千杉，今散水坪是也。

又有西石巖飛碑一塊，在佛殿之右，至今仍存。』

〔四〕六祖： 指慧能（六三八—七一三），或作惠能。唐代高僧。嶺南新州人，祖籍范陽，俗姓盧。與神秀同師禪宗五祖弘忍，以『菩提本無樹，明鏡亦非台。本來無一物，何處惹塵埃』一偈得弘忍贊許，密傳其衣缽，爲禪宗第六祖。後居韶州曹溪寶林寺，弘揚『見性成佛』的頓悟法門，與神秀在北方倡行的『漸悟』法門相對，分爲南宗和北宗。慧能的南宗，其後蔚爲『五家七宗』，影響深遠。卒謚大鑒禪師。弟子輯其語錄爲《壇經》。見《舊唐書》卷二百一、宋贊寧撰《宋高僧傳》卷八、宋志磐《佛祖統紀・達磨禪宗》。

〔五〕陸羽（七三三—約八〇四）： 初名疾，字季疵。後改名羽，字鴻漸，又自號竟陵子，又號桑苧翁，復州竟陵（今湖北天門市）人。工古調歌詩。性詼諧，少年匿優人中，撰《謔談》數千言。肅宗上元初，隱苕溪，闔門著書。與李季蘭、皎然交往。嗜茶，精於茶道。著有《茶經》，言茶之原、之法、之具尤備。見《新唐書》卷二百十九本傳。

〔六〕開霽： 放晴。《後漢書・質帝紀》：『比日陰雲，還復開霽。』

〔七〕齋頭： 指書齋。宋施宿等《會稽志・雜記》：『支道林、許掾諸人共在會稽王齋頭。』

又

昨接手教，並賜佳序，感怍不可言。所諭已如尊旨，但此席〔一〕並無虛者，茲有一處可商，容遲報命，然當以意外待之。至於成否功罪，燕亦不敢居也。暫復不次。

【注釋】

〔一〕席：　舊稱所司職務、職業爲席，如管刑名的幕賓稱刑席，管錢穀的稱錢席，教師稱教席。

復彭淨瑕〔一〕

欠缺通問，不覺遂有九載之别。人生歲月如流，良可慨歎。丁丑〔二〕歲，歸自吳門〔三〕，道經貴郡，因舟行匆匆，致未一候爲悵。易堂諸先生〔四〕，燕刻刻欲晤而不可得者。茲接尊札，並得晤任道爰、吳子政二公〔五〕，俱道氣藹然。目中不見斯人久矣，益知吾兄取友之端也。遂五堂主人爲古處典型〔六〕，聞年已及耄，近況何似，並祈致及爲荷。

【注釋】

〔一〕彭淨瑕：　清初江西人。

〔二〕丁丑：　康熙三十六年（一六九七）。

〔三〕吳門：　指蘇州或蘇州一帶，爲春秋吳國故地，故稱。

〔四〕易堂諸先生：　即易堂九子，指清初魏禧等九個文學家。

〔五〕任道爰、吳子政二公：　清初江西人。

〔六〕遂五堂主人：　指曾先慎，字君有，號遂五，清初江西寧都人。書齋名遂五堂。師事易堂九子之一的丘維屏。嘗寓贛州，士大夫過郡者爭禮之。與榷使宋犖爲莫逆交。著有《丘學鈔》、《治學鈔》、《遂五堂集》。見清魏瀛等修、鍾音鴻等纂《贛州府志》卷五十五本傳。古虔：指今江西省贛州市。隋開皇九年（五八九）置虔州，今贛州市爲古虔州地，故稱。

與蔡九霞先生

寓貴郡數月，一病作祟，佳山勝友俱付之夢想中，幾有空寓吴門之歎。惟得遇先生文章知己，爲斯遊一快耳。昨所告常熟薛某〔一〕作如此舉動，於燕實無所損益，但不識乃公是何肺腸，然彼實不欲以人類自居，置之不足道也。茲急抱病旋粤，拙詠一首奉別，即書尊箑中，使賤姓名得藉仁風披拂，一路順帆可知矣。

承屬書《侍親問道圖》，如命納上。前假《堯峯文鈔》〔二〕，即求見惠，以潤歸裝，庶不致空載月明〔三〕，想當慨然〔四〕耶？頃刻天涯匆匆，百不及一，餘望爲道珍愛。

【注釋】

〔一〕薛某：清初江蘇常熟人。康熙三十五年（一六九六），陳廷策力邀廖燕北上，欲薦之朝。留盤費三十金與廖燕。廖燕同薛某至蘇州，寓其家。盤費爲薛某騙走。見廖燕《家信與兒瀛》（卷十）。

〔二〕《堯峯文鈔》：清汪琬著。汪琬，字苕文，號鈍庵，明末清初江南長洲（今屬江蘇蘇州）人。晚居堯峯，因以自號。順治十二年進士，歷戶部主事、刑部郎中等。康熙十八年舉鴻博，授編修，與修《明史》。旋乞病歸。古文從歐陽脩入，而仿佛明歸有光，經學亦有造詣。有《堯峯詩文鈔》等。與魏禧、侯方域並以古文擅名，稱清初三大家。見《清史稿・列傳二百七十一・文苑一・汪琬》（卷四百八十四）、清錢儀吉纂《碑傳集・翰詹上之下・陳廷敬〈翰林編修汪先生琬墓志銘〉、計東〈鈍翁生壙志〉》（卷四十五）。

〔三〕空載月明：語出唐德誠和尚《撥棹歌》：『千尺絲綸直下垂，一波才動萬波隨。夜靜水寒魚不食，滿船空載月明歸。』這裏別解爲空手而歸。

〔四〕慨然：感慨貌。《荀子・宥坐》：『孔子慨然歎曰：「嗚呼！上失之，下殺之，其可乎！」』

與門鶴書

惠陽姚子非漁於其諸父姚公署中攜北平王崑繩文集過僕〔一〕。僕讀之驚歎，以爲當今古文第一手。公見令乳邑〔二〕，年少善詩古文詞，亦極口崑繩、非漁不置。僕亦向非漁稱述吾兄，兄與姚公及非漁年齒俱相若，未及壯，傳崑繩亦纔過三十外耳，皆以能文知名當世。獨僕已頹然就老，恐非其倫矣，然亦不敢不勉。聞文旆開正北上〔三〕，非漁欲一附驥尾，託僕道意。雖然，僕更有託焉。儻於長安得晤崑繩時，爲道僕雖年踰知命〔四〕，若異日中原相見，尚能執寸管〔五〕以與諸公周旋，第不知足下肯贈我三通〔六〕勝鼓否耶？

【注釋】

〔一〕惠陽：惠州的别稱。《四庫全書總目》卷七十六：『《惠陽山水紀勝》四卷，國朝吳騫撰……惠州在漢曰南海……至宋仁宗時始曰惠州，而惠陽之名則於傳無之。以是標題，亦相沿杜撰之文矣。』宋祝穆撰《方輿勝覽》卷三十六：『（惠州）郡名：惠陽、羅浮、龍川、浮陵、鵝城。』姚子非漁：姚飛熊，字非漁，廣東歸善（含今廣東省惠州市惠城區、惠陽區、惠東縣）人。康熙三十六年（一六九七）拔貢。見清章壽彭等修、陸飛纂《歸善縣志》卷十、清沈德潛編《清詩别裁集》卷二十六。諸父：指伯父和叔父。《莊子·列禦寇》：『如而夫者，一命而呂鉅，再命而於車上儛，三命而名諸父，孰協唐許也。』成玄英疏：『諸父，伯叔也。』姚公：指姚炳坤，鑲紅旗人，監生。本姓葉，以入旗改姓姚。康熙三十六年（一六九七）任廣東省乳源縣知縣，康熙三十九年（一七〇〇）任廣東省番禺縣知縣。見清林述訓等修《韶州府志》卷五、清李福泰修、史澄等纂《番禺縣志》卷二、廖燕《李節婦墓表》（卷十五）。王崑繩：王源（一六四八—一七一〇），字崑繩。

〔三〕乳邑：指廣東乳源縣。

〔四〕文旆：有文采的旌旗，用爲儀仗。引伸爲稱對方的敬詞。猶尊駕、大駕。《古今小説·李公子救蛇獲稱心》：『少屈文旆，至舍下與家尊略敍舊誼，可乎？』開正：指正月初。唐丁仙芝《京中守歲》詩：『開正獻歲酒，千里間庭闈。』

〔五〕知命：《論語·爲政》：『五十而知天命。』後因以『知命』代稱五十歲。

〔六〕寸管：毛筆的代稱。南朝梁江淹《蕭驃騎讓太尉增封表》：『具煩寸管，備黷尺史，曠旬浹景，祈指遂宜。』

〔七〕通：表數量，擊鼓的一個段落。明楊慎《丹鉛總錄·瑣語》：『鼓三百三十槌爲一通，鼓止角動，吹十二聲爲一疊,故唐詩有疊鼓鳴笳之句。出《衛公兵法》。』

家信與兒瀛

正月廿五日發舟,於二月十一日至南昌。陳公祖有書託經廳馮公將倉米十石送家用〔一〕,未知曾有否?十三日,公祖分路北上,留盤費三十金與予。同薛某至蘇州,卽寓其家,不意竟落虎口,前物化爲烏有。彼蓋以文人第一自居者,而所爲若是,本不足污及筆舌,欲使汝輩知之,傳爲一笑耳。然人情欹險可畏如此,尚可一朝居耶?

茲爲織造府李公送寓報本庵〔二〕,資斧〔三〕頗不乏,獨病疥,更苦破腹〔四〕,當是不服水土所致。凡食物與日用所需,價皆極昂,雞鴨魚肉,無不灌水售者,酒尤甚,食之致疾宜也。虎丘山〔五〕僅一土阜,一覽可盡,惟市盆景竹器最便。聞觀音山與太湖玄墓〔六〕景絶勝,因病不得一遊。好友亦少會,但日思歸耳。前過杭,曾至西湖,僅及孤山、鄂王墳〔七〕諸處,尚俟歸舟再遊。第恐病軀興盡,後來事又未可必也。秋初當圖歸計矣。餘惟讀書遵母訓爲囑。

【注釋】

〔一〕陳公祖:指陳廷策,字毅庵,號景白。正黄旗人,廕監。康熙二十八年(一六八九)任韶州知府。公祖：舊時士紳對知府以上地方官的尊稱。對地位較高者，亦稱老公祖、大公祖和公祖父母。流行於明清。經廳：即經歷，職掌出納文書。《二十年目睹之怪現狀》第九十五回：『當時奉了札子，府經廳便來請了他到衙門裏去。』馮公：馮彥衡，清初錢塘人。康熙三十二年（一六九三）任韶州府經歷。尤見重於知府陳廷策。

〔二〕織造府李公：指李煦（一六五五—一七二九），字旭東，又字萊嵩、竹村，清滿洲正白旗人。包衣。蔭生。歷任内閣中書，韶州知府、寧波知府。後又任暢春園總管、蘇州織造。在官三十年，經常專折密奏地方情形，爲康熙所倚重。雍正即位後，免官抄家，發遣口外，死於戍所。見清李果《在亭叢稿》卷十一《前光禄大夫戶部右侍郎管理蘇州織造李公行狀》、《韶州府志》卷二十九李煦傳。報本庵：位於今江蘇省蘇州市西南十公里的楞伽山西，吴越路的最南端。清李銘皖等修《蘇州府志》卷四十：『報本寺，在（吴縣）縣西南二十里楞伽山西。舊名報本蘭若。宋時賜侍郎孟猷功德寺，侍郎墓在其側。』同書卷六：『楞伽山，在吴山東北，又名上方山。上爲楞伽寺，有浮屠七級。』

〔三〕資斧：指旅費。《古今小説·裴晉公義還原配》：『大人往京，老漢願少助資斧。』

〔四〕破腹：腹瀉，拉肚子。宋洪邁《夷堅丙志·劉夷叔》：『夷叔因食冷淘破腹，一夕卒。』

〔五〕虎丘山：在江蘇省蘇州市西北山塘街與虎丘路的交匯處，亦名海湧山。唐時因避諱曾改稱武丘或獸丘，後復舊稱。相傳吴王闔閭葬此。漢袁康《越絶書·外傳記吴地傳》：『闔廬塚在閶門外，名虎丘……築三日而白虎居上，故號爲虎丘。』其上有虎丘塔、雲巖寺、劍池、千人石等名勝古跡。

〔六〕觀音山：位於今江蘇蘇州市吴中區木瀆鎮天平村。清李銘皖等修、馮桂芬等纂《蘇州府志》卷六：『支硎山在府西二十五里。《寰宇記》：晉高士支遁嘗憩遊其上。盧志：平石爲硎山，多平石故，因支遁以支硎爲號……今東趾有觀音寺，又名觀音山。』太湖玄墓：玄墓山。位於今江蘇省蘇州市吴中區光福鎮西南太湖邊。

《蘇州府志》卷六：『玄墓山，在鄧尉山東南六里。相連不斷，本一山也。相傳東晉青州刺史郁泰玄葬此，故名。』

〔七〕孤山：山名。位於杭州市西湖偏北湖面，東連白堤，西以西泠橋與湖岸連接，山高三十八米。清梁詩正等輯《西湖志纂》卷三：『孤山：在西湖中，一嶼聳立，旁無聯附。爲湖山勝絕處。』鄂王墳：即岳飛墓。位於杭州市棲霞嶺南麓的西湖岸邊。宋抗金名將岳飛冤死後，宋孝宗詔復原官，宋寧宗嘉定四年追封鄂王。見《宋史》卷三百六十五岳飛傳。

復劉漢臣

世安得落落偉人如先生與澹歸和尚共聚一堂而論千古也哉！自澹公北上，先生又南還，幾無可與語者。屢欲修候，翰教忽至，感恩且不盡，況感知己也耶？因敢以書復，並報所願曰：胸臆未展，無以見奇。終當執鞭追隨，遍交當今豪傑而實斯言。

廖燕全集校注卷十一

説

續師説一

韓昌黎有《師説》一篇，似未盡發其義，予故續之。

宇宙有五大，師其一也。一曰天，二曰地，三曰君，四曰親，五曰師。師配天、地、君、親而爲言，則居其位者，其責任不綦[一]重乎哉？師莫重乎道，其次必識高而學博，三者備，始可泛應而不窮。嗚呼！自孔子没而師之道不明於天下，至今日爲已極矣。不惟道德爲其所甚諱，即詢以經書大義，已多茫然不知其解者。每至登堂開講，只將朱注講章[二]宣説一通，便以爲師道盡是矣。曾謂師道如斯而已乎？且聽其所爲言，則皆古聖先王；及究其所爲術，則無異儀、秦[三]、盗跖，以捷取幸獲爲得計，無復知有廉耻性命之學。師以此欺其子弟，而子弟亦遂以此自欺，舉世皆然，恬不爲怪。噫，師道至此，尚可問耶？雖其間或有不同，然其爲庸則一也。例以庸醫誤殺之條，則庸師誤人子弟之多，其罪爲何如？況尤有不堪言者，又何以坐臯比〔四〕而儼然稱爲人師也哉？

然則韓昌黎『師不必賢於子弟』之説非歟？予曰：不然。子弟可不必賢，而師不可不賢於子弟。卽不必盡道殊德絶，要其議論文章，亦必求稍通於訓詁帖括〔五〕之外，而發前賢所未發，使子弟有所取法，奮發開悟，一變其夙昔之所爲而不知誰之力者，然後師之道得而師之稱始可受之而無愧也。不然，則曠矣。官曠位則有罰，師曠位則有譏，豈非淺識寡學者之過歟？

或曰：其如有違功令〔六〕何？予曰：《易》不云乎：『神而明之，存乎其人。』〔七〕假紙上之陳言，詮吾胸之妙理，卽孔孟猶爲借徑〔八〕，況程朱〔九〕乎？又安得藉口功令以掩其空疏之誚耶？嗟呼！時至今日，欲求其不愧乎爲人之師而不可得，然則與天、地、君、親爲配者，又果何人也哉？

魏和公先生曰：天、地、君、親、師五字，爲里巷常談，一經妙筆拈出，遂成千古大文至文。至冷嘲熱罵，不顧庸師面皮，尤見持世辣手。

【注釋】

〔一〕綦：非常，很。《荀子·非十二子》：『忍情性，綦谿利跂，苟以分異人爲高，不足以合大衆，明大分。』

王先謙集解：『《荀子》多以綦爲極，谿之爲言深也……綦谿，猶言極深耳。』

〔二〕朱注講章：爲學習科舉文或經筵進講而編寫的五經、四書的講義。這些講義都是以南宋朱熹注爲依據的。朱熹（一一三〇——一二〇〇），南宋哲學家、教育家。字元晦，號晦庵，徽州婺源（今屬江西）人。

〔三〕儀、秦：張儀、蘇秦，俱師鬼谷子，以遊說顯名。張儀相秦惠王，以連衡之策說燕趙韓魏齊楚六國，使背合縱之約而事秦。蘇秦說六國合縱抗秦，並相六國。縱約後爲張儀所敗。

〔四〕坐皋比：指任教。皋比，虎皮。典出《宋史·張載傳》：『嘗坐虎皮講《易》，京師聽從者甚衆。』明程敏政《泮鄰書屋爲會稽處士賦》：『緬懷鄒魯風，禮庭時一闋。歸來課諸子，肅容坐皋比。』

〔五〕訓詁：對字句（主要是對古書字句）作解釋。《漢書·揚雄傳上》：『雄少而好學，不爲章句，訓詁通而已，博覽無所不見。』清陳澧《東塾讀書記·小學》：『詁者，古也。古今異言，通之使人知也。蓋時有古今，猶地有東西，有南北，相隔遠則言語不通矣。地遠則有翻譯，時遠則有訓詁。有翻譯則能使別國如鄉鄰，有訓詁則能使古今如旦暮，所謂通之也，訓詁之功大矣哉！』帖括：唐代科舉制度規定，明經科以『帖經』試士。把經文貼去若干字，令應試者對答。爲便於記誦，後考生乃總括經文編成歌訣，稱『帖括』。後以泛指科舉應試文章。明清時亦用指八股文。清顧炎武《三朝紀事闕文序》：『而臣祖故所與往來老人謂臣祖曰：「此兒頗慧，何不令習帖括？」……於是令習科舉文字。』

〔六〕功令：古時國家對學者考核和錄用的法規。《史記·儒林列傳序》：『余讀功令，至於廣厲學官之路，未嘗不廢書而歎也。』司馬貞索隱：『案：謂學者課功，著之於令，即今之學令是也。』

〔七〕神而明之，存乎其人：語見《易·繫辭上》：『紀而裁之，存乎變；推而行之，存乎通；神而明之，存乎其人。』意指要真正明白某一事物的奧妙，在於各人的領會。

〔八〕借徑：手段，途徑。元金履祥《裝解卷魯齋先生置酒出詩就坐占和》：『三軸文章秖借徑，萬人優劣謾争先。豈惟科目一時重，要使動庸後世傳。』

〔九〕程朱：宋代理學家程顥、程頤兄弟和朱熹的合稱。因他們三人提倡性理之學，學成一派，故後人以『程朱』代指這一學派。

續師説二

或曰：子作《續師説》，責師之庸是矣，抑知師至今日雖欲求不庸而不可得者。凡子弟所習，非訓詁帖括之書則不敢讀，其父兄之禁更甚焉，師將奈之何哉？予曰：子之問善矣。微子問，予亦將有説焉。

天下英傑秀異之士，生之者造物〔一〕，成之者君師，而兼生成之責者，尤在於父兄。父生之而父兄兼成之，故曰故人樂有賢父兄。父兄何賢？亦賢於知所以教子弟而已。今世父兄，莫不思欲教子弟而不知所以教之之法，以爲教子弟之法，莫善於制義〔二〕，高者可以掇巍科〔三〕，而卑亦不失榮名。於是子弟日夜竭精敝神以攻其法，究之得其法者百不驗一，其質之最下者固無論，予獨怪具聰穎特絶之資而盡汩沒〔四〕於其中者爲可惜也。豈非父兄不善教之過歟？

然則必如何而後可？予曰：其法莫善於擇賢師而不禁子弟之博覽。賢師得，則議論名通〔五〕，必不囿於章句〔六〕之末，而有以發聖賢經史之底蘊，使子弟日聞所未聞。博極群書則可識天下古今之得失與夫嘉謀偉論，因而觸類旁通，有以開導其聰明，而文遂不可勝用。今不惟師之不擇，且並群書禁之，而欲子弟之有功，是猶欲干將〔七〕之利，而不磨之以堅石也，必不能矣。何不取勝國與我朝以制義有聲於天下者而覆思之也〔八〕？

或曰：子弟氣質不齊，且一書未精，遑及其他。予曰：不然。子弟不必皆智，亦不必皆愚，然習四子書〔九〕至終其身而不得其解者，在在〔一〇〕皆然。豈功之不專歟，抑物有以蔽之也？張旭學草書，三年不成，一日見公孫大娘舞劍器，始悟其法。〔一一〕昔有善醫者，約病者於廟鍼之，而其家有獺出於被內，其病遂愈。〔一二〕兵法有云：攻其所必救，〔一三〕如《春秋》載楚伐徐，而齊伐厲以救徐〔一四〕之類是也。事固有謀於彼而效見於此者，況悉諸書之理以解一書，熟百家之言以作制義，其效不更捷而易乎？以我博古，而即以古博我，久之合天地古今人我而爲一人，天下文章孰大於是？故遇則爲國家有用之才，不遇則爲巖穴知名之士。開其明而撤其蔽，法莫善於此者。孰與名實俱喪而爲世間之一贅疣〔一五〕者耶？

或曰：其如諸書文義之不易通何？予曰：古文之法，盡在四書。一法通而萬法皆徹，是在乎師之善說書者。故曰擇賢師而不禁子弟之博覽，其在賢父兄也夫。

包諶野曰：世人以博極群書爲有妨於舉業〔一六〕，今柴兄則以人欲精舉業，決不可不博極群書。高文卓識，真堪推倒一世之智勇，開拓萬古之心胸。凡父兄子弟，各宜置一通〔一七〕座右。文法盡在《四書》一語，尤爲未經人道。

【注釋】

〔一〕造物：特指創造萬物的神。唐韓愈《南山詩》：『還疑造物意，固護蓄精祐。』

〔二〕制義：明清科舉考試的方式，又稱制藝，即八股文。《明史·選舉志二》：『其文略仿宋經義，然代古人語氣爲之，體用排偶，謂之八股，通謂之制義。』

〔三〕掇巍科：拾取高第。掇，拾取。《詩·周南·芣苢》：『采采芣苢，薄言掇之。』毛傳：『掇，拾也。』巍科，猶高第，古代稱科舉考試名次在前者。宋岳珂《桯史·劉蘊古》：『其二弟在北皆登巍科。』

〔四〕汩沒：埋沒，湮滅。唐杜甫《寄李十二白二十韻》：『聲名從此大，汩沒一朝伸。』

〔五〕名通：通達合理。

〔六〕章句：分析章節和句子，是經學家解說經義的一種方式。《東觀漢記·明帝紀》：『親自製作五行章句。每饗射禮畢，正坐自講，諸儒並聽，四方欣欣。』

〔七〕干將：古劍名，後以『干將』泛稱利劍。漢趙曄《吴越春秋·闔閭内傳》等載，春秋時吴有干將、莫邪夫婦善鑄劍，爲吴王闔閭鑄陰陽劍，陽曰『干將』，陰曰『莫邪』。干將藏陽劍獻陰劍。吴王視爲重寶。

〔八〕勝國：被滅亡的國家，後因以指前朝。《周禮·地官·媒氏》：『凡男女之陰訟，聽之于勝國之社。』鄭玄注：『勝國，亡國也。』元張養浩《濟南龍洞山記》：『歷下多名山水，龍洞爲尤勝……勝國嘗封其神曰靈惠公。』有聲：有聲譽，著稱。《詩·大雅·文王有聲》：『文王有聲，遹駿有聲。』

〔九〕四子書：指《論語》、《大學》、《中庸》、《孟子》四部儒家經典。此四書是孔子、曾子、子思、孟子的言行錄，故合稱『四子書』。

〔一〇〕在在：處處，到處。唐武元衡《春齋夜雨憶郭通微》詩：『桃源在在阻風塵，世事悠悠又遇春。』

〔一一〕『張旭』四句：　唐杜甫《觀公孫大娘弟子舞劍器行序》：　『昔者吳人張旭，善草書帖，數常於鄴縣見公孫大娘舞西河劍器，自此草書長進。』

〔一二〕『昔有善醫者』四句：　《太平御覽・方術部・醫》：　『劉敬叔《異苑》曰：　王纂，海陵人。少習經方，尤精針石。宋元嘉中，縣人張方女日暮宿廣陵廟門下，夜有物假作其婿來魅惑，成病。纂爲治之，始下一針，有獺從女被內走出，病遂愈。』

〔一三〕『攻其』句：　《孫子兵法・虛實篇》：　『我欲戰，敵雖高壘深溝，不得不與我戰者，攻其所必救也。』

〔一四〕楚伐徐，而齊伐厲以救徐：　《左傳・僖公十五年》：　『十五年春，楚人伐徐，……秋，（齊師、曹師）伐厲，以救徐也。』

〔一五〕贅疣：　附生於體外的肉瘤，喻多餘無用之物。《楚辭・九章・惜誦》：　『竭忠誠以事君兮，反離群而贅肬。』洪興祖補注：　『贅肬，瘤腫也。』

〔一六〕舉業：　爲應科舉考試而準備的學業。明清時專指八股文。

〔一七〕一通：　表數量，用於文章、文件、書信等。漢班昭《女誡》：　『聞作《女誡》七章，願諸女各寫一通，庶有補益，裨助汝身。』

三才說

我生，天地始生；　我死，天地亦死。我未生以前，不見有天地，雖謂之至此始生可也。我既死以後，亦不見有天地，雖謂之至此亦死可也。非但然也，亦且有我而後有天地，無我而亦無天地也，天地附我以見也。故予方生時，濛濛然已耳，其視天地，猶混沌初開，伏羲、神農〔一〕之時乎？繼而智識漸長，學問該博〔二〕，其視天地猶夏商周製作〔三〕大備之時乎？迨後而閱歷既深，萬物勞其外，利欲戰其中，其視天地猶秦漢魏晉五代〔四〕相爭之時乎？人生不能有生而無死，則天地不得不復爲混沌也，非天地復爲混沌也，蓋無我而天地之見不存也。是天地大小壽夭之數值與人等耳，故曰天地人無大小壽夭之分也，何必歎人而羨天地也哉！

毛會侯先生曰：開闢奇談，得未曾有。鄒衍談天〔五〕，無此玄理。

蕭絅若曰：奇論，可該《南華》全部〔六〕。

【注釋】

〔一〕伏羲：古代傳説中的人物。古帝，即太昊。風姓。相傳其始畫八卦，又教民漁獵，取犧牲以供庖廚。《白虎通考·德論上》：『三皇者，何謂也？伏羲、神農、燧人也。』神農：上古傳説中的人物。傳説他始教人農耕，務農業。又傳他曾嘗百草，發現藥材，教人治病。也稱炎帝，謂以火德王。《易·繫辭下》：『包犧氏沒，神農氏作，斲木爲耜，揉木爲耒；耒耨之利，以教天下。』《淮南子·主術訓》：『昔者，神農之治天下也，神不馳於胸中，智不出於四域，懷其仁誠之心，甘雨時降，五穀蕃植。』

〔二〕該博：淵博。晉王嘉《拾遺記·前漢上》：『張善爲日南太守，郡民有得金鳧以獻。張善該博多通，考其年月，即秦始皇墓之金鳧也。』

〔三〕製作：指禮樂等方面的典章制度。《史記·禮書》：『今上卽位，招致儒術之士，今共定儀，十餘年不就。或言古者太平，萬民和喜，瑞應辨至，乃采風俗，定製作。』

〔四〕五代：指前後五代。前五代，唐初官修了梁、陳、北齊、周、隋五代史書，後因以五代指稱南北朝至隋這段歷史時期。後五代，卽唐滅後出現的後梁、後唐、後晉、後漢、後周。這兩個時期除了隋代出現過短暫的統一，基本上是我國歷史上的大分裂時期。宋司馬光《貽劉道原書》：『道原《五代長編》，若不費功，計不日卽成。若與將沈約、蕭子顯、魏收三志，依《隋志》篇目，刪次補葺，別爲一書，與《南北史》、《隋志》並行，則雖正史遺逸，不足患矣。』清李光地《榕村語錄·史》：『前五代，王仲淹以統歸北，歐陽公又欲奪以歸南。至後五代，有言南唐爲唐後者，歐陽公以爲無據，反以晉漢相篡爲正統。』

〔五〕鄒衍談天：《史記·孟子荀卿列傳》：『騶衍之術迂大而閎辯；奭也文具難施……故齊人頌曰：「談天衍，雕龍奭。」』後因以『鄒衍談天』喻善辯。鄒，通『騶』。元袁桷《觀物》詩：『張華博物身終死，鄒衍談天舌竟休。』

〔六〕該：包容，包括。《楚辭·天問》：『該秉季德。』注：『該，包也。』《太玄·雲圖》：『旁該終始。』注：『該，兼也。』《南華》：《南華真經》，卽《莊子》。莊周在唐玄宗時，追號『南華真人』，所撰《莊子》一書，也被尊爲《南華真經》。

才子說

兼天地人三者而稱之之謂才，若然則當此稱者，豈易有其人哉！太上立德，其次立功，其次立言。立德如天，立功如地，立言如人。天地不言，而默付其權於人，則立德立功皆可以人盡之，故曰才。才者，裁也，以其能裁成萬物而輔天地之所不及也。予將求其人於上下，數千年以來，非孔子烏足以當之？其次必如伊周〔一〕其人而後可，不然亦必其功業文章炳烺於天地古今間，始可當之而無愧。甚矣，才之難稱也！

自造物不肯輕以全才與人，而人亦遂諉其過於造物，而不肯以全才自與，如是而襪線雕蟲〔二〕之才，紛紛見稱於當世，而才尚可言耶？漢陳琳、王粲、徐幹諸人，號建安七才子〔三〕。自後才子之稱遍天下，至於今爲尤盛。毋論其無才之可稱，卽使其立言或有可觀，亦已有愧於立德立功萬萬者，況古人之立言，皆兼德與功而成之，詩文其末者也。若並詩與文不堪問焉，而猶號曰才子，『才不才，亦各言其子也』〔四〕久矣，曷勝歎哉，曷勝歎哉！

近聞以此自號者頗有其人，然已不足多責。予恐後賢不知，有從而效之者，因著此說，俾天下人知才字之義，以爲將來妄稱者戒。

包諶野曰：此說出，才之號始尊，而才之名亦始不敢濫。狂吏之撾〔五〕耶？麻姑之鞭〔六〕耶？且看普天下才子，有孰知痛癢者？

【注釋】

〔一〕伊周：商代的伊尹和西周的周公旦的合稱。兩人都曾攝政，對商周的鞏固和發展，其功甚偉。《漢書·張陳王周傳贊》：『周勃爲布衣時，鄙樸庸人，至登輔佐，匡國家難，誅諸呂，立孝文，爲漢伊周。』顏師古注：『處伊尹、周公之任。』

〔二〕韈線雕蟲：微不足道的才學或技藝。韈線，比喻才學短淺。語出宋孫光憲《北夢瑣言》卷五：『韓昭仕蜀，至禮部尚書文思殿大學士，粗有文章，至於琴棋書算射法，悉皆涉獵，以此承恩於後主。時有朝士李臺嘏曰：「韓八座事藝如拆韈線，無一條長。」時人韙之。』雕蟲，比喻從事不足道的小技藝。南朝梁劉勰《文心雕龍·詮賦》：『雖讀千賦，愈惑體要。遂使繁華損枝，膏腴害骨，無貴風軌，莫益勸戒。此揚子所以追悔於雕蟲，貽誚於霧縠者也。』

〔三〕『漢陳琳』二句：漢末建安時期孔融、陳琳、王粲、徐幹、阮瑀、應瑒和劉楨七人，同時以文學齊名。曹丕《典論·論文》云：『斯七子者，於學無所遺，於辭無所假，咸以自騁驥騄於千里，仰齊足而並馳。』後世因稱爲『建安七子』。

〔四〕才不才，亦各言其子也：語見《論語·先進》：『顏淵死，顏路請子之車以爲之椁。子曰：「才不才，亦各言其子也。鯉也死，有棺而無椁。吾不徒行以爲之椁，以吾從大夫之後，不可徒行也。」』這裏別解爲不管有沒有才，都自稱才子。

〔五〕狂吏之撾：南朝宋劉義慶《世說新語·言語》：『禰衡被魏武謫爲鼓吏，正月半試鼓，衡揚枹爲《漁陽摻撾》，淵淵有金石聲，四座爲之改容。』禰衡（一七三—一九八），字正平。平原般（今山東臨邑）人。漢末辭賦家。少有才辯，性格剛毅傲慢，好侮慢權貴。撾，敲打，擊。

〔六〕麻姑之鞭：麻姑，神話中的仙女名。傳說東漢桓帝時曾應仙人王遠（字方平）召，降於蔡經家爲一美麗女子，年可十八九歲，手纖長似鳥爪。蔡經見之，心中念曰：『背大癢時，得此爪以爬背，當佳。』方平知經心中所念，使人鞭之，且曰：『麻姑，神人也，汝何思謂爪可以爬背耶？』事見晉葛洪《神仙傳》。

別號説

別號不知何始，自魏晉來爲已盛，其最著者，晉王右軍〔一〕以官名，唐張曲江與宋蘇眉山〔二〕則以地名。號雖不同，其理一也。其後則多有以某庵、某齋以及某峯、某村、某廬之類爲稱者，蓋因其讀書之處或所居之地而號之也。重其人，不敢稱其名與字也。今則不然，不問其人何如，有雖非其人而儼然冒以自號者，則何居？問其號，則若道德文章之可親；問其行，則有不可以告人而人反因其號而指摘之者，則其自號適以自供其醜惡耳，豈非僭稱之過耶？

甚矣！小人之善冒君子也，凡君子之言語衣冠無不冒焉。予將何以辯之，亦辯之以君子小人之實而已。號，其虚者也，若君子之實則不可冒也。使小人而肯冒君子之實，是予之所急許也，而無如其不能，何也？

朱藕男曰：別號至今日已成濫觴〔三〕，此文冷嘲熱罵，提醒此輩不小。

【注釋】

〔一〕王右軍：晉王羲之（三〇三—三六一或三二一—三七九）曾任右軍將軍，後稱羲之爲『右軍』。

〔二〕張曲江：唐張九齡（六七三或六七八—七四〇），韶州曲江（今廣東韶關）人，故稱『張曲江』。蘇眉山：即蘇軾，宋眉州眉山（今四川省眉山市東坡區）人。

〔三〕濫觴：氾濫。明葉子奇《草木子・雜制》：『借使所入之溝雖通，所出之溝既塞，則水死而不動，惟有漲滿浸淫，而有濫觴之患矣！』

焚家祀神像說一

按，郡志稱韶俗尚鬼，又多雜姓，以故家不立祠堂，神主與諸神像雜供家堂中。廖子曰：非所以爲訓也，且不可以安吾祖。唯神與人之共處斯世也，不可無以別之。人與神別，神與鬼別，故先王之制禮也。祀典惟謹，自天子以至庶人，各有專祀，無容攙越〔一〕，所以防也。天子祀天地，諸侯祀封內山川，大夫祀五祀〔二〕，士祀其先，而庶人所得私祀者亦惟祖考妣而已，豈無其力哉？侵下則褻，掩上則慢。今神與鬼雜然而祀之，得無有褻與慢之嫌乎？將以爲禮歟？而或尸〔三〕之也？

且吾聞神爲鬼之至靈，苟無其神，不祀可也。若猶有之，則尊卑等級，亦猶人也，豈容紊乎？尊者役人，卑者見役，禮也。今先人與神共處一室，是使吾祖爲諸神之役也，當非仁人孝子之心之所敢出也。祀神以邀福〔四〕，祀祖以昭敬，二者均背之，智者不爲也。然則神何居？神亦居神之宫而已。天地山川，神之宫也。先人安吾室，神則請居神之宫。因爲文，取諸神像告而焚之，以安祖也。

蕭綗若曰：不諂鬼，不褻祖，辯理最正，筆法大似左氏〔五〕。

【注釋】

〔一〕攙越：僭越。如越職、越權等。明沈德符《野獲編》卷十四《考官爭席》：『凡詞林五品以下，俱論科不論官，況一官而攙越前輩乃爾，豈錢以鼎甲重耶？則塗亦鼎甲也。』

〔二〕五祀：《禮記·王制》：『大夫祭五祀。』《白虎通·五祀》：『五祀者，何謂也？謂門、户、井、竈、中霤也。』

〔三〕尸：立神像或神主。《莊子·庚桑楚》：『子胡不相與尸而祝之，社而稷之乎？』

〔四〕邀福：祈求賜福。唐劉禹錫《相和歌辭·賈客詞》：『邀福禱波神，施財遊化城。』

〔五〕左氏：指左丘明，春秋末期魯國史學家。與孔子同時代或在其前。著有《左傳》。又傳《國語》亦出其手。

焚家祀神像説二

神像不宜雜供家堂中，固然。至若鐘鼓魚磬〔一〕、經聲佛號尤所最忌，家中事此者多致不祥。然則釋氏不靈乎？曰：不然。釋號空門，凡功名富貴子孫壽考之屬皆其所擯絕而不道者，若向彼有求，是求空也。求空得空，豈不宜哉？或曰佞佛〔二〕本以求福也，而適得絕滅之禍，人豈樂於絕滅耶？其邪念有以招之矣。然則人自愚耳，佛何與焉，卽謂釋氏不靈亦可。家祀神像，予既著說焚之矣，所以嚴祀祖也，因復著此以爲佞佛者戒。

鄒瀟峯先生曰：數語耳，說得醒快乃爾，如匕首中人立死。昌黎《原道》，歐陽《本論》，無此透闢。

【注釋】

〔一〕魚磬：木魚和僧磬的合稱。木魚，佛教法器。爲僧尼誦經禮佛、化緣時敲打以調音節的響器，用木頭做成，中間鏤空，呈圓狀魚形。相傳佛家謂魚晝夜不合目，故刻木像魚形，用以警戒僧衆應晝夜忘寐而思道。僧磬，佛寺中使用的一種鉢狀物，用銅鐵鑄成，既可作念經時的打擊樂器，亦可敲響集合寺衆。明郭金臺《秋同石琬伯仲琳諸子遊坤月精舍》：『山僧門掩數竿竹，魚磬無聲瓜果熟。』

〔二〕佞佛：諂媚佛，討好於佛。《晉書·何充傳》：『郗愔及弟曇奉天師道，而充與弟準崇信釋氏，謝萬譏之云：「二郗諂於道，二何佞於佛。」』

福淫禍善說

有天地則不能無陰陽，有陰陽則不能無善惡，有善惡則不能無福善禍淫，而亦不能無福淫禍善。夫福淫禍善者，此天之所以爲天也。或曰天者理而已，福善禍淫者，理之當也。若福淫禍善，豈理之當乎？不知欲福善禍淫者，人之理；而或出於福淫禍善者，則天之權也。且天下亦安有所謂善人耶？

虎豹至惡，以其噬人而言也。若人則豈惟能噬虎豹，並天地所生之萬物，無不爲其刀火齒腹之餘。故以人之理論之，則虎豹噬人爲惡，若以天之道論之，則人噬萬物又爲惡之極矣。則是天反將茫然不知誰爲善誰爲惡，誰可降福誰可降禍，而因以雜降其禍福，則顔回安得不夭，盜跖安得不壽耶？〔一〕

況惡者，生而爲惡也；若善者，必誘掖〔二〕獎勸而後爲善，非生而爲善者也。生而爲惡，是有以使之爲惡。既有以使之爲惡，則天將福之不暇，何禍之有！若非生而爲善，則己之所爲善，亦己之自謂善而已，安知天亦謂之善耶？又安知爲善之心，不爲邀福而致，而天肯曲隨其意而降之福耶？夫邀福而福至，與欲降禍而禍降，是天之權而人用之也。邀福而福不至，與欲降禍而禍不降，是天之權而人測之也，二者均無是也。

惟天之權在禍福，天之欲尊用其權，則又在福淫而禍善。然天又不明明福淫而禍善，而有時乎福善，有時乎禍淫，有時乎不但不福善，而且禍善；不但不禍淫，而且福淫，使人心危疑顛倒而莫知所適從。或爲善，或爲惡，而陰得以行其福淫禍善之權。非天之欲福淫禍善，誠畏其權人用之而人測之也。

嗚呼！使天道福善禍淫之理一毫不爽，則人將知懼禍而趨福，而天下之人皆爲善不爲惡矣。天下皆爲善而無惡，則天下皆君子而無小人，皆智賢而無愚不肖，皆富貴而無貧與賤，則聖賢之禮樂文章可不用，而天下之紀綱法度皆可不設矣。尚成其爲天地乎？不但用其權與測其權，將並天地而廢之，烏乎〔三〕可？故曰：福淫禍善者，此天之所以爲天也。儒者求其說而不得，而轉疑天道之無知，而因有賞善罰惡之條。釋者求其說而不得，而轉信鬼道之有驗，而因有輪迴果報之教。嗚呼！豈不背哉！

【注釋】

〔一〕『則顔回』二句：《史記·伯夷列傳》：『且七十子之徒，仲尼獨薦顔淵爲好學。然回也屢空，糟糠不厭，而卒蚤夭。天之報施善人，其何如哉？盜蹠日殺不辜，聚黨數千人横行天下，竟以壽終。是遵何德哉？』

〔二〕誘掖：引導和扶持。《詩·陳風·衡門序》：『誘僖公也。願而無立志，故作是詩以誘掖其君也。』鄭玄箋：『誘，進也。掖，扶持也。』孔穎達疏：『誘掖者，誘謂在前導之，掖謂在傍扶之，故以掖爲扶持也。』

〔三〕烏乎：疑問代詞。怎麽。唐柳宗元《送賈山人南遊序》：『孰匱孰充？爲泰爲窮？君子烏乎取，以寧其躬？』

習八股非讀書説

八股非書也。書蓋文之總名，而八股特其一耳，故曰時藝〔一〕，言其爲藝僅可驗於一時也。今天下士莫不以讀書自居，及問其所讀之書維何，則捨八股外無一知者。卽間有之，亦千萬中一二人，而文中之一二體而已。便謂之讀書可乎？世有以八股擅名者，試取其文視之，其理其詞，未嘗不是也。其字法句法，與夫起伏段落呼應結構之法，又未嘗不是也。至使其爲詩古文詞〔二〕，則無有一是者矣。匪特詩古文詞，雖短章小札亦然。此其故何哉？豈作八股智而作他文愚也耶，抑有說也？

嘗試譬之習字者，童蒙〔三〕初學書時，塾師必先書數字或數十百字以爲式，終日教之學習，久之而合式矣，又久之而能舍式自書矣。然使其書他字，則又不能矣。何也？以其未嘗習也。世之習八股者，何以異是？

嗚呼！古今之書亦甚繁矣，當其未售〔四〕，則不暇讀。及幸而售，則志得意滿又不肯讀，或其間有欲讀之而不可得者，則是終其身無有讀書之日也，不亦虛負此一生也乎？更猶有甚者，私幸其技已售，便詡詡〔五〕然高自稱許，以爲天下之才無復有出己之右者，抑豈知其初未嘗讀書也耶？然則天下之能讀書者，果不數數〔六〕見也。天下之能讀書而又能詩古文詞者，益不數數見也。況聖賢天人性命之學，其精微更千百倍如此者哉！予不敢深言之也已。

【注釋】

〔一〕時藝：即時文、八股文。明沈德符《野獲編》卷二十八《甲戌狀元》：『（杏源）時藝奇麗，與馮祭酒開之、袁職方了凡，同社相善。』

〔二〕古文詞：文體名。

〔三〕童蒙：兒童。晉葛洪《抱朴子·正郭》：『中人猶不覺，童蒙安能知？』

〔四〕未售：喻士人求官不得或應試未中，沒能換得施展自己才能的機會。唐岑參《送薛弁歸河東》詩：『獻賦今未售，讀書凡幾秋。』

〔五〕詡詡：自得貌。漢焦贛《易林·離之中孚》：『魴鱮詡詡，利來無憂。』

〔六〕數數：屢次，常常。《漢書·李陵傳》：『立政等見陵，未得私語，即目視陵，而數數自循其刀環，握其足，陰諭之，言可還歸漢也。』

作詩古文詞說

予嘗習八股矣，予嘗見天下之習八股者矣，其得售者一，其不得售者常千百也。售其可必乎，抑不可必乎？或曰：精者必售。予嘗見精而不售者矣。或曰：庸腐者不售。予嘗見庸腐而售者矣。豈非其權在人而不能必之於己者耶？

嘗以謂天下之樂莫如讀書，而讀書之至樂又莫如作文，盡天下古今之書皆予所當讀者，盡天下古今之文皆予所當作者，寧必八股云乎哉！予因棄八股而從事於詩古文詞。時方搦管〔一〕構思，不無慘澹經營之狀，似亦有時而不樂者矣，及其得意疾書，便覺鬼神與通，造化在手，不難取天地宇宙山川人物區畫而位置〔二〕之。雖天地宇宙山川人物之大且繁，亦不得不默然拱聽〔三〕，退而就我之範圍也。況此時我之爲我，無父兄師友督責於其前，又無主司取舍榮辱之慮束縛於其後，惟取胸中之所得者沛然而盡抒之於文，行止自如，縱横任意，此其愉悦爲何如者耶？然而文尚未成也。迨文之既成，則把杯快讀，自贊自評，非者去之，不必主司之擯斥〔四〕也；是者存之，不必主司之收録也；至佳者精者，則浮大白〔五〕以賞之，不必主司品題刻布家傳而戶誦也。何也？以其權在己而不必俟之人也。俟之人者不樂，俟之己者而尚有不樂者乎？且文或未至佳且精則已耳，若已不讓古人，則可傳天下而垂後世，姓名在古今天壤之間，其爲光榮亦已極矣，尚何登賢書與擢上第〔六〕之足羨也哉！

嗚呼！人壽幾何，忽焉坐老。與其習不能必售之時文〔七〕，何如從吾所好之爲愈也，予故棄彼而取此也。至於樂與不樂，則作者能自得之，非予一人之私言也。

【注釋】

〔一〕搦管：握筆。宋李心傳《舊唐書·令狐楚傳》：『至軍門，諸將環之，令草遺表，楚在白刃之中，搦管卽成。卽成，讀示三軍，無不感泣。』

〔二〕區畫：籌畫，安排。宋葉夢得《避暑錄話》卷下：『會河北大饑，流民轉徙東下者六七十萬，公皆招納之，勸民出粟，自爲區劃，散處境內，屋廬、飲食、醫藥，纖悉無不備。』位置：處置，安排。宋陳鵠《耆舊續聞》卷三：『晁無咎閒居濟州金鄉，葺東皋歸去來堂，樓觀堂亭，位置極瀟灑。』

〔三〕拱聽：拱手聆聽，猶恭聽。南朝宋何承天《答宗居士書》：『拱聽讜言，申旦忘寢。』

〔四〕擯斥：棄去。唐陳鴻《東城父老傳》：『蓋以其爲小說家言，近於猥瑣誕妄，故擯斥不錄。』

〔五〕浮大白：原指罰飲一大杯酒。後指滿飲一大杯酒。浮，違反酒令被罰飲酒。白，罰酒用的酒杯。漢劉向《說苑·善說》：『魏文侯與大夫飲酒，使公乘不仁爲觴政，曰：「飲不釂者，浮以大白。」』

〔六〕登賢書：科舉時代稱鄉試中式爲登賢書。明袁宏道《壽李母曹太夫人八十序》：『獻夫高才，早有文譽，而其登賢書也，乃在强仕之後。』擢上第：獲得科舉考試成績中的第一等。《舊唐書·白居易傳》：『禮部侍郎高郢始用經藝爲進退，樂天一舉擢上第。』

〔七〕時文：時下流行的文體。舊時對科舉應試文體的通稱。唐宋時指律賦。明清時特指八股文。

辭諸生〔一〕說

予既辭諸生，方有志於傳世之業，忽有客謂予曰：『子薄功名耶，何辭之亟也？』予愕然起立而謂客曰：『子謔予乎哉，抑將誣之也？予但知食粟而已，曷言功？雖讀書數十年，而姓名不出於閭里，安得有功名而辭之？且功名之在天下萬世，又安可辭也耶？』

『然則子辭諸生非歟？』曰：『此辭諸生也，非辭功名也。功蓋天下曰功，名傳萬世曰名，諸生爲四民〔二〕之一，其何功名之與有！微獨諸生，即等而上之，雖至擢上第，歷大官，稱王侯將相，當時則榮，沒則已焉者，不知幾千萬如斯也，而輒謂之功名得乎哉？』

『然則將云何？』曰：『此特朝廷爵祿之稱已耳。爵祿出自朝廷，而功名則由己立。孔子爲委吏〔三〕，爲乘田〔四〕，爲魯司寇〔五〕，其爵祿未嘗有大異於人也。然其删述六經，至今天下後世莫不推尊之爲大聖人者，初不以其爲委吏、乘田、司寇也。若伯夷、叔齊〔六〕，雖匹夫終其身，然已儼然爲百世師，又安得以布衣而少之？予習制舉〔七〕有年，恒恐爲其所誤，因中道謝去，使得專心論述，以冀有傳於後世。雖事之成否未可知，要不可謂無其志者。故予之辭諸生，正不欲以諸生自限而爲求功名之地者也，然則世之最熱心功名者固莫予若也。而子反以爲辭而疑之，則凡天下之擁高爵厚祿者，而謂其有勝於伯夷、叔齊之功名可乎？不特有勝於伯夷、叔齊，且謂其有勝於孔子之功名又可乎？不然又何以疑予之辭諸生而就功名也耶？』

言未畢，客逡巡〔八〕愧謝而退。

嗚呼！世之爲諸生與擢上第、歷大官、稱王侯將相者代不乏人，至以蓋天下傳萬世如孔子、夷齊之爲功名者又豈易有其人哉！予固不敢以諸生老也已。

予曾言專攻制義只可謂之讀八股，算不得讀書，則讀書可知。得登賢書、擢上第，只可謂之舉人、進士，算不得功名，則功名可知。與此篇正好參看，並識。

【注釋】

〔一〕辭諸生：清曾璟《廖燕傳》：『康熙三十八年學使按部，（廖燕）賦詩一章辭諸生。』廖燕有《辭諸生詩》（卷二十），可參看。諸生，明清兩代稱已入學的生員。明葉盛《水東日記·楊鼎自述榮遇數事》：『翌日，祭酒率學官諸生上表謝恩。』

〔二〕四民：指士農工商。《漢書·食貨志上》：『士農工商，四民有業：學以居位曰士，辟土殖穀曰農，作巧成器曰工，通財鬻貨曰商。』

〔三〕委吏：古代管理糧倉的小官。《孟子·萬章下》：『孔子嘗爲委吏矣，曰：「會計當而已矣。」』趙岐注：『委吏，主委積倉廩之吏也。』

〔四〕乘田：春秋時魯國主管畜牧的小吏。《孟子·萬章下》：『（孔子）嘗爲乘田矣。』趙岐注：『乘田，苑囿之吏也，主六畜之芻牧者也。』

〔五〕司寇：掌管刑獄、糾察等事的官員。春秋列國亦多置之。孔子嘗爲魯司寇，因與季氏不合而去。《史記·太史公自序》：『孔子爲魯司寇，諸侯害之，大夫壅之。』

〔六〕伯夷、叔齊：商末孤竹君之二子。相傳其父遺命要立次子叔齊爲繼承人。孤竹君死後，叔齊讓位給伯夷，伯夷不受，叔齊也不願登位，先後都逃到周國。周武王伐紂，二人叩馬諫阻。武王滅商後，他們恥食周粟，采薇而食，餓死於首陽山。見《呂氏春秋·誠廉》、《史記·伯夷列傳》。

〔七〕制舉：指八股文。清褚人穫《堅瓠餘集》卷二《贋女受封》：「喬工制舉業，從者日衆。」

〔八〕逡巡：因爲有所顧慮而徘徊不前。漢賈誼《新書·過秦論上》：「逡巡而不敢進。」

諸生說贈陳含貞〔一〕

今天下所稱爲諸生者果何爲乎？傳稱諸生爲邑弟子員〔二〕，言其始可爲弟子而使就學於庠序〔三〕間者也，豈非以庠序爲諸生之始基者歟？使由此歷學而有得，方進而試於鄉〔四〕，進而試於禮部〔五〕，更進而對策天子之廷，天子可其對，而後得入史館而卒業〔六〕焉。然猶未至於授政也，即使授政，而自授政分司，積而至於侍從台輔〔七〕，不知幾經閱歷，而回視諸生時，不啻〔八〕如爲山之初覆一簣〔九〕，奈何世人以諸生爲終身之榮也耶？如以諸生爲榮而自限，則其效不足以救饑寒，可不懼乎？不然則雖進而爲聖賢之道德、豪傑之事功，猶無難也，況科名〔一〇〕耶？

同里陳子含貞與予爲世交，早慧積學，以茲歲戊寅〔一一〕補諸生。其將以諸生自限乎，抑欲進而至侍從台輔也？夫侍從台輔亦始於諸生者耳。然以爲榮而止，與以爲懼而進者，其間得失之相去遂懸絶如此，豈不以志乎？況道德事功，使有志而爲之而又難乎哉？此又予所深望也。

【注釋】

〔一〕陳含貞：清初廣東曲江人。諸生，早慧積學。

〔二〕弟子員：漢對太學生、明清對縣學生員的稱謂。《漢書·儒林傳序》：『今天子太學弟子少，於是增弟子員三千人。』清侯方域《司成公家傳》：『若乃養馬，而我職弟子員，冠儒冠。』

〔三〕庠序：古代的地方學校。《漢書·董仲舒傳》：『立大學以教於國，設庠序以化於邑。』

〔四〕試於鄉：指參加鄉試。

〔五〕試於禮部：指參加會試。

〔六〕卒業：完成學業，畢業。《漢書·儒林傳·施讎》：『讎爲童子，從田王孫受《易》。後讎徙長陵，田王孫爲博士，復從卒業。』

〔七〕台輔：三公宰輔之位。《後漢書·張奮傳》：『臣累世台輔，而大典未定，私竊惟憂，不忘寢食。』

〔八〕不啻：無異於，如同。唐元稹《敘詩寄樂天書》：『視一境如一室，刑殺其下不啻僕畜。』

〔九〕一簣：一筐。簣，盛土竹器。《論語·子罕》：『譬如爲山，未成一簣，止，吾止也。譬如平地，雖覆一簣，進，吾往也。』

〔一〇〕科名：科舉功名。唐韓愈《答陳生書》：『子之汲汲於科名，以不得進爲親之羞者，惑也。』

〔一一〕戊寅：康熙三十七年（一六九八）。

朋友說

朋友居五倫〔一〕之內，自君臣父子夫婦兄弟外，則朋友爲重。傳稱朋友之交，豈不然哉！

然友道雖居五倫之内，而其義實爲四倫之外助而總其全。予嘗稱五倫可配五行，朋友於五行屬土，土旺於四時金木水火。而朋友則嘗周旋於君臣父子夫婦兄弟之間，夫人不幸而當四倫之變，則非朋友不爲功，其見之於傳記者，蓋比比然也。

然人或去國離家，則四倫亦有時而窮，又不得不以朋友爲性命焉，夫性命又烏可忽乎哉！況遇統屬則有君臣義，遇寄託則有父子義，與夫過失相規而手足相助則有夫婦兄弟義，不特可爲四倫之外助，且可以一身而兼君臣父子夫婦兄弟。使萬里孤身得團圞〔二〕之樂而免旅途寂寞之苦者，豈不賴此也耶！其於人之輕重緩急關係爲何如也？而人猶漠然易視之，甚且反目相仇讐至於不堪聞問者，亦獨何哉！則其於骨肉又可知也已。

雖然，朋友以義合，義一變則入於利，今之市道交〔三〕者皆是也。然亦知利之，卽所以爲義者。諺云：『交義莫交財。』使惟利是視，置貧交饑寒生死而不問，尚何義之可言？世未聞慳吝之人而能爲義交者也。是又不可不熟思也夫。

【注釋】

〔一〕五倫：封建禮教所規定的君臣、父子、夫婦、兄弟、朋友之間的五種人倫關係。《孟子·滕文公上》：『人之有道也，飽食煖衣，逸居而無教，則近於禽獸，聖人有憂之。使契爲司徒，教以人倫：父子有親，君臣有義，夫婦有别，長幼有敍，朋友有信。』

〔二〕團圞：團聚。唐杜荀鶴《亂後山中作》詩：『兄弟團圞樂，羇孤遠近歸。』

〔三〕市道交：指勢利之交。市道，謂商賈逐利之道。《史記・廉頗藺相如列傳》：『夫天下以市道交，君有勢，我則從君；君無勢，則去，此固其理也。』

物我說贈馬天門〔一〕

天下皆物乎，我何在？天下皆我乎，物又何在？關尹子曰：世之人以我痛異彼痛，彼痛異我痛。孰爲我，孰爲人？爪髮不痛，亦我也，豈可以不痛而異之？知不痛之物，是亦一我，則我未嘗不爲物也。〔二〕予嘗病瘧，每瘧疾陡發，則神色沮喪，魄受病而魂爲之不寧，以己之身而爲己害，是我與我爲敵國矣。我已不知，又焉知物。

然天下之物，有可喜可愕者，一接於前，則神爲之怡，而體爲之輕，物又未嘗不爲我也。故自其異者觀之，則物自物而我自我也。自其同者觀之，則我亦一物也，又何物物之云爲耶？雖然，粗而言之爲物爲我，精而言之則爲道。

南海馬子天門，好道之士也，與予談黃老〔三〕之學甚悉，予因作此說贈之，不物於物而忘其形，不我於我而返其真，其於道蓋庶幾〔四〕矣乎！

【注釋】

〔一〕馬天門：清初南海人。好黄老之學。

〔二〕『關尹子曰』十句：見舊題周尹喜撰《關尹子·六匕》：『關尹子曰：世之人，以我思異彼思，彼思異我思，分人我者。殊不知夢中人亦我思異彼思，彼思異我思。孰爲我？孰爲人？世之人，以我痛異彼痛，彼痛異我痛，分人我者。殊不知夢中人亦我痛異彼痛，彼痛異我痛。孰爲我？孰爲人？爪髮不痛，手足不思，亦我也。豈可以思痛異之！』

〔三〕黄老：黄帝和老子的並稱，後世道家奉爲始祖。《史記·老子韓非列傳》：『申子之學本於黄老而主刑名。』

〔四〕庶幾：差不多。《易·繫辭下》：『顔氏之子，其殆庶幾乎？』高亨注：『庶幾，近也，古成語，猶今語所謂「差不多」，讚揚之辭。』

評文説

孔子删述六經，遂開後世選文之端。是時有選而無評。或曰《論語》稱《關雎》『樂而不淫，哀而不傷』〔一〕，非詩評耶？則評又安可少也？梁太子昭明始取秦漢以來之詩文集爲一書，時號《選》體〔二〕，雖因而實創，其得失俱可不論。迨後宋蘇明允批點《孟子》〔三〕、謝疊山評《檀弓》〔四〕，以及明與我朝茅鹿門、鍾伯敬、金聖歎〔五〕輩出，無不批竅導竅，鬚眉畢露，殆無餘蘊矣。使尚執《文選》之例以律今時，評點概置不用，是猶欲今人草衣木食以與太古比德也，可乎哉？

且非徒取他人之文而選刻之也，蓋將以見吾手眼於天下也。以吾之手眼，定他人之文章，而妍媸〔六〕立見，非評不爲功。故文章之妙，作者不能言而吾代言之，使此文更開生面〔七〕，他日人讀此文咸歎其妙，而不知評者之功之至此也。則此文雖爲他人之文，遂與己之所作無異，是以貴乎選也，選蓋以評而傳也。不然，則亦謂之代抄而已，又何選之足云。故予嘗謂評文有師道焉，巧亦能與，何況規矩。有友道焉，以筆代舌，而即收文會〔八〕之功。有父兄道焉，句批字釋，不難取古人而生活之，使子弟有以知其用筆之意，則可以神明而無難。評文之效如此。

近世頗有欲竊才子選書之名，借《文選》之例，以藏其拙者，予故作此說以正之。嗚呼！孔子評詩，固當爲萬世選文者之所取法也哉！

【注釋】

〔一〕『《論語》』句：見《論語·八佾》：『子曰：「《關雎》，樂而不淫，哀而不傷。」』

〔二〕《選》體：仿《文選》風格體制所寫的作品。清侯方域《與任王穀論文書》：『六朝選體之文，最不可恃。』

〔三〕蘇明允：即蘇洵（一〇〇九—一〇六六），字明允，號老泉，四川眉山縣人。『唐宋八大家』之一。有《嘉祐集》。蘇洵《上歐陽内翰第一書》：『孟子之文，語約而意盡，不爲巉刻斬絶之言，而其鋒不可犯。』

〔四〕謝疊山：卽謝枋得（一二二六—一二八九），字君直，號疊山。信州弋陽（今屬江西）人。南宋文學家。著有評點著作《檀弓解》。

〔五〕茅鹿門：卽茅坤（一五一二—一六〇一），字順甫，號鹿門。浙江歸安（今浙江吳興）人。明代散文家。茅坤反對前後七子『文必秦漢』的主張，提倡學習唐宋古文。他評選的《唐宋八大家文鈔》在當時和後世有很大影響。鍾伯敬：卽鍾惺（一五七四—一六二四），字伯敬，號退谷，湖廣竟陵（今湖北省天門市）人。明代文學家。他與同里譚元春共選《唐詩歸》和《古詩歸》，名揚一時，形成『竟陵派』。金聖歎，詳見卷二《論語辯》注〔一一〕。

〔六〕妍媸：同『妍蚩』，美醜。南朝宋劉義慶《世說新語·巧藝》：『四體妍媸，本無關於妙處；傳神寫照，正在阿堵中。』

〔七〕開生面：展現新的面目。語出唐杜甫《丹青引贈曹將軍霸》：『淩煙功臣少顔色，將軍下筆開生面。』趙次公注：『貞觀中太宗畫李靖等二十四人於淩煙閣，至開元時，顔色已暗，而曹將軍重爲之畫，故云開生面。蓋因左氏：狄人歸先軫之元面如生也。』

〔八〕文會：文人雅士飲酒賦詩或切磋學問的聚會。南朝梁劉勰《文心雕龍·時序》：『逮明帝秉哲，雅好文會。』

評文頌附　三首

妙亦能傳，巧亦能與。畫龍點睛，破壁飛去。

又

句批字釋，鈎隱索玄。與君一夕，勝讀十年。

又

尋章摘句，探流溯源。金針盡度〔一〕，鴛鴦能言。

【注釋】

〔一〕金針盡度：金元好問《論詩》詩之三：『鴛鴦繡了從教看，莫把金針度與人。』金針，比喻秘法，訣竅。度，通『渡』，越過。引申爲傳授。把某種技藝的秘法、訣竅傳授給別人。

九邊〔一〕圖説 代

國家輿地之廣，縱横遼闊，自古莫及，洋洋乎可謂極盛矣哉。蓋嘗總其全圖，大約東南以海爲界，西北以邊爲界，陸地之難防，固甚於汪洋巨浸〔二〕也。秦始築長城以爲限，因地形用制塞險，自臨洮至遼東，延袤〔三〕數萬里。迨漢、隋、唐歷朝復增修之，功倍於古，至今稱便。

予嘗東極遼陽〔四〕，北抵薊鎮〔五〕，西至大同、延綏、固原〔六〕諸要地，想見古王公設險以守其國，斯非其明驗者耶？故凡足目之所經歷，莫不詳記而縷繪之。然古稱三邊〔七〕，今分而爲九，未經身至者尤多，因以所見聞，合諸傳記而考其異同，輯爲《九邊全圖》，裝潢成卷，以便攜袖省覽。於戲〔八〕！我朝御宇，薄海〔九〕内外，靡不臣服。然安不忘危，亦臣子所宜用心也。曷可忽哉，曷可忽哉！爲述其略如此，以俟博雅君子云。

【注釋】

〔一〕九邊：明代爲了維護北方地區的安寧，曾在東起鴨綠江，西至嘉峪關的長城沿線設置了遼東、宣府、大同、延綏、寧夏、甘肅、薊州、太原、固原九個軍事要鎮，史稱『九邊』。見《明史》卷九十一。

〔二〕巨浸：大水，此指大海。唐許彬《府試萊城晴日望三山》詩：『不易識蓬瀛，憑高望有程。盤根出巨浸，遠色到孤城。』

〔三〕延袤：綿亙，綿延伸展。《史記·蒙恬列傳》：『築長城，因地形，用制險塞，起臨洮，至遼東，延袤萬餘里。』

〔四〕遼陽：今遼寧省遼陽市一帶地方。《文選·孫楚〈爲石仲容與孫晧書〉》：『宣王薄伐，猛鋭長驅，師次遼陽，而城池不守。』李善注：『《漢書》曰：遼東郡有遼陽縣。』

〔五〕薊鎮：九邊之一，治薊縣（今天津市薊縣）。從東西北三面環衛京城。

〔六〕大同：地名，今山西省大同市，位於山西省最北端。延綏：明九邊之一，先治綏德州（今陝西省綏德縣東南部），後移榆林衛（今陝西省榆林市）。固原：今寧夏固原市，位於寧夏回族自治區南部。

〔七〕三邊：指東、西、北邊陲。《後漢書·楊震傳》：『羌虜鈔掠，三邊震擾。』《資治通鑒·漢安帝延光二年》引此文，胡三省注云：『三邊，東、西、北也。』

〔八〕於戲：同『嗚呼』，感歎詞。《禮記·大學》：『《詩》云：「於戲！前王不忘。」君子賢其賢而親其親，小人樂其樂而利其利。』

〔九〕薄海：到達海邊。語本《書·益稷》：『州十有二師，外薄四海，咸建五長。』孔潁達疏：『外迫四海，言從京師而至於四海也。』《史記·漢興以來諸侯王年表序》：『常山以南，大行左轉，度河濟，阿甄以東薄海，爲齊趙國。』

稱邑侯爲先生說爲談定齋先生作〔一〕

稱邑侯而曰先生者何？稱其實也。《論語》注云：先生者，父兄也〔二〕。又世稱師爲先生，則先生云者，爲父師之通稱也。故諸生稱邑侯爲父師，父言其養，師言其教也。然天下愧此稱者多矣，則雖稱之爲君爲相，猶詈之也，況先生哉！

今邑侯談定齋先生，治吾曲邑〔三〕，實不愧此名，故於序先生所刻書，正其名而稱曰先生，爲燕稱也，亦欲後人顧此名而思之不忘也。或曰先生治吾曲，不數月而即告歸，養且不終，曷言教？燕曰不然，養豈必以食，而教豈必以言哉？亦示其意已爾。於何見之？於見燕文見之。燕文非有異於人也，見之而即亟亟〔四〕稱之者，蓋以燕爲之招〔五〕也。燕猶見譽，況勝於燕者哉！或因此而進於聖賢功業之途而見譽於天下後世者，又未可勝量也。此教之意也。教已成而養可知矣。因爲此說，以告後之有教養責者，亦因以自勵也。

【注釋】

〔一〕邑侯：縣令。宋王玄《弔耒陽杜墓》詩：『邑侯新布政，一爲剪紫荊。』

〔二〕『《論語》注云』句：《論語·爲政》『有酒食，先生饌』魏何晏注引：『馬曰：先生謂父兄。』

〔三〕曲邑：指廣東省曲江縣。

〔四〕亟亟：急忙。《二刻拍案驚奇》卷十七：『（魏撰之）見説聞舍人已回，所以亟亟來拜。』

〔五〕招：招幌。清孫承澤《春明夢餘錄·兵部一》：『往者，王直、徐海輩憑借海窟普陀叢林爲之招，自嘉靖平寇以來業已火其廬，徙像于招寶，當時以爲得策。』

狂簡〔一〕說

堯，狂者也；舜，簡者也。堯不狂，則不能讓天下；舜不簡，則不能無爲而治。繼此，湯則狂也，文王則簡也。湯不狂，則不能變揖讓爲征誅；文王不簡，則不能三分有二以服事殷。推而極之，則天必爲狂，地必爲簡。天不狂，則不能輕清而上浮；地不簡，則不能重濁而下墜。雜而舉之，則水必爲狂，山必爲簡；風爲狂而雲爲簡；鳶爲狂而魚爲簡；心思以及遠爲狂，而耳目手足以舉近爲簡。以及庶物，莫不有狂簡之分焉。此皆斐然成章，爲天地間所不可少之人物。若不狂不簡，則爲天地間之廢物而已矣，烏乎人！

【注釋】

〔一〕狂簡：志向高遠而處事疏闊。《論語·公冶長》：『吾黨之小子狂簡，斐然成章，不知所以裁之。』朱熹集注：『狂簡，志大而略於事也。』

韶州府〔一〕總圖説

郡以韶名，非古也，蓋古揚州域，至唐始稱韶。相傳舜奏樂於此，故名。豈其然耶？地在粵西北，踞五嶺〔二〕上游，方廣六百里，敵古諸侯之大國，其爲郡亦廣矣哉。然界南楚，以故隸屬不一，自漢以來已然矣。趙佗據粵，則城仁化以壯横浦〔三〕。及漢武平之，欲離其腹心，則割曲江、湞陽、浛洭〔四〕三邑以隸楚。蓋欲爲守則宜固其外，欲爲取則當奪其内，各因其時以爲勝，勢使然也。志立方域、營建、財用、職官、名勝、人物、藝文七者之目，體取其備。茲爲《一統志》〔五〕所取裁，宜先其大者，則城池、山川、關津、驛遞〔六〕、古蹟其要矣。

今按圖而考，韶爲粵門戶，曲江居湞、武二流〔七〕中，最爲險要。國朝康熙十六年，楚逆〔八〕來寇，一戰敗去。斯地固則全粵恃以無恐，況域內乎？山川則爲全粵之勝，蓋粵地瀕海，而韶獨近楚而多山，樂之蔚嶺〔九〕，英之彈子磯、湞陽峽〔一〇〕，雄峙急湍，俱可阻險而守，豈非爲有國者之所恃耶？若關津，若驛遞、古蹟，或爲有國者之所急，或爲一鄉一邑之所增重而取則者，俱可覽此而得之，故不復及云。

【注釋】

〔一〕韶州府：今廣東省韶關市。在廣東省北部，北江中上游。三國吴甘露元年（二六五）置始興郡，轄曲江、始興等六縣（範圍大體上是今粵北地區），治所在曲江。後南朝梁置東衡州。隋開皇九年（五八九）改置韶州。唐因之，設治所於曲江，轄八縣。元改韶州路，轄四縣。明、清稱韶州府，轄曲江、仁化、樂昌、翁源、乳源、英德六縣。見《三國志·吴書》卷四十八、《南史》卷六十六、《舊唐書》卷四十五、《明史》卷四十五。

〔二〕五嶺：大庾嶺、越城嶺、騎田嶺、萌渚嶺、都龐嶺的總稱，位於江西、湖南、廣東、廣西四省之間，是長江與珠江流域的分水嶺。《史記·張耳陳餘列傳》：『北有長城之役，南有五嶺之戍。』

〔三〕『趙佗據粵』二句：秦末趙佗分兵絕秦，阻斷通往嶺南的通道，他在今廣東韶關市仁化縣築新城，以加强橫浦關的防守。趙佗（？—前一三七），真定（今河北省正定縣）人，秦末著名將領，南越國創建者。秦統一六國後，趙佗等率軍平定嶺南，任南海郡龍川縣令。秦亡後，趙佗兼併桂林郡和象郡，建立南越國。漢高祖定天下，立趙佗爲南越王。呂后時自立爲南越武帝，發兵攻長沙邊邑。漢文帝時，使陸賈至南越，佗上書去帝號。見《史記·南越列傳》。趙佗在仁化所築之城，位於今仁化縣北的城口鎮。《韶州府志》卷二十五：『古城二，一在今縣治一百三十里康溪都，秦末趙佗所築，今曰城口。』民國何烱璋修、譚鳳儀纂《仁化縣志》卷五：『古秦城在縣治北一百二十里，秦末趙佗築以絕秦兵，其境通郴州、桂陽。所謂築城以壯橫浦者，今城口。城址尚存，勒「古秦城」三字。』一般認爲秦漢時的橫浦關，位於今廣東省南雄市與江西省大庾縣交界處的大庾嶺上。《史記·南越列傳》：『囂死，佗即移檄告橫浦、陽山、湟谿關。』司馬貞索隱：『案：南康記云「南野縣大庾嶺三十里至橫浦，有秦時關，其下謂爲塞上」。』清楊錞纂《南安府志補正》卷三：『橫浦廢關，在府城西南三十里，秦時廢關也……及張九齡開鑿庾嶺，此關乃廢。』

〔四〕曲江：縣名，漢置，故城在今廣東韶關市湞江區湞江東岸，五代梁移治中洲，明清皆爲廣東韶州府治所在。湞陽：縣名，漢置，故城在今廣東英德市東。浛洭：縣名，漢置，故城在今廣東英德市西七十五里。以上參見《後漢書·郡國志》。

〔五〕一統志：指《大明一統志》。明代官修地理總志。九十卷。李賢、彭時等纂修。於天順五年（一四六一）成書。明英宗親自作序，賜名。

〔六〕驛遞：驛站。明馮夢龍《掛枝兒·雜情》：『今朝你向我，明日又向他，好似驛遞里的鋪陳也，趕腳兒的馬。』

〔七〕湞、武二流：指湞江和武江。湞江，是北江的上游部分。發源於江西省信豐縣，流經廣東省韶關市南雄、始興、湞江、曲江等市縣區，於韶關市區沙洲尾納武江後稱北江。武江，是北江支流。發源於湖南臨武縣，經廣東韶關市樂昌、乳源、武江等縣區，在韶關沙洲尾注入北江。

〔八〕楚逆：　指吴三桂叛軍。

〔九〕樂之蔚嶺：　位於廣東樂昌市西北的九峯鎮與慶雲鎮之間。清徐寶符等修、李穠等纂《樂昌縣志》卷三：『蔚嶺，距縣西北九十里，聯絡畈塘，高聳雲漢，上有大路通郴桂。嶺上有泉，極甘洌，行旅資飲焉。俗傳六祖黄梅歸以錫杖卓出此泉，人呼爲六祖泉。』

〔一〇〕彈子磯：　位於廣東省英德市沙口鎮北江岸邊。《韶州府志》卷十二：『輪石山，縣北一百一十里，一名彈子磯。壁立江滸，山半有竇，廣圓丈許。相傳伏波將軍試彈於此。』清李調元《南越筆記·彈子磯》：『彈子磯在英德之北，臨江壁立，如半破彈子，其中有石的云。』湞陽峽：　位於廣東省英德市以南三十公里的連江口鎮境内的北江河段。峽長十公里，兩岸崖石壁立，最窄處僅一〇〇米左右。峽口有江口祖廟、秦軍營寨遺址等。清林述訓等修《韶州府志》卷十二：『溱水歷皋石、太尉二山之間，是曰湞陽峽。長二十里，兩崖峙立，一水中流，猿鳥莫踰，舟楫艱阻。峽内牛牯灘，抄石灘，釣魚臺舊稱險峻，而釣魚臺尤爲至險，絶無蹊徑。明府判符錫沿崖開道，黎遂球過此有記。國朝康熙初，平南王尚可喜改修，嘉慶間總督阮元重修。』

曲江建置沿革總説

曲江之名肇於漢，其後統轄不一，豈非以其介於楚粵之間耶？大抵勢在此則内附，勢在彼則外屬，因其時然也。清興，天下一統，建置一規於中，故斯地猶然勝國之遺云。

城池圖說

曲江爲韶附郭〔一〕，居粤西北，爲五嶺門戶，亦一要區也。故斯地得，則障蔽東以南。失則順流而下，勢不可遏止，全粤有建瓴〔二〕之憂。然其要在城池，人依以聚，兵食二者有所恃則可守可戰。曲居湞、武二流之中，東西南三面阻水，獨北一面通陸。國朝康熙十六年，楚逆〔三〕圍城數月，一戰敗遯。雖由廟算〔四〕，亦城池足恃也。故列之於首云。

【注釋】

〔一〕附郭：屬縣。《宋史·五行志》：『戊申，建寧州水。己酉，福州水，浸附郭民廬，懷安、侯官縣漂千三百餘家。古田、閩清縣亦壞田廬。』

〔二〕建瓴：語本《史記·高祖本紀》：『譬猶居高屋之上建瓴水也。』建瓴，即『建瓴水』之省，謂傾倒瓶中之水，形容居高臨下、難以阻擋的形勢。

〔三〕楚逆：指吴三桂叛軍。

〔四〕廟算：朝廷或帝王對戰事進行的謀劃。《孫子·計篇》：『夫未戰而廟算勝者，得算多也；未戰而廟算不勝者，得算少也。』張預注：『古者興師命將，必致齋於朝，授以成算，然後遣之，故謂之廟算。』

山川圖說

曲江山川奇矯清駛〔一〕，爲五嶺之冠，固文人墨客樂遊而忘倦者。然其形勢，亦全粵之屏障者哉！漢馬援〔二〕征交趾，道武溪，有『嗟哉武溪何毒淫』〔三〕之句，豈非深畏其險耶？彈子磯峭壁插天，使一軍守之則萬舳〔四〕俱成膠柱矣，斯尤其大者。至一丘一壑，爲耳目之翫，非有國之所急者，則存而不論云。

【注釋】

〔一〕清駛：水清流疾。唐韓愈《南溪始泛》詩之二：『南溪亦清駛，而無檝與舟。』

〔二〕馬援（前一四—四九）：字文淵，扶風茂陵（今陝西興平東北）人。東漢初名將。建武二十四年（四九），病死於南征五溪蠻的軍中。見《後漢書·馬援列傳》。

〔三〕嗟哉武溪何毒淫：晉崔豹《古今注·音樂》：『《武溪深》，乃馬援南征之所作也。援門生爰寄生善吹笛，援作歌以和之，名曰《武溪深》。其曲曰：滔滔武溪一何深，鳥飛不度，獸不能臨，嗟哉武溪多毒淫！』

〔四〕舳：船。唐王勃《滕王閣序》：『舸艦迷津，青雀黃龍之舳。』

榷政居司農之一〔一〕。曲江東、西二關〔二〕，總粤内外之全税。上可佐國家之缺，下亦可以譏察非人，其爲任亦綦重矣。然得人與不得人，則禦暴爲暴之所由分也，可不慎歟？關得，而津可不言矣，橋梁尤其小者也。

【注釋】

〔一〕榷政：徵税的事務。司農：官名。漢始置，掌錢穀之事。清代以戶部司漕糧田賦，故別稱戶部尚書爲大司農。

〔二〕東、西二關：設於韶州的兩處税關，即東關、西關。東關，又稱太平關，位於太平橋。太平橋横跨於湞江下游東西兩岸，橋西爲今廣東省韶關市區東堤北路太傅街北端。《韶州府志》卷二十二：『徵税分設三處，一名太平橋，即東關，係江西入粤要津。』《曲江縣志》卷七：『太平橋在湘江門外里許，即東河浮橋，今爲榷税鈔關。』西關，位於遇僊橋，即今韶關市區西河大橋，横跨武江下游東西兩岸。《韶州府志》卷二十二：『徵税分設三處……一名遇仙橋，即西關，係湖廣通粤要津。』《曲江縣志》卷七：『遇僊橋即西河浮橋，在西門外。上通瀧水，爲由楚入粤要津。』

古蹟圖說亭臺、樓閣、堂館、寺觀、祠廟、丘墓

將亭臺、樓閣、堂館、寺觀、祠廟、丘墓統名曰古蹟。古蹟云者，爲今人留所履也。曲之古蹟甚盛，他如供遊士賞翫，與緇羽高流〔一〕之所棲託者，俱可不論。若夫道德文章政事表表〔二〕在人耳目間，其生也榮，其死也哀。後之人履其地，想見其爲人，欲得而齊之者，豈不以此哉！故宜纖悉〔三〕必書云。

【注釋】

〔一〕緇羽高流：僧尼道士及隱逸之士。緇，僧尼。羽，道士。高流，指隱逸之士。

〔二〕表表：卓異，特出。唐韓愈《祭柳子厚文》：『子之自著，表表愈偉。』

〔三〕纖悉：細微詳盡。南朝梁劉勰《文心雕龍·總術》：『昔陸氏《文賦》，號爲曲盡，然汎論纖悉，而實體未該。』

驛遞圖說〔一〕

柳子厚作《館驛壁記》，慎重其事。誠哉是言！曲設芙蓉、平圃、濛瀼〔二〕三驛。清興，以

芙蓉一驛兼之，而塘鋪〔二〕居其中，上接淩江〔三〕，下通湞陽、三水〔四〕，爲全粵之咽喉。雖欲……

【校記】

〔一〕此文未完，諸本皆殘缺。

【注釋】

〔一〕芙蓉：即芙蓉驛，原設於今韶關市中山路和東堤中路的交匯處，後遷今東堤北路太傅街北端的湞江西岸。順治十二年又遷今風采路東段。《曲江縣志》卷十一：『芙蓉驛，原設湘江門外，後遷津頭廟下。順治十二年又遷風度樓東。』同書卷六：『忠惠廟，即太傅廟，在太平關稅廠前。俗名津頭廟。』平圃：即平圃驛。位於今韶關市仁化縣周田鎮平甫村的湞江南岸。濛瀼：即濛瀼驛。位於今韶關市曲江區烏石鎮濛瀼村的北江岸邊。《曲江縣志》卷十一：『芙蓉驛……平圃驛，在平圃巡司東。濛瀼驛在濛瀼巡司東，順治十三年俱裁，歸併芙蓉驛。』

〔二〕塘鋪：驛站。《曲江縣志》卷十一：『東路有塘鋪至始興縣府前鋪，鋪兵五名。十里至新安鋪，又十里至底溪鋪……以上每鋪兵三名。』

〔三〕淩江：淩江驛。位於今廣東省南雄市利民路與中山街的交匯處附近。《曲江縣志》卷十一：『北至京師驛路：自芙蓉驛三百里至淩江驛（南雄州境）。』清余保純等修、黃其勤纂《直隸南雄州志》卷十六：『淩江驛，在南門外。宋爲館，元爲站，明洪武庚戌剏額設驛傳。』

〔四〕湞陽：即湞陽驛。位於今廣東省英德市連江口鎮的北江邊。《曲江縣志》卷十一：『南至省城驛路：自芙蓉驛三百里至英德縣湞陽驛……』清顧祖禹撰《讀史方輿紀要》卷一百二：『湞陽驛，在縣西南四十里。《輿程記》：「自清溪驛南行百里，至湞陽驛，又一百二十里而至廣州清遠縣之橫石驛。」三水：指三水縣西南驛，位於今佛山市三水區西南街道。《曲江縣志》卷十一：「南至省城驛路：自芙蓉驛三百里至英德縣湞陽驛……二百里至三水縣西南驛。」

五十一層居士說

傳有一士人，每與人言不合，輒云：「汝與我相隔五十一層，宜其不相合也。」問何謂，曰：「我居三十三天〔一〕之上，汝在一十八重地獄〔二〕之下，以三十三之數合一十有八計之，非五十一層而何？」予笑謂：吾輩作人須高踞三十三天之上，下視眇眇塵寰〔三〕，然後人品始高。又須遊遍一十八重地獄，苦盡甘來，然後膽識始定。作文亦然，須從三十三天上發想，得題中第一義〔四〕，然後下筆，壓倒天下才人。又須下極一十八重地獄，慘澹經營一番，然後文成，爲千秋不朽文字。五十一層之說如此，居士以此自號，豈虛語哉！

【注釋】

〔一〕三十三天：梵語忉利天的意譯。即欲界六天之二。小乘有部認爲是欲界十天中的第六天。《法苑珠林》卷五：「欲界十天者：一名於手天，二名持華鬘天，三名常放逸天，四名日月星宿天，五名四天王天，六名三十三天，七名炎摩天，八名兜率陀天，九名化樂天，十名他化自在天。」《大智度論》卷九：「須彌山高八萬四千由句，上有三十三天城。』俗稱極高處爲三十三天。

〔二〕一十八重地獄：佛教指極惡衆生死後前往受苦之所，包括刀山、火湯、寒冰等十八種。宋賾藏《古尊宿語録·舒州白雲山海會演和尚語録》：『臻云：「天宫雖樂，不是久居。」遂下十八重地獄。』

〔三〕塵寰：人世間。唐權德輿《送李城門罷官歸嵩陽》詩：『歸去塵寰外，春山桂樹叢。』

〔四〕第一義：佛教語，指最上至深的妙理。明羅洪先《論學書》：『力行是孔門第一義。』

書後

書戰國策後

《戰國策》一書，不知出自何人之手，其摛〔一〕奇變幻，雄視今古，固無倫已。予獨喜其文章卽事功，事功卽文章，文可爲武，武可爲文，無異途錯出之分，尤爲千古獨絕也。此豈無所致而然乎？士莫重乎氣，氣養之在上而成之在下，天下未有能以賤而謀貴者矣，何也？其氣不足也。戰國之士，類皆俊偉瑰琦，以一布衣揖讓人主之前，折衝俎豆〔二〕之上，非其智謀獨絕也，其氣有以蓋之矣。

嗚呼！自糊名、易書〔三〕之法行，而繩檢〔四〕防範，使士皆囚首垢面以應朝廷之舉錯，其始固已喪天下士之氣矣，尚可復望其昂然振起、抵掌〔五〕而談天下之事也哉！此必無之理也。

【注釋】

〔一〕摛：舒展，展示。宋王禹偁《謫居感事》詩：『賡歌才不稱，掌浩筆難摛。』

〔二〕折衝俎豆：指不用武力而在酒宴談判中制敵取勝。語本《戰國策·齊策五》：『此臣之所謂比之堂上，禽將戶內，拔城於尊俎之間，折衝席上者也。』折衝，使敵人的戰車後撤。即制敵取勝。衝，沖車。戰車的一種。《呂氏春秋·召類》：『夫修之於廟堂之上，而折衝乎千里之外者，其司城子罕之謂乎？』東漢高誘注：『衝，車。所以衝突敵之軍，能陷破之也……使欲攻己者折還其衝車於千里之外，不敢來也。』俎豆，俎和豆。俎，古代割肉及盛肉用的方形盤。豆，古代盛肉或其他食品的器皿，形狀像高腳盤。這裏用俎豆指宴席。

〔三〕糊名、易書：都是科舉考試中防止舞弊的措施。糊名，凡試卷均糊其姓名。唐劉餗《隋唐嘉話》卷下：『武后以吏部選人多不實，乃令試日自糊其名，暗考以定等第。判之糊名，自此始也。』易書，經糊名後的試卷再如實謄寫一遍。閱卷、評卷所用的試卷是重新謄錄之卷，不是考生原始試卷。這兩種方法，都能使試官難於徇私作弊。

〔四〕繩檢：約束。唐杜牧《念昔遊》詩之一：『十載飄然繩檢外，罇前自獻自爲酬。』

〔五〕抵掌：擊掌，指人在談話中因高興而做出的動作。《戰國策·秦策一》：『（蘇秦）見說趙王於華屋之下，抵掌而談。』

書私訂郡志後

孔子因魯史而作《春秋》，悲哉其志也，身爲魯人不敢後之矣。以予之於韶，豈不當以孔子爲法者耶？ 孔子爲千古聖人，然當時孰能盡知其聖者，不能盡知其聖，乃敢取魯史而筆削〔一〕之，則信乎其在己者矣。

韶志自郡守符公〔二〕纂修以來，雖幸成書，然亦多闕。至某某續修〔三〕，雜出庸手，而人物、藝文諸志可疑者多矣。况其間輒多勢力子弟，從而文飾其祖若〔四〕父，儼然爲之立傳者，其可公然削之歟？ 至或潛德顯行，不幸生於窮巷幽閨，無人表彰而遂湮没不傳者，更可憫也。予爲茲懼，因取此書而私筆削之，以竊附於竊取之義。然不敢見於世，用藏於家，使後之君子有志斯道或知我者見之，庶有所折衷焉。

【注釋】

〔一〕筆削：對作品删改訂正。宋歐陽脩《免進五代史狀》：『至於筆削舊史，褒貶前世，著爲成法，臣豈敢當？』

〔二〕郡守符公：指符錫，明代新喻（今江西省新餘市渝水區）人。嘉靖三年任韶州府通判，毁淫祠，興社學。鎮壓以李英爲首的翁源義軍。疏通開鑿英德境内的湞陽峽，便利南北交通。又議改驛傳徵銀發驛以杜科擾。嘉靖十七年任韶州知府。見《韶州府志》卷十二、卷二十八。

〔三〕某某續修：指韶州知府馬元，遼東籍，清北直真定（今河北省石家莊市正定縣）人，累官湖廣按察使。康熙九年（一六七〇）任韶州知府，性嚴明，精勤敏練，案無留牘，訟至立決。注重人才的培養。任内主持纂修《韶州府志》。清林述訓等修《韶州府志》卷首《歐樾華序》：『韶州志權輿于劉宋王韶之始興記，其專本也。嗣唐以韶名州而有圖經，宋趙伯謙又著新圖經，元有王志，明有方志、符志，自成一代書。今篇目散見而全帙則無可攷矣。國朝定鼎，康熙丁未郡守馬公倡修，越二十年唐公增修。』參見同書卷二十九。

〔四〕若：與，和。《書·召誥》：『旅王若公。』

書柳子厚文集後

唐柳子厚與宋蘇子瞻〔一〕異代齊名，或以爲柳文稍遜於蘇，然蘇貶海外，惟以陶淵明詩與子厚文集自隨，目爲二友〔二〕，柳爲蘇公所稱，豈偶然哉？予獨怪其稍遜於蘇者，則又不在此。傳稱子厚文章卓偉精悍，第進士博學宏詞科〔三〕，卒陷王叔文黨，屢遭貶斥，最後貶永州司馬，遂鬱鬱不得志而卒。嗚呼！何其量之不廣也，豈非仁義道德之念不足勝其窮通得喪之念者耶？予觀蘇公之貶斥，較柳爲更甚，公作《桄榔庵銘》自序謫於儋耳〔四〕，無地可居，偃息〔五〕桄榔林下，其窮可謂極矣。然其弟子由〔六〕稱公在海南時，葺茅竹而居之，日啖藷芋，不見老人衰憊之態。予讀公海外詩文，良然有清平豐融〔七〕之音，而無幽憂怨憤之作，何其有餘裕〔八〕耶？以視鬱鬱不得志者，其度量誠不可同日而語耳。

甚矣，窮通得喪之能移人也！賢者猶不免，況下此者乎？雖然，豈無有高出於其上者耶？《易》云：『遯世無悶。』〔九〕子思子曰：『君子無入而不自得焉。』〔一〇〕自非以天地爲心胸，浮雲視富貴，超然於萬物之表者，又孰能與於斯也哉！予固不以彼易此也。

李湖長〔一二〕曰：只從度量上較論，而二公之人品自見，其殆以坡公自況者耶？又云：世界從來逼狹，惟以大量勝之，卽處斗室中，自具海闊天空境界，這便是君子坦蕩蕩的道理。然非十年讀書，十年養氣，恐亦未足以語此。柴舟其庶幾乎！

【注釋】

〔一〕蘇子瞻：卽蘇軾。

〔二〕『然蘇貶』三句：蘇軾《與程全父書》：『流轉海外，如逃空谷，既無與晤語者，又書籍舉無有，唯陶淵明一集，柳子厚詩文數冊，常置左右，目爲二友。』宋陸游《老學庵筆記》卷九：『東坡在嶺海間，最喜讀陶淵明、柳子厚二集，謂之南遷二友。』

〔三〕博學宏詞科：科舉時代臨時設置的考試科目，爲制科的一種，以選拔能文之士。始于唐玄宗時。

〔四〕桄榔庵：北宋蘇軾謫居儋州時同其子蘇過住了三年的舊居，坐落在今儋州市中和鎮南郊。由於茅屋處在桄榔林中，故蘇軾稱其爲『桄榔庵』，並作《桄榔庵銘》。桄榔，木名。俗稱砂糖椰子、糖樹。常綠喬木，羽狀復葉，小葉狹而長，肉穗花序的汁可制糖，莖中的髓可制澱粉，葉柄基部的棕毛可編繩或制刷子。儋耳：今海南省儋州市古稱，西漢時於其地置儋耳郡，故稱。

〔五〕偃息：睡臥止息。宋司馬光《和君倚藤牀十二韻》：『朝訊獄中囚，暮省案前文。雖有八尺牀，初無偃息痕。』

〔六〕子由：蘇軾弟蘇轍字子由。

〔七〕清平：　清和平允。宋蘇軾《〈王定國詩集〉敘》：　『（王定國）以其嶺外所作詩數百首寄余，皆清平豐融，藹然有治世之音。』豐融：　盛美貌。《文選・揚雄〈甘泉賦〉》：　『肸蠁豐融，懿懿芬芬。』李善注：　『言秬鬯分佈，芬芳盛美也。』

〔八〕餘裕：　寬綽有餘，表示應對從容、胸懷寬廣。清劉大櫆《吳節婦傳》：　『而夫人主持家政，處之有餘裕，無能間毀。』

〔九〕遯世無悶：　謂逃避世俗而心無煩憂。語出《易・乾》：　『不成乎名，遯世無悶。』孔穎達疏：　『謂逃遯避世，雖逢無道，心無所悶。』

〔一〇〕『君子』句：　見《禮記・中庸》。唐孔穎達疏：　『「君子無入而不自得焉」者，言君子所入之處，皆守善道。』

〔一一〕李湖長：　清初浙江會稽人。好詩文。與廖燕有交往。見《送李湖長還會稽》（卷二十）。

自書宋高宗殺岳忠武〔一〕論後

予論宋高宗殺岳忠武，與弑君父無異，因竊歎富貴之溺人，將不胥淪於禽獸不止也。予何知之？　予讀《春秋》知之。《春秋》二百四十二年間，書亡國五十二，弑君三十六，前古未有也。即後世之亂，莫如三國與前後五代〔二〕，其篡弑之禍，又孰如春秋之甚者耶？　豈後世賢於春秋乎，抑有以溺之使然也？　且天下未聞有匹夫而輕弑其父者也，匹夫不輕弑父，而帝王之子若臣獨多輕弑父與君，非富貴使之，而誰使之？甚矣，富貴之溺人也！

春秋之富貴，無過於三國與前後五代，而各國諸侯僭侈幾與王等，則其受禍之倍於後世，又烏足怪也哉！宋高宗之弑徽宗與淵聖〔三〕亦然。善乎史臣斷曰：高宗貪戀帝位，遂致蔑棄〔四〕君父。斯其爲高宗之鐵案也歟？嗚呼！向使高宗身爲匹夫，目擊父兄被擄，安知其不思冒萬死，以求脱其親於虎口而惟恐其不及者，況肯躬蹈不韙乎？則天下後世雖稱之爲孝子可也。夫孝子之於弑逆，亦甚懸絶矣。今高宗安弑逆而辭孝子，豈非富貴爲之祟耶？

予故曰富貴之溺人，將不胥淪於禽獸不止也。雖然，禽獸猶如有同類也，彼弑父與君者，又禽獸之不若也哉！

【注釋】

〔一〕岳忠武：即岳飛（一一〇三—一一四二）。

〔二〕前後五代：唐初官修了梁、陳、北齊、周、隋五代史書。後因以五代指稱南北朝至隋這段歷史時期。又稱前五代。後五代，即唐滅後出現的後梁、後唐、後晉、後漢、後周。這兩個時期除了隋代出現過短暫的統一，基本上是我國歷史上的大分裂的時期。

〔三〕徽宗：即宋徽宗趙佶（一〇八二—一一三五）。靖康二年（一一二七），與欽宗同爲金朝所虜，押解北上。後死於金五國城（今黑龍江依蘭）。淵聖：指宋欽宗趙桓（一一〇〇—一一六一）。建炎元年，宋高宗趙構即位後，遥尊被金兵俘去的欽宗爲孝慈淵聖皇帝。

〔四〕蔑棄：輕視，鄙棄。《國語・周語下》：『上不象天，而下不儀地，中不和民，而方不順時，不共神祇，而蔑棄五則。』

書韶州府名勝志後

韶有山水而無人，丹霞澹公〔一〕過韶每歎之，後修府志至名勝，尤三致慨焉。是說也，予每疑之。吾粤山川，廣潮〔二〕諸郡近海而鉅，雖極瀾濤壯闊之觀，然峯巒繡錯，不及吾韶遠甚，而瑰偉特立之士往往常生其間，況蜿蟺〔三〕怪奇如吾韶者耶，安得遽信其說也！然有其人，則必功業可見，如唐張文獻公、宋余襄公〔四〕，雖村嫗稚子，猶得指而名之，而至今闕如者，是誠無其人也。然吾聞瑰偉特立之士，類多離世絕俗，超然塵垢之表，名似非其所急者，世人烏從知之而傳之？

且夫人之情非富貴不道，卽有才如文獻、襄公，使布衣終其身，雖至今猶不傳也，況下此者耶？卽不然，或當時延譽〔五〕有人，使得稍展其所學，則其人可傳未可知。予嘗登高極視，見峯巒雖美，然皆狹淺蒙險，無所容蓄，雖有其人，亦必憂愁困頓，至老死而不得顯於世者。或有在也，而遂謂之無人可乎？非博聞宏厚，察人於貴賤是非之外者又烏能知之。

雖然，世無其人毋論耳，使有其人，必爲山川靈秘〔六〕所鍾，其幽光潛德，必傳無疑者。而或不傳焉，則山川之不幸，非其人之不幸也。庚申〔七〕二月日閲志識此。

談定齋先生曰：乍信乍疑，若無若有，全是自寫不平，文情正復妙絶。澹和尚作此語時，當是未見柴舟耳。後見柴舟，贈詩云：『廖生文筆嶺表雄，摩青欲峙雙芙蓉』云云，當不復作昔日之韶觀矣。

【注釋】

〔一〕丹霞：即丹霞山，在廣東省韶關市仁化縣城南九公里，錦江東岸。主峯寶珠峯。澹公：即澹歸和尚。

〔二〕廣潮：指廣州府和潮州府。位於廣東沿海。

〔三〕蜿蟺：屈曲盤旋貌。《文選·馬融〈長笛賦〉》：『蚡緼蟠紆，緸冤蜿蟺。』李善注：『緸冤蜿蟺，盤屈搖動貌。』

〔四〕張文獻公：即張九齡。余襄公：即余靖。

〔五〕延譽：播揚聲譽。語出《國語·晉語七》：『使張老延君譽于四方。』

〔六〕靈秘：神奇莫測的奥秘。南朝梁沈約《桐柏山金庭館碑》：『降命凡底，仰祈靈祕。』

〔七〕庚申：康熙十九年（一六八〇）。

書邑志學校後代

天地無學而聖人有學，聖人學天地者也。聖人學天地，而吾人則學聖人。六經〔一〕者，又吾人學聖人之津梁者也。學校之設，豈非欲人文爲六經之文，而行當爲聖人之行者哉？自帖括制義〔二〕之法行，而士不復以稽古爲事，離六經而爲飣餖〔三〕，離聖人而爲學究，甚至得志臨民，則又離學究而爲縉紳中不可問之人，其所由來者久矣。此豈其人之故，毋亦其法有以致之歟？六經自在天地，聖人可學而至，有志者當不其然。予志曲邑〔四〕學校，不啻三致意〔五〕云。

陳元孝曰：題是學校，此文開口動筆，便是此題學字第一義〔六〕。柴舟凡文皆然，雖欲不推爲古文中第一手，不可。

【注釋】

〔一〕六經：六部儒家經典，《詩》、《書》、《禮》、《樂》、《易》、《春秋》。

〔二〕帖括：唐代科舉制度規定，明經科以『帖經』試士。把經文貼去若干字，令應試者對答。便於記誦，後考生乃總括經文編成歌訣，稱『帖括』。後以泛指科舉應試文章。明清時亦用指八股文。清顧炎武《三朝紀事闕文序》：『而臣祖故所與往來老人謂臣祖曰：「此兒頗慧，何不令習帖括？」……於是令習科舉文字。』制義：明清科舉考試的方式，又稱制藝，即八股文。《明史·選舉志二》：『其文略仿宋經義，然代古人語氣爲之，體用排偶，謂之八股，通謂之制義。』清陳廷敬《西園先生墓志銘》：『元日除夜，猶聞絃誦之聲，渟涵演迤，作爲制義之文。』

〔三〕飣餖：將食品堆迭在器皿中擺設出來。這裏比喻文辭的羅列、堆砌。宋郭應祥《好事近·丁卯元夕》詞：『客來草草辦杯盤，飣餖雜蔬果。』

〔四〕曲邑：指曲江縣，含今廣東省韶關市曲江區、湞江區、武江區。

〔五〕三致意：再三表達其意。《史記·屈原賈生列傳》：『其存君興國而欲反復之，一篇之中三致志焉。』

〔六〕第一義：佛教語。指最上至深的妙理。明羅洪先《論學書》：『力行是孔門第一義。』

書邑志祠廟後代

上之人生有惠澤，洽於民心，而後其没也，民亦不忍忘之，思有以尸祝〔一〕於千萬世，祠廟〔二〕是已。傳所稱有功德於民則祀之者非耶？曲江立廟一十有三，立祠一十有八，雖多蕪没不存，亦可見人心之公而善之不可不爲有如是也。然考其宦蹟之可紀，而故老已無存者，即郡邑名宦志亦多缺略不載，其載者不必盡立祠廟，立祠廟者又不必盡入名宦，豈亦有名浮於實，則雖立祠立廟，而有不可盡信者在耶？大抵功德在人心，勝於簡冊之紀載。予於此不敢輕信前人者，蓋有戒於今之立祠廟者也。雖然，匪獨祠廟，即名宦志亦然，予不欲深言之也已。

【注釋】

〔一〕尸祝：祭祀。明宋濂《題傅氏誥敕後》：『（金昌年）嘗浚慈湖，溉田千頃，民至今尸祝之。』

〔二〕祠廟：祠堂，廟堂。唐杜甫《謁先主廟》詩：『舊俗存祠廟，空山泣鬼神。』

書邑志宋特奏科〔一〕後代

宋制，凡屢舉不第者，於賜進士日特奏出身，號爲特奏科，蓋憫諸儒之年耄不遇者而設，誠盛典也。後世揀銓〔二〕之法，此即其遺意歟？士人讀書一生，上之不能致身廟廊〔三〕，下之不能安心巖壑〔四〕，束髮〔五〕受書，白首無成，亦可憫也已。然豈無有高尚之可樂者？古之人有束帛賁臨〔六〕而尚不欲仕者，安有求仕而不得者也？求仕而不得，則必有既得而患失〔七〕，如《魯論》〔八〕所云者。其人豈特可憫，亦可鄙也已。又安得復行辟薦之法，一洗仕途之污穢也哉！

【注釋】

〔一〕特奏科：宋代科舉制度的一種特殊規定。考進士多次不中者，另造册上奏，經許可附試，特賜本科出身，叫『特奏名』，與『正奏名』相區別。《宋史·選舉志一》：『開寶三年，詔禮部閲貢士及十五舉嘗終場者，得一百六人，賜本科出身。特奏名恩例，蓋自此始。』

〔二〕揀銓：選拔及任用。

〔三〕廟廊：朝廷。明劉基《次韻和石末松秋日感懷見寄》之一：『肉食不知田野事，布衣深爲廟廊憂。』

〔四〕巖壑：借指隱者的住所。唐岑參《下外江舟中懷終南舊居》詩：『巖壑歸去來，公卿是何物？』

〔五〕束髮：古代男孩成童時束髮爲髻。漢賈誼《新書·容經》：『古者年九歲入就小學，蹍小節焉，業小道焉；束髮就大學，蹍大節焉，業大道焉。』

〔六〕束帛賁臨：帶著禮物拜訪。束帛，捆爲一束的五匹帛。古代用爲聘問、饋贈的禮物。《周禮·春官·大宗伯》『孤執皮帛』漢鄭玄注：『皮帛者，束帛而表以皮爲之。』賈公彥疏：『束者十端，每端丈八尺，皆兩端合卷，總爲五匹，故云束帛也。』賁臨，語本《詩·小雅·白駒》：『賁然來思。』朱熹集傳：『賁然，光采之貌也。』謂來者有所盛飾。後用『賁臨』表示光臨。

〔七〕既得而患失：語出《論語·陽貨》：『子曰：「鄙夫可與事君也與哉？其未得之也，患得之。既得之，患失之。苟患失之，無所不至矣。」』

〔八〕《魯論》：即《魯論語》。《論語》的漢代傳本之一，相傳爲魯人所傳。唐陸德明《〈經典釋文〉序錄》：『漢興，傳者則有三家，《魯論語》者，魯人所傳，即今所行篇次是也。』按，《魯論》爲後世《論語》所本，故後世稱《論語》爲《魯論》。

書手錄李非庵文後

文固有不幸而不傳者矣，未有傳之而不幸者也。明雖專制義，而古文詞亦有足稱者。予獨竊怪王元美、李于鱗〔一〕之名滿天下，而詩文輒多不稱者，何哉？間見世傳七才子〔二〕詩，而王、李居其二，私竊鄙之。及後得于鱗《滄溟集》觀之，其填砌雕績〔三〕如其詩，此豈即世目動舌張所豔稱〔四〕之文耶？抑或别有所傳而村居寡陋不及見之也？噫，亦異矣！元美之文似勝于鱗，然佳者亦少，與實副其名者有間矣，豈所謂傳之而不幸者耶？

李非庵名未大顯於世，而文章何其工也，而輒不能與於王、李之列者，豈所謂不幸而不傳者耶？然予嘗疑秦、漢以後之文，可傳者當不止韓、歐數人，及遍觀唐、宋遺文，無復有能勝之者，何哉？王、李之詩文若是，安知後世不以予言爲定論耶？而名至今猶赫赫者，猶有利其填砌雕繢而因以掩其庸拙者在也，則不可謂傳之而不幸也。非庵之名，雖未盛於今，而文必傳於後，予於此卜之矣。不幸而不傳者，有幸而傳者也。

嗚呼！人利其説，而不能使之必傳，則有必傳之文，而或惡之而不能使之必不傳者。而人猶欲以好惡定人之文者，亦獨何哉？

【注釋】

〔一〕王元美：即王世貞（一五二六—一五九〇），字元美，號鳳洲，又號弇州山人。明江蘇太倉人。以詩文名世，與李攀龍、謝榛、宗臣、梁有譽、徐中行、吴國倫並稱明代文壇後七子。李于鱗：即李攀龍（一五一四—一五七〇），字于鱗，號滄溟。明歷城（今山東濟南）人。

〔二〕七才子：指後七子。明代嘉靖、隆慶年間文學家李攀龍、王世貞、謝榛、宗臣、梁有譽、徐中行、吴國倫七人的合稱。

〔三〕雕繢：雕鏤彩繪。繢，通『繪』。《南史·顔延之傳》：『（鮑照）曰謝五言如初發芙蓉，自然可愛。君詩若鋪錦列繡，亦雕績滿眼。」

〔四〕豔稱：稱羨。清余懷《板橋雜記·軼事》：「先是嘉興沈雨若，費千金定花案，江南豔稱之。」

書重刻武溪集後

右《武溪集》共若干卷，爲予韶宋余襄公靖遺稿，明丘文莊公濬得之館閣者〔一〕。鼎革〔二〕時，其板復毁於兵燹〔三〕。康熙丙辰〔四〕歲，邑人黄子少涯始於民家得刻本錄歸藏之，而原本隨爲顯宦取去。予懼久而復失也，因取其抄本，乞梓於郡太守陳公〔五〕。未幾，公卒於京邸，而公之客新安程子德基〔六〕，始代醵金襄厥事〔七〕焉。嗚呼！文字之流傳，顧不難哉？

予補《郡志藝文志》，序述韶人前後所著書共四十餘家，今所存者，惟《張文獻公集》、凌雲〔八〕《樂此吟》、劉啟鑰《横溪集》與此集四家而已。按《郡志》稱，劉軻〔九〕《春秋三傳旨要》一十五卷、《十三代名臣議》十卷，胡賓王〔一〇〕《南漢史》一十二卷三書，皆關係聖賢心學與國家治亂興亡製作〔一一〕諸大典故，今俱不傳，豈不尤爲可惜者耶？即文獻公又有《姓源諧韻》一卷，與襄公茲集外，又有《三史刊疑》四十卷、《奏議》五卷、《隆興奉使審議錄》一卷，亦不傳，況其他者乎？予故不能不恨前之無人，失其傳，遂不能不幸今之有人，得其傳也。語云：莫爲之後，雖盛而不傳〔一二〕。是作者得傳者之力，而益以不朽，則其功又烏可須臾忘也耶？雖然，既幸今之得其傳矣，尤冀後之能大其傳，則所以有待於後賢者，不惟收輯慎藏，當如黃、程諸君子之用心，而著述可稱，亦當如襄公與文獻諸公，將傳而愈多，多而愈遠且久也，豈非爲吾韶之盛事乎哉！予將以茲集爲嚆矢〔一三〕也已。

歲丁丑〔一四〕某月日，刻成，板藏本祠。將刻前數日，邑明經劉子纘襄〔一五〕猶恐中止，急取集付門人，再錄副本，同有功者，例得附書。

【注釋】

〔一〕丘文莊公濬：即丘濬（一四二〇或一四一八、一四二一—一四九五），字仲深，卒謚文莊。廣東瓊山（今海南海口）人。明大臣、醫家。官至禮部尚書、文淵閣大學士。曾作傳奇《五倫全備》、《投筆記》、《舉鼎記》、《羅囊記》等，内容多宣揚道學思想。著有《大學衍義補》、《丘文莊集》。館閣：北宋有昭文館、史館、集賢院三館和秘閣、龍圖閣等閣，分掌圖書經籍和編修國史等事務，通稱『館閣』。明代將其職掌移歸翰林院，故翰林院亦稱『館閣』。清代沿之。

〔二〕鼎革：建立新的，革除舊的，指改朝換代。語出《易·雜卦》：『革去故也，鼎取新也。』唐徐浩《謁禹廟》詩：『鼎革固天啟，運興匪人謀。』

〔三〕兵燹：因戰亂而造成的焚燒破壞等災害。《宋史·神宗紀二》：『丁酉，詔：岷州界經鬼章兵燹者賜錢。』

〔四〕丙辰：康熙十五年（一六七六）。

〔五〕郡太守陳公：指陳廷策。

〔六〕新安：舊郡名，指徽州府，相當於今安徽省黄山市。東漢建安十三年（二〇八），東吴建新都郡。西晉武帝太康元年（二八〇），吴滅，改新都郡爲新安郡。

〔七〕醵金：集資，湊錢。宋陶穀《清異録·黑金社》：『廬山白鹿洞，遊士輻湊，每冬寒，醵金市烏薪爲禦冬備，號黑金社。』襄：成就，完成。《左傳·定公十五年》：『不克襄事。』注：『成也。』

〔八〕淩雲：字澹癯，廣東仁化人。拔貢，天啟七年（一六二七）舉人，崇禎十三年（一六四〇）會試副榜。任河南推官，冰霜自勵，人不敢干以私。明亡後遯跡於蔚州山十餘年，順治九年（一六五二）還里。服粗茹糲，杜門讀書。著有《集陶》、《集唐》、《樂此吟》等。見何炯璋修、譚鳳儀纂《仁化縣志》卷六。

〔九〕劉軻：字希仁，本沛（今江蘇省徐州市沛縣）人，天寶末徙曲江，少爲僧。元和末登進士第。以史才直史館。終洺州刺史。博學工詩文。著有《三傳指要》十五卷、《十三代名臣議》十卷等。見《曲江縣志》卷十四本傳、南宋計有功《唐詩紀事》卷四六。

〔一〇〕胡賓王：字時賢，曲江人。其所居鄉乾道中分隸乳源，故又稱乳源人。南漢時登進士，累官中書舍人、知制誥。劉鋹時辭官歸，著《南漢國史》。劉鋹上其書於宋，號《劉氏興亡録》。以明經授著作郎。宋真宗咸平三年登進士第。累遷翰林學士致士。見《古今圖書集成》氏族典卷八四、《韶州府志》卷三十三。

〔一一〕製作：指禮樂等方面的典章制度。《史記·禮書》：『今上卽位，招致儒術之士，今共定儀，十餘年不就。或言古者太平，萬民和喜，瑞應辨至，乃采風俗，定製作。』

〔一二〕『莫爲』二句：語見唐韓愈《與于襄陽書》：『士之能享大名，顯當世者，莫不有先達之士，負天下之望者，爲之前焉。士之能垂休光，照後世者，亦莫不有後進之士，負天下之望者，爲之後焉。莫爲之前，雖美而不彰；莫爲之後，雖盛而不傳。』

〔一三〕嚆矢：響箭，因發射時聲先於箭而到，故常用以比喻事物的開端。猶言先聲。《莊子·在宥》：『焉知曾史之不爲桀蹠嚆矢也。』成玄英疏：『嚆，箭鏃有吼猛聲也。』

〔一四〕丁丑：康熙三十六年（一六九七）。

〔一五〕明經：明清對貢生的尊稱。貢生指考選府、州、縣生員（秀才）送到國子監（太學）肄業的人。《醒世恒言·赫大卿遺恨鴛鴦縧》：『這陸氏因丈夫生前不肯學好，好色身亡，把孩子嚴加教誨。後來明經出仕，官爲別駕之職。』纘襄：輔助，協助。同『贊襄』。語本《書·皋陶謨》：『皋陶曰：「予未有知，思曰贊贊襄哉。」』唐柳宗元《禮部賀皇太子冊禮畢德音表》：『嚴贊襄之禮，賜與有加。』

書雲節母紀事後代

此予友雲君載青〔一〕記其與母太孺人離合始末也。按，載青自言幼孤，甫六齡，與太孺人避難相失，爲亂卒所掠。既而遯去，由粵入閩，由閩入燕都〔二〕，間關〔三〕一十有餘年，始得太孺人音耗〔四〕。又一十有餘年，始得母子聚首如初。嗚呼！豈偶然哉！

然予以爲孺人矢志孀居，歷數十年如一日，苦節也。載青奔走流離，無刻不以見母爲念，亦歷數十年如一日，至孝也，天必有以憐之矣。況其間如太尹〔五〕之寄書，大士〔六〕之見夢，與夫借箸〔七〕成功，脫衣驗痣，種種靈異，皆節與孝纏綿固結，互相感通斡旋〔八〕而成之者，則其獲報之厚，又豈待問也耶！無怪其骨肉團圞〔九〕之後，備極孝養者，又且一十有餘年也。

【注釋】

〔一〕雲君載青：雲志高，字載青，號逸亭，清初廣東文昌（今海南省文昌市）人。雲志高自小與母親離散，漂泊異鄉。經多方探訪，最終在時隔三十年之後，和母親團聚。雲志高精通琴藝，著有《蓼懷堂琴譜》。見《蓼懷堂琴譜·雲志高自序》，清明誼修、張嶽松纂《瓊州府志》卷三十六本傳。

〔二〕燕都：指燕京，即今之北京。

〔三〕間關：輾轉。《後漢書·鄧騭傳》：『遂逃避使者，間關詣闕，上疏自陳。』

〔四〕音耗：音信，消息。明李唐賓《梧桐葉》第一折：『等閒離別，一去故鄉音耗絕。』

〔五〕太尹：官名，指詹事。唐武則天垂拱元年（六八五），改詹事爲太尹。神龍元年（七〇五），中宗復位後，復原名。秦始置，職掌皇后、太子家事。明清皆置詹事府，設詹事及少詹事。清末廢。

〔六〕大士：佛教對菩薩的通稱。南朝齊周顒《重答張長史》：『夫大士應世，其體無方，或爲儒林之宗，或爲國師道士，斯經教之成説也。』唐湛然《法華文句記》卷二：『大士者，《大論》稱菩薩爲大士，亦曰開士。』

〔七〕借箸：指爲人謀劃。典出《史記·留侯世家》：『食其未行，張良從外來謁。漢王方食，曰：「子房前！客有爲我計橈楚權者。」具以酈生語告，曰：「於子房何如？」良曰：「誰爲陛下畫此計者？陛下事去矣。」漢王曰：「何哉？」張良對曰：「臣請藉前箸爲大王籌之。」』藉，《漢書·張良傳》作『借』。箸，筷子。唐杜牧《河湟》詩：『元載相公曾借箸，憲宗皇帝亦留神。』

〔八〕斡旋：運轉。宋沈遼《感懷》：『斡旋白日光，何用魯陽戈。』

〔九〕團圞：團聚。唐杜荀鶴《亂後山中作》詩：『兄弟團圞樂，羈孤遠近歸。』

自書弔六烈女〔一〕詩後俗稱六貞女，予特改正，稱六烈女

《易》云：『女子貞不字，十年乃字。』〔二〕則貞之一字爲閨媛〔三〕守正〔一〕之通稱，非奇事也。吾粤順德李氏六女遇亂捐軀，爲天地間轟轟烈烈之事，乃諱其烈而獨以貞見稱，豈此地之大，遂别無有一人如六女之守正者耶？如云人人皆貞，而獨稱此六女，似涉於私。如以守正惟六女爲然，則是明爲六女闡幽〔四〕，而實暗加衆媛以不貞之名也。公論之謂何？以一字褒揚之誤，遂以掩其捐軀之實，已不堪言，況因而誣及諸閫〔五〕皆陷不貞疑獄，又烏可訓乎哉？故六女宜改稱曰烈，庶有合於捐軀謚法〔六〕之義，因成此詩並序，以俟後世之具史筆者。詩與序，别載詩集中。

【校記】

〔一〕守正：底本作『字正』，據文久本改。文中另一處『遂别無有一人如六女之守正者耶』，正作『守正』。

【注釋】

〔一〕六烈女：廖燕有《烈女不當獨稱貞辯》（卷二）、《弔六烈女》詩（卷二十），可參看。

〔二〕『女子』二句：見《易・屯》。

〔三〕閨媛：指女子。清王士禛《居易錄》：『吳中閨媛文俶字端容，寒山趙靈均之配，工於寫生。』

〔四〕闡幽：使幽深隱藏的顯露出來。《易・繫辭下》：『夫《易》彰往而察來，而微顯闡幽。』韓康伯注：『闡，明也。』

〔五〕閫：古代婦女居住的內室，因借指婦女。

〔六〕謚法：評定謚號的法則。上古有號無謚，周初始制謚法，至秦廢。漢復其舊，歷代因之，至清止。《史記・秦始皇本紀》：『自今已來，除謚法。朕爲始皇帝。』參閱《逸周書・謚法》、《通志・謚略》，明吳訥《文章辨體序題・謚法》、《四庫全書總目提要・史部・政書類》。

書梅聖俞〔一〕詩集序後

非詩之能窮人，殆窮者而後工，世莫不以爲然。然天下窮人多不能詩，今能詩者，或未必皆窮人，又果何謂哉？語云：『天上無頑鈍仙人。』神仙莫不能詩，況古來聖賢能詩者尤多，《三百篇》〔二〕豈皆窮人所爲耶？使人能於簞瓢陋巷〔三〕中尋一出路，則此四聲六義〔四〕便可爲吾輩脫胎換骨之資，不特不能窮人，且可因之傲王侯，輕富貴，爲聖賢仙佛而無難。故凡以窮爲言者，猶未爲知詩者也。然則吾人固宜別有所以爲詩也哉！

李湖長曰：此文雖似翻案，然特地爲吾輩苦吟人指出一條活路，何減換骨金丹。

【注釋】

〔一〕梅聖俞：梅堯臣（一〇〇二—一〇六〇），字聖俞，世稱宛陵先生。宣州宣城（今屬安徽）人。北宋詩人。皇祐三年（一〇五一）賜同進士出身。官至都官員外郎。在北宋詩文革新運動中與歐陽脩、蘇舜欽齊名，並稱『梅歐』、『蘇梅』。著有《宛陵先生集》六十卷。《宋史》卷四百四十三有傳。

〔二〕三百篇：相傳《詩》三千餘篇，經孔子刪訂存三百一十一篇。內六篇有目無詩，實有詩三百零五篇，舉其成數稱三百篇。後即以『三百篇』爲《詩經》代稱。《史記·太史公自序》：『《詩》三百篇，大抵賢聖發憤之所爲作也。』

〔三〕簞瓢陋巷：《論語·雍也》載：顏淵一簞食，一瓢飲，居陋巷，而不改其樂，孔子稱讚他說：『賢哉回也！』後以『簞瓢陋巷』爲生活清貧的典故。

〔四〕四聲：漢語語音的聲調。古漢語的聲調有平聲、上聲、去聲、入聲，總稱『四聲』。《南史·陸厥傳》：『汝南周顒善識聲韻。約等文皆用宮商，將平上去入四聲，以此制韻，有平頭、上尾、蠭腰、鶴膝。』六義：指風、雅、頌，賦、比、興，是以《詩經》爲代表的文學創作的精神和原則。《詩·大序》：『詩有六義焉：一曰風，二曰賦，三曰比，四曰興，五曰雅，六曰頌。』孔穎達疏：『風、雅、頌者，詩篇之異體；賦、比、興者，詩文之異辭耳。大小不同而得並爲六義者，賦、比、興是詩之所用，風、雅、頌是詩之成形，用彼三事，成此三事，是故同稱爲義，非別有篇卷也。』

書錢神論後

每怪人爲萬物之靈，萬物皆其所役使，而獨見役於一物。一物者何？錢是也。自有此物以來，無貴無賤，無智無愚，無賢無不肖，靡不爭趨之惟恐後，熙熙攘攘，至於今爲特甚。有之則可以動王公，無之則不足以役奴隸。嗚呼異哉！神蓋至此乎！今以神稱之，洵〔一〕乎其爲神也已。然予每見此物多歸於貪吝之夫，而獨慳於吾輩，豈能神於彼而不能神於此歟？抑世人之所謂神，非吾之所謂神者歟？噫！世人之所謂神，吾知之。若吾之所謂神，固非錢神之所能爲，又豈世人可得而知者哉！吾亦神吾之神而已矣。

【注釋】

〔一〕洵乎：誠然，確實。清汪琬《答陳靄公論文書一》：『今足下當浮靡之日，獨侃侃持論，以爲文非明道不可。洵乎豪傑之士，超越流俗者也。』

自書與友人書後

予嘗有求全之毀，聞之惟謹自訟而已，豈敢有尤〔一〕於人哉！此書所以識也。然予聞明李卓吾〔二〕著書被謗，梅衡湘〔三〕云：如此老者，若與之有隙，祇宜捧之蓮花座〔四〕上，朝夕率衆焚香禮拜，庶可消折其福。不宜妄意挫抑〔五〕，反增其聲價也。則予自今而後，益懼聲價之日增也夫。

【注釋】

〔一〕尤：怨恨，歸咎。《左傳·襄公十五年》：『尤其室。』注：『責過也。』

〔二〕李卓吾：即李贄。

〔三〕梅衡湘：梅國楨，字克生，號衡湘。湖北麻城人。萬曆十一年進士，任固安知縣，遷任御史。萬曆二十年，監李如松軍討寧夏降將哱拜，一戰成功。以功升爲太僕少卿，累遷兵部右侍郎，總督宣（宣府）、大（大同）、山西軍務。見《古今圖書集成》氏族典卷三十四、民國余晉芳纂《麻城縣志前編》卷九、明馮夢龍著《智囊全集》卷五、明袁中道撰《珂雪齋前集》卷十六《梅大中丞傳》。

〔四〕蓮花座：亦稱『蓮座』，即佛座。佛座作蓮花形，故名。清唐孫華《哭大兄允中》詩之三：『六時勤禮蓮花座，五夜頻繙貝葉書。』

〔五〕挫抑：摧挫，抑制。《後漢書·史弼傳》：『弼爲政，特挫抑彊豪，其小民有罪，多所容貸。』

書郭道人贈僧修眉惜字序後〔一〕

凡下筆出口皆字屬也，下筆太刻與出口太薄皆污屬也。以一字而爲人千古不白之冤，與以一言而爲人閨閣莫洗之垢，其爲污也，豈特在地之比哉！蓋在地之污猶可浣而去之，若筆舌之污則雖欲浣之而不得也，可不慎歟？嗚呼！當其下筆出口時，鈎深剔隱，捉影捕風，無所不至，以求暢其文，快其語，豈知污筆污舌，且污人性命名節之至於是耶？顧人亦未嘗取而思之耳，誠取而思之，天下可惜者多矣，寧獨字乎？昔人云：讀書要先識字。孔光不識進退字，張禹不識剛正字，許敬宗不識忠孝字〔二〕，非不識也，不惜之耳。

聖果庵〔二〕僧修眉，目不識『之』、『無』，而獨惜字，苦行數十年。有豫章〔三〕郭道人贈之序，其於惜字果報之說，亦既詳言之矣，惜未盡其義，予爲之備書焉，將以爲吾輩告也，僧則可不必知也。

【校記】

〔一〕此文底本無，據文久本補入。

【注釋】

〔一〕『孔光』三句：宋龔昱編《樂菴語録》卷一：『人讀書須是識字。固有讀書而不識字者，如漢之孔光、張禹，唐之許敬宗、柳宗元，非不讀書，但不識字。或問其説，先生曰：「孔光不識進退字，張禹不識剛正字，許敬宗不識忠孝字，柳宗元不識節義字。」』孔光（前六五—五），字子夏。魯國（治今山東曲阜）人。西漢大臣。曾任博士、尚書令、御史大夫、丞相等職。面對土地兼併日益嚴重、社會危機加劇的情況，提出『限田』、『限婢』的主張。但因貴族官吏反對，最終未能實行。張禹（？—前五），字子文。西漢河内軹（今河南濟源東南）人。通經學，爲博士。元帝時，授太子《論語》。成帝時，任丞相，封安昌侯。專治《論語》，兼治《易》。曾改編今文本《論語》，將《齊論》、《魯論》合爲一書，稱《張侯論》。許敬宗（五九二—六七二），字延族，杭州新城人（《舊唐書》作興城人。此從《新唐書》）。性輕傲，善屬文。隋末，舉秀才，初仕瓦崗起義軍，任記室。唐高宗時，陰附武則天，助武則天逐褚遂良，殺長孫無忌、上官儀。又竄改高祖、太宗實録，其言率多誣罔，爲世所詬病。

〔二〕聖果庵：位於今廣東韶關市武江區武江西岸一帶。《曲江縣志》卷十六：『聖果庵，在河西。』

〔三〕豫章：漢豫章郡治南昌，轄境大致同今江西省，因以指江西。

跋

鄭季雅〔一〕移居詩跋

予來吴門〔二〕，得晤鄭子季雅，翩翩風雅人也。兹讀其《移居》七律四首，風流藴藉〔三〕中，却寓牢騷骯髒〔四〕之意。正是吾輩《移居》詩，他人假用一字不得，真堪與李龍眠〔五〕《移居圖》並傳不朽。圖爲畫中之詩，此卽詩中之畫，季雅殆兼之矣。予生平學詩而不知畫，安得徙筆硯相近？看他日有人復作《季雅移居圖》，畫中又復有詩，當更妙絶千古耳。

【注釋】

〔一〕鄭季雅：清初人，曾居蘇州。

〔二〕吴門：指蘇州或蘇州一帶。爲春秋吴國故地，故稱。

〔三〕蘊藉：含蓄內秀，形容文章詩畫意趣飄逸含蓄。宋陳起《江湖後集·張煒〈雪窻自西陵以新詩迗水仙見惠〉》：『葩白中黄饒蘊藉，臘梅春暖肆芳妍。』

〔四〕骯髒：高亢剛直貌。漢趙壹《疾邪詩》之二：『伊優北堂上，骯髒倚門邊。』宋文天祥《得兒女消息》詩：『骯髒到頭方是漢，娉婷更欲向何人！』

〔五〕李龍眠：李公麟（一〇四九—一一〇六），字伯時，號龍眠居士。廬州舒城（今安徽桐城）人。北宋著名畫家。

題山水手卷〔一〕跋

歲壬午〔二〕閏六月日，友某以山水手卷索題，適予方中酒〔三〕，未暇作也，因録《山居》〔四〕舊作一律以塞責。然山水得詩之似，而詩得山水之真，況詩人所居之山，無不與畫相彷彿，豈山水幻而爲畫，有不彷彿於詩人之居者耶？則以此詩題此畫，祗當家裏人説家裏話，不曾別請生客耳。

【注釋】

〔一〕手卷：只能卷舒而不能懸掛的横幅書畫長卷。元紀君祥《趙氏孤兒》第四折：『我如今將從前屈死的忠臣良將，畫成一個手卷。』

〔二〕壬午：康熙四十一年（一七〇二）。

〔三〕中酒：醉酒。晉張華《博物志》卷九：『人中酒不解，治之以湯，自漬即愈。』

〔四〕《山居》：廖燕有《山居三十首》，見卷二十。

潑墨帖自跋

貯百千怪事於胸中，不得已而以潑墨出之，猶隱然難平也。然焉知非即作字妙法，世固有無事而作者矣，即一事可知也。

醉榻解跋

予友陳子牧霞於所居之南，構一室爲讀書地，予嘗醉臥其中。曾贈句云：『琴酒蕭疏名下士，鬚眉錯落畫中詩。』復屬予題額，時匆匆未暇也。去歲庚午〔一〕冬，廬陵朱子藕男客韶，適寓於此，因顔〔二〕曰醉榻，並爲作解。藕男解醉榻耶？將〔三〕醉榻解藕男也？俱未可知。予獨怪藕男天下奇男子，所遇靡不合，似無不得於其中者，顧好飲有似於予，何也？予時過其處，與牧霞三人輒浮白〔四〕共臥，醉榻之名不虛矣。

然猶未盡予量，予將以四海爲酒，大地爲榻，醉則酣寢其上，鼾呼之聲達帝座，以問藕男然乎否也？或曰：子量不過一升，臥不過七尺，今作此言復何解？予以不解解之，藕男其能爲我下一注脚耶？

包諶野曰：睥睨一切，較樂天更進一解，未易爲俗人道耳。

【注釋】

〔一〕庚午：康熙二十九年（一六九〇）。

〔二〕顔：題字於匾額等。明郎瑛《七修類稿》卷三十二：『家嘗有竹數竿，作亭其間，名曰「醫俗」，因記之以顔於亭。』

〔三〕將：或，抑。孟郊《上常州盧使君書》：『將有人主張之乎？將無人主張之乎？』

〔四〕浮白：滿飲或暢飲。原意爲罰飲一滿杯酒。典出漢劉向《說苑·善說》：『魏文侯與大夫飲酒，使公乘不仁爲觴政，曰：「飲不釂者，浮以大白。」』宋陸游《遊鳳凰山》詩：『一樽病起初浮白，連焙春遲未過黄。』

黄山谷〔一〕墨蹟跋

此予家藏山谷道人真蹟手卷也。一日失藏，爲鼠竊去，惋歎不置〔二〕。越數日，忽得之臥榻下，聳然〔三〕異之。惟首與腹殘缺數字，豈神物〔四〕有所護惜，抑假此以顯其靈耶？甲寅〔五〕

某月日，重裝潢之，忽友某某至，出此同閱碧桃〔六〕花下，時春雨初霽，微風一過，桃花點點落卷上，不覺喜甚，急呼酒賞之。其字畫精妍絶倫，不暇贊也。

【注釋】

〔一〕黄山谷：即黄庭堅。

〔二〕不置：不止。《新唐書·狄仁傑傳》：「爲兒時，門人有被害者，吏就詰，衆爭辨對，仁傑誦書不置。」

〔三〕聳然：詫異貌。宋蘇軾《答黄魯直書》：「軾始見足下詩文于孫莘老之坐上，聳然異之，以爲非今世之人也。」

〔四〕神物：神靈。《易·繫辭上》：「探賾索隱，鉤深致遠，以定天下之吉凶，成天下之亹亹者，莫大乎蓍龜。是故天生神物，聖人則之。」

〔五〕甲寅：康熙十三年（一六七四）。

〔六〕碧桃：桃樹的一種。花重瓣，不結實，供觀賞和藥用。一名千葉桃。明顧起元《客座贅語·花木》：「碧桃有深紅者，粉紅者，白者，而粉紅之嬌艶尤爲夐絶。」

從軍帖自跋

歲丙辰〔一〕九月，予從軍寓横浦寶界寺〔二〕，無事學書，几壁皆黑。偶翻亂書堆中，得疏紙長丈餘，撤去紅簽，戲書此帖，然已不復記憶矣。茲歲庚午〔三〕，有客來自豫章〔四〕，憩掛角寺〔五〕，以菓餅易之小沙彌〔六〕，歸以示予。予視之，恍然若隔世事。計詩一十三首，二百七十六字，時距丙辰已九十甲子〔七〕云。

【注釋】

〔一〕丙辰：康熙十五年（一六七六）。

〔二〕横浦：指今江西省贛州市大餘縣一帶，因秦代在大庾嶺設有横浦關（即梅關）而得名。寶界寺：位於今江西省贛州市大餘縣城内。今已不存。清黄鳴珂修《南安府志》卷七：『寶界寺在城西北。歲三大禮，郡邑官僚習儀於此，因扁外曰萬壽山，内曰祝聖寺。道場本宋皇祐初所建福田院，後稍增廓易今名。』

〔三〕庚午：康熙二十九年（一六九〇）。

〔四〕豫章：漢豫章郡轄境大致同今江西省，治南昌。因以指江西。

〔五〕掛角寺：又名雲封寺。建於大庾嶺山隘的梅關關樓南坡，今六祖廟東對面。寺在『文革』中被毁。清余保純修《直隸南雄州志》卷二十四：『雲封寺在梅關側，唐時剏，名梅花院。宋大中祥符三年賜今額……俗呼掛角寺。相傳梁時飛來寺自吳中飛來，觸梅嶺，缺去一角，遂以名焉。』

〔六〕小沙彌：小和尚。南朝宋劉義慶《世説新語·言語》：『范寧作豫章，八日請佛有板。衆僧疑，或欲作答。有小沙彌在坐末，曰：「世尊默然，則爲許可。」衆從其議。』

〔七〕九十甲子：古代以天干和地支遞次相配，從甲子起至癸亥止爲一個循環，共六十，稱爲甲子或六十甲子。古人以六十甲子紀日，因兩個月大致約六十天，合一個甲子。從丙辰至庚午共十五年，剛好九十甲子。

九日帖自跋

歲甲寅〔一〕九日，羊城田子崑山飲予酒，予已爲文記之矣。此卽予醉後贈姬碧玉〔二〕詩，書扇巾襟帶中墨蹟也，爲好事者綴襲成帖，未免少年狂態。今頭白閱此，似難爲情，人亦何可輕老也耶？

【注釋】

〔一〕甲寅：　康熙十三年（一六七四）。

〔二〕姬碧玉：　清初廣州歌伎。

灌園帖自跋

歲己未〔一〕春，予僦居〔二〕城東隅。中多菜圃，予嘗觀其役〔三〕，澆灌之暇，則以書爲課。遇樹根菜葉，苔階竹墅，卽書之，不獨紙也。時秋初，暑正盛，息鋤豆瓜棚蔭，取酒就石砰〔四〕上飲，微醺〔五〕，意頗佳，書此帖付小奚奴〔六〕，俟時兒長學之。

【注釋】

〔一〕己未：康熙十八年（一六七九）。
〔二〕僦居：租屋而居。唐段安節《樂府雜錄·觱篥》：『（麻奴）不數月，到京，訪尉遲青，所居在常樂坊，乃側近僦居。』
〔三〕『予嘗』句：廖燕有《種菜八首》（卷十九）記其種菜之事，可見當時心境。
〔四〕砰：通『坪』，平坦的場地。明程鉒《題高房山畫山水行》：『小橋駕壑無人行，兩溪流水經石砰。』
〔五〕醺：酒醉。《說文·酉部》：『醺，醉也。』
〔六〕小奚奴：小男僕。唐李商隱《李賀小傳》：『（賀）恒從小奚奴，騎距驉，背一古破錦囊，遇有所得，即書投囊中。』

意園帖跋

此予友甬東〔一〕王子也癡《意園帖》也。也癡作意園二十四圖，詩數如之。予覽其字畫體勢，雖脱胎於顏魯公〔二〕，而變化生動，結構遒勁，似爲過之，誠可寶也。然也癡旅居食貧，遠近求畫者，戶外屨常滿。予獨喜其書法能兼畫意，爲得古人不傳之秘。昔稱王右軍〔三〕人以字掩，予言也凝字又以畫掩，爲千古異事云。

【注釋】

〔一〕甬東：　清定海縣，今浙江省舟山市，在海中，即春秋越甬東地。《左傳・哀公二十二年》：『冬，十一月，丁卯，越滅吳，請使吳王居甬東。』杜預注：『甬東，越地，會稽句章縣東海中洲也。』《春秋傳說匯纂》：『句章，今浙江慈溪鎮海二縣地。海中洲，即舟山，今之定海縣也。』

〔二〕顔魯公：　顔真卿（七〇九—七八五），字清臣，琅琊臨沂（今山東臨沂市費縣）人。唐代大臣、書法家。代宗時官至吏部尚書、太子太師，封魯郡公，人稱『顔魯公』。

〔三〕王右軍：　王羲之（三〇三—三六一或三二一—三七九），字逸少，號澹齋，原籍琅琊臨沂（今屬山東），後遷居山陰（今浙江紹興）。東晉書法家。因曾任右軍將軍，世稱『王右軍』。

今是跋

天長唐君君宗〔一〕，曾宰吾粵和平〔二〕，未幾告致〔三〕。『今是』二字，所以識也。嗣君菊村寶其手澤唯謹〔四〕，然菊村亦以西林〔五〕乞休，匪獨急流勇退，可以追蹤古人，而兩世高風，尤稱僅事，爲足述云。

【注釋】

〔一〕天長唐君君宗：唐開先，字君宗，江南天長（今安徽省天長市）人。拔貢。康熙十年（一六七一）任廣東和平縣知縣。見清劉湝年修、鄧掄斌等纂《惠州府志》卷二十。

〔二〕和平：今廣東省河源市和平縣。明正德十三年（一五一八）置縣，明、清皆屬惠州府轄。

〔三〕告致：官員告老退休。清毛奇齡《尚書廣聽錄》：『當此嗣君新政之際，自當潔身引退，不居盛滿，而乃告致之後仍復留此，則愛公之至。』

〔四〕嗣君：稱別人的兒子。菊村：唐如則，字菊村，江南天長（今安徽省天長市）人。康熙二十年（一六八一）任廣西西林知縣。見清謝啟昆修、胡虔纂《廣西通志》卷三十九。手澤：猶手汗。後多用以稱先人或前輩的遺墨、遺物等。《禮記·玉藻》：『父沒而不能讀父之書，手澤存焉爾。』孔穎達疏：『謂其書有父平生所持手之潤澤存在焉，故不忍讀也。』

〔五〕西林：今廣西壯族自治區百色市西林縣。東晉十六國及南朝時期置西平縣。清康熙四年（一六六五）得名西林縣，屬廣西泗城府轄。

見亭跋

人非日、非月、非火，則不能見物。然以爲可見者，將在此三者耶？若使人無目，物亦不能見。以爲可見者，又將在目耶？若使人無日、無月、無火，目又不能見。畢竟以何爲見？

目附我者也，日月與火又附目者也，是謂之以我見我。雖然，我復何在？《易》云：『復其見天地之心矣乎。』〔一〕心者，我之謂也。請質之見亭主人〔二〕，然乎否耶？

【注釋】

〔一〕『復其見』句：見《易·复·彖傳》。

〔二〕見亭主人：指黄遙。

拜石堂跋

世傳米南宮拜石〔一〕一事，在謫洽涯尉〔二〕時，即今英德地也。此地多產奇石，透漏瘦皺〔三〕，巧合天然，然少好之者，好之自南宮始。廣陵周子象九寓英數載，結草爲堂，予因以拜石名之，庶幾於古人彷彿中更添頰上三毛耳。

【注釋】

〔一〕米南宮拜石：《宋史》卷四百四十四《米芾傳》：『無爲州治有巨石，狀奇醜，芾見大喜曰：「此足以當吾拜！」具衣冠拜之，呼之爲兄。』廖燕此文說是『在謫洽涯尉時』，這是傳聞的差異。米南宮，即米芾（一〇五一——一一〇七），初名黻，後改芾，字元章。祖籍太原，後遷襄陽（今湖北襄樊市），最後定居潤州（今江蘇鎮江）。北宋書畫家。酷愛奇石。米芾因曾官禮部員外郎，而禮部別稱南宮。故米芾又稱米南宮。

〔二〕浛洭尉：浛洭縣尉。隋大業年間置浛洭縣，位於今廣東英德市，治所在今英德市浛洸鎮。《宋史》卷四百四十四：『米芾……以母侍宣仁后藩邸舊恩，補浛光尉。』

〔三〕透漏瘦皺：是古人提出的相石標準。清鄭燮《題畫石》：『米元章論石，曰瘦、曰縐、曰漏、曰透，可謂盡石之妙矣。』

題酒坐琴言跋

『酒坐俱毋往，聽吾琴之所言。』〔一〕此古詩語也。譚竟陵〔二〕評云：酒坐琴言，是雅集佳話。吾輩日集此堂，羽觴〔三〕時飛，絲桐〔四〕間作，以此相擬，何遜古人！因書此，以爲堂主人贈。

【注釋】

〔一〕『酒坐』二句：見明馮惟訥撰《古詩紀・古逸》所錄《琴引》。《琴引》注：『字訛不可讀。』

〔二〕譚竟陵：譚元春（一五八六—約一六三七），字友夏。湖廣竟陵（今湖北天門縣）人。明代文學家。明末『竟陵派』創始者。

〔三〕羽觴：古代一種酒器。作鳥雀狀，左右形如兩翼。一說，插鳥羽於觴，促人速飲。《楚辭・招魂》：

『瑤漿蜜勺，實羽觴些。』王逸注：『羽，翠羽也。觴，觚也。』洪興祖補注：『杯上綴羽，以速飲也。一云作生爵形，實曰觴，虛曰觶。』《漢書·外戚傳下·孝成班倢伃》：『顧左右兮和顏，酌羽觴兮銷憂。』顏師古注引孟康曰：『羽觴，爵也，作生爵形，有頭尾羽翼。』

〔四〕絲桐：指琴。古人削桐爲琴，練絲爲弦，故稱。《史記·田敬仲完世家》：『若夫治國家而弭人民，又何爲乎絲桐之間？』

自跋帳眉〔一〕山居詩

歲丁丑〔二〕春，予門人葛子儀將有都門之遊〔三〕，索書此幅爲臥遊〔四〕清翫。因録《山居》詩〔五〕五首以贈，匪特使丘壑煙嵐時入夢想，可祛長安十丈俗塵，亦庶幾於富貴熱鬧場知巖穴有人耳。

【注釋】

〔一〕帳眉：牀帳門的上端作裝飾用的横幅。

〔二〕丁丑：康熙三十六年（一六九七）。

〔三〕葛子儀：廖燕門人。都門：本指都城城門。這裏借指都城。

〔四〕臥遊：欣賞山水畫以代遊覽。元倪瓚《顧仲贄來聞徐生病差》詩：『一畦杞菊爲供具，滿壁江山入臥遊。』

〔五〕《山居》詩：廖燕有《山居三十首》，見卷二十。

題筆峯寫雲跋

曲江名勝二十有二，筆峯〔一〕其一也。舊名帽峯煙雨〔二〕，予爲改今名，並識一詩。峯在郡北咫尺許，巍然直上，旁若無人，欲藉長空以寫其奇，豈所謂蒼天爲紙、雲爲墨者耶？然非具海涵地負之才，又烏足以當此也哉！

【注釋】

〔一〕筆峯：又名帽子峯，在韶關市湞江區沙洲半島北部，皇岡山東南。南起峯前路，北至良村公路。因形似筆架故名筆峯山。又因峯頂圓如帽，故名帽子峯。《曲江縣志》卷四：『筆峯山，城北一里，郡主山也。初名筆峯，後人呼帽子峯，以其端圓如帽。』

〔二〕帽峯煙雨：《曲江縣志》卷八、《韶州府志》卷二十六皆作『筆峯寫雲』。

題聽劍堂跋

古英雄所用劍懸在壁間，每當風雨雷電時，常聞嘯響。予友某〔一〕雄姿修髯，太阿〔二〕在握，若嘯響時，拂髯聽之，真成一幅絶妙出色英雄聽劍圖。今卽取此義，以額其堂，庶於堂主人爲神似耳。

【注釋】

〔一〕予友某：指胡髯翁，廖燕之友。

〔二〕太阿：寶劍名。相傳爲春秋時歐冶子、干將所鑄。《戰國策·韓策一》：『韓卒之劍戟……龍淵、太阿，皆陸斷馬牛，水擊鵠雁，當敵卽斬堅。』《文選·李斯〈上書秦始皇〉》：『垂明月之珠，服太阿之劍。』李善注：『《越絶書》曰：楚王召歐冶子、干將作鐵劍二枚，二曰太阿。』

題迴龍山〔一〕詩跋

去邑治南二十里，有山名迴龍，臨江壁立，形如張榜，亦近郭一奇觀也，惜前無有詠及之者。己酉〔二〕十月日，舟過題詩記此，俾後賢知所賞焉。又二十里一山，與此相類，而巖竇尤勝，俗呼虎榜山〔三〕，絕壁上亦有墨書『迴龍山』三大字，蓋大小迴龍云。

【注釋】

〔一〕迴龍山：位於今韶關市湞江區樂園鎮長樂附近的北江東岸。

〔二〕己酉：康熙八年（一六六九）。

〔三〕虎榜山：又名迴龍山，位於今韶關市曲江區白土鎮馬壩河與北江交匯處的北江東岸。清馬元、釋真朴修《重修曹溪通志》卷一《山川形勢》：『迴龍山，在寺西十里，即曹溪滙合湞江處。』《曲江縣志》卷四：『虎榜山，城南四十五里，臨江有石，高十餘丈，闊五十餘丈，形如張榜，俗稱虎榜山。明知府周敘改名迴龍山。』清顧祖禹撰《讀史方輿紀要》卷一百二：『又虎榜山，在府南四十里，西面臨江有石，高十餘丈，闊五十餘丈，中有小洞，容二百許人。』

南山石壁詩跋

英州南山〔一〕，離城咫尺許。溪巖佳絕，題詠甚多，然亦以近郭而傳。若去人跡遠而遂湮沒其勝者，蓋不知凡幾矣。辛酉〔二〕正月日，曲江廖燕書。

【注釋】

〔一〕英州：今廣東省英德市。南山：位於今英德市城區西南七公里處的北江河畔。主峯鳴弦峯。南山風景秀麗，存有大量的古建築和摩崖石刻。《韶州府志》卷十二：『南山，縣南二里。山之陽爲蓮花峯，下有涵暉谷……今崖壁間皆唐宋詩刻題名。』

〔二〕辛酉：康熙二十年（一六八一）。

自跋遊九子巖〔一〕詩

九子巖在邑治西南六十餘里，幽深洞廠，可容數百人，然志乘〔二〕俱不見載。雖其地僻遠，亦以邑無好奇之士故也。歲乙丑〔三〕冬十月，攜伴遊此，情與景會，幻出奇觀，不禁歎賞者久之。因劈窩書『九子巖』三大字，並識一詩，以遺後之攬勝者。九子未詳何義，蓋從俗所稱云。

【注釋】

〔一〕九子巖：位於韶關市武江區龍歸鎮方田村委會墩頭村。《曲江縣志》卷四：『九子石，城西南六十里。九峯簇立，狀如弟昆。有巖深邃，宛然堂奧。國朝廖燕遊此，勒書「九子巖」三字於石壁並識以詩。』

〔二〕志乘：地方志。清章學誠《文史通義·和州志政略序例》：『夫州縣志乘，比於古者列國史書，尚矣。』

〔三〕乙丑：康熙二十四年（一六八五）。

酒痕帖自跋

予所寓案上，常有爛筆濃墨。醉後無聊，則信手而書。何書乎？書吾胸中之所有也。醒起視之，則頹然怪墨而已，固世之所非也。

周漢威[一]印藪跋

古今文字，實始於伏羲之一畫，印章特其一耳。然予嘗言伏羲未畫一畫之先，已有一部全印章在，故凡見之刀錐者，皆其後焉者也。知其後，則可以知其先矣。漢威此卷，離奇變幻，漸近自然，豈非得之先天者居多耶？然漢威尤工書法繪事[二]，予於此益有以信之也哉！

【注釋】

〔一〕周漢威：生平不詳。

〔二〕繪事：繪畫，繪畫之事。《論語・八佾》：『子曰：「繪事後素。」』朱熹集注：『繪事，繪畫之事也。』

錄周明瑛女史尺牘〔一〕跋

愧矣，果何書耶，古女史逸文耶？ 銅雀瓦硯〔二〕，黛痕全消，墨光乍現耳。 不以萬卷之不得也。

【注釋】

〔一〕周明瑛：生平不詳。女史：古代女官名。以知書婦女充任。掌管有關王后禮儀等事。或爲世婦下屬，掌管書寫檔等事。《周禮·天官·女史》：『女史掌王后之禮職，掌內治之貳，以詔后治內政。』尺牘：信札，書信。《史記·扁鵲倉公列傳論》：『緹縈通尺牘，父得以後寧。』

〔二〕銅雀瓦硯：從三國魏銅雀臺遺址掘取古瓦研製的硯臺。宋何薳《春渚紀聞·銅雀台瓦》：『相州，魏武故都。所築銅雀臺，其瓦初用鉛丹雜胡桃油搗治火之，取其不滲，雨過即乾耳。後人於其故基，掘地得之，鑱以爲研，雖易得墨而終乏溫潤，好事者但取其高古也。』元吾衍《閒居錄》：『銅雀瓦硯可比端石，及觀古墓漢塼，與今世塼無異，則知古人塼瓦之土劑不可同也。』

粤闈記異跋

歲癸未〔一〕仲夏，燕來仁化。石峯陳明府〔二〕出此篇見示，燕讀之不禁驚且歎曰：有是哉，此記也。棘圍〔三〕未入，而元兆已卜於夢寐中。及期榜發，解元卽鄺夢元〔四〕也。夢與夢合，元與元合，何其奇幻至此耶？雖然，鄺子已先作夢，不然胡爲乎以夢元而命名也？今復向試官夢中了此一段公案〔五〕，大似邯鄲傳奇〔六〕。寄語解元，趁早再睡一覺，當不難再續一齣衣錦還鄉耳。

【注釋】

〔一〕癸未：康熙四十二年（一七〇三）。

〔二〕石峯陳明府：陳世英，字人傑，號石峯。湖南新田人。康熙二十三年（一六八四）舉人。康熙三十七年任廣東仁化知縣。在任仁化知縣期間主持纂修了《丹霞山志》。見清何炯璋修、譚鳳儀纂《仁化縣志》卷四，清黄應培等修、樂明紹等纂《新田縣志》卷八，清陳世英修《丹霞山志》魯超序、陳世英序。明府，唐以後多用以專稱縣令。《後漢書·吳祐傳》：『國家制法，囚身犯之。明府雖加哀矜，恩無所施。』王先謙集解引沈欽韓曰：『縣令爲明府，始見於此。』

〔三〕棘圍：又作『棘闈』，指科舉時代的考場。唐、五代試士，以棘圍試院以防弊端，故稱。宋黄庭堅《博士王揚休碾密雲龍同事十三人飲之戲作》詩：『棘圍深鎖武成宮，談天進士雕虛空。』

〔四〕解元：科舉時代，鄉試第一名稱『解元』。五代王定保《唐摭言·爲等第後久方及第》：『奈何取捨之源，殆不踵此！或解元永黜，或高等尋休。』《明史·選舉志二》：『而士大夫又通以鄉試第一爲解元。』鄺夢元：從化（今廣東省廣州市從化區）人，本姓李。康熙四十一年（一七〇二）壬午科解元。曾任福建惠安縣知縣。見清陳昌齊等纂《廣東通志》卷七九、清郭遇熙等纂《從化縣新志·選舉·選舉志上·本朝舉人》、史澄等纂《廣州府志》卷四十三。

〔五〕試官：主持考試的官吏。唐薛用弱《集異記·王維》：『客有出入於公主之門者，爲其致公主邑司牒京兆試官，令以九皋爲解頭。』公案：官府處理的案牘。後泛指有糾紛或離奇的事件。宋劉克莊《賀新郎·送陳子華赴真州》詞：『北望神州路，試平章這場公案，向誰吩咐？』

〔六〕邯鄲傳奇：指《邯鄲記》，傳奇劇本。明代湯顯祖作，取材於唐代沈既濟傳奇小說《枕中記》。盧生夢中行賄中式，出將入相，一門榮華，在官場傾軋中遭貶，後復官。醒來卻身在邯鄲旅店中，終於大悟，出家學道。

遊丹霞〔一〕詩跋

歲癸未秋杪〔二〕，張子虎文〔三〕邀予遊丹霞，值病不果往。未幾虎文遊歸，以此編示予。予讀之，驚其佳篇秀句，出奇無窮。筆墨之靈，一時與丹霞競爽，可謂不負斯遊者矣。其懷予有句云：『何事相如多病酒，巖邊少却幾行詩。』蓋歎予之不同遊也。然使予得同唱和，未必果能勝此，不如讓虎文出一頭地〔四〕。但不知此等虛人情，虎文其肯受乎否耶？

【注釋】

〔一〕丹霞：　即丹霞山，在廣東省韶關市仁化縣城南九公里，錦江東岸。主峯寶珠峯。

〔二〕癸未：　康熙四十二年（一七〇三）。秋杪：　暮秋，秋末。唐唐彦謙《初秋到慈州冬首換絳牧》詩：『秋杪方攀玉樹枝，隔年無計待春暉。』

〔三〕張子虎文：　張元彪，字虎文，一字肇炳。浙江永嘉（今浙江省溫州市永嘉縣）人。雍正七年（一七二九）拔貢。自幼器宇凝重，學識宏深。曾任廣東海康知縣，在任九年。開義學，墾荒土，革羨税，創養老堂，捐修橋閘，有古良吏風。工古文詞，兼工草書。著有《家鑑》、《吳吟》、《燕吟》、《粵吟》、《甌吟》等集。見清李放纂錄《皇清書史》卷十五、清張寶琳修及王棻等纂《永嘉縣志》卷十五。

〔四〕出一頭地：　喻高人一著。典出宋歐陽脩《與梅聖俞書》：『讀軾書，不覺汗出。快哉快哉！老夫當避路，放他出一頭地也。』

廖燕全集校注卷十四

傳

南陽伯李公傳

公名元胤，字源白，淅川縣〔一〕人。世居縣西鵓鴿谷〔二〕，本姓孫氏。少孤遭亂，崇禎某年，中軍李成棟〔三〕駐防淅川，因往依焉。戊子〔四〕三月，成棟據粵，謀復衣冠〔五〕，遣人迎桂王〔六〕即位肇慶，改元永曆，公之力爲多。時天下洶洶，無家可歸，遂以李爲姓，不忘舊也。未幾，成棟卒，廷議進公車騎將軍南陽伯，公涕泣固辭，不得，乃勉受車騎印，其章奏文移〔七〕，仍用原銜。

公爲人沉毅有謀略，方是時朝廷草創，人心反復叵測，所在以起義勤王爲名者又多觀望，懷二心。在廷諸臣，忠奸不一，議論朝更夕改，率無撥亂反正之才，强敵壓境，輒一籌莫展。及幸寇退，則驕語富貴，黨同伐異，甚至攬權納賄，無所不至，其習牢不可破。公剛柔互用，操縱有方，衆倚爲重。同時金堡、袁彭年、劉湘客、丁時魁、蒙正發〔八〕，時號五君子，以論事切直爲權貴所忌，公獨器重之，引與共事。然事機已失，莫可挽回，衆議欲效宋季航海故事〔九〕，家口〔一〇〕輜重已載舟矣，公力阻而止。

會辛卯〔一一〕某月，粤省城陷，從扈西行，往返海上，檄徵舊旅，思得一當。至欽州〔一二〕，爲靖南王〔一三〕所執，百計誘降，志不少屈。一日，諸將較射，公笑曰：『汝曹何不以我爲的，叢射之，令汝曹快心，我亦得見汝曹高下。』聞瓊州〔一四〕瓦解，痛哭三日夜不絶，與弟源赤同日遇害。臨刑，語持刃者，令面西向，曰：『我君在西也。』二妾亦相率赴海死。

曲江廖燕曰：語云：大廈將傾，非一木能支。然古英雄之士，知事已不可爲，尤必奮然爲之，雖至殺身而不顧者，凡以爲君父故也。況從容就義，以此自慊〔一五〕其心，成敗豈所計耶？事雖不成，其志有足悲矣。公事與宋文信國〔一六〕頗相類，惜無有傳之者，予故表而出之。嗚呼！人生境遇亦多故矣，其事或成或不成，輒多湮没不傳者，又曷可勝歎也哉。

姚彙吉曰：絕去支蔓，獨書大節，是得龍門〔一七〕神髓者。中間描寫亡國諸臣形狀，千古一轍，令人不寒而慄。

【注釋】

〔一〕淅川縣：今河南省南陽市淅川縣。位於河南省西南部。

〔二〕鶉鴿谷：即今淅川縣西北的寺灣鎮鶉鴿峪村。清徐光第修、王官亮纂《淅川廳志》卷一：『鶉鴿峪店，在上白亭保，去城西七十里。』

〔三〕中軍：　清代總督、巡撫以下，凡有兵權者，其標下的統領官，稱爲中軍。《官場現形記》第六回：『（王必魁）不過傳齊了標下大小將官，從中軍、都司起，以及守備、千總、把總、外委，叫他們把手下的額子，都招招齊，免得臨時忙亂。』李成棟：　明末清初遼東人，一説山西人。爲明總兵，守徐州。順治二年歸清，從清兵南下破廣州，官至兩廣提督。與兩廣總督佟養甲以爭功有隙，遂擁眾反清，奉南明永曆帝正朔，出兵攻贛州，兵敗墜水死。見清國史館原編、周駿富輯《清史列傳》卷八十本傳。

〔四〕戊子：　永曆二年（一六四八，清順治五年）。

〔五〕衣冠：　衣和冠，借指文明禮教。《宋史·胡銓傳》：『秦檜，大國之相也，反驅衣冠之俗，而爲左衽之鄉。』

〔六〕桂王：　指朱由榔，桂王朱常瀛之子，襲封桂王。清兵入關後，被擁爲監國，接著稱帝於廣東肇慶，年號永曆。被清兵追逼而逃入緬甸，康熙元年爲吴三桂索回，絞殺於昆明。見清南沙三餘氏撰《南明野史》卷下。

〔七〕文移：　文書，公文。《後漢書·光武帝紀上》：『於是置僚屬，作文移，從事司察，一如舊章。』李賢注：『《東觀記》曰：「文書移與屬縣」也。』

〔八〕金堡（一六一四——一六八〇）：　字衛公，又字道隱。浙江仁和（今杭州）人。出家後法名今釋，字澹歸。詳見卷四《送杜陵山人序》注〔三〕。袁彭年，明末清初湖廣公安人。明崇禎七年進士。以給事中降清，累官布政使。順治間，勸李成棟起兵反清。在永曆朝任左都御史，時號爲『五虎』之一。見清國史館原編、周駿富輯《清史列傳》卷八十。劉湘客：　字客生，别號端星。明末清初陝西富平人。諸生，諳習朝廷典故。南明隆武朝任汀州推官，永曆朝歷官翰林院編修、都察院僉都御史等，時號爲『五虎』之一。永曆四年因參劾官吏，觸怒馬吉祥等，被劾下獄。出獄後無所歸，客桂林，卒於賀縣山中。著有《行在陽秋》二卷。見清徐鼒撰《小腆紀傳》卷三十二本傳。

丁時魁：字斗生，明清之際湖廣江夏人，明崇禎進士，授禮部主事。南明隆武朝任禮科給事中，永曆朝歷官吏科給事中。依李元胤，爲『五虎』之一。後爲吳貞毓等所傾，論戍鎮遠。移居桂林。桂林陷，降清，入孔有德幕，旋病死。見清王夫之著《永曆實録》卷二十一。蒙正發：字聖功，湖北崇陽人。南明官員。諸生。崇禎末年，糾集地方武裝與張獻忠起義軍對壘，逐走義軍設置的崇陽縣知縣。清順治二年（一六四五），赴長沙依何騰蛟。在南明永曆朝，依李元胤，爲『五虎』之一。永曆奔南寧後，他與瞿式耜留守桂林。兵敗投水，被救。後歸隱故鄉。著有《三湘從事録》。

〔九〕宋季航海故事：南宋建炎三年（一一二九）九月，金兵渡江南侵，宋高宗率臣僚南逃，漂泊海上，逃到溫州（今屬浙江）。直到建炎四年夏金兵撤離江南後，始返回。見《宋史》卷二十五、卷二十六。

〔一〇〕家口：家屬，家中人口。《北齊書·楊愔傳》：『於是乃以天子之命下詔罪之，罪止一身，家口不問。』

〔一一〕辛卯：順治八年（一六五一）。

〔一二〕欽州：今廣西壯族自治區欽州市。

〔一三〕靖南王：指耿仲明（一六〇四—一六四九），字雲台。遼東人。初爲明登州參將，天聰七年（明崇禎六年，一六三三）降後金。崇德元年（一六三六），封爲懷順王，隸漢軍正黄旗。順治初隨清兵入關，南下攻南明。順治六年（一六四九），改封靖南王，旋因事自殺。子耿繼茂襲封，駐廣州，又移福建。康熙十年（一六七一），耿繼茂卒，其子耿精忠襲封。後隨吳三桂叛清。見《清史稿》卷二百三十四本傳。

〔一四〕瓊州：今海南省。

〔一五〕慊：通『愜』。快心，滿意。《孟子·公孫丑上》：『行有不慊於心。』

〔一六〕文信國：即文天祥（一二三六—一二八三），原名雲孫，字履善，又字宋瑞，自號文山，吉州廬陵（今江西吉安）人。民族英雄。官至丞相，封信國公。抗金失敗後被俘，以不屈被害。有《文山先生全集》、《文山樂府》。

〔一七〕龍門：指司馬遷（前一四五或前一三五—？）。司馬遷出生於龍門，故稱。北周庾信《哀江南賦》：『信生世等於龍門，辭親同於河洛。』倪璠注：『遷生龍門；太史公留滯周南，病且卒，而子遷適反，見父子於河洛之間。』

蟒將軍傳

公名蟒吉圖〔一〕，滿洲人。滿俗不尚姓，故蟒亦稱名。年十九襲父職，隨征雲貴，奪鐵索橋〔二〕。復征楚之毛鹿山〔三〕，功俱稱最。康熙十三年，逆藩吳三桂、耿精忠〔四〕相繼叛，公奉命隨鎮南將軍尼某援粵東〔五〕。後某卒，將軍舒恕署公副都統〔六〕，護總督金光祖守肇慶〔七〕。未幾，尚之信復以粵叛，我軍退保贛州〔八〕。僞帥馬雄〔九〕率眾圍肇急，公念與其坐困窮城，孰若背城借一〔一〇〕，尚可死地圖存，遂突圍出。賊分道追躡〔一一〕，復行僞檄，沿路要截〔一二〕。且軍無鄉導，公以指南車〔一三〕諭眾東北走，間關〔一四〕險阻，轉鬬二千餘里，凡九十日，經大小七十餘戰，始達信豐〔一五〕。

會信豐被困已久，城將陷，賊眾號數萬。我軍出肇慶時，計七千有奇，至此僅六百餘人，饑疲之餘，多不堪命，僉〔一六〕曰：『憊矣，況眾寡不敵，不如疾走贛州，會大軍，以圖再舉。』公曰：『城中數萬生靈，不救將盡斃。我軍雖疲極，然屢戰屢克，餘勇猶堪再鼓。況遇敵而避，非丈夫也。』諸將士咸感泣奮起，一戰圍解。旋會大軍於贛，復擊走賊之寇南康〔一七〕者。捷聞，上驚歎曰：『蟒吉圖以數百之疲師，當數萬之强寇，突圍陷陣，所向靡前，雖三國趙雲當陽長坂之戰〔一八〕，何以如此。』持節拜公鎮南將軍，將軍舒恕以下皆聽節制。隨題恕安南將軍，留鎮贛州，而與各都統收復南安〔一九〕，降僞帥嚴自明、王虎〔二〇〕等。踰梅關〔二一〕，傳檄南、韶、廣、肇〔二二〕，尚之信旋復歸正〔二三〕，全粤遂定。時公以韶與楚鄰，爲粤咽喉，命都統穆成格〔二四〕駐守，爲犄角計，自提大軍赴省會，商進取機宜。

十六年〔二五〕六月，僞帥馬寶、張星耀〔二六〕等復寇韶州。公聞馳還，登城審視，正北當衝，急築土圍，以防賊用大炮攻城。城牆崩陷，賴土圍得存。賊復乘夜由北而西，渡河東，踞蓮花山〔二七〕，絕我餉道。先是公檄將軍額楚〔二八〕來援，至是驟至，方下營，賊乘虛來攻。公以五十騎出城遮道〔二九〕赴敵，並檄綠旗〔三〇〕援軍夾擊，遂大破之，賊因遁去。僉謂使全粤復得安枕者，公解韶圍之力也。尋進征粤西〔三一〕，圍平樂〔三二〕。將下，同事有齟齬者移營渡河而南，意欲截賊上流。值霖雨〔三三〕二十餘日，江水暴漲，賊乘舟直衝其營，我軍以河阻，救援不得，遂失利，暫旋軍蒼梧〔三四〕。公引罪上疏自劾，溫旨三慰諭焉〔三五〕。

是歲冬，賊復來犯，公率師敗之，乘勝復潯、横、永淳〔三六〕諸要地。時南寧郭義潛約内附〔三七〕，爲僞帥吴世琮〔三八〕所覺，圍之急。公方臥病，聞之躍起，曰：『豈可以我一人誤國事！』力疾趨戰，大敗賊於八尺江〔三九〕。世琮爲賊之驍勇善戰者，全軍覆沒，而桂林、柳、慶〔四〇〕等郡，知失援難守，遂相率請降。上聞奏，喜曰：『真將軍也。』詔加公諸路總統將軍。初，馬承蔭〔四一〕之降也，公覺其詐，密令將軍額楚駐永淳防變。後承蔭果叛，公往征，敗賊於陶鄧〔四二〕，得象馬軍器無算。進擊三江口〔四三〕，與提督〔四四〕軍會，直抵柳城，而承蔭就擒，粵西復平。方擬進伐滇黔，而公於是歲戊午〔四五〕七月以疾卒於軍，年四十有七。

公忠孝根於天性，早孤，事母最孝，每食必侍立，親進所奉。軍行之日，母諭誡〔四六〕酒，遂終身不飲。問候書，必跪拜而後遣使傳。母命至，亦如之。僞將張星耀家口在韶，所積甚多，公毫無所取。有一妾殊色，召其父還之。公御軍嚴肅，然亦不多殺戮，其下畏之如神明。性謙讓不伐〔四七〕，能與士卒同甘苦，尤善於籌畫，以故戰無不克，所在〔四八〕立祠祀公。卒之先，有巨蟒見於柳之山麓，公一矢中其項而斃。次日，公項發腫大如斗，尋卒。人以公名蟒，故蟒爲之先兆云。

曲江廖燕曰：滇逆〔四九〕變起，粵閩繼之，而西南遂成戰區。公能奮不顧身，卒以偏裨〔五〇〕而膺大任，克復兩粵，厥功大矣。且公忠誠罔貳，而內行〔五一〕凜然，似將才不足以盡之，殆古君子之流亞〔五二〕歟？嗚呼！何其賢也。予韶人，公守韶之功居多，不可忘，因摭其巔末〔五三〕而爲之傳如此。

【注釋】

〔一〕蟒吉圖：（？—一六八〇），又作『莽依圖』。清滿洲鑲白旗人，姓兆佳氏。順治間從攻雲、貴。康熙初，從攻茅麓山。授江寧參領。三藩之亂時，以副都統任鎮南將軍，自江西進軍廣東、廣西，駐南寧，卒於軍。見清國史館原編、周駿富輯《清史列傳》卷六、《清史稿》卷二百五十四本傳。

〔二〕鐵索橋：又名『鐵鎖橋』、『盤江橋』。位於今貴州省關嶺、晴隆二縣交界的北盤江渡口。兩峯夾峙，一水中流，斷崖千尺，壁立如削。是古代黔滇兩省的交通要道。明崇禎四年（一六三一）貴州按察使朱家民修建。清黄培傑纂修《永寧州志》卷三：『盤江橋，《通志》云在城西三十里，舊爲滇黔孔道。江水洶湧，不能舟渡。明崇禎間參政朱家民創建鐵鎖橋。』《清史稿》卷二百五十四：『順治十五年，（莽依圖）從征南將軍卓卜特下貴州，自都匀次盤江，破明將李定國。移師定雲南。』

〔三〕毛鹿山：又作『茅麓山』，位於湖北興山縣西北。清初農民起義軍李來亨等以此爲據點，堅持抗清。康熙二年蟒吉圖參加了進攻李來亨的軍事行動。清黄世崇纂修《興山縣志》卷八：『白沙水以西之山出自神龍山……自神龍山南出三十里爲千家坪山……又東二十里茅麓山，瀕蘿蔔河。李來亨擁眾拒官軍處。』《清史稿》卷二百五十四：『康熙二年，李自成餘黨李來亨等據湖北茅麓山，未下，（莽依圖）從靖西將軍穆里瑪攻克之。』

〔四〕吳三桂（一六一二—一六七八）：字長白。明末清初高郵人，遼東籍。錦州總兵吳襄子。累擢爲寧遠總兵，封平西伯，鎮守山海關。崇禎十七年，拒李自成招降，求援於清。乃引清兵入關，破李自成，受清封爲平西王。爲清兵前驅，下四川，入雲南。康熙元年，殺南明永曆帝，受命鎮雲南。康熙十二年（一六七三）以不願撤藩，舉兵叛清，自稱天下都招討兵馬大元帥，國號周。陷岳州，北克陝甘，南掠浙閩，應者四起。其後漸衰。乃於衡州稱帝，不及半年卽死。孫吳世璠繼位，康熙二十年爲清所滅。見《清史稿》卷四百七十四本傳。耿精忠（？—一六八二）：　漢軍正黄旗人，耿繼茂子，襲封靖南王。吴三桂反，耿精忠亦據福建叛，寇浙江，趨江西，屢爲清軍所敗。後伏誅。見《清史稿》卷四百七十四本傳。

〔五〕鎮南將軍尼某：　指尼雅翰。《清史稿》卷二百五十四：『（康熙）十三年，吴三桂陷湖南，復從鎮南將軍尼雅翰攻岳州。』粤東：　廣東省的别稱。清林則徐《嚴辦續獲煙犯以杜外人窺伺折》：『伏查粤東地處海濱，番舶絡繹，匪徒趨利若鶩，骫法營私較他省爲多，亦較他省爲易。』

〔六〕舒恕（？—一六九六）：　清滿洲正白旗人，愛新覺羅氏。康熙八年，由一等侍衛授兵部督捕侍郎。三藩之亂時率軍援廣東，授鎮南將軍。旋以稱病規避進兵，奪職。康熙三十四年，再起爲寧夏將軍，討噶爾丹。官至正藍旗滿洲都統。以病乞休，卒。見《清史稿》卷二百五十四、清李桓《國朝耆獻類徵初編》卷二百六十九。副都統：　官名，都統的副手。清代設八旗都統，爲旗的最高長官。職掌一旗的户口、生産、教養和訓練等。

〔七〕總督：　官名。明代初期在用兵時派部院官總督軍務，事畢即罷。成化五年始專設兩廣總督，後各地逐漸增置，成爲定制。清代始正式以總督爲地方最高長官，轄一省或二三省，綜理軍民要政，例兼兵部尚書及都察院右都御史銜。金光祖：　清漢軍正白旗人。順治間由吏部郎中纍遷福建布政使。康熙間擢至兩廣總督。吴三桂初反時態度曖昧。後爲吴氏所遣僞官董重民所逐，往依尚之信。旋與尚之信密謀反正，復定兩廣。康熙二十年被劾解職。見《清史列傳》卷五本傳。肇慶：　今廣東省肇慶市，位於廣東省中部偏西，西江北岸。

〔八〕贛州：　今江西省贛州市，位於江西南部，贛江上游。

〔九〕馬雄：　清陝西固原人。廣西提督馬蛟麟族子，收撫爲子。順治間從定湖南、廣西，留鎮廣西，授廣西提督。康熙十三年，廣西將軍孫延齡叛應吴三桂，馬雄尋亦叛降吴三桂。見《清史列傳》卷八十本傳。

〔一〇〕背城借一：　背靠城牆對敵決一死戰，指與敵人作最後決戰。《左傳·成公二年》：『請收合餘燼，背城借一。』杜預注：『欲於城下，復借一戰。』

〔一一〕追躡：跟蹤追尋，追蹤。《三國志·魏書》卷二十八：『欣等追躡於彊川口，大戰。』

〔一二〕要截：攔截，截擊。清魏源《聖武記》卷一：『中途敗烏拉要截之兵。』

〔一三〕指南車：我國古代用來指示方向的車。相傳黄帝與蚩尤戰於涿鹿之野，蚩尤作大霧，兵士皆迷。黄帝作指南車以示四方，遂擒蚩尤。又周初越裳氏來貢，使者迷其歸路，周公賜以軿車，皆爲司南之制。後東漢張衡、三國魏馬鈞、南朝齊祖沖之皆有造指南車之事。唐元和中，典作官金公立曾上指南車、記里鼓。宋天聖五年，燕肅又創意造車。大觀元年，吴德隆亦獻制車之法。自晉代以後，皇帝車駕鹵簿多用指南車爲前導。宋岳珂《愧郯錄·指南記里鼓車》記其形制甚詳。參閲晉崔豹《古今注·輿服》、《晉書·輿服志》、《宋書·禮志五》、《宋史·輿服志一》。

〔一四〕間關：輾轉。《後漢書·鄧騭傳》：『遂逃避使者，間關詣闕，上疏自陳。』

〔一五〕信豐：今江西省贛州市信豐縣，位於江西南部。

〔一六〕僉：皆，咸。《書·堯典》：『僉曰：「於，鯀哉！」』

〔一七〕南康：今江西省南康市，位於江西南部。

〔一八〕『雖三國』句：《三國志·蜀書》卷三十六：『及先主爲曹公所追於當陽長阪，棄妻子南走。雲身抱弱子，即後主也，保護甘夫人，即後主母也，皆得免難。』

〔一九〕都統：官名。清代設八旗都統，爲旗的最高長官。職掌一旗的戶口、生産、教養和訓練等。南安：指南安府，轄今贛州西部的南康、大餘、崇義、上猶四縣（市）。

〔二〇〕嚴自明：陝西鳳翔人。明參將。順治元年降清，防守漢中，招降張獻忠部將。尋入川鎮壓農民起義軍和南明勢力。先後任保寧總兵、永寧總兵、江西提督、廣東提督。康熙十五年，尚之信叛應吴三桂，嚴自明從逆，進攻南康，爲巡撫佟國楨、將軍覺羅·舒恕等所敗。康熙十六年，嚴自明降清。未幾病死。見《清史列傳》卷八十本傳。王虎：生平不詳。

〔二一〕梅關：古關名。宋時在江西大庾嶺上所置。爲江西、廣東二省分界處。清屈大均《廣東新語》卷三：『自驛至嶺頭六十里爲梅關。從大庾縣西南者，望關門，兩峯相夾，一口哆懸，行者屈曲穿空，如出天井。』

〔二二〕南、韶、廣、肇：指南雄州、韶州府、廣州府、肇慶府。

〔二三〕歸正：回到正道。《後漢書·儒林傳論》：『故人識君臣父子之綱，家知違邪歸正之路。』

〔二四〕穆成格：又作『穆成額』，那木都魯氏，滿洲鑲紅旗人。襲父職三等精奇尼哈番。耿精忠叛，命署副都統，從征南將軍希爾根下江西，分守南昌。尋隨尼雅翰、舒恕赴廣東，參贊軍務。尚之信以韶州、南雄叛，退保南安、贛州，克萬安、南康，頻有功。後舒恕守贛州，莽依圖代其任，穆成額參贊如故。廣東定，從莽依圖下廣西。吳三桂遣將分犯潯州、梧州、桂林、平樂，與額楚、勒貝、傅弘烈並力討之。次鬱林，戰失利。還守藤縣，尋復陷。坐免官，籍沒。未幾，卒。見《清史稿》卷二百五十八本傳。

〔二五〕十六年：康熙十六年（一六七七）。

〔二六〕馬寶：明末清初陝西人。明末參加農民軍，後附明桂王，先後爲孫可望、李定國部將。南明亡，降吳三桂，以右都督充中營總兵。三藩之亂時，率兵由貴州窺湖廣，再入廣西，一入四川。康熙二十年，赴希福軍前降，執至京，磔於市。見清國史館原編、周駿富輯《清史列傳》卷八十本傳。張星耀，清初河南人，康熙十一年任韶州協鎮。康熙十四年任廣東右翼鎮總兵。三藩之亂時發動叛亂。見《韶州府志》卷六。

〔二七〕蓮花山：位於韶關市東南之湞江區新韶鎮蓮花村。詳見卷四《韶郡城郭圖略序代》注〔四〕。

〔二八〕額楚：烏扎拉氏，滿洲鑲黃旗人。順治初，從内大臣和洛輝出師，駐防西安。累遷江寧副都統。康熙七年，遷將軍。耿精忠叛亂時，額楚連克徽州、饒州等地。在進攻吉安的戰役中，坐失戰機，罷官，留世職。仍領江寧兵赴廣東，駐紮在韶州蓮花山，裏應外合擊敗馬寶所部，與勒貝共守韶州。在進軍高州時，遇大疫，士馬多死。康熙十九年，卒。見《清史稿》卷二百五十八本傳。

〔二九〕遮道：攔路。《史記·陳涉世家》：「其故人嘗與庸耕者聞之，之陳……陳王出，遮道而呼涉。」

〔三〇〕緑旗：清代由漢人編成的分駐在地方的武裝力量，用緑旗做標志，故稱。至清末裁廢。

〔三一〕粵西：廣西的別稱。明末徐弘祖《徐霞客遊記》有《粵西遊日記》，記述在廣西的遊歷。

〔三二〕平樂：今廣西壯族自治區桂林市平樂縣。位於廣西東北部。

〔三三〕霖雨：連綿大雨。《晏子春秋·諫上五》：「景公之時，霖雨十有七日。」

〔三四〕蒼梧：今廣西壯族自治區梧州市蒼梧縣，位於廣西東部。

〔三五〕溫旨：溫和懇切的詔諭，對帝王詔諭的敬稱。宋文瑩《玉壺清話》卷三：「李穆昔師之，逮爲學士薦於朝，溫旨召至便殿。」慰諭：撫慰，寬慰曉喻。《列子·周穆王》：「（老役夫）昔夢爲國君，居人民之上，總一國之事，游燕宫觀，恣意所欲，其樂無比。覺則復役，人有慰喻其懃者。」

〔三六〕潯：潯州府，相當於今廣西壯族自治區貴港市。橫：指橫州，相當於今廣西壯族自治區南寧市橫縣。永淳：永淳縣，一九五二年撤銷，其行政區域分別並入橫縣、邕寧、賓陽三縣。

〔三七〕郭義：福建海澄人，以湖廣鄖陽鎮總兵移鎮左江。三藩之亂初起，與馬雄同守柳州，不久叛降吳三桂。康熙十五年，郭義偕廣東從逆提督嚴自明進逼南康，爲江西巡撫佟國楨、將軍舒恕等擊敗。康熙十八年，郭義等在馬承蔭率領下降清。授總兵銜，協守南寧，與將軍舒恕內外夾擊，大破吳世琮。重任左江總兵。後被革職，放回原籍。見《清史列傳》卷八十。內附：歸附朝廷。漢王充《論衡·恢國》：「天荒之地，王功不加兵，今皆內附，貢獻牛馬。』

〔三八〕吳世琮：　吳三桂從孫。三藩之亂時跟隨吳三桂叛亂。康熙十八年，吳世琮圍南寧，與莽依圖軍大戰，重傷自殺。見《清史稿》卷四百七十四、卷二百五十四、馬汝舟等纂《如皋縣志》卷十七『曹應鵠』條。

〔三九〕八尺江：　鬱江支流，位於今廣西壯族自治區南寧市邕寧區。發源於今廣西防城港市上思縣大龍山。

〔四〇〕柳、慶：　分別指柳州府和慶遠府。慶遠府，相當於今廣西壯族自治區河池市。

〔四一〕馬承蔭：　清陝西固原人。馬雄之子。康熙十三年，其父馬雄叛降吳三桂後，馬雄之母令馬承蔭赴廣西招降。康熙十八年，馬承蔭率僞將軍郭義及僞文武官降，授伯爵。康熙十九年，馬承蔭復叛，爲金光祖、莽依圖擊敗，降於簡親王喇布。被押解至京，論死。見《清史列傳》卷八十。

〔四二〕陶鄧：　位於今廣西壯族自治區來賓市興賓區。

〔四三〕三江口：　位於今廣西柳州市三江縣榕江、潯江、融江交匯處，故名。

〔四四〕提督：　官名。明時有提督京營戎政諸職，多以勳戚大臣及太監充任。清時於重要省份設提督，職掌軍政，統轄諸鎮，爲地方武職最高長官。亦用於武職以外官員。如明有提督會同館主事、提督四夷館少卿，清有提督學政、提督四夷館等職。其專用『提督』二字爲官名者，則限於武職。參閱《明史·職官志五》、《清通典·職官十六》、《歷代職官表·禮部會同四譯館·提督》。

〔四五〕戊午：　康熙十七年（一六七八）。

〔四六〕誡：　與『戒』同，意爲戒備、警惕。

〔四七〕不伐：　不自夸耀。《易·繫辭上》：『勞而不伐，有功而不德，厚之至也。』

〔四八〕所在：　到處，處處。《魏書·崔鴻傳》：『自晉永寧以後，雖所在稱兵，競自尊樹，而能建邦命氏成爲戰國者，十有六家。』

〔四九〕滇逆：指吳三桂。康熙十二年（一六七三），吳三桂發動叛亂，先後奪取貴州、湖南、四川。耿精忠和陝西提督王輔臣、尚可喜之子尚之信等相繼舉兵響應，戰亂逐漸擴大，對清廷形成嚴重威脅，這就是三藩之亂。三藩之亂歷時八年才最後平定。

〔五〇〕偏裨：偏將，裨將。將佐的通稱。《漢書·馮奉世傳》：『典屬國任立、護軍都尉韓昌爲偏裨，到隴西，分屯三處。』

〔五一〕內行：平日家居的操行。《呂氏春秋·下賢》：『世多舉桓公之內行，內行雖不修，霸亦可矣。』

〔五二〕流亞：同一類的人或物。《三國志·蜀書》卷九：『呂乂臨郡則垂稱，處朝則被損，亦黄薛之流亞矣。』

〔五三〕摭：搜集。《舊五代史·王殷傳》：『摭其陰事以奏之，太祖遂疑之。』巔末：從開始到末尾，謂事情的全過程。明張介賓《景岳全書·吞酸》：『倘不能會其巔末而但知管測一斑，又烏足以盡其妙哉。』

金聖歎先生傳

先生金姓，采名，若采字，吳縣諸生〔一〕也。爲人倜儻高奇，俯視一切，好飲酒，善衡文評書，議論皆發前人所未發。時有以講學聞者，先生輒起而排之，於所居貫華堂設高座〔二〕，召徒講經，經名《聖自覺三昧》，稿本自攜自閱，秘不示人。每陞座開講，聲音宏亮，顧盼偉然〔三〕。

凡一切經史子集，箋疏訓詁，與夫釋道內外諸典，以及稗官野史，九彝八蠻〔一〕之所記載，無不供其齒頰，縱橫顛倒，一以貫之，毫無剩義。座下緇白四眾〔四〕，頂禮膜拜，歎未曾有。先生則撫掌自豪，雖向時講學者聞之攢眉浩歎〔五〕，不顧也。

生平與王斲山〔六〕交最善，斲山固俠者流，一日以三千金與先生曰：『君以此權子母〔七〕，母後仍歸我，子則爲君助燈火〔八〕，可乎？』先生應諾。甫越月，已揮霍殆盡，乃語斲山曰：『此物在君家，適增守財奴名，吾已爲君遺之矣。』斲山一笑置之。

鼎革〔九〕後，絕意仕進，更名人瑞，字聖歎，除朋從談笑外，惟兀坐貫華堂中，讀書著述爲務。或問『聖歎』二字何義，先生曰：『《論語》有兩「喟然歎曰」〔一〇〕，在顏淵爲歎聖，在與點則爲聖歎，予其爲點之流亞歟？』所評《離騷》、《南華》〔一一〕、《史記》、《杜詩》、《西廂》、《水滸》，以次序定爲六才子書，俱別出手眼，尤喜講《易》乾坤兩卦，多至十萬餘言。其餘評論尚多，茲行世者，獨《西廂》、《水滸》、《唐詩》、《制義》〔一二〕、《唱經堂雜評》諸刻本。

傳先生解杜詩時，自言有人從夢中語云：『諸詩皆可說，惟不可說《古詩十九首》。』先生遂以爲戒。後因醉縱談『青青河畔草』一章，未幾遂罹慘禍。臨刑歎曰：『斫頭最是苦事，不意於無意中得之。』先生沒，效先生所評書如長洲毛序始、徐而庵〔一三〕、武進吳見思、許庶庵〔一四〕爲最著，至今學者稱焉。

曲江廖燕曰：予讀先生所評諸書，領異標新，迥出意表，覺作者千百年來至此始開生面〔一五〕。嗚呼！何其賢哉。雖罹慘禍，而非其罪，君子傷之。而說者謂文章妙秘，即天地妙秘，一旦發洩無餘，不無犯鬼神所忌，則先生之禍，其亦有以致之歟？然畫龍點睛，金針隨度〔一六〕，使天下後學悉悟作文用筆墨法者，先生力也，又烏可少乎哉！其禍雖冤屈一時，而功實開拓萬世，顧〔一七〕不偉耶！予過吳門〔一八〕，訪先生故居而莫知其處，因爲詩弔之〔一九〕，並傳其略如此云。

曾遂五曰：金聖歎先生爲千古奇人，以奇人而攖奇禍，得此奇文以傳之，斯無之而不奇矣。篇中稱其所評諸書爲有功後學，可稱先生知己。

【校記】

〔一〕九彝八蠻：當作『九夷八蠻』。九夷，古代稱東方的九種民族。《論語·子罕》：『子欲居九夷。』何晏集解引馬融曰：『東方之夷有九種。』《後漢書·東夷傳》：『夷有九種。曰：「畎夷、于夷、方夷、黃夷、白夷、赤夷、玄夷、風夷、陽夷。」』《書·旅獒》：『遂通道於九夷八蠻。』孔傳：『九、八，言非一。』《文子·精誠》：『故秦楚燕魏之歌，異聲而皆樂；九夷八狄之哭，異聲而皆哀。』八蠻，古謂南方的八蠻國。《禮記·王制》『南方曰蠻』孔穎達疏引《爾雅》漢李巡注云：『一曰天竺，二曰咳首，三曰僬僥，四曰跛踵，五曰穿胸，六曰儋耳，七曰狗軹，八曰旁春。』後以九夷八蠻泛稱少數民族。

【注釋】

〔一〕吳縣：今江蘇省蘇州市的一部分。秦置吳縣，王莽新朝一度改爲泰德縣。建縣後，縣域曾數度分割。

唐代分置長洲縣，五代時吳越分置吳江縣。清代又析吳縣、長洲縣地建元和縣及太湖、靖湖兩廳。民國元年，復並三縣兩廳爲吳縣。建國初，城區劃建爲蘇州市。一九九五年撤銷吳縣，建立吳縣市（縣級），二〇〇一年撤銷吳縣市，原吳縣市轄區分設爲蘇州市吳中區與蘇州市相城區。諸生：明清兩代稱已進入府、州、縣各級學校學習的生員，生員有增生、附生、廩生、例生等。明葉盛《水東日記・楊鼎自述榮遇數事》：『翌日，祭酒率學官諸生上表謝恩。』

〔二〕高座：講學的席位。講席高於聽講者的座位，故稱。唐蘇鶚《杜陽雜編》卷下：『上敬天竺教，十二年冬，製二高座，賜新安國寺。一爲講座，一爲唱經座，各高二丈。』

〔三〕顧盼：環視，左顧右盼。多形容自得。宋司馬光《觀試騎射》詩：『揚鞭秋雲高，顧盼有餘鋭。』偉然：卓異超群貌。唐牛僧孺《岑順》：『王神貌偉然，雄姿罕儔。』

〔四〕緇白：僧俗人士。緇指僧徒，白指俗人。南朝梁王僧孺《懺悔禮佛文》：『必欲洗濯臣民，獎導緇白。』四衆：四部衆的省稱。佛教指比丘、比丘尼、優婆塞、優婆夷爲四部衆。這裏緇白四衆是泛指來自各方面的聽衆。清李道濟《治平鐵壁機禪師年譜》：『師四十九歲，石砫宣慰馬嵩山率闔司緇白四衆等，專疏請師就三教禪寺開堂。』

〔五〕攢眉浩歎：皺起眉頭長歎，指不快或痛苦的神態。元釋海島編《四家錄》：『昔大陽山中木人孤坐，石女懷胎頻年不舉，山前瑞草付與誰耘，嶺畔泥牛何人收放，空王殿上車軸將摧，古佛渡頭船舷欲破。唯有半穿皮履，無縫布衫，當時覿面呈人，到底承當不下。月華圓鑑攢眉浩歎，攜歸金谷巖中，分付白雲老子。』

〔六〕王斵山：王瀚，字其仲，號斵山。明末吳縣附例生，入清隱居。博學多識，豪侈不吝。瀟灑倜儻，儒雅禮佛。與金聖歎交往三十餘載。參與批評《西廂記》。著有《斫山語錄》，未見流傳。見陸林《金批〈西廂〉、〈水滸〉

的參與者：王斫山、王道樹事蹟探微》。

〔七〕權子母：《國語·周語下》：『古者，天災降戾，於是乎量資幣，權輕重，以振救民。民患輕，則爲作重幣以行之，於是乎有母權子而行，民皆得焉。若不堪重，則多作輕而行之，亦不廢重，於是乎有子權母而行，小大利之。』權，充作。子母，古稱錢幣輕而幣值低者爲子，重而幣值高者爲母。謂國家鑄錢，以重幣爲母，輕幣爲子，權其輕重而使行，有利於民。後遂稱以資本經營或借貸生息爲『權子母』。子，利息。母，本金。

〔八〕燈火：指讀書，學習。宋葉適《鞏仲至墓志銘》：『仲至學敏而早成……宿艾駭服，以爲積數十年燈火勤力，聚數十家師友講明，猶不能到也。』

〔九〕鼎革：建立新的，革除舊的，指改朝换代。語出《易·雜卦》：『革去故也，鼎取新也。』

〔一〇〕喟然歎曰：《論語·子罕》篇：『顔淵喟然歎曰：「仰之彌高，鑽之彌堅。瞻之在前，忽焉在後。夫子循循然善誘人，博我以文，約我以禮，欲罷不能。既竭吾才，如有所立卓爾。雖欲從之，末由也已。」』《先進》篇：『「點！爾何如？」鼓瑟希，鏗爾，舍瑟而作，對曰：「異乎三子者之撰。」子曰：「何傷乎，亦各言其志也。」曰：「暮春者，春服既成，冠者五六人，童子六七人，浴乎沂，風乎舞雩，詠而歸。」夫子喟然歎曰：「吾與點也！」』

〔一一〕南華：指《南華真經》，即《莊子》。唐玄宗時，莊周被追封爲『南華真人』，所撰《莊子》一書，也被尊爲《南華真經》。《舊唐書·玄宗紀下》：『天寶元年二月莊子號爲南華真人……所著書改爲真經。』

〔一二〕制義：明清科舉考試的方式，又稱制藝，即八股文。《明史·選舉志二》：『其文略仿宋經義，然代古人語氣爲之，體用排偶，謂之八股，通謂之制義。』

〔一三〕長洲：今江蘇省蘇州市的一部分。唐代分吳縣置長洲縣。清代又析吳縣、長洲縣地建元和縣及太湖、靖湖兩廳。民國元年，復並三縣兩廳爲吳縣。建國初，城區劃建爲蘇州市。一九九五年撤銷吳縣，建立吳縣市（縣級）。二〇〇一年撤銷吳縣市，原吳縣市轄區分設爲吳中區與相城區。毛序始：毛宗崗，字序始，號孑庵。清江南長洲人。與《隋唐演義》作者褚人獲爲同學，與金人瑞也有交往。康熙三、四年間，協助其父毛綸評改《三國志演義》和《琵琶記》，另有《孑庵雜錄》。見清褚人獲《堅瓠集》中《第七才子琵琶記》浮雲客子序。徐而庵：徐增，初字子益，又字無減，字子能，號而庵、梅鶴詩人。清江南長洲人。明崇禎間諸生，能詩文，工書畫。年甫及壯即患風痹，足不能行，大多數時間只能在家讀書、寫作、編書。訪錢謙益，深爲錢謙益所歎賞。從金聖歎、周亮工遊。曾重編《靈隱寺志》。另有《說唐詩》、《九誥堂集》等。見清陳宗之《梅鶴詩人傳》（清徐增《九誥堂全集》卷首）。

〔一四〕武進：今江蘇省常州市武進區。吳見思：字齊賢，清江南武進人。監生，撰有《史記論文》、《杜詩論文》，約成於康熙初。見《四庫全書總目》卷一七四，李兆洛、周儀暐纂《武進陽湖縣志·藝文志》。許庶庵：生平不詳。

〔一五〕開生面：展現新的面目。語出唐杜甫《丹青引贈曹將軍霸》：『淩煙功臣少顏色，將軍下筆開生面。』趙次公注：『貞觀中太宗畫李靖等二十四人於淩煙閣，至開元時，顏色已暗，而曹將軍重爲之畫，故云開生面。蓋因左氏「狄人歸先軫之元面如生也」。』

〔一六〕金針：針的美稱。用以縫補刺繡。後用以比喻秘法、訣竅。典出唐馮翊子《桂苑叢談·史遺》：『（采娘）七夕夜陳香筵，祈於織女。是夕夢雲輿雨蓋，蔽空駐車，命采娘曰：「吾織女，祈何福？」曰：「願丐巧耳。」乃遺一金針，長寸餘，綴於紙上，置裙帶中，令三日勿語，汝當奇巧。』金元好問《論詩》詩：『鴛鴦繡出從教看，莫把金針度與人。』度：通『渡』，越過，引伸爲傳授。因謂把某種技藝的秘法、訣竅傳授給別人。

〔一七〕顧：反而，卻。《戰國策·秦策一》：『今三川、周室，天下之市朝也，而王不爭焉，顧爭于戎狄。』

〔一八〕吳門：指蘇州或蘇州一帶。爲春秋吳國故地，故稱。

〔一九〕爲詩弔之：廖燕有《弔金聖歎先生》詩，見卷十八。

詔協鎮孫公〔一〕傳

公名清，字廉西，休寧〔二〕人。少習舉子業〔三〕，以爲此途少效而多誤，因棄去遠遊，遍歷幽燕荊楚滇黔閩粵間，所在結交名流奇士，欲以奇計取功名。康熙十五年〔四〕，滇逆變起，時公任樞部提塘〔五〕守備。適山西平虜衛參將萬正色陛見〔六〕，授岳州水師總兵〔七〕。二人一見，遂深相結交，旋舉公以守備隨征爲先鋒，領戰艦四，卒數百，直沖敵洞庭水寨，敗敵軍，遂復岳州。以功授正色福建提督，而公得授提標游擊〔八〕，進閩剿海。

時閩逆賊舟盤踞廈門、福與漳、泉沿海諸郡，勢張甚。閩督姚某〔九〕，疏請紅毛國〔一〇〕船助戰。公乃與提帥〔一一〕謀曰：紅毛國船未必來，來亦無期，且兵貴神速，遲則非計也。提帥卽上疏請戰。十九年〔一二〕正月，得旨誓師，從福州五虎門〔一三〕出洋航海，連復海壇、南日、湄州、崇海諸島〔一四〕，直抵泉州港獺窟〔一五〕。僞督朱元貴〔一〕以海艘〔一六〕數千來犯我師，公率眾薄陣，從下風逆戰，自巳至酉〔二〕，益奮勇直入，賊披靡避去，追出大洋而還。公機警果斷，料敵多奇中，提帥恨得公晚。至是公私念師雖乍勝，恐諸鎮因勝而驕，乃與提帥密謀，佯怒諸鎮不用命，責立軍令狀，死戰贖罪。次日舟師直抵永寧、洄頭、丙洲、潯尾、金門、廈門〔一七〕，賊舟皆望風奔潰，一時盡復十島。先是賊密以奸細詐作我軍水手，見諸鎮立軍令狀，俱欲死敵，賊已偵知，故懼怯潛逃，公謀之力也。

二十二年〔一八〕，陞授黄巖城守參將〔一九〕，以裁缺改補漢鳳營〔二〇〕參將，居棧道中，所謂八百連雲棧〔二一〕是也。棧閣久圮，公詳請修復，預計工費當得四千兩有奇，及工竣，所費果符其數，公籌畫周悉類如此。三十年，陞授韶州協鎮副將，歷任九載，忽以非罪見罷，公恬然不以爲意。

生平謙抑謹密，口未嘗言人過。好讀書結客〔二二〕，遇古今奇書，輒手自抄錄，注釋評點不倦，尤工顏柳書法。經過名山大川，必詳視筆記，著有《天下形勝圖》、《棧道吟》。爲人廣額豐頤〔二三〕，兩耳堅厚，壽且無算。韶人猶望公起復，所屬頌公德，至今不衰。

曲江廖燕曰：公所在有惠政，即非職所司事，凡有關民生利害者，必與當事宛商，盡舉行乃已。甲戌〔二四〕歲，韶民大饑，公首倡捐穀賑濟，全活者甚衆。尤喜下交貧士，一日單騎訪燕，見所居淺狹，即爲代贖舊業，復謀助日用薪水。燕賦《贖屋行》〔二五〕以記其事。去任之日，兵民號呼扳留，至擁馬不得前。異政尚多，俱詳載碑記中，故不復云。

【校記】

〔一〕朱元貴：當作朱天貴（？—一六八三），字尊上，號達三，清福建莆田人。本爲臺灣鄭經部將，康熙十九年降清，授平陽總兵。後隨施琅攻澎湖，中炮死。謚忠壯。見清錢儀吉纂《碑傳集》卷一二〇《彭啟豐〈榮祿大夫浙江平陽鎮總兵官左都督贈太子少保朱忠壯公天貴墓志銘〉》、李延昰補編《靖海志》（卷四）。

〔二〕『巳』：底本作『己』，誤。據利民本、寶元本改。巳，巳時（九點到十一點）；酉，酉時（十七點到十九點）。

【注釋】

〔一〕協鎮：清代隸於總兵的副將的稱呼，統理一『協』軍務。孫公：指孫清，字廉西，又字天一，清初休寧人。少習舉子業，後棄去遠遊。三藩之亂時，任岳州水師守備，以功授福建提標游擊。康熙二十二年，又因平定臺灣割據勢力的戰功，授黃巖城守參將，以裁缺改補漢鳳營參將。康熙三十年，升右都督廣東韶州協鎮副將。生平謙抑謹密，口未嘗言人過。好讀書結客。著有《天下形勝圖》、《棧道吟》。見清廖騰煃修、汪晉徵等纂《休寧縣志》卷三。

〔二〕休寧：今安徽省黃山市休寧縣。位於安徽省南部。

〔三〕舉業：爲應科舉考試而準備的學業。明清時專指八股文。《朱子語類》卷三四：『小兒子教他做詩對，大來便習舉子業。』明宋濂《鄭仲涵墓志銘》：『仲涵初年學舉子業，把筆爲文，春葩滿林。』

〔四〕康熙十五年：一六七六年。

〔五〕樞部提塘：軍事轄區名，具體位置不詳。明、清駐軍警備的較小轄地稱『塘』，比『汛地』小。

〔六〕平虜衛：今山西省朔州市平魯區，衛城設在今鳳凰城鎮。雍正三年（一七二五），在『衛』改置縣時，將

『平虜衛』改爲平魯縣。《明史》卷四十一：『平虜衛，成化十七年置。與行都司同城。嘉靖中徙今治。』《清史稿》卷六十：『明右玉林、左雲川、平虜三衛地，屬山西行都司。清初爲右玉、左雲、平魯三衛。雍正三年，于右玉衛置府，並改三衛爲縣，屬雁平道。』參將：武官名。明置，位次於總兵、副總兵。清因之，位次於副將。凡參將之爲提督及巡撫統理營務的，稱提標中軍參將、撫標中軍參將。參閱《明史·職官志五》、《清文獻通考·職官十一》。萬正色（？—一六九一）：字惟高，號中庵，清福建晉江人。少入伍。康熙間以游擊從征吳三桂，擢山西平魯參將，尋授岳州水師總兵。旋參與克復岳州之役，有功。官至雲南提督，坐事奪官。有《平岳疏議》、《平海疏議》。見《清史稿》卷二百六十一、《清史列傳》卷九本傳。陛見：臣下謁見皇帝。《東觀漢記·周黨傳》：『（周黨）脱衣解履，升於華殿，陛見帝廷。』

〔七〕岳州：岳州府，轄巴陵、平江、臨湘、華容四縣。治巴陵。位於湖南省東北部。相當於今湖南省岳陽市。總兵：官名。明代遣將出征，別設總兵官、副總兵官以統領軍務。其後總兵官鎮守一方，漸成常駐武官，簡稱總兵。清因之，於各省置提督，提督下分設總兵官及副總兵官。總兵所轄者爲鎮，故亦稱總鎮。清黄宗羲《明夷待訪錄·兵制二》：『有明雖失其制，總兵皆用武人，然必聽節制於督撫或經略。則是督撫、經略將也，總兵偏裨也。』

〔八〕提標：標，指總督、巡撫、提督等自己直接管轄指揮的軍隊。提標即提督直接管轄指揮的軍隊，一般有中、左、右、前、後五營。游擊：武官名。始於漢。自唐至清，仍沿用爲武官的官階。清代爲從三品，次於參將一級。明陸埰《簣齋雜著·九邊圖論》：『建昌營去燕河、太平不遠，添設游擊爲贅員。』清昭槤《嘯亭雜録·國初官制》：『國初甫定遼瀋，官職悉沿明制。其總攝國政者，有五大臣、十大臣之分，其餘設總兵、副將、游擊、備禦之分，而皆階以等級。』

〔九〕閩督姚某：指姚啓聖，字熙止，號憂庵，浙江會稽（今紹興）人。明季爲諸生。清順治初入旗籍，隸漢軍鑲紅旗。康熙二年舉八旗鄉試第一。授廣東香山知縣。三藩之亂時，以家財募兵，赴康親王傑書軍前效力，因功擢福建布政使。康熙十七年進總督。屢破臺灣劉國軒軍，肅清閩境。加太子太保，進兵部尚書。屢陳進兵臺灣之策。康熙二十二年，施琅攻臺灣，駐廈門督餉饋運。有《憂畏軒集》。見《清史稿》卷一九七、卷二百六十。

〔一〇〕紅毛國：指荷蘭。清俞正燮《澳門紀略跋》：『聖祖仁皇帝康熙五十五年十月辛亥聖訓云：朕訪聞海外有呂宋、噶囉巴兩處地方。噶囉巴乃紅毛泊船之所，呂宋乃西洋泊船之所，彼處藏匿盜賊甚多。』

〔一一〕提帥：指提督。時萬正色任福建提督。

〔一二〕十九年：康熙十九年（一六八〇）。

〔一三〕五虎門：指位於福建閩江口與外海之間的一系列島嶼。《清史稿》卷七十：『海自浙江溫州迤西南入福寧，環府之羅源、連江，至縣東百九十里，爲五虎門。其外大洋，其內閩江口。』

〔一四〕海壇、南日、湄州、崇海諸島：皆位於福建沿海附近。

〔一五〕泉州港獺窟：指獺窟島。位於今福建省泉州市惠安縣張阪鎮浮山村。

〔一六〕海艘：海船。明沈德符《野獲編·兵部·火藥》：『粵中因獲通番海艘，沒入其貨。』

〔一七〕永寧、洄頭、丙洲、潯尾、金門、廈門：皆位於福建沿海。

〔一八〕二十二年：康熙二十二年（一六八三）。

〔一九〕黃巖：黃巖縣，今浙江省臺州市黃巖區。當時黃巖縣設有黃巖城守營，康熙二十二年，孫清任黃巖城守參將。康熙二十三年，黃巖城守營被裁減，孫清調往他處任職。見清陳鍾英等修、王詠霓纂《黃巖縣志》卷十三。《黃巖縣志》卷十二：『《大清會典》：「鎮守黃巖總兵官一員，駐札黃巖縣，標下中左右三營……」舊設黃巖城守營參將等官，康熙二十三年裁。』

〔二〇〕漢鳳營：駐軍單位。駐地位於今陝西省寶雞市鳳縣雙石鋪鎮。孫清於康熙二十七年任漢鳳營參將。見清朱子春等纂修《鳳縣志》卷六。同書卷六：『漢鳳營駐治城。向設參將，隸固原提督。乾隆四十一年改參將爲游擊。』

〔二一〕連雲棧：棧道名。在陝西漢中地區，古爲川陝之通道。自鳳縣東北草涼驛南至開山驛，全長約四百七十里。明洪武二十五年，因故址增修，約爲棧閣二千二百七十五間。戰國時秦惠王伐蜀所經之棧道，漢張良勸劉邦燒絕所過棧道，皆指此。元徐再思《朝天子・常山江行》曲：『遠山、近山，一片青無間，逆流泝上亂石灘，險似連雲棧。』參閱《戰國策・秦策三》、《史記・留侯世家》。

〔二二〕結客：結交賓客，常指結交豪俠之士。《後漢書・祭遵傳》：『（祭遵）嘗爲部吏所侵，結客殺之。』

〔二三〕廣額：寬闊的額頭。豐頤：豐滿的兩腮。舊時視爲有威容。

〔二四〕甲戌：康熙三十三年（一六九四）。

〔二五〕《贖屋行》：廖燕有《贖屋行謝孫都尉廉西、查副戎維勳暨義助諸公》詩，見卷十八。

胡清虛傳

胡清虛，黃冠〔一〕中大俠也。曹給諫東川〔二〕嘗迎之講學。又嘗講學於西湖，時胡公惟寧〔三〕巡杭，廉〔四〕得清虛狀，欲殺之。適東川來杭城，爲之居間〔五〕而止。清虛曰：『不惟要他不殺我，還要他拜我。』東川問何謂，曰：『惟寧有一病極奇，惟我能活。』東川試詢惟寧，果然，因述清虛語，惟寧卽求治病。清虛出具藥，且作書，語其乞藥人曰：『可先服藥，後看書。』惟寧服藥，少頃拆書閱之，皆歷數惟寧姦惡幾百餘款。惟寧大怒曰：『此必毒藥也。』急取冷水解之，一吐出蟲不計數，病良已。惟寧復大喜，果拜清虛。

傳其所居宮室，華麗與王侯埒〔六〕，姬妾數十人。每呼茶則外擊雲板〔七〕，內應之，雲板凡十餘聲始息，茶出從內，而外雲板聲亦如之。處家〔八〕嚴肅不可言，清虛蓋天下異人云。

曲江廖燕曰：天下不乏奇人，特人未之識耳。如清虛者，豈易多見乎哉。傳當時又有何心隱〔九〕者，亦以大俠講學聞。予將訪其巔末，別爲之立傳云。

【注釋】

〔一〕黄冠：黄色的冠帽，多爲道士戴用，因用以指代道人。明顧炎武《復庵記》：『入華山爲黄冠。』

〔二〕曹東川：生平不詳。給諫：唐宋時給事中及諫議大夫的合稱。清代用作六科給事中的别稱。掌侍從規諫，稽察六部之弊誤，有駁正制敕違失之權。唐韓愈《酬崔十六少府》詩：『才名三十年，久合居給諫。』

〔三〕胡公惟寧：指胡宗憲（？—一五六五），字汝貞，號梅林，明徽州府績溪人（今屬安徽）。嘉靖十七年進士。歷任益都知縣、餘姚知縣，後以御史巡按宣府、大同等邊防重鎮，整軍紀，固邊防。嘉靖三十年（一五五一），胡宗憲又巡按湖廣，參與平定苗民起義。嘉靖三十三年，出任浙江巡按監察御史。嘉靖三十五年，擢右僉都御史總督浙江軍務。設計誘殺徐海、王直，兩浙倭患漸平。嘉靖四十一年，以屬嚴嵩黨革職，後下獄死。有幕僚所輯《籌海圖編》。見《明史》卷二百十五本傳。

〔四〕廉：考察，視察。《周禮・天官・小宰》：「一曰廉善，二曰廉能，三曰廉敬。」

〔五〕居間：指居於雙方之間調解或説合。《史記・魏其武安侯列傳》：「賓客居間，遂止，俱解。」

〔六〕埒：等同，並立，相比。《史記・平準書》：「故吳諸侯也，以卽山鑄錢，富埒天子。」

〔七〕雲板：報事之器，作傳令或集衆之用。《再生緣》第四十一回：「須時已到親王府，雲板三聲報內聞。」

〔八〕處家：持家。漢劉向《古列女傳・節義傳・魯秋潔婦》：「夫事親不孝則事君不忠，處家不義則治官不理。」

〔九〕何心隱：原名梁汝元，字夫山。江西永豐人。明末學者。從學於顏鈞，後棄科舉，專意聚徒講學。因參與彈劾嚴嵩，得罪當道，故改名換姓，避難講學，後遭張居正捕殺。其著作今人輯爲《何心隱集》。見清黃宗羲撰《明儒學案》卷三十二。

丘獨醒〔一〕傳 半醒附

獨醒丘姓，名天民，曲江諸生。工畫，善翎毛、枯木、野仙、人物，皆用臃腫怪筆。尤善畫虎，嘗結屋深山中，觀生虎形狀，得其神，蒼忙〔二〕返舍，取筆就粉壁〔三〕圖之，犬一見皆驚仆，爲之遺矢〔四〕。一日，訪友人於任所，贈之金，盡市奇書怪石以歸。自是畫益進，曲江以畫得名者莫不首推焉。其弟半醒亦善畫，予猶及見之，至今野老〔五〕猶往往能言其逸事者。又有傳獨醒畫虎，嘗燈下伏地作虎跳躍狀，取影圖之，如活虎云。

邑人廖燕曰：孔子云：『君子疾沒世而名不稱焉。』〔六〕誠哉是言。予竊怪吾邑之可稱者抑何寥寥也，豈有之而失其傳歟？抑皆汩沒於時藝之中〔七〕而不能別見其所長者歟？茲獨醒獨以畫傳，賢於沒世不稱者遠矣。世人藉口時藝，而甘與草木俱腐者，視此果何如哉！

【注釋】

〔一〕丘獨醒：丘天民，字獨醒，明末曲江人。諸生，博學工書畫。性倜儻，澹於名利。後棄舉業，專隱於畫。其弟半醒有兄風，亦善畫。見《曲江縣志》卷十四本傳。

〔二〕蒼忙：猶倉皇，匆忙。唐張彥遠《歷代名畫記·張璪》：『值朱泚亂，京城騷擾，璪亦登時逃去，家人見畫在幀，蒼忙掣落。』

〔三〕粉壁：指白色牆壁。南朝梁顧野王《舞影賦》：『圖長袖於粉壁，寫纖腰於華堂。』唐李白《同族弟金城尉叔卿燭照山水壁畫歌》：『高堂粉壁圖蓬瀛，燭前一見滄洲清。』

〔四〕遺矢：猶拉屎。《史記·廉頗藺相如列傳》：『廉將軍雖老，尚善飯。然與臣坐，頃之三遺矢矣。』唐司馬貞索隱：『謂數起便也。矢，一作屎。』

〔五〕野老：村野老人。南朝梁丘遲《旦發漁浦潭》詩：『村童忽相聚，野老時一望。』

〔六〕君子疾沒世而名不稱焉：見《論語·衛靈公》。

〔七〕汩沒：沉溺。宋歐陽脩《與劉侍讀書》：『汩沒聲利，惟溺惑者不勝其勞。』時藝：即時文、八股文。明沈德符《野獲編·徵夢·甲戌狀元》：『（杏源）時藝奇麗，與馮祭酒開之、袁職方了凡，同社相善。』

東皋屠者〔一〕傳

古君子往往有以軒冕〔二〕爲桎梏，入山惟恐不深者。此豈其得已者耶？然人生至不得已而隱，已非人情，況並欲泯其名而不使見稱於世，則其苦有孰甚於此者。《魯論》〔三〕稱『逸民：伯夷、叔齊、虞仲、夷逸、朱張、柳下惠、少連』〔四〕，七人中惟朱張只載其名，而絕無事跡可考。孫思邈〔五〕論次隱逸而又以不著姓名者爲上，此何以稱焉？

友人爲予言東皋屠者事，心竊異之。閩泉州東皋〔六〕有隱者，不肯自言姓名，以屠爲業，暇則沐浴易衣，閉戶著書以自娛。雖土牆茅屋，然花竹清楚，入其中不知爲屠者之室也。貴人有求見者，輒踰垣避去不見。善畫蘆雁，無款識，惟用一圖章，鐫『東皋屠者』四字而已。著書甚多，但未經傳布，人亦少有知之者。

曲江廖燕曰：此與宋南安翁〔七〕絕相類。翁曾出仕宣和〔八〕間，未幾避去，種園於南安，遂號南安翁，不履城市者數十年，可謂嘉遯〔九〕矣。然翁文章不少概見〔一〇〕，今東皋著書雖多，又少有傳之者，豈可謂有幸者耶？雖然，彼二人尚不肯一見其姓名，況其他乎？世又有以顯姓名爲榮者，視此果孰得而孰失也？人之賢不肖，相去又曷可以道里計也哉！

高望公曰：東皋事跡，少有傳者，故前後以議論襯貼成文，而一種徬徨追賞之意繚繞筆端，太史公《伯夷傳》

後僅見此文。

【注釋】

〔一〕東皋屠者： 姓名不詳，清初福建晉江人。以屠爲業，善畫蘆雁。清方鼎等修、朱升元等纂《晉江縣志》卷十五有傳。

〔二〕軒冕： 古時大夫以上官員的車乘和冕服，借指官位爵禄。《莊子·繕性》：『古之所謂得志者，非軒冕之謂也，謂其無以益其樂而已矣。』

〔三〕《魯論》： 即《魯論語》。《論語》的漢代傳本之一。唐陸德明《〈經典釋文〉序録》：『漢興，傳者則有三家，《魯論語》者，魯人所傳，即今所行篇次是也。』故後世又稱《論語》爲《魯論》。

〔四〕『逸民』句： 見《論語·微子》：『逸民：伯夷、叔齊、虞仲、夷逸、朱張、柳下惠、少連。子曰：「不降其志，不辱其身，伯夷、叔齊與？」謂柳下惠、少連，「降志辱身矣，言中倫，行中慮，其斯而已矣。」謂虞仲、夷逸，「隱居放言，身中清，廢中權。」「我則異於是，無可無不可。」』逸民，指遁世隱居的人。伯夷、叔齊，商末孤竹君之二子。柳下惠，春秋魯大夫展獲，字季，又字禽，曾爲士師官，食邑柳下，謚惠，故稱其爲展禽、柳下季、柳士師、柳下惠等。以柳下惠之名最爲著稱。相傳他與一女子共坐一夜，不曾淫亂。後用以借指有操行的男子。虞仲、夷逸、朱張、少連，此四人身世無考。

〔五〕孫思邈（五八一—六八二）： 唐京兆華原人。少因病學醫，善言老莊，兼通佛典。隋文帝、唐太宗召欲官之，不受。唐高宗復召見，拜諫議大夫，上元元年稱疾還山。采藥治病，後世稱爲『藥王』。著有《千金方》三十卷。見《舊唐書》卷二百一、《新唐書》卷二百十九本傳。

〔六〕泉州東皋：又名東山，位於今福建省晉江市池店鎮溜石村。《晉江縣志》卷一：『龍首東行曰獅山……曰東山，一名高甲山，溜石鎮在其下。又名溜石山，在二十九都，距城南十里。《閩書》：山有水井方廣丈余，海潮至，與泉不雜，色瑩味甘。』

〔七〕南安翁：姓名不詳，宋朝人。棄官隱於南安，種園爲生。見《宋史》卷四百五十八本傳。南安，宋分虔州置南安軍，治大庾（今江西大餘縣）。轄大庾、南康、上猶三縣。

〔八〕宣和：宋徽宗趙佶（一〇八二—一一三五）年號，一一一九年—一一二五年。

〔九〕嘉遯：合乎正道的退隱，合乎時宜的隱遁。亦作『嘉遁』。語出《易·遯》：『嘉遯貞吉，以正志也。』

〔一〇〕概見：概略的記載。《史記·伯夷列傳》：『余以所聞由、光義至高，其文辭不少概見，何哉？』唐司馬貞索隱：『概是梗概，謂略也。蓋以由光義至高，而《詩》、《書》之文辭遂不少梗概載見，何以如此哉？』

高望公傳

高儼，字望公，新會〔一〕人。博學，工詩畫草書，時號三絶。尚藩〔二〕入粤，聞其名，屢辟之，不就。以禮帛〔三〕求畫者踵相接，意稍不合，輒麾去。時有鄰邑令欲得其畫，百計致之，酧〔四〕以金若干，望公卽以賞其來使。暮年詩畫益精，能於月下作畫，視晝時爲尤工。性簡傲〔五〕，常面折人過。然遇端人〔六〕奇士，則又敬禮揄揚之不置〔七〕。嘗以赭石〔八〕染布爲野人服，冠履俱與時異，見者無不知其爲先輩高望公也，時又因其姓稱爲高士望公云。

年七十有二，疾作，卽與親友訣别，命畫工寫照，照飾以緯帽箭衣〔九〕，望公瞋目不視，既而曰：『我要畫一個若有若無的高望公。』畫工凡三易稿，皆不點首。最後畫一幅巾深衣〔一〇〕半露白雲天際，望公喜，急呼筆，題其上云：明處士高望公遺照。遂卒。

曲江廖燕曰：予未識望公面，然嘗想見其爲人，望公亦數向人稱予善，古所云神交〔一一〕者，非歟？望公没數年，予來羊城，訪遺事，莫有能道其詳者。因以舊所聞摭拾成傳，以識一時慨慕〔一二〕之意云。

【注釋】

〔一〕新會：新會縣。今廣東省江門市新會區。

〔二〕尚藩：指尚可喜。

〔三〕禮帛：古代祭祀、會盟、朝聘等用作禮物的帛。一般五匹捆爲一束，稱爲束帛。《周禮·春官·大宗伯》『孤執皮帛』漢鄭玄注：『皮帛者，束帛而表以皮爲之。』賈公彥疏：『束者十端，每端丈八尺，皆兩端合卷，總爲五匹，故云束帛也。』

〔四〕酧：同『酬』。

〔五〕簡傲：高傲，傲慢。《三國志·蜀書》卷八：『性簡傲跌宕。』

〔六〕端人：正直的人。《孟子·離婁下》：『夫尹公之他，端人也，其取友必端矣。』趙岐注：『端人，用心不邪僻。』

〔七〕不置： 不舍，不止。《新唐書·狄仁傑傳》：「爲兒時，門人有被害者，吏就詰，衆爭辨對，仁傑誦書不置。」

〔八〕赭石： 礦石，由氧化鐵或含氧化鐵、氧化錳等礦物的粘土構成，一般呈紅褐色，也有土黄色或紅色的。可作顔料。明宋應星《天工開物·陶埏》：「每柴五千斤燒瓦百斤，取出，成色以「無名異」、棕櫚毛等煎汁塗染成緑黛，赭石、松香、蒲草等染成黄。」

〔九〕緯帽： 清代的一種涼帽。無帽檐，以竹絲或藤作胎，面料用紗。清代作爲禮帽的紅纓帽，在夏秋季即以緯帽爲之。清阿桂《八旬萬壽盛典·恩賚十三》：「賜金川番二品以下至六品土司土弁土舍頭人等四十四人，共如意二十八柄、銀九百二十兩……緯帽二十頂……瓷漆牙盤烟壺搬指等二百九十件及茶果諸品。」箭衣： 古代射士所穿的一種緊袖服裝。袖端上半長可覆手，下半特短，便於射箭。明葉紹袁《痛史·啟禎記聞録》：「撫按有司申飭，衣帽有不能備營帽箭衣者，許令黑帽綴以紅纓，常服改爲箭袖。」

〔一〇〕幅巾： 古代男子以全幅細絹裹頭的頭巾。後裁出腳卽稱襆頭。《東觀漢記·鮑永傳》：「更始歿，永與馮欽共罷兵，幅巾而居。」《後漢書·逸民傳·韓康》：「及見康柴車幅巾，以爲田叟也，使奪其牛。」宋李上交《近事會元·襆頭巾子》：「今宋朝所謂頭巾，乃古之幅巾，賤者之服。」深衣： 古代上衣、下裳相連綴的一種服裝。爲古代諸侯、大夫、士家居常穿的衣服，也是庶人的常禮服。《禮記·深衣》：「古者深衣，蓋有制度，以應規矩，繩權衡。」鄭玄注：「名曰深衣者，謂連衣裳而純之以采也。」孔穎達疏：「凡深衣皆用諸侯、大夫、士夕時所著之服，故《玉藻》云：「朝玄端，夕深衣。」庶人吉服，亦深衣。」

〔一一〕神交： 指彼此慕名而未謀面的交誼。元劉南金《和黄溍卿客杭見寄》：「十載神交未相識，臥淹幽谷恨羈窮。」

〔一二〕慨慕：感歎仰慕。唐李翱《謝楊郎中書》：『臨空文尚慨慕如不足，況親遇厥事覩厥人哉，幸甚，幸甚！』

吳子光傳

吳子光，不知何許人，大抵劍俠流也，傳其盜漳州〔一〕戴某家事爲甚奇。某家頗富饒，一夕忽盡失其所有。某天明欲起，覓衣物不得，始知被盜，遍視牕櫺戶壁，扃鑰如故，惟四犬僵斃在地而已。及啟戶，則失物與盜俱在，盜卽吳子光也。時陳斯徵爲漳州郡倅〔二〕，奇其才，特列其狀，聞於當事，且薦其才可大用。子光語人曰：『吾爲此舉，不過偶爾遊戲，使天下人知有吳子光而已，寧欲以此博一官耶？』遂遯去，不知所終。

曲江廖燕曰：從來英雄倜儻之士，每多出於微賤，況以子光之才，憤世人不知，特假此舉以顯其奇耳，豈真竊盜者流耶？使當事能物色而用之，其立功必有可觀者，惜乎終其身埋沒於塵埃草莽中如子光其人者，又何可勝道也哉！

【注釋】

〔一〕漳州：今福建省漳州市。

〔二二〕陳斯徵：生平不詳。郡倅：郡佐，郡守的副職。宋吳曾《能改齋漫録·神仙鬼怪》：『真宗朝，黄震知亳州永城縣。時大旱，王丞相欽若爲郡倅，至邑祈雨。』

家佛民傳

佛民，予族弟〔一〕也，名如彭，字彭壽，一字佛民。年十四補邑諸生，工詩畫，尤精楷書。未幾厭諸生，作《辭諸生書》上督學〔二〕。先是書未上，佛民嘗語人曰：『諸生爲四民之一，非其極者。然一業此，則硜硜〔三〕然惟時藝是務。幸而售，固無論，不則世務無所知，艱於治生，雖妻孥〔四〕不能給，至所行多有不堪言者，其故可勝歎耶？聞之漢唐之先，帖括〔五〕未用，士皆得自行其志，閉戶誦讀，皆務爲聖賢經濟性命〔六〕之學，故出則爲國家有用之才，而處亦不失爲巖穴知名之士，誠能爲之如是，何不可者？傳明陳繼儒〔七〕將入試〔八〕，見所試士形狀，不樂甚，遂拂袖歸。豫章吳予弼〔九〕亦然。今與昔不甚相遠，天下之大，豈無有英傑博聞慷慨之士，獨能擺脱世網，爲吾之所欲爲？而顧不知出此，方相率逐隊〔一〇〕而趨，靦顔〔一一〕以爲得意，亦果何爲也哉！』衆人聞其言，爭竊笑之以爲怪，佛民不顧也。至是書上辭不允，遂出遊不返。或云已死，或云已僧服，人猶及見之者。

伯兄柴舟曰：予讀佛民《辭諸生書》，高其志。時方發憤出遊，而遽傳其夭歿，然乎否耶？佛民有《無題》詩十首，其稿已不存，猶記其有句云：『言語傳來人背後，琵琶聽到夜深時。』又有句云：『鏡破難教重見面，花殘安得再消魂。』又有句云：『月裏有人曾悔入，世間無路送愁歸。』當時極賞其佳，不意至今遂成讖語〔一二〕。又有絕句三首，其《採藥》詩云：『沿溪深入深山路，滿地落花無鳥語。赤犬吠人三四聲，雲迷谷口不歸去。』其《溪行》詩云：『昨到南溪溪上游，石橋流水過孤舟。桃花盡處洞門掩，回首雲封十二樓〔一三〕。』其《憶舊》詩云：『春日尋春到遠山，相逢木客〔一四〕鬢毛斑。自從風雨歸來後，消息全無到世間。』三詩雖佳，然俱覺有鬼氣，人言佛民未死，則又不足信也已。時年方二十有八，有才無命，悲夫！

【注釋】

〔一〕族弟：同高祖兄弟中的弟輩。《南史·劉歊傳》：『及長，博學有文才，不娶不仕，與族弟訏並隱居求志，遨遊林澤，以山水書籍相娛而已。』

〔二〕督學：學政的別名，明清派駐各省督導教育行政及考試的專職官員。清鄭方坤《全閩詩話》卷七：『睢人請於督學，祀之名宦。』

〔三〕硜硜：淺陋固執貌。《論語·子路》：『言必信，行必果，硜硜然小人哉！』晉葛洪《抱朴子·逸民》：『昔夷齊不食周粟，鮑焦死於橋上，彼之硜硜，何足師表哉！』

〔四〕妻孥：妻子和兒女。《國語·越語上》：『若以越國之罪爲不可赦也，將焚宗廟，係妻孥。』

〔五〕帖括：唐代科舉制度規定，明經科以『帖經』試士。把經文貼去若干字，令應試者對答。爲便於記誦，後考生乃總括經文編成歌訣，稱『帖括』，明清時用以指八股文。

〔六〕經濟：經世濟民。唐李白《贈別舍人弟臺卿之江南》詩：『令弟經濟士，謫居我何傷。』性命：我國古代哲學範疇，指萬物的天賦和稟受。宋明以來理學家專意研究性命之學。宋陳亮《上孝宗皇帝第一書》：『舉一世安于君父之讎，而方低頭拱手以談性命，不知何者謂之性命乎！』

〔七〕陳繼儒（一五五八—一六三九）：字仲醇，號眉公，又號麋公，明松江府華亭人。諸生。博學多通。年二十九，取儒衣冠焚棄之。隱居小昆山，後築室東佘山，杜門著述。工詩善文，短翰小詞皆極風致。工書畫。屢奉詔徵用，皆以疾辭。卒於家。有《眉公全集》。見《明史》卷二百九十八本傳、清錢謙益《列朝詩集小傳·丁集下·陳徵士繼儒》。

〔八〕入試：入場考試。宋陸游《老學庵筆記》卷八：『宋白尚書詩云：《風》《騷》墜地欲成塵，春鎖南宮入試頻。』

〔九〕豫章：漢豫章郡治南昌，轄境大致同今江西省。因以指江西。吳予弼（一三九一—一四六九）：又作『吳與弼』，字子傳，明江西崇仁人。十九歲即決心專治程朱理學，遂棄舉子業。天順元年（一四五七），以石亨薦授爲左諭德，固辭不拜。見《明史》卷二百八十二本傳。

〔一〇〕逐隊：隨衆而行。唐元稹《望雲騅馬歌》：『功成事遂身退天之道，何必隨羣逐隊到死踢紅塵。』

〔一一〕靦顔：厚顔。《晉書·郗鑒傳》：『丈夫既潔身北面，義同在三，豈可偷生屈節，靦顔天壤邪！』

〔一二〕讖語：讖言，古代巫師、方士等以讖術所作的預言。宋王明清《揮麈餘話》卷二：『三衢境內地名張步，溪中有石，里人號曰團石，有讖語：「團石圜，出狀元；團石仰，出宰相。」』

〔一三〕十二樓：指神話傳說中的仙人居處。《史記·封禪書》：『方士有言「黃帝時爲五城十二樓，以候神人於執期，命曰迎年。」上許作之如方，命曰明年。』《漢書・郊祀志下》：『五城十二樓。』顔師古注引應劭曰：『昆侖玄圃五城十二樓，仙人之所常居。』

〔一四〕木客：傳説中的深山精怪。《太平御覽》卷八八四引晉鄧德明《南康記》：『木客，頭面語聲亦不全異人，但手腳爪如鉤利，高巖絶峯然後居之。』宋蘇軾《次韻定慧欽長老見寄》之二：『松花釀仙酒，木客餽山飱。』王十朋注引趙次公曰：『木客，廣南有之，多居木中，野人之類也。』

胡葉舟傳

葉舟胡姓，海名，曲江人。歲庚申〔一〕出遊，不得志，遂薙髮爲僧。嘗往來南嶽、匡廬〔二〕、武夷諸名山。少習舉子業，爲僧後始學琴，尤工於詩。廣陵汪子燮〔三〕勸其還俗，以多金爲飾歸裝，葉舟應諾，金入手，隨揮而盡，仍僧服辭去，行腳〔四〕如故。

嘗蓄一石，高尺餘，蠟色，有梅花數朵隱隱浮起，色更黄，宛然蠟梅花也。甚寶異之，與同臥起。一夕，忽失去，未幾得咯血症〔五〕，卒於羅浮精舍〔六〕，時年四十有二。先是，其弟某曾訪之高涼蘭若〔七〕，得其詩數卷歸，今藏於家。

邑人廖燕曰：予先家郡之西河，與葉舟同里，曾從予學舉子業。後予因世變移居城中，葉舟亦出遊不返，隨聞其已僧服。學詩頗工，曾見《詠秋雨》詩有『涼人今夜雨，老我又秋風』之句，予亟賞之。欲寄書促歸，而不虞其已溘然朝露〔八〕也，悲夫！其懷予有詩云：『漫嗟長別動悲歌，且訊先生近若何。酒量可曾因老減，詩情端的〔九〕爲愁多。奇書寂寞還須著，寶劍光芒不用磨。愧我自從飄泊後，十年雲水〔一〇〕已蹉跎。』詩亦未及寄予，惟自書扇頭，出入吟諷而已。友某曾得見之，爲予述其略如此云。

【注釋】

〔一〕庚申：康熙十九年（一六八〇）。

〔二〕南嶽：山名，五嶽之一，指衡山。《書·舜典》：『五月，南巡守，至於南嶽，如岱禮。』孔傳：『南嶽，衡山。』匡廬：指江西的廬山。相傳殷周之際有匡俗兄弟七人結廬於此，故稱。《後漢書·郡國志四·廬江郡》『尋陽南有九江，東合爲大江』劉昭注引南朝宋慧遠《廬山記略》：『有匡俗先生者，出殷周之際，隱遯潛居其下，受道於仙人而共嶺，時謂所止爲仙人之廬而命焉。』

〔三〕廣陵：指明清時的揚州府江都縣，即今江蘇省揚州市。秦於此地置廣陵縣，故稱。汪子燮：生平不詳。

〔四〕行脚：指僧人爲尋師求法而游食四方。宋賾藏編《古尊宿語錄》卷六：『老僧三十年來行脚，未曾置此一問。』

〔五〕咯血症：喉部或喉以下呼吸道出血經口腔排出的症狀。肺結核、肺炎、支氣管擴張、胸部外傷、肺癌等常有這種症狀。清平步青《霞外攟屑·斠書·硯史》：『（王子若）爲宿遷王惜菴刻高南阜《硯史》，歷三年，工未及半，咯血卒。』

〔六〕羅浮：　山名。位於廣東省增城市與博羅縣交界處的東江北岸。風景優美，爲粵中遊覽勝地。精舍：道士、僧人修煉居住之所。《三國志·吴書》卷一『建安五年』裴松之注引晉虞溥《江表傳》：『時有道士琅邪于吉，先寓居東方，往來吴會，立精舍，燒香讀道書，製作符水以治病，吴會人多事之。』《魏書·外戚傳上·馮熙》：『熙爲政不能仁厚，而信佛法，自出家財，在諸州鎮建佛圖精舍，合七十二處。』

〔七〕高涼：　指高州府（治所在今廣東省高州市），位於廣東省西南部。東漢末，孫權於其地置高涼郡。西晉高興郡併入。轄境與清代高州府相當。蘭若：　指寺院。梵語『阿蘭若』的省稱。意爲寂淨無苦惱煩亂之處。

〔八〕溘然朝露：　年輕人忽然之間死去。溘然，忽然，引申謂忽然去世。南朝梁簡文帝《與劉孝儀令》：『所賴故人，時相媲偶，而此子溘然，實可嗟痛。』朝露，早上的露水，比喻存在時間短促，引申爲少年而死。宋蘇軾《答廖明略書》之一：『所幸平安，復見天日，彼數子者何辜，獨先朝露！』

〔九〕端的：　果真，確實。元楊樵雲《滿庭芳·影》詞：『溪橋斷，梅花晴雪，端的白三分。』

〔一〇〕雲水：　指僧道雲遊四方。唐項斯《日東病僧》詩：『雲水絶歸路，來時風送船。』

陸烈婦傳

烈婦陸氏，會稽〔一〕人，年十五，歸同邑王廷祐。時廷祐父之臣爲吾粤某縣尉〔二〕，二人結縭〔三〕未及旬，廷祐以事留父任所，烈婦旋奉母歸會稽。最後廷祐復隨父任新會尉，始攜烈婦同居，計别已十有餘年矣。會廷祐久病瘵〔四〕，烈婦侍湯藥，至割股〔五〕以進。未幾廷祐卒，烈婦屢引刀自決，以防護不得間。忽一日，與侍婢佯爭博懽笑，至四鼓〔六〕，伺婢熟寢，手書絕命詞一紙藏襟帶間，有『及早相從歸地下，免教人喚未亡人』之句，遂自經〔七〕死，時年二十有七。

烈婦性聰敏，讀書識章句大義。嘗楷書《內則》〔八〕一卷自儆，尤工繪事〔九〕。方廷祐已就殮，烈婦於靈前含淚摹廷祐像，並寫己照，與廷祐側面相對坐，極肖。又數囑殯宮〔一〇〕宜從寬，及烈婦就縊，雙棺並厝〔一一〕，始悟其言爲先定也。傳母趙惟育烈婦一人，苦節二十餘年，與其姑某及祖姑某歷四世以貞節聞，獨烈婦稱烈云。

曲江廖燕曰：烈婦可不謂賢矣哉！乃節烈可傳如此也。甫失所天〔一二〕，卽能甘死如飴，了不復顧，非其志已素定，安能至是耶？傳稱從容就義，豈不然哉！聞其知書，喜吟詠，因來粵匆卒〔一三〕，輒罹變故，遺稿俱散失不傳，悲夫！

【注釋】

〔一〕會稽：會稽縣。隋置，明清時與山陰並爲浙江紹興府治，民國改並爲紹興縣。轄境爲今浙江省紹興市越城區、紹興縣的各一部分。

〔二〕廷祐父之臣：王之臣，山東人。吏員，康熙二十八年任新會縣典史。見清林星章修、黃培芳等纂《新會縣志》卷五。縣尉：官名。秦漢縣令、縣長下置尉，掌一縣治安。歷代因之。元於縣尉外，兼置典史。明廢尉，留典史，掌尉事，後因稱典史爲『縣尉』。

〔三〕結縭：指男女結婚。女子臨嫁，母爲之繫結佩巾，以示至男家後奉事舅姑，操持家務。故以結縭指男女結婚。唐喬知之《雜曲歌辭·定情篇》：『由來共結褵，幾人同匪石。』

〔四〕瘵：病，多指癆病。宋王安石《乞退表》：『念其服勞之久，憫其攖瘵之深。』

〔五〕割股：舊有割下自己腿上的肉以供君親食用之説，古人認爲是大忠大孝的表現。《莊子·盜蹠》：『介子推至忠也，自割其股以食文公。』《新五代史·雜傳·何澤》：『五代之際，民苦於兵，往往因親疾以割股，或既喪而割乳廬墓，以規免州縣賦役。』

〔六〕四鼓：古代夜間擊鼓以報時。從戌時（十九點—二十一點）計起，一鼓一個時辰，一夜分五鼓。四鼓，相當於丑時（一點—三點）。

〔七〕自經：上吊自殺。《論語·憲問》：『豈若匹夫匹婦之爲諒也，自經於溝瀆而莫之知也。』

〔八〕内則：《禮記》有《内則》篇，記男女居室事父母舅姑之法。

〔九〕繪事：繪畫，繪畫之事。南朝梁劉勰《文心雕龍·定勢》：『是以繪事圖色，文辭盡情。』

〔一〇〕殯宫：指墳墓。明沈德符《野獲編·鬼怪·小棺》：『何以有此小塚小碑示妖現怪乃爾，余意此必非唐帝殯宫，亦長城下某妃之類耳。』

〔一一〕厝：把棺材停放待葬。宋歐陽脩《與丁學士書》：『今秋欲扶護歸鄉，恐趁葬期不及，則且權厝鄉寺，俟它年耳。』

〔一二〕所天：舊稱所依靠的人，指丈夫。晉潘岳《寡婦賦》：『少喪父母，適人而所天又殞。』

〔一三〕匆卒：匆促，倉促。亦作『匆猝』。明方孝孺《與邵真齋書》之一：『匆猝不謹，惟冀恕察。不宣。』

李節婦傳

節婦姓李，字貞靜，定海縣〔一〕人。母氏感異夢而生，性不茹葷〔二〕，此其驗也。年及笄〔三〕，許配慈谿葉敬斯〔四〕，未及于歸〔五〕，而敬斯客死揚州（一）。家人移柩歸葬，節婦聞之，遂悉屏鉛華〔六〕，服縞素〔七〕，垂涕辭父母曰：『兒不幸，遽失所天。雖未諧伉儷，然已儼然爲葉家婦矣。豈有身爲人婦，聞夫柩至而不過門成服〔八〕者耶？』父母婉詞阻之，不能得，因聽歸〔九〕葉氏，於是苦節堅守者歷四十有餘年。一日無疾而逝，時年六十有五，卒與敬斯合葬焉。

曲江廖燕曰：語云『慷慨死節易，從容就義難』。豈不然歟？若節婦未及于歸，即稱未亡人終其身，此固難之難者。況四十年間，飲冰茹蘗〔一〇〕，卒能濡忍〔一一〕以成其志，可不謂賢者耶？以較僅激烈於一時者，爲何如哉！歲寒然後知松柏之後凋，予於節婦亦云。

【校記】

（一）揚州：底本作『楊州』，今據利民本、寶元本改。

【注釋】

〔一〕定海縣：康熙二十六年（一六八七）以前，指今浙江省寧波市鎮海區。康熙二十六年改原定海縣爲鎮海縣，於舟山群島另置定海縣，即今浙江省舟山市。本文傳主李節婦生平又見於《李節婦墓表》（卷十五），《李節婦墓表》中有『節婦生崇禎戊寅八月日』句，可見本文的『定海縣』指今浙江省寧波市鎮海區。

〔二〕茹葷：本指吃蔥韭等辛辣的蔬菜，後指吃魚肉等。《宋史·孝義傳·郭琮》：『絕飲酒茹葷者三十年，以祈母壽。』

〔三〕笄：女子十五歲成年。《國語·鄭語》：『既笄而孕。』注：『女十五而笄。』

〔四〕慈谿：縣名。今浙江省寧波市之慈谿市、餘姚市和鎮海區的各一部分。一九五四年慈谿縣境進行大的調整，新縣境由原慈谿、餘姚、鎮海三縣北部（俗稱三北）的棉區境域組成，縣人民政府由慈城鎮遷至滸山鎮。位於浙江省東部。葉敬斯：清初慈谿（含今浙江省寧波市之慈谿市、餘姚市和鎮海區的各一部分）人。早卒。葉敬斯納聘李貞靜後，未幾客死揚州。參見廖燕《李節婦墓表》（卷十五）。

〔五〕于歸：出嫁。語出《詩·周南·桃夭》：『之子於歸，宜其室家。』朱熹集傳：『婦人謂嫁曰歸。』

〔六〕鉛華：婦女化妝用的鉛粉。《文選·曹植〈洛神賦〉》：『芳澤無加，鉛華弗御。』李善注引張衡《定情賦》：『思在面爲鉛華兮，患離塵而無光。』

〔七〕縞素：白色喪服。《史記·高祖本紀》：『今項羽放殺義帝於江南，大逆無道。寡人親爲發喪，諸侯皆縞素。』

〔八〕成服：喪禮於大殮之後，親屬按照與死者關係的親疏，穿上符合各自身份的喪服，叫成服。

〔九〕歸：女子出嫁。《易·泰》：『帝乙歸妹。』

〔一〇〕飲冰茹蘗：謂生活清苦，爲人清白。語本唐白居易《三年爲刺史》詩之二：『三年爲刺史，飲冰復食蘗。唯向天竺山，取得兩片石。此抵有千金，無乃傷清白。』

〔一二〕濡忍：柔順忍讓。《史記·刺客列傳》：『鄉使政誠知其姊無濡忍之志，不重暴骸之難，必絶險千里以列其名，姊弟俱僇於韓市者，亦未必敢以身許嚴仲子也。』

曲江二烈婦傳

烈婦陳姓，蘭英名，邑孝廉陳金閶〔一〕女，年十九歸同里黃洲偉。甫三載，洲偉病瘵歿，烈婦誓以身殉。已絶粒〔二〕數日，父母勸慰久之，始稍進飲食，然妝飾盡廢，惟潛閉一室，號泣而已。未幾得咯血症，尋卒，時年二十有三。越七載，其弟婦亦以節烈聞。

烈婦張姓，同邑張嗣俊女，即陳烈婦五弟連城妻也。連城歿，烈婦哭泣歲餘亦卒，時年二十有一。二烈婦蓋先後若一轍云。

邑人廖燕曰：三代之盛，婦以節烈聞者，僅見於《柏舟》〔三〕之詩，而此外則無聞焉。豈世恒有之，而採風者失於記載耶？抑節烈之果難其人也？三代且然，況下此者乎？邑志載烈婦二，然皆越千百年而始一見。若陳、張二烈婦，則予所目覩者，且同出于一時姻婭〔四〕之間。於戲〔五〕！豈不賢哉。

【注釋】

〔一〕孝廉：明清兩代對舉人的稱呼。清胡文學《甬上耆舊詩》卷十九：『凡爲名諸生二十餘年，孝廉十二年，始舉進士。』陳金閶：字崑圃。曲江人。康熙十四年舉人。康熙四十三年，任直隸肅寧知縣，以慈惠稱。參與編修《韶州府志》、《曲江縣志》。《曲江縣志》卷十四有傳。

〔二〕絕粒：絕食。唐戴叔倫《曾遊》詩：『絕粒感楚囚，丹衷猶照耀。』

〔三〕柏舟：《詩·鄘風》篇名。《詩·鄘風·柏舟序》：『柏舟，共姜自誓也。衛世子共伯蚤死，其妻守義，父母欲奪而嫁之，誓而弗許，故作是詩以絕之。』

〔四〕姻婭：有婚姻關係的親戚。《詩·小雅·節南山》：『瑣瑣姻亞，則無膴仕。』

〔五〕於戲：同『嗚呼』，感歎詞。《禮記·大學》：『《詩》云：「於戲！前王不忘。」君子賢其賢而親其親，小人樂其樂而利其利。』

盧烈婦傳

烈婦盧氏，番禺〔一〕人，篙工〔二〕麥瑞丞妻也。瑞丞偶沾狂疾〔三〕，舟至鴨磯坑〔四〕，忽赴水死。烈婦隨溺從之，衆救得活，如是者再〔五〕。烈婦復持釜〔六〕示人曰：『吾鄉俗傳凡爲水所溺者，釜輒有符記，以爲水府通於竈神之驗〔七〕。』衆視釜底，果有文如蝌蚪狀，若隱若見。烈婦曰：『吾夫死，數也，但妾不可獨生。』言訖復大痛不已。至夜半，竟斷吭〔八〕以死，年甫三十。

卒後越一日夜，端坐不仆，顔色如生。吾邑苟明府〔九〕適目覩焉，爲文弔奠，葬之峽山之陽〔一〇〕，題曰『烈婦盧氏之墓』。

曲江廖燕曰：烈婦可不謂幸矣哉！以予聞康熙某歲陝西饑，流離載道。有夫婦困於潼關〔一一〕客舍，婦願鬻身以活夫。時同寓客以三十金娶焉，隨擁婦跨驢而去，行未數十步，婦回顧其夫曰：『君得金可以還鄉，妾死此卽葬此足矣。』遂墜驢而死。惜其姓氏不傳。茲烈婦何幸見稱於賢邑宰也！一時能文之士，爭賦詩弔焉。嗚呼，蓋有幸有不幸云。

【注釋】

〔一〕番禺：縣名。

〔二〕篙工：掌篙的船工。晉左思《吳都賦》：『篙工、檝師選自閩禺。』

〔三〕狂疾：瘋癲病。《國語·晉語九》：『今臣一旦爲狂疾，而曰「必賞女」，與余以狂疾賞也，不如亡！』韋昭注：『言戰鬥爲凶事，猶人有狂易之疾相殺傷也。』

〔四〕鴨磯坑：不詳。

〔五〕再：兩次。《鹽鐵論·本議》：『女工再稅。』

〔六〕釜：古炊器。斂口圜底，或有二耳。其用於鬲，置於竈，上置甑以蒸煮。盛行於漢代。有鐵制的，也有銅或陶制的。

〔七〕水府：水神的稱號。《宋史·禮志五》：『詔封江州馬當上水府，福善安江王；太平州采石中水府，順聖平江王；潤州金山下水府，昭信泰江王。』竈神：迷信的人在鍋竈邊供奉的認爲能掌管一家禍福的神。《莊子・達生》『竈有髻』唐成玄英疏：『竈神，其狀如美女，著赤衣，名髻也。』

〔八〕吭：喉嚨。唐陸龜蒙《雜諷》詩之二：『吾欲斧其吭，無雷動幽蟄。』

〔九〕苟明府：指苟金徽，四川合州（今重慶市合川區）人。康熙二十三年（一六八四）舉人。性孝友，潛心理學。康熙三十七年任曲江知縣。愛民如子，合邑感戴。尤培養士林，捐增田租爲書院延師養士費。《曲江縣志》卷十三有傳。明府：對縣令的尊稱。

〔一〇〕峽山之陽：峽山的南邊。峽山，不詳。

〔一一〕潼關：關隘名，古稱桃林塞。東漢時設潼關。故址在今陝西省潼關縣東南，處陝西、山西、河南三省要衝，素稱險要。北魏酈道元《水經注・河水四》：『河在關內，南流，潼激關山，因謂之潼關。』

廖燕全集校注卷十五

志銘　墓表

誥授文林郎東安縣知縣吴君〔一〕墓志銘

嗚呼！君去世已越四載矣。越四載而始葬，葬而思有以傳之不朽，此非予責而誰責耶？

君諱中龍，字元躍，姓吴氏。先世閩連城縣〔二〕籍，祖仰湖公始徙曲江家焉。父匡典公，邑庠生〔三〕，授徒甚衆，尤嚴於庭訓〔四〕。君於甲午〔一〕歲年甫一十有二，驟以邑弟子員登鄉試賢書〔五〕，以神童聞。世祖章皇帝〔六〕欲召見，以道遠不果，然已名聞天下矣。先是赴試省城，時有妓某，色藝爲一時冠，非貴介〔七〕士大夫，罕肯接見。住貢院〔八〕門外，俟君出場，呼鬟〔九〕負入，躬殷勤進湯沐〔一〇〕飲食，留休息者久之。及捷音至，某喜甚，加倍代賞賚〔一一〕，復厚贈護送歸寓所，以君弱齡赴選且得售爲獨奇故也〔一二〕。

性謹厚蘊藉〔一三〕，與物無所忤。惟喜行陰德事〔一四〕，有以白金請關説者〔一五〕，婉詞却之，陰爲直其事者甚衆。邑苦於膳夫之役，至鬻產猶不足，君爲請免，鄉人至今德之。歲辛丑〔一六〕北上，友某以鏹〔一七〕若干附寄，中途忽被盜，輒別貸紆道以償。當君就婚時，外父〔一八〕以沃租五百石立券，封送資燈火〔一九〕，君不一開視，卽封還，如是者數次。迄今數十年，取出猶封識如故，仍歸其內弟焉。

君以己巳歲二月赴選〔二〇〕，授順天東安縣知縣。不數日病下〔二一〕不止，夜夢於山麓構一別業〔二二〕，其窄不能容一榻，起歎曰：『予不得歸曲江矣。』急書遺囑付長嗣〔二三〕爾恭，遂不起。嗚呼，君自甲午登賢書，距己巳歷三十有六年，甫授一縣尹〔二四〕，未及任而君已死矣。君生平竟止於斯，悲夫！

生明崇禎辛巳〔二五〕二月日，以今康熙己巳七月日卒於京邸，年四十有九。有《閒吟草》遺稿數卷藏於家。元配俞氏。側室二：一游氏，一葉氏。男二：長爾恭，俞出；次爾聰，葉出，俱庠生。女一，適邑庠譚士虬。女孫三，其一卽予長媳也。

君爲人謙抑謹密，口未嘗言人過，與人交，休戚痛癢相關，皆出於至誠。尤修細行，日所行爲事，功過必書。作書甚端楷〔二六〕，雖行文屬草，與錢貨注記，急遽中無一筆潦草苟且者。嘗與予同修郡邑志，必先恭書御名〔二七〕供案上，然後就坐起草，恐臨書偶忘誤犯得不敬罪，其敬謹類如此。遺事至今歷歷可數，寧堪復述耶？茲以康熙壬申〔二八〕某月日，葬蜈蚣壠〔二九〕祖仰湖公墓側。銘曰：

姬姓苗裔，吳爲鉅族。自閩來韶，捨耕而讀。君以神童，崛起科目〔三〇〕。年富才雄，天眷〔三一〕是卜。豈甫服官，命不及祿。蜈蚣之陽，龍蟠虎伏。君其永藏，爲後昆〔三二〕福。

李非菴曰：寫倜儻人易於出色，寫謹厚人難於見長。傳序志銘之文，往往如此。此獨寫得有色有聲，可見才人筆墨無所不可。

【校記】

〔一〕甲午：底本作『甲子』，誤，今從利民本、寶元本正。本文另一處有『君自甲午登賢書，距己巳歷三十有六年』之語。甲午爲順治十一年，己巳爲康熙二十八年（一六八九），恰好三十六年。《曲江縣志》卷二正作『順治十一年甲午』。

【注釋】

〔一〕誥授：朝廷用誥命（皇帝賜爵或授官的詔令）授予封號。文林郎：文散官（有官名而無固定職事之官，相對於職事官而言）名。隋置，取北齊徵文學之士充文林館之義。歷代因之。清正七品授文林郎。東安縣：含今河北省廊坊市之安次區、廣陽區。吳君：指吳中龍，字元躍，曲江人。順治十一年中舉，時年十二，以神童聞。性謹厚，素行廉介。康熙二十八年授順天府東安縣知縣，抵任旬日而卒。《曲江縣志》卷十四有傳。

〔二〕連城縣：今福建省龍巖市連城縣。

〔三〕庠生：科舉時代稱府、州、縣學的生員。元柯丹丘《荊釵記·會講》：『家無囊橐，忝列庠生之數。』

〔四〕庭訓：《論語·季氏》記孔子在庭，其子伯魚趨而過之，孔子教以學《詩》、《禮》。後因稱父教爲庭訓。

〔五〕弟子員：漢對太學生、明清對縣學生員的稱謂。《漢書·儒林傳序》：『今天子太學弟子少，於是增弟子員三千人。』宋范成大《次韻嚴子文旅中見贈》：『交情敢説同方友，句法甘從弟子員。』鄉試：科舉考試名。明清兩代每三年一次，在各省省城舉行，中式者稱『舉人』。即會試不第，亦可依科選官。明徐光啟《農政全書》卷九：『又疑土著之民不能相容，則另立屯額科舉鄉試，不與土人相參也。』賢書：科舉時代稱鄉試中式即被錄取爲登賢書。語本《周禮・地官・鄉大夫》：『鄉老及鄉大夫群吏獻賢能之書于王。』賢能之書謂舉薦賢能的名錄。後因以『賢書』指考試中式的名榜。

〔六〕世祖章皇帝：清順治帝愛新覚羅・福臨（一六三八—一六六一），是清朝入關後的第一位皇帝。他是皇太極的第九子，崇德八年（一六四三）在瀋陽即位，在位一八年。謚號體天隆運定統建極英睿欽文顯武大德弘功至仁純孝章皇帝，簡稱章皇帝。廟號世祖。

〔七〕貴介：尊貴，高貴。《左傳・襄公二十六年》：『伯州犂曰：「所爭，君子也，其何不知？」上其手，曰：「夫子爲王子圍，寡君之貴介弟也。」』杜預注：『介，大也。』楊伯峻注：『貴介即地位高貴。』

〔八〕貢院：科舉時代考試士子的場所。唐李肇《唐國史補》卷下：『開元二十四年，考功郎中李昂，爲士子所輕詆。天子以郎署權輕，移職禮部，始置貢院。』《明史・選舉志二》：『試士之所，謂之貢院。』

〔九〕鬟：婢女。宋梅堯臣《聽文都知吹簫》：『欲買小鬟試教之，教坊供奉誰知者。』

〔一〇〕湯沐：沐浴。《公羊傳・隱公八年》：『邴者何？鄭湯沐之邑也。天子有事于泰山，諸侯皆從，泰山之下，諸侯皆有湯沐之邑焉。』何休注：『有事者，巡守祭天告至之禮也，當沐浴絜齊以致其敬，故謂之湯沐邑也。』

〔一一〕賞賚：賞賜。《尉繚子・原官》：『明賞賚，嚴誅責，止姦之術也。』

〔一二〕弱齡：本指弱冠之年（男子二十歲或二十幾歲的年齡），這裏泛指幼年、青少年。晉陶潛《始作鎮軍參軍經曲阿》詩：『弱齡寄事外，委懷在琴書。』逯欽立注：『弱齡，弱年，少年。』得售：指考試得中。明沈德符《野獲編·科場·北場口語之多》：『凡其同鄉，江南四府監生卷，皆另爲一束記認之，不派房，不批閱，自謂極其積嚴，以故三吳遂無一人得售。』

〔一三〕蘊藉：含而不露。《後漢書·桓榮傳》：『榮被服儒衣，溫恭有蘊藉。』

〔一四〕陰德事：暗中做的有德於人的事。《隋書·隱逸傳·李士謙》：『或謂士謙曰：「子多陰德。」士謙曰：「所謂陰德者何？猶耳鳴，己獨聞之，人無知者。今吾所作，吾子皆知，何陰德之有！」』

〔一五〕白金：古指銀子。《管子·揆度》：『燕之紫山白金，一筴也。』金董解元《西廂記諸宮調》卷一：『愚意不留房緡，更不敢議。有白金五十星，聊充講下一茶之費。』關說：代人陳說，從中給人說好話。《史記·佞幸列傳序》：『此兩人非有材能，徒以婉佞貴幸，與上臥起，公卿皆因關說。』司馬貞索隱：『關，訓通也。謂公卿因之而通其詞說。劉氏云「有所言說，皆關由之」。』

〔一六〕辛丑：順治十八年（一六六一）。

〔一七〕鏹：錢串或銀錠。

〔一八〕外父：岳父。宋無名氏《潛居錄》：『馮布少時，絶有才幹，贅於孫氏，其外父有煩瑣事，輒曰：「俾布代之」，至今吳中謂「倩」爲「布代」。』

〔一九〕燈火：指讀書，學習。宋葉適《鞏仲至墓志銘》：『仲至學敏而早成……宿艾駭服，以爲積數十年燈火勤力，聚數十家師友講明，猶不能到也。』

〔二〇〕己巳：康熙二十八年（一六八九）。赴選：指前往吏部聽候銓選。唐張鷟《朝野僉載》卷三：『給事中陳安平子年滿赴選，與鄉人李仙藥臥。夜夢十一月養蠶，仙藥占曰：「十一月養蠶，冬絲也，君必送東司。」數日，果送吏部。』

〔二一〕下：瀉，指腹瀉。宋蘇軾《與米元章》之七：『某昨日啖冷過度，夜暴下，旦復疲甚。』

〔二二〕別業：別墅。唐楊炯《唐同州長史宇文公神道碑》：『享年六十有五，以永淳元年六月二十一日終于華州之別業，嗚呼哀哉！』

〔二三〕長嗣：長子。明曹于汴《處士知一先生張公墓志銘》：『公之長嗣煇，余與同辛卯鄉書，雅慕公高致，屢欲登見未果而聞訃。』

〔二四〕縣尹：一縣的長官，明清時爲知縣的別稱。《左傳·襄公二十六年》：『此子爲穿封戌，方城外之縣尹也。』

〔二五〕辛巳：崇禎十四年（一六四一）。

〔二六〕端楷：端正的楷書。

〔二七〕御名：皇上的名號。

〔二八〕壬申：康熙三十一年（一六九二）。

〔二九〕蜈蚣壠：當是曲江縣某地，具體位置不詳。

〔三〇〕科目：指唐代以來分科選拔官吏的名目。宋趙彥衛《雲麓漫鈔》卷六：『唐科目至繁，《唐書》志多不載。』宋陳亮《謝教授墓志銘》：『國家以科目取士，以格法而進退之，權奇磊瑰者固於今世無所合，雖復小合，旋亦棄去。』《明史·選舉志一》：『明制，科目爲盛，卿相皆由此出，學校則儲才以應科目者也。』清顧炎武《日知錄·科目》：『唐制取士之科，有秀才，有明經，有進士，有俊士，有明法，有明字，有明算，有一史、有三史，有開元禮，有道舉，有童子；而明經之別，有五經，有三經，有學究一經，有三禮，有三傳；有史科，此歲舉之常選也。其天子自詔曰制舉……見於史者凡五十餘科，故謂之科目。」

〔三一〕天眷：上天的眷顧。《晉書·庾冰傳》：「非天眷之隆，將何以至此。」

〔三二〕後昆：後嗣子孫。《書·仲虺之誥》：「垂裕後昆。」

待贈文林郎文學〔一〕張君墓志銘

嗚呼！此爲待贈文林郎文學張君合葬之墓。君諱建斗，字沖碧，三原〔二〕諸生也。系出鳳翔〔三〕始祖某，官於滇南，因家焉。至曾祖某復遷三原。父某生君兄弟二人。君性孝友，兄騰翼早歿，有子純，君視如己子。久之，純求析産〔四〕，産入手輒盡，君召同爨〔五〕如初。純復求析，君欣然割己之半與之。純歸鳳翔，而君亦遷醴泉〔六〕，由是家遂落。君躬自操作，稍稍〔七〕得自振，而純又復盡盪其産矣。君遣人給薪米，歲數躬往視之。及純死，攜其家至醴泉，爲畢兩孤婚。夫兄弟相友愛，世人亦有能之者，至於撫恤猶子〔八〕者罕矣。況己在貧窶〔九〕，而猶子復不堪撫恤，猶屢撫恤之罔倦，非至性〔一〇〕過人，而能若是耶？

歲甲申〔一一〕，闖逆〔一二〕陷京師，烈皇帝〔一三〕身殉社稷。未幾，闖亦西竄，三原被兵尤甚。君微服謀出城，甫及門，爲邏者所得，幾不免。時漏初下〔一四〕，星月清朗，忽雷雨交作，對面不能見物，君遂得逸去。康熙癸卯〔一五〕秋，大水，屋廬傾圮者甚衆。一夕，君所寓室壁牆崩塌有聲。君長嗣拱極〔一六〕驚起，見牆正壓君臥榻，徨遽〔一七〕莫知所措。牆縱横盈丈，厚一尺有奇，非數十百人用力推挽不得動。拱極卒急〔一八〕間，試以手舉之，牆忽移，君與喬太孺人〔一九〕、兩弱女俱無恙。先數夕，君常彷佛見金甲神繞室如護衛狀，至是牆移之頃，猶若有冉冉騰空而去者，迄今傳爲異事云。

君天資警敏，讀書日以寸許爲率。鼎革〔二〇〕後，遂絶意仕進，惟以詩酒自娱，曰：『科名〔二一〕一途，留以俟後人可乎？』迨拱極以辛未〔二二〕成進士，而君已先數歲死矣。嗚呼！以君之才，可以掇青紫〔二三〕，而時或不得有爲；德可以格〔二四〕鬼神，而世或未能深悉；學問該博〔二五〕，可以著書傳世，而書或未及盡著，著或未及盡傳。豈可能者人，而不可能者天耶？然天非獨有吝於君也，以君之後人，皆可以卒其業，而又何憾焉！

君生明崇禎戊申〔一〕年四月日，終康熙某年月日。元配秦氏，繼申氏、王氏、喬氏。子二：長拱極，康熙丁卯〔二六〕舉人，辛未〔二七〕進士，見任翁源縣令〔二八〕。次拱辰。孫四：炯、焜、燦、烺。以康熙某年月日，葬於城北線馬堡〔二九〕。合葬者爲喬太孺人，孺人本姓淡，幼失怙恃〔三〇〕，母舅四川按察喬公〔三一〕撫爲己女，長歸于張，因姓喬，拱極、拱辰生母也。文學君以德行聞，孺人内助之力爲多。銘曰：

時當龍飛〔三二〕，雨雷坌集〔三三〕。君獨於中，昂然卓立。鬼神可通，水火可入。顯名易成，隱德難及。榮施後裔，巍科是緝〔三四〕。線馬之陽，無燥無濕。君其安之，體魄允翕〔三五〕。澤遠流長，是可用汲〔三六〕。

【校記】

（一）戊申：　此處有誤。崇禎在位十七年，從戊辰（一六二八）至甲申（一六四四），中間無戊申年。從字形上看，是『戊寅』的可能性極大。因爲從戊辰至甲申，中間有戊寅年，『寅』與『申』形近，故而致誤。

【注釋】

〔一〕待贈：　封建時代推恩臣下，允許將官爵授予其父母等。父母存者稱封，死者稱贈。墓主張建斗之子張拱極曾任翁源縣令，張建斗依例可授文林郎。此時封贈之令未下，故稱待贈。宋洪邁《容齋四筆·宰相贈本生父母官》：『封贈先世，自晉宋以來有之，迨唐始備。然率不過一代，其恩延及祖廟者絕鮮，亦未嘗至極品……唐末王季，宰輔貴臣，始追榮三代，國朝因之。』清趙翼《陔餘叢考·封贈》：『元許有壬言：今制，封贈祖父母，降於父母一等。則元時封贈先世，亦尚有差別。本朝令甲，一二品封三代，三品以下封二代，六品以下封一代，皆用其本身官秩，並許以本身封典回贈其祖。則例封一代者，實亦得封二代。』文學：　泛指有學問的人。南朝梁劉勰《文心雕龍·時序》：『自獻帝播遷，文學蓬轉。』

〔二〕三原：　縣名。今陝西省咸陽市三原縣。位於陝西省關中平原中部。

〔三〕鳳翔：　今陝西省寶雞市鳳翔縣。位於陝西省西部。

〔四〕析產：　分割財產，指分家。

〔五〕同爨：　同竈炊食，指不分家。《禮記·檀弓上》：『或曰：「同爨緦。」』孔穎達疏：『既同爨而食，合有緦麻之親。』

〔六〕醴泉：縣名，今陝西省咸陽市禮泉縣。

〔七〕稍稍：漸次，逐漸。《戰國策·趙策二》：「秦之攻韓魏也，則不然。無有名山大川之限，稍稍蠶食之，傳之國都而止矣。」

〔八〕猶子：指侄子。《禮記·檀弓上》：「喪服，兄弟之子，猶子也，蓋引而進之也。」本指喪服而言，謂爲己之子期，兄弟之子亦爲期。後因稱兄弟之子爲猶子。

〔九〕貧窶：貧乏，貧窮。《荀子·大略》：「然故民不困財，貧窶者有所竄其手。」

〔一〇〕至性：天賦卓絕的品性。《後漢書·東平憲王蒼傳》：「陛下履有虞之至性，追祖禰之深思，然懼左右過議，以累聖心。」

〔一一〕甲申：明崇禎十七年（一六四四）。

〔一二〕闖逆：指闖王李自成。

〔一三〕烈皇帝：指明思宗朱由檢（一六一一——一六四四），天啟七年（一六二七）即位，年號「崇禎」，在位十七年。是明朝最後一個皇帝。南明弘光初上廟號思宗，謚紹天繹道剛明恪儉揆文奮武敦仁懋孝烈皇帝，簡稱烈皇帝。後改廟號毅宗。隆武朝改廟號威宗。清朝謚爲莊烈皇帝。

〔一四〕漏初下：指剛入夜。漏，漏刻（古計時器）。清藍鼎元《鹿洲初集》卷八《先兄福建水師提督襄毅公家傳》：「漏初下，傳令撤去帳房，捲旗幟，露刃伏芒蔗間。夜未半，賊至，弗見大營，方驚顧。」

〔一五〕癸卯：康熙二年（一六六三）。

〔一六〕拱極：張拱極，字泰亭，陝西醴泉（今陝西咸陽市禮泉縣）人。康熙二十六年（一六八七）舉人，康熙三十年進士，康熙三十七年任翁源縣知縣。重士愛民，鋤奸禁暴。時俗多挖骸滋訟，執法嚴懲，此風漸息。公餘輒進試諸生，優如獎勵，人才奮興。見清謝崇俊修、顏爾樞纂《翁源縣新志》卷十一，民國張道芷等修、曹驥觀等纂《續修醴泉縣志稿》卷九。

〔一七〕徨遽：恐懼慌張。清章有謨《景船齋雜記》卷下：「婦叫號水中，徨遽欲死。」

〔一八〕卒急：匆促，急迫。《元典章·兵部一·逃亡》：「若不依例定奪，雖行文字招收，各戶又懼復業，隨卽起遣當軍，因此卒急不肯出首。」

〔一九〕太孺人：對老年婦人的尊稱。清藍鼎元《鹿洲初集》卷十七《陳母許太孺人七十壽序》：「蓋生人無立傳之體，託諸侑觴，稍述畸行，有道君子亦樂之。此余于陳母許太孺人不禁有言也。」

〔二〇〕鼎革：建立新的，革除舊的，指改朝換代。語出《易·雜卦》：「革去故也，鼎取新也。」

〔二一〕科名：科舉功名。唐韓愈《答陳生書》：「子之汲汲於科名，以不得進爲親之羞者，惑也。」

〔二二〕辛未：康熙三十年（一六九一）。

〔二三〕青紫：本爲古時公卿綬帶之色，因借指高官顯爵。《漢書·夏侯勝傳》：「勝每講授，常謂諸生曰：『士病不明經術；經術苟明，其取青紫如俛拾地芥耳。』」王先謙補注引葉夢得曰：「漢丞相大尉，皆金印紫綬；御史大夫，銀印青綬。此三府官之極崇者，勝云青紫謂此。」

〔二四〕格：使……來至。清范承謨《范忠貞集》卷七《與諸從者》：「堅白之操不惟可以貫金石，亦可以格鬼神而光日月。」

〔二五〕該博：淵博。晉王嘉《拾遺記·前漢上》：「張善爲日南太守，郡民有得金鳧以獻。張善該博多通，考其年月，卽秦始皇墓之金鳧也。」

〔二六〕丁卯：康熙二十六年（一六八七）。

〔二七〕辛未：康熙三十年（一六九一）。

〔二八〕見任：現任。唐韓愈《論變鹽法事宜狀》：『請停觀察使見任，改散慢官。』翁源：今廣東省韶關市翁源縣。

〔二九〕綫馬堡：位於今陝西省咸陽市禮泉縣城北。

〔三〇〕怙恃：父母的合稱。語本《詩·小雅·蓼莪》：『無父何怙，無母何恃！』

〔三一〕母舅：母親的弟兄，俗稱舅父、舅舅。明王世貞《中憲大夫浙江按察司按察副使定山袁公生志》：『十四工屬文，母舅太守公見而大驚曰：「是兒必爲諸生冠。」』喬公：指喬學詩，字言卿，別號皓珪，山東東阿人。少孤，功苦力學，萬曆元年舉人，萬曆五年進士。司理永平，執法不避權貴，平反冤案，安撫百姓。又先後任盧州知府、四川按察副使、山西按察使、廣東布政使。所在興廉懲貪，愛民作士，每以篤誠醇正率下。歷任治績炳炳，其最大者如大内災，采木之使四集於蜀，雞犬不驚。晉苦旱，民將逃亡四方。喬學詩放賑安民。秦中流賊掠河東，毅然請兵芟除之。見清李賢書裁定、吳怡纂《東阿縣志》卷十三，清黃廷桂等監修《四川通志》卷三十。

〔三二〕龍飛：帝王的興起或即位。語出《易·乾》：『飛龍在天，利見大人。』孔穎達疏：『若聖人有龍德，飛騰而居天位。』這裏指清朝入主中原。唐劉知幾《史通·敍事》：『邦國初基，皆云草昧；帝王兆跡，必號龍飛。』

〔三三〕坌集：聚集。唐劉禹錫《山南西道新修驛路記》：『令既下，奮行之徒坌集。』

〔三四〕巍科：猶高第，古代稱科舉考試名次在前者。宋岳珂《桯史·劉蘊古》：『其二弟在北皆登巍科。』緝：取，獲取。《拾雅·釋訓中》：『緝，會聚也。』

〔三五〕體魄：指屍體。古人認爲人死後魂氣上升而魄著於體，故稱。《禮記·禮運》：『及其死也，升屋而號，告曰：「皋某復！」然後飯腥而苴孰，故天望而地藏也。體魄則降，知氣在上。』孔穎達疏：『天望，謂始死望天而招魂；地藏，謂葬地以藏屍也。「體魄則降，知氣在上」者，復釋所以天望地藏之意。』陳澔集説：『所以升屋者，以魂氣之在上也。皋者，引聲之言。某，死者之名也。欲招此魂，令其復合體魄，如是而不生，乃行死事。』允翕：和洽一致。《清史稿·禮志六》：『凡外任文武大臣，忠勇威愛，公論允翕者，俾膺祀典，用勸在官。』

〔三六〕可用汲：比喻得到朝廷任用。語出《易·井》：『可用汲，王明，並受其福。』高亨《周易大傳今注》經意：『井水可以汲，猶賢人可以用，國王明察，能知賢而用賢，則王與臣民俱受其福矣。』

誥贈〔一〕一品孫母胡太夫人墓志銘

誥贈一品孫母胡太夫人，爲休寧縣國子監〔二〕太學生宗訓之次女，誥贈榮祿大夫〔三〕孫君諱某之長媳，誥贈榮祿大夫諱某之繼配。以一品贈夫人者，爲夫人之子誥授榮祿大夫左都督韶州協鎮名清字廉西〔四〕者也。

廉西公謹述夫人行略曰：先妣太夫人年十九歸先府君〔五〕，事翁姑〔六〕以孝聞。府君早補邑弟子員，家貧苦學，然性豪俠好客，夫人多方經營，雖至脱簪典衣所不恤。歲壬辰〔七〕，府君七十一歲，病劇，夫人割股〔八〕療治不效，哭幾斃。時某年一十有六，兄弟孤苦伶仃。一日，夫人見某方攻舉子業〔九〕，因呼而前曰：『吾嘗見汝父習此者矣，又嘗見同汝父習此者矣，彼售而顯者千不一二焉，若不得售而窮老且死者殆比比也，今則日益甚焉。汝父之業之效已如此矣，尤恐汝兄弟又將復然，且富貴奚必一途，及吾尚健飯，可別圖遊四方，以取榮顯，毋辜〔一〕吾望也。』某泣跪受教，明日治裝辭行，間關〔一〇〕逆旅者數年，夫人猶屢傳諭曰：『急努力，無爲內顧憂。』迨後某得從提督萬公正色收復岳州及八閩諸要地〔一一〕，以軍功歷授今職。回視與府君及某同攻舉子業者，果如夫人言也。則夫人之先見，有不至是而益信也耶？某謹書紳〔一二〕久矣，今且勒之墓石，將使後人知所變計可乎？

夫人生明萬曆辛丑〔一三〕歲某月日，終國朝康熙丙辰〔一四〕歲十二月日。子男二，長即清，次浣，功授左都督。孫女與媳，別詳府君墓志。以康熙壬申歲某月日葬於三都七畝坦〔一五〕。敢請銘。

予思自國家以制義〔一六〕羅天下士，誠盛典也。然輒多爲所誤，丈夫子〔一七〕能知變計者鮮矣，況婦人乎？夫人獨達權〔一八〕適用，卒使公乘時以立功名，豈不以識耶？若世人株守一藝，屢試而不知變，終於身死名滅者，以視夫人爲何如哉！嗚呼！是可以銘也已。銘曰：

識時務者，俊杰之爲。夫人能此，母即是師。屈文就武，反正成奇。世多株守，寧免厥嗤。今歸幽宅，體魄是宜。鐫此良訓，以詔後裔。

【校記】

（一）毋辜：底本作『母辜』，據利民本、寶元本改。

【注釋】

〔一〕誥贈：明清對五品以上官員的曾祖父母、祖父母、父母及妻室之歿者，以皇帝的誥命追贈封號，叫誥贈。清朱之瑜《上長崎鎮巡揭》：『然而不爲者，以瑜祖、父、兄世叨科甲，世膺誥贈，何忍辮髮髠首，狐形豕狀，以臣仇虜？』

〔二〕休寧縣：今安徽省黄山市休寧縣，位於安徽省南部。國子監：我國古代的教育管理機關和最高學府。晉稱國子學。北齊稱國子寺。隋、唐、宋、元、明、清，稱國子監。清末改革學制，自光緒三十二年起設學部，國子監並入學部。

〔三〕榮禄大夫：文散官名。金始置，清爲從一品。

〔四〕左都督：明代置『五軍都督府』，爲最高軍事機關。五軍爲中軍、左軍、右軍、前軍、後軍，各爲一府，各有左右都督及都督同知、都督僉事。原爲統轄京衛及外衛之兵而設，後來各衛僅存空名，都督遂成虚銜。清初沿襲明制，後廢。協鎮：清代官名，又稱副將。受總兵管轄，統理一『協』軍務。

〔五〕先府君：對亡父的尊稱。宋蘇洵《送石昌言使北引》：『憶與羣兒戲先府君側。』

〔六〕翁姑：公婆。

〔七〕壬辰：順治九年（一六五二）。

〔八〕割股：舊有自割股肉以供君親食用之説，古人認爲是大忠大孝的表現。《莊子·盜蹠》：『介子推至忠也，自割其股以食文公。』

〔九〕舉子業：舉業，爲應科舉考試而準備的學業。明清時專指八股文。明宋濂《鄭仲涵墓志銘》：『仲涵初年學舉子業，把筆爲文，春葩滿林。』

〔一〇〕閒關：輾轉。《後漢書・鄧騭傳》：「遂逃避使者，閒關詣闕，上疏自陳。」

〔一一〕提督：官名。明時有提督、京營、戎政諸職，多以勳戚大臣及太監充任。清時於重要省份設提督，職掌軍政，統轄諸鎮，爲地方武職最高長官。岳州：岳州府，轄巴陵、平江、臨湘、華容四縣，府治在巴陵。相當於今湖南省嶽陽市。位於湖南省北部。八閩：福建省的別稱。福建古爲閩地。宋時始分爲八個府、州、軍。元代分爲福州、興化、建寧、延平、汀州、邵武、泉州、漳州八路。明代改八路爲八府，清仍之。因有八閩之稱。

〔一二〕書紳：把要牢記的話寫在紳帶上，後亦指牢記他人的話。語本《論語・衛靈公》：「子張書諸紳。」邢昺疏：「紳，大帶也。子張以孔子之言書之紳帶，意其佩服無忽忘也。」

〔一三〕辛丑：萬曆二十九年（一六〇一）。

〔一四〕丙辰：康熙十五年（一六七六）。

〔一五〕壬申：康熙三十一年（一六九二）。三都：今安徽省黃山市休寧縣東萬安鎮一帶。清何應松修、方崇鼎纂《休寧縣志》卷一：「三都：共十啚（在縣東……），其村水西街、萬安街、舊市、古城、水南、西山、蔦山、漲山、株樹山、唐由、唐村、后村、長汀、福寺、郭家洲、觀村、余頭村。」

〔一六〕制義：明清科舉考試的方式，又稱制藝，即八股文。

〔一七〕丈夫子：男子。金元好問編《中州集》卷八《張轉運彀》：「舉進士，有聲場屋。及再上不中，即拂衣去。嘗自言：「丈夫子娶非尚主，官不徒步至宰相，不屑可也。」」

〔一八〕達權：通曉權宜，隨機應付。《後漢書・崔駰傳》：「夫豈不美文武之道哉？誠達權救敝之理也。」

先府君墓志銘

邑西南八里名芙洲嶺〔一〕。有塚隱然其上者，爲先府君合葬之墓。府君諱鵬，字程霄，生明萬曆辛亥〔二〕八月二日，終國朝康熙甲寅〔三〕九月十四日。合葬者，爲先妣〔四〕太孺人。孺人鄧姓，生明萬曆庚戌〔五〕十月五日，終康熙丙辰〔六〕十月八日。有男二，長卽不肖燕也。不肖常客外，且數罹變亂，不能祭葬以時，府君終踰十有四年，太孺人終踰十有一年，至茲康熙丁卯〔七〕十一月二十日，始克襄厥事〔八〕焉。嗚呼痛哉！

葬必有銘，銘必假朝廷恩榮，書某官某公撰文以爲泉壤光寵〔九〕。茲不肖貧且賤，不能邀名公巨卿執筆，皆不肖之罪也。然不肖頗以古文詞自命，雖當世王公大人能爲其親邀名公巨卿執筆，非能如不肖以古文詞自命者，則雖稱頌盈幅，究與草木同腐。則不肖今敢執筆而銘吾父母者，後有仁人孝子讀此，其或諒之哉。銘曰：

不能以祿仕榮親焉，其苦不欲告人也。不敢以不文辱親焉，其情稍以自申也。嗚呼！非吾親慈且亮〔一〇〕焉，孰知不肖之苦辛也？

《禮》稱『士庶人三月而葬』，《春秋》有『過時不葬』之譏。韶俗惑於堪輿家〔一一〕言，有不能卽葬者，則以磚爲壙〔一二〕於郊外地上，納柩〔一三〕其中，名曰淺葬。迨遲之又久，俟得吉地而後落土焉，此俗之甚陋者也。予初不知，爲俗所誤。今雖深悉其非，然豈能免慢葬之愆耶？後賢其當以此爲鑒，可乎？自記。

張泰亭先生曰：《孝經》稱：「顯親揚名。」柴舟以諸生著等身之書〔一四〕，天下莫不聞。此文後半幅忽從題外生姿，自負不虛，顯親莫大乎是，祿仕正未必能勝之耳。

【注釋】

〔一〕芙洲嶺：位於今廣東省韶關市西南四公里處芙蓉山旁邊。詳見卷八《改葬祖考妣文》注〔二〕。

〔二〕辛亥：萬曆三十九年（一六一一）。

〔三〕甲寅：康熙十三年（一六七四）。

〔四〕先妣：對亡母的稱呼。《禮記·曲禮下》：「生曰父，曰母，曰妻；死曰考，曰妣，曰嬪。」《荀子·大略》：「隆率以敬先妣之嗣，若則有常。」

〔五〕庚戌：萬曆三十八年（一六一〇）。

〔六〕丙辰：康熙十五年（一六七六）。

〔七〕丁卯：康熙二十六年（一六八七）。

〔八〕襄厥事：成其事，後以稱下葬。語出《左傳·定公十五年》：「葬定公，雨，不克襄事。」杜預注：「雨而成事，若汲汲於欲葬。」唐高彥休《闕史·齊將軍義犬》：「越月將襄事於丘隴，則留四獒以禦奸盜。」

〔九〕泉壤：猶泉下，地下，指墓穴。晉潘岳《寡婦賦》：「上瞻兮遺象，下臨兮泉壤。」光寵：光榮，榮耀。漢司馬遷《報任少卿書》：「不能積日累勞，取尊官厚祿，以爲宗族交遊光寵。」

〔一〇〕亮：諒解，原諒。《詩·鄘風·柏舟》：「母也天只，不亮人只。」

〔一一〕堪輿家： 古時爲占候卜筮者之一種，後專稱以相地看風水爲職業者，俗稱「風水先生」。《史記・日者列傳》：「孝武帝時，聚會占家問之，某日可取婦乎？五行家曰可，堪輿家曰不可。」

〔一二〕壙： 墓穴。《説文・土部》：「壙，塹穴也。」唐曹鄴《始皇陵下作》詩：「壘壘壙中物，多於養生具。」

〔一三〕柩： 裝有遺體的棺材。《説文・匚部》：「柩，棺也。」《禮記・曲禮》：「在牀曰屍，在棺曰柩。」

〔一四〕著等身之書： 「等身書」本謂與身高相等的一段卷子。後人遂指迭起來與身高相等的書籍，形容讀書之多。也以「著作等身」形容著書之多。語出《宋史・賈黄中傳》：「黄中幼聰悟，方五歲，玭每旦令正立，展書卷比之，謂之『等身書』，課其誦讀。」

葛孺人墓表

孺人葛姓，志慧字，錢塘〔一〕人。甫釋繈褓，母試口授《孝經》、《列女傳》，輒應聲成誦不忘。稍長，父遂訓以經書、綱鑒〔二〕及諸大家古文詞，皆能通其大義。間亦有所作，以爲非兒女子〔三〕事，不存稿，故卒無傳者。一日，母因憂舅病得疾，孺人割股療舅，有效，母病亦尋愈，蓋孝感也。

年及笄，許字同邑楊某而未受聘〔四〕，其媒妁卽兩家至戚也，稔知〔五〕某爲人，欲暫且中止，遺書喻意。父不能決，以書示孺人，孺人從容閲畢，竟不出一言，就火焚之而已。越數日，談及吳季札掛劍〔六〕事，孺人獨津津不置口，父知其志不可奪，卒聽之。比及就婚時，年已三十矣。而某頑性如故，孺人曲盡婦道，然日用常不給。孺人不得已，向所親轉貸百餘金，俾其貿易，未幾已揮霍殆盡。如是者不啻再三，孺人不能復爲計，乃自繡大士〔七〕像，日夕頂禮〔八〕，冀其悔悟。復手寫〔九〕滿百幅，施諸信心供奉者。至今江浙楚粵間，猶往往見其遺蹟焉。卒年三十有八，將歿之夕，沐浴焚香，誦大士號而逝。先是其戚屬有善鑒者語人曰：『此兒仁孝聰慧，惜福薄耳。』至是果驗。

孺人生順治癸巳〔一〇〕二月日，卒康熙己巳〔一一〕某月日，以某年月日，與某合葬韶之筆峯山〔一二〕陽。其弟名志正者，予門人也，嘗向予稱述孺人生平，且言：『不幸幼失恃〔一三〕，受孺人教育之恩爲甚深，願得吾師一言鐫諸墓石，以垂不朽，亦所以報孺人也。』予不得辭，因序其梗概如此。嗚呼，若孺人者，亦可以風矣。曲江廖燕表。

【注釋】

〔一〕錢塘：縣名。今杭州市的一部分。秦置錢唐縣，在靈隱山麓。隋移今杭州市。唐加『土』傍爲錢塘。民國與仁和縣合併爲杭縣。

〔二〕綱鑑：明清人採用朱熹《通鑑綱目》體例編寫通史，於『綱目』、『通鑑』各摘一字，稱爲綱鑑。如明王世貞《綱鑑會纂》、袁黃《袁了凡綱鑑》，清吳乘權《綱鑑易知錄》等。

〔三〕兒女子：猶言婦孺之輩。《史記·高祖本紀》：『此非兒女子所知也。』

〔四〕許字：許配。明陳樓德《陶庵先生年譜》：『先生曰：「城亡與亡，豈以出處貳心；出身之士，猶許字之女，殉節亦其所也。」』受聘：舊時婚俗，女家接受男家之聘禮，稱受聘。《漢書・王莽傳上》：『今皇后受聘，踰群妾亡幾。』

〔五〕稔知：素知。《宋史・隱逸下・郭雍傳》：『孝宗稔知其賢，每對輔臣稱道之。』

〔六〕吳季札掛劍：《史記・吳太伯世家》：『季札之初使。北過徐君。徐君好季札劍，口弗敢言。季札心知之，爲使上國，未獻。還至徐，徐君已死，於是乃解其寶劍，繫之徐君冢樹而去。從者曰：徐君已死，尚誰予乎？季子曰：不然。始吾心已許之，豈以死背吾心哉。』

〔七〕大士：佛教對菩薩的通稱。南朝齊周顒《重答張長史》：『夫大士應世，其體無方，或爲儒林之宗，或爲國師道士，斯經教之成説也。』唐湛然《法華文句記》卷二：『大士者，《大論》稱菩薩爲大士，亦曰開士。』

〔八〕頂禮：雙膝下跪，兩手伏地，以頭頂尊者之足，是佛教徒最崇敬的禮節。北魏曇鸞《贊阿彌陀佛偈》：『法身光輪遍法界，照世盲冥故頂禮。』

〔九〕手寫：親手書寫、摹畫。北齊顏之推《顏氏家訓・勉學》：『（臧逢世）欲讀班固《漢書》，苦假借不久，乃就姊夫劉緩乞丐客刺書翰紙末，手寫一本。』

〔一〇〕癸巳：順治十年（一六五三）。

〔一一〕己巳：康熙二十八年（一六八九）。

〔一二〕筆峯山：又名帽子峯，在廣東韶關市湞江區沙洲半島北部，皇岡山東南。詳見卷四《陪蔣觀察讌筆峯山亭序》注〔六〕。

〔一三〕失恃：喪母。語本《詩・小雅・蓼莪》：『無父何怙，無母何恃。』

亡妻鄧孺人墓表

孺人鄧姓，同邑翼沖公長女。歸予二十年，奩飾釵珥悉出以佐予讀書結客之娱。歲丁巳〔一〕，避亂南岸〔二〕陳某家。忽傳寇至，孺人以足疾趨寓圍樓〔三〕。陳某全家被擄，予非因孺人足疾先避，幾不免，至今猶忽忽念之。是歲十月廿日，以病卒於寓所，藁葬雙下溪〔四〕側，時年三十有七。

孺人性質樸，事公姑以孝聞，舉二子俱殤，最後撫一女，食貧自甘〔五〕。予一日客飲歸，女迎問：『已醉飽耶？兒母女三人不舉火若干時矣。』孺人聞之，急喝止，予不覺淒然淚下。孺人實未嘗得生人一日之樂也，嗚呼痛哉！

未幾，墓址爲溪漲所壞，踪跡莫辨。兹以某年月日招魂附葬芙洲嶺祖塋〔六〕之旁，無棺衾〔七〕，即以志石〔八〕代焉，庶幾使千秋萬世知爲曲江廖燕之元配〔九〕也。予報孺人止此，悲夫！

【注釋】

〔一〕丁巳：康熙十六年（一六七七）。

〔二〕南岸：南岸村，今廣東省韶關市武江區龍歸鎮南岸村，位於江灣河南岸，故名。《曲江縣志》卷七：

『鳳沖都在城西南五十里。屬村：……南岸村……』

〔三〕圍樓：　廣東省韶關客家古民居的形式，主要是封閉式的圍屋或圍樓構成的建築群體。具有防賊盜、防野獸、防寒暑等功能。平時圍屋或圍樓是一個獨立的生活居住區。遇賊盜兵匪騷擾，圍屋或圍樓就能發揮其防禦功能。

〔四〕藁葬：　藁葬，草草埋葬。清惲毓鼎《崇陵傳信録》：『聞敵將至，師潰，督師吞金自盡，隨員王編修廷相投河死之，皆藁葬通州東關外。』雙下溪：　即今江灣河，爲南水支流。位於廣東省韶關市武江區。《曲江縣志》卷四：『雙下水，城西五十里，二澗下流合而爲溪。南流三十里合東江。』廖燕《寄家弟佛民》之三（卷十）：『（南岸）村傍即雙下溪……此溪出傜山高源，下合乳水入大江。』

〔五〕食貧自甘：　心甘情願地過貧苦生活。清魏裔介《孫徵君先生傳》：『一日，與伯順公自辰講論，當中飯時，蒼頭始持豆麪作羹以進，而食貧自甘。』

〔六〕祖塋：　祖輩的墳地。明朱國禎《湧幢小品·築墓除妖》：『張惠，德州人，少以孝義稱。祖塋去家五里，洪武初，遭兵燹，被窆暴露。』

〔七〕棺衾：　棺材和衾被，泛指殮屍之具。《新唐書·來瑱傳》：『校書郎殷亮獨後至，哭屍側，爲備棺衾以葬。』

〔八〕志石：　放在墓中刻有墓志銘的石碑。唐賈島《哭盧仝》詩：『塚側志石短，文字行參差。』

〔九〕元配：　始娶的正妻。唐韓愈《唐故昭武校尉守左金吾衛將軍李公墓志銘》：『以元配韋氏夫人祔而葬，次配崔氏夫人於其域異墓。』

李節婦墓表

節婦李姓，貞靜其字也，定海縣〔一〕人，生有異徵。年及笄，許字慈谿〔二〕葉君蘭臺長嗣敬斯。未及于歸〔三〕，而敬斯歿。節婦聞之，欲歸葉氏守節，父母不可，節婦强之而後可。

先是蘭臺公髫年〔四〕遊京師，有所娶，是爲太夫人，生敬斯兄弟。及蘭臺公卒，敬斯早孤，弟某亦甫六齡。太夫人慮葉氏孤旅居，難以成立，因命敬斯歸慈谿，嗣宗祧〔五〕焉。迨敬斯弟某入藉鑲紅旗〔六〕，成乙未〔七〕進士，以知縣行取〔八〕，道經杭城，敬斯適來杭，母子兄弟始得相見，計别一十有八年矣。是時敬斯已納聘〔九〕節婦，未幾敬斯客死揚州，卒不得娶。至是節婦隨歸守節。

方節婦之初歸也，敗屋數椽〔一〇〕，不蔽風雨，蕭然一棺之外，惟餘殘燈明滅而已。節婦哭祭以禮，宗族聚觀，莫不相顧歎息曰：敬斯死得婦矣。時太夫人已隨次男赴任所，節婦煢煢一人，無所依藉，惟勤女紅〔一一〕以自給。雖艱難萬狀，而處之坦然。里中有婦新寡，意欲再適〔一二〕，其姑〔一三〕勉之曰：『汝嫁則得矣，獨不愧葉家婦乎？』其婦赧〔一四〕而止。節婦生崇禎戊寅〔一五〕八月日，其卒以康熙壬午〔一六〕七月日，春秋六十有五。又某年月日，始與敬斯合葬焉。嗚呼，以三代〔一七〕之盛，而婦以節聞者僅共姜氏〔一八〕一人，則節又豈易言也耶？况以處女稱未亡人〔一九〕，孤孑〔二〇〕自守終其身，其苦當倍於尋常萬萬者。若節婦者，賢於共姜遠矣。

初節婦以姪炳坤〔二一〕爲嗣，繼敬斯後，今現在番禺縣〔二二〕知縣。本姓葉，以入旗改姓姚。予來番禺，因屬爲文鐫諸墓石，予爲次其略如此。千百年後，有過而讀之者，庶幾知所景仰云。

【注釋】

〔一〕定海縣：康熙二十六年（一六八七）以前，指今浙江省寧波市鎮海區。康熙二十六年改定海縣爲鎮海縣，於舟山群島另置定海縣，即今浙江省舟山市。本文有『節婦生崇禎戊寅八月日』句，因此本文的『定海縣』指今浙江省寧波市鎮海區。

〔二〕慈谿：縣名。今浙江省寧波市之慈谿市、餘姚市和鎮海區的各一部分。一九五四年慈谿縣境進行大調整，新縣境由原慈谿、餘姚、鎮海三縣北部（俗稱三北）的棉區境域組成，縣人民政府由慈城鎮遷至滸山鎮。位於浙江省東部。

〔三〕于歸：出嫁。語出《詩·周南·桃夭》：『之子于歸，宜其室家。』明劉宗周《鳳山葬記》：『陳剛字小集，邑諸生，孤長女于歸五年而夭。』

〔四〕髫年：幼年。唐楊炯《明威將軍梁公神道碑》：『丱歲騰芳，髫年超靄。』

〔五〕宗祧：家族世系。唐韓愈《順宗實錄三》：『惟先王光有天下，必正我邦本，以立人極，建儲貳以承宗祧，所以啟迪大猷，安固洪業，斯前代之令典也。』

〔六〕鑲紅旗：清代八旗之一。八旗制度是清代的一種社會組織制度，是努爾哈赤在女真人牛錄制的基礎上建立起來的。這種組織，平時生産，戰時出征。是一種平戰結合、兵民結合，組織性極强的軍事化組織。皇太極時，又增設蒙古八旗和漢軍八旗，與滿洲八旗共同構成了八旗制的整體。八旗建立之初，兼有軍事、行政、生産三方面的職能。入關後，其生產職能逐漸消失，僅具軍事及行政職能。在八旗兵駐防地區，各級八旗衙門與傳統的州縣系統並存。

〔七〕乙未：順治十二年（一六五五）。

〔八〕行取：明清時，地方官經推薦保舉後調任京職。明李贄《答焦漪園》：『潘雪松聞已行取，《三經解》刻在金華，當必有相遺。』

〔九〕納聘：舊時訂立婚約時男方贈給女方的聘定之物。《史記・大宛列傳》：『天子問羣臣議計，皆曰，必先納聘，然後乃遣女。』

〔一〇〕椽：古代房屋間數的代稱。唐杜甫《秋日夔府詠懷奉寄鄭監李賓客一百韻》：『甘子陰涼葉，茅齋八九椽。』

〔一一〕女紅：同『女功』，舊謂婦女從事的紡織、刺繡、縫紉等。《周禮・地官・酇長》：『趨其耕耨，稽其女功。』鄭玄注：『女功，絲枲之事。』

〔一二〕再適：婦女再嫁。適，女子出嫁。

〔一三〕姑：丈夫的母親。《說文・女部》：『姑，夫母也。』

〔一四〕赧：因慚愧而臉紅。柳宗元《乞巧文》：『大赧而歸，填恨低首。』

〔一五〕戊寅：崇禎十一年（一六三八）。

〔一六〕壬午：康熙四十一年（一七〇二）。

〔一七〕三代：指夏、商、周。《荀子・王制》：『道不過三代，法不貳後王。』

〔一八〕共姜：周時衛世子共伯之妻。共伯早死，她不再嫁。後常用爲女子守節的典實。《詩・鄘風・柏舟序》：『柏舟，共姜自誓也。衛世子共伯蚤死，其妻守義。父母欲奪而嫁之，誓而弗許。故作是詩以絕之。』

〔一九〕未亡人：舊時稱寡婦。《左傳・成公九年》：『穆姜出於房，再拜曰：「大夫勤辱，不忘先君以及嗣君，施及未亡人。先君猶有望也！」』杜預注：『婦人夫死，自稱未亡人。』

〔二〇〕孤孑：孤單，孤獨。唐白居易《婦人苦》詩：『婦人一喪夫，終身守孤孑。』

〔二一〕炳坤：姚炳坤，鑲紅旗人，監生。本姓葉，以入旗改姓姚。康熙三十六年（一六九七）任廣東省乳源縣知縣，康熙三十九年任廣東省番禺縣知縣。見《韶州府志》卷五、《番禺縣志》卷二。

〔二二〕番禺縣：含今廣東省廣州市越秀區、海珠區、天河區、白雲區、黃埔區、番禺區、南沙區，及蘿崗區的西部。

義鳩塚銘有序

癸卯〔一〕春三月，予讀書綠斐山房〔二〕。友人養二鳩，甚馴而善鳴。未幾逸其一，其配在籠中立斃焉。予義之，因賦《義鳩行》〔三〕，載集中傳之矣。繼乃率友人躬荷鋤瘞之蓉山之麓〔四〕，壘土爲小塋，塋旁樹棠梨〔五〕爲記。城郭相望，梵唄〔六〕時聞，復取武溪貞石〔七〕題其上曰『千古義鳩之塚』。嗚呼，殆將與古之雁丘〔八〕並傳不朽云。銘曰：

死之義，以拙真。與山石，磨不磷〔九〕。

【注釋】

〔一〕癸卯：康熙二年（一六六三）。

〔二〕綠斐山房：又作『綠匪山房』，位於今廣東省韶關市區五祖路附近。詳見卷七《芥堂記》注〔七〕。

〔三〕《義鳩行》：廖燕有《義鳩塚》四首（卷二十一）。

〔四〕瘞：埋葬。晉潘岳《西征賦》：『夭赤子於新安，坎路側而瘞之。』蓉山：即芙蓉山。詳見卷四《韶郡城郭圖略序代》注〔四〕。

〔五〕棠梨：俗稱野梨。落葉喬木，葉長圓形或菱形，花白色，果實小，略呈球形，有褐色斑點。可用做嫁接各種梨樹的砧木。三國吳陸璣《毛詩草木鳥獸蟲魚疏・蔽芾甘棠》：『甘棠，今棠梨，一名杜梨。』

〔六〕梵唄：佛教謂作法事時的歌詠讚頌之聲。南朝梁慧皎《高僧傳・經師論》：『原夫梵唄之起，亦肇自陳思。』

〔七〕貞石：堅石。南朝齊王中《頭陀寺碑文》：『勝幡西振，貞石南刊。』

〔八〕雁丘：金元好問葬雁之處。在山西陽曲汾水旁，爲著名古跡。金元好問《摸魚兒》詞序：『乙丑歲赴試並州，道逢捕鴈者云：「今旦獲一鴈，殺之矣。其脫網者悲鳴不能去，竟自投於地而死。」予因買得之，葬之汾水之上，累石爲識，號曰鴈丘。時同行者多爲賦詩，予亦有《鴈丘詞》。』

〔九〕磨不磷：磨了以後不變薄。比喻意志堅定者不會受環境的影響。語出《論語・陽貨》：『不曰堅乎？磨而不磷。不曰白乎？涅而不緇。』魏何晏注引孔曰：『磷，薄也。涅，可以染皂。言至堅者磨之而不薄，至白者染之於涅而不黑，喻君子雖在濁亂，濁亂不能汙。』